谨以此书，

献给那些二十世纪八九十年代

勇闯海南的奋斗者们！

天南海北

情圆

上

李道常非 著

3.141592653589793238462643383279502884197169399375105820

9749445923078164062862089986280348253421170679

82148086513282306647093844609550582231725359408128481117

45028410270193852110555964462294895493038196

44288109756659334461284756482337867831652712019091456485

66923460348610454326648213393607260249141273

72458700660631558817488152092096282925409171536436789259

03600113305305488204665213841469519415116094

3305727036575959195309 2611793105118548074462

37996274956735188575272 2793818301194912

98336733624406566430860 463952247371907021798609437

02770539217176293176752 18467669405132

00056812714 56082778 275778960917363717872146844

0901224953430146549 922796892589235

420199561121290219608640344 159813629774771309960518707

21134999999837297804995105973173281609631859

50244594553469083026425223082533446850352619311881710100

03137838752886587533208381420617177669147303

59825349042875546873115956286388235378759375195778185778

05321712268066130019278766111959092164201989

山西出版传媒集团

三晋出版社

目录

李道常非，祖籍山西，现居海南。一九七五年高中毕业，后插队务农，当工人。一九七七年考入太原理工大学（原太原工学院）水利系。一九八二年大学毕业，后从政，从商。现已退休，赋闲在家。其潜心创作的长篇小说《天南海北》三部曲，第一部《情圆》，即将付梓。第二部《商赌》、第三部《官墨》，也将陆续出版。

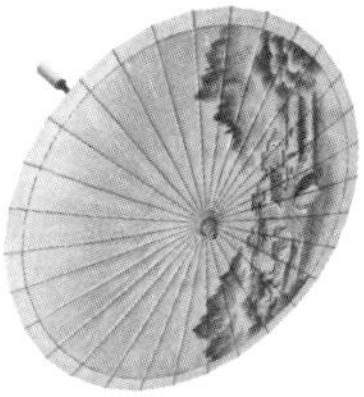

引　子

大海边，椰林地。李纪行急得满头大汗，心里直想哭。他低着头，小碎步走着，两眼盯着地，走走停停，停停走走，不停地转圆圈，前后左右地看，像是在寻找什么。他忽眨着眼，嘟囔着：这地哪儿去了？这不是有了鬼了？

主任——主任——女秘书小王远远在那边喊：卫厅长问你哪，我们的地在哪儿？李纪行扭回头，高声说：小王，你等一下啊，我找不着地了。过了十几分钟，小王和卫厅长一行五人，都走过来了。卫厅长问：小李啊，辛苦了，咱这块地，地界是哪儿到哪儿？李纪行结结巴巴说：卫，卫厅长，咱的地，怎么也找不到了？卫厅长大吃一惊：啊？不是说，七百万元，已经交易了吗？地，人还能背走了？李纪行声音颤抖着：卫，卫厅长，我在刮台风前，和那个中间人还来看地，地，就在这地方。怎么不见了呢？真是见了鬼了！小王一边插话说：上次看地我没来，后来就刮起了台风，是不是让台风刮走了？小王说完话，觉得有些失言，马上伸了下舌头。李纪行哭丧着脸说：我，我回去找，找那个陈大虾！

卫厅长离开海口，回了山西太原。临走时，他眼盯着李纪行，摔出一句话：哎，你呀，怎么没把自己丢了？结果可想而知，李纪行辞职下海了。

二十二年，转瞬之间；往事如烟，不堪回首。李纪行从沙滩上站起来，拍拍屁股上的沙子，抬眼凝望着大海。大海，蔚蓝蔚蓝，茫茫一片。

今天，陈大虾女儿陈妍妍结婚回门，晚宴设在西海岸高尔夫球会，典礼仪式在沙滩上举行。陈大虾妻子黄琼英是海南大学的教授。陈妍妍武汉大学毕业了，自由谈恋爱，找了个女婿是个律师。陈大虾挑女婿，没有什么特殊条件，只说是律师女婿太精明，人太精明了不好。他同李纪行一商量，李纪行说，人精明有啥不好呢，总不至于七百万元买了一片海！陈大虾夫妻遂满怀信心，支持女儿的婚姻大事了。

"纪行——纪行——"是妻子王桃在喊他，"快过来吧，结婚典礼要开始啦！"李纪行好似没听见，默不回声。西边的太阳像个悬着的金盘，缓缓向大海坠落，缤纷的晚霞不离不散，留恋着、牵挂着下坠的夕阳。李纪行摘下太阳镜，回头一看，妻子王桃已经跑过来了。

"你在这儿干吗哪？"妻子又叫喊。"我，我在看海！""陈总那边正等你哪，典礼开始啦！"妻子王桃跑到李纪行身边，帮他拍拍身上的沙子。"这个陈大虾，给女儿的婚礼怎么布置成这个样子，全是白色的，搭的帐篷，穿的衣服，头上的鲜花，餐桌的布，天上的云，海滩的沙，白茫茫的一片，这是谁的设计？”李纪行问妻子。“人家呀，这是白头偕老嘛！”妻子回答。“我怎么想起了大学时的一首诗来，献给第三次世界大战牺牲的人们，开头的几句：摘下发白的军帽，献上素洁的花圈，轻轻地，轻轻地，走到你的墓前……”李纪行摇摇头，若有所思的样子。“别又胡思乱想啦，走走走走，参加婚礼去！”妻子王桃有点担心，一手拖着丈夫的胳膊，一手从挎包里掏出一颗喜糖来，抬手喂进丈夫嘴里。

子夜，陈大虾打来电话：“李主任，你怎么早早跑啦？我们还在喝酒哪！”李纪行把手机放在书桌上，按下免提键，说：“陈老总，今天的婚礼办得不错嘛，我见有许多武汉的朋友，高朋满座啊！我和小王有点事，早走了一步。刚才啊，我写了一首诗，为你女儿的婚礼留个纪念。”手机里边，声音很大：“好好好，你是大诗人，快发过来，我们欣赏欣赏！”“好的，好的！”“再见，再见！”

高尔夫球会外海滩

——在陈总女儿婚礼上

秋天的黄昏
一抹晚霞
一缕阳光
云朵缀着云朵
夕阳坠着夕阳

那是天上的月老红娘

暖暖的绿茵
榕树下
球场上
弯道边
果岭旁
素洁连着素洁
帷帐搭着帷帐
那是欢乐的鸳鸯新房

昨夜幽梦忽还乡
黄陂岗
小轩窗
木兰湖
花衣裳
雏燕长大要飞翔
襁褓不再陪伴慈母梦香
黑辫不再敲打老父脊梁

忧伤 泪水
泪水 忧伤
彷徨 思念

思念 彷徨

捆不住的翅膀

拽不住的凤凰

新娘 新郎

新郎 新娘

问在何方

在水一方

2012年10月2日　于海口

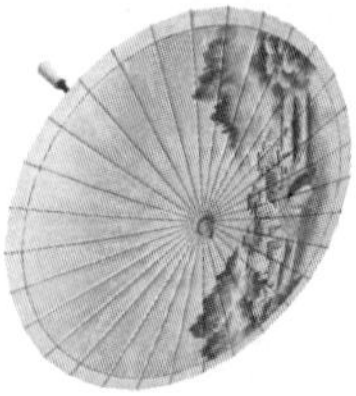

壹章　小年

己巳岁(一九八九年)末,已近年关。

海口市。李纪行在市中心的街道上,漫无目的地游荡,心事浩茫。上午十时,天气湿热,仰头看天,朵朵白云像散落在天蓝布上的烂棉花,缓缓飘过。街道上,汽车、摩托车、自行车,来来往往。因为是年关,街上的人也比平时多,披红戴绿,熙熙攘攘。东湖公园旁,便是博爱路,骑楼矮屋,老街旧巷,歪门斜道,挤挤窄窄,岁月沧桑留下苔痕斑斑,街道弯曲没有一条直路。卖年货的商家,吆喊声混杂着汽笛声,吵吵闹闹,人们提着活鱼鲜虾,来回奔忙。李纪行想买点什么,又一时想不起来,于是穿过人群,信步走到东湖公园里。湖边有一排排临时摊位,是卖鲜花盆景的,只见偌大的一棵棵橘子树,头重脚轻地栽在瓷盆或陶缸里,橘树上垂坠着红纸黑字的春联:快乐吉祥,万事如意。五颜六色盛开的鲜花,增添着春节的喜庆气氛。大人引着小孩儿,一个个拽着气球拿着鞭炮,走走停停,边走边看,挑挑拣拣,采购年货。

李纪行不瘦不胖,一米七五的身材,浓眉俊眼,鼻直口方,标准的北方美男子。他内着白衬衫,外穿一身黑色西装,衬得面色白净。一双黑色牛皮鞋,擦得油光锃亮,越发显得绅士潇洒。噢,今天是小年腊月二十三,灶神爷上天的日子,李纪行边走边想。二十三,麻糖粘,照北方的习俗,是要祭灶神的。在北方人心目中,南方人过年绝不像过年,海南的年底更不像年底。李纪行心中的过年,一定是与雪花飘飘寒风凛凛、棉衣厚袜羊皮毡帽联系在一起的。捂着耳朵放爆竹,戴着手套贴春联,窗户上剪纸窗花,门头上红灯高挂,这才叫作过年。他想着走着看着,唉,南北方就是不一样,南方过年暖洋洋的,总觉得就像北方过“六一”儿童节一样,缺少那种浓浓厚厚的大年味儿。

这东湖并不大,似乎有一两百亩,四周高堤围定。堤东侧某一处,有十几个台阶,台阶叠上堤顶。李纪行拾级而上,只见水面上波光粼粼,碧波中间停着几只小船,半个船身乌篷搭顶。湖中东西两岸,架起一座长长的木桥,瘦骨嶙峋,显得单薄,桥面宽度有三四米。他慢慢向前走,走到桥头边,瞧着水面上,一群群锦鲤时隐时现,上下翻动,水面上喷出气泡泛起涟漪,一圈一圈,潋滟起伏。桥头边,一群人头挤头,围成一团,叫嚷着,争吵着,听不清都说些什么。李纪行向那一群人走过去。突然,有个光头小子,蓦地出现在李纪行面前,问道:“这位老总,下棋吗?”李纪行摇摇头说:“我不懂棋。”光头小子不信,一手拉着李纪行的胳膊,分开众人,拉到摆棋人跟前。李纪行一看,哈,是赌棋的,他忙说:“朋友,我不会下棋,这小伙子拉我……”“来来来,玩一下,玩一下嘛,中国人哪有不会中国象棋的？”李纪行看了一眼对方，说：“我真的不懂棋，对不起，对不起。”李纪行边说边站起来，抽身退步，钻出人群，迅速离开。他上了木桥回望那边，那一伙人仍然吵嚷不休，他径直向湖的西岸走去。

西岸桥头。桥西不似桥东，只见零星几人。有一老头儿，白衫黑裤，鹤发童颜，端坐一小木板凳上，地面一方红巾，一把蒲扇在手，看似职业使然。老头儿面前，蹲着三个人。一个五十岁左右的男人，国字脸，大背头。男人左边，一个约有三十岁的年轻男士，手里卷着一本杂志。右边是一位长发美女，窈窕身姿，挎着一个红色小皮包，像是女秘书。李纪行判断，这几个是打卦算命的。李纪行循规达礼，走到离老头儿三五米处，站定不前了。只听老头儿讲着不标准的普通话：“这易经嘛，是中国文化，打卦算命，心诚则灵，这是科学，不是迷信。个人的命运，包含在国家的命运里面。天干地支，阴阳五行，若同年同月同日生，而所处的地理位置不同，结果就不同。我们能看到的是三维时空，科学上讲时空，还有更高的维度，数学里的分形理论，就有分数的维度。比如科赫曲线，就是雪花六出，周长无限，维数是个分数。这个世界，四象八卦，混乱无序。多米诺骨，蝴蝶效应，此消彼长，混沌难分。我的卦，只占小事，大事莫问，雕虫小技，谋生而已。”老头儿一席话，那三人听得入神。

穿蓝色中山服的“国字脸”，从上衣口袋掏出一包中华牌香烟，递给年轻男士一支，年轻男士掏出打火机，先忙着给“国字脸”点烟，烟一碰火，轰的一下，火苗老高，差点把“国字脸”眉毛燎着，“国字脸”哟了一声，头一晃躲过了。女秘书说：“冯，小心点。”“国字脸”不温不火，吸一口烟，对老头儿说：“您老随便算算，看看我们三人，前程如何？”老头儿说：“你们三人，各写一个字，我来看看，心诚则灵啊！”老头儿递过纸笔，“国字脸”写了一个字，递给老头儿，老头儿看了一眼，又将纸笔递给年轻男士，年轻男士也写了一个字，把纸笔递给女秘书，女秘书也写了一个字，把纸笔交给了老头儿。这时，李纪行靠前几步，站在老头儿背后，居高临下，看那纸上三个字是：牛、马、宗。李纪行心想，老头儿如何算这一卦呢？老头儿端详着三个字，“牛”字刚劲有力，“马”字弯曲流畅，宗字小心翼翼，便闭目沉思，一言不发。约莫过了十分钟，老头儿睁开双眼，双眼炯炯有神，他说：“这三个字，在你们的名字里面，若你三人各自为政，则景象不同，若三人合作，一起共事，就要注意。我写几句话，供你们参考，未来的岁月长着哪，希望你们互相敬重，各自珍惜前程。”老头儿说完，拿起笔来，在这三个字的下面写下四行诗句。李纪行早已看在眼里：

一拜梵天蜀水流
长安未见佛祖由
琼台非比蓬莱阁
碣石不及风马牛

“国字脸”先拿起纸张，认真看了一遍，又递给年轻男士，年轻男士看了，又迅速递给女秘书，女秘书也看了，又交给“国字脸”。三人互看对方，心里嘀咕，茫然不知所云。“国字脸”问：

"大师,这首诗什么意思?"老头儿说:"万世累尘,万物皆数,你们互相帮助,前程保重。老夫所言,只能到此了。""国字脸"说:"谢谢大师,谢谢。"女秘书从小红包里取出一叠钱,足有千元,也没点数,放在老者面前的红布上。她又拿起那张纸,折叠一下装进小红包里。

三人起身,离开公园,街市茫茫,倏然不知去向了。那几个人一走,李纪行挪步靠前,在老头儿对面蹲下来。"爷爷,您好!"李纪行说。老头儿也没抬头,先把钱装在兜里,才慢慢回答:"你一直在旁听,你懂我的意思了?"李纪行说:"爷爷,刚那三个字拆开了,牛、马、宗,宝盖头、示、二、小,牛和宝盖头,组成'牢'字,二旁有马乃一'冯'字,刚那个年轻人,听着叫冯,二小是小三、二奶、秘书、情人。诗的意境,我看不懂啊!"老头儿哈哈一笑说:"那几位朋友都不简单,那个小伙子前程无量,那个女孩忠厚善良,那位老板志向高远,但前程堪忧。不讨论人家了,你有何见教啊?"李纪行急忙问道:"爷爷, 您给我算一卦?"老头儿说:"能看得出来,善易者不卜嘛。"李纪行故意开玩笑:"爷爷,刚才听您讲,蝴蝶效应,那是经济学名词,外国文化。"老头儿声音一上扬,高声说道:"唉,这也是中国文化,两千年前,宋玉的风赋里说,风起于青萍之末,浪成于微澜之间,这就是所谓的蝴蝶效应嘛。"李纪行说:"那千里之堤,溃于蚁穴,也是蝴蝶效应啦。"老头儿说:"是的呀,所以要防微杜渐呀!"李纪行与老者似乎很谈得来,两人说说笑笑,天南海北胡侃一通后,看看天已正午。于是,李纪行告别老头儿,只身离开东湖。

省政府大门对面，有个椰坡小区。小区不大，有四幢住宅楼，楼房不高，只有四层，李纪行就住在这个小区里。小区的大门口，马路对面有个老茶馆，名曰“老椰树茶馆”，李纪行是茶馆的常客。冬天正午的阳光，照样炽热烤人，北方人不觉得这是冬天。李纪行没有回家，他进入茶馆上了二楼，找一个靠窗的位置坐下，窗户正对着椰坡小区的大门口，在此喝茶，视野开阔，目睹街头风景，可以神思遐想。他先要了一壶茶，自斟自酌起来。李纪行是山西太原人，一九七七年恢复高考，考上山西大学中文系，一九八二年大学毕业后，被分配到山西省××厅。因一桩公案纠缠不清，他选择了暂时的逃离。李纪行带着三万元人民币，悄悄离开太原南下。他一个人火车、汽车、轮船辗转不停，在七月上旬终于来到了海南岛。

上岛半年来，李纪行从来没有同家里人联系过，到了海南后，更不愿意接触熟人。他有个老领导王副厅长，原来是山西省××厅的副厅长，海南建省伊始就从山西省调到海南省××厅，李纪行本来想去拜访，想想还是算了，人若问你来海南干什么，你总不能说是逃出来的吧？李纪行常去东湖闲逛，那个算卦老儿头也见过几次，老头儿不是每日必来，来无影去无踪的。老头儿讲话无所不谈，天文地理、政治经济、历史数学……看来是个文化人。李纪行想春节临近，该与家人联系一下了，最好是捎个口信回家。他还是想到老领导王副厅长。找王副厅长很容易，这儿离省政府很近，到他单位去找，只要王副厅长不外出,马上就可以找得到。李纪行家庭条件好,来海南时带着的三万元,只花了一半,经济不是很困难,除了房租,每天花钱并不多,三元钱一盘炒河粉,就吃得饱饱的了。和他同住一幢楼的有一位姓石的湖南人,才三十来岁,说是湖南大学毕业的。有一次两人聊天,对方说交不起房租了,因为工作难找,每天卖报赚点小钱,甚至还卖了几次血,这怎么能行呢?出于同情,李纪行借给他五百元。后来这男子把李纪行当作亲人看待,并告诉李纪行,他叫石文平,他的岳父还是一位副县长。李纪行思忖着,是否让石文平出面,先到海南省××厅打探一下,如果王副厅长在单位,李纪行再去找为好。午饭随意,更无奢求,李纪行点了一份干炒牛河。就这么办,他想,今天晚上就找石文平。一个人寂寞,中午不想回家了,就在茶馆休息。下午,他想到海南大学去拜访一位朋友。

下午三时许,李纪行打"摩的"来到海大,在一排浓荫蔽日的榕树下来回走动。今天是周五,上周已约好,与朋友在此见面。海南大学校园很大,几乎占去半个海甸岛。校园里有一个淡水湖,湖面宽阔,波光粼粼,名曰"东坡湖"。东坡湖那边,是海大的图书馆,李纪行来到海口,暂时隐名埋姓,熟人不见,朋友不交,海大图书馆便成了他经常的去处。图书馆有一个管理员叫吴墨仁,潇洒诙谐,三十而秃发。来过多次后,两人便熟悉了。吴墨仁贵州大学毕业,原在贵阳市财政部门工作,两年前辞职下海,他的梦想是在海南自己创业,成为一名儒商。可是到了海南,闯海的人太多了,人稠地窄连工作都找不到。创业更是无从谈起，日常生活都成了问题。

残酷的现实，彻底摧毁了吴墨仁的黄粱美梦。当图书馆管理员，本来只是他的权宜之计。上次两人见面，吴墨仁说今年春节回贵州老家，说不定过了年就不回来了。海南的冬季，午后的阳光仍然炽热，阳光透过繁枝茂叶的缝隙，斑斑点点洒落在湖边的绿茵上。海风偶尔吹来，脸上感觉到丝丝凉意。学生放假了，校园里显得格外清静。操场上，有几个男生在打篮球。林荫道上，一对情侣手勾手散步。海南可是个好地方呀，李纪行想，这是个养老度假的胜地，若再经过一二十年建设，绝对就是东方夏威夷。他想那吴墨仁虽然未老先衰，但实际年龄并不大，创业不是一时半会儿的事，不坚持是不可能成功的。今天见面劝一劝他，这样一个好朋友，李纪行舍不得就这样走了。他正在胡思乱想，远远看见那边的路上，有一光头骑着自行车晃悠着过来了，李纪行看得真切，来者正是吴墨仁。吴墨仁的坐骑，真是简单到了极点，可以肯定，这辆自行车再卸掉一个零件，就不能骑走，再增加一个零件，就是多余。一副骨架，两条轮胎，链条裸露，脚镫钢棍，筋肉俱废，皮毛不存，恰似剔骨一般。吴墨仁把车子靠树立定，因为车无支架。他衣着也极简单，半袖衫大裤衩，上下脱掉一件，担心裆无内裤。头发更是俭省节约，光光不留一丝半缕，纯粹艺术家水平——要么披头散发，要么干脆无发。吴墨仁笑着说："李哥，怎么来这么早，不是说好四点吗？"李纪行看了看手表才三点半，说："你不是也来早了？"自行车没放稳，顺着树根溜倒在草地上，吴墨仁又把车扶起，重新靠着树放好：“李哥，要不我们到图书馆，我泡壶茶，好好聊聊。今天我有件急事，想请教请教你，帮我分析分析。”李纪行开玩笑说：“有什么急事，又不是老婆跟人跑了。”吴墨仁嘿嘿一笑，说道：“正是老婆的事。走走走，到了图书馆，我再跟你说。”学校一放假，在校的师生除了周日外，每天上下午，可以到图书馆阅览室看书。吴墨仁的办公室，就在图书馆里面，办公室里一张办公桌，两把木头椅。在靠窗位置，放一盆鲜花，平添了几分生机。吴墨仁忙着开水沏茶，一个人一杯，两人面对面坐了下来。

李纪行没有喝茶的习惯，他吹吹茶沫，抿了一口，说：“小吴啊，这茶这么苦。”吴墨仁解释说：“这是五指山绿茶，开始有点苦，喝喝就甜了。”李纪行笑道：“好好好，苦尽甘来。”吴墨仁说：“李哥，我问你，女人生孩子需怀胎几个月？”李纪行随口回答道：“十个月啊！”吴墨仁眼球一转：“我老婆，她怀了十二个月哪！”李纪行问：“为什么这么长时间？”吴墨仁说：“因为我不在家。”李纪行眼睛一瞪：“胡说，你不在家，哪来的娃？”吴墨仁说：“这就是我要请教你的问题。我来海南整整一年，上个星期日，老婆生了个儿子，我是喜忧参半啊！”李纪行说：“也有延迟预产期的，不过延迟多长时间，这就不知道了。”吴墨仁说：“这几天，我查了一些历史资料，说哪吒母亲怀胎三年零六个月，但这都是神话啊！”李纪行哈哈一笑道：“你老婆给你生了个哪吒，喜事啊！”吴墨仁说：“所以啊，李大哥，今天过了小年，明天我回贵州，看看是怎么回事。我老婆早说怀了孩子，等不住我了，前天才生下来，我当爸爸了。一会儿，我准备买点特产带回去。李哥你是个好人，我和你告别一下，今后还不知有没有见面的机会。”李纪行说：“小吴你多保重，这个世界上，什么事都有可能发生，你不要轻易怀疑。老婆一个人在家，很辛苦的，真的不容易，没有调查，就没有发言权嘛！”吴墨仁说：“毛主席语录，调查就像十月怀胎，解决问题就像一朝分娩。调查就是解决问题。”李纪行说：“没必要调查了，孩子是真的，一个小哪吒，你高高兴兴地当爸爸就行啦。”吴墨仁说：“听李哥的，我相信，我老婆，她是爱我的。”李纪行说：“小吴，创业是很艰难的，无本难求利，这次回去，要把工作恢复了。现在国家有政策，你可以带着救生圈下海，创业成功了，再辞职不迟，不要太冒险了。”吴墨仁说：“有个财专学院，聘我去任教，我考虑考虑，先稳定下来，再做打算。”李纪行说：“今天晚上，我请你吃饭，你先出去买点海南特产，我在阅览室看会儿书，六点左右，你直接去海大南门外那个大排档，我俩喝酒庆祝一下，为吴哪吒胜利诞生！”吴墨仁说：“不是哪吒，我看是个黔吒！”李纪行哈哈一笑：“就叫黔吒，哪吒的小弟弟，不错不错！”

夜晚十点多钟。

李纪行带着醉意，怀里揣着一本书，打的从海甸岛回来，进了椰坡小区。登着楼梯上了四楼。

李纪行蹑手蹑脚，悄悄开门入室，拉亮了电灯。这是他租的小屋，小屋陈设简单，房顶垂一根电线，花线绳子孤苦伶仃吊一个小灯泡。房间很小，约三十平方米，一卫一厅一厨房，一桌一床一蚊帐，家徒四壁，无牵无挂，几件衣服和几本书散落在矮床之上。

李纪行进了厨房，拿起竹皮壳暖瓶倒了一杯水，水还温着，一口气喝了。他仰面八叉直躺在床上，习惯性地拿起书看，字不入眼，一目十行。他把书扔了，双手勾着后脑勺，盯着屋顶发呆。

“当当当……”有人敲门：“李大哥，李大哥，我是文平。”李纪行听是石文平，酒醒了大半，心想正要找这小子，自己来了。他把门打开，见石文平手里提个黑皮包，站在门外，龇牙咧嘴地笑。李纪行说：“笑什么，半夜三更的，干吗去了？”石文平嘿嘿笑得更厉害了。石文平进屋，把门关上，自己从暖瓶里倒了一杯水，咕咚咕咚一口气喝了，他长吁了一口气：“李大哥，赚钱原来很容易哟！”李纪行顶了一句：“胡说八道，天掉不下馅饼。你干什么去了？”石文平说：“祖传秘方，老当益壮。老寿星，壮阳丹。”石文平说着，从包里掏出一张纸，纸里包一个小盒子，打开小盒子，里面是一个黄蜡壳，剥开黄蜡壳，里面有个黑丸，黑黝黝放光泽。石文平说：“老头儿专用壮阳药。”李纪行说：“你去卖假药了吗？”石文平笑了，说：“我有个朋友，说姓窦，才二十出头，赤手空拳，背一双鞋来海南，三十六行，什么都干过，修锁子，配钥匙，收破烂，擦皮鞋，刻假章，卖证书，补胎打气，打胎补气，最近又卖假药，我亲眼看见他的制药过程，方便面、调料包、黑芝麻酱、植物油……混合，搅拌，揉搓，成型，晾晒，包装，然后卖掉，专卖给五十岁以上的男人，有人叫春药，有人说壮药，有人说保健药。昨天晚上，我俩制成两百颗，一颗三十元，今天在海口宾馆附近，一售而空。”石文平说完，从包里掏出一千元，放在了床上，说：“李哥，谢谢你，帮我渡过难关，我把钱还给你。”李纪行笑着说：“不用还，不用还，你这生意不可能持久，哄哄人而已，反正是真病假药瞎先生，别把人吃坏了，玩一下而已，今后还得走正道。”石文平说：“李哥说得对，这是第一次，也是最后一次，我们毕竟受过高等教育，原来也是闹着玩的，想不到效益这么好。”李纪行说：“还说效益呀，不被公安机关抓起来就不错了。”两人都哈哈大笑起来。

两个人天南地北又闲聊了一阵子，甚为开心。李纪行忽然想起一件事，说：“文平，你明天帮我办件事，到省××厅打听一个人，找一位叫王运春的副厅长，问清楚他的办公室门牌号，人在不在，就可以了。这钱借了五百元，还了一千元，我又不放高利贷，你收起来。”石文平说：“今后不会没钱了，就这样子。找人的事，这还不简单，我亲自见见他，都无所谓的，反正他也不认识我。”

石文平走了，李纪行睡了。

梦里不知身是客。还像是太原老家，晚上全家包饺子，他在电视机前看春晚，儿子李陶大声喊叫他：“爸爸，爸爸！”他被叫醒了。睁眼看四周，什么也没有。屋顶吊着的那个灯泡冷清清发着幽暗的光芒。

唉，小年也是年，李纪行心里想。

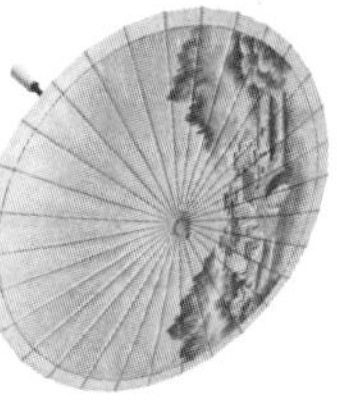

贰章　升迁

海口大英山机场。大英山机场在海口市南琼山县北,原来是个军用机场,海南建省后,遂改为民用机场。李纪行站在机场到达出口,手里拿着一个木牌,牌子上写着两个大字:王桃。接机的人很多,挤满了出口,一个个向里面张望。

二月杏花开,春风似剪刀。妻子陶青春,从太原打电话来,说接到李纪行单位的通知,通知他马上回来上班,并且知道他人在海南,电话是打到王副厅长办公室的。又过了两天,王副厅长派人通知李纪行,说先不要回太原了,再等待几天,单位可能有新的安排。国家改革开放,海南得天独厚,成了最大的经济特区,十万人才下海创业,自是商机无限。李纪行的单位决定在海南设立办事处,任命他为办事处主任,并委派一名刚毕业分配的大学生来海南协助工作。今天,他是来接这位大学生的。三天前,李纪行就开始做准备工作了,为了方便与外界联系,他出钱让房东安装了一部固定电话。半年时间客居他乡,总有些日用品添置,椰坡小区的房子,一年的租期未到,一时半会儿搬不了家,即使有了新的办公的地方,也不能把添置的家什都扔了。厅领导派来的是一位美女大学生,李纪行心想应当派个男的来,不知单位领导怎么考虑的,一个美女单人独马来海南,多有不便。他想这位同事来了,先住宾馆,然后再从长计议。李纪行昨天晚上,就准备了一个木牌,粘一张白纸在上面,上书“王桃”两个大字。

李纪行挤在人前面,把木牌高举,生怕出来的人看不见。已经出来几拨人了,仍不见有一人向他走来,他两眼放光,专挑美女看,心想哪一位是王桃啊,说是下午五点到,北京飞来的航班,现在五点半都多了,还不见人,是不是听错了。他心里嘀咕,美女应该从太原来,怎么从北京来了呢?李纪行急忙找机场人员询问,才得到确切消息,这趟飞机因为出故障,停在广州机场,何时到达海口,还须等待通知。

李纪行从机场出来,手里拿着木牌,这个木牌还要用。他叫停了一辆出租车,从机场东路转到海府路,在椰坡小区门口下了车。这时候听着有人喊:“李大哥,李主任,李主任。”是喊谁呢?李纪行回头一看,哟,是石文平跑过来了。“你喊什么呀,有事吗?”李纪行问道。石文平笑嘻嘻地说:“我喊你呀,你不是李主任吗?山西省 ×× 厅的办事处主任啊。”李纪行恍然大悟,噢,石文平已经知道,他李纪行现在有了官衔了。李纪行淡然一笑,说:“才几天没见面了,你消息倒是灵通啊。”石文平说:“不是灵通,是王副厅长说的。还有,今天晚上王副厅长设宴,在琼园宾馆招待你和你新来的同事,让我在这里等着,说你到机场接人去了。王厅长说,还是个女大学生啊,恭喜恭喜,那人呢？”李纪行说：“唉，飞机出故障了，还停在广州呢。”石文平急着问：“那飞机什么时候到海口？”李纪行说：“不知道，等待通知。”石文平说：“那我俩去琼园宾馆吧，王副厅长正等着呢。”李纪行点头说：“可以，打个出租车去。”石文平打趣说：“当主任了，从今以后再不坐摩托车了吧。”李纪行笑笑说：“不是那个意思，我们两人坐摩托，不安全，还拿个木牌。”石文平对着马路招招手，正好一辆出租车开过来，两人上了车，驶向琼园宾馆。

琼园宾馆在白龙路，离省政府很近，省政府招待客人一般都在这里。李纪行和石文平路边下车。从街道上看，这个宾馆外表上显得朴实无华，大门的一边挂一面铜牌，镌刻“琼园宾馆”四个黑字，俨然一个普通机关单位。可是一进院子里，其景象大有不同。亭台楼榭，绿树成荫，小桥流水，鸟语花香。宾馆的客房是一幢幢小别墅，隐藏在绿树碧水中。一位美女服务员上前接引，红色旗袍，窈窕身姿，飘飘然，绕曲径，走连廊，过小桥，把两人引到一个去处。李纪行心里想着，太原的晋祠宾馆，当年的龙城首府也不过如此。

曲径通幽，现一方亭，石台基础，立柱尖顶，玻璃幕墙，四周围合。亭子里面，见几个身影左右晃动。红旗袍美女把客人交给绿短裙小妹，扭身返回去了。亭门敞开，亭子里的人都站立起来了：“欢迎欢迎，李主任，大驾光临。”能听得出来，是王副厅长的声音，毕竟是老领导了。李纪行手拿木牌没处摆放，像个上访人员，石文平看在眼里，赶紧把牌子接了过来。

李纪行故意显示出受宠若惊的样子，连忙说："王厅长，您好，您好！各位领导，失礼了，失礼了。"王副厅长问："李主任，接到人了吗？"石文平忙接话说："飞机延误了，还在广州呢。"王副厅长说："还不知什么时候到。大家请坐，请坐，我来介绍一下。这位是山西省人民政府 ×× 厅驻琼办李主任，李纪行，我原来的同事，大学毕业，年轻有为。"李纪行慌不择言："大家好！王厅长是我老领导了，我是初来乍到，请各位多多关照，多多关照。"王副厅长招呼众人道："大家请坐，请坐，我来做个介绍。"李纪行注意到，这个方亭里面很大，亭子中间，放一个大圆餐桌，亭子四周，是藤椅和茶几，一个个排列组合。大家列次而坐，抽烟喝茶。王副厅长一一介绍，李纪行一一握手，哈腰，点头，久仰久仰，幸会幸会。按顺时针是："这位刘书京，中蒙黄牛公司总经理。这位冼关鸠，琼达房地产公司总经理。这位我们山西老乡，魏进行长，中行海南省分行。这位是这个琼园宾馆总经理，谢总，谢发球。还有，我的司机小皮，皮休。这位是？"冼关鸠忙站起来说："这位是方遒，我的司机，兼经理助理。"王副厅长用手指着石文平，正要开口说话，石文平自己介绍开了，说："我叫石文平，湖南桂阳人，是海南石琼药业有限公司董事长，兼总经理，大家就叫我小石好啦。"李纪行听罢，又吃了一惊，心想：这个石文平，穷则思变，不仅卖假药，什么时候变成董事长啦，从来没听说过呀。他心里虽然这么想，但是没吭声。去年年底，李纪行通过石文平，与王运春副厅长取得了联系，王副厅长也通过调查了解，知道李纪行是没有什么问题的，只是在问题没有落实以前，官场上的规矩，两人最好不要见面。因此，凡是有什么事，通过石文平去联系。今晚，是王副厅长第一次招待李纪行。王副厅长已年届五十，毕竟是老领导了，呼朋唤友的，场面搞得十分隆重。王副厅长把新朋老友一一介绍，其实早到的客人们，都已经互相介绍认识了，这回主要是为了把李纪行和石文平介绍给客人。李纪行听王副厅长介绍，海南当地的四个人，冼关鸠、谢发球、皮休、方遒，他没有听清楚，怎么两个姓谢的，还有一个叫什么貔貅，一个叫方球，球是方的吗？王副厅长山西口音，也说不准这几个名字。李纪行便问道："二位老总，都姓谢吗？"

王副厅长哈哈一笑，遂又解释说："这位是宾馆的老板，是感谢的谢；这位是房地产老总，是冼夫人的冼，海南有位女英雄，原名冼英，就是冼夫人；皮休，是皮毛的皮，休息的休，不是工艺品的那个貔貅。方遒呢，毛主席诗词，书生意气，挥斥方遒。"李纪行点头称是，心里想不错不错，这几个名字都有趣味。这时候，刘书京才掏出名片，颁奖似的一一发送，冼关鸠、谢发球、石文平也掏出各自的名片互相交换，李纪行没有名片，王副厅长官大不发名片，大家都认识。皮休、方遒是司机，也没有名片。李纪行心里想，现在名片成为炫耀身份的象征。其实殊不知，传递名片的，都是身份一般的人，大富大贵的人，是不需要名片的，平民百姓也不兴这个。清末民初时期叫名刺，求见拜谒呈上名刺，说明身份引起重视。清高者不用名片，故叫隐士，逃逸者若用名片，那叫自投罗网。这时，李纪行故意向石文平要了一张名片，一看，名片上赫然一行字：海南石琼药业有限责任公司，下面黑体字：董事长兼总经理，地址：海口市经济开发区，电话号码一串数字，不知是真是假。刘书京的名片更吓人，到底不愧是首都的大公司，除了公司名称、姓名、地址、电话、邮编外，名片背面印着两颗角顶角的牛头，几个隶体汉字令人惊叹："黄牛精神育牛黄"，经营范围是：牛黄种植，产品是：安宫牛黄丸。石文平一看刘书京的名片，先是一惊，又一细想，如获至宝，便牛头砥砺般地大声喊叫起来："呀呀呀，刘老总，我们海南与北京，两个兄弟公司来个大合作，在海南种牛黄，生产牛黄解毒丸，一定能够成功。"石文平心里一着急，竟把安宫牛黄丸说成牛黄解毒丸了。刘书京说："我们主要生产安宫牛黄丸，这个药，是我们国家的中药瑰宝，海南养的水牛与北方的黄牛有区别，如何种植牛黄，还没有经验，我这次来琼，主要是做调查研究的。贵公司主要生产什么产品，是中药还是西药？"刘书京这么一问，把石文平给问住了，结结巴巴说不上话来。李纪行忙来解围说："刘总好，石总的公司正在筹建中，你俩可以互相合作，将来必定大有作为。"李纪行的担心，万一到了二日天明，首都北京来的刘总，真的要去参观石琼药业公司，到时候怎么办？石文平现在正处于危难之际，正是有限公司，公司有限啊！

夜幕低垂，华灯初上。琼园宾馆灯火通明，火树银花，院里一汪池水，在灯光熠耀下，倒映出一片片七彩斑斓的光华叠影。一个个身着白衫绿裙的美女服务员，端着盘子进进出出，大圆桌上面，杯盘碗盏，热巾湿纸，早已摆放整齐了。

王副厅长正面坐定，李纪行和刘书京一左一右，其他客人列次而坐。王副厅长环顾左右，先用湿毛巾擦脸擦手，然后说："小皮，你打个电话，问一下停在广州的那个航班，什么时候到海口？"皮休站起来说："好的，我回办公室打。"谢发球说："不用不用，回省政府太远了，你让前台经理开一下我办公室，电话随便打。"皮休说："好的好的。"王副厅长吩咐说："你直接打机场领导办公室电话，说这趟飞机从北京来，有省政府的客人。"皮休说："好的。"王副厅长又笑笑说："谢经理，我们开席吧？就差一位客人，还在广州呢，想等也等不到啦。"谢发球说："好的，那就开始吧。"他对着门口的一位服务员说："小符，你告诉李经理，上菜吧。"

今晚这桌酒席是高规格的。不大一会儿，一位位美女服务员，端着盘子从门口走进来。接待有标准，上菜有程序。第一轮，茶水、点心、果盘，一杯茶，比酒盅大一点，可喝可漱口；点心，手指头肚儿大小四块。水果，每人一份，别具匠心。西瓜块、苹果块、芒果块、葡萄、草莓、龙眼，各种各样，不在果盘里，都扎在八株高约三十厘米的白色小树枝上，小树枝是塑料制品，水果可以用刀叉取下来。客人一边欣赏，一边品尝，一边赞美。五分钟之后是第二轮，蛮腰玻璃杯，内盛鸡尾酒，用手一晃动，各种颜色，孔雀凤凰，流体世界，杯中乾坤，佐以青碟小菜。茅台、干红、啤酒，每人面前各一杯，饮用随意。椰汁、橙汁、西瓜汁，各取所需。

王副厅长站起来，致祝酒词："各位朋友，感谢大家的光临！我也是山西人，改革开放，海南建省，我受组织委派，来到海南工作，已经有两年了。这两年的工作生活，使我认识到，海南真是个好地方。退休以后，我就在海南养老了。在座的，李纪行主任是山西人；其实，这位北京的刘总，他老家也是山西人。李纪行主任山西太原人，原来我俩在一个单位工作，他刚被任命为驻琼办主任。今晚，我们为他庆贺一下，也介绍各位认识认识。我们今后要互通信息，互相交流，取长补短，内引外联，开展合作。大家团结起来，把我们的海南建设成为中华民族的大花园。为我们天涯海角有缘相会，为李主任前来海南工作，我们大家共同干一杯！"所有人站起来，都说："干一杯！"

四位美女，四个方位，粉臂玉指，续箸添匙。接着第三轮，燕窝白，鱼翅黄，一人一盅，稀里糊涂；鲍鱼煨鸟蛋，乌龟炖高汤；东山羊、和乐蟹，文昌鸡、加积鸭，四大名菜；龙虾刺身、三文鱼片，置于冰雪瓷盆之上。第四轮，芥苗青、菜花黄、琼菜烩、豆腐汤，荤素搭配，味美色香。不到一刻钟，盆盘堆积，高低错落，玻璃陶瓷，琳琅一桌。皮休从门口进来，他的位置前面的桌上，早已摆满酒菜。皮休报告说："王厅长，机场回复说，今夜凌晨一点，飞机才能到达海口。"王副厅长点点头道："你先吃饭吧。今晚陪李主任到机场，把客人接回来，就住在琼园宾馆。"王副厅长看一眼谢经理，谢经理点头会意。皮休说："好的。"看来，司机是领导的腿，须臾都离不开啊！

四位美眉，八位食客，一女侍二男，殷勤且周到，满斟浅酌，左右逢源。这一桌人,已吃得心满意足,喝得醉意朦胧了。客人们之间互敬互让,喝酒吃菜,气氛和谐。李纪行端着酒杯,站起来说:“王厅长、谢经理、各位好朋友,纪行承蒙各位错爱,非常感谢,也非常惭愧。本人年龄,三十有六,做人持家,一事无成。来到海南,因缘巧合。时事沧桑,风云际会。正如老领导王厅长说,海南是个好地方。一千年前的苏东坡,被贬此地,住了三年,开化文明,竟然不想走了。他吟诗说,我本儋耳人,寄生西蜀州,忽然跨海去,譬如事远游。又说,他年谁作舆地志,海南万里真吾乡。他还说,九死南荒吾不恨,兹游奇绝冠平生。可见,他庆幸被贬官,因祸得福,无怨无悔,反而爱上了海南岛,不想回大陆去了。可见海南岛自古以来,就有它独特的魅力。我们这些人,来自天南海北的朋友,今晚有缘来相聚,也是天作之合。我李纪行衷心地感谢大家的关爱,我干酒一杯,以表寸心!”李纪行高举酒杯,仰首一饮而尽。客人们都站起来说,恭喜恭喜,谢谢,谢谢,讲得好,讲得好,也都把酒干了。刘书京说:“嘿嘿,人说海南环境好,就是热得受不了。当年北宋苏东坡来到这里,海南还是蛮荒之地。若被贬到海南,那是九死一生,遇到台风暴雨,吃饭都成问题。昨天去五公祠,看到东坡一首诗说:‘北船不到米如珠,醉饱萧条半月无。明日东家知祀灶,只鸡斗酒定膰吾。’当时没有电,哪里有空调,估计没医也没药,生存下来是很困难的,若被贬到海南岛,是仅次于死刑的一种惩罚了。”

众人同赞,喝酒吃菜。王副厅长说:“文化人无论到哪里,都有其独特的生活方式，有时候虽然一贫如洗，总是要从文化里寻找快乐。唐诗宋词绝代风骚，后来者都难以企及。所谓对酒当歌之意，是像李白一样，自己边喝酒边歌唱。现在呢，是自己喝酒，让别人唱歌。当然，古今都有专业的歌手，艺伎歌伎，那是另当别论了。古代许多诗词歌赋，都是酒席上作出的，最出名的《滕王阁序》，就是像我们今天一样，一边喝酒一边写出来的，作者就是我们山西人王勃，当时才二十来岁。皮休，你多大啦？”皮休正在吃喝，没提防人问他，吃了一惊，他忙把筷子一放，忙说：“我二十啦。”王副厅长一笑说：“和王勃一般儿大。只是可惜，王勃到南方省亲，落水遇难，可惜。”皮休说：“他来海南了吗？”王副厅长瞪了皮休一眼，说：“他去了越南啦。来来来，大家举杯，我们再干一杯。”这个时候，谢发球心里打鼓，难道王副厅长话里有话，是不是想要个美女唱歌来？他于是试探问说：“王厅长，海口歌舞厅很多，我们宾馆，您也批准开一个，客人来了活跃一下气氛。”谢发球知道，开歌舞厅是要经过××厅批准的，不是谁都能开的。王副厅长举起杯说：“先喝酒，谢经理开歌厅，我大力支持，来，再干一杯。”

王副厅长一席话，打动了石文平。是的，文化人无论走到哪里，都会从文化中寻找快乐，不管政治迫害，不管穷困潦倒，一颗追求真理的心永不动摇。回想自己来到海南千辛万苦，不免有些伤感。他拿起一支中华烟，自己点着，抽了几口，又马上熄灭了。王副厅长看出来了，说：“我本人气管不好，不抽烟，你们谁想抽烟，自己随便抽，我不怕二手烟。”这些抽烟的人，如冼关鸠、谢发球、方遒、刘书京,四位早已烟瘾上来,都点烟抽开了。亭子里,一时间青烟缭绕,云遮雾罩。一桌人操着不同的口音,开始深入交谈,家庭儿女,理想事业,东拉西扯,口无遮拦,虽然都非至交老友,萍水相逢,却如亲兄弟一般了,正应了白居易的一句诗,同是天涯沦落人,相逢何必曾相识。冼关鸠说:"现在社会上流行三句话,不到北京不知自己官小,不到深圳不知自己钱少,不到海南不知自己身体不好。最后一句,意思是海南小姐多,我不赞成,我是海南本地人,即使海南的小姐多,还不都是从大陆过来的吗?"

魏进行长接过话说:"小姐也是人,这种现象,古今中外从来到处都有。我们的法律法规伦理道德,是要限制这些东西的,但是这是一种社会现象。从经济学角度讲,也是一种供求关系,商品像一股水,只要有缝隙,就会钻进去。食色,性也,戒贪戒欲,所谓控制,不能过度,但也杜绝不了。有人学佛不近女色,人人不近女色,是不是人类就会灭亡了?不过请你放心,没有统一的一成不变的事物,都是千差万别的,世界上没有两个一模一样的人,也没有两个一模一样的物,只有万事皆空。陆游的诗句,死去原知万事空。哈哈哈哈!"看来是都喝多了,所答非所问,想说什么就说什么,想起什么就说什么。酒是好东西,能把人弄成这样子,一觉醒来,又能恢复如初。石文平此时诗性大发,摇头晃脑说:"如此良夜美景,我作一首诗,请各位欣赏。诗曰,人说海南风光好,海南美女太多了。一年四季春常在,春花秋月何时了!"众人一听,哟,石文平有两下子,人说山西好风光，他说人说海南风光好，后两句，一句歌词，一句古诗，把别人的东西都用上了。王副厅长听罢，哈哈大笑，赞美道："不错，不错，一个好，一个了，好是了，了是好，好了、了好都好了。《红楼梦》的《好了歌》，古诗新解，必成经典。这样这样，就是这个'好了'，一句好，一句了，大家每人作一句《好了歌》，能对上的自由，对不上的喝酒。从石文平开始，到李纪行结束，怎么样？皮休、方遒，如果对不上，喝一瓶矿泉水！"石文平说："王厅长，我说过了呀。"王副厅长一笑："那一首不算。"按照座位次序，石文平、谢发球、冼关鸠、方遒、皮休、魏进、刘书京、王运春、李纪行。四位美女服务员为客人们一个个添茶满酒杯，然后，乖乖坐在沙发上看热闹了。

大家依次行令。

石文平：世人都说海南好，见面便问离婚了？

谢发球：世人都说海南好，空气清新比不了。

冼关鸠：世人都说海南好，喝个椰子不渴了。

方　遒：拿起一瓶矿泉水，一饮而尽。

皮　休：拿起一瓶矿泉水，一饮而尽。

魏　进：世人都说海南好，蚊子咬得痒死了。

刘书京：世人都说海南好，海鲜多得吃不了。

王运春：世人都说海南好，天气热得受不了。

李纪行：世人都说海南好，一年四季花开了。

石文平：世人都说海南好，红豆相思忘不了。

谢发球：世人都说海南好，咳嗽气喘没有了。

冼关鸠：世人都说海南好，心悸头晕都去了。

方　遒：我想好了，世人都说海南好，走私汽车到处跑。

皮　休：你没有了，今晚不敢多喝酒，警察抓住进去了。

方遒和皮休两个司机合作了一首，也是“好了”，把大家逗得哈哈大笑起来。

石文平说：“我们这些好了歌，都不正宗，李主任是大学中文系毕业，文采华章十分了得。请他给我们现场作一首依《红楼梦》的《好了歌》，快乐快乐，好不好？”众人一听，鼓掌欢迎。王副厅长说：“我知道，李主任，琴棋书画，无所不通。”

李纪行站起来说：“王厅长，您过奖了，我照《红楼梦》原韵，试作一首，各位都是成功人士，权当取乐而已，并请大家指正。”李纪行用普通话，娓娓道来：

世人都晓神仙好，只有海南忘不了。
北方十月风雪寒，老头老太都来了。
世人都晓神仙好，只有美色忘不了。
寻欢作乐歌舞场，腰包钞票掏光了。
世人都晓神仙好，只有吃喝忘不了。
人来客往酒宴多，都把身体搞垮了。
世人都晓神仙好，只有生死忘不了。
淡泊名利莫操心，海南养老最好了。

李纪行话音一落，众皆拍手叫好。石文平说：“李主任床头上经常放一本《红楼梦》，我看快成红学家了。我认为这首《好了歌》，比《红楼梦》那首健康，我试试能不能用郭兰英的曲子唱：人说山西好风光，地肥水美五谷香，左手一指太行山，右手一指是吕梁。”石文平先亮亮嗓子，高声唱了起来：“世人都晓神仙好，只有海南忘不了。北方十月风雪寒，老头老太都来了。”嘿嘿，还挺好听。特别是“都来了”三个字，拐弯抹角地唱，在座的客人和服务员听他这一反串，都哈哈笑起来了，大家鼓掌叫好。王副厅长笑着说：“小石小石，这首歌一唱，你石文平一炮走红，全国闻名，哈哈哈哈！”石文平也在笑，李纪行说：“我那本《红楼梦》是从海大图书馆借来的。《红楼梦》《好了歌》还有个注解，是跛足道人念歌，甄士隐作注，解来注去，不过八个字：人生无常，随缘放下。如此而已。我这首歌，明白如话。”王副厅长说：“我国文化界，有人一辈子研究《红楼梦》，曹雪芹若能复活，一定笑破肚皮。我看都是作者无意，读者乱猜。这几年播出的电视剧《红楼梦》，我觉得编排得很好，就是那个家族、那个时代的生活写照。我们文艺工作者，今后要多创作，特别是反映海南的文艺作品，电影电视，小说啦，歌曲啦，等等。前年春晚，李双江唱的《我爱五指山，我爱万泉河》，就是很好的歌曲嘛。”刘书京说：“北京现在还建了个大观园，成为新的旅游景点，什么时候到北京，我带各位去观光。”大家纷纷表示感谢，欢笑不已。

没有不散的筵席。十点钟，时间不早了，客人们一个个酒足饭饱，握手再见，临别赠言，一桌天南地北的朋友，从此都各奔东西去了。虽然相见恨晚，却是再见也难。按照王副厅长的安排，琼园宾馆谢发球经理安排了两个房间，石文平陪伴李纪行办理登记手续，两人开了一个房间，在房间里聊天。皮休送王副厅长回家，约好十二点过来接李纪行去机场。

石文平酒醉心明，他说："李主任，那位刘书京和你是山西老乡，你方便时出个面，我想与他合作，北京来的都是爷，皇都福地上通天，现在海南省也鼓励内引外联搞活经济，我们有了靠山，今后什么事都好办了。"李纪行说："这个没有问题，只是你一穷二白，创业的资金哪里来，总不能再去卖假药吧。"说着，两个人都笑了起来。

石文平点了一支烟，边抽烟边说："我原来也是大学毕业分配的国家干部，现在虽然下了海，还有一定的人脉关系。我打算近期回一趟湖南老家，动员政府部门和企业单位到海南投资。再游说一下各大银行，只要项目好，就不愁没有资金。"李纪行说："好的，我们抽时间与刘书京谈谈，看看能不能先签个意向，然后你回去，再筹备资金，空口无凭啊！"

两人聊到十二点，听着有人敲门，是皮休来了。皮休说："李主任，王厅长说，我们早点到机场，飞机的时间不准，万一飞机早到，就误了客人。"李纪行对石文平说："我和小皮去接人，你回去休息吧，明天再议。"石文平关心地说："好的，李主任，你也早点休息。"三人离开宾馆，石文平自己走了，李纪行乘皮休开的马自达轿车，驶向机场。

车行了十几分钟，皮休将车停在停车场。李纪行手里仍然拿着那个木牌，两人向机场到达出口走去。到达大厅里的人寥寥无几，看来今天是再没有航班了，说不定只有北京这一个航班，李纪行心里想。正欲上前询问值班人员，看见大厅中央站着一位红衣黑发女郎。女郎窈窕身姿，长发飘飘，两眼迷茫，正在向他探望。李纪行下意识地手举木牌一晃，女郎看见了，拉一个拉杆旅行箱，迎面走了过来："您好，您是李纪行主任吧？"李纪行忙不迭说："是，是是，你是？"女郎笑容灿烂："我是王桃。"李纪行如梦初醒："呀，你早到了？不是说一点才到吗？"王桃说："广州机场停了四个小时，十二点一刻，刚到海口。"皮休一见大美女王桃，飘飘然若仙女下凡，赶紧帮助拉皮箱，忙不迭地说："对不起呀，王厅长说早点来，来晚了，来晚了。"王桃忙说："自己人，别客气，早点晚点不要紧，我是来协助李主任工作的。你就是王厅长司机，小皮皮休吧？"皮休说："是是是，我给你打过几次电话，早就知道你要来海南，是王厅长让我联系的。"三人说着亲热话，早到了停车场，把拉杆旅行箱搬进汽车后备厢，王桃坐在后排座位上。汽车大灯亮起，徐徐驶出了停车场，向市区驰去。

回到琼园宾馆，把王桃安顿住下，已过子夜。王桃从北京到广州，半夜到海口，奔波劳累，道声晚安之后，便进门休息去了。

李纪行躺在床上，微微醉意睡不着。今天，他两眼一睁，忙到熄灯，为了迎接王桃，做了很多准备，最后飞机延误，可还是没有按时接到人，心里懊丧不已。王桃来海南工作，单位设立办事处，对他来说都有些意外，若无那件纠缠不清的公案他不一定来海南，他似乎没有石文平的决心，干吗去辞职下海经商创业。他只是想着过平平淡淡的日子。他想着今晚刚见王桃，有点似曾相识的感觉，不知何时何地见过，今后两人在一起了，这预示着一种新的开始。福祸相倚，前程未卜。

夜，静悄悄。

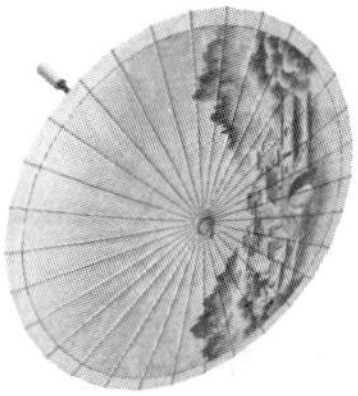

叁章　买地

南渡江像青龙之一爪，从五指山麓向北伸出，直探琼州海峡，在海峡南岸又分开三指，一指横沟河，一指海甸河，一指新埠河，硬生生把南部海岸的礁土岩石，抓出两个十几平方公里的小岛来，一名海甸岛，一名新埠岛。在这两个小岛上，零散着十几个小村庄，每个村庄居民百八十户，七零八落不成规模。渔船扁舟，斗笠水牛，种地捕鱼，耕田织网，日出日落，自由自在。海口，顾名思义，即南渡江之入海口。海南省内三大河流，第一是南渡江，第二是昌化江，“我爱五指山，我爱万泉河”，万泉河就是第三大河了。二十世纪七八十年代，海南大学选址海甸岛，占去了一大半的土地面积。海甸岛从此人渐增多，筑高楼砌矮舍，开始繁华起来了。

海南大学校园东边，有一个别墅区，占地面积百十余亩，内有五六十幢别墅，名曰“龙跃别墅区”。李纪行和王桃，就住在这个小区临街的一幢别墅里。此时的北方，还是春寒料峭的时候，海南已然盛夏炎炎了。上午九时许，王桃从三楼下到一楼大厅来。她身穿连衣裙，上身白下身蓝，显得素洁清纯，手拿一张报纸，兴高采烈地说："主任，主任，有个广告你看看。"李纪行接过报纸，《海岛晚报》广告栏，醒目一行：海口市东海岸桂林洋百亩虾塘优惠转让，价格面议，后面是联系人陈先生电话。李纪行抬起头笑着问："小王，你想养虾啊？"王桃一笑道："厅里让我们找项目，我想这南方雨水多，养鱼养虾，卖鱼卖虾，不也挺好吗？"李纪行又问道："桂林洋远不远？"王桃眼睛一眨，说："我们开车去，边走边问路，还怕找不到吗？"

王桃像只小喜鹊，喳喳一叫少烦恼。王桃来到海口，只在琼园宾馆住了三天，两人就在海甸岛租下了这幢别墅。此地离海南大学近，有几个考虑，一是便于李纪行到海大图书馆看书，二是远离市中心，租金便宜，三是三层别墅四百多平方米，七个房间，办公、住宿、客房统筹兼顾都可利用。

驻琼办事处是派出机构，没有法人资格，两人注册了一个公司，公司性质属于国有，注册资金一千万元。李纪行是公司法人总经理，王桃是副总经理，什么时候有了项目，再招聘工作人员，一套人马两块牌子。别墅一楼集体办公，二楼李纪行住一个套间，三楼王桃住一个有大阳台的单间，一楼有一间车库，一间厨房，一间保姆房。二楼三楼，都空有两个房间做客房备用。万事俱备，找到项目，就马上可以开展工作。开始时，李纪行想不通，厅长派个美女来协助工作，多大的不方便。过了一段时间，从想不通到舍不得，王桃二十四岁，一米七上下的身材，端庄优雅，出言吐语，待人接物，落落大方，简直无可挑剔，李纪行此时心满意足了。尽管如此的美好，不知道为什么，他心里总有一种莫名的担忧。眼下来不及思虑多想,开展工作要紧,否则无法向上级交代。两人雷厉风行,说走就走。这几天跑项目,他俩租了一辆小红色桑塔纳,李纪行开着车,王桃指路问路,过了南渡江大桥,一路颠簸,找到桂林洋农场。

这个虾塘,似有两三百亩,虾塘北边有一排旧房,虾塘堤岸上有几个渔民正在拉网干活。只见水面上波光粼粼,喷泉似的水花飞溅,应当是向水里灌注氧气。碧水中间游动一条小船,船上站有一人,远远划船过来。只见此人身穿短裤背心,头戴斗笠,身高足有一米八,气宇轩昂,皮肤黝黑,身体健硕。

"陈老板,有客人找你。"岸上有一个渔民,对着船上的人高声喊叫道。"让客人等一下,我马上就来。"船上的人回应。这人上了堤岸,匆匆走过来,见面前站着一男一女,心想:哪来的一对儿鸳鸯,风度翩翩的,是记者,还是华侨?不像呀。是政府官员?也不像。这位叫陈老板的,一边走一边说:"二位辛苦了,你们是找我吗?"王桃问:"你不是陈老板吗?"对方回答说:"是啊是啊,我叫陈铁。"王桃问:"你登广告卖虾塘吗?"陈铁忙应道:"是是是,你们想买虾塘吗?"王桃说:"对,我们先了解一下,想买。"陈铁老板与李纪行、王桃一一握手,客客气气,他把两人带到了一排房子中间,推门进了一个房间,看样子这就是接待室了。

房间里陈设简单,一个办公桌子,地上放着渔网钓竿,陈老板自我介绍说:"我叫陈铁,是湖北省武汉市黄陂人,一九八五年西北农林专科学校毕业,后来辗转来到海南岛。我学的是水产养殖类，到海南有用武之地。我先租了几十亩大一个小水塘，开始养鱼养虾，卖了鱼虾有了收益，再归租还本，生意经倒着念，就念活了。我在当地雇了几个渔民，专门摸索养虾技术，第一年就大获丰收，后来又扩大战果，一连租下五个水面，有四五百亩。随着来海南的人越来越多，消费市场也越来越大，生意越来越好。这地方的人给我起了个外号，都叫我陈大虾。”陈铁说着笑了起来。陈铁接着说：“这挺好玩的，现在，我想转行了，所以才要转让几个虾塘出去，并非经营不下去了。”李纪行说：“我们俩是山西人，在海口想找个项目，看到报纸上的广告，才找到你这儿来的。”陈大虾抽了一口烟，说：“我已经养了三年虾了，不瞒你说，养虾也不是那么简单，既是技术活，又要靠天时地利，台风来了都会受影响，要有防备的措施，没有经验的人，是难以成功的。你俩来自山西，黄土高原的人，不识鱼水之利，南方人才可以干这一行。看你两口子都是知识分子，是想下海创业了吧？我劝你夫妻俩还是干点别的事，农业和养殖业终究难图大利。看你俩念过大学，懂得经济学里讲的剪刀差吧，农林牧渔业价格受调控，如果市场上价格太高，是不能持久的，关系国计民生，市场波动很大，偶尔赚点小钱。你想一想，凡是种地的养殖的，都是农民牧民渔民，哪个发了大财？我也是准备转行，所以想卖掉这几个虾塘。不过话又说回来，如果没有多少钱，养鱼养虾，也是生存之道，吃鱼肉喝美酒，神仙过的日子。关键看你有多大的追求。总的来说，我卖虾塘为了转行，对于你们不太适应，我说的可都是真心话啊。”

陈铁陈大虾一席话，使李纪行和王桃冷静下来了。陈大虾就地取材，招待了李纪行和王桃，美美吃了一顿海鲜火锅。这次买虾塘也是一时的冲动，虾塘虽然没有买成，由于谈得愉快，却相互成为好朋友了。吃过午饭以后，李纪行和王桃便开车返回市区。

过了两天，一个下午，李纪行接到陈大虾的电话，说晚上他要请客，到龙昆南路海龙王海鲜城去吃海鲜，并介绍几个朋友，一起认识认识。

李纪行和王桃开着小红色桑塔纳，如约而至。夜晚的海龙王灯火辉煌，顾客盈门。陈大虾的客人在七仙岭包厢，客人们陆续到齐，众男女围桌坐定。陈大虾一人站着，手指夹着香烟，把来的客人一一介绍，他说："这位是史总，湖南人，房地产大老板；这位是林总，海南人，房地产大老板；这位是吴总，是我湖北老乡，建筑公司大老板；这位冯总，西安人，三亚湾酒店的大老板。"桌子那面坐着一位中年女士，身上珠光宝气，陈大虾伸开五指，打太极拳似的，一只手慢动作向前推，手掌心远对着桌子对面，一字一板地说："各位，我来介绍一下，这位是台湾的江美丽女士，经营连锁酒店，大老板。这位是……"陈大虾掉转身，说："这位是李主任，山西省 ×× 厅驻琼办事处的主任。这位是王女士，李主任介绍一下？"李纪行看着王桃，紧接过话茬说："这是山西省 ×× 厅驻琼办的王桃主任。"这一桌人互相谦让，一个个点头哈腰，一声声幸会幸会。

李纪行仔细观察，这位冯总似曾相识。这桌客人都是生意人，生意人一起吃饭不用排座次，没有多少讲究，桌子板凳一般高，自然随意平起平坐，没有领导也没有下属。吃饭前没有开场白，没把请客吃饭搞成像开会似的。商场不同于官场，商场讲资本实力，官场讲职位高低。生猛海鲜早已齐备，三杯下肚就开始吹牛。陈大虾开始说话了："俗话说，家有千万不如有个破店。我要向冯总学习，也准备开个大酒店。"吴总是饭不白吃酒不白喝，知道自己应该说啥，他吹捧自己的湖北老乡说："以陈总的实力，我看可以开连锁酒店，海南十九个县市，一个地方开一家，再向全国发展。"林总眨眨眼说："不如干脆买几块地做房地产，自己盖酒店经济上比较合算，租赁物业开酒店，要付租金又要装修花多少钱，把银子全贴人家墙上了，既不经济风险又大。"江美丽听不太懂大陆的地方话，她自己的口音也是台湾味十足："我们寄望和陈老总合作共赢，寄望各位老总多多几齐（支持）的啦。"冯总说："各位，依我看，将来海南的土地价格会达到一亩上千万元，也就是二三十年的事情，必定寸土寸金。海南不同于内陆，一片孤岛四面环水，用一亩就少一亩，填海填不出多少陆地来。唯一的办法是向空间发展，你可以盖高楼大厦，科技进步很快，说不定五十年一百年，一个城市就是一棵参天大树，我们都住在半天空云层之上。那个时候我们做的不是房地产而是房天产，天空值了钱，土地不值钱。你想想，成千上万人住在半空中，你住在地面上，从空中散落下来的垃圾、尘埃、屎尿都掉你头上了，谁还敢住在地面上？缝衣服不小心掉下个绣花针，落在地上就有千钧之重，把人都能打穿了。"

冯总说笑话，大家听得都来了劲儿，陈大虾说：“不对不对，好像初中老师说，那是自由落体运动，掉下根鸡毛和掉下块石头，速度是一样的，是砸不死人的。”冯总哈哈一笑：“那么好了，鸡毛砸我头上，用那石头砸你，不信你试试。”李纪行和王桃只是赔着笑脸听。史总说：“到时候呀，土地局没有了，变成天空局，警察站在天上吹哨子指挥交通，台湾问题解决了，世界大战在天上打。地球成了一个空壳，人人背一块中华烟盒大小的太阳能发电机，飞来飞去的。所谓的世界上也不存在了，是天空上了，台湾也就自然解放了。人一死从窗口一扔，忽悠悠掉下来找不到了，哈哈哈哈！”众人都大笑起来。这时候，见包厢门口站着一个人，这个人说：“陈铁老总，你这一桌朋友好搞笑啊。不过呀，毛主席说过的，我们一定要解放台湾！这个方针不能变。”陈铁笑道：“来来来，我介绍一下，这位就是赫赫有名的海龙王海鲜城的邱老板。”邱老板谦虚了一句：“小生意，小生意，陈总是我的老朋友了，你们桌子上吃的海鲜，都是他供的货，大家放心吃，假一赔十，我与陈总算老账。”一桌人都站起来，与邱老板共同干了一杯。邱老板客气着出门，又到其他包厢客气去了。陈大虾请客的真实目的是与江美丽合作。冯总三亚有个酒店，管理是内行，帮助参谋参谋。至于请林总来，是因为林总说海口西海岸有一块临海地块，想介绍给李纪行，李纪行是办事处的，背后有政府撑腰，只要项目好有的是钱。商场的规矩是，先交后求嘛，第一次接触了，先不谈生意要处感情，一顿海鲜大餐，就把这些人合在一起，像是多少年的老朋友了。史总和吴总只是陪衬一下,传递信息加深感情而已。

这晚上一顿鱼虾蟹鲍杯盘狼藉之后,陈大虾买单花了一万多元。

吃饭的目的不是吃饭。这些大老板吃不起饭吗?笑话!关键是互相交流沟通信息,都信息社会了,没有信息,什么也干不成。陈大虾振振有词这样说。

又过了几天,陈大虾突然来电话,客气地说:“李主任好,忙啥呢?”“哟,陈老板,又在哪里发财呀?”李纪行现在说话越来越商业化了。“喂,主任哪,朋友有块好地,不知你感不感兴趣?上次吃饭,海南那个朋友,林总,他介绍的。”“地在哪儿啊?”“说是在海口西海岸迎宾半岛,我也没去过,你如果有意思,先考察考察。”“好的好的,你约下林总,我们先去看看地。”“行行行,我约好时间,再通知你。”

次日一过早,陈大虾就带着李纪行和王桃去看地了。陈大虾说这种事不能久拖,夜长梦多,若不及时动手,地就让别人买走了。陈大虾还说,要认清形势,海南岛永远不缺水而缺地。他劝说李纪行,已经九十年代了,还老脑筋跟不上新形势。

海口市位于海南省北部,隔着一湾海峡与大陆相望,海口的海岸线长度约有一百二十公里,沿岸有沙滩浴场、红树林、港口码头,还有沼泽地带。那天在“海龙王”仅有一面之交的林总,开着他的黑色大奔驰开路,领着李纪行和王桃的小红色桑塔纳,到海口西海岸迎宾半岛去看地。

坐在林总大奔驰车上的是海南琼龙佳苑房地产开发有限

公司的周总。周总长得五大三粗，衣宽裤大好像睡衣，让李纪行想起香港电影里那些大老板的样子，手指上戴着一枚乒乓球大小的金戒指，口里叼着拇指粗的雪茄，大大的脑袋上一绺黑发分配，随时担心盖不严光亮的秃顶。他们下车按图索骥，终于找到那宗地，地块紧邻大海，地面高低不平，地上有零星树木，西边是老城开发区，地理位置十分优越。周总告诉李纪行，这块地有七十亩，每亩十五万元，现有几家争着要买的，是林总让他不要卖给别人。周总豪爽大气的样子，他说："有陈总的面子，我要个整数一千万元，你可先交七百万元，开始过户办理手续，手续办妥后，再交三百万元。"李纪行很高兴，迫不及待地说："非常感谢陈总，我们一言为定，回去签个协议，马上就办。"

李纪行回到龙跃别墅区的办事处，打电话向厅领导做了汇报。又过了两天，厅领导来电，说已经上会研究了，会议决定大力支持。仅过了几天，一千万元人民币，就汇到公司账上。接下来是双方签约，银行打款，土地过户，一切都在顺利进行之中。

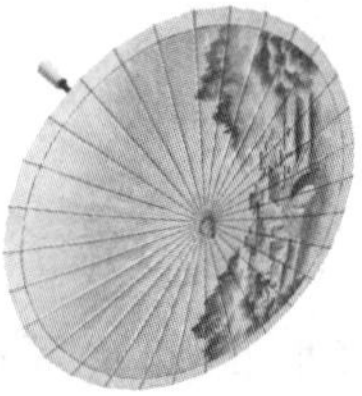

肆章　情怨

阳春三月，桃花盛开。汾河潺湍，蜿蜒南流。李纪行妻子陶青春思夫心切，清明一过，便带着五岁的儿子李陶，从太原飞来海口看望丈夫。陶青春毕业于山西医科大学，父亲陶峰是医科大教授，母亲杨晓兰在附属医院工作，陶青春大学毕业后，也分配在附属医院当医生。李纪行的父亲是太原××学院院长，亲家之间原是门当户对，生活和睦幸福。对李纪行到海南工作，陶青春本来不情愿，毕竟天涯明月，看得见够不着，少了许多夫妻恩爱。妻子自己来了，李纪行把妻子从机场接回来，一家三口就住在办事处。王桃仍一人住在三楼，李纪行夫妻和儿子李陶住二楼。小儿子在别墅里的楼梯口，跑上跑下玩得高兴，夫妻二人追着护着叫着，给这幢空荡荡的别墅平添了几分生气。此时，山西省××厅打来电话，说近期卫厅长要赴琼考察。这几天，李纪行和王桃白天外出办事，晚上才能回家。办理土地手续，甲方，乙方，科长，处长，工商，税务，土地，银行，请客，喝茶，填表，交费，签名，盖章。两人在市区内东奔西跑，出门进门，上楼下楼，这些单位办事那个拖拉，不是出差就是开会，星期日不办公，星期一人不齐，星期二下乡了，手续始终没有办妥，李纪行心里那个急。

今天星期日。清早起来，妻子陶青春还没梳洗，就清理套房外间的卫生，她一边扫地一边说："纪行，我是觉得你俩应该请个保姆吧。"李纪行说："我有一个湖南的朋友，他说请保姆，最好找个四川的，四川人勤快，物美价廉，最近工作忙，还没顾得上找。"妻子问："什么叫物美价廉啊？"李纪行说："男人能吃苦，女人会做饭，别看个子小，力量胜大汉。我担心未来，没有四川民工，全国盖不起高楼大厦来。"妻子说："川菜辣，我们吃不惯，还是雇个山西的，比较好。"李纪行说："王桃几次说，她学习学习，自己做饭吃，一共才两个人，人多了再请不迟。"妻子说："算了吧，人家一个黄花闺女，又是大学生，尽下厨给你做饭呀，还是早点请个保姆为好。"

李纪行在卫生间洗漱完毕，坐在沙发上，说："青春，一会儿我们还是出去吃抱罗粉，上午去五公祠逛逛。"妻子淡淡一笑，说："今天有空啦，我以为你俩又要买地去，王秘书去不去？"李纪行说："我哪有秘书呀，人家王桃是海南××公司副总经理，办事处的办公室主任，都是厅里任命的。"妻子哼了一声，说："办公室主任，办公室主任兼女秘书啊。"两人一对一句说话，儿子李陶醒了，在里面叫"妈妈，妈妈"。李纪行说："我上楼去问问王桃，看她去不去。"李纪行推门上三楼去了。

三楼王桃早已起床，李纪行还没敲门，王桃房间的门哗一下打开了。王桃笑嘻嘻说："主任，这么早啊，怎么不多睡会儿，今天是星期天。”李纪行一看王桃，穿一身黑色连衣裙，亭亭玉立站在他的面前，李纪行不解地问：“小王，你干啥去呀？”王桃一笑道：“陪你和嫂子逛逛五公祠什么的，总不能一天闷在家里吧！”李纪行心想，王桃这丫头善解人意，便说：“海口没有多少旅游景点，上午就去五公祠转转，你准备一下，一会儿我们就走，先去街上吃点早餐。”王桃笑笑说：“我准备好了。”李纪行噌噌从三楼下来，儿子李陶跑出楼道大喊大叫：“爸爸，爸爸。”李纪行说：“儿子，快去，让妈妈给你洗洗脸，上午爸爸带你出去玩，好不好啊？”李陶又跑进套房的卫生间，奶声奶气说：“妈妈，妈妈，爸爸带我们出去玩儿。”

李纪行和王桃坐在别墅一楼大厅的沙发上，等着陶青春和儿子李陶，突然大厅办公桌上的电话响了，王桃去接电话：“喂，你是哪位？”电话里：“我石文平，李主任在吗？”王桃说：“他在，你等一下。”王桃对李纪行说：“主任，是石文平电话。”李纪行接过电话，说：“喂喂，石总，好久不见，你还忙吗？”电话里：“今天周日，我想请你吃个饭，我租了一个楼层办公了，在机场东路附近。与北京刘总的合作协议上周也签了，他回了北京，要有一笔投资打过来，还说要征一块地。中午咱们见面，你帮我参谋参谋，下一步怎么办。”李纪行说：“你嫂子来海口了，我上午陪她去五公祠转转，中午可以见面。”那边电话里：“那太好了，我让厨房好好准备一下，正好请嫂子吃饭，你把王总也叫上。中午十二点，到机场东路椰林公寓二层，很好找的。”李纪行说：“好的，中午见。”李纪行放下电话，对王桃说：“中午石总请我们吃饭。”王桃问:“我不去了吧?”李纪行说:“石总让我告诉你,一起去。”

说话中,陶青春带着儿子下楼了,一身紫色连衣裙,风姿绰约。王桃赞美道:“嫂子穿这身衣服,好漂亮哟!”陶青春说:“小王,老太婆啦,漂亮不起来了。这样吧,我们四人先去五公祠,饿了随便买点吃的,不专门吃早餐了。”

大小四人出门上车,还是那辆桑塔纳,李纪行开车,缓缓驶出小区。

五公祠坐落在琼山县和海口市之间,东边是美舍河,西面高东面低,占地面积有两百多亩,大门口在西面的马路一侧。从海甸岛到五公祠,李纪行开着小红色桑塔纳,走了三四十分钟。陶青春和儿子李陶坐在后排座位,小家伙跨过中间,就往前排挤。到了五公祠门口,进院子里是个陡下坡,坡度很大,小轿车倾斜向下开,小家伙从后面向前栽了过去。李纪行急踩刹车,王桃忙护小孩儿,陶青春“啊呀”了一声,小孩儿“哇哇”大哭,把三个大人吓坏了。好在有惊无险。四人下了车,陶青春抱着李陶,李陶泪痕未干,陶青春很不高兴。王桃忙着给小孩儿买了个雪糕。李纪行抱着李陶走走看看,分明已经无事了,可是不知道为什么,陶青春还是闷闷不乐。

王桃自己走动,与李纪行一家三口保持着距离,不远不近看得见。李纪行抱着李陶,陪伴着陶青春,边看边讲:“若是追寻历史文化,海南比不上山西。山西的文明史,汤尧舜禹文周武旦,七雄五霸,藏山绵山,始皇汉帝,长城边关,都有名胜古迹，历历可考。在漫漫历史长河中，来过海南的历史人物，挂上号的寥寥可数。汉朝的路博德和马援，大概就是最早光顾海南岛的朝廷命官了。唐宋以降，被贬来到此地的大人物，都在五公祠里供奉陈列着。这五公中有唐朝的一位，宋朝的是四位，加上还有一位苏东坡，一共六位。其他五位官至宰相，苏东坡官虽小，却是最为出名，家喻户晓。唐朝的宰相李德裕，历史上的牛李党争，败下阵来被贬海南。宋朝的四位，比苏东坡晚来几年，分别是赵鼎、李光、李纲和胡铨，都与南宋时期的权奸秦桧有关，因为力主抗金被贬天涯，只是没有像岳飞一样被朝廷杀害。赵鼎是山西运城人。”陶青春边听边看，默默无语。

游客们跟着一个女导游，女导游手里拿着一个小红旗，三五成群，左手提包的，右手托杯的，一个个拾级而上。五公祠内四面围墙，绿树浓荫，有一小湖，碧水荡漾，锦鲤游弋其间，莲荷漂浮于上。闻见绿树枝头，花朵丛中，飞鸟跳跃啼叫，春蝉隐身鸣唱。五公祠正殿门前，有一棵荔枝树，树体粗壮，高过殿堂。木瓜山竹，果实结在树干上。各种树木，葱茏茂密，千姿百态。殿堂里，那五公的塑像栩栩如生，铜铸金镶，供人瞻仰。隔墙东面的是苏东坡，诗词书画四妙绝，凭一己之力，传播文明的火种。人们不会忘记，这位中华文明的使者，给后人留下多少取之不尽的精神食粮。

妻子不快乐，李纪行心里暗自寻找原因，想着是否喜乐仅仅是表象，其实问题出在床上呢。

俗话说，久别胜新婚。但是，李纪行却是有苦难言。夫妻之间的糗事外人是看不出来的，即使是夫妻双方，也只能意会不能言传。陶青春上个星期四下午到海口，第一个晚上，李纪行准备不足仓促应战败下阵来。第二个晚上，晚餐招待土地局客人，喝了不少酒，竟然疲软乏力一蹶不振。昨晚是第三个晚上，干脆畏首畏尾怕狼怕虎，还未交火便痛哭流涕，像不敢上战场的懦夫弱兵，哭泣着颤抖着拿不起枪杆子来。此事一而再，再而三，三而竭，每天晚上受此痛苦折磨，干脆偃旗息鼓闭门不出。城门楼上弹琴读书，两兵对垒毫无斗志，互相观望避退三舍。这种事情的发生，天知地知你知我知，皇上不知宦官不知，嫔妃不知太后不知，说不出口剁不得手，不痛不痒心疼脑蒙。自己的东西不听自己使唤指挥，打不得骂不得惹不得了不得，捆不住拴不牢囚不起圈不成，李纪行知识再多本事再大也无济于事。妻子是医生是大夫，再好的大夫就治不了丈夫的毛病？李纪行想不通，是不是时间长了不用，老枪生锈打不出子弹来了？有个广告说，难言之隐，一洗了之。石文平去年卖春药，这小子有无办法？

观光旅游意在快乐，妻子沉默不语，众皆兴趣索然。从五公祠出来，人人大汗淋漓，热天的大太阳，烤得地皮冒烟。李纪行抱着小儿子李陶上汽车，李陶来时坐车受了惊吓，哭闹着不上车。王桃又忙着去买了一个冰激凌，李陶的小手拿着冰激凌，才不哭不闹了。可是此刻，陶青春大手一把抢过来，训斥道："这么热的天，吃坏了咋办！"她这一说一抢，把王桃闹了个大红脸，小李陶又哭了起来。

王桃急中生智，又跑到卖纪念品的小商店，花了五十元买了一块玉石，龇牙咧嘴像狮子似麒麟，店员小姐说是个小玉石貔貅。小李陶看到貔貅，破涕为笑，一下子不哭闹了。四人上了车，离开五公祠。

机场东路的椰林公寓，是一幢六层商住楼。李纪行开车不到二十分钟，便找到了地方。他把车停在楼下，四人下了车，一位女孩儿走过来问："您就是李主任吧？"李纪行说："是的，你是谁呀？"女孩儿说："我是石总的保姆小颜，石总让我等着您。"李纪行笑着问："小颜，石总哪去了？"小颜说："他在楼上，正和刁老头下棋呢。"小颜一边说着话，把李纪行四人领上二楼。二楼有十几个房间，一个长廊既是阳台又是过道，站在长廊向下看，临街的视野十分开阔。小颜开了一个门，把李纪行几人领进一个大房间。众人一看，石文平和一个老头正在下棋。石文平见客人来了，马上站起来，说："李主任、王主任，上午逛好啦，这位是嫂子吧，哟，嫂子好漂亮啊。来来来，快请坐，请坐，小颜，泡壶好茶，先让客人洗一洗，一会儿我们就开饭。"小颜领着陶青春、王桃和小李陶，又开了一个房间洗漱去了。

刁老头见来了客，抽出一支香烟，点着吸一口，吐烟圈，得意的样子，催促道："认输算了，客人来了，我回家吧，老伴等着吃午饭呢。"石文平两眼盯着棋盘，头也不抬，问李纪行："李主任，你会下棋吗？"李纪行说："懂一点，这盘棋你输了。"石文平一听，知道李纪行懂棋，他早觉得李纪行深不可测，也正好给自己下个台阶，遂礼让道："来来来，你和刁老来一盘，刁老东北人，铁路退休，来海南就不走了，就住在附近，每天老头下棋，老太太打麻将，神仙过的日子。”刁老头自觉下象棋天下无敌，得意洋洋的姿态。下棋人一般不服输，赢了还想赢，若是输了，会说老虎也有打盹的时候。刁老头遂邀请李纪行说：“可以下一盘，切磋切磋。”此刻石文平也点了一支烟抽着。李纪行便笑着说：“你二位是切磋棋艺还是比赛吸烟啊。”石文平让位，李纪行对面坐定，刁老头执红方，早摆好了棋子，刁老头先手一子，马二进三，出屏风马，不露声色。李纪行执黑方，卒七进一，针锋相对。刁老头相三进五，李纪行卒五进一，卖个破绽。刁老头马八进七，李纪行卒三进一，两头蛇局。开局双方势均力敌，没有破绽。

刁老头先手，其战略部署，中相挡关，屏风立马，严阵以待。李纪行针锋相对，以逸待劳，以静制动。二人落子无悔。刁老头红子蠢蠢欲动，飞相支仕出车撇炮。李纪行黑子不慌不忙，中卒七卒左中炮左出马左直车右进车。仅仅十步之后，已见端倪，黑方强势，红不占优。李纪行毫不留情开始进攻，五卒并进，中卒突破，马炮后援，连环杀手。二十步之后，刁老头早已额头冒汗，手指颤抖，犹豫不决。红子未过楚河汉界，拼命死守自己地盘，结果中兵失守七零八落，自相践踏溃不成军，刁老头负隅顽抗不甘失败。石文平幸灾乐祸兴致盎然。这时候陶青春和王桃领着小李陶进来了，石文平忙着嫂子嫂子地招呼着，陶青春看见三人对弈，便笑着说：“你们两个怎么能跟他下棋呢？”石文平问道：“怎么啦，嫂子？”陶青春笑着说：“他读大学时是学校双棋冠军，七岁时下象棋，大人就下不过他了。”众人一听，全都怔住了。刁老头闻听此言，自然俯首认输，接连着说：“高人高人，奇才奇才。”刁老头连连作揖道别，开门走了。石文平收拾棋子，他说：“李主任，没见过你这样下棋的，开始先把五个卒子拱起来，那不是成了后手了？”李纪行说：“棋无定势，变化无穷，中国象棋看似简单，实则不然。开局若是各弈五步，就有几千亿种走法，这是不可以想象的。棋盘之上两军对垒，一红一黑，表示一阳一阴。一帅一将，表示朝廷和叛军。小卒亦可夺帅，无贵无贱。万千军中，取上将首级，周易八卦都在棋里。你看，就连这几个汉字，也有它的含义，这个兵字，就是朝廷官军，那个卒字，就是绿林好汉。谁都有可能战胜谁。兵和卒，只进不退，不怕牺牲，可以夺将擒帅，看你是否跌落在它的手里。无论职位大小，性命只有一条。中国象棋是杀戮，人马越来越少，地盘越来越多。不像围棋，地盘越来越少，人马越来越多，搞经济就是下围棋，占领地盘做房地产，所以呀，我们要实行计划生育。不讲了，开饭开饭啦。”众人听他一讲，都笑了起来。石文平听得津津有味，他让小颜上菜，说以后抽时间让李纪行教他下围棋，对李纪行更为恭敬有加。一桌川菜加海鲜早已备好，鸡鸭鱼肉炖煮炒炸，红辣椒绿辣椒，川妹子的手艺，确实非比寻常。石文平说：“大哥大嫂，王桃主任，今天周日，有些空闲，早就想请李大哥吃顿饭，一直拖到今天。石琼药业公司，多亏李主任的大力支持帮助，才能走到今天。下一步，北京刘总投资一千万，成为我们公司股东，由我方控股，三七比例。我们计划征一百亩地，就在海口西南方向，那里有个高新开发区，我们药厂选址在那里，空气水源都是一流的。”

今天吃饭的，加上保姆小颜和小李陶，也只有六个人。桌子上有酒水，一瓶海马酒，两瓶青岛啤酒，还有一扎椰子水。李纪行问道：“文平，你的小颜保姆是从哪里请来的？”石文平说：“是琼园宾馆谢总推荐的，小颜才二十岁，老公在琼园宾馆当厨师，夫妻俩都会做菜做饭，来半个多月了，我觉得还不错。”李纪行又问道：“你这些房子什么时候租的？”石文平说：“已经租了一个月了，租金不贵，是政府单位的房子，觉得我公司有实力，一租五年，共十间房，每月租金三千元。”看来，石文平的公司现在只有一个兵，公司只有一帅一兵。李纪行说：“你也帮我找个保姆，最好是北方人，会做面食的，年龄不要太大，是女的好些。”石文平说：“没有问题，但不一定是北方人，小颜也会做面食，四川担担面，很不错的，少放点辣椒，不就可以了嘛。”李纪行举起杯，尝了一口海马酒，差点没喷出来，他说：“这酒这么难喝，像中草药。”石文平哈哈一笑道：“这是海南的海马酒，滋阴壮阳，不信你试试。”石文平说完，自觉失言，看了一眼陶青春，又补充说：“嫂子是医生，食药同源嘛。”陶青春说：“海南没白酒吗？”石文平说：“我其实不好酒，没有注意这些事情，这海马酒也是一个朋友送的。”李纪行说：“没有正规生产厂家，不可随便喝。”石文平说：“我不是内行，海马泡在酒里，不就是海马酒吗？我喝了几瓶，感觉很管用。”陶青春说：“这种东西，一时之功效，治标不治本，扶胜不扶败，还是要注意饮食，经常健身活动，才能增强体质。”王桃中午吃得很少，也不便多说话，少说多听的好。李陶却“阿姨，阿姨”叫着，让王桃陪着他玩儿。

午饭后，李纪行进了石文平办公室，石文平说：“李主任，征地的事，听说既要计委立项，又要政府上会通过，还要找关系走后门，领导才能批准。你帮我再找找王运春副厅长，让他上下通融一下，我会感谢的，我知道怎么做人。”李纪行说：“可以找，但要把握好，不要犯了错误。”李纪行又说，“我问你一下，这个海马酒，真的管用吗？”石文平说：“我感觉当时很管用，不过，人与人不同。”李纪行又问：“你过去卖的春药，那东西管用吗？”石文平说：“怎么了，李主任，是不是嫂子来了，你那个东西不行了？”

李纪行示意说话小声点，他低声说：“不是不行，我是担心，嫂子来了就是好，就怕万一不行了。好了歌，哈哈哈，你去年卖春药的广告，那几句话怎么说的，坚而不久，无能为力？”李纪行故意敷衍自己，石文平哈哈一笑道：“去年卖春药时，我们初步总结了一下，作为宣传广告，说夫妻性生活如不和谐，表现为六步曲，一是恋而不爱，二是爱而不举，三是举而不坚，四是坚而不久，五是久而不射，六是射而不稠。我们的春药，可立竿见影。不过宣传归宣传，到了实战的时候，还要提前做好准备，有备无患，才能成功！”李纪行一听，哈哈大笑，他说：“总结得不错，还有些诗情画意呢。”两人正在说笑，陶青春推门进来了，她说：“你俩高兴什么呀，我们该回去了吧，李陶瞌睡了，也让石总中午休息一下。谢谢啦石总，你保姆饭菜做得不错，多谢多谢！”

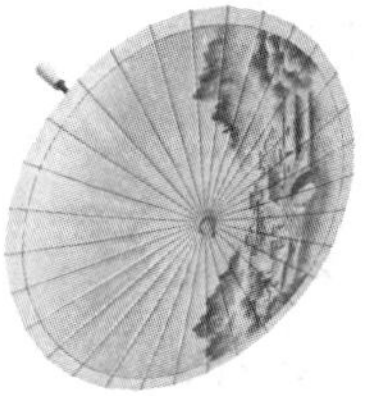

伍章　骗局

得胜沙骑楼老街。

茶馆里面，黑灯瞎火。李纪行说："小王，我看那个马前贼眉鼠眼的，总有点不放心。"王桃说："也不能以貌取人。"李纪行说："土地款已到琼龙公司账上，七百万哪，可不是个小数字。看那个周总，更是油头粉面的，像个黑社会老大。"王桃说："他们那个公司，就在佳通大厦六楼，跑了和尚跑不了庙。今天上午，你没好意思上楼催办，我刚一进他们公司，周总马上就要走，说要去市政府参加一个会，还说主席台上有他一个位置，不去不好看。"李纪行说："听三亚冯总讲，海南成千上万家房地产公司，有许多是皮包公司。看样子，这个琼龙公司，还是有实力的。"这个茶馆在海秀路上，外面招牌霓虹闪烁，里面却是朦朦胧胧，名曰"时光隧道"，故意制造这种气氛。茶座与茶座之间，紫色布艺沙发，靠背盖过头顶，客人们谁也看不见谁。屋顶分布几盏吊灯，水晶玻璃球串串垂坠，灯泡像缺了一相电压，晦涩幽暗，毫无光泽。每个茶桌上，点一盏蜡烛，灯头忽闪忽闪，彼此看不清对方的脸。王桃偶尔喝口茶，或给李纪行续续杯。李纪行浑身不自在，心想这个马前，名字马前卒，办事马后炮，为什么偏偏选这么个地方见面。李纪行去了一趟洗手间，顺路瞄了一眼其他的茶座，一对对都是鸳鸯蝴蝶派，他们不是隔着茶桌面对面坐着，而是坐在同一个沙发上，颠鸾倒凤的，耳鬓厮磨的，东倒西歪的，上下乱摸的，各种姿势都有。一黑遮百丑，手段看不见，越看不见越胆大。李纪行说："小王，马前几点能到？"王桃说："原来约好下午见。马前说，等一个叫阿斌的，大概还没约好。马前说不见不散。上午周总下命令，让马前一周内必须办完手续，否则，就炒他的鱿鱼，看来马前也着急了。"

今天又是周末。前天山西省 ×× 厅又来电话，过了"五一"劳动节，卫厅长要来海南，厅长对李纪行寄予厚望。土地手续办不好，就等于没有成交。工作没做好，领导不高兴。

这一周，李纪行带着王桃早出晚归，仍然没办完土地手续，马前口急心不急，没有甲方的紧密配合，这里缺个章，那里少张图，而且马前说，办理相关手续的，仅他公司就有七八家。唉，坏就坏在早把款打出去了，主动权刀把子握在甲方手里，回头一想，买人家的东西，总不能先拿东西再付款，甲方也不干啊。今天中午，又请马前吃饭，李纪行本来没酒量，一下午迷迷糊糊的，就宿在这个茶馆干等。中午吃饭时，马前说，要想快找中介，办完事给五万元辛苦费，而且有发票，李纪行答应了。这个阿斌是海南人，人熟路熟，没有办不了的事，只要给点小费就行。可是，顾了这头，误了那头，白天外面跑，黑夜回家晚，妻子嘴上不说，心里不悦。

李纪行看看手表，时间已经是晚上八点钟了，马前还没来。李纪行问王桃：“马前是不是不来了？”王桃说：“说是不见不散，估计会来的。”李纪行又问：“这个马前哪里人？”王桃说：“我问过，是杭州人。”李纪行说：“我有个发小的同学，现在浙江大学任教，说已经是副教授了。”王桃说：“你们那批同学，恢复高考第一批，估计都是讲师以上了。”李纪行说：“她是留校任教的，生物物理学专业，祖籍江苏，名门之后。”王桃说：“男的女的？”李纪行说：“女的，人很漂亮。”两人正说话间，马前领着一个低个子男子出现了，灯光昏暗看不清脸面，这大概就是阿斌了。李纪行和王桃忙站起来让座，王桃说：“小马请坐，这就是阿斌吧？”马前点头哈腰说：“李主任、王主任，对不起，对不起，阿斌下午有点事来晚了，抱歉抱歉！”李纪行说：“没关系，没关系的，来了就好。”王桃让马前和阿斌坐一个沙发上，她和李纪行坐在一个沙发上，四人中间隔着茶桌，面对面地好讲话。

桌子上，早备好一壶茶、一个热水器、四个茶杯，王桃给马前和阿斌倒茶。王桃说：“阿斌贵姓？”阿斌说：“免贵姓张，我叫张斌，文武斌。”王桃一听，扑哧笑了，说：“张是大姓，重名重姓的太多了。”马前说：“土地手续的事，阿斌答应了。阿斌部门熟，也要去找人，烟酒请客是免不了的，也不行贿受贿，正常朋友帮忙，就五万元茶水费。如果可以的话，明天星期日，下周一开始办，一周内办妥。李主任、王主任，你俩就不用每天跑了，让阿斌办就成了。”

一个服务员过来续茶,又转身离开了。李纪行说:“好好好,没问题,就这么办。下周六,我们拿手续,一手交钱,一手交货,余下那三百万土地款,手续办妥,我把情况向领导汇报,款马上就到,七百万都交了,余款没有问题。告诉你们周老板,我们是国有企业,不会拖欠的,从来不当被告,请放心好了。”马前说:“我们相信李主任,就这么办。”阿斌对马前叽里咕噜说了几句海南话,马前听得懂,李纪行和王桃一句没听懂。阿斌又说海南普通话:“两位领导,那我就先撤了,晚上九点还有个领导让我陪一陪,红玫瑰歌舞厅,那里美女多。唉,没的办法,求人难,上天难。”

阿斌从进来到离开,总共只有二十几分钟,茶馆灯暗,李纪行压根没看清阿斌长啥样的眉眉眼眼。喝了一会儿茶,马前说:“李主任,我抓紧时间催阿斌,今晚我还要见个客户,您也早点回去,等一下午了,早点休息吧。”马前也走了,李纪行和王桃高高兴兴,心里一块石头落了地。王桃说:“主任,你看清了没,张斌左腮下有一小撮儿毛。”李纪行说:“黑乎乎的没看见。”王桃说:“革命样板戏《智取威虎山》里有个叫一撮毛的。”李纪行说:“京剧脸谱,对应人物形象,忠奸善恶美丑,就是你刚才说的,也不能以貌取人。这件事办成了,五万元好处费,办不成一分钱不用给,半点儿风险也没有。”王桃说:“你可也学精了,压了三百万,万无一失,再结款,不错。明天周日,你好好陪陪嫂子,这一周,每天外面跑,嫂子早有意见了。”李纪行说:“小王,商场如战场,正碰上这件事。我们走吧,今天中午酒喝多了,一下午不清醒，现在脸不红了吧？”王桃说：“不红了，嫂子看不出来了。”李纪行说：“你嫂子不喜欢我喝酒，她说烟酒伤身体，烟熏肺，酒伤肝，现在身不由己。”王桃说：“遇到喝酒的，你就说你信佛，不喝就可以了呗。”李纪行一笑说：“我是办事处主任，有领导，有客人，大家都喝我不喝，我说信佛，能行吗？信佛到庙里去。你闻闻，我口里有没有酒味？”王桃真的凑过脸来闻了一闻，然后说：“还有一点点。”李纪行说：“那我俩下楼去街上，吃一碗儿清补凉，压压酒味。”王桃笑着说：“你呀，就这么‘气管炎’，难道嫂子能把你吃了不成？”

约莫十点钟，李纪行开着汽车回海甸岛，副驾座上坐着王桃。一路上二人逗笑，王桃说：“清补凉也除不了酒精，看你今晚怎么交代了。”李纪行模仿戏曲里的道白，说：“好办，今天晚上呀，我信心百倍，攻下奶头山，进入夹皮沟，活捉一撮毛，消灭座山雕。”王桃一听，她理解了，就笑道：“你好讨厌，想到哪儿去了，看不出来，正人君子的样子，原来也是黄话连篇啊！”李纪行说：“你说的那个阿斌，脸上长了一撮毛，我就想起《林海雪原》，这是我小时候最喜欢看的长篇小说。”汽车驶过人民桥，不一会儿，两人回到龙跃别墅小区的家。王桃穿高跟凉鞋进门，噔噔噔踩得楼梯作响，独自上三楼休息去了。李纪行住二楼，悄悄地进了家，看见卧室里面只亮着台灯，小儿子李陶光屁股在床上睡着了。妻子陶青春闷声不乐坐在床边，家里有空调吹凉风，她拿起了一个床单，盖在李陶的肚子上，看李纪行进来，也没问候一声，好像刚哭过似的。李纪行解释说：“青春，你别难过,我近日确实忙,卫厅长要来了,钱也花出去了,想早点办完土地手续,没好好陪你,请你多理解,我向你道歉!”陶青春说:“我的假期快到了,今天上午我娘儿俩到机场,已买了飞机票,明天回太原,星期一上班。我住在办事处,影响你们工作,卫厅长要来了,我走了也好。”李纪行说:“不是说请了半个月假吗?今天才十天,早回去干吗!”陶青春说:“上午你刚走,我妈来电话,说我哥从美国回来了,在太原只住几天,还要到北京几个大学进行学术交流,我也想早点回去,几年了,都没见我哥面了。”显然,妻子是决心要走了。

整整一夜,李纪行没合眼。双人床上,儿子李陶睡在中间,夫妻俩各睡一边,都各自想着心事。听得窗外,白沙门村的公鸡打鸣了,窗户已经微微发白,借光亮看看手表,已是凌晨五点钟了。李纪行小声说:“青春,我俩换个房间,别把李陶惊醒了,可以吗?”陶青春明白丈夫的意思,她说:“天快亮了,飞机八点起飞,我们六点起床,早点儿去机场,别误了飞机。”两人蹑手蹑脚,到了隔壁的一个房间,李纪行开亮台灯,台灯有个灯罩,灯光虽然幽暗,妻子雪白的肌肤仍然清晰可见。李纪行到了卫生间,按照药品说明书,口服外用双管齐下,又匆匆返回床上。此时此刻,妻子还是尽力配合,温柔体贴娇声嗲气,任凭丈夫抚触摸弄,随心所欲肆无忌惮。李纪行欲火中烧,摇唇鼓舌游蜂戏蝶,采桑子醉花阴,用尽浑身解数,可惜的是仍然虎头蛇尾,丢盔卸甲,汗流浃背,无能为力。做爱的过程和水平,完全符合石文平卖春药广告词的标准,药物似乎也没有发挥什么作用。

此时看看窗户外面，天已大亮。陶青春怏怏地说："该去机场了，叫儿子起床吧，别误了飞机。"李纪行再也无心恋战，只好偃旗息鼓，乖乖缴枪投降了。

佛说人生八苦，生别离，便是其中之一。李纪行三十岁结婚，陶青春比他小两岁，结婚六年了，从来没有长期分离过，偶尔外出，多则也是十天半月，夫妻生活如胶似漆。夫妻长期分居，看来会发生许多意外的。李纪行独自到药店，买了些增强性功能的药，口服的外用的都有，悄悄地遵医嘱看说明使用，可惜效果甚微无济于事，越着急越无奈。他想问问石文平，又不好意思启齿。按道理说，陶青春是学医的，应该予以理解。可是，所谓人心叵测，人世间如此复杂，谁也不知道谁在想什么，于是就有了互相猜疑，许多事情就坏在这里。本来李纪行想抽出时间，带妻子儿子到三亚旅游一趟，因忙于工作，就把这事放下了。又有大美女王桃在身边，女人之间的猜忌就更重了。李纪行快一年没回家了，是不是他的心变了？陶青春从小娇生惯养，性格倔强，丈夫的身体是妻子的领地，老虎狮子的领地，这是别的女人无论如何也不可侵犯的。夫妻俩虽然不打不闹，但在内心深处却弥漫着浓浓的硝烟味。事实上，这种女人是最厉害的。

李纪行开着小红色桑塔纳，把陶青春母子匆匆送往机场，要过安检时，五岁的儿子哭喊着要爸爸，李纪行的心碎了。看不见妻子儿子了，李纪行站在出发厅，早已泣不成声。王桃没来送别，是李纪行没告诉她。假期还没有完，陶青春就提前走了，她走了。

四月底的这天周末，下午两点钟，李纪行正在午休，被电话惊醒。他忙着下床去接，电话里的声音："喂，李主任，报告您个好消息，今天下午可以拿到土地手续了，下班后到时光隧道茶馆，把手续交给您，您带上钱，阿斌中介人的发票也开好了。"这是马前的声音。李纪行好高兴好高兴，他忙应答说："好好好，行行行，我们茶馆见，不见不散，不见不散！"李纪行匆匆出了房间，快步走上了三楼，"当当当"，紧敲王桃房间的门，说："小王，小王。"屋里回应道："什么事主任，进来吧！"

李纪行迟疑了一下，便推开了门，看见王桃穿着睡衣，正躺在床上看书。李纪行站在门口，兴高采烈地说："小王，土地手续办妥了，马前打电话，让我们去茶馆等着，今下午六点，就能拿到手。我俩早点去，边喝茶边等人，好不好？"王桃从床上坐起来，说："主任进来吧。我想，马前的意思是一手交钱，一手交货了？"李纪行说："是的，你把那五万元带上。"王桃说："好的，我换身衣服，马上出发，你稍等一下。"李纪行没进门，扭身下了楼，回到自己的房间。

上个星期日，妻子陶青春赌气走了，李纪行闷闷不乐。机场安检口分别时，儿子李陶喊叫爸爸的声音，时不时回响在耳边。李纪行不高兴，王桃这只小喜鹊也不像以前叫个不停了，她想方设法让李纪行高兴起来。这一周以来，她拉着李纪行陪她逛商场，今天买个文胸，明天买个裤衩，后天再买个裙子，挑三拣四讨价还价，颜色好看质地不行，宽窄长短丝薄棉厚，肉丝袜游泳衣，抹脸油防晒霜，洗面奶沐浴露，唇膏、睫毛、牙膏、牙刷、眉笔、镜子、耳环、戒指，一件件令人眼花缭乱，李纪行木头人似的心不在焉毫无兴趣，挑来拣去，他最后只买了一根钓鱼竿。李纪行日用品，除乳罩卫生巾外，男式女式的，王桃买的都是一式两份。李纪行再不用洗衣服了，都是王桃干的事。王桃说要学开车，让李纪行当教练，手把手教。这几天的每天下午，在白沙门村边的土路上，王桃开着那个小红色桑塔纳，李纪行坐在副驾驶位置，跌跌撞撞，一练就是老半天。王桃悟性好，很快就可以开车上路了。此时王桃从三楼下了二楼，推门进来了。李纪行一看，呀，太漂亮了，一袭白底绣花连衣裙，素洁高雅，苗条淑女，宛若天仙。李纪行禁不住赞道："王桃，你真的好美啊！"王桃说："是吗？那你还不高兴呢。"李纪行说："将来呀，一定能找个好对象。"王桃说："我不嫁人了，一个人的快乐。主任，今天出门，我可以开车吗？"李纪行笑着说："这真是教会徒弟，饿死师傅。以后你不嫁人，我也就不用开车了。"王桃眨眨眼说："你说话占便宜，我要的是实惠。"两人的对话云里雾里，心照不宣。汽车就停在楼下，两人出门上了车，王桃握着方向盘，李纪行坐在副驾驶位置上，汽车缓缓开出小区，向海口市中心驶去。

两个人车上一坐，免不了四目传情。王桃一边开车，一边笑着说："主任主任，我想问你一个问题，可以吗？"李纪行点头说："什么问题？"王桃一笑道："你说，海南水果品种这么多，你呢最喜欢吃哪一种？"李纪行想了想，便说："我最喜欢吃的是荔枝。日啖荔枝三百颗，不辞长作岭南人。苏东坡，他最喜欢吃荔枝了，为了吃荔枝，他不想回北方去了。”王桃得意地说：“杨贵妃也喜欢吃荔枝，一骑红尘妃子笑，无人知是荔枝来。我是想啊，这水果嘛，也是一对儿一对儿的。”

车过人民桥，路上摩托比王桃的车跑得快。王桃开车像爬行，她接着说：“水果也像情侣一样，荔枝和龙眼是一对儿，橘子和橙子是一对儿，木瓜和芒果是一对儿，榴莲和菠萝蜜是一对儿。”李纪行笑着说：“李子和桃子是一对儿，核桃和红枣是一对儿。”王桃问：“为什么？”李纪行说：“古人云，李代桃僵。桃李不言，下自成蹊。桃李满天下。桃配李，所以，桃李是一对儿。”王桃抿着嘴笑，她说：“李纪行和陶青春，也是天生的一对儿。”李纪行说：“可惜呀，此陶非彼桃。”王桃又说：“核桃与红枣，怎么是一对儿呢？”李纪行说：“一个香，一个甜；一个心，一个脑；一个软，一个硬；一个有心，一个无意；一个心在里，一个情在外；一个口蜜腹剑，一个色厉内荏；一个外强中干，一个绵里藏针；一个硬中有软，一个软中有硬；一个脸红心跳，一个卧虎藏龙。这两种果实是，阴阳互补，对立统一，是天生的一对儿。这也是我们山西的特产呀。”王桃说：“红枣心，核桃脑，我最喜欢吃红枣。”李纪行说：“没心没肺，有心有脑，人都不一样。”李纪行心想，这陶青春和王桃，真是一对儿，从王桃讲话的水平看，也不是一个寻常女子啊！

王桃刚刚大学毕业，分配到山西省××厅还不到半年。李纪行去年七月初到海南，两人虽然在一个单位工作，彼此还没有见过面。王桃来海南，是她自己主动要求的，正好本单位的人，没有人愿意来，于是单位决定派她协助李纪行工作。李纪行是正处级待遇，王桃实际上是李纪行的秘书，工作一年后，才能任命职务。为工作方便，李纪行对外宣称，王桃是办事处副主任。王桃心领神会，也不说什么不妥。李纪行坐在副驾驶位置上，看着王桃的右侧面，王桃的侧像凹凸有致轮廓清晰，长长睫毛忽闪忽闪，鬓角耳根，茸毛未退，鼻梁唇线，棱角分明，玉臂纤指，粉颈酥胸。李纪行心里酥酥的，当初与陶青春结婚时，妻子也是一个毛姑娘，这才是年轻的象征呢。李纪行想入非非，王桃早已经觉察到了，她突然一本正经地说："主任看我干吗？"李纪行吃一惊，说："我看你开车，注意力集中不集中。"王桃莞尔一笑："师傅请放心，我不会胡思乱想的。"

得胜沙骑楼老街。

在时光隧道茶馆门前，有个小停车场，王桃把车停好，两人下了车。王桃说："主任，还不到四点钟，我们买点水果，边吃水果边喝茶，好不？"李纪行说："好好好，那些挑担子的妇女，卖的水果又便宜又新鲜。"太阳炽热，二人沿街道一侧的树荫下向前走，没走多远，就看见有一个妇女挑着一担水果走过来了。妇女嘴里不停地咀嚼着，舌头牙齿染成了红色，那是海南人的习惯，在嚼槟榔吃。这些妇女的胳膊脖子用布遮盖，不露皮肤，为防止太阳晒伤。王桃迎面走过去问道："阿姨，这水果怎么卖呀？"妇女忙放下扁担，把两个箩筐置于地上，箩筐里装满水果，各种各样十几种，她说海南普通话，还能听懂："小姐，你要买哪一种?”王桃说:“我要杨桃。”李纪行问说:“有没有荔枝呀?”卖水果妇女说:“荔枝还得一个月上市,这是毛荔枝。”她说着,抓起一把毛荔枝。李纪行一看,是一个个粉红色的毛茸茸带刺的小球,十分好看。王桃问:“阿姨,这毛荔枝,好不好吃呀?”卖水果妇女说:“毛荔枝,也叫红毛丹,长得很漂亮,果实像荔枝,买几斤尝尝,你就知道了。”王桃从小挎包里掏钱:“买二斤杨桃,二斤毛荔枝吧。”过秤完毕,只花了五元钱。王桃提着个塑料袋,两人原路返回,进了时光隧道茶馆。

茶馆在二楼,踏步上楼梯。茶馆灯光依旧幽暗,两人找个靠窗的位置,面对面坐了下来。王桃要了一壶白沙绿茶,她说:“杨桃也是桃,毛荔枝也是荔枝。”李纪行说:“这是姊妹果,并蒂莲,春风桃李花开日,秋雨梧桐叶落时。”李纪行喝了口茶,他问:“小王,你为什么要求来海南?”王桃笑道:“为了吃海南的水果呀。”李纪行说:“胡说,水果哪里都有。”王桃说:“我大学毕业时,许多同学都选择创业,我心里动摇过,现在有了来海南的机会,我想锻炼锻炼,不是说可以带着救生圈下海吗?”李纪行说:“海大图书馆我有个朋友,叫吴墨仁,贵州人,大学生,离职下海,差点淹死。春节前回去了,说要恢复工作,再做打算。看来,不能轻易下海的。现在来海南的人越来越多,海南又没有多少资源,提供的就业机会不多,单靠房地产恐怕难以持久,一夜吃成胖子,必然是虚胖,成泡沫经济了。所以呀,我很担心,像我们,不懂商场游戏规则,可能会吃大亏,需要多加注意才是。”两人边喝茶边吃水果,有说有笑。近日来,李纪行愁眉苦脸，还从没有像今天这样开心过。

茶馆喝茶，亦有等级之分。此种茶馆属于时尚，装饰奢华，灯光昏黄，再配以轻音妙乐，声音渺茫，似有似无，洗耳恭听，洁静精微，丝竹管弦，衔曲不停。此情此景，喝茶的人，自然都觉得无比浪漫，若有情侣作陪，更加心旷神怡。王桃剥毛荔枝吃，李纪行茶馆里巡走了一圈。上次做客，喝了酒没细看，现在才发现，这个茶馆非比寻常，沙发靠背高人一等，确保私密，自不待言。除此之外，还有十几个包厢，每个包厢都以花卉命名，什么兰、梅、竹、菊，牡丹、月季、三角梅、仙人掌……偶尔有人进出，窥见包厢里面风格也各不相同。墙上字画，地下绒毯，茶桌茶具，十分考究。连窗户隔栅，都雕虫画鸟，漆红挂绿，显得高档典雅。大厅那边，绿树盖过假山，金鱼游弋池中，小桥无非跨步，湍流近在咫尺。李纪行心想，茶馆名曰“时光隧道”，如此昼夜不分，不觉时光倒流，不知逝者如斯，宠辱不惊，意志消亡，看来斗酒与品茗确实大有不同。没有一个人黑咕隆咚喝酒的，除非此人心灰意冷壮胆想去冒险。李纪行转回来，往沙发上刚一坐，马前和阿斌一前一后，早已来到近前。马前兴高采烈地说：“李主任、王主任，今天晚上……”马前怀抱一物，篮球大小，布袋包装，桌上一放，咚的一声，“我们喝酒，庆祝庆祝！”去掉布袋，露出一个瓷坛，瓷坛红绸封口，坛身釉下彩绘，上有一个白须老寿星。又见阿斌左手一个塑料袋，右手一个黑提包，他将塑料袋放桌上：“李主任，这一只文昌鸡，下酒菜。”李纪行问马前：“小马，这是什么酒？”马前说：“李主任，这是我们浙江绍兴酒，花雕女儿红。”李纪行又问：“哪里买的女儿红？”马前没说话，故作神秘地，他先在沙发上坐下，然后才说：“这酒，说来话长，是去年我表妹婚礼时我姑妈送给我的，我带到海南来了。今晚，李主任、王主任，就给您两位贵人喝了吧，庆祝一下，合作愉快！”

阿斌坐定后，点支烟吸一口，吐口烟气，意味深长地说：“李主任、王主任，手续齐全办完了，难哪，这一周啊，我就办了这一件事，我是说一不二，说话就要算数，人要讲信誉呀。”李纪行说：“辛苦了，阿斌，感谢啊！”阿斌把一个牛皮纸文件袋，从黑提包里掏了出来，说：“二位主任，你们看看，检查一下，手续全办好了。”阿斌从文件袋里，迅速掏出一沓图纸文件来，说：“这是红线图，这是蓝线图，这是土地证，这是计委批准文件，这是建委文件，这是海南琼龙佳苑房地产开发有限公司营业执照，这是机构代码证，这是税务许可证，这是银行开户许可证。这法人代表，换成李纪行主任，股东是兴晋公司，换了法人和股东，公司和土地全是您的了。土地不用过户，还节省了交易税费，这个公司和这块土地是唯一的，一个公司一块地，没有一点债务纠纷。噢，这是公司的印章，公司公章、财务章、合同章、您本人的法人章，就这些了。”李纪行和王桃看得十分真切，手续没有一点瑕疵纰漏。

现在的土地交易，往往一个公司一块地，连公司土地一起买卖，换法人换股东就可以了。这样一打包，只经过工商，不经过税务，如果监管不严，就会偷税漏税，这也是“海南特色”。

茶馆套餐多炒菜少,以喝茶为主吃饭为辅,所以请客吃饭,一般是不来茶馆的。来茶馆,就是喝茶聊天谈生意,茶馆的功能是办公室的搬迁位移,是本职工作的补充延续。李纪行又点了两荤两素,牛肉猪肉,土豆丝空心菜,一只文昌鸡盐焗偏咸,还有水果。花雕黄酒,名不虚传,廿年陈酿,醇厚浓郁,香味扑鼻。王桃说:"我要开车回家,不能喝酒的。"马前说:"别开车,我送你二位领导回家,没事,喝酒。"王桃说:"我滴酒不沾,喝酒过敏。"李纪行打圆场说:"喝酒自由,不要勉强。女同志一般不能喝酒的。"于是,三位男士一人一个玻璃杯,恭谦礼让,品咂不尽,觥筹交错,干了一杯又一杯。阿斌说:"中间人发票五万元,还交了几百元税,正规的。"李纪行心领神会,他给王桃使个眼色,王桃说:"阿斌,这点小意思,五万元人民币,今后多联系,我们很感谢你的。"阿斌说:"我是本地人,朋友多些,朋友托朋友,没有办不成的事。这件事,也是几个朋友帮忙才办完的。"李纪行说:"还要开发,搞设计,报建,土建工程,事情多着呢。我们保持联系,互相帮助,互惠互利。来,这黄酒劲儿小,多喝点没关系。"三位男士,你敬我让,酒逢知己,一坛女儿红就底朝天了。

九点多钟,王桃开车,李纪行坐副驾驶座位,胡话连篇:"小王,高兴啊,这酒女儿红,不错。我回家,送你一首诗。"王桃默不作声,夜里开车,她还是第一次,慢慢地爬行着。开了半个小时,才回到龙跃别墅小区。车停在楼下,李纪行已经东倒西歪,王桃扶他上楼,一边上楼梯,李纪行还说胡话:"俱邀侠客,芙蓉剑,共宿娼家,桃李蹊,桃李芬芳满天下。”

李纪行醉了,裤衩背心,躺在床上,迷迷糊糊,翻身,呻吟,口里喃喃道:“陶令,那个陶青春,不知何处去啦,桃花源里。”子夜时分,李纪行吐得一塌糊涂。王桃坚守床边,上上下下悉心照料,折腾了一夜没睡觉。

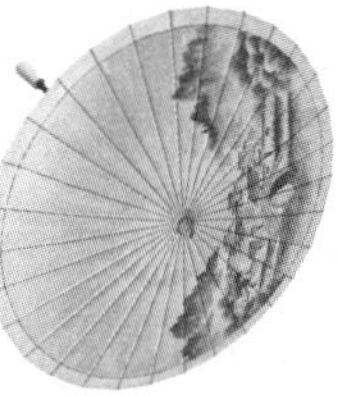

陆章　落难

山西省 ×× 厅卫升厅长要来海南,海南省 ×× 厅王运春副厅长负责接待。都是政府部门,兄弟省市厅级以上的领导来琼,按照惯例,当地政府是要好好接待的。全国同行是一家嘛,何况王副厅长还是从山西省调过来的,关系就更是非比寻常。王副厅长亲自出马,安排部署接待的具体事宜,在办公室发号施令,指示琼园宾馆谢发球总经理安排一个套间两个标间,领导和随从一行五人,名单报上,都是男的。明天下午六点飞机到达,七点半设欢迎晚宴,海南省 ×× 部贾副部长、省政府吴副秘书长,代表省委省政府参加晚宴。王副厅长、李纪行主任、王桃秘书等等,司机皮休开一辆警车,司机方遒开一辆九座丰田面包车,到机场迎接。接待工作是马虎不得的,你不重视领导,领导就更不会重视你。

领导还没有到,李纪行心里已经紧张起来。李纪行被任命主任以来,这还是第一次重要接待,生怕领导不满意。陈大虾下午来电,祝贺李纪行土地交易取得成功,说这就是成绩,可以给上级领导报喜不报忧,还说虽然是公务接待,有用得着的时候,尽管吭声,他刚刚买了一辆大奔驰,随叫随到。李纪行说谢谢了,谢谢了。石文平也打来电话,祝贺的话语一大筐。李纪行说山西省的卫升厅长来海南考察,他电话里跳了起来,把卫升厅长理解为卫生厅的厅长,忙着说明天下午他有空,他让小颜也参加接待工作,小颜四川妹子,年轻漂亮,买两束鲜花,小颜抱一束。王桃大美女,自己的领导来了,抱束鲜花去机场,效果最好。李纪行听石文平这么一讲,动了心思,他问王桃可不可以。王桃说,可以是可以,这就叫领导面前要眼前花,老百姓常说的一句话。但是,领导就是喜欢要眼前花,何况这花是大美女王桃来要的,没有问题。她说,主任安排我干啥,我就干啥。于是,约定石文平明天下午四点到机场,比飞机降落时间提前两小时,石文平说要演练一下,免得到时候送不好鲜花反而坏事。李纪行也没多做解释,卫升厅长与卫生厅长肯定也认识,一个级别的领导,开会时候彼此都有交往,石文平聪明过人,认识了卫升厅长,还愁认识不了卫生厅长吗?认识了省长,还怕认识不了部长吗?

让石文平玩个高兴去吧,李纪行心里想。这石文平卖春药,一定有一套了,自己偷偷在药店买,不一定对症下药,这种事情真的不能公开讲,妻子陶青春有所觉察,闭口不言。这事更不能让王桃知道了,一个男人雄风不再,让人家女孩子笑话。

回到住处,天黑了,李纪行拉着房间灯,看看手表,七点半了。上午,王桃说晚上剪头发,两人一起去。在李纪行原来住的地方,有个理发店,旁边是一家西北餐馆,李纪行说,剪完头发吃宵夜,就吃大盘鸡。现在,天黑了,李纪行洗把脸,大裤衩,半袖T恤,整装待发。王桃一个人在三楼迟迟不下来,李纪行心里有点急。八点钟,李纪行耐不住了,他噔噔噔上了三楼,敲王桃房间门,房间里说:“主任进来,快帮个忙。”李纪行推开门一看,王桃穿着一件红色绣花旗袍,站在房中间对着他笑,李纪行问:“帮什么忙?”王桃一转身,背对李纪行。红色旗袍,脊背露出一个雪白的倒三角形来。说:“帮我把拉链拉上!”李纪行遵命,战战兢兢,一手固定旗袍,一手向上拉拉链,不料啪的一下,拉链断开了。王桃转过身来,目视李纪行,李纪行手足无措,脸色绯红:“坏了,怎么断了?”王桃说:“我没有长胖啊!”李纪行眉眼一笑说:“我知道了。”王桃问:“知道什么?”李纪行说:“有的地方胖了。”王桃脸红了:“你胡说。”李纪行笑言:“胸不平,不足以平天下,哈哈哈!”王桃说:“你真坏,去,下楼等我,我再换一件,马上。”李纪行如遇大赦,立即飞身出门,下楼发动汽车去了。

两个人上了汽车,出了别墅小区。这已是五月中旬。一场台风刚过,其摧枯拉朽之势,把街道两旁的树木吹打得稀稀落落,那些枯枝败叶,也被狂风骤雨一扫而光。

今夜月色如水,空气十分清新。海风轻轻吹拂,天气不冷不热。王桃自从学会开车,正在新鲜着呢,李纪行只有坐车的份,指路认路。夜幕下,车开得很慢。王桃说:“主任,这次搞接待,你要少喝点酒。”李纪行说:“我尽量少喝,总要敬领导几杯吧。”王桃说:“酒一醉成李白了,满口诗句,你记不记得,你胡说些什么？”李纪行笑着说：“喝醉了，怎么能知道，记也记不清了，我没骂人吧？”王桃哼了一声，说：“虽然没骂人，酒醉心里明，你说了，陶令不知何处去，桃花源里可耕田，是什么意思？陶令，陶青春，桃花，我，用诗歌影射人物，小心文字狱。”

李纪行一听，哈哈笑了起来，说：“陶令是陶渊明，桃花源是世外桃源，组合在一起了，平时想不到，酒醉反而对上了。”王桃驾驶技术一天比一天好，她说：“我看的那本书《金陵春梦》，老蒋口里左一个达令，右一个娘希匹，达令达令，陶令陶令，你就是指老婆陶青春的，哼哼，还想哄我。”李纪行无语，王桃又说：“桃花源里可耕田，想当牛郎织女呀，还要种我的地，还要耕我的田，是不是这个意思呀？”李纪行大笑起来了，说：“想不到啊，酒后吐真言，想着要做牛做马，耕地种田，为人民服务，张思德，白求恩，共产主义，国际共产主义，我从小就是受这个教育过来的，哈哈哈！”车过人民桥，车亮了大灯，李纪行问：“小王，我还胡说什么了？”王桃说：“还说娼家桃李蹊，什么娼家桃李蹊？一晚上，桃李桃花的，是想你小儿子李陶了吧，谁知道你想说什么？”李纪行又说：“小王，明天搞接待，你剪个什么发型？”王桃说：“你帮我参谋参谋。”李纪行说：“古人言，肾主骨，其华在发，开窍于耳及二阴。头发好的人，肾脏就好，耳朵也好，前尿后便，通畅无阻。头发有软硬之分，软的人和善，硬的人勇敢，所谓怒发冲冠，就是勇敢刚强的表现。头发里面学问大！”王桃说：“我是问，我的头发该剪什么发型？”李纪行说：“你的头发不软不硬，云遮雾绕长发飘飘，是最好的。但是搞接待，政府工作人员，齐耳短发，江姐的造型，应该比较合适。”王桃说：“我看空姐都是盘髻的，不也照样搞接待？”李纪行笑着说：“不错，空姐头发如何造型，那是经过专家研究，不是随便的。一般来说，盘头的是空姐，披发的是小姐，短发的是大姐，各不相同。”王桃说：“那你是让我当大姐啊？”李纪行说：“那也不能当小姐啊！”王桃说：“我还没嫁人，我不剪江姐发型。”李纪行说：“可以折中，一圈圈卷起，满头圆圈，也挺好的。”王桃说：“我不喜欢圆圆圈圈，满头是零零零，像个女特务。”李纪行说：“南方人讲发发发，你是零零零，我的理解，那是空空空，五蕴皆空，你不见释迦牟尼佛，头像好似卷发，零零零，空空空，成佛多好。”王桃说：“干脆光头，一发不留，和尚尼姑，出家更好。”李纪行说：“所以说，留头发的，都叫俗人，人说还俗，就是蓄发。”两人说着话，已经到了理发店门口。李纪行说：“让理发师出个主意吧，别乱七八糟的，总之漂亮第一。”

按照日程安排，今天去看地，李纪行和王桃开着小红色桑塔纳，颠颠簸簸前面跑，皮休的丰田面包车拉着卫厅长等五人，跟着后面追，目的地是西海岸的迎宾半岛，椰林地。

领导是匆忙的。前天下午六点钟飞机一降落，卫厅长没走候机楼出口，就被人从跑道上接走了。这是重要旅客，头等舱，VIP，特殊待遇。李纪行和王桃，石文平和小颜，从下午四点到机场，手捧鲜花等了两个小时，没见领导出来。六点半，王副厅长司机皮休开车到了机场，告诉李纪行说，卫厅长已经到琼园宾馆了。石文平说，接机的任务已经完成，下面的接待任务他就不参加了,他开着马自达和小颜回去了。李纪行和王桃开着租来的小红色桑塔纳,跟着皮休的车,到了琼园宾馆。

七点半接待晚宴开始,卫厅长一行五人,加上李纪行和王桃,还有王副厅长,八位山西来的客人。王副厅长尽地主之谊,省委 ×× 部贾副部长,省政府吴副秘书长,还有一位某航空公司的领导,都出席了晚宴。李纪行和王桃也就成了客人。晚宴是隆重的,领导之间见面,虽然是第一次,一端酒杯,便是老朋友的样子了。谈友谊,谈工作,谈各自辖区的历史文化、名胜古迹、人口数量、工农业总产值、GDP、前景、优势,都是领导们关心的问题。一顿大餐下来,近两个小时,李纪行站起来坐下去,跟着喝酒举杯,举杯喝酒,连说话的空儿都轮不上。服务员们一个个花枝招展,大美女王桃坐在那里也不怎么显眼了,引不起大家的重视了。卫厅长的随行秘书小孔把这几天的活动安排早已打出一张日程表来,交给了王桃。王桃一看,后天上午去看地,中午琼海吃午饭,下午到三亚,晚上三亚市委市政府负责接待,表上都已经安排好了。她将日程表交给李纪行,李纪行一看,心里一喜,一块石头落地,厅领导来琼考察,原来他的办事处只是占一小部分,一个小节目,他长出了一口气。明天,参观学习、五公祠、海瑞墓,游览观光,都已安排好了,李纪行跟着喝酒吃饭而已。由此可见,有没有他的办事处,其实都无所谓。

这就是官场。李纪行深受教育,原来他把自己看得太重要了。那两束鲜花演习了半天,一束君子兰,一束红玫瑰,王桃晚上把花栽在李纪行的办公室里。君子之交,其淡如水。送人玫瑰,手留余香,话虽这么说,可惜的是有些时候,你连送花的机会也没有呢。

上午九点许,太阳升老高。大海一片湛蓝,看那海面上漂浮着几艘轮船,似动非动。大海边,椰林地,台风过后,一片沼泽。王桃站在路边,等着后面的汽车,李纪行一个人手里拿着土地红线图,向那宗地的方向走过去,走来走去,转来转去,却怎么也找不到那块地的位置了。一时间,他急得满头大汗,真是想要哭了。他低着头,迈着小碎步走着,两眼盯着地,走走停停,停停走走,头和身体陀螺似的不停地转圆圈。他前后左右看,甚至抬起头看看天,天上没有地呀,又看看红线图,他眨眼想着,嘴巴嘟囔着,这地哪儿去了呢?上个月,他还来看过地呀,这不是有了鬼啦?

"主任——主任——"女秘书小王远远在那边喊:"卫厅长问你哪,我们的地在哪儿?"李纪行扭回头,高声说:"小王,你等一下啊,我找不着地了。"过了十几分钟,小王和卫厅长一行五人,都走过来了。卫厅长问:"小李啊,辛苦了,咱这块地,地界是哪儿到哪儿?"李纪行结结巴巴说:"卫,卫厅长,咱的地,怎么也找不到了?"卫厅长大吃一惊:"啊?不是说,七百万元,已经交易了吗?地,人还能背走了?"李纪行声音颤抖着:"卫,卫厅长,我在刮台风前,和那个中间人还来看地,地,就在这地方。怎么不见了呢?真是见了鬼了!"小王一边插话说:"上次看地我没来,后来就刮起了台风,是不是让台风刮走了?"小王说完话，觉得有些失言，马上伸了下舌头。

孔秘书身负重任，肩扛摄像机拍摄，对准天空，天空辽阔，对准大海，大海苍茫，对准高树，树上的椰子，一嘟噜一嘟噜的，像是硕大的葡萄。卫厅长郑重地说："纪行同志，厅里对你寄予厚望，你要好好调查一下，究竟是怎么回事，把调查的结果，认真写个报告。"卫厅长想了想，又说："先报孔秘书吧！"李纪行点点头。卫厅长说："干什么事多长个心眼。"李纪行无语。卫厅长说："别把自己也弄丢了！"李纪行不吭声。孔秘书走近李纪行身边，悄悄安慰说："李主任，卫厅长正在气头上，你别介意。你调查一下，究竟怎么回事。卫厅长安排的行程，仍从海口飞北京，然后回太原。有什么事你同我联系，既然出事了，也别怕，天塌不下来。"卫厅长自言自语说："这个海南岛。"他不说话了，大手一挥，带着一帮人上了车，丰田面包一启动，头也不回，绝尘而去。

李纪行和王桃没上车，两个人丧魂失魄，站在大海边发呆。李纪行手里的红线图突然被一阵大风吹落，随风而去，漂向大海，卷入浪涛，没了踪影。

从迎宾半岛返回海口市的土路上，坑坑洼洼高低不平，小红色桑塔纳有气无力地颠簸前行。王桃开着车一言不发，眼里噙满泪水。王桃后悔刚才无意间说错了一句话，说上次看地她没来，后来就刮台风把地刮跑了，玩笑开的不是时候，让人听了觉得她有推卸责任的意思。其实李纪行并没有这样想，他认为王桃说的是事实，如果王桃真的在刮台风前来看地，说不定还不会出意外呢。李纪行说:“小王,我认为这块地是块洼地,是海水把地淹没了,等水退了,土地还会露出来的。”王桃说:“马前办土地证手续时,没有说这块地是滩涂洼地,这样子的地,国土局不一定征回来出让的。出让这种土地,不是骗人吗?我们被骗上当的可能性很大。”李纪行不希望出现意外,心里祈祷着,想想说:“现在还不能作最后结论。光天化日之下,谁敢如此大胆,敢把七百万元骗走了,我看,不大可能。”话虽如此说,李纪行的内心里已经感觉到事态的严重性。王桃说:“事不宜迟,我们马上到佳通大厦,去侦查一下这个公司,如果马前还在,工作人员正常上班,估计不会有问题,他跑了和尚跑不了庙。如果……”王桃不说了。两个人都心事重重,担心如果七百万元真的被骗了,如何才能说得清楚。

小红色桑塔纳行驶了一个多小时才进入海口市区,到了国贸的佳通大厦楼下,已经上午十一点半了。李纪行、王桃两个人把汽车停在楼下停车场,便迅速乘电梯上了五楼。电梯门一开,海南琼龙佳苑房地产开发有限公司的金色大字还嵌在墙上,两扇玻璃门却上了一把U形大锁,从门外向里面看,里面黑灯瞎火,借助光亮看见房间里乱七八糟,桌椅板凳东倒西歪,肯定是早已人去楼空逃之夭夭了。李纪行和王桃站在玻璃门前僵立着,身体一动不动,李纪行的耳朵里嗡嗡作响,大脑一片空白。王桃却“呜呜”地哭了起来,边哭边说:“李主任,丢了这么多的钱,怎么办呀。”李纪行清醒过来了,他明白了,原来,这是一个精心策划的骗局,自己初入商道没有经验,上当受骗了。

他咬紧牙关说:“小王,别哭了,我们上当了。现在赶快做两件事,一是去公安局报案,二是去找陈铁陈大虾,必须找到这些人的下落。”王桃说:“我怎么也想不到,难道这些人都是骗子、坏人?这不是犯罪吗?”李纪行说:“看来,这就叫商场啊,商场就是战场,战场是无情的。过去,我们端着铁饭碗,成天高枕无忧,不知商海的险恶,这就是血的教训!”

两个人匆匆乘电梯下楼,回到了停车场。此时已是正午时分,太阳烤得地皮冒烟,天上没有一丝云彩。街道上车辆行人东奔西忙。两个人满头大汗上了汽车,王桃把车上空调一开,李纪行才冷静下来了,说:“小王,我俩先回办事处吧。中午人都下班了,有事下午办。我们好好想一想,问题出在哪里?如何采取对策?骗子骗人,也不是那么容易的,天网恢恢。”王桃把车开出停车场,向海甸岛方向行驶。她说:“主任,我想从明天开始,我俩连续三天,在这里严密监视,看看能不能碰到海南琼龙佳苑房地产开发有限公司的人,中午回到办事处,先打电话,我们办公室有马前的传呼机号码,还有那个大骗子林总的电话。”李纪行说:“这件事还不能太过张扬出去,于公于私都没有好处,也可能打草惊蛇,不利于尽快破案。如果我们真的被骗了,我想只能找我的老领导王运春副厅长,让他帮助我们向公安机关报案,侦破的力度可能要大一点。”

两个人开着车回到龙跃别墅小区,把车停在自己别墅的楼下,王桃先上了三楼。李纪行一进自己的房间,就坐在外间办公室的老板椅子上,开始打电话。海南琼龙佳苑房地产开发有限公司的办公室电话、马前的办公室电话、马前的传呼机、林总的办公室电话、林总的传呼机，一个接一个地打，都是忙音或者没音。李纪行边打电话边出汗，浑身上下都被汗水浸湿了。

王桃这时推门进来了，李纪行一看，王桃换下长裤短袖，穿上了一件白底碎花丝绸连衣裙，青春亮丽。王桃一进门，见李纪行满头大汗，忙说："主任，这个空调坏了吗？"李纪行笑道："没有坏，刚才忙着打电话，忘了开空调。"王桃用遥控器，把空调打开了，调好风量，便问说："电话打通了吗？"李纪行说："一个也打不通！"王桃说："给陈铁打个电话，这件事就是由他引起的。"李纪行说："按道理说，陈大虾腰缠万贯，不可能做骗人的勾当。"王桃说："我也不怀疑是他，但是只有他才能找到那个林总。"李纪行指着办公室桌上的电话簿说："这里有陈总电话，你给打个电话，看他在干什么。我换件衣服。"说完之后，李纪行到里间换衣服去了。

陈大虾经常在野外作业，现在使用的是移动电话，大哥大一拨就通了。李纪行穿着大裤衩 T 恤衫从里间出来，王桃把电话交给李纪行，说："还是你和他讲好。"李纪行接过电话，说："陈总，在海口吗？"电话里说："在，我在桂林洋虾塘。"李纪行说："你最近与林总有过联系吗？"电话里说："没有，怎么啦，有事吗？"李纪行说："陈老总啊，我们上当受骗了。"电话里急促的声音说："你说的什么事呀，骗了什么了？"李纪行说："花了七百万，买了一片海！"电话里说："是不是那块地？怎么啦，地不在了？"李纪行说："是的，地被海水淹没了。"电话里说："土地是有编号的,哪能说没就没了,你没到国土局查询一下?”李纪行说:“办手续时去了几次,一直没找到人,最后委托了一个人包办手续,还花了五万元,结果上当了。”电话里急促地说:“坏了坏了,被人调包了。李主任,你在哪?”李纪行说:“我在海甸岛的办事处。”电话里说:“你带上土地资料,下午三点,我们在国土局见,我认识一个何副局长,查一下这块地。”李纪行说:“好的,好的,一会儿见。”

事不宜迟,李纪行和王桃饭也顾不上吃一口,立即下楼上车,离开龙跃别墅区。到了龙华路的国土资源局大厦,已经三点了,陈大虾开着一辆黑色奔驰,也正好把车停在楼下停车场。三人在停车场一见面,陈大虾迫不及待地问:“李主任,什么时候发现地没了?”李纪行说:“今天上午带人去看地,找不到地了,一片汪洋,都不见了,与大海相连。”陈大虾说:“走吧,我们上五楼,找何副局长查一下,看究竟怎么回事。”三人进入国土大厦,乘电梯上了五楼。

楼道里的墙壁上有副局长的牌子。陈大虾一敲门,里面传出声音:“请进!”三人推门而入,陈大虾大声说:“何局长,你好啊,请你给我找的地块,还有没有着落呀?”看起来,这两个人是老朋友了,开门见山,直截了当。何副局长白净微胖,坐在办公桌前正在看文件,忙起身迎接,握手,大声说:“陈老板呀,多时不见了,还在喂鱼养虾?”陈大虾说:“想做房地产,买不到地。这不,我来介绍一下,这位是山西省 ×× 厅驻琼办的李主任,这位美女是王副主任,买了一块地,钱都花了,地却没了,何局长快来帮我查一下，国土局的地，还会变魔术，究竟怎么回事？”

大家又互相客气，陈大虾忙着掏出中华烟，一人一支，李纪行勉强为之，王桃不抽烟，何副局长忙取了一瓶矿泉水，递给王桃，笑着说：“山西大同我去过，云冈石窟、悬空寺、应县木塔，大同还出美女哟，王主任是大同的？”王桃接过水，笑着说：“谢谢何局长，过奖了，不敢当，我是太原的。”何副局长一脸正气，说：“你们怎么把地丢了？不可能的吧，地的位置在哪里？”李纪行说：“在迎宾半岛，西临老城开发区。这是所有的土地资料。”王桃把牛皮纸袋放在办公桌上。何副局长顺手拿起电话，一拨打，电话通了，他严肃起来，发号施令道：“刘处长，你叫上地籍处的，就黄处长吧，马上来我办公室。”何副局长放下电话，说：“我把法规处和地籍处的两个处长都叫来，立即查实一下。我想，不可能有这样的事！”何副局长边吸烟边摇头。

只过了两分钟，两位年轻处长，都只有三十来岁，急急忙忙推门进来了，个头高的一位问：“何局，什么事？”何副局长说：“小刘，你配合小黄，查一下，迎宾半岛有一块地，土地资料都在这里，看看这块地是谁的，一会儿马上告诉我。”黄处长拿起资料袋，问说：“有土地证吗？”王桃说：“土地证、红线图都有。”两个处长开门出去了。

何副局长说：“最近准备征收一批建设用地，在琼山县和海口市之间，海口市管不了琼山县，需要省厅协调。将来，琼山与海口市必然合并，否则工作不好做，两个地方隔着一条马路，岂不成了中英街了？影响统一规划。陈总再等一等，估计很快会有结果的。”陈大虾说：“好的，有何局长支持，我就放心了。这个周日，如果局长有时间，带上家人到一趟桂林洋，最近出网一批大龙虾，我请一次客，给领导汇报一下。”何局长哈哈一笑道：“听说大龙虾不好养吧？”陈大虾说：“大龙虾不好养，喜欢运动，脾气暴躁，横行水里，小虾受大龙虾的欺负，所谓虾大吃鱼，鱼大吃虾，大龙虾也吃小龙虾，小龙虾吃基围虾，基围虾吃虾米，一物降一物，大龙虾是各类虾的领导，是虾中之王！”陈大虾一席奇谈谬论，引得大家都哈哈笑起来了。

大约过了一刻钟，两个处长推门进来了。黄处长说：“何局，根据提供的资料，地籍处仔细查了一下，这个海南琼龙佳苑房地产开发有限公司根本没有地，而是骗取了海南琼仑房地产公司地块的地号。根据我们的判断，这个琼龙公司采取偷梁换柱的手段，因为琼龙与琼仑同音，这个琼龙公司提供的红线图又与琼仑公司的地块相邻，不是专业人士一般不容易看出来，所以两个相邻的地块会让不法分子钻空子，浑水摸鱼欺骗一些投资者。琼龙公司红线图标示的地块因为是洼地沼泽，我局还没有征收回来。”何副局长大怒，说：“谁有如此大胆，敢于违法乱纪。小刘，你的法规处抓紧时间报案，配合公安机关，把犯罪分子抓起来，太猖狂了！”何副局长发怒的时候，陈大虾、李纪行、王桃三个人张口结舌，不知道自己该说什么，一时间呆若木鸡了。

三人下了楼回到停车场，陈大虾气得头上青筋暴突，他说：

“李主任，对不起，既然出事了，你别着急，我有办法，我们先报案，我非宰了这帮兔崽子不可！”李纪行说：“陈总，我相信你。你先回，我到一下省政府，去找一下王副厅长，他是我的老领导，我需要向他及时汇报。你说得对，既然出了事，我们不怕事。我相信，天网恢恢，疏而不漏！”

陈大虾开着黑色大奔驰走了。

李纪行和王桃开着小红色桑塔纳，无精打采地向省政府驶去。

一周之后。山西省 ×× 厅孔秘书打电话来，说厅里研究决定，让李纪行继续留在海南，追回被骗走的七百万元人民币买地款，让王桃马上回太原，当面向上级领导汇报工作。

早晨五点钟，天还没见亮，李纪行就起床了。王桃上午九点的飞机，七点半到大英山机场。他想让王桃多睡一会儿。昨晚十二点，两个人才把工作汇报写好，还没来得及打印，等回太原以后再打印出来。李纪行独自坐在外间办公室的椅子上想心事。

“当当当”有人敲门。李纪行知是王桃，忙说：“小王，进来吧。”王桃推门进来了。王桃说：“主任，起这么早，天还没亮呢。”李纪行说：“睡不着。”王桃说：“主任，我问你，你说我来海南多长时间了？”李纪行说：“有两个多月了吧。”王桃说：“今天是五月十一号，来了整整七十天了。”李纪行说：“眨眼间，太短了。”王桃说：“主任，我的工作没做好，对不起你。”李纪行说：“不能这么说，是我们没有从商经验，不知道世道的险恶，吃一堑长一智嘛，今后不会出错了。”王桃追悔地说：“如果当初没有看《海南日报》，不去找陈大虾，也不会去买地，也就不会上当受骗了。”李纪行说：“这些都过去了，关键把握住未来，痛定思痛，不再犯错，这才是最重要的。通过这次教训，我认识到一个真理，就是今后无论干什么，一定要记住四个字：把握时间。把握时间与把握时机不同。把握时间，把时间运用好，拉长，缩短，搓扁，捏圆，小孩为什么七岁上学，大学为什么要读四年，庄稼为什么春种秋收，时间。不能急躁，一口吃成的胖子必然是虚胖。我们太急躁了，干大事业，积蓄力量，要慢慢来，懂了吗？”王桃点点头。

时间一秒秒过去，窗户一点点发白，此时的沉默代替了千言万语。那些叮咛，嘱托，甚至相思，都埋藏在这种沉默里。七点钟了。李纪行说：“小王，该去机场了。”

李纪行开着小红色桑塔纳，王桃坐在副驾驶位置，两人虽有说不完的话，却还是没有说什么。王桃眼睛红红的。

在出发大厅，旅客熙熙攘攘。快要安检了，王桃终于忍不住了，人群中抱住了李纪行。王桃哽咽着说：“好好照顾自己！”李纪行点点头，热泪盈眶。

王桃拉着那个来海南时的拉杆旅行箱，过了安检，深深地回望了一眼，在人群中消失了。

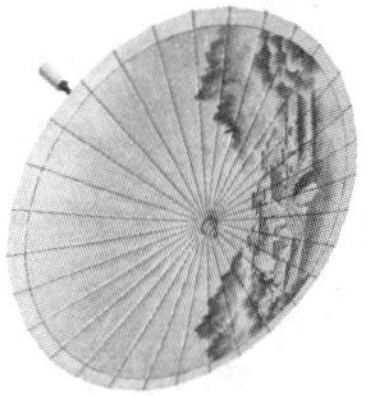

柒章　蜕变

陶青春赌气走了，王桃也被调走了，唯有李纪行他不能走。他想：即使是死了，也要死在海南岛。他三番五次找周总、林总，打了无数次电话都是空号，每隔一天到国贸佳通大厦找海南琼龙佳苑房地产开发有限公司，一个熟悉的人也没碰见过，这些人早已人去楼空不知所终。找阿斌没找到，找马前失踪了。李纪行相信，只有陈铁陈大虾，这位朋友是不会骗他的。王桃回去一周后，孔秘书来电正式宣布，驻琼办事处被撤销了，李纪行被开除留用，继续在海南追款，王桃记大过，回来工作，卫升厅长因用人不当也受了处分。王桃和李纪行通了几次电话，李纪行嘱咐王桃，把海南发生的事和他被开除的消息，一定要保密，千万不要让他父母亲和妻子知道了，免得让家人操心，等到把失款追回来，把犯罪分子抓获了，再告诉家人也不迟。王桃答应了。

王桃走了以后，李纪行心灰意冷，打不起精神来。他把海甸岛的别墅退租了，一个人又回到了海府路椰坡小区居住，回到他刚来海南时租的那套房子里。

归来池苑皆依旧。房东的这套房子，还没有来得及租出去呢。李纪行离开此地，外面绕了一圈，没过几个月又回来了。房东老太太说，李先生你人好，这房子是故意留着的，知道你别处不习惯，还会回来的。李纪行一听，竟然无言以对哭笑不得。人生起伏像大海的波浪，李纪行来海南不到一年，像是做了一个梦。也像从幕后到台前，站在台上唱了一首歌，歌没唱好没唱完，就被观众哄下了台。在人生的舞台上他不是个好演员。看看这个房间里，紫色花线绳吊着一个灯泡，孤零零光秃秃的，除了拧灯泡的灯口，连个聚光的灯罩也没有，没有灯罩，散出的光就不大亮堂，看书写字瞅得眼睛痛。他，就像这个没有灯罩的灯泡，只散发着一点微弱的光。

这一次回到这个家，与以前大不相同，他可以告知别人，他住在哪里哪里。椰坡小区三幢四层一号三四一，这是他现在的家。石文平搬走了，原来也住在这里。这几天他下楼吃个汤面炒粉，便噌噌上楼梯回家，有时冥思苦想，有时看书睡觉。

这天晚上，刚吃过晚饭，李纪行躺在床上，看南怀瑾的《易经杂说》，床上还有《论语别裁》和《孟子旁通》，都是南怀瑾的书，这是台湾那位江女士专门送给他的。他寻思着，什么时候去一趟海南大学图书馆，借几本书回来看。也不知道吴墨仁现在干啥，这么长时间，连个音信也没有。此时，突然有人咚咚咚敲门，他以为是房东大娘，忙去开门一看，原来是陈大虾。

陈大虾满面春风，眉开眼笑地进了门，坐在床边上，点了一支中华烟，怡然自得。他说："李主任啊，原来我不赞同你养虾，是觉得你和王桃都是北方人，不识鱼水之利，养鱼养虾很难，别说如何喂养，就是台风一来，可能一夜之间就淹没了。老天爷不长眼，谁能有先知先觉？”他吸了一口烟，又接着说：“这次，我是想告诉你，我做出了三个重要决定，你帮我参谋参谋。”陈大虾盯着李纪行，他不说下文了。“我也来一支。”李纪行本来不抽烟，看着陈大虾慎重的样子，也要了一支烟，以创造这种凝重的气氛。李纪行点着烟，轻轻只吸了一口，便咳嗽了，他问：“什么重大决定啊，神秘兮兮的？”陈大虾笑道：“第一，我马上要结婚了。”他顿了顿，又吸了一口烟，说：“第二，我要把虾塘卖掉。”他吐出一串烟圈，接着说：“这第三嘛，我要与江美丽合作，准备开个大酒店。”这确实是三个重大决定。陈大虾笑了起来，又说：“李主任，你说，这是不是我个人的十一届三中全会，重不重要？”李纪行盯着陈大虾，坐在床上一言不发。屋子里好像有蚊子，耳边嗡嗡叫，听得见看不见。陈大虾又点了一支烟，坐在床边抽，烟灰掉在地板上。李纪行笑着问道：“你与谁结婚？台湾江美丽吗？”陈大虾嘿嘿一笑：“不是不是，她四十多岁了，我娶个妈啊。”李纪行追问：“那是谁呀？”陈大虾笑了起来：“是海南大学的老师，出身教育世家，名叫黄琼英，比我小了四岁，可漂亮呢。”陈大虾显出心满意足的样子。“那你把虾塘都卖了吗？”李纪行追问说。“只留下了一个，有七十多亩水面，是我送给你的。”陈大虾认真地说。李纪行摆摆手，说：“我不需要。”陈大虾说：“反正我送给你了。我和江美丽共同出资，开个五星级酒店，每人投资三百万，共六百万元人民币，有一半资金用于装修。连续租十年，每年三十万，租金由她支付，我负责装修费用。开酒店很赚钱，我也想改行。”李纪行很担心：“你把这几年赚的钱，全都花光了吧？”陈大虾淡淡一笑说：“开这个五星级酒店，差不多全花了。”

两人又闲聊了一阵。李纪行是英雄气短，陈大虾却雄心勃勃。送走陈大虾，李纪行在房里踱步沉思，这个虾塘是要还是不要呢？他一时拿不定主意。他要吸取教训，铁饭碗丢了，就得自己找饭吃。他相信，天无绝人之路！

某日早晨，李纪行刚起床，就听见“咚咚咚”有人敲门，推开门一看，是石文平，后面跟着他的小保姆小颜。“李主任，怎么也不打声招呼？前阵子，我回了湖南，刚刚回来，到海甸岛你办事处，找不到你，人说搬家走了，电话也打不通。昨天，我去找王副厅长，才知道办事处出事了。”石文平说话带着情绪，愤愤不平的样子。“快进家吧，外面热了。”李纪行热情地请客人进屋。屋子里新添置了一个木质三人沙发、一个玻璃茶几、一个立式电风扇，风扇摇头晃脑地吹着。李纪行从竹皮暖瓶里，倒了两杯温开水，放在茶几上。石文平和小颜在沙发上落座。李纪行问说：“你回湖南老家，筹到钱了没有？”石文平说：“钱有了，人没了。”李纪行一惊，问：“此话怎讲？”石文平喝了口水，嘿嘿一笑，说：“因为小颜。”李纪行问：“离婚了？”石文平说：“还没到那一步，我岳父岳母大人不同意。”李纪行没吭声。石文平看了一眼小颜，说：“上次回湖南，我经过了精心的策划，才取得融资成功，不过智者千虑，必有一失，顾此失彼了。”小颜插话说:“嫂子起了疑心,弄得我里外不是人。”看这小颜,重庆的女孩子,脸上眉眼件件精致,川妹子让男人一眼看,就有一种怜香惜玉的感觉。李纪行心里想,石文平妻子和他妻子一个样,看来天下的女人都是醋坛子。李纪行又问道:“我的事,你知道了?”石文平说:“听王副厅长说了。我以为这事还没完,迟早会水落石出的。”李纪行说:“听天由命吧。你的药厂办不办了?刘总有无消息?”石文平说:“这次回老家前,我先去了北京,与刘总的牛黄公司签订了一份合作协议,然后带着小颜回了湖南。我是老板,小颜是秘书,回到县城里招待所一出现,县里人少见多怪看稀奇。县里有一个物资公司,有一定的实力,愿意出资三百万元参股,资金很快就到位了。但是有个最大的问题,我岳父是副县长,他支持我下海经商,但是我岳母和我妻子要我回去从政,看不起生意人。我现在还是进退两难。不过岳父也有要求,就是要与小颜分手。我本来与小颜也是同志关系。岳父岳母妻子的心情可以理解,但是我这儿正是创业阶段,一时半会儿也离不开小颜,小颜是大学生,我们公司也需要人才啊。”李纪行笑了,说:“你不要明修栈道,暗度陈仓,不造假药了,做了假人了,先把钱拿到手。”石文平老实了:“李主任,你料事如神,我很佩服你。你如此精明,为什么七百万元买了一片海呢?”李纪行说:“太过着急了,鬼迷心窍,命也运也。”小颜说:“李主任大智若愚,聪明一世,糊涂一时,诸葛亮也有失手的时候。”李纪行说:“前天有位朋友送我一个虾塘,不要租金,自负盈亏。你们说,我要不要?”石文平说:“要啊,你不想经营,转租出去了，坐收渔利，为什么不要？”李纪行笑道：“这才真叫坐收渔利。不过呀，从今以后，我有三不做：第一，不花公家的款。第二，不贷银行的钱。第三，不欠朋友的债。”石文平问：“你不借钱，怎么经商？”李纪行说：“富无恒业，货无常主。知足常乐，够用就好。”石文平说：“李主任，今天上午，我去一趟市政府，中午请你吃饭。我的三百万资金已经到账，我借给你三十万元，你自己创业。你饿死不求人，我觉得不一定对。”

石文平和小颜走了。李纪行陷入沉思。

东海岸桂林洋。

光阴似箭，转眼是清秋。今天是“七巧”节。李纪行已当了三个月的渔民了，日晒雨淋的，人由白变红，由红变紫，由紫变黑，变成了一个健硕的壮汉，酷像当初的陈大虾。人生如戏，转眼之间，陈大虾当了酒店大老板，李纪行成了一个渔民。李纪行理解陈大虾，感激的话虽没多说，却彼此心照不宣。陈大虾介绍李纪行买地让李纪行上了当，丢了钱丢了工作，可能还受到公安机关的监控，虽说不是故意而为的，陈大虾还是觉得有愧于李纪行；李纪行现在虽然当了渔民，内心也还是感激陈大虾的，认为陈大虾够朋友，心里想着有朝一日，要把这个虾塘还给陈大虾。

三个月中，李纪行一心扑在养虾上，买了十几本关于水产养殖的书籍，理论联系实际，钻研水产养殖技术，他不仅把陈大虾的七十亩虾塘经营起来，而且用石文平借给的三十万元，又租下两个水塘搞多种经营，一个三十亩，一个五十亩。现在，李纪行雇用了四五十个渔民。五十亩的养龙虾，三十亩的养鱼，原来七十亩的仍然养基围虾。李纪行最痴迷于养龙虾了，觉得经济效益好又好玩儿。养龙虾技术难度较大，他把五十亩分成十个小池塘，用挖掘机挖掘土深两米以上，根据龙虾的习性，然后在池塘里种植水草，还要堆积岩石沙砾，就像创造一个海底世界，为让龙虾攀爬游动，生活在一个优美的水下环境里。他一门心思放在这几个池塘上，干得十分起劲。

在虾塘边有一排平房，其中一间大房子是李纪行的办公室，房子里面，一个办公桌，地上置十几把椅子板凳，上坐着十几个男女渔民，年轻的二三十岁的居多，正在聚精会神地听李纪行讲话呢。

墙上挂着一块黑板，李纪行手里拿着一支白粉笔，站在黑板前，笑哈哈地说："我画一只虾，大伙看看像不像？"李纪行在黑板上只用了六笔，就画了一只虾。李纪行问道："像不像？"没人吭声，大家只是互相笑。一个三十岁左右的男人说："李总，画得不像，还没我小女儿画得像呢。倒是像一个汉字。"李纪行问："阿周，像个什么字？"这个叫阿周的说："像个'兑'字。"李纪行哈哈笑起来，说："不错，兑换的'兑'字，不是对虾的'对'，'兑'字像是一只虾。"李纪行在"兑"字左边，又加了一个"虫"字，他环视一眼，问道："这个字，大家认识吧？"一个中年妇女说："怎么不认识？税务局的税。"一边的一个中年男子笑了起来，说："你胡说什么呀？你想打税啊，税是'禾'字旁啊。"阿周接话说："李总，这是个蜕变的蜕。"李纪行说："阿周说得对，这是一个‘蜕’字,蜕化变质,蜕变的蜕。今天我讲的内容就是:虾的蜕壳。”大家才明白了李纪行画虾的意思,都安静下来了。

李纪行说:“虾,是一种奇怪的动物。虾是地上的虫,虾是水里的鱼,既像虫又像鱼,所以古汉字的‘虾’字,有两种写法,一种是鰕,一种是蝦,就是假的鱼和假的虫,亦鱼亦虫,非鱼非虫,这就是所谓虾。”李纪行说着,把鰕和蝦两个繁体字写在了黑板上。听讲的人叽叽喳喳。李纪行问听众:“你们谁知道,虾有几条腿?”听讲的人七嘴八舌的,有的说十五六条腿,有的说二十多条,每天吃虾,从来没有计较虾有几条腿几只脚。李纪行说:“我来告诉大家,从生物学上讲,虾的脚或足叫附肢,正如我们人一样,说一个人头脑简单,四肢发达,人有四肢,细分就是两条胳膊两条腿。虾也一样,一共有十九对附肢,前面五对叫头肢,中间八对叫胸肢,后面六对叫腹肢。其中八对胸肢部分才叫脚或足,这八对足再细分,前面三对叫颚足,后面五对叫步足。走路靠这五对步足,就是十只脚来走路。这五对步足的前两对有钳子叫螯足,强劲有力。后面的六对腹肢,有五对叫泳足,游泳拨水,最后一对尾肢,就是调节方向了。所有这么多的腿脚,各有各的用途,都没闲着。只是你只顾吃虾,不知道而已。”这些渔民从小到大生长在大海边,捕鱼捉虾习以为常,谁还会去关心虾的七手八脚,大家听李纪行这么一讲,觉得新鲜有趣,其中有一个小伙子问道:“李总,虾有公母,怎么能看出来呢?”李纪行哈哈一笑道:“阿青呀,我告诉你,虾的生殖器官就在那两对螯足之间。不过从宏观上来看,也能一目了然,胡须长的是公虾，肚皮大的是母虾。”许多人一听都笑起来了，说，这虾和人一样呀，男人留胡子，女人生孩子，哈哈哈哈！

房间里，李纪行讲得风趣，大伙儿听着高兴，热热闹闹。此刻在房间外面窗台边，站着一个人，这个人在偷听，而且这个人还是一位女士，戴着一副墨镜，看不清真面目。这位女士边听边乐，最后差点笑出声来，然后，赶紧捂住嘴巴走开了。

李纪行看看手表，说：“养虾是一件技术活，养虾的关键，在于了解虾的习性。虾的一生，从卵子到虾米，从虾米到小虾，从小虾到大虾，要经过许多次的蜕变。就是我今天讲的主题：蜕壳。虾为什么要蜕壳呢？”听众不吭声。李纪行接着说：“养虾的人有一句行话，说不在蜕壳中成长，就在蜕壳中死亡，就是这个意思。”李纪行讲到此，在黑板上画了一个直角坐标系，横轴是时间，纵轴是体重，在第一象限，画了七个台阶，像楼梯的截面图。他指着坐标图说：“虾的生长很特别，虾的外壳是钙质的，塑性的，无机的，虾想长大，变粗变长，必须冲破塑性外壳的束缚，壳不蜕，虾不长。每蜕一次，虾的体重增加百分之三十，这是一个大约的数据。从虾苗到成虾，在这大约七八十天当中，一般来说，要经过七次蜕壳，每一次都是死去活来，脱胎换骨，比妇女生孩子还痛苦。所以你看虾，痛苦到把眼球都飞出来了。”大家都笑了，心里想虾的眼睛那个样子，原来是疼痛造成的。李纪行继续讲：“虾旧的壳蜕掉了，新的壳又长成了，又把自己的身体束缚住了，再过个十天八天的，又形成硬壳，于是再次开始蜕壳。蜕壳时间，一般是在夜里或者清晨，不是专业的人士不容易发现，以为虾像其他动物一样，生下来就一张皮，终生不变黄色的脸。事实上，不蜕壳的动物的身体表面，比如高级动物的人类，或者马牛羊之类，体表叫毛皮或者叫皮肤，这是可以细胞分裂的，有机的，可以生长发育的。而虾的外壳就不同，实际上，就是虾在自己身体上，套上了一个盔甲，是虾自己限制了自己的发育生长。所以我们养虾人，要时刻掌握虾的蜕壳规律，帮助虾顺利蜕壳，渡过难关。若是这样的话，我们这池塘里的虾，也就养殖成功了。”

偶尔看一眼玻璃窗户，外面有个人影晃动，被李纪行注意到了。李纪行狐疑了一下，心想：虾塘的人都在听讲课，外面的人是谁呢？人一走神，讲话也跑题了：“所以，你们各位，养虾就要懂虾，不能只会吃虾，要真正成为一个有知识的渔民，不是，虾民。”大家一听，成为虾民，都忍不住笑了起来。于是李纪行宣布：“今天讲到此，明天继续讲，阿周、阿青，带领大伙上工去吧。”

阿周和阿青是虾塘的骨干，被李纪行任命为正副队长，两个人分头带着渔民捕鱼捉虾去了。办公室里只剩下李纪行一个人。李纪行把办公室简单收拾了一下，桌椅板凳放在靠墙的位置，从桌子上顺手拿起一个大檐斗笠，便从办公室里出来了。李纪行还在惦记着刚才窗外晃悠的那个人，他环顾四周寻找，忽然发现百米之外，有一个戴墨镜的女士，披肩长发，身影矫健，挎着一个包，打着一柄伞，正慢悠悠地朝他这边走过来。

大约还有三五十米远，李纪行看清楚了，他大叫一声：“啊呀,王桃!”李纪行大惊失色,大喜过望,王桃,是王桃啊!李纪行把斗笠一扔,飞也似的跑了过去,两个人紧紧拥抱在一起。天旋地转,包和伞都掉下来。不知过了多少时间,王桃说:“别让你那些虾兵虾将看见了!”李纪行悄声说:“我就说你是我妹子。”王桃说:“妹子也不能没完没了。”李纪行松开了手,说:“把墨镜摘下来,让我好好看看。”王桃摘下眼镜,羞涩一笑说:“还不是那样子。你可是晒黑了,刚才我从窗户玻璃一看,差点没认出来,讲话的声音听着是你。”李纪行哈哈笑了:“我是胡说八道,想给渔民培训,没有老师,计划让陈大虾讲几次课,陈大虾开酒店忙没空,我只有现炒现卖,不一定讲得对。”王桃说:“听里面的人都笑,你的虾兵虾将,有多少人?”李纪行说:“男女有十八个人,都是附近的渔民,远处有灵山镇的,近处的多,桂林洋农场的,高杉村的,演凤镇的,都有。”两个人说着话,手勾手,生怕对方跑了,开门进了办公室。

一进门,李纪行就问道:“小王,你什么时候过来的,怎么不告我一声,我去机场接你。”王桃笑了,说:“我是昨天下午四点才到的海口,从北京过来的。一住下宾馆,打了电话,找不到你。王副厅长说,你还住在那个椰坡小区。昨天傍晚时分,我一个人去椰坡小区找你,房东老太太说,你去桂林洋养虾去了,十天半月才回来一次。说你是个好人,过去是白白的帅哥,现在成了一个非洲人了,黑得认不得了。”李纪行给王桃倒了一杯水,王桃很高兴,坐在李纪行的老板椅子上,喝了一口水,继续说道:“这荒郊野外的,水还是这么甜,海南的水好喝。以前常听王副厅长说,海南洗车的水也是矿泉水,水好空气好,所以海南人长寿。”李纪行道:“是的,这是井水,很甜的。海南好,所以我不回去了。哎,我忘了问你,桂林洋这么远,你是怎么来的这儿?”王桃笑道:“我住在琼园宾馆,是皮休送过来的。”李纪行又问:“那皮休呢?”王桃说:“他把我放下,说有急事不见你了,就马上回去了。王副厅长把皮休调到琼园宾馆,当了副总经理,最近,王副厅长又找了一个司机。”

王桃说:“主任,你知道今天是什么日子吗?”李纪行说:“我不是主任了,别叫了。不知道今天是什么日子,立秋了?”王桃说:“你什么都忘了,今天是七夕,牛郎织女相会的日子。”李纪行笑了,他拿过一个凳子,和王桃面对面坐下来,两眼痴呆地看着王桃。王桃说:“你老看我干吗?”李纪行一笑说:“我看你像个织女,可惜我呢,不是牛郎。”王桃一听,哈哈便笑,说:“你不是牛郎,是个虾郎,牛郎织女鹊桥会,虾郎织女,桂林洋相会,也很美呀。”王桃说完,手一捂嘴,脸一红,不说了。李纪行很开心,说:“小王,我虽然只养了三个月虾,时间不长,可悟出了一个道理。”王桃问:“什么道理?”李纪行说:“蜕变,是一个真理。”王桃说:“刚听你讲,虾要蜕壳,才能成长。”李纪行说:“道理是一样的。人要蜕变,才能升华,想要蜕变,就要历经苦难。巴顿将军说,一个人成功的标志,不是看他攀登得多高,而是看他跌到谷底的反弹力。人生就像弹簧,压力越大,反弹力就越大。经历越艰难,意志力越坚强。”

两个人说着话,王桃已经热得满脸是汗,办公室只有一个立式电风扇，李纪行把电风扇开了，屋里才凉快了一些。王桃说："这么热的天气，又没有空调，你晚上能睡觉吗？"李纪行解释说："这个桂林洋奇怪，一到晚上，海风一吹，就特别凉快，比市区凉快多了，所以我喜欢桂林洋，一般不回市区里去住。"王桃问道："主任，你们平时怎么吃饭？"李纪行说："吃饭没问题，有一个大嫂，是阿周的二婶，川菜琼菜做得都好，油馔前面不试咸淡。中午就在这里吃饭，一会儿我去安排，让阿周到演凤镇里买点鸡鸭蔬菜，鱼虾就地取材，有的是，你开开眼界！"王桃笑了："原来是神仙过的日子，我以为你出生在那样一个家庭，知识分子，怎么能生活下去呢。"李纪行说："人的痛苦不一定是日常生活，而是理想能不能实现。我没奢求，所以也就快乐了。中午吃完饭，下午再回市里去。"王桃问："怎么回？"李纪行笑着说："阿周、阿青每人骑一辆摩托车，把我俩送回去。"王桃高兴了，高声叫道："好啊，你还有俩司机呀，比王副厅长还气派哪！"

夜晚，海口市机场东路像过节似的热闹，街道上人来人往，路两边商家灯火通明，卖衣服的，卖箱包的，卖珠宝的，美容美发的，饭店茶馆，灯红酒绿。路灯下有卖各种各样盗版图书的，形形色色的杂志上印着裸体的女人。李纪行陪伴王桃逛街，两人都有点累，进了一家茶艺馆，两人坐下，要了一壶茶，慢慢喝起来。海南人习惯喝老爸茶，价廉物美可喝通宵，这是海南人的茶文化。王桃说想尝尝海南清补凉，李纪行忙着点单，两个人又要了一人一小碗。

李纪行说:“小王,你怎么又到海南来了,在太原工作,不是挺好的吗?”从上午到晚上,李纪行一直想说这句话。“这海南呀,只准你来,不准我来啊?”王桃反问道。“我不是那个意思,小王,我是说,你还小,在厅里工作,将来有前途。”李纪行忙解释。“我也不是心血来潮,我想了很久很久,才决定辞职的,我父母也不同意,我想自己闯一闯。”王桃凝视着李纪行,接着又说:“我此次来海南,是有想法的。”李纪行吹吹茶沫,喝了一口茶,没吭声。王桃说:“李主任,我觉得,你很委屈,这样好端端的一个好人,怎么这么不明不白的。”李纪行说:“过去的事情就让它过去吧,我们从头开始。”王桃说:“所以,我想助你一臂之力,这次我从太原到北京,又从北京来海南,是准备向你推荐一个项目的。”王桃喝口茶,接着说:“北京读大学时,我有个同班同学,叫赵芳,她老爸赵康原在中央机关当厨师,现在退休了,正无事闲坐着。老头儿有一手绝活,会做北京烤鸭。全聚德烤鸭,举世闻名。我和赵芳商量,让他爸出技术,我们出资金租铺面,在海口开个饭店卖烤鸭。现在来海南创业的人,越来越多,我感觉能够开成功。”

王桃一席话让李纪行吃惊不小,没有想到,王桃此次是有备而来。两个人三个月不见,王桃也成熟了许多。两个人天南海北聊得十分开心,这么多天来,他一直没有这样开心过。李纪行说:“小王,我送你到宾馆吧,今天你累了,早点休息。开饭店的事,我感觉可以。资金不用愁,虾塘到了收获季了,估计能有个五十多万元的收益,石文平借给我的三十万,本来马上就能归还,他不急用也可以投入,我们算一算,店铺租金,店铺装修,厨具用品,人员招聘,一共需要多少钱,不管多少钱,都由我筹备,你看怎么样?”王桃说:“我的意思是,我俩还要回海甸岛居住,把原来的那幢别墅租下来,我打听了一下,这幢别墅还没租出去。不过这次花的钱,是我们自己的钱。再把那辆小红色桑塔纳租回来,这叫重打锣鼓重开戏,哪里跌倒哪里爬。我不服输,让人笑话。我们不说,谁也不知道被骗的事。边开饭店,边养鱼虾,边追骗子。再养一群鸭,自产自销,良性循环。”李纪行一听,信心倍增,说:“真看不出来,你如此英明,我不仅是虾郎,将来还是鸭郎呢。”王桃笑了起来,说:“错了,海南管妓女叫鸡,管男的叫鸭。你想当鸭啊?”李纪行也笑了,说:“我当了鸭,岂不被你烤熟吃了。”王桃说:“去你的,正人君子。我们就这么办,这几天,我俩选好饭店位置,然后,我回一趟北京,找赵芳做准备。你这里负责装修,抓紧时间干,现在离国庆节还有一个半月的时间,争取国庆节开业!”

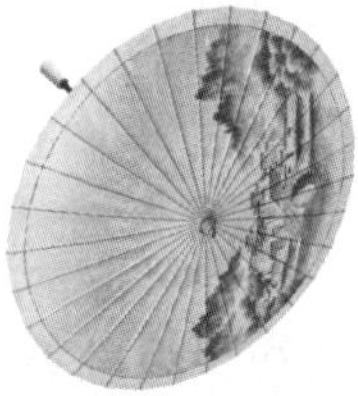

捌章　探母

西边的太阳快要落山了。太行山和吕梁山像张开的双臂，把太原这个金盆搂抱怀中。在太原西北部吕梁山下的北方学院里，抬头已看不见山顶后边下坠的夕阳。

山河依旧。已是仲秋。汾河流水哗啦啦地响。汾河两岸，树叶开始凋落。数树深红出浅黄。热闹的校园里，充满了凉凉的秋意。学生们的衣着也由浅变深，开始厚重起来了。

国庆节前几天，李纪行父母打长途电话催他回太原，说儿媳小陶近期情绪有些反常。但李纪行给妻子打电话，并没听出有什么异常。李纪行本来早想回太原，可是正逢饭店开业，今年的中秋和国庆连在一起了，晚回了七天。没有等到李纪行回太原探亲，前天，陶青春已经带着儿子李陶飞往美国，找他哥哥陶青平去了。李纪行闻讯后，把海南的生意全交给王桃打理，急急忙忙飞回太原。

下午五点，李纪行打的回到北方学院。他一手拉着拉杆箱，一手提了捆住的两箱海南水果。正好学生们下课了，到处是男女大学生，李纪行穿过熟悉的校园，到了教师家属楼，他家住在一号楼二层。推门进来，见老父亲戴着老花镜，正在看他的大内参呢。母亲见儿子回来了，手忙脚乱地不知所措，又是沏茶倒水，又是切西瓜，端水果，嘴里还念念叨叨的，两位老人的眼睛跟着儿子的一举一动，不住地转来转去。

老母亲说："你走了一年，没回家了，身体倒是健壮了。你爸每天唠唠叨叨的，青春把他孙子带走了，你爸吃不好睡不着，像丢了魂儿似的，想孙子快想疯了。纪行，听说有个年轻女孩儿和你在一起开什么饭店，还养什么鱼虾的，这怎么行啊！"李纪行解释说："妈，我们是合伙做生意，没有其他的事的，青春是有些怀疑。"父亲摘下老花镜，离开沙发，站了起来，走来走去，郑重地说："纪行，我能理解你，你有你的自尊心，哪里跌倒哪里爬，这没有错，但是你也要想想，你每天和一个年轻女孩子混在一起做事，即使是做再正经的事，你妻子她会怎么想？挣了钱丢了家，孰轻孰重，你好好地想过没有啊！"李纪行辩解说："爸妈，你俩别担心，我会给青春解释清楚的。"父亲说："你什么时候能解释清楚？清不清楚，你去解释，反正，反正我要我孙子，你给我把李陶找回来！"李纪行说："爸妈放心，我明天就去岳父母家，和他们说清楚，把青春和李陶接回来。"

第二天，一早起来，李纪行先给岳父岳母通了电话，老两口听着女婿回来了，高兴得赶快收拾房间，老太太跑到医院大门外，在水果市场买了一些瓜桃李果，老两口坐在沙发上，静静地等女婿来。李纪行开着学校给父亲派的公车进了太原市里，直奔山西医学院岳父母的家。

陶峰教授六十五岁，已到了退休年龄，虽然满头白发，却是身体硬朗。他是医学院知名教授，授的课是临床医学，该专业是五年、七年制长学制，师资短缺，因之除了带研究生外，仍然坚持每周上两节课。山西医学院是五四运动后阎锡山创办，建校已有七十多年历史了。校园占地一千多亩，除医学院外还有附属医院，与公寓楼都连在一起。岳母杨晓兰，是附属医院放射科主任医师，也已六十出头，还在白天上半天班。老两口住在学院分配的一号公寓楼。

李纪行轻车熟路，闭上眼也能找到这个家。岳父岳母在儿子陶青平十年前去了美国后，把李纪行这个女婿当儿子，每每女儿陶青春指责女婿时，老两口总是护着女婿，李纪行待岳父母，也如亲生父母一般。李纪行停好车，直奔三楼上去了。

李纪行进门，右肩挎着个黑皮包，左手拎着一个标着海南特产的小纸箱。他将纸箱放在地上，皮包放桌子上，忙说："爸，妈，您坐您坐，我昨晚上回来，因为太晚了没过来。爸，妈，你俩身体还好吧？"一年多时间了，没有见到女婿的面，老两口子像找回了魂儿似的，丈母娘端杯吹茶，又递给纪行喝，陶教授看着女婿说："一年没见，纪行精神了，就是晒黑了。海南空气好，适合养老，我和你妈寻思着，过几年，冬天去海南住，夏天回太原，当个候鸟老人！"李纪行说："爸妈，那还不容易呀，我和青春每年都把你们接过去，海南确实很好！"三人交谈着，心情平静下来了。李纪行说："爸妈，青春去美国，大概是生我的气，责任在我，这一年发生的事太多了，不过事情都过去了，还是让青春早点回来,我爸妈昨天逼着我要孙子,他娘俩在国外,我们都不安心啊!”岳母杨晓兰已满眼泪花,说:“我也不同意她走,死活说不通,从小青春性格,下决心做的事,谁也说不动。我已经和他哥说了,让她哥和她嫂子也劝劝她回来!”陶峰教授老泪横流,声音沉重地说:“纪行啊,我们都已经老了,见过的事也多了,事业上的成功,并不等于人生的成功,你和陶青春,一家三口人,还是团团圆圆的好。我们再劝劝青春,青春会理解的!”

在岳父母家吃过中午饭,李纪行一个人开着车回到自己青年路小区的家。他用钥匙开了门,一按开关,没有电了。他拉开窗帘,阳光才照进房间。这个离开了一年的家,出乎意料得整洁干净。这个家约有一百多平方米,两个卧室,一个客厅,一卫一厨。客厅写字台仍然放着那盏旧台灯,写字台上玻璃压着的照片,似乎少了一张大一点的结婚照。儿子满月的娃娃照,也不在了。看看主卧室两张被子整齐叠放着,三个枕头夹放在两个被子中间,床单白净平展。水龙头没有水,水和电都关了。他坐在沙发上看着眼前的一切,熟悉又陌生,因为这里没有了生气。此刻,他鼻子酸酸的,泪水模糊了双眼。李纪行坐在床沿上,泣不成声。

坐落在太原西北部吕梁山下的北方学院,每当下午四点之后便高山仰止,只见山上满眼的苍松翠柏,已经看不见从山顶上下坠的落日了。李纪行没有先回北方学院,开车来到学院北的二龙山下,把车停在路边,一个人走进窦大夫祠。窦大夫是公元前五百年左右的晋国大夫,相传因推行新政被赵简子杀害，与孔夫子同时代人。祠院不宽大，祠堂有一对楹联："太行峰巅孔圣为谁留辙迹；烈石山下普贤遗泽及苍山。"此地自古以来，风景秀丽，崇山峻岭，古松翠柏，青流激湍，烈石寒泉。李纪行从小在此长大，对这里的一山一水、一草一木有着挥之不去的眷恋之情。

他从窦大夫祠出来，开车来到汾河岸边，找到小时候自己失踪处的那块大石头，便坐在石头上，这个地方是后来他母亲告诉他的。他搞不清楚他失踪的原因。他像梦游仙境一般觉得是看见两位白发苍苍的老人在对弈，看见棋子像黑白水晶一般透明漂亮，觉得好玩用手去抓，被一位老者在头上拍了一下，这个幻觉如丝如缕，飘飘忽忽，至今无法想清楚。从此以后，他对各种棋有特殊的理解，以至于很小时父亲与人下棋输了，就会向对方说一句话，你这棋还下不过我二儿子呢，有啥了不起，来扳回面子。所以后来他观而不弈。在大学期间为班里争名誉，他开始不露面，待到冠军出来了他直接与冠军对弈，中国象棋和围棋他都赢了，一人获得两项冠军。同学们说李纪行真人不露相。

回来的第三天晚上，他仍然住在父母家里。今天拜访了几个要好的大学同学，没有到自己曾经的单位去，准备明天上午飞回海南。

晚饭后，他和父母忆起童年的故事，母亲说："纪行呀，你从小就让人不省心，那一年，我和你爸找了一个晚上，那个乱坟滩，面积有几千亩大，人说是有千百年了，坟上堆坟，我们当年创办学院的时候，占用了大部分的坟地，谁知道惹神动鬼了没？有没有迷信？也是太担心了！”父亲盯了母亲一眼：“别疑神疑鬼的，人死如灯灭，我们是为人民做好事，有啥可怕的。”父亲对纪行说，“你妈封建迷信！”

突然，母亲想起什么，忙去里屋去找，有一个大皮箱，拿到客厅打开，里面针线古旧，有什么神秘东西？母亲找呀找，找到一个叠着的小红布包，慢慢地打开了，是一白一黑两颗小石子。她说：“纪行，这是当年找到你时，你手里握着的两颗石子儿。这么多年了，怕影响了你们，我对谁也没说过，你爸也不知道，怕他又说我迷信。你们现在都长大成人了，自己拿走研究去吧。”接着，母亲又讲起那件往事。

三十年前，深秋，夜晚。

“纪行——纪行——”已过子夜，漆黑一片。宋大姐拿着手电，在校园里吆喊着找儿子，她寻思，这孩子哪儿去了？等等不回，等等不回，半夜三更的，去了趟厕所，就把人没了？她碎步流星，到厕所里找，没人，在院子里找，不见人。她边找边喊，边喊边想着，这孩子哪去了？宋大姐越想越怕，赶紧返回家来，去喊她的丈夫，院长李君健。

在中华人民共和国成立初期的二十世纪五十年代，北方学院开始动工建设，学院属于军事院校，校址选在太原西北的吕梁山脚下，离太原市约二十公里之遥。此地风景秀丽，每当春夏之季，茂林古柏郁郁葱葱，汾河流水绕山而过。古迹窦大夫寺、傅山遗址，就在学院旁边。为了不侵占农田，上级决定，把校址选在汾河边滩涂上，有一部分还是乱坟滩。因此，每到晚上，宋大姐不敢外出离开校园。

李君健院长夫妻两人，一人手拿一个手电筒，从校园里找到校园外，又找到汾河边，只看见河水映照月牙的青黑色的微光，听到哗哗的流水声，却找不见孩子的踪影，宋大姐呜呜地哭起来了。突然，宋大姐停下来，迟疑了一下，说，君健，要不咱俩，到乱坟滩找找？李院长大手一扬，壮胆打气，一副老革命唯物主义，不信神不怕鬼的样子，说，走，到那儿看看，没什么可怕的。

院长李君健是江苏人，卢沟桥事变后，李君健和他三个同学一起参加革命。抗战期间到了太行山，担任八路军太行兵工厂政委。而立之年，娶北大女学生宋娇。中华人民共和国成立后，他留在山西太原，做山西兵工院校筹建工作。李君健夫妻生有两女三子，两个女儿李纪菊和李纪莲生在解放战争时期，三个儿子李纪太、李纪行、李纪山都出生在五十年代，三个儿子的名字是取纪念太行山之意。李纪行才五岁，就聪慧过人，有一次观看他父亲下象棋，在他父亲举棋不定时，竟手起子落，抢先为赢，小小年纪让人刮目相看。

李君健夫妻的两根手电光柱，在乱坟滩前后左右晃来晃去，漆黑的夜里还是没有回应，荒野寂静十分可怕。宋大姐说，君健，你回家叫纪太、小菊、小莲他们也出来吧，我一个人先过河那边再找找。

李院长说，好，你小心点，我很快回来。

宋大姐又急又累，眼前是恍恍惚惚，脚下像踩着棉花，也不知走了多久，也不知走到哪里，身不由己地走到山脚下，在一块大石边，看见了李纪行，正侧卧在石头上睡大觉呢。

夏季天气，日长夜短，早破黎明。一家人坐在石头上，看着李纪行发呆，直到母亲把李纪行抱回家，李纪行仍是酣睡不醒。纪行怎么半夜三更睡在汾河滩的石头上，宋大姐如何一个人鬼使神差地找到了儿子，多少年来一直是个谜。宋大姐即使对自己家人，也从来闭口不提此事。

从那以后，李纪行好像大梦初醒，觉得大脑开窍，心灵豁亮，像是打开了一扇窗，乃至后来上学读书，过目不忘记忆力惊人。对中国象棋围棋领悟极深，七岁时父亲下象棋就败在他手下。宋大姐从此烧香敬佛，尽量不让院长丈夫觉察。“文革”时期，丈夫被斗，宋大姐陪着，李院长关了禁闭，造反派肆意折磨他，故意打开楼上窗户，引诱他跳楼自尽。李院长沉默应对，躲过一劫。高考恢复后，五个孩子五子登科全部上了大学。李纪太留学美国，李纪山留学法国，李纪行山西大学中文系毕业后，分配在山西省 ×× 厅工作。纪菊和纪莲两个女儿，一个从教，一个从医。李君健院长夫妇建校有功，退休后云游四海，志得意满，其乐融融。

李纪行在太原待了四天，便心事重重飞回海南岛。一种相思，两处闲愁。万里长空，思绪绵绵。有诗为证：

故园一别向天涯，

鸿影飘零万里家。

人生几多伤心处，

相思泪浸后庭花。

今天是元旦。王桃清晨早早起来，就开始打扮了。这是三楼她住的房间，和二楼李纪行住的房间一模一样，里面是卧室，外面是办公室，还有一个大大的卫生间。还是办事处曾经租过的那幢别墅，只不过，当时王桃只能住个单间加阳台的房间，里面没有卫生间，因为王桃是秘书身份，级别不够住套房，这是有规定的，哪怕有套间闲着没人住，级别不够也不能住。这次王桃可以住套间了。她穿了一件白底绣花丝绸睡袍，站在卫浴梳妆间的镜子前，先照着镜子端详自己，做出笑脸或者严肃，镜子里面闪现了几个表情。这是一个香闺秘室妇女之用应有尽有的世界。妇女之用的笔墨纸砚，宛若一个画家的工作室。第一步，她先拧开水龙头，轻轻往脸上撩水浸润，然后把香皂摩擦在手心上，然后均匀地涂抹于脸颊上耳根上脖子上，轻轻地反复地摩擦了几遍，激发出来许多白白的泡泡沫沫，然后再轻轻地用水洗掉。她又把洗面奶挤在手心上，仍然慢慢涂在脸上耳根上脖子上，轻轻地反复地按摩了一会儿，又低下头去用手左一下右一下撩水，确定了完全清洗干净后，用干毛巾轻轻擦干净。第二步，她把披肩秀发用手绺成三股，纤纤玉手巧妙地把秀发绕头顶盘起来，然后用香水发胶喷洒了几下，然后使之凝结固定起来，再用六只发卡扎牢，眨眼之间在后脑勺上，形成三个黑色的环，宛若扑克牌里的黑梅花。想一想三个环不如两个环好，黑梅花不如花蝴蝶好，她又把三个环拆开了，把头发上的发胶用湿巾揩干净，又在后脑勺盘了一个蝴蝶结，两个不圆不方的蝴蝶翅膀。这个造型较好些。黑梅花古老，花蝴蝶青春，她是这么想的。黛眉长睫的修饰，从上到下，从左到右，不厌其烦小心翼翼地细致描绘，像在脸上创作出一幅水彩画。画面上长长的睫毛，在几秒钟内能数清有几根。最后轮到红嘴唇了，不艳不淡为宜但是要性感。这个尺度是最难把握的。脸上的红黑白三种颜色，永远统治着美女的面庞。她忽地脱掉了睡袍而一丝不挂，眼观镜子扭转身躯，曲腰丰乳没有变化，身材苗条凸凹有致，感觉仍是少女模样。她有点害羞地笑了。兰蔻香奈儿口红香水，在不厌其烦地流风曲水暗露明香之后，她穿上睡袍走出梳妆间，在衣柜里取出一件淡粉色绣花连衣裙穿上，对着衣柜镜子前后左右照了一遍，方才觉得满意了。

一切准备停当。王桃坐在写字台前，在一个崭新的绿底红花笔记本上，小心翼翼地写下一行数字：1991.01.01.00。

此时此刻，当当当当，有敲门声："小王，小王，准备好了吗？我们出发吧。"知道是李纪行在叫她。"快好了，你进来吧。"王桃应声道。她想让李纪行看看，打扮得怎么样。李纪行一推门，轻轻进来了，打眼一看，顿时一惊，嘴张得像蛤蟆，眼球不动了。王桃问："怎么样？主任，不好看吗？"李纪行不好意思，说："好看是好看，就是今天两桌客人，又不是参加结婚典礼，还是像平时一样好，你天生的大美女，即使不打扮，也很漂亮啊！"王桃聪明过人。她今天非常高兴，一时冲动，把自己梳理成这个样子，自己觉得确实有点特殊。于是又进入里间，重新梳理一番,一会儿就出来了。李纪行一看,王桃长发飘逸,明眸皓齿,长得太美了!

桌子上有一笔记本,李纪行看了一眼,问:“小王,你这是写日记吗?”“嗯,从今天开始,我写日记,提高写作能力嘛。”“好。但是,小王,你写日记,这年月日后边两个零,是什么意思?”“那是元旦嘛,今天,是元旦啊!”“哈哈哈哈,对对对对,元旦元旦。”李纪行边笑边点头。

王桃确实太高兴了。昨晚上她接到电话,她姐王媛和姐夫张斌来了海南,住在海南省琼剧院的招待所。姐姐姐夫在山西省 ×× 剧院工作,姐夫当副院长,姐姐已是国家一级演员。《梁祝》是姐姐演得最好的戏剧之一,上次在北京参加文艺演出,省里推荐的就是这个剧目,并且获得了大奖。

两个人下楼上车,那辆小红色桑塔纳不见了。王桃把黑色奔驰开出别墅小区,副驾座坐着李纪行。这辆车是刚刚买回来的。两人开车过了人民桥,从长堤路进入海秀路,又路过省政府门口,便到了海南省琼剧院,车在院里停下来。

海南省 ×× 剧院招待所,只有二十几间平房,王桃姐姐王媛和姐夫张斌正在街门口等着王桃。一下汽车,四人便见面了。王媛见李纪行长得帅气,心想:难怪王桃不离不弃的,这李纪行不是一般的人。王桃姐姐比王桃大六岁,三十刚出头,个子比王桃稍矮一点,姊妹俩站在一起,像两朵出水芙蓉。王桃像个小喜鹊,介绍说:“这是我的饭店合伙人,李纪行主任,这是我姐王媛,这是我姐夫张斌。”两边的话,全由王桃一个人说了。李纪行一听张斌，便想起那个“一撮毛”，至今下落不明。王桃知道李纪行的心思，扑哧一声笑了。四人进了房间，房间陈设十分简单，只放两张单人床，两个木制椅子，中间一个茶儿，一个暖瓶，两个茶杯。老乡见老乡，自然客气一番。张斌客气地说：“听说李主任能文能武，时运不济上当受骗，我认为这件事还要水落石出。只是时间的问题。总会还你一个清白的。”李纪行恭谦说：“谢谢姐夫理解，我有责任，马失前蹄，可能有人怀疑我吃了回扣，所以事情还没有完，可能要演一场追捕大戏。”王媛开玩笑说：“那你就是杜丘先生了，还有一个真由美呢。”王媛说着，看了王桃一眼。又闲聊了一会儿，原来张斌与李纪行同岁，一九五四年出生，属马，张斌阴历五月生日，比李纪行大三个月，二人正式姐夫相称。此时王桃提议说：“今天饭店请了两桌客人，姐姐姐夫早去一会儿，参观一下桃园饭店。”于是，四人出门乘车，驶离招待所。

四个人乘一辆大奔驰车，车里宽宽敞敞，从原路返回。先到李纪行和王桃住的别墅，上楼转了一圈，又来到桃园饭店，已是中午时分了。

桃园饭店在海甸岛，海南大学东门外边。面临大街，门口是停车场。饭店门顶，用黄铜板筋镶嵌着“桃园饭店”四个金色大字，字的外框用霓虹灯包围起来，整夜里放着七彩光芒。四个人首先进入装饰古朴的门庭，属于明清大院的风格，墙壁青砖到顶，屋顶悬挂大红灯笼，桌椅黑红漆亮。两个女迎宾，高挑的身姿，红色碎花旗袍，宫廷侍女打扮。大厅墙上，挂一个厚有寸余的木制牌匾，上边金字雕刻着北京烤鸭的简介。一楼大厅摆着几十个黑茶色方桌，与椅子同一个颜色。浅灰色的屋顶，吊坠着红色黄色的灯笼，中央空调不停地吹着冷气，大厅不觉得闷热反而有点冷。他们登台阶上了二楼，二楼大厅中央有一个水池，池里养着一群金鱼，池畔有两米多高的假山。除了两边楼梯口外，二楼都是包厢，十几个包厢的名称全是名山大川旅游胜地名号：五台山、九华山、峨眉山等。饭店共有两层，一千多平方米，装修高档大气。

四人进了五台山包厢。五台山包厢是一个豪华大包厢，房顶垂坠着一盏鹿角水晶大吊灯，包厢中间放一个直径有三四米的大圆桌，周围摆放二十几把黑紫木椅子，白色的台布上，有一个玻璃圆盘，可以电动旋转。桌子中间摆一盆刚洒过水的鲜花。包厢周围，三面墙边放黑皮沙发，沙发前的茶几上放着的水果拼盘上用西瓜、木瓜雕刻几个寿星寿桃，周边的花卉凤鸟更是赏心悦目。四人落座，服务员忙着敬烟沏茶。

一会儿，包厢门大开，陈大虾西装革履，携夫人黄琼英进来了。李纪行和王桃忙迎接，说："陈总经理，欢迎欢迎。黄老师，请坐请坐。"黄琼英女士柳眉细目，瓜子脸庞，不胖不瘦，不高不低。黄女士看着王桃姊妹俩，说："你俩是亲姐妹吧，长得一模一样啊。"王桃说："这是我姐王媛，这是我姐夫张斌。元旦放假，他们昨天来的。"陈大虾高声大嗓说："姐夫，大姐，你们住在哪里啊？"张斌说："住在省 ×× 剧院的招待所里，我们的对口单位。"陈大虾说："李主任，让姐夫姐姐住我那里。招待所条件差一点,我是五星级酒店啊。”李纪行说:“他俩昨晚才到的,今天晚上住你酒店。”正说着,迎宾小姐开门,领着十几个客人涌进来了。

宾主入席,列次坐定。李纪行站起来,按顺序介绍说:“这位是海南省 ×× 厅的王副厅长,这是王厅长夫人李苹女士。这是山西棋院的济川先生,国际象棋大师,这是济夫人肖杰女士。这是山西省 ×× 剧院的张斌副院长,这是院长夫人王媛,王桃经理的姐姐。这位是我大学同班同学孔令轩,香港明报的记者。”有人问道:“孔记者在香港,常见金庸先生了?”孔令轩抱拳点头道:“见过,见过,各位好,各位好。”李纪行站着继续介绍说:“这位是明泰大酒店陈铁老总,这位是夫人黄琼英女士,海大老师。这位是海南省 ×× 银行的魏进副行长,这是夫人张慧兰女士。这位是海南 ×× 厅赵明处长,这是处长夫人杨敏女士。这位是北京来的赵康先生,这是赵先生的女儿赵芳女士。这位是海南武警部队的张根队长,这是夫人方玉玲女士。”李纪行都一一介绍完了,还有一个座位椅子空着,李纪行问王桃:“还差一位吧?”正说着,一个二十多岁的年轻人走了进来。李纪行和王桃急忙招呼说:“秦秘书来了,请坐请坐。假日还在忙?”秦秘书向大家招招手道:“对不起,对不起,大家好!”李纪行介绍说:“这位是省公安厅的秦秘书。”穿一身黑蓝色衣服的餐厅女经理问:“人都到齐啦,我们开始吧?”李纪行说:“好的,开始吧!”这一大圆桌,坐二十个人。八位美女,鱼贯穿梭,凉菜热菜,顺序上桌。

李纪行站起来，毕恭毕敬地说："各位女士，各位先生，大家中午好！今天是元旦佳节，辞旧迎新的日子，感谢大家的光临。桃园饭店开业以来，承蒙各位关照，生意蒸蒸日上。今天略备薄酒，恭请各位莅临，希望尽心品尝，若有不足之处，多提宝贵意见。我代表桃园饭店恭祝大家，新年快乐，万事如意。大家举杯，共同干杯！"武警部队的张根队长五大三粗，声音洪亮，说："老乡见老乡，两眼泪汪汪。大家干一杯！"陈大虾发话了："老乡见老乡，两眼冒金光。我是湖北佬，我祝大家好！"李纪行忙说："陈老总湖北人，黄老师海南人，今天这一桌，都是山西人。"大家都站起来了，举着酒杯，点头哈腰，一饮而尽。相逢何必曾相识，客人们天南海北，酒席宴前皆朋友，互相敬酒，不亦乐乎。一桌筵席，给这个节日带来不少欢乐。

饭后，秦秘书走到李纪行身边，和李纪行耳语了几句，大家也不知道他俩说了什么。

明泰大酒店位于海口湾畔。入夜，几十家大排档热闹非凡，沿着路灯一边约有半里长街，吃饭的客人坐满了一个个露天的饭桌，猜拳行令吆五喝六。十几个提着琵琶挎着吉他的少男少女，轮着给一桌一桌的客人唱着流行歌曲挣小费。器乐伴奏，歌声缭绕。

酒店的自助晚餐下午六点就开始了。西餐厅设在酒店的一层，面临大海。餐厅装饰极其豪华，紫色地毯，水晶吊灯。餐桌上整整齐齐摆放着白色餐巾，卷着刀刀叉叉。十几个服务人员彬彬有礼地赔着微笑，殷勤服务用餐客人。港式自助、生猛海鲜、蒸煮煎炒，品类繁多。饭店老板江美丽名如其人，靓丽可人，招呼着李纪行王桃和张斌王媛夫妻。可惜的是，几个人中午饭还没消化，只能欣赏着美味感谢着热情了。

少时，陈大虾进来了，他让服务员端上来几个果盘，招呼李纪行他们四个人吃水果。他问道："姐姐姐夫，住过来了吗？"王桃忙回答说："住过来了，你的酒店真好，非常感谢！"陈大虾说："马马虎虎，姐姐姐夫，多加指导。"陈大虾对李纪行说："李主任，吃过饭后，我们一起唱卡啦OK去，吼一吼，房里待着憋闷，就在酒店的二楼。"李纪行看着王媛说："我们有的是歌唱家，可以一展歌喉。"

餐罢，陈大虾已安排了，早有服务员在歌厅等候。对于李纪行来说，唱歌跳舞并非专长。大家主要听王媛唱，无论唱什么，都很好听的。陈大虾最拿手的是，"你挑着担我牵着马"，《西游记》歌曲。李纪行唱了一首《再见吧，妈妈》带着感情唱，听着让人感动。张斌则是李双江的翻版《我爱五指山，我爱万泉河》，声音高亢，声情并茂，专业水平。王媛唱几首戏曲选段，革命样板戏《红灯记》《沙家浜》《智取威虎山》，李铁梅、阿庆嫂、小常宝，大家听了一段又一段，还是想听。她唱《梁祝十八相送》，把几个人唱得眼泪汪汪。王桃开始不唱，最后只唱了一首《真的好想你》，带着感情唱出来了："真的好想你，我在夜里呼唤黎明，天上的星星哟，知道我的心……"王桃嗓子沙哑着，好像是把自己唱哭了。

子夜。夜深人静，李纪行推开酒店房间的窗户，放眼望去，大海漆黑一片,远处海面几艘轮船亮着点点灯光。大海那头就是祖国大陆。真的好想你,都在想谁呢?母亲就在那边。

今夜无眠。我在夜里,呼唤黎明。歌声仍在耳边回响。午饭后,秦秘书告诉李纪行,周老板在深圳落网了。秦秘书叮嘱说,李主任,你也要注意啊。秦秘书让他注意什么没有说。他总是往好处想,骗子抓住了,丢失了的钱就可以追回来了,他就能说清楚了,就不用背黑锅了。他一夜没睡着。

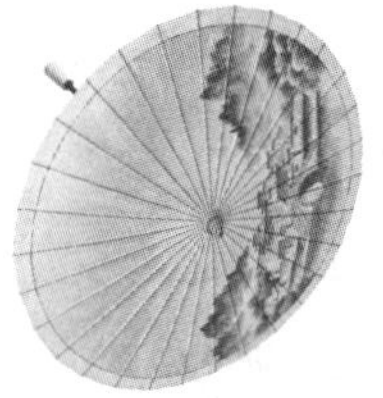

玖章　囚蝶

第二天清晨起来，吃过了早餐后，李纪行、王桃、张斌、王媛四人，开上黑色大奔驰到三亚。一路辛苦颠簸。到了三亚后，在大东海的南国大酒店住下来。

李纪行同学孔令轩今天回了香港，临走时来电话说，他和一个朋友在三亚准备做个旅游项目，项目的地址在三亚南山，如果感兴趣的话，让他抽时间去看看。他三亚那个朋友姓徐，是在北京一家报社当记者，现正在三亚考察项目。

李纪行让王桃开车，陪她姐夫姐姐到天涯海角去观光，他一个人单独行动，找到了徐记者，可巧在徐记者也住在大东海。见面后，徐记者告诉他，他们原来准备在亚龙湾和南山做两个项目，亚龙湾土地已经很难买到了，南山这边的项目谈得差不多了。他告诉李纪行，其实天涯海角，不是祖国大陆最南端，真正最南端的是南山。他们想在这里建一个南山寺，在海里建一个几百米高的观音菩萨像，初步计算，总投资超过十个亿。他建议李纪行如果感兴趣，可以投资入股。两个人中午吃了个便饭，就互相道别后离开了。

傍晚，李纪行在房间休息，王桃和姐夫姐姐回来了。李纪行问今天看了哪些景点，正谈论着，突然出现了两个公安人员，进了李纪行的房间，四个人都吃了一惊。一位公安人员打量着看了一眼张斌，又看看李纪行，说："你就是李纪行吧，对不起，我们是 ×× 市公安局的，你被捕了，跟我们回海口一趟吧。"李纪行问："为什么？"一个公安人员说："有一个案子，牵涉到你，详细情况，我们也不清楚，回去就知道了。"一阵沉默之后，王桃"哇"的一声哭了。李纪行安慰王桃，说："小王，没事儿，你陪好姐姐姐夫，我去去就回来。"张斌和王媛一头雾水。张斌安慰说："我们马上也回海口。纪行放心，我们会想办法的。"

真是天有不测风云。公安的警车一走，王桃三人也退了房，连夜开车返回了海口市。

这高墙铁窗的生活，是李纪行万万没有想到的。他被关押在东山看守所。对他的审讯也很简单，就是他买地时，吃没吃回扣，受没受贿赂。据那个戴大戒指的秃头周总供出，在收到李纪行汇款七百万元后，就让手下人马前，将两百万元现金交给林总。周总的意思是，让林总自己留下一百万元，作为报酬，将另一百万元送给李纪行，作为回扣。李纪行从未经过商，也不懂什么商场游戏规则，根本没有想过收好处费，只是千恩万谢央求着马前快些办手续。公安机关让他好好交代，坦白从宽，抗拒从严。他想唯一的办法，是将林总找到，事情才能真相大白，这两百万元是林总一个人独吞了，还是另有隐情。但是到哪里去找林总呢？公安机关也在找，至今还没有找到。

王桃姐姐王媛和姐夫张斌，急急忙忙飞回太原，这样大的事情再也不敢隐瞒了，遂向李纪行父母作了报告，岳父母也很快知道了。当务之急就是先把李纪行救出来再说。李纪行父亲找了几个老战友帮忙联系，他的老战友有几个已是副省级以上的高官，仰求他们给海南省的有关领导反映这个案件，建议查明真相再做处理，若无实据应先放人。

王桃在李纪行被关押后，每天去一次看守所看望李纪行，她知道李纪行是冤枉的，但公安机关接到举报线索，暂时扣押犯罪嫌疑人进行调查，也没有什么错误。海口东山看守所离市区有十几公里，王桃虽然每次开车去，但因为有压力又心痛李纪行，三五天过来却瘦得变了个人。李纪行嘱咐王桃与陈大虾商量商量，争取尽快找到林总，否则这个案子就会没完没了拖下去。

这天下午，王桃和陈大虾约好在明泰大酒店见面。陈大虾这几天也在为救助李纪行千方百计想办法。王桃一进酒店大堂，就乘电梯直接上了三楼，进了总经理办公室。陈大虾在办公室等着她。陈大虾见王桃满面愁容，他说："王总辛苦了，请坐，请坐。"王桃说："陈老总，你说，我们怎么能找到那个林总呢？李主任吩咐我和你商量，无论如何也得找到他，否则就结不了案。"陈大虾说："这几天，我也在琢磨，我和这个林总，是在六月雪花高尔夫球场认识的。这人常去打球，打球的同时也认识了不少人，曾看见他与一个女球童很要好。这个球童姓符，海南文昌妹，长得楚楚动人。这女孩儿应该知道他的底细，最起码比我要知道得多。”王桃一听，顿时兴奋起来，说：“那太好了，我们明天就去那个球场，扮成打球的样子，边打球边找人，如何？”陈大虾大手一挥，说：“好，就这么着。”

第二天一早，陈大虾和王桃准备好一副球具，在明泰大酒店演练了一番，王桃平时不打高尔夫，陈大虾也是陪客才摸摸球杆，对这项运动并不熟悉。上午十点多，二人便到了六月雪花高尔夫球场，办妥手续后，服务人员用电瓶车把他俩拉到一个开球的地方。陈大虾问开电瓶车的姑娘：“姑娘，哪里人啊？”姑娘说：“文昌。”陈大虾啧啧赞叹：“怎么，这文昌女孩一个比一个漂亮，上次有个姓符的女孩，也是文昌的啊。”这个女孩说：“噢，那是符雅妹，也在这个球场上班，只我俩是文昌的。我们住在一起。”陈大虾看了一眼王桃，又问说：“今天这个小符还在吗？”女孩用手一指，说：“在那个果岭后边，我带你们过去。”

真是踏破铁鞋无觅处，得来全不费工夫。晦气时，放屁也砸脚后跟，喝水也磳牙。这顺利时，天上掉下个林妹妹，两人喜出望外。

“雅妹姐，快过来，有朋友找你呢。”“等一下，马上来啦。”两球童远远对答。电瓶车立即开到跟前，三人跳下车，见一女孩儿亭亭玉立，头戴白色长舌帽，身穿蓝色小短裙，右手提一捡球杆，站在绿茵上。“小符你好，不认识我啦，我是明泰大酒店陈总。”球童怎能说不认识老总呢，不认识也必须装作认识，这是规矩。符雅妹客气地说：“陈总好。”陈大虾装着老熟人的样子，问：“那个林总，还是常来吧？”符雅妹说：“长时间不来了，不知道哪去了。”陈大虾说:“这球场的工作,日晒雨淋的,多辛苦,你想不想到我酒店去当大堂经理?”符雅妹一笑说:“就怕陈总看不上我呀。”陈大虾说:“哪里的话,只要你愿意,马上办手续,离开球场,我说一不二,说了就算数。”符雅妹说:“那我也得办个辞职手续啊。”陈大虾说:“行行行,那就这么定了。”王桃站在旁边抿嘴笑,看着陈大虾演戏,还演得天衣无缝。

从符雅妹那里得到的信息,知道了林总是海南陵水人,一直做房地产中介,可能也不是房地产公司什么大老板。今天,陈大虾收了个美女经理,也划得来,只是吩咐符雅妹,如此这般,继续留意罢了。

两天以后,符雅妹离开了高尔夫球场,到明泰大酒店当上了大堂经理。

这天早上,王桃醒来,还没起床,符雅妹便打来电话:“王桃姐,王桃姐,有个朋友说,海口东湖有个老头,算卦好灵验,想不想去看看?”王桃正闷得慌,一听说来了精神,忙说:“好呀,雅妹,我开车去接你,咱俩一起去。”电话里符雅妹说:“我向陈总请个假。”王桃说:“好好,我马上去接你。”

上午九点许。王桃和符雅妹在东湖边上转悠。东湖公园在市中心,现在是个大杂烩,干什么活的都有。小商小贩,跳舞锻炼,打卦算命,制章刻印,摆棋博彩,应有尽有。在一个凉亭边,见一位老者坐个小木凳,面前一块方红布,红布上有个小红包,不知里面包着什么东西。老者见来了两位佳人,便打招呼道:“二位佳人好。”王桃和符雅妹在老人对面坐下来,符雅妹用海南话说:"老先生,我们想算一卦。"老者说:"有什么事,你随便写个字,我看一看。"王桃有纸有笔,想了想,写了一个字,让给符雅妹看,雅妹点点头,王桃将纸递给老者。老者一看字,马上开口道:"嘿嘿,差一点困住了。"王桃一惊,急问道:"怎么讲?"老者说:"你有一个亲人,现在不在身边。你写了一个团字,里边再添加一个点,是个困难的困字,所以叫差一点困住。不过这件事是暂时的,马上就会有好转。"老者这么一讲,王桃非常高兴。王桃又问道:"我们要找一个人,怎么也找不到,您帮我算算,这个人躲在哪里了。"老者又说:"你随意写几个数字,我看看。"王桃想了想,又写了几个数,递给老者。老者一看是这样五个数:7,3,0,0,0。便说道:"你写的这几个数,有信息显露出来,有七有气,有山有水,有仙有岭,有林有零,有完有了,有没有空,如果找这个人,是有山有水之地,有七仙岭字样,还有林有浪有涛。"老者接着说,"你们自己想想,可以找到一些蛛丝马迹。"王桃说:"谢谢您爷爷,这是点小意思,不成敬意。"王桃给老者留下五百元小费,两个人马上离开东湖公园,开车返回了明泰大酒店。

老者的测字算卦,令人将信将疑。王桃开车到了明泰大酒店,将车停在酒店门前,就急匆匆和雅妹进了大堂,看见陈大虾坐在大厅沙发上抽烟。没等她俩开口,陈大虾便问:"怎么样,算得准不准?"王桃叙述了算卦的事。陈大虾追问道:"那你为什么偏偏写了个团字呢?"王桃说:"我只是想着,要很快团聚啊。"陈大虾又问:"那为什么又写了个73000呢?"王桃说:"他让我写几个数字，我想我是七月三十日打报告辞职下海，就写了个730，代表七月三十日。后面两个零，钱没了，地没了，便成00。卦的解释确实也有点玄。”陈大虾说：“一会儿，我们去东山看守所，看看李主任，带点礼物，再疏通一下关系。我已经让酒店准备好了。”

陈大虾开一辆凯迪拉克，十一点半，三人到了东山看守所。李纪行虽然被关押一周了，身体看上去没有什么变化。一见面，李纪行说：“刚开始的几天，有点坐卧不宁，现在就镇静下来了。”一间牢房里，开始时共有六个人，后来出去两个，只剩下四个人。李纪行年龄最大，另外三个都是二十几岁的年轻人。王桃来的次数多了，与看守所人员也熟了，陈大虾带来的礼物，由王桃交给看守人员。李纪行自己不抽烟，礼物大家分享。王桃介绍了符雅妹后，说了一遍今天上午算卦的事，李纪行听了，略有所思。王桃问：“李主任，老者说，有山有水，有仙有岭，有浪有涛，有山有仙，有陵有岭，都好理解，山仙都是3。岭读音是零，即0，也可理解。可是这有水，是怎么解释呢？”李纪行想了想说：“所谓万物皆数，水字暗含着3这个数，有山也有水。因为古人写水字，是竖着的三笔画。现代科学知道，水是由两个氢原子、一个氧原子组成的。另外，水有三相，气态、液态和固态，所以水里暗含3，3里面也有水。”王桃又问道：“那浪和涛呢？”李纪行想一想，说：“按简体汉字，浪和涛都是十笔画，十归为零，0这个数含有浪和涛。林的谐音就是零。”李纪行这么一讲，陈大虾说：“这算卦还真有些学问，不可思议。”符雅妹说："那个林总打高尔夫时，曾说过他是陵水人，这个卦里说的，就是陵水。"

几个人互相说笑讨论，倒也给李纪行带来了许多快乐。最后，陈大虾说："李主任，你委屈几天，我们及早想办法，让你很快离开这个地方。"

三人开车返回海口市，时间已是下午两点钟了。

这天中午，饭后午睡，王桃被电话吵醒了。王桃忙接电话："你好。"电话里的声音："王桃姐，那个林总找到了。"是雅妹。王桃急问道："他在哪里？"雅妹说："在三亚，你快过来吧。"王桃说："好好好，我马上到。"王桃放下电话，立即下楼开车，匆匆赶往明泰大酒店。

符雅妹站在酒店门口，焦急地等着王桃，王桃一停车，她就跑了过来，拉着王桃的手，乘电梯上三楼，进了董事长办公室。王桃在沙发上坐下，雅妹沏茶倒水，一人一杯，陈大虾说："王总，林老板在三亚，这个消息是真的。但是如何抓住他，也不是那么容易。"王桃没有说话。陈大虾不讲了，一边抽烟，一边踱步。

原来，今天中午，符雅妹接到高尔夫球场那个文昌妹子的电话，说有个叫林总来电话找符雅妹。女孩儿说雅妹已经辞职了，到明泰大酒店上班了。林总向女孩儿要了符雅妹的联系电话，直接打电话过来，说，他在亚龙湾做了一个旅游项目，想聘请雅妹当副总经理，问她愿不愿意。符雅妹一听，说先考虑考虑。她马上将这个消息报告了陈大虾，陈大虾如获至宝，大喜过望。立即让雅妹打电话把王桃叫过来。他想着，若要抓住这个林老板并非易事。如果报警，让公安部门去抓，会不会打草惊蛇，走漏了风声，林老板如惊弓之鸟，必然有所防备，一旦再次逃跑，就很难抓住了。如果捉不住人，李纪行一时半会儿就出不来了。这件事是由他陈铁介绍买地引起的，如果办砸了，他如何对得起朋友。陈大虾一支接一支地吸烟，突然，他哈哈大笑起来，把王桃和雅妹吓了一跳。陈大虾成竹在胸，说："王总，事不迟疑夜长梦多，今天下午，我们立即行动，马上向三亚进发。"王桃说："陈总，我听你的指挥，你说怎么办，就怎么办。"

陈大虾开始调兵遣将实施他的锦囊妙计了。他把保安队长孙云叫来，命令他带上两个保安，开一辆九座丰田面包，马上出发到三亚，住三亚大东海南国大酒店待命。他告诉江美丽说，要带几个人去三亚，三到五天才能回来，让她明天把武警部队张根队长请来，在酒店吃个午饭。这几天和张根队长时刻保持联系。他让王桃给省公安厅秦秘书打个电话联系一下，说那个土地诈骗案已经找到了线索，但是还不确切，想先详细了解后再做报告，请秦秘书等候确切消息，再通知公安部门采取必要的行动。他又让王桃回家，准备出远门带的东西，一会儿再返回明泰酒店来，坐酒店的凯迪拉克一起去三亚。他又吩咐符雅妹，如此如此，这般这般。

三亚湾的夜色实在迷人。

当黄昏的夕阳坠落在西边茫茫海洋的尽头，天顷刻黑暗下来。海面上漂浮着的几十只小船，忽闪着萤火虫似的微光。天上的星星窥视着海滩上依偎着的一对对情侣，任凭海浪的冲打和涛声的骚扰，坚定地坐在椰树下的沙滩上，享受着海风吹拂尽情地呢喃细语。路灯的白光打照着绿色的芭蕉，摇摇欲坠的椰子招诱着过路的行人。

经过四个多小时的颠簸，开车走了两百多公里路，陈大虾一行三人傍晚住进三亚湾银河大酒店，这是陈大虾的好友西安人冯总经营的五星级酒店。

冯总在酒店贵宾包厢接待了陈大虾一行三人。西北风味的美食大盘鸡裤带面全都上了桌。冯总与王桃有一面之缘，与陈大虾是同行又是老朋友，他问陈大虾说："陈总王总，三位大驾光临，看样子有什么急事吗？"陈大虾叹道："唉，就是去年，你还记得吧，在海龙王吃饭的那个林总，把李纪行、王桃他们办事处骗了，交了七百万元人民币买地，地也没了，钱也没了。林总和这几个骗子全部逃跑了。林总的老板周总现在深圳被抓，交代说，两百万元给了林总行贿，让林总从中送李主任一百万元。李主任本来就没有受贿得到一分钱，但是现在被海口公安机关关押了。你说他有多冤啊，工作也丢了，自己下海创业，现在还坐了牢！"冯总有些吃惊，接过话茬说："李主任我有点印象。我也听说了，现在海南的土地交易是很不规范，一地多卖的有，弄虚作假，把别人的地卖了的也有，张冠李戴，把甲地变成乙地还有，或者根本没地也卖地的有。还有的开发商土地有瑕疵，而代理办手续的却把报建手续全都能办下来，建筑公司把楼盖到封顶，开发商要办房产预售时候，结果才发现批复报建手续是中间办事人，用假公章假文件，全部都是伪造的。哈哈哈，世界之大无奇不有，骗子之多骗术之高，防不胜防。王桃主任呀，这房地产里边的水太深，你们操之过急，哪能搞得清楚啊！”

王桃动情地说：“当时真是一点也看不出来。这次我们找到了一点线索，林总就藏在三亚。请您多多关照，我们想找到这个人，还李主任个清白。”冯总问道：“你们怎么知道林总他在三亚？三亚这么大，他藏在什么地方？”陈大虾介绍说：“这位符雅妹是文昌人，现在是我的大堂经理。雅妹原来在高尔夫球会上班，与林总熟悉。昨天中午，突然接到林总电话，说他在亚龙湾做了个旅游项目，请雅妹过来当经理，问雅妹愿不愿意。林总万万没想到，雅妹会在我的酒店工作，也没想到，雅妹与王桃像亲姐妹。”冯总诚恳地说：“我能帮什么忙，你们尽管说出来，千万别客气。”陈大虾掏出中华烟来，递给冯总一支，给冯总点着了，自己也点了一支，深吸了一口，说：“冯总，非常感谢！”陈大虾这时站起来，接着说：“冯老总，第一，请你给我借四部大哥大，我和王桃现在一人一部，还有我三个保安，三个保安住在大东海，加上雅妹，一个人配一部方便联系。第二，我已经和省公安厅联系过了，请你和三亚公安机关取得联系，请他们随时能够协助，不要打草惊蛇。我们没有逮捕权，但我们还是可以控制嫌犯的。第三，给我再配一辆三亚牌照的轿车。第四，再订三个房间，我们各住一间。这就可以了。”冯总想了想，问道：“你们几个人都赤手空拳的，能行吗？”陈大虾说道：“我们不能带刀带枪,酒店保安可带警棍,三个保安每人一条。”陈大虾又说:“我不相信,林总他一个人,能打过我这三个保安。”冯总反问道:“万一他也带两个保镖,你怎么办?”陈大虾眨眨眼,不说话了。过了片刻,冯总手一扬,高声说:“这样吧,把我的秘书给你派去,他叫刘羽飞,今年才二十岁,我们陕西汉中人,曾在少林寺习武,打斗起来,十个八个近不了身,已经跟我三年了。他是高中毕业,是秘书又是保镖,对三亚也熟悉,他可以助你们一臂之力!”陈大虾一听大喜过望,高声叫道:“好啊好啊,有了刘羽飞武林高手,一定能够活捉敌人,哈哈哈哈!”

晚饭后,冯总给陈大虾安排了一个贵宾大套间住下,陈大虾把住在南国大酒店的三个保安都召集到银河大酒店他住的房间,冯总的秘书刘羽飞也来报到。他们五男两女七个人集中在一起,彼此熟悉了,每人都把大哥大电话号码互相记下来,等待陈大虾的命令。

陈大虾坐在办公桌后面的黑皮旋转老板椅上,沙发上坐着王桃、符雅妹、刘羽飞、孙云,还有他的另两个保安郭风和高勇。陈大虾点燃一支中华香烟,重重吸了一口,站了起来,神色严峻地作战前动员,他语调铿锵,说:“同志们,我们来三亚追捕逃犯,作为一个中国公民,这是我们应尽的责任和义务。我们虽然不是警察,但我们有责任配合公安机关维护国家和人民的合法利益。何况,受害人还是咱们的好兄弟。”他猛吸一口烟,简直是在咆哮:“奶奶的,我就不相信,把人骗了,跑了就没事了?骗子都跑了,好人都进了监狱,天下哪有这等事!”陈大虾讲得带着感情，大家群情激愤，王桃对陈大虾更是佩服了。

陈大虾运筹帷幄，布置天罗地网。他命令，符雅妹明天一早，住到大东海南国大酒店，酒店房子登记在最高的十九层。孙云、郭风和高勇住在她的房间隔壁。上午十一点，雅妹给林总通电话，告知住的酒店和房间号，千方百计引诱他进入房间。命令孙云在发现有人进入符雅妹房间后，守在电梯口，郭风守在楼梯口，高勇装作保安守在酒店大堂门口，刘羽飞守在酒店临街大门口。三部汽车停在酒店院内。把冯总配备的蓝色桑塔纳放在最外面的马路上。每车上两个人，陈大虾和王桃坐凯迪拉克，刘羽飞和郭风开桑塔纳，孙云和高勇开丰田面包。如果在南国酒店逮不到人，就跟踪林总的汽车。陈大虾布置完毕，大家又相互叮嘱一番，都各自回到自己住处。

一夜无话。

第二天凌晨，天才蒙蒙亮，王桃就起床了，一夜没睡好觉。她担心如果逮不住林老板，李纪行就出不了看守所。她轻轻开门走出自己住的房间，乘电梯下楼到了酒店大堂，见总服务台边有个睡眼惺忪的女服务生值班，大堂门口有一个保安来回走动。酒店大堂正面朝南面对大海，大海的那边，晨曦渐显，涛声阵阵，由远而近，断续传来。借着黎明的曙光，见有几个拾海的人弯下腰去，又站起来，走走停停，渐行渐远。她坐在酒店大堂的沙发上观察，这酒店设计确实豪华气派，大堂四周是用四五米高的木门围着，门就是墙，墙就是门。大堂中间，有个喷泉，水池里边，四只大象，黄铜铸成。象鼻朝天，喷着水柱，水划弧圈，洒落池里。突然，她又发现，大堂餐厅旁边，摆着一个透明的什么东西，她走过去仔细观看，却是一个大玻璃瓶子，这个瓶子长有一米，斜躺侧卧放在木板上，瓶颈拉长伸出，又从上部弯了回来，又从瓶身中间穿进瓶子里面，与瓶子底部凹进去的部分对接，形成一个稀奇古怪的形状。王桃用手小心地摸摸瓶子，又前后左右地细心观看，她觉得这个瓶子真的好看，五星级酒店确实是名不虚传。

上午十一点，符雅妹在南国大酒店 1905 号房间里，用酒店固定电话拨通了林总电话："喂，您好，林总吗？我是雅妹，我到了三亚，住在南国大酒店。"电话那边传来声音："雅妹，你好啊，你是怎么过来的？不早通知我，我好去接你呀。"符雅妹回答："海口到三亚长途汽车，早上六点就出发了，我刚住下来。"林总问："下午五点，我到酒店去接你，你住几号房间？"雅妹回答："我住十九层，1905 号房间。"电话里说："好的，下午见。""下午见。"两边都挂了电话。雅妹的心通通直跳。

三亚大东海。

大东海在三亚湾东面，中间隔着鹿回头山脉。下午四点钟，陈大虾和王桃二人开黑色凯迪拉克来到南国大酒店停车场，与几十辆汽车混停一趟，两人都戴墨镜坐在车里，汽车玻璃贴膜，从车外看不清楚车里面。王桃看看手表，时间刚过五点，一辆黑色皇冠汽车徐徐开进酒店，在酒店大堂门前停下来。车右边门开了下来一个年轻人，手里提着一部大哥大，径直走进酒店里。那年轻人进了酒店，乘电梯上了十九楼，找到 1905 房间，当当当敲门，又按了门铃，年轻人问道："有人吗？"房间里边应声道："谁呀？"外边答："我是林总派来的，你是小符吧？"房间里边又问道："是哪个林总啊？"外边回答说："是我们蝴蝶谷，林鸿林老总呀，让我来接你。"里边问："他在哪里？"外边回答："他在车上。"房间里边说："对不起，我不认识你，你让他给我打个电话。"外边回答说："你电话号码多少？"房里边说："林总他知道的。"门里外一对一答，雅妹借故不开门，单身女孩儿也很正常。听着门外年轻人打电话，符雅妹躲进卫生间，用大哥大赶紧给陈大虾打电话，说："林来了，他在车上。"随后，她将大哥大关机，藏在提包里。房间固定电话响了，符雅妹拿起电话："是哪位？"电话里的声音说："小符，上午约好五点接你，我不上楼了，我让小黎上楼去接你。"符雅妹听出是林总的声音，便说："您稍等，我收拾下东西，马上来。"符雅妹开了门，见一个年轻人站在楼道，便问道："你是小黎吗？"年轻人点点头，说："是的。林总让我来接你的。"雅妹背了个包，顺手把门一关，说："那好，我们下楼吧。"

陈大虾和王桃仍然坐在车里观察，在那辆黑色皇冠进来后，接着一连又来了三辆车，都停在酒店门口。虽然接到雅妹的电话，但二人还不能确定，林老板坐在哪辆车里。又过了一会儿，二人看到，开始从第一辆车下来进了酒店的那个年轻人在前，符雅妹在后，二人出了酒店大堂，猫身坐进那辆黄冠车里。陈大虾和王桃确认，那辆皇冠就是林总的车。陈大虾拿起大哥大，要通知四个保安开始行动，但被王桃拦住了。王桃说:“陈总别急,我觉得,目标不一定在那辆车里,不见其人不能动手!”

说话间,黑色皇冠车离开酒店大堂门口,徐徐开出酒店大门,东向右转,进入街道。陈大虾启动汽车紧盯着追了上去,其他两辆车见状,紧随其后。街道上,汽车行人很多,不紧不慢沿着街道行走了大约一里路,黑色皇冠车停下来了,在那儿有一辆银灰色丰田轿车停着,皇冠车司机从车窗探出手,示意丰田轿车往前走。丰田轿车马上启动,向前方驶去,黑色皇冠鸣了一声喇叭,紧随其后,离开大东海,驶向亚龙湾方向。陈大虾和王桃互看了一眼,心想:幸亏没轻举妄动。他们的三辆汽车在后面紧追不舍。

原来林老板就坐在前面那辆银灰色的丰田轿车里,他自己心里有鬼,为安全起见,不想在酒店里露面,让秘书小黎去接符雅妹,自己坐在车里等待。

符雅妹从酒店大堂门口上了皇冠车,她坐在前排副座,车上有一个司机开车,小黎坐在后排。符雅妹问:“林总呢?”小黎答:“外面还有一辆车,林总在前面车上,我们一起到蝴蝶谷。”雅妹问:“蝴蝶谷在哪里啊?”小黎说:“就在亚龙湾,你不知道吗?这是我们新开的旅游景点。”雅妹深藏不露,等待时机。亚龙湾号称天下第一湾,是中国第一还是世界第一,陈大虾是搞不清楚的,他关心的是前面的那辆车,他的车紧紧追着皇冠,盘旋在蜿蜒的山路上。亚龙湾背山朝海,山上绿色覆盖,看不见土石裸露,茂林郁郁葱葱。大海远处的白浪碧波中,有几个小岛屿黑黑的，趁着黄昏夕阳隐约可见。足足行驶了五十分钟，五辆车接二连三，几乎同时在山脚下的一个十几亩大的停车场停了下来。灰色丰田轿车司机先出来，随手拉开车后边的车门。

林总终于出现了。

陈大虾和王桃立即推开车门下了车，其他两辆车的四个保安也分别从车里出来了，他们都已经断定这个大的就是林总。前后五部车所有人全部下了车。“林老总，你好啊！”陈大虾大声打招呼，直接向林总走了过去，林总大吃一惊，认出是陈大虾，他没有回话，悄悄对他的人说：“他们是坏人，你们拦住他们，我去喊人来。”说完之后拔腿就跑。说时迟那时快，只见刘羽飞嗖嗖嗖嗖，射箭一般追上去，只在他背后轻轻点了一下，林总即刻瘫在地上，动弹不得了。陈大虾和其他三个保安都带着警棍，大声喊道：“别动，别动，别动，我们是警察！”林总的两个司机和那位小黎都大惊失色，站在原地不动了。

正在这时，听得呜儿呜儿呜儿的警车鸣叫声，由远及近传来，转眼之间来到停车场，从车上立即跳下两个警察，走到林总跟前，问道：“你是蝴蝶谷林鸿吗？”林总说：“是的，我是林鸿。”一个警察说：“林老板，你被捕了！”林鸿看了陈大虾一眼，又看了看符雅妹，表情复杂，眼色迷离，慢腾腾默默转身，跟着警察上了警车。

警车鸣笛，开出停车场，向来时的方向驰去。车后尘土飞扬。

陈大虾、王桃、符雅妹和四个保安一行七人,这时才松了一口气。林鸿的那几个随从早已跑得无影无踪。他们这才想起,看看这个蝴蝶谷,究竟是个什么旅游景点。他们七个人买了门票进了景区,走了百十来米山坡路,进到一个不大的山豁口,豁口用高三米多的木栅栏围合,中间留门口,供游客进出。只见山豁口的空间顶部用绿色纱网封闭,又在四面拉起帷幕,围成一个闭合的空间,整个空间形成一个马蹄形。空间的坡地上山花烂漫,万紫千红。在这个封闭空间里,养着成千上万只各种各样的蝴蝶,客人进入,惊飞而起。蝴蝶翅膀大的小的,圆的方的,各种各样,花花点点,色彩斑斓,成群结队,上下翻飞,充满了整个空间。这真是一个绚丽多彩的世界,让人的眼睛应接不暇,如置于幻景之中。

这个旅游景点,依山傍水,景区设计别具风格,给人带来眼福与享受。夕阳西下,景点只有几十名游客,陆续从蝴蝶谷出来了。临离开时,游客们每个人逮了几只蝴蝶。陈大虾等人开车直奔三亚湾银河大酒店。

晚上,庆功酒是少不了的。冯总早已在酒店二层,定好一个 VIP 大包厢,等待陈大虾一行归来。

夜晚,三亚湾银河大酒店灯火辉煌,拉箱的提包的客人出出进进,热热闹闹。迎宾小姐热情洋溢,把陈大虾一行带到二楼的贵宾包厢,冯总正和餐厅经理准备酒单。陈大虾一进来,高声大嗓门叫道:"好啊冯总啊,你这小刘秘书武功好厉害呀,我们还没看清怎么回事,那个林总就趴下啦,林老板已经落网了。冯总笑道："我知道了。刚才，三亚市公安局打来电话，说林总是陵水人，真实的名字叫林涛，化名林鸿。"陈大虾、王桃、符雅妹几个人一听，都想起那个算命老头，一个个张嘴蛤蟆，竟然惊得说不上话来了。

陈大虾豪情万丈，高举酒杯站起来，说："感谢冯总的大力支持！"冯总笑道："不谢不谢，应该的，应该的。"大家心里高兴。符雅妹忽地站起来，害羞地说："我敬刘大侠一杯酒，你的武功，好厉害呀！"刘羽飞脸红红的，双手抱拳道："谢谢，谢谢！"酒至半酣，王桃问冯总："冯总，你一层大堂那个大玻璃瓶子挺好看的，是哪里买的啊？"冯总笑着说："噢，那个是酒店开业时，一个朋友送的。你喜欢吗？"王桃笑道："是，我很喜欢。"冯总说："那就送给你，明天你就带回去。"王桃说："不好意思，谢谢冯总！"冯总笑着说："不用不用，送你了一个瓶子，将来把你的山西老陈醋，给我带一瓶就可以了。"王桃高兴地说："一定一定，感谢感谢！"

陈大虾却不理解，这男女就是不一样，一个玻璃瓶子，有什么好看的呢？

酒逢知己千杯少，一桌人互敬互让。符雅妹盯着刘羽飞，不断地劝酒，喝得酣畅淋漓，兴尽方散。

晚饭结束后，冯总安排大家都住进了银河大酒店。这几个保安都还是孩子气，把逮到的蝴蝶用细线拴在房间里的台灯架子上，或者拉在手上，任蝴蝶拖着长长的细线飞起，又忽闪忽闪掉下来，他们高高兴兴在房间里拽着蝴蝶放风筝。王桃、符雅妹听着几个小伙子在房间热闹，敲门进来一看傻了眼，她俩赶快把这些蝴蝶收集起来，害怕伤害了它们。

在三亚湾银河大酒店，王桃真真美美地睡了一觉。

第二天早上，吃过早餐，陈大虾、王桃、符雅妹坐凯迪拉克，孙云、郭风、高勇开丰田面包，告别冯总离开三亚回海口。

在飞驰的面包车上，拉了一个大玻璃瓶子，玻璃瓶子里面，装着十几只花花绿绿的彩色蝴蝶。

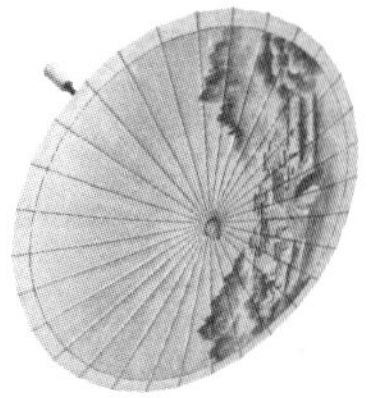

拾章　追捕

这些日子里，李纪行取保候审从监狱出来后，心断天山，身老沧州，每天去南渡江边钓鱼。他头戴斗笠，挎个小背包，背包里五件物品，一把折叠伞、一本书、一副墨镜、一部大哥大、一个钱包。南渡江边距离他住的别墅区仅仅一二公里，他骑着一辆破旧自行车到江边，钓鱼的渔具一应俱全，驮在自行车后座的帆布布袋里。他说，他既非姜太公，也非严子陵，心从《梁父吟》，默诵《弥陀经》，只是认认真真地钓鱼。他钓鱼每天总有收获。王桃把钓的大鱼小虾，让桃园饭店的厨师烹饪成各种风味，他和王桃享用美食自得其乐。

春节快要到了，李纪行父母来电话，说老两口要去美国了，大哥李纪太催促让去美国过个年，老两口实际是想去看看孙子李陶。王桃父母说，春节期间要来海南。王桃让她姐王媛捎回去的泳装照，被记者刊登上了体育杂志做封面女郎，封面上李纪行的照片也赫然在目。王桃父母从照片上看到了李纪行，自然猜测不断。杂志封面照片又被传到陶峰教授老两口那里，照片还远越重洋，也让陶青春看到了。

一石激起千重浪。李纪行身体上每个细胞,都成了可疑的分子。

李纪行钓鱼,手里的竿不是上扬而是下垂着,真担心他这样漫不经心地被大鱼连竿带人拉下水里去。南渡江水静静地流,冬季的江水清澈见底波澜不惊,浩浩荡荡义无反顾地流入大海,前去寻找自己的归宿。

李纪行是高干子弟,经历过“文革”也插过队,大学毕业就快三十岁的人了。儿子李陶今年六岁,也要上小学了,陶青春以此为由,也不愿意回来。他在太原的家成了一个空壳,是个无鸟无蛋的空巢。

今年的年怎么过?去年,在海南躲灾避难地过了个年,今年却是有家无归处。他自己问自己,这家是什么呢?他意识到,这家绝不是房子,家其实是人,房子只是人穿的衣服。看看天上的白云飘过,夕阳的余晖洒着冷冷的光,他不禁打了个寒战。

日暮乡关何处是?烟波江上使人愁。

今日腊八,按照北方人的风俗习惯,太阳没出来,就得把腊八粥吃完,否则害红眼病。所以桃园饭店的厨师们半夜三更就把腊八粥做好了。凌晨五点,王桃就把李纪行叫醒,开着新买的红色丰田子弹头,一大早就来到饭店,二人香香甜甜蜜蜜,红枣小米相思豆。吃过腊八粥,晨曦微露,太阳还没有出来呢。

王桃坐在餐桌一边,李纪行坐在对面,王桃像想起什么似的,忽然笑逐颜开,她拿起大哥大,拨打电话,电话通了,说:“雅妹,起床了吗?”电话里说:“王桃姐,这么早,有什么事吗?”王桃说:“今天上午想逛逛街,你可否请个假一起去?一会儿我去接你,好吗?”电话里说:“上午是可以,十一点前回酒店就行。”王桃高兴了,说:“好的好的。”王桃看了一眼李纪行,见他无动于衷,便笑脸相求说:“李主任,今天别去钓鱼了,陪我逛逛街,快过年了,街上好热闹哦,好不好嘛。”李纪行笑着说:“我一个大男人,陪两个大姑娘逛街,不怕人家笑话?”王桃头一扬,说:“哼,怕什么,我们一个单位的,说就说,无所谓。”

看着王桃清秀的脸庞,李纪行心存感激之情,他说:“今天可以出去转转,我想买个好的钓鱼竿。”上午九时许,王桃开车拉着李纪行,到了明泰大酒店,接上了符雅妹,又开车到了海府路东湖边,把车停在了停车场。年味渐浓,东湖公园里,游乐的人逐渐多了起来。王桃和符雅妹二人心里清楚今天到此的目的是什么,李纪行却是蒙在鼓里。十点钟了,只见一个老者来到公园里,在靠近桥边的一块草坪上,放下个小马扎,把一块红布铺展,一把长柄伞放置旁边,伸伸腰坐了下来。王桃看着雅妹说:“就是他。”她俩像漫无目的似的走着,却把李纪行引向老者这边来了。

说话间,王桃、符雅妹、李纪行三人,已走到老者近前。老者已经认出王桃和雅妹,忙起身招呼:“二位贵人,见过了见过了,感谢感谢。”这老者一定想起来了,上次二人问卦后,丢下五百元就跑了,老者想说句感谢话,还都没来得及说呢。李纪行看得真切,红布上有八个字:慈悲为怀,心诚则灵。

王桃开口了:“老人家,我们今天来,还想请教您,您再给我们算一卦。”老者先是看了李纪行一眼,又看看王桃和符雅妹,然后说道:“你们每人,写一个字,写一个数。”王桃小包里有纸笔预备。李纪行想了想,在一张纸上写,写好递给老者,王桃和雅妹也分别写好了。老者一看,李纪行写的:一个“一”字,一个英语单词“two”。而王桃写的是:一个“马”字,一个数字“3”。符雅妹写的是:一个“刘”字,后边一个数字“2”。老者抬起头来,看着李纪行说:“横竖都是一,贵人莫非是姓李?”王桃和符雅妹大惊失色,李纪行却是淡定从容。老者接着说:“这个英文字母,读土,你有一件事,与土地房产有关。”李纪行连忙说:“谢谢,谢谢。”老者拿起王桃写的说:“马儿跑了。”王桃诧异。最后,老者看看雅妹,又看了写的字条,笑着说:“谈恋爱了。”符雅妹脸红心跳。王桃问道:“马跑哪去了?”老者想了想,说:“三江,一波三折,浙江。”打卦算命,不问出处,王桃敬了五百元,起身告辞。老者举起手,连声说:“谢谢,谢谢了,祝你们好运。”

三人离开东湖公园,开车到了明泰大酒店。陈大虾不在酒店,江美丽留下李纪行、王桃、符雅妹吃午饭。一楼自助餐厅,四人坐一个桌子,轻松自在,边吃边谈。王桃问李纪行:“那老头算卦,怎么知道你姓李?”李纪行笑道:“算卦有如猜题,我们写的数和字,已经透露了一些信息,他似乎感觉到了。我对这些知识已经有一定的了解,所以一语道破并不稀奇。我写了个‘一’字为什么是李,有句老话讲,老子天下第一。老子姓李,骑一头青牛西出函谷关,过不了关写下《道德经》五千言,而后不知所终，所以李为一。再如，中国文化讲，三江二河，五湖四海，还有一李二杏三桃，五梅八桂九菊，数和字，是有密切联系的。”江美丽台湾大学毕业，听李纪行这么一说，心里很惊讶，她说：“我们都学中文，没有讲过这方面的知识啊。”李纪行笑着说：“这些文化，不入主流，左道旁门，学校不讲，也很正常。这些都是我自己理解而已，不一定准确。”王桃也非常高兴，说：“我也知道了如何打卦了，雅妹写了一个刘，还一个2，分明是一心想着刘羽飞，二人想谈恋爱，不是吗？哈哈哈哈，我今后也会算卦了。”李纪行又分析说：“‘刘’读音和‘留’相近，留恋，恋爱。2这个数，也有好的含义，成双成对，比翼齐飞，所以说，老者那样判断，自有他的道理的。”饭桌上，四人边吃边说，开心得不得了。

马前在浙江？李纪行将信将疑。马前若不归案，他就结不了案。

二十三，糖瓜儿粘。腊月二十三，灶神爷上天的日子，北方的乡俗是吃麻糖，封住赵公明的嘴，上天言好事，下地降吉祥。人世间的不平事太多了。李纪行记得，去年小年一人过，今日小年大不同。他把虾塘饭店一切托付王桃，单枪匹马飞抵杭州。山西北方学院建校已经三十多年，李君健院长桃李满天下，浙江也不乏其人。李纪行飞机抵达杭州，他直接到了浙江大学，没有找父亲的门生故旧，而是去找他的发小女友盛春丽去了。

盛春丽父亲盛佑年和母亲唐婉卿的祖辈，都是江苏常州青果巷的名门望族。明清两朝的历史,在这条巷子里都有浓墨重彩的一笔。清末最后一任铁道部部长、洋务运动先驱盛宣怀,《官场现形记》的作者李伯元,中共早期领导人瞿秋白等人,都与此巷血脉相连。不过到了盛春丽父母这一辈,已经是家道中落,徒有虚名了。盛春丽的父母亲是燕京大学同学,一九五二年,燕京大学撤销后,一对伉俪被分配到山西北方学院任教。盛春丽一九五七年出生,比李纪行小了三岁,二人从小青梅竹马。一九七七年恢复高考,盛春丽考入浙江大学物理系,毕业后留校任教,后又读完硕士研究生,现在已是副教授了。

学校放了寒假。正午时分,李纪行坐在学校办公室,等待盛春丽的到来。

学校值班人员告诉李纪行,盛教授上午听一个讲座,很快就到了。说话间,盛春丽风风火火进来了,她一眼看见了李纪行,紧步上前抱住李纪行的臂膀摇,又抬起头责问道:"二哥,你怎么不早告诉我,我去机场接你呀?"李纪行笑着说:"这也很方便,是打车过来的。学生放假了,你还听什么讲座?"盛春丽说:"特殊情况哦,学校安排张琳教授讲生命科学,在校的师生们都想去听听,机会难得呀。"李纪行想想说:"张琳教授,听说过。"盛春丽说:"走吧,今天中午,我俩到西湖边吃糖醋鱼,可以不?"李纪行说:"可以,听你的安排。"

这时候,李纪行这才开始端详盛春丽了,只见她齐耳短发,眉目清秀,上身穿紫红色毛衣,下身配深蓝色长裤,半高跟黑皮鞋,一米七上下的身材,仍然是那样的亮丽动人。二人说着话,走出了学校办公室。

隆冬的西湖有点冷，寒风吹过湖畔，湖面碧波荡漾。李纪行一件风衣，绝难抵御杭城的寒流。他俩下了出租车，迅速进了湖边的知味观餐馆，找了一个靠窗的座位坐下来。餐馆里面，温暖如春。

杭帮菜真好，西湖醋鱼、东坡肉、小笼包，美味诱人，他俩点了几样。盛春丽给李纪行夹了一块鱼肉，抬眼问道："二哥，你这大过年的，一个人跑来杭州干吗？"李纪行笑道："想来看看你呗！"盛春丽说："哼哼，你胡说，肯定有什么事，我还不知道你？"李纪行哈哈一笑，说："你呀，还是那个小精灵。"他吃一口菜，又拿起啤酒杯，仰头喝下半杯，然后长叹一声说："唉，一言难尽啊！"

看看窗外，下起雨来，雨夹雪花，飘飘洒洒。路上行人撑着伞，匆匆走过。饭店里吃饭的客人酒足饭饱之后，陆续走了。李纪行说："先吃饭吧，杭州这儿的饭菜香呀，我俩边吃边聊。"李纪行拿起啤酒瓶，给盛春丽加满酒杯，又给自己倒满一杯，看着盛春丽的眼神，他举起杯说："春丽，为我俩久别重逢，干上一杯！"盛春丽应道："好，干一杯！"李纪行仰头一饮而尽。

李纪行讲故事似的，从去年七月份因一桩公案逃离太原讲起，讲到在海南一个人过年，又设立驻琼办事处，为找项目买地受骗，后被问责辞职下海，在桂林洋养鱼捉虾，与王桃合作开饭店，陶青春去美国不归，自己元旦期间被抓，半个月牢狱之灾，三亚蝴蝶谷活捉林涛，老者预测马前在浙江，今年过年无家可归,他一个人来到杭州。李纪行说了一个多小时,盛春丽边听边掉眼泪。

雨雪还在下,似乎没有要停的样子。

吃过午饭,盛春丽安排李纪行在西湖宾馆住下来。房间在六层,窗口朝南,对着西湖,拉开窗帘,水光山色,尽收眼底。南面夕照山上,雷峰塔巍然矗立。远山如黛,云雾缭绕。

宾馆房间宽敞,电视电话、空调沙发、双人床、卫生间、大衣柜等等,酒店设施一应俱全。盛春丽倒了两杯龙井茶,递给李纪行一杯,她坐在沙发上不解地问:“不是已经出来了,为什么还要取保候审?”李纪行说:“据深圳落网的周老板交代,他交给了马前两百万元,马前应该全部交给了林涛,由林涛给了我一百万元,林涛自己留下一百万元。但马前只给了林涛一百万,林涛并没有把钱给我,他把自己那份拿了,另一百万元实际是马前拿了,但这里也有给我的可能性,给没给说不清楚。现在只能说明,林涛没有给我钱,所以我才能暂时出来。必须抓住马前,才能彻底证明我的清白,否则,就结不了案。明白了吗?”

盛春丽想了想,她又问:“那么,为什么周老板不把那两百万元直接给了林涛,非要通过马前给你呢,岂不是多了一个漏洞?”李纪行说:“你问得好,原来我也是这么想的,可是他们有他们的规矩,林涛是马前找到的,我是林涛找到的,这是一条单线联系,行规是各拿各的钱,否则就乱套了。所以周老板是不能直接给我钱的,给钱时还必须一对一只有两人,不能有第三者出现。所以,他们那样做是对的,这叫冤有头债有主,假如我真的想要钱,也找不到周老板身上。但公安机关重证据,马前那阵子帮我们办理土地手续,我又是国家干部,你想,公安机关能这样草草了事吗?不可能的。”盛春丽有所感触:“看来,布置一个骗局,也是分层次的,像一座雷峰塔,底下的人,自己也搞不清楚真假,只有塔尖上那个人,那个最高层的才知道,甚至这个周老板,也不一定是塔尖上那个人。”李纪行说:“不愧是教授,现在搞传销什么的,也是这种组织结构。过去的特务机构,与此也很类似。”

二人久别重逢,聊了整整一下午。天色渐晚,华灯初上。盛春丽问道:“二哥,今晚想吃啥?”李纪行说:“想吃刀削面。”盛春丽想了想,说:“好像有一家,叫西北面馆,离这儿不远。”李纪行说:“好的,今晚吃面去。”

冬季杭州比海南冷,李纪行加了件衣服,二人出了宾馆,沿着西湖边漫步缓行。刚下过的雨夹雪,路上却没有雪的痕迹。路灯下,行人来来往往,街道一侧有卖杭州丝绸的商店,顾客出出进进。在一个街口拐弯处,二人看到有个招牌“西北面馆”。于是,两人走了进去,选一个靠窗的位置坐下,这里能看得到外面的景色。二人每人点了一碗刀削面,一个西北大烩菜,一个凉拌菜,吃得津津有味。一会儿,盛春丽便放下筷子,见李纪行吃得那么香,打趣道:“看你这个人,真是没心没肺的,出了这么大的事,也不着急,你啥时能找到那个马前马后的啊?”李纪行放下筷子,看着盛春丽凤眼含情,他笑言:“急也没用,直到现在,马前是哪里人还没搞清楚呢。周总说他是广西桂林的,林涛说他是广东湛江的,算卦的说是浙江杭州的。公安机关也没查出马前到底何许人也!”盛春丽很着急的样子,问:“那该怎么办呢?”李纪行干干脆脆说了一个字:“等!”

晚饭之后,盛春丽回了浙江大学,李纪行回了宾馆。李纪行躺在床上,毫无睡意。他想这杭州自古繁华,是丝绸的世界,也是伞的世界,对于躲灾避难的人,古城杭州是一把天堂的伞,庇护着失败的帝王和罹难的平民,承担了太多的责任。李纪行胡思乱想着,大哥大响了,是王桃打来的。王桃嘘寒问暖一番,末了她说,明天中午她父母到海口,她自己开车去接,让他放心。刚放下大哥大,房间的固定电话响了,拿起一接,是盛春丽的声音:“二哥,早点休息哈,明天上午我去接你,中午我家包饺子。”

西湖夜,静悄悄。遥想杭州古城,穿越千年的繁华,一眨眼就过去了。西湖还是这个西湖,却是物是人非,只留下来了白堤、苏堤,留下了灵隐寺、雷峰塔,也留下了岳飞的忠魂和文天祥的正气,与杭州不朽。夜漫长,多凄凉。

浙江大学玉泉校区。

盛春丽家。这是一个两室一厅的房子,有一百多平方米,书柜摆在客厅里占据了半堵墙,写字台上有一个小玻璃镜框,里面是她和一个男人的合影照片。从昨天直到现在,他没有问盛春丽的婚姻生活,盛春丽也没有主动谈起,这个话题两人都避而不谈。其实二人从小心心相印,但在那个年代,盛春丽是资本家家庭出身，李纪行即使有心也过不了他老革命父母亲的关，盛春丽心里十分清楚。李纪行与陶青春的婚姻，是他二姐李纪莲介绍的，二姐和青春是山西医学院的同学。李纪行结婚很晚与盛春丽不无干系。正是谈情说爱的时候，都天各一方上了大学，这对鸳鸯也没有摆对爱情的位置。凡事不认真，都做不成功，爱情也一样，路漫漫其修远兮，必须上下而求索。

盛春丽今天早早起来，准备好大葱羊肉馅，甚至把饺子皮也擀好了。李纪行包了几个饺子，终于忍不住开口了："春丽，你们那幅照片照得好漂亮，什么时候照的呀？"这句话问得很高明，是他反复琢磨出来的。盛春丽顿了顿，把包好的饺子摆放成一排排，抬起头来看着李纪行的眼神，说："他是我的未婚夫，叫都品徊，现在美国读博士，八七年出的国。"李纪行又问道："出去三四年了，应该快回来了吧？"盛春丽没有吭声，也没有任何表情，她看着李纪行，似乎让李纪行猜测。沉默。盛春丽突然扑哧一笑，看着李纪行，狡黠地说："我想起一个日本电影。"她又抿嘴笑。李纪行问："什么电影你笑？"盛春丽说："电影《追捕》。"李纪行笑道："你的意思是说，我是杜丘，马前是横路敬二了？"盛春丽哈哈笑起来了。李纪行回了一句："不错，那你就是真由美了。"盛春丽说："小时候的脾气，嘴上不让人，占了便宜了。"

一锅饺子煮熟了，老陈醋、大蒜、葱花，哈哈，真香，家乡的味道，李纪行一个接一个，吹着热气吃得香。地道的羊肉大葱水饺吃着，二人的心情好了起来。李纪行问："都教授哪里人？"

盛春丽回答说:“浙江人。”李纪行说:“都姓世代书香门第,都品徊这个名字却很特别。”盛春丽给李纪行碗里夹了两个饺子,慢条斯理地说:“都品徊,生物物理学专业,高材生,比我高一个年级,是张琳教授的硕士研究生。一九八七年初,被推荐到德国锡根大学读博士,我俩谈恋爱了,还没有结婚。他在学术研究上已经有所突破,国外的研究条件好些,回不回来,还没有定论。因为他的名字特别,同学们都叫他‘五口人’。”李纪行追问道:“他如果一时半会儿不回来,你怎么办呢?”盛春丽停顿了一下,说出了一个字:“等!”

中午。海口大英山机场。

王桃在机场出口顺利接到了父母亲。父亲王子祥是山西省 ×× 部的老干部,母亲曲晓婷在太原市 ×× 局工作。老两口都已年过六旬了。老两口给女儿带来了山西特产,陈醋、红枣、核桃、柿饼。王桃说:“妈,让你别带过来,偏要带,这么重,多累呀!”母亲叨叨说:“不累不累,有你老爸呢。”王桃开着红色子弹头,走过机场路,转到海府路,刚到海秀路上,一辆摩托车从后面追尾上来,咚地撞到汽车上。只听得“哎呀”一声,汽车晃了一下子,后面的人从摩托车上摔下来倒在地上。王桃忙踩刹车,下车一看,一辆大铃木摩托车,离汽车一丈多远,摔倒在路边。一个小伙子躺在地上,慢慢地蠕动。王桃急忙跑过去,蹲下身扶小伙的脖子,慢慢地将他扶起来。小伙子坐起来,抬头看看王桃,说了一声:“大姐,对不起,对,对不起。”王桃很紧张,急问:“你没事吧?摔伤了没有?要不要赶快到医院?”小伙子长呼一口气，说："大概不要紧，一会儿会好的。"路上的行人都围了过来。王桃父母亲也下了汽车。这时，两个交警也跑过来了。

摩托车追尾汽车，汽车没有违章，汽车后面保险杠被撞了个大坑。王桃和小伙子互留了电话，交警登记了车牌号驾照，王桃就开车回了海甸岛的别墅小区。下午五点钟，王桃拨通了摩托车主电话，问说："喂喂，你是那个摩托车的车主吗？"对方电话里说："大姐，你好，我是那辆摩托车主呀。嗯，现在没事了。"王桃又问道："你是哪里人啊？"对方回答说："我是山西运城人。"王桃把电话放下了。心里想：这么巧，老乡撞了老乡，而且王桃祖籍是闻喜的。一会儿，电话打过来了，电话里问："大姐，你是哪儿人啊？"王桃说："我是太原人。"电话里说："我们是老乡？幸会幸会。大姐，磕磕碰碰，常有的事，现在没事了，你住哪儿，我拜访你，赔个不是。"王桃说："不用了吧，人没事就好。我住海甸岛，龙跃别墅区。"此时，电话里声音更大了："大姐，我也住海甸岛，拦海村，我一会儿过去，见个面，好吗？"王桃说："好吧，好吧，我在大门口等你。"十几分钟后，一辆大摩托飞驰而至。小伙子摘下头盔，向王桃点头微笑。王桃笑着说："你来得好快啊。"小伙子友好地说："大姐，我俩住得不远，几分钟就到了。"

进了一楼大厅，小伙子在沙发上坐定，说："大姐，我先作个自我介绍，我叫裴和平。真是对不起，把你车撞了。"王桃说："人没事就好，我们不打不相识，又认了个小老乡。"王桃父母此刻也从二楼下来了，双方互相客气一番。四个老乡拉开了家常。说话的口音，竟然是一个县的，原来裴和平和王桃不仅是山西老乡，而且都是运城闻喜县的。裴和平是裴柏村的，这个村庄秦汉以来，出过五十多名宰相，号称天下无二裴，是世代的名门望族。而王桃父母祖籍是桐城镇的。裴和平是七零后，中专毕业后闯天涯，在一家房地产中介机构上班。今年过春节放假，他和几个摩托车驴友每人花几万元，各买了一辆大摩托，从海口出发，沿东线到了三亚，又从西线返海口，沿途走了半个多月。今天，他风尘仆仆刚刚回来，在海秀路撞到王桃车上，幸而没有出人命事故，胳膊腿上只擦破点皮。

王桃好奇地问："你们做房地产中介，能赚很多钱吗？舍得几万元买辆摩托玩？"裴和平回答："大姐，你不知道，这种公司，目前海南有成百上千家，运作成本少，赚钱靠运气，一年不开市，开市顶三年。信息找到了，生意成交了，就赚到钱了。一块地皮，击鼓传花，炒来炒去，三家五家，频繁倒手，说不定卖了出去，几天又转了回来。就是这样子的，地价越来越高。"王桃追问："那你们每月能挣多少钱？"裴和平说："基本工资几千元，刚够生活费，主要靠业绩提成和项目奖励。举个例子，我有个朋友，叫马前，也才二十几岁，上岛没几天，挣了一百多万，买了一部马自达，不在公司干了，说回杭州开饭店，自己当老板，不伺候人了。他那个牛逼呀，一夜成为暴发户。"王桃一听，大惊失色，手像被火烫了一下，手里的茶杯，"啪"的一声掉在地上，粉碎了。

王桃母亲在旁边，赶紧找扫帚清理碎玻璃，边扫边说："还是小时候的样子，冒冒失失的，多大了也改不了。"

这真是冤家路窄。

送走裴和平，王桃的心情激动万分，她想这下李纪行有救了。这半个多月来，她每天轮着打电话，省公安厅秦秘书，武警部队张根队长，还有新认识的东山看守所王刚政委，到处打听案件线索，想从中找到蛛丝马迹。这次好消息自动送上门来，她高兴得快疯了。天也蓝了，云也白了，看见谁都顺眼，一切的一切，都是那样的美好。阿弥陀佛，阿弥陀佛。但是她不能张扬出去。

她正在高兴着，忽听见院子里有人高声大嗓叫："李纪行，李纪行在家吗？"王桃忙去推开门，一看，只见院子里站着一个四十岁上下的男士，头上戴了一顶黄帽子，背上背着个黑布包。王桃很客气地问："您找李主任吗？"男士大声说："我找李纪行。"王桃问："您是从哪里来？"男士说："我是他的朋友，我从太原来的，我叫吴汉章。"王桃忙说："哎呀呀，快进来，快进来。"

王桃父母都在一楼客厅，几个人听吴汉章讲故事。原来，吴汉章住在太原北郊，他们村子就在北方学院附近。他比李纪行大两岁，两人从小在一起玩儿，河里摸鱼，树上掏鸟，亲如兄弟。长大成人后，李纪行考上大学，他进了太原化工厂，当了一名电焊工人。去年春节期间，他没有见到李纪行，也不知道他的情况，最近到学院找李纪行时，才听李纪行父母亲说，李纪行在海南，而且下海了，还在海口市海甸岛开了个饭店。叫作什么桃园饭店，太原也有个桃园饭店，吴汉章记住了。于是，他一个人不远千里，乘火车，坐轮船，一路奔波，走了四五天，才到了海口。他打摩的到了海甸岛，终于找到了桃园饭店。店里的人说，老板李纪行在外地，老板娘王桃还没来。又问了赵康师傅，才找到龙跃别墅小区。

王桃忙着沏茶倒水，说:"吴大哥辛苦了，李主任现在杭州，过春节不一定回来。"王桃也把李纪行去杭州的原因，都一五一十地告诉了吴汉章。吴汉章听了王桃的叙述，心里为李纪行难过，说:"纪行不在海口，我也不住了，明天就去杭州，找纪行去。"

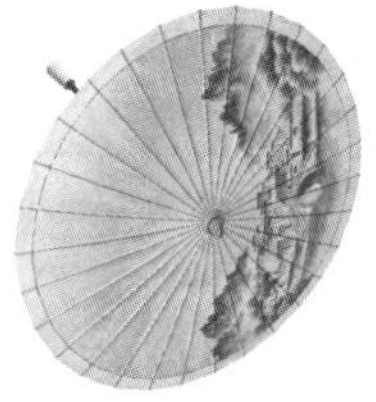

拾壹章　西湖

杭州西湖宾馆。

已是晚上八点钟。今天下午，盛春丽学校里有事，李纪行回了酒店，晚上不想吃饭了，就在宾馆看电视，刚看完新闻联播，大哥大响了："李主任，吃饭了吧？"电话里，是王桃的声音。李纪行忙着回话："小王，你父母到海口了吧？"王桃说："到了，你放心吧。李主任，告诉你个特大好消息，你想不想听啊？"王桃故意卖关子。"什么好消息，把你高兴的。"李纪行问。王桃说："告诉你了，你怎么感谢我？"李纪行笑着说："哟，怎么感谢，嗯，我给你钓鱼吃。"王桃说："我告诉你，马前找到了，他就在杭州，开了一个饭店。"李纪行一惊，急问道："你是怎么知道的？"电话里，王桃把海秀路撞车，碰到老乡裴和平的事，一五一十地说了，末了又说："太原还来了个你的朋友，叫吴汉章，今天晚上要住你的房间，说是你的发小。"李纪行一听，高兴地说："这个家伙，怎么找到的？住就让他住呗。"王桃说："他明天早上，就要离开海口，说去杭州找你。"李纪行说："让他来吧，省得我一人挺孤单，也好陪我过个年。"

海口海甸岛，龙跃别墅小区。

冬天的海南仍有蚊子，海南的蚊子比北方的蚊子厉害，若叮在皮肤上，瞬间起一大包，痒得难受。夜晚的院子里，老鼠到处乱窜，海风吹来，高高的椰树沙沙作响。几十幢别墅错落有致，从窗户里透出微弱的灯光。吴汉章说出去逛逛，不让王桃陪伴。王桃一个人在院子里游荡，等不到吴汉章回来，她进入别墅，轻轻关上门，坐在一楼大厅的沙发上，无所事事。看看墙上的钟，已是十二点多了，她有点儿担心，吴汉章他怎么还不回来呢？王桃心里想，虽然已得知马前在杭州，这杭州的饭店何止千家万家。即使工商局有注册，也不一定登记马前的姓名，一时半会儿也查不出来，况且注册登记也不是随便可以去查的。找马前简直是大海捞针，算卦岂能百灵百验？正在思索着，吴汉章带着酒气推门进来了。

吴汉章天性好酒，好到什么程度，比如说，他半夜醒来尿尿，尿完了倒一杯小酒，喝上一小盅，吃颗花生米，再抽起裤子，进家继续睡觉。老婆拿他没办法。他三岁的小女儿，一见他回家来，咚咚咚跑到厨房，你猜干吗去了，小手提一瓶酒。老吴高兴得亲女儿，胡茬子扎得小嘴儿直叫。

吴汉章自小顽劣，带一帮小孩儿打架，竟然讲究出谋用计，什么调虎离山声东击西，打架斗殴成了一方小霸王。有途经太原的南北同蒲火车，他是这条线的铁道游击队。有一次，从太原扒火车南下介休，到农村收购大人儿头银元，当时叫投机倒把。从介休返回时，又扒上火车，恰逢天降大雨，擦擦滑滑，火车没扒牢，摔下来差点要了命。吴汉章高中毕业，当了工人娶了媳妇，业余时间跟一帮人习武练功。李纪行在太原时，两个人也经常见面叙旧。

今天晚上，吴汉章独自去了秀英码头，买了船票，打算明天一早坐轮船去湛江，再由湛江坐火车到杭州。买船票回大陆的，挤满了售票大厅，排了一个小时队没排到，见有人卖高价票，他多花了一倍的钱买了一张。返回海府路转了一圈，看到海口的街道，没有一条直直的，拐弯抹角与太原大不一样。街道两旁大小商店的门口，都有个柴油发电机，突突突发电照明。大陆来海南的人多，想买回程飞机票，还得开了介绍信，人多把个海口挤炸了。到处都是天南海北的男男女女。他进了海口宾馆，一楼大厅茶座满满的，坐了那么多漂亮女孩子。他想，这么多女孩子都喝茶吗？令人不可思议。大概像他喜欢喝酒一样。有许多人在大厅里打排机，一个小伙子像是中了大彩，高兴得大喊大叫起来。

吴汉章觉得饿了，找了一家小餐馆，要了半斤白酒，点了几个小菜，自斟自酌起来，直到酒足饭饱，才打个摩的回了别墅小区，他见王桃坐在沙发上，还在等着他回来呢。

此时，已是夜间十二点了。

杭州西湖宾馆。

李纪行接了王桃电话后，就把电视机关了，在房间踱步，陷入了沉思。在杭州这么大的城市里，想要找到马前，凭个人微薄之力，是很难做到的。正值年关，忙着过年，工商查询，户口登记,也不是简单的事。他想,明天让王桃给秦秘书汇报情况,让公安部门了解调查,他想把盛春丽叫来,商量一下有什么好办法。房间墙壁上,玻璃镜柜里有一幅水墨画,画面边上一副对联,“生如夏花之灿烂,死如秋叶之静美”,写得好。他想,置身于生死之间,谁能把握得好呢?

又是一个寂寞的长夜。

海口,秀英码头。

翌日凌晨,天还没亮。王桃开着汽车,早早送吴汉章到海口秀英码头。这个码头在海口市西海岸,与广东徐闻海安港隔海相望。只见暗淡的光线下,上船下船的人络绎不绝。大大小小的船只,停靠在岸边码头,有的是把汽车开到轮船上,有的是从轮船上把车开下来,一条船可拉几十辆汽车渡海,人和汽车混装于大船之上。码头岸边,汽车喇叭声,人员吵闹声,轮船鸣叫声,风波海浪声,混合在一起,把码头闹翻了天。吴汉章找到了自己要坐的船,只见他身轻如燕,噌噌几下飞身上船,然后又掉回头来,手摇帽子与王桃告别。

这时,东边天际有一点点泛红。

海口,明泰大酒店。

陈大虾这几天特别忙。明泰大酒店开业快半年了,他和江美丽合作得很好。江美丽有个伙伴顾先生,也从台湾来到海南,在琼海县租下三千多亩土地,开发了一个叫伊甸园的农业科技项目。前几天,顾先生从琼海县回来,住在酒店里不走,等着和江美丽一起回台湾过春节。

陈大虾刚刚接到王桃打来的电话,知道马前在杭州开饭店。但如何找到马前,王桃问他有没有好办法。陈大虾也在动脑子,想着该怎么办,他把符雅妹叫到办公室,让她出个主意。符雅妹眉头一皱,计上心来。她说,给三亚湾银河大酒店冯总打电话,就说马前在杭州开饭店,让冯总派刘羽飞再协助一下,到杭州把马前抓回来。我们多一个人,就多一份力量,只要下辛苦,不信这事办不成。陈大虾给王桃回了电话,把符雅妹的意思说了,王桃心领神会,她想:这丫头有心机,想一举两得,符雅妹今年过年不回家,去杭州一边找马前,一边游西湖,与刘羽飞风花雪月,又刺激又高兴,岂不美哉。于是一口同意,陈大虾再次调兵遣将抓马前。陈大虾想想,这也是唯一的办法了。

偏偏忙上添忙。陈大虾妻子黄琼英是琼山县灵山镇人,明天又要回乡下过公期,拜神祭祖,共同祭祀过琼始祖,或其他境主。这是当地的风俗习惯,每个村每年都要有一次。届时,全村人杀鸡宰羊,捕鱼捉虾,聚在一起吃流水席,还必须呼朋唤友都来凑热闹。海南人纯朴好客,陈大虾名声在外,自然是必须参加的了。

杭州,西湖宾馆。

今天是腊月二十五日,上午九时许,西湖岸边车啸马喧,比肩接踵。西湖宾馆街头,川流不息的人群手里提着购买的年货——丝绸锦绣、花伞貂裘、盆景鲜花、红灯绿酒、春联年画、海味珍肴,真是五花八门,应有尽有。零落的鞭炮声此起彼伏,湖畔商店门前装点得五颜六色,人们的心思都放在过年上了。西湖像一面深蓝色的镜子，在冬季的阳光下，映照着天空上飘过的云霞，映照着烟柳、画桥、风帘、翠幕，遥看远山如黛，潭影似画，各种景物把西湖打扮得国色天姿，娇艳动人。

李纪行坐在西湖宾馆大厅的沙发上，等候盛春丽的到来。大厅东边墙上，是草书岳飞的《满江红》，西边墙上的行书是柳永的《望海潮》。大厅空旷，装饰典雅。李纪行正欣赏墙壁上的书法，盛春丽拿着一把折叠的花伞，走进了宾馆大厅。李纪行忙着站起来去迎接盛春丽，见她上身穿一件蓝色带帽羽绒服，下身配一件灰色绒布西裤，脚穿一双灰牛皮半高跟鞋。她柳眉凤眼，桃面樱唇，黑发上箍一个半圆形紫花塑料发夹，更显得高贵优雅气质不凡。李纪行问："春丽，外面冷不冷？"盛春丽说："还好，今天晴天有风，如果要出去，再加件衣服。"李纪行说："我皮箱里有件呢大衣，我们先回房间吧。"二人乘电梯上六楼，进了李纪行的房间。

盛春丽在茶几一边的黑漆罗圈椅上坐下来，问道："你认为，马前可能在什么地方？"李纪行想想说："现只知马前开饭店，饭店成千上万家，也难以短时间内找到，我们只能选一个突破口，一个可能性最大的点去找。但这个点是什么不知道。王桃说吴汉章、刘羽飞、符雅妹要过来，来了以后，我们共同商讨一下。"李纪行接着说："吴汉章你记得不？"盛春丽说："多年不见了，还有点印象。"李纪行说："吴汉章今天下午六点到，刘羽飞、符雅妹两个，估计晚上十二点前才能到达。今天上午，我想去一趟灵隐寺散散心，你看如何？"盛春丽说："可以去。我已托杭州的朋友在工商局排查,并让我的研究生柳云协助,女孩子办事心细认真,不知道查到查不到。如果马前以自己姓名登记注册开饭店,这个就简单多了,但这种可能性极小。我们关注几个重点,一是近半年新注册的饭店,二是以马姓注册的饭店,三是考虑马前的姓氏,排查一下姓马的清真饭店。如果马前是接手别人转让,又不改变经营者名称,这样寻找难度就更大了。"

李纪行穿了一件黑呢大衣。二人下楼,在宾馆门口拦下一辆出租车,直奔灵隐寺而去。

灵隐寺,位于西湖边上,坐落在灵隐山麓的飞来峰旁边,又名云林禅寺,始建于东晋,已有一千六百多年的历史,是我国佛教禅宗十刹之一。两人坐车行了半个小时,在灵隐寺前的停车场下了车,买了两张门票,就进了寺院,边走边看。寺院的最前面是天王殿,上有清代康熙御书"云林禅寺"大匾。大殿正中端坐着弥勒佛像,后面有手执降魔杵的韦驮像。寺院后面有个大雄宝殿,单层重檐三叠的建筑,高达三十多米。里面是木雕释迦坐像,高有二十几米。大雄宝殿香火缭绕,善男善女高举炷香叩头跪拜。殿内侧面有个黑色长桌,一位老僧坐在桌子后面,眼睛半睁半闭,看见李纪行和盛春丽,忽然眼睛一亮,说:"施主,抽个签吧。"李纪行看了一眼盛春丽,便走到桌子跟前,桌面有两个装卦签竹桶,问说:"老师父啊,这抽签卦,灵不灵啊?"老僧答说:"心诚则灵嘛。"李纪行桌前立定,两眼微闭,双手抱拳,静气凝神,默声祈祷。

李纪行抽出一签，一看上写两行诗句："半亩方塘一鉴开，天光云影共徘徊。"盛春丽也抽了一签，一看，也是两行字："人面不知何处去，桃花依旧笑春风。"现在的签词也有了创新，不是周公观音百支灵签了。两个人看着签词不明就里。李纪行恭敬了两百元，向老僧谢了，拉着盛春丽的手出了灵隐寺。

已是中午时分，李纪行问盛春丽："春丽，你饿不饿？饿了我们先吃饭。"盛春丽说："再打个的士回宾馆，休息一会儿吃午饭，还去知味观饭店。"盛春丽一直想，那几句诗什么意思。

二人打的返回宾馆，已是下午一点钟了。李纪行沏了两杯茶，两个人一边喝茶，一边分析卦签的含义。从灵隐寺坐车回来的路上，李纪行理解了卦签的意义，他等待盛春丽的解释，看看是否判断一致。盛春丽秀外慧中，说："二哥，我分析一下，你看对不对。半亩方塘一鉴开。半亩方塘，是一水田。一鉴开，一面镜子，这是字面上的意思。卜卦还可这样理解：开，一分为二为开。把'田'字中分开，是'申'字。横过来，还是'申'。再加二，是'車'字，横过来，还是'車'。田字加一竖二横为'車'，是车的繁体字，找马前与车有关。天光云影共徘徊。天光云影，隐喻西湖，这句诗签的意思是：西湖找车捉马前。二哥，对不对？"

李纪行听罢大喜，说："盛教授，讲得好。我再请教一下，你抽的那个签，那两句诗什么意思？"盛春丽笑着说："明白如话，你做的好事你知道。唐代崔护的诗："去年今日此门中，人面桃花相映红。人面不知何处去，桃花依旧笑春风。"这个人面的陶青春去了美国，而王桃留在海南一个人笑春风，你还问我什么意思。”李纪行脸红心跳。他笑笑说：“杭州西湖的盛春丽，也是笑春风啊。”盛春丽站起来，挥拳打李纪行，说：“哼哼，你干的好事，我和陶青春，两个春傻子，都被王桃笑春风了。”

二人说说笑笑，下楼吃饭去了。

下午，西湖宾馆。

李纪行躺在床上，盛春丽坐在椅子上，二人开始分析讨论。如果相信卦里的信息，难道马前有一辆车？即使有车，车的户名是谁，车牌号是什么。找到车就能找到马前吗？同理，如果马前有大哥大，只要有登记的名字，就可以顺藤摸瓜找到他。但是，如果马前很有警惕性，他换个名字，不管找车找电话，都是难以找到此人的。

李纪行给王桃打了个电话，把在灵隐寺卜卦的事告诉了王桃。王桃说，记得裴和平说过，马前在海南买了一辆轿车，当时没有在意，详细情况不清楚。她说，她再问问裴和平，马前买的是什么车，再给他回电话。二人在房间里，等待着王桃的回音。

已经是下午六点多，冬季日短天已黑下来了。突然，李纪行的大哥大急促地响了，电话里传来王桃的声音：“李主任，裴和平今天晚上十点坐船先到广州，然后乘火车回山西老家，刚刚联系上。”李纪行急问说：“小王，马前有没有买车呀？”王桃说：“裴和平说，马前买了一辆马自达，车型929，高档配置，银灰色的。马前炫耀车，裴和平还坐了一次。车还没挂牌，估计开回杭州去了。”

王桃提供的消息，给了李纪行和盛春丽巨大的鼓舞，盛春丽一语双关说：“这桃花开得真好啊。”李纪行笑了笑，没有吭声。

吴汉章从杭州火车站出来，满目熙熙攘攘的人流，他找不到东西南北。他拦住一辆的士，上了车告诉司机要去西湖宾馆。司机说西湖宾馆很远，要几十元打的费，吴汉章说打表多少是多少，司机说表坏了，要五十元就可以了，吴汉章心想比坐火车还贵，于是下了出租车，他说坐不起不坐了。他走出火车站，下了几十个台阶，游逛到大街上，看到有三轮摩托车拉人，问是否去西湖宾馆，司机说，十五元就可以去了，吴汉章二话没说坐上三轮摩托车，只用了十几分钟，拐过几个街道，就到了西湖边上。

车在西湖宾馆门口停下。吴汉章道声谢交钱下车。

吴汉章一身穿着打扮与宾馆的豪华极不相称。他头戴黄帽子没有红五星，一件皱巴巴的黄大衣披在肩上，不像解放军官兵，浅灰色西装上衣敞开着，套件开尖口的紫红色毛衣，里边露出衬衣白领，下身一条黑色长裤，里面套着棉裤，膝盖弯曲使西裤不能笔挺。但是，这一身衣着冬天很适用，他头上冒着热气，站在宾馆大厅。

吴汉章正在宾馆大厅昏头昏脑地东张西望，听得有人喊他，汉章，汉章，他循声望去，只见一男一女走了过来。三个人六只眼，位置站成三角形。吴汉章先是吃惊，然后哈哈大笑，说：“你们俩怎么又跑到一块儿啦。”盛春丽嘴快，说：“吴大哥，你这一身包装，一看就是北方农民。”李纪行盯着吴汉章，只是抿着嘴笑。突然,吴汉章掉头就往宾馆门口跑,把李纪行和盛春丽吓了一大跳,随后也紧跟着追了出来。吴汉章站在宾馆门口观望,正在着急着,一辆三轮摩托车突突突地开了过来。司机看见吴汉章,大声叫道:"师傅,师傅,你的包丢在座上了。"吴汉章连声说:"谢谢,谢谢! 好人多,好人多!"谁能料想到,从小在一起穿开裆裤玩泥巴的朋友,在此能够相会。此时此刻,三人紧紧地拥抱在一起。

华灯初上,西湖夜景真美!

刘羽飞、符雅妹二人由陈大虾安排,今晚从海口乘飞机,在夜间十二点到达了杭州。李纪行下午又登记了两个标间,符雅妹住一间,刘羽飞住一间,他和吴汉章住一间。五个人在西湖宾馆聚会了。

盛春丽准备的宵夜很丰盛。她买了五笼小笼包,两荤两素四个热菜,知道吴汉章好喝点小酒,买了一瓶女儿红,一盘卤花生米,一盘酱牛肉。她交了餐具押金,一个竹篮子把饭菜全提回了房间。李纪行、盛春丽、刘羽飞、符雅妹四个人,都很快吃完放下筷子了,吴汉章却酒兴正浓,慢慢地吃喝着。

李纪行问刘羽飞:"小刘,你在三亚生活习惯吗?"刘羽飞回答说:"刚去第一年,开始时不习惯,现在习惯了。"符雅妹旁边插话说:"三亚一年四季都热,海口冬季就不热了,我喜欢海口,海口的物价也比三亚便宜些。"吴汉章仰头喝了一口酒,问盛春丽:"春丽呀,这杭州本地的白酒,有什么牌子的?"盛春丽说:"吴大哥,女儿红是浙江名酒,到杭州就喝点当地的。今天少喝点,一会儿我们还商量事呢。”吴汉章说:“好好,就这一口啦。”

李纪行把到杭州的目的,到灵隐寺算卦,马前买车开饭店,收集到的信息讲了一遍。大家都各抒己见,觉得找车是突破口。临近年关了,汽车肯定不会停在家里,至于车去哪儿不能确定。但杭州市汽车何止千万辆,如果到车管所去查,也得公安机关配合,不是一下子就能办到的。万一马前的车套个牌子,或者干脆暂时不上牌照,就无从查起了。大家于是确定,唯一的办法是,找929灰色马自达。怎么找是个问题。

李纪行想出一个方案。他们五个人有三部大哥大,李纪行自己带一部,刘羽飞、符雅妹来杭州时,陈大虾给二人带了两部。现在可分兵三路:李纪行、盛春丽一路,带一部大哥大,潜伏在灵隐寺等候。刘羽飞、符雅妹一路,带一部大哥大,在西湖景区停车场等候。吴汉章一个人一路,带一部大哥大,在雷峰塔岳王庙景区等候。都要注意景区各个停车场。

吴汉章听说只让他一个人,还带一部大哥大,单枪匹马的,连连摇头说:“我不会用那玩意儿。”盛春丽开玩笑说:“哥,狗熊是笨死的,你不会用,我教你。”吴汉章说:“行,春丽,你了解哥。我拼老命,把这个马前卒捉回来。”

大家把三部大哥大的号码互相记下,马自达929的标志,是外面一个圆圈,里面套一个圆圈,与丰田车三个圆圈有些区别。李纪行画在纸上,让大家辨识。明天上午八点开始行动,各就各位。

今夜,盛春丽没有回浙大的家,与符雅妹住在一个房间里。

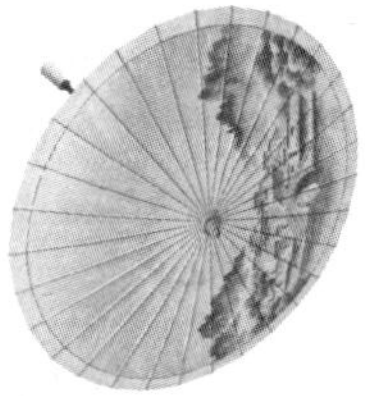

拾贰章　天伞

腊月二十六，晴天，微风，天冷。

上午九时许，李纪行和盛春丽来到灵隐寺。旅游的人不多，停车场只有十几辆车，还有几辆出租车停在路边。二人先看车的颜色，再看车的标志，找两个套着的圆圈。李纪行穿一件黑色呢大衣，不觉得怎么冷。盛春丽毕竟女人家，站在那里一个多小时，感觉有点冷了。李纪行要把大衣让给她穿，盛春丽说他别感冒了，坚持不穿。于是李纪行建议，先进寺院里转一转，暖和暖和再出来。来观光的汽车最少也得一个小时才走，一会儿出来再查找，不会误事的。二人又买门票进了寺院。

游客逐渐多了起来。李纪行、盛春丽一走路就不冷了。二人绕过天王殿，又进了大雄宝殿。还是那张条桌，还是那个老僧，还是眯着眼睛，哈哈，任凭游客闲庭信步，老僧犹自岿然不动。

盛春丽以为老僧睡着了，示意李纪行到别处看看，想不到老僧却微睁眼睛开言了："但愿老死花酒间，不愿鞠躬车马前。车尘马足富者趣，酒盏花枝贫者缘。"李纪行听罢，大吃一惊，一只手拉着盛春丽的手,快步离开大雄宝殿。出了寺院,在大门口站住了。盛春丽一头雾水,把纱巾罩在头上,她问李纪行:“那个老和尚,念的什么诗啊?”李纪行是大学中文系毕业,岂能不知,说:“春丽,他念叨的是唐伯虎的《桃花庵歌》,这里面有意思啊。”盛春丽问:“有什么意思你说。”李纪行说:“告诉刘羽飞、符雅妹、吴汉章,要注意结婚办喜事的车。”

西湖是一个开放式大景区,刘羽飞、符雅丽的观察难度很大。二人在西湖大道西侧的涌金广场,这是车流量最大的地方,观察来往的车辆。符雅妹念数,刘羽飞笔记,两个小青年像两只小喜鹊,叽叽喳喳说个不停。到中午时分,来往的车辆已经登记到五百多辆了,也没有灰色马自达929的踪影。突然,大哥大手机响了,符雅妹接电话,听是盛春丽的声音:“喂,你好。”符雅妹说:“盛大姐,我是雅妹。”盛春丽说:“你们要特别注意,有结婚的喜车。”符雅妹说:“明白。”

吴汉章在雷峰塔和岳王庙之间来回奔波,一趟用半小时。他今天没穿黄色棉布军大衣,背了那个黑布旅行包,里面装了三样东西,一本书,一件兵器三节棍,半瓶女儿红酒,手里提着一个黑色大哥大手机。他走走停停,停停走走,边走边看,边看边走,两眼盯着过往的车辆,找车上那个标志,两个小圆圈圈。他走得浑身是汗,头上冒着热气,干脆把黄帽子也放进了黑布包里。他发现碰到的路人,都盯着他手里那个大哥大看,便把大哥大也装在背包里了。

吴汉章两只小眼滴溜溜地转,他想这种做法不行哪,这样牛年马月能够找到这部车，路上车跑，两只眼转，看了车头，又看车尾，车跑得快，头转得快，像拨浪鼓，转得头晕眼花，脖子酸痛。他一想这两点一线，抓住两个点就行了。吴汉章开始实施他的妙计，他先在雷峰塔停车场找到一个年龄大点的保安套近乎，又在附近小卖部买了一瓶二锅头白酒，还有牛肉、榨菜、花生米、方便面等。保安人员中午也不回家，二人一拍即合，有酒有肉就有朋友，就在停车场出入口，坐在保安亭子里喝开小酒了。二人越喝越说越亲越离谱。吴汉章说，他是山西太原人，此来杭州找女儿，女儿男朋友在杭州当兵，吴汉章两口子不同意女儿找这个对象，女儿开车和男朋友到了杭州。他找不到女儿了，想通过找这部车发现女儿的行踪，他把车的型号特征画图画，交代给这个保安员。一瓶酒喝完了，他说他到岳王庙蹲点，烦请保安老哥儿在此处关照。正说着，包里的大哥大响了，他手忙脚乱掏出来，忙着找机上按钮，一按不响了，又响，一按又不响了。保安见吴汉章竟然有大哥大，立时便刮目相看，拍胸脯做保证，坚定帮忙找汽车和他的宝贝女儿。

吴汉章要去岳王庙，临行才问了保安一句："大哥贵姓啊？"保安回答说："大哥免贵，姓尤。"吴汉章说："尤大哥，回头见。"说完挥挥手，挎着包，奔向岳王庙去了。

夕阳慢慢向西山坠落，把天边的云霞染成红黄色，西湖碧水倒映着青山上的雷峰塔，湖水被倒映在水里的云霞点燃，随着夜幕的降临，湖里的火焰渐渐熄灭了，一切景物也开始模糊起来。五颜六色的万家灯火，又点亮了城市的夜空。西湖的夜景，让人们流连忘返。

李纪行、盛春丽、刘羽飞、符雅妹先后返回西湖宾馆，吴汉章却还未归来。四个人集中在李纪行住的房间，心里都很着急。盛春丽又打电话，电话通了又关上了，这个吴汉章搞什么鬼。

晚上九点钟，吴汉章领一位男士回来了。两个人都脸红红的，一定是刚喝了酒。吴汉章兴致勃勃地介绍说，这几位都是我山西来的亲友，都是帮我找女儿的。他又对盛春丽说："大妹子，这位是雷峰塔景区管委会的尤副主任，负责保卫工作。尤主任明天要帮忙联系所有景区的保卫人员，共同寻找灰色的马自达汽车，找回我的女儿，真是仗义相救，我感谢不尽了，让亲友们来认识认识。"李纪行四个人这时才恍然大悟，倒茶的倒茶，请坐的请坐，盛情款待一番。盛春丽告诉尤副主任，要注意有结婚的喜车，不要把老吴的女儿嫁人了，自己还不知道呢。这么大个老板，岂不是丢人现眼，脸往哪里放呀。

送走尤副主任，盛春丽夸赞吴汉章："吴大哥，你是足智多谋，赛过吴用了。景区管委会互通电话，多少只眼盯着这辆车，它插翅难逃啦。"吴汉章听着赞美心里舒服，带着酒劲开始吹牛："想当年，同蒲铁路扒火车，哪个不识吴汉章。偷鸡摸狗贩银元，太原北郊小霸王。现在老啦，哈哈哈哈！"他一摸嘴，说："酒喝多了，春丽，你给哥这大哥大电话，不能用了，一接就没音啦。"盛春丽说："大哥，我打一下子，你再接一下，看看是不是坏了。"盛春丽用李纪行那部机，嘟嘟一拨，吴汉章手里的大哥大响了，吴汉章忙一按，声音断了，盛春丽一看吴汉章按的键，笑得马上蹲下身子来，她边笑边喘气，道："大哥，你按错了，昨晚上告诉你，接电话按 on，关电话按 off，你按 off 接电话，当然接不住了。再试试，大哥大没问题。"盛春丽又一拨，电话响了，吴汉章按 on，耳朵一接听，电话里"喂喂"，通了，大家这才一起哄笑。李纪行笑着说："你这样记：一个洞 o，一个门 n，洞门开着，开；一个洞 o，两把锁 ff，洞门锁了，关闭。或者，两个字母开，三个字母关，这叫二开三关，记住了吧。"吴汉章大笑，哈哈哈哈哈，说："酒喝多了，酒喝多了。"五个人一起欢笑，不亦乐乎。

吴汉章凌晨早起，李纪行酣睡未醒。汉章穿好衣服，背上黑包，悄悄开门，乘电梯下了一楼大厅，看看前台上的时钟刚好是六点整。他出了宾馆，来到西湖边，天才蒙蒙亮。

西湖边早有许多晨练的人，背刀带剑的，赤手空拳的，大声呐喊的，跑步闲散的。吴汉章找了一个空地方，从包里掏出三节棍，拉开架势，虎虎生风地练习起来。路过的人一看，此人功夫了得，都停下了脚步，像是看到小说里武打人物，啧啧称奇。练了一会儿，他放下三节棍，又行云流水地打了一遍太极，于是收兵回营。这时，李纪行、刘羽飞、盛春丽、符雅妹才刚刚下楼，四人正在宾馆大厅等着他一起吃早餐。

盛春丽见吴汉章进来，笑着问："哥，你黑天半夜起来，一个人跑哪去了？"吴汉章笑答道："睡不着了，到西湖边看看。"李纪行说："你们还不知道，汉章现在的功夫，可是不一般了，坚持十几年了。"盛春丽激将说："可不可以呀，与小刘比试比试？"

刘羽飞忙说:“不敢不敢,人是我老前辈,向吴老学习。”符雅妹帮腔:“他这么年轻,哪是吴老前辈的对手。”吴汉章难得谦虚一句:“还是后来居上嘛。”五人边聊边进了餐厅。

西湖故事多。凄婉的爱情故事,因缘竟然是一把油纸伞。伞形如盖遮阳避雨象征着呵护,象征着爱情和圆满。白素贞借伞给许仙,象征着一种善和爱的传递。善和爱真诚与否,是要经过风吹雨打考验的,小青呼风唤雨做了一个局,换来的却是千年修炼得道成仙,而又逃不过雷峰塔的无情镇压。

今天天冷,半阴半晴。盛春丽和符雅妹各带了一把折叠伞。吴汉章没有伞,肩上挎着黑包,手里拿着黄帽,离开宾馆等公交车,先到了雷峰塔景点找到尤副主任,坐了一会儿又步行到了岳王庙,已是上午十点钟了。他看不到要找的那辆车的踪影,遂有点心灰意冷,又想有尤副主任帮助,已经布好天网地网,不如进岳王庙里看看再说。

岳飞的金身气宇轩昂,《满江红》辞章气吞山河,“还我河山”书法龙飞凤舞,吴汉章看着,也觉得一身正气充满激情。院子里的四个铁人,是秦桧夫妇,张俊和万俟卨。吴汉章认得千万的万,对“俟卨”这两个字不大熟悉,他判断“俟”字,大概是挨打的“挨”,“卨”像半个“锅”字,奸臣挨锅揍,挨了一千锅一万锅的意思,活该。正寻思着,包里的大哥大响了。他按照二开三关,按了on,通了,是符雅妹打电话来,说有结婚的车队,请注意。

已近正午,天色阴沉,淅淅沥沥下起小雨。刘羽飞和符雅妹站在西湖边，两人共用一把伞。伞下依偎的情人，最好是初恋的男女，花伞盖下，相对而立，细雨无声，能听到彼此的心跳，羞涩的激情被花伞掩盖，感觉不到时光的流逝。刘羽飞身高一点撑着伞，伞檐上的水珠淋漓，滴落不到符雅妹身上。可他自己，暖了前心湿了后背。

十几辆婚礼车披红挂绿，从前面的马路上穿梭而过。符雅妹先拨通电话告知吴汉章，又拨通盛春丽的电话："大姐，有十几辆结婚的车，怎么办？"盛春丽说："向哪个方向走了？"符雅妹答说："向雷峰塔方向。"盛春丽说："告诉吴大哥。"符雅妹说："已告知了。"盛春丽说："好的，你们坐个出租车跟上。"符雅妹说："好的。"符雅妹二人上了一辆出租车。

盛春丽这几天心无旁骛，一门心思放在这件事上，嫌疑人追捕嫌疑人，这比日本电影《追捕》更真实。她知道如找不到马前，意味着什么，心里很着急。她与李纪行到了灵隐寺，看看停车场，并无几辆车，飞来峰山上云雾弥漫，天又渐渐下起雨来，二人于是又进了灵隐寺里。

二人进入大雄宝殿，看见那张黑紫色桌子后面，今天坐着一个小和尚，发青的头皮上，九个疤点特别显眼。小和尚见了李纪行和盛春丽，眼球滴溜溜地打转。盛春丽走上前去搭讪："小师父好，今天天冷啊，又下雨，你一人在这儿，好辛苦啊。"小和尚闷得慌，盼有人与他讲话，便童声稚气说："慧空师傅接客，我替师傅顶班。"正与小和尚对答着，那个老僧领着一帮人进来了，这十几个人有男有女，身着各异，边走边聊，指指点点。盛春丽看见一个熟人，一位二十五六岁的女子。她也看见盛春丽，急忙跑了过来，二人都很惊讶，女子问盛春丽："盛教授，您怎么到这儿来了？"她转眼看到了李纪行，说："哦，是陪朋友玩儿。"盛春丽笑着问："黎锦，这帮人干吗？你不回海南过年去？"黎锦没说话。盛春丽又说："这是我老同学，李纪行李总裁，到杭州办事，来灵隐寺转转。"她又介绍说："这是黎锦，海南人，张琳教授的助理，正在读研。"黎锦忙握李纪行的手，说："抱歉，有眼不识泰山，李总裁您好。"李纪行让盛春丽介绍得脸红，看见黎家姑娘的眼睛一汪碧水似的，忙不迭地说："你好你好，年轻有为！"黎锦介绍说，这些人是栖霞山气功班学员，今天来灵隐寺，是向慧空大师请教修禅。他们想让张琳教授做个什么实验，验证气功有没有特异之处。她是陪这些学员的。

这些人左顾右盼，指手画脚，叽叽喳喳地绕佛一圈，然后突然鸦雀无声，轮流跪拜，焚香敬佛，默默喃喃虔诚无比。老僧双手合十阿弥陀佛，一帮人敬奉之后走出殿门。李纪行、盛春丽看见老僧慈眉善目面带微笑，回望一眼招招手走了出去。盛春丽忽然觉得老僧似曾相识，不像是前两天坐在桌子后面的那位，一时想不起来，大概和尚剃头九个戒疤清一色，样子难以记忆分辨。

黎锦告别李纪行和盛春丽，跟着那些人离开了灵隐寺。李纪行和盛春丽告别小和尚走出了灵隐寺。正在这时，天空突然乌云滚滚，眼看一场大雨将至，包里大哥大响了，盛春丽把伞打开，让李纪行撑着，她掏出了电话来接。电话里符雅妹说，发现有一队结婚车。盛春丽说继续跟上车队走，要通知吴汉章。

话音刚落，狂风大作，犹如神兵天降，一个黑旋风吼叫着席卷而来，李纪行手里撑的伞像被人抢走一样，脱手而出，旋转而上飞越寺庙卷入空中，顷刻不见踪影。二人在狂风骤雨中彼此看不清对方，李纪行此时此刻猛地把盛春丽拉过来抱住，盛春丽把大哥大贴在胸口，二人紧紧拥抱在一起。旋风朝着山峰顶上飞去。盛春丽惊魂未定，抱着李纪行不松手。李纪行挟裹着盛春丽，返回寺院门里躲避风雨。

风小了，雨大了。

这时候，小和尚从寺庙里面跑出来，手里拿着一把伞，跑到李纪行和盛春丽跟前，把伞递给李纪行，童声稚气地说："慧空师傅叫我送伞，师傅说，天有不测风，万变不离猪。"说罢返身抱着头，一溜烟儿跑回后院去了。

二人看见寺院门口，有一辆出租车停下来，李纪行说："我俩现在打的去雷峰塔。"二人乘出租车，离开灵隐寺景区，上车后才发现，这是一把油纸伞。李纪行说："我们还得再来一次，把伞还给慧空禅师。"

车一转到西湖岸边，却并无多大风雨，刚才的狂风骤雨在这打春时节，实属罕见。车行当中，二人镇静下来，李纪行看着盛春丽，一头秀发全淋湿了，二人对视而笑，要说什么，却什么也没说。忽见前面路上，有十几辆披红挂绿的结婚车。李纪行吩咐出租车司机开慢点，跟在车队后面别超过去，二人跟着结婚车，直到婚车停了下来。

吴汉章接到符雅妹电话后,火速离开岳王庙,打的到了雷峰塔景区。尤副主任正在办公室打电话,见吴汉章进来,便放下电话。他告诉吴汉章,有两个景区来电话说,今天有结婚的车队过来,但没有发现那辆灰色马自达。正讲话当儿,又有结婚车队过来了,这些车没在景区停下,而是继续前行。吴汉章让尤副主任与其他景区保持联系,急忙拦住个的士,他告诉司机,跟着那个车队一直到达终点。

晚上八点多,李纪行、盛春丽、刘羽飞、符雅妹四人,都集中在李纪行住的房间,边讨论今天的遭遇,边等待吴汉章归来。

今天李纪行和盛春丽乘出租车跟随着婚车到了终点,是杭州市区一家叫张生记的一家饭店,婚宴在此举行。二人观察了所有的汽车,仍然不见有灰色马自达的踪影。看了饭店的营业执照,是杭州著名饭店的招牌,都与马前没有任何干系。于是二人早早回了宾馆,研究下步的对策。

今天刘羽飞和符雅妹乘了一辆的士跟着车队走,在西湖边转悠了半天,婚车停在一家叫“楼外楼”的饭店门口,婚礼在此举行。他俩观察了所有的汽车,不见有灰色马自达的踪影。这是杭州知名大饭店,与马前没有任何干系。二人又回到西湖边。

今天吴汉章打的,坐在右前面座位上,两只眼盯着前方的车队,他有一种土八路打鬼子的感觉,可惜背包里装的是虎尾三节棍,不是德国造驳壳枪。车队绕着西湖转悠了一圈,进入了靠近西湖旁的美食一条街,在一家叫外婆桥的饭店停下来。吴汉章打发走出租车,在饭店门口走来走去,无事一般,他觉得自己已经是一个侦察员了，不，或者是《地道战》的李向阳，这件事让他觉得有些神秘感。沿着这条街数下去，有大大小小几十家饭店，结婚办喜事的就有五六家。婚礼车有的停在饭店门口，有的把车开过来，人一下车就开走了，哪里能找见有两个圆圈的那辆车。吴汉章想李纪行神机妙算，盛春丽概率统计，知识分子能管什么用。我老吴一天跑个三五十家，一家一家去找，就不信找不到。分门别类，先找大店，再找中店，再找小店，先找新店，后找老店，脚踏实地去找，总比站在路边眼花缭乱，看车数车快要晕倒了强吧？主意一定，在这条街名为“十字街”美食街上，他从十字路口头起开始盘查。

吴汉章找好纸和笔，先从街头的东侧起，一个饭店一个饭店过，饭店名称营业执照开业时间法人代表一一记下。他背着黑包戴着黄帽，走进饭店又走出来，登记了五六家，什么得月楼、西湖春、川妹子、外婆桥、知味观，法人代表张三李四一一登记不误。他出来进去、进去出来观看询问，忽然发现自己好像叫花子要饭的，辛辛苦苦出出进进，他嘴里嘟囔着反正不是讨吃的，饭店里的人也许认为他是工商税务的。

吴汉章想到此时，他马上把黄帽装在背包里，还想着准备明天换个公文包夹着，今天只有把大哥大提在手里亮一亮，黑黑的相当于驳壳枪。你瞧，他气冲冲地进饭店，先举着大哥大“喂喂”假装打电话，然后再去登记询问，却是无人敢怠慢。从十字街街口东侧第一家起，到街口西侧第一家止，吴汉章用了三四个小时沿街两侧转了一圈回到起点。最后登记的一家叫踏沙轩酒楼，与东侧第一家得月楼隔路门对门，门庭还立有一个将军铜坐像，营业执照的法人叫宗竹英。他吁了一口气，看看天已不早，又拿起大哥大真正打了一个电话，请雷峰塔景区尤副主任到十字街，来踏沙轩酒楼喝酒。这时候，吴汉章才觉得肚子饿了，身上一点力气也没有了。

晚上约九点，吴汉章带着酒气回来了。盛春丽先开口了："吴大哥，又喝酒了，今天必有斩获。"李纪行笑笑说："汉章好那一口，喝酒多朋友就多，朋友多信息就多，我们汉章是程咬金，福将一个。"刘羽飞很少主动说话，这时却冒出一句："我看吴老前辈行脚如风，是真正练功人的架势。"符雅妹更会说话："我觉得吴大侠会飞檐走壁。"说到吴大侠，李纪行想起陈大虾，他怏怏地说："不知道陈总这几天忙什么，过了春节，如果汉章愿意的话，就到桂林洋那个虾塘去，我们也人手不够。"吴汉章一听说，以为是广西桂林，忙应承道："桂林山水甲天下，可以去，可以去。"盛春丽笑道："海口有个桂林洋，让你去养虾，你别搞错了。"吴汉章酒醉心明，听着这么多鼓励的话，心里自然暖暖的，于是把今天的事，竹筒倒豆子，全部详细说了，末了他说："小符妹说我腿脚快，这不就是了，一下午赶了六十四个门店，当了一下午叫花子的。"言罢抚掌大笑。五个人坐在一起，你一句、我一句讨论，直到现在，仍然没有可用的信息，

是不是寻找方案错了？他们反复寻思着，盛春丽说："纪行，那个小和尚送伞时，说天有不测风，万变不离猪，说是师傅说的。那意思应该是说，天有不测风云，万变不离其宗，小和尚

记不准确才那样说的。”李纪行若有所思：“如果冥冥之中，有人相助，也未可知。前几次卜卦都有灵验，只是我们愚钝无知，难以融会贯通。我想，慧空大师送竹伞，说偈语，汉章和尤主任，在踏沙轩酒楼喝酒，酒楼老板叫宗竹英，饭店那个铜像，必是宋朝名将宗泽。宗泽有一首名诗，我记得是这样的：‘帷幄垂垂马踏沙，水长山远路多花。眼中形势胸中策，缓步徐行静不哗。’”李纪行刚一说完，吴汉章大腿一拍，喜不自禁，伸出大拇指说：“纪行，饭店墙上挂着一幅书法，写的就是这首诗，我就记得诗里面，有‘马踏沙’三个字，肯定没错。”五个人又兴奋起来了，七嘴八舌头，分析信息里面各种暗示之处。

未知结果如何，只等明天分解了。

李纪行半夜惊醒，他做了一个梦，梦见他们五人，站在十字路口。突然下起瓢泼大雨，这时街上一匹烈马飞奔而来，跑到面前，凌空腾起，仰天长啸，眼看马要踏下来，他吓得被惊醒了。看看吴汉章，睡得正香甜。

李纪行躺在床上，反复思忖着刚才的梦，忽然想到十字路口，五个人站在一起，正是一个繁体的伞字。雨霖霖，马啸啸，天伞来做庇护，其中奥妙全在里面。他拿定主意，明天中午，聚会踏沙轩酒楼。

腊月二十八，天晴日朗。

正当午时，李纪行一行五人来到踏沙轩酒楼。这个酒楼一楼规模很大，进门是一个木制黑紫色的屏风，前面塑一个铜身将军的坐像。餐厅布置古香古色，黑紫色的方桌方椅，有三十多张桌子。房顶垂吊几排红色灯笼,墙壁上是一个个宫灯。他们找了一张临窗的桌子,五人列次坐了下来。一个大镜框挂在吧台后的墙壁上,是一幅书法作品,五个人看着这首诗:“伞幄垂垂马踏沙,水长山远路多花。眼中形势胸中策,缓步徐行静不哗。”李纪行昨天晚上把“伞幄垂垂”说成“帷幄垂垂”了,意思都差不多。李纪行心想,这件事都与伞挂起钩来了。符雅妹看了便说:“就是那首诗,一点儿没错。”

客人就座,服务员沏茶,送上菜单来,杭邦菜丰富多彩。正要点菜,一辆红色轿车突然而至。一位披发女郎,眉目清秀,面庞白皙,腰似弱柳,胸若瓷钟,款款飘进店里来了。十几个服务员纷纷媚好打招呼。刘羽飞起身出了饭店,又马上返回坐下来,他低声说:“是一辆929马自达。”符雅妹说:“颜色不对啊。”李纪行摆了一下手,示意大家先别吭声。

盛春丽离开饭桌,走出酒楼外面,一会儿又进来坐下,说:“是苏州市车牌。”李纪行招呼点菜,餐厅女经理过来,盛春丽点菜,她一边点菜,一边与经理套近乎,春丽说的是杭州本地话,问女经理是哪里人,并夸这个店服务员个个都漂亮,态度好服务热情。女经理二十多岁,说是余杭县人,来这里三年了。这个饭店是转让过来的,现在老板姓马,是杭州市人,原在海南做房地产,很有实力,这个店是改过名的,法人代表是他姑姑的女儿宗竹英,都是本地有钱人。盛春丽边点菜边问道:“这个马老板,年龄多大了,这么有实力?”女经理夸耀说:“马经理才二十几岁,名字叫马后,刚才进来的是他的未婚妻,叫顾仙花,是苏州人，郎才女貌。”盛春丽边说话边点菜，把情况了解了，菜也点好了，竟然点了八个热菜，西湖醋鱼、东坡肉、叫花鸡、龙井虾等，都是名菜。李纪行说：“要点主食，吃小笼包，给吴大侠要瓶白酒，有没有老白汾啊？”女经理说：“白酒本地的，乌镇三白酒。”盛春丽说：“吴大哥，尝尝本地白酒，别老是老白汾老白汾的。”吴汉章忙说：“行行行，白酒就行。”

一会儿，十几个桌子都坐了客人，饭店生意着实兴隆。李纪行仅五个人，高高兴兴香香甜甜干干净净，把一桌丰盛美味全吃光了。吴汉章一瓶白酒喝了多半，李纪行和刘羽飞陪着，每人也喝了二两多。五人酒足饭饱走出饭店，打了两辆出租车，返回西湖宾馆。

刚下出租车，吴汉章就叫嚷开了：“纪行，纪行，怎么搞的，马前还没有捉到，你怎么就回来了？他叫马前，还是叫马后？”李纪行笑着说：“马前马后、马左马右、上马金下马银、马前卒马后炮，都是这一个人，你放心好啦，我们可以回家过年啦！”符雅妹说：“那他万一再跑了怎么办？”李纪行说：“跑了和尚跑不了庙。”

除夕夜，马前被海口警方抓获归案。据马前交代，他把两百万元给了林总一百万，李纪行根本就没有意识到可以收受贿赂，这一百万元自然成了马前的下酒菜，况且周总也是要给马前报酬的。因为风声走漏事败突然，周总公司一夜之间不知去向，马前压根也不知道这个地产公司的底细，他只是个马前卒而已。他得了一百万元，用部分钱买了一部车，只是向好朋友裴和平炫耀了一下,就马不停蹄地返回杭州。回来杭州以后,马前把他表姐宗竹英的饭店租下来,找打卦算命的人变更了店名,但他多了个心眼,没有重新注册改变法人。他交了个苏州女朋友,把929马自达在苏州上了牌,女朋友不喜欢灰色,又重新烤漆变成红色。他把自己的名字改成马后,起名的先生说马前卒不如马后炮,马后才是大老板,马上坐着有危险,云云。马前从小在杭州长大敬慕岳飞,宗泽是他姑夫的老祖宗,所以饭店改名为踏沙轩,伞幄垂垂马踏沙,他喜欢驰骋疆场的英雄气概。马前本也不是个坏人,相信公安机关会依法办案的。这应该是后话了。

欲把西湖比西子,浓妆淡抹总相宜。上有天堂,下有苏杭,还有一把天堂伞。

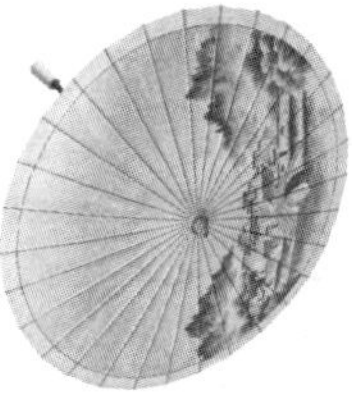

拾叁章　童话

一九九一年除夕之夜。

一年一度的春节联欢晚会开始了,杭州城万家灯火,偌大个城市街道上异常安静,忙碌了一年的人们坐在电视机前,尽情地享受着春节的欢乐时光。李纪行昨天把吴汉章说服回了太原,准备开春去海南养虾。符雅妹跟着刘羽飞到了陕西汉中过年,也等于是相亲。李纪行就留在杭州不走了。

李纪行今天好好睡了一天,傍晚独自打的到了浙大玉泉校区盛春丽家,二人约好年夜饭包饺子吃。他一个人坐在沙发上看电视,盛春丽在厨房忙活。突然,大哥大嘀嘀响了,是王桃的声音:“李主任,秦秘书打电话说,海口警方把马前抓住了。”李纪行很兴奋,说:“好啊。小王,你陪好父母,我过了春节回海口。赵康师傅他们回北京了吗?”王桃说:“没有,赵芳把她妈接过来了,他们全家也在海南过年了。”李纪行说:“好好,代我向赵芳全家问好。”王桃说:“你也多保重,再见。”

刚放下电话,盛春丽腰上围一条花布围巾,从厨房出来了。“谁的电话啊?”盛春丽是明知故问。李纪行说:“王桃来电，说马前被海口警方抓获了。”没等李纪行说完，盛春丽抢过来说：“这下桃花笑春风了。”李纪行一笑，岔开话说：“春丽，我帮你包饺子吧，边看电视边包。”盛春丽说：“好的，我端出来一起包。”盛春丽把擀好的皮儿拿出来，放在茶几上，又把饺子馅端出来，二人边看电视，边逗笑，盛春丽问：“二哥，你和王桃的游泳照片，怎么就让陶青春看见了？”李纪行说：“王桃姐元旦放假到海口，回太原时带走几张照片。坏就坏在这几张照片上，我当时就不想照，王桃还是个孩子，不懂事。”盛春丽淡淡一笑说：“哼哼，哪个大姑娘不懂谈恋爱，我不信。”李纪行怏怏地说：“我浑身是嘴也说不清，这不是，又闹得互相猜疑，妻离子散，有家难归。”盛春丽说：“不要悲伤了，处处无家处处家，杭州西湖是你家嘛。”

二人正在对答着，电视里台湾歌手潘美辰一首《我想有个家》的歌曲，把他俩的对话打断了：

想要有个家
一个不需要华丽的地方
在我疲倦的时候
我会想到它

想要有个家
一个不需要多大的地方
在我受惊吓的时候
我才不会害怕

谁不会想要家

可是就有人没有它

脸上流着眼泪

只能自己轻轻擦……

歌声委婉动听，情深意浓，似乎是倾诉李纪行与盛春丽的心声。

两人把饺子包好了。默默无语两眼泪。只有静静地等待，等待那零点的钟声！

爆竹声中一岁除，杭州城的鞭炮声渐渐稀落下来，千年古城的韵味，在这一年一度的鞭炮声中延续。这声音白居易听到过，所以有白堤；这声音苏东坡听到过，所以有苏堤；这声音那个犟老头王安石也听到过，所以写出一句诗，总把新桃换旧符，传诵到今天。鞭炮的星火点亮黑暗的夜空，伴随着声响转瞬即逝，它的绚丽生命就在此一瞬间而无怨无悔。人的生命很短暂，过了一年少一年，可不知为什么，人的潜意识中都希望过年，希望年能够给人们带来什么，这个未知的希望鼓励着人们生活下去，生命虽然短了一截，但是希望又多了一截，那就是美好的未来。未来是什么呢？

李纪行和盛春丽喝着花雕酒吃着饺子熬年。已过子时，一瓶花雕喝完了，二人都略有醉意。李纪行要回西湖宾馆，盛春丽也不便强留他，她送李纪行出了校门口。二人在门口等了一会儿没有出租车，她觉得李纪行人生地不熟，就送远一点。她忽然想起童年的记忆,也是一到晚上回家去,李纪行总要把她送到家门口。李纪行说起小时候和盛春丽在汾河边玩儿,盛春丽不小心把鞋子丢水里冲走了,怕母亲打屁股,就躲在李纪行的家住了一晚上。二人手拉着手,边走边说着笑着,已经走到了西湖宾馆。

总不能让春丽一个人回去,又没有出租车。李纪行犹豫片刻,站着不动,说:“春丽,还是我送你回去吧,这半夜三更的,我不放心。”盛春丽道:“二哥,这来来回回的,送来送去的,不成了十八相送了吗?你上去睡觉,我自己回家去。”李纪行慨言:“我这么大一个男人,能让你送我,让你自己回去?”路灯下争来争去,二人手牵手,又原路返回来了。

在盛春丽家,李纪行没有脱衣服,在一个大卧室躺下,他睡不着。盛春丽也在另一个小卧室躺下,她也睡不着。睡不着就干脆不睡了,盛春丽推开大卧室门,说:“二哥,睡着了吗?”李纪行说:“春丽,你那个花雕酒,像喝了兴奋剂,睡不着。”陶春丽说:“那就不睡了,我俩熬年吧。”她穿一身粉色丝绵睡衣,直挺挺地躺在了床上。

人生在世,男女之间,这爱情究竟是什么?食色,性也,与生俱来。盛春丽虽然年过三旬,却是青春犹在,文静貌美,但李纪行无半点非分之想,这究竟是什么情感呢?兄妹之情?有之。恋爱之情?亦有之。他理清了人生的一个最大的观念,那就是品位。骚动的青春与人的品位,隔着一层窗户纸,一捅即破。贞节的铁壁与本性的烘炉形成巨大的碰撞,熊熊的火焰在一瞬之间可以把宇宙熔化。有情人终成眷属,则是人间最美的企盼。

李纪行睡不着,他默默念了阿弥陀佛几百遍,还是睡不着。他默默背诵圆周率,仍然睡不着。他对盛春丽说:“春丽,我给你讲个童话故事,你想不想听?”盛春丽侧过身说:“你讲,我听。”

李纪行躺在床上,吭了一声讲开了:“昨天白天,在宾馆睡了一整天,做了一个梦。”盛春丽接过话说:“这才叫白日做梦呢。”李纪行说:“你别打岔,听着。”李纪行继续讲:“梦见茫茫宇宙,有一颗小小寰球。”盛春丽又插言:“有几个苍蝇碰壁,嗡嗡叫。”李纪行推了盛春丽一把,说:“好好听着。这是一颗蔚蓝色的星球,星球的名字叫莫蓝柯瓜,星球上有一座大山,叫莫蓝山;山下有一条河,叫莫蓝河;河岸边有一座城,叫莫蓝城。城里不多不少有 17711 口人。”盛春丽又说了:“噢,这人口,是兔子繁殖啊?”李纪行问:“怎么是兔子繁殖呢?”盛春丽反问:“你没学过数学啊?”李纪行笑言:“哈哈哈,给大教授讲童话故事,这才叫自讨苦吃。”他又接着说:“这座城市,什么也没有,没有建筑物,没有汽车,没有医院,没有学校,没有商场,没有饭店,没有我们城市所有的一切。”

盛春丽又顶上一句:“那还叫城市吗?”李纪行说:“听着,这城市也没有街道。这里的人会肉身飞行,人们都住在大大小小的树上。这里的树是有知觉的智慧树,一棵大的树有几千米高,树的叶子大的有几百平方米。人们休息时睡在树叶上,这些树叶会按人的意志卷曲起来制造一个空间，树干树枝是人行走时的通道，人们没有东西南北上下左右空间方位，以及平面立体二维三维的概念，像地球上的鸟儿一样自由飞翔。居住的环境，祥云缭绕，五彩斑斓，恒星太阳的光到达这个星球时已经很微弱，这个星球上空有七颗像月亮似的卫星照耀着，东方不亮西方亮，黑了南方有北方，昼长夜短气温适宜。这里的人没有夭折，生一个是一个，生育是按照自然规律、不同年龄、不同时段进行，所以人口增长很有规律。出生与死亡相隔几千年，人们有生的概念无死的概念，吃的是仙草丹丸，喝的是甘霖雨露，穿的是天然织锦，住的是自然巢窠。如果是用智商的标准比喻，这个星球上的植物相当于地球上的动物，人类相当于地球上的神仙。”李纪行说到此时，盛春丽一点儿没有吱声，他以为她睡着了，扭头一看，盛春丽两只眼睛睁得大大的，根本没有半点瞌睡的意思。

李纪行继续讲：“这里的人生活在充裕的自然资源环境中，没有什么名利地位之争，人们的择偶与婚姻是最大的事情。择偶时要举行七七四十九个莫蓝柯瓜时间的选美比赛，选出有情男女再进行一场婚姻大赛，男方赢了把女方娶到男方来，女方赢了把男方领回女方去。男女双方一结连理就白头偕老，天长地久，后代的延续生殖遵循着自然规律。在莫蓝河上有两个小岛，一个黄岩岛，一个红岩岛，婚姻大赛时男方在黄岩岛上做七七四十九个莫蓝柯瓜的准备时间，女方在红岩岛上也做同样的准备时间。男方用情丝织网，网络情丝是黄色的，纵横都是十九条，把三百六十颗心形智慧木鱼石拴在三百六十个结点之上。这张情丝网织成后，灵性十足，变幻莫测，展开时遮天蔽日，收回后掌握之间。同样女方也用恨缕来织网，网络恨缕是红色的，经纬数也各有十九条，把三百六十颗心形智慧蓝宝石镶在三百六十个结点之上，这张网也是奥妙无穷，出神入化，展开可呼风唤雨，收回则静如处子。这两座岛屿用六条彩云锦与河流两岸相连，用一条水晶带把两座岛屿连在一起。”盛春丽觉得故事好听，到厨房给李纪行倒了一杯水，而后问李纪行：“二哥，这故事是你瞎编的吧？”李纪行反问道：“你不瞌睡，还听吗？”盛春丽连连点头，李纪行躺展身体，又继续讲了下去。

“这里的人们就是这样，悠闲地平步青云，住在参天大树上，像鸟儿一样飞来荡去，尽情地享受着大自然的美妙，智慧的树叶和果实一个个新陈代谢，任凭其凋落在大地上，一层层变成新的种子和沃土。千百年来，无人问津。试想地球上的人们，一旦长了翅膀会飞了那是不可想象的。这样全世界所有的汽车一夜之间就会下课，所有的道路街衢成了摆设，酒肆茶馆，会悬浮在九霄云外，供人们去消遣。

“这个星球几千万年的安宁，终于在一瞬间被打破了。一天，莫蓝山的上空，突然出现了两个旋转放光的飞行物，似乎从天外飞来，两个飞行物逐渐变大，放射出巨大的光芒。伴随着天崩地裂一声巨响，狂风骤雨席卷天空，在城市智慧树上栖息的人们，惊慌失措，呼天喊地，智慧树瞬时把枝叶缩在树干里，所有的树变成了一个个秃桩，人们眨眼之间，像是被藏进防空洞里不见了，从而安然无恙。过去若干莫蓝柯瓜时间，树的枝叶才慢慢伸展开来，大地上恢复了往日的平静。谁也没弄清楚，这究竟是怎么回事？

“另外一个时空，地球时间一千多年前，地球上有一对蝴蝶，在那一时刻，飞向了太空。两只蝴蝶不离不弃地穿越，梦里的时空像是装在一个透明的容器里，它俩寻找飞出去的捷径。是不是穿越了虫洞，两只蝴蝶瞬间飞出太阳系，引发出巨大能量消失后，又引起强烈的冲击裂变。于是两只蝴蝶身后像踩响了一连串太空地雷，核爆炸的飓风像刮两根羽毛似的把一对蝴蝶刮到莫蓝柯瓜星球的上空。”

盛春丽忽地坐起来：“二哥，这两只蝴蝶是谁呀？”李纪行也坐起来说：“地球上，一个文明古国的爱情悲剧，千古绝唱。好了春丽，睡觉吧。”“不睡吧。”盛春丽话音刚落，李纪行大哥大响了。电话里说：“李主任，睡觉了？宾馆冷不冷啊？”是王桃的声音。李纪行把大哥大扣紧耳朵，说：“小王啊，你还没睡？不冷不冷，宾馆有暖风。”王桃说：“打扰了主任，注意身体，别熬夜啊。”李纪行应答着，心里想，这王桃有千里眼。盛春丽却风言风语开了：“二哥，有了小棉袄了，可以笑春风啊。”又摇着李纪行的胳膊说：“继续讲，继续讲。”

“这是一个大事件。飞行物事件发生后，莫蓝城里多出了两个人来，一男一女，男叫伯音，女名叔琴，城市人口变成了17713 人。由高高低低粗粗细细大大小小疏疏密密的树木组成的城市森林，地面上没有什么道路，沿着莫蓝河边走，虽然坑坑洼洼的，但总是可以一跌一撞地行走下去，伯音和叔琴二人勾着手边走边看，城市森林直达云霄，各种飞鸟成群结队上下翻飞，穿行于森林之间。在空中树枝上，偶尔可以看见几个人的身影，又倏忽不见了。走啊走，在河岸边上有一个湖泊，湖泊里的鱼儿像发现了伯音、叔琴，几百条锦鳞从水中跃起又钻进水中，带出喷泉似的水花。湖泊岸畔是五彩缤纷的鲜花，像是有知觉似的闭合着，摇曳着。二人实在走不动了，在一片草丛中坐了下来歇息，草丛顺从人意，顷刻间自然倒下一片。二人累得躺下睡着了。

“这时候，从湖中远处漂过一片硕大如席的绿色荷叶，由远而近的荷叶上站着一个人。来人白发披肩，白眉垂腮，白髯齐胸，满面红光，神目如电，两耳如轮，双手过膝。看见伯音和叔琴，他大喊一声，扬手扔过来一枚红苹果似的果实，伯音伸手接住了，来人指着自己的嘴巴示意二人吃了这个果实，然后掉头转身踏着荷叶飞也似的消失在远方。

“伯音、叔琴二人饿了，把果实一分为二，两个半拉果子眨眼间变成两枚一模一样的果。二人觉得好奇，仔细端详，果实似乎隐隐约约有眉有眼，二人不敢吃。伯音把果实闻一闻，没有什么异味，用舌尖舔了一下，果实不见了，伯音中毒似的倒下，躺在草地上不动了。叔琴惊慌失措，摇晃伯音让他快快醒来，过了一会儿，只见伯音慢慢地动了，又过了一会儿，伯音的身体离开草地，竟然飘了起来。这时伯音清醒过来，在空中低头看见叔琴，叔琴仍在草地上，仰头吃惊地看着他。伯音双手合十，落回到草地上，这时他才意识到这是个仙果。他让叔琴也舔了一下，仙果没有动静，叔琴张口就咬，仙果顺喉入腹，叔琴大叫一声，整个身体倏然腾空飞起来了。”

李纪行讲经似的，继续讲述：“舍利子，真是鹤寿不知其龄也。莫蓝城的人，不知自己活多少岁了。从无到有，从有开始，这个星球的人经历了二十个纪代，如按照地球人类一个世纪一百年来算，那它已有两千年了。但是时空弯曲尺缩钟慢，在黑洞视界休息一小时，大概地球上十万年就过去了，所以说天上才一日地上已千年，就更不知如何计算时间了。奥特尔星云的漫漫长夜阻隔着银河内外的万物生灵，看不清自己所在的宇宙究竟在哪里或者是什么。”

李纪行的故事讲到这里不讲了。盛春丽的两眼忽闪忽闪的。李纪行说：“春丽，我们睡觉吧，否则明天白天又要睡觉，又白日做梦怎么办。”盛春丽说：“梦继续做，这梦挺好，别断了梦。我还想听，再讲一段，马上睡觉，明天上午，去灵隐寺，还伞。”

李纪行继续讲述：“伯音和叔琴吃了仙果，也会肉身飞行了，从此以后，真正成了莫蓝城里的人。二人选择了一棵大树，在树上的一根树枝上选择了一片大大的树叶，树叶自然卷成一个空洞，二人兴高采烈地在洞里住了下来。

“从此，二人相伴相惜云里雾里飞来飞去，昼出夜伏饥餐渴饮，简简单单无忧无虑地生活在这个美丽的星球上。

“不知又经过多少个莫蓝柯瓜时间，不知是昨天今天还是明天，没有需求也没有追求，没有哲学也没有思想，没有文化也没有艺术，没有科学技术发明创造，没有地球上人类所有的一切。只有婚姻选择和生活繁衍，一代接着一代。这应该是地球上的动物王国飞禽家园海洋世界，但也不像是，因为地球上一切生命都存在着竞争与血腥。这难道就是天堂？如果这就是天堂，伯音和叔琴不习惯这种生存方式，认为自己投错胎了，不，是投错了星球。这叫星球易改本性难移，习惯成了自然，自然成了习惯。人类易经的思想，从此在这个美丽的星球开始萌芽。”

盛春丽躺在床上沉默不语，被这个故事感动了。巧笑倩兮，美目盼兮，地久天长。李纪行说：“在莫蓝城里，只有一个人，就是那个白胡子老头知道伯音和叔琴的底细。莫蓝城的面积有十万平方公里，城市里边有三千棵参天大树，每一棵大树下面有三千棵中树，每一棵中树下面又有三千棵小树，树树枝繁叶茂，春华秋实，瓜桃李果，秋收冬藏，不见袅袅炊烟，但见七彩云霞。城里的人飞来飞去，三个一群，五个一伙，不知世事之更替，不觉光阴之如梭。莫蓝山上祥云缭绕，莫蓝河水荡漾清波，红岩岛鱼龙潜跃，黄岩岛凤凰栖息。

“那个白胡子老头，是个外星人，姓庄名洱，字太来，号太来曲星。在莫蓝柯瓜星球的南海边，有一座山叫乾元山，山中有一个洞叫玄坤洞，庄洱太来就住在这里。这个洞是洞深莫测，口子小洞肚子大，像是一个宝葫芦，洞里别有一番天地，祥云飞渡，山川秀丽，无边无际。庄洱收有一对小童，男童蒙丹，女童屯月，这一对小童也是外星来人。莫蓝山上空大爆炸的当天，庄洱已知有星外来客，便腾云驾雾到了莫蓝城，早见伯音、叔琴在莫蓝河边跌跌撞撞，知此二客没脱凡尘，于是踩一叶薄荷送仙果一枚，伯音、叔琴立时就腾飞起来。这样一来，莫蓝城里的人一时半会儿发现不了他俩。某天，庄洱把两个小童叫到跟前，嘱咐男童蒙丹，如此如此，又嘱咐女童屯月，这般这般。

“蒙丹和屯月各带一把琵琶，每人脚踩一朵云霞，从乾元山腾空飞向莫蓝城，在莫蓝河边降落，又沿着河岸走，走到伯音和叔琴吃仙果的湖泊边停了下来。蒙丹按照师父吩咐，端着琵琶弹了一曲，有高山流水天籁之音，只见河岸边一棵大树，摇摇晃晃风声鹤唳，蒙丹见状已知其中之意。又见屯月也端起琵琶弹了一曲，听得山林同啸，百鸟齐鸣，只见那棵大树的一个卷曲的绿叶，上下翻动摇摇欲坠。一会儿，一男一女从树上飘落下来，原来正是伯音和叔琴。四人相见，虽然语言不通，却是眼神相遇便知其意。四人彼此交流，伯音和叔琴很喜欢这童男童女，颇有他乡遇故人之感。于是四人腾空飞起，在城市森林中穿越翱翔，欣赏大自然的鬼斧神工。

“正在此时，天空中黑压压飘过一团云，伴随着风雨雷电，把四人笼罩其中，眼前漆黑一团，彼此谁也看不见谁，四人顿时惊慌失措，丧魂落魄。一会儿，待雨过风停，四个人只剩下三个，蒙丹却不见了。三人大惊失色，四顾茫然。这时天边突现彩虹，似有鸟鸣之声传来，三人循声飞去，越飞越远，飞越了无数崇山峻岭、江河湖海，仍然不见蒙丹踪影。

“妹妹找哥泪花流。屯月找不见蒙丹，不由得泪流满面，呜呜地哭了。飞啊飞，飞啊飞，彩虹突然不见了，低头往下看，见有一座大山奇伟壮丽，从山顶到山脚有七条山脉，山脉与山脉之间有七条沟壑，山脚下四面环海，整个山形像从海里冒出来一个有七条棱的瓜壳。屯月顿时不哭了。听师父吩咐过，找蒙丹，七叉山。莫非哥哥是被大风刮到这座大山来了，三人按下云头，落在山顶之上。

“这座七叉山，在莫蓝山的东南方向，耸立在靠近沿海的一座孤岛上，像是从海里浮出水面的半个大西瓜。西瓜棱上，被漫山遍野的茶树覆盖，有成百上千的茶树品种，赤橙黄绿青蓝紫，把一座山装扮得花团锦簇，娇妍秀丽，像一个堆起的巨大的花篮，镶嵌在万顷碧波中。伯音、叔琴和屯月三人，落在山顶的茶花树丛中，茶花的香味扑鼻，险些把人熏醉晕倒。山头的云霓丝丝缕缕飘来荡去，似乎在捕捉茶花的芬芳。

“突然，远处传来管弦之声，只闻其声不见其人。曲调悠扬，风止云遏。天籁之仙音，遥远之绝响。伯音、叔琴、屯月听得春风得意。云卷风雷，雨打芭蕉。万马奔腾，虎啸猿啼。钟鼓齐鸣，伏兵骤起。胆战心惊，魂飞魄散。正犹豫间，一只白鹤掠空飞来，鹤背骑一老者，落在三人近前。

“屯月看清楚了，来者正是师父。伯音、叔琴也已认出是仙果老人。庄洱笑声朗朗，在一块大石头上盘腿坐了下来。庄洱与他们三人用肢体动作眼神姿态互相交流，阐明自己的意思，说是这个星球上的人，成千上万年都是这样子，这样迟早会退化的，应该引进外星文明。伯音、叔琴就住在七叉山不走了，几个人都想共同去改变这个星球的现状，使这里的人们要有语言文字，要有品位追求，人们的思想要达到更高的境界。于是庄洱太来示意：先创造一个字，再做成一件事。”

李纪行讲到此时停住了，因见盛春丽杏眼牛大，便笑问道：“春丽，你猜猜，庄洱造的第一个字，是个什么字，嗯？脑筋急转弯，哈哈哈哈。”盛春丽想想说：“嗯，这仓颉造字，第一个字，一定是个“一”字，一画开天地，对吗？”李纪行卖关子了：“再想想，盛教授。”盛春丽想了一会儿，说：“不想了，瞎猜，当时谁知道呢？”李纪行笑着说：“哼，我知道。”盛春丽追问：“你说，第一个造什么字？”李纪行用手在空中画了一个圆圈，又用食指一点，笑着说：“一个圆圈，中间一个点儿，你说什么字？”盛春丽美瞳一转，说：“日，是‘日’字吧？”李纪行诡秘一笑，说：“对，没错。”盛春丽似乎理解了，说：“对对对，万物生长靠太阳，照到哪里哪里亮，日，是第一个字，没错。”李纪行诡笑道：“理解不完全对，莫蓝柯瓜行星上空，有七颗卫星绕着转，一颗太阳的光辉是不行的，还得借着银河许多颗恒星照耀着。”盛春丽说：“那你说说，是什么字。”

李纪行继续讲述：“这个星球的人，选择婚配，繁衍后代，是一件最重要的事情。男女双方，都要经历七七四十九天结网，再要七七四十九天选美，还要七七四十九天婚姻比赛。所以汉语文字把缔结婚姻叫作结婚。结网后成婚，就叫结婚。这是‘结’字的意思。至于‘婚’字，一个女字旁，右上角一个男，不知姓氏为何，下边一个圆圈，中间加入一点，就是一个‘日’字。”李纪行一边说着，又在空中手指画圆，点了一下，接着说：“所以说，‘结婚’二字，就是结网后，女和不知姓氏男‘口’字中间点一点，日。所以说，庄洱创造的第一个字，就是‘日’。”盛春丽眨眨眼，似懂非懂的，她想着想着，结婚，婚姻，男上角，氏，下边，女，日。她反应过来了，抓起枕头就打李纪行。李纪行跳下床，哈哈哈哈哈，笑得弯了腰，忙着挡枕头，把手里的一杯龙井也洒到地上了。

校园里，又响起噼哩啪啦的鞭炮声，延续着年的意味。盛春丽伏在床上，笑得秀发纷纭，琼枝乱颤。听到鞭炮声，她才从床上爬起来，到了卫生间用毛巾擦脸，又把毛巾擦上香皂，回到卧室递给李纪行。李纪行边敷着脸，边问盛春丽：“春丽，怎么样啊，还敢听吗？童话故事。”

盛春丽面色红润，仍旧兴致盎然，她说：“二哥，你说，这的确是个问题，字造出来了，一个圆圈，一个点，那它怎么读呢？”李纪行一本正经：“中国汉字，日的读音，就读日，这没问题。而且这个日，开始是表示一种行为，后来代表多重的意思，代表时间，代表太阳，点画简约，形象生动，一字一音，这是一个伟大的创造。”

盛春丽又说：“你说外国语如英语，为什么把‘日’读成‘sun’或者‘day’呢？”李纪行躺在床上，眯着眼睛动脑子，他说：“如果说创造文字，只有中国有，外国文化没有字？”盛春丽反驳道：“胡说，全世界各国，都有自己的文字，怎么人家没有文字。”李纪行笑着:“依我看来,敢于称为字的,只有汉字,有形,有意,有音。英语,只能叫拼音,以音取意,有音有意没有形。它开始创造文字的时候,也想有个形象,但不像庄洱太来,画得那么准确圆满。比如:a 象形头,e 象形眼,o 代表圆,m 表示山,n 是门,等等。你看英语,眼是 eye,好像中间一个鼻子,两边一面一只眼。英语单词水平或水准是 level,是不是很对称?可惜拼音毕竟代替不了汉字,汉字有形象。”

李纪行接着说:“庄洱在七叉山顶的这块巨石上,用长箫画了一个圆圈,中间点一个点,把这个字写出来了,并赋予日的读音。说时迟那时快,只见巨石火光一闪,听得一声巨响,天崩地裂,地动山摇,天上出现七条彩虹。彩虹飘动,一个个菱形彼此联结在一起,万里晴空中出现了一个中国结。‘日’字的诞生,给莫蓝柯瓜这颗古老的星球,带来了新的智慧生命,就像母体分娩婴儿般地发出了第一声啼哭。”

李纪行说到此处,走到窗前拉开窗帘,眺望杭州城的夜空,似乎是在寻找那颗遥远的星辰。

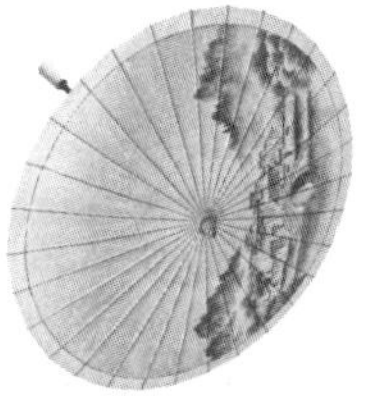

拾肆章　禅茶

大年初一日上三竿，李纪行还没起床。盛春丽不到七点起来了，等待都品徊的电话没等着。她把李纪行睡觉的卧室门关上，一个人在厨房里做早餐，她用麻油煎了两盘饺子，又熬了一锅三米粥，用粉条豆腐土豆牛肉丸子，做了一个山西大烩菜，拌了一个黄瓜一个西红柿，陈醋蒜泥调好味，一切准备就绪。李纪行仍在酣睡。盛春丽拿起笔写了个字条：起床后自己吃饭。她把字条放在客厅茶几上，自己简单梳妆了一下，穿了一件羽绒服，悄悄地开门出来，又轻轻地把门锁上，踏步下楼。

校园里住的人带着过春节的喜气，互相打着招呼，孩子们穿着花花绿绿的新衣服，手里拿着气球跑来跑去，偶尔听见几声零星的鞭炮声响。

浙大张琳教授家里。浙大校领导带领一班人给张教授拜年。张教授的儿子儿媳和孙子都从法国回来了，女儿还在清华大学读大三，放寒假回来过年，一家人团聚在一起了。一百多平方米的房间挤满了人。张教授住教授楼一幢二楼，盛春丽进去一看，满屋人站的站坐的坐，盛春丽一个个打招呼问好。正热闹着,黎锦也来了。院领导一班人客气一番就告辞了,家里客人剩下盛春丽和黎锦二人。张琳教授说:“春丽,品徊来电话没有?”盛春丽说:“没有。”张教授说:“他这两天,可能从德国去美国学术访问,什么时候回来还没准信,你俩定个时间结婚吧。”盛春丽说:“还没来电话,这两天也正等着消息呢。您别太操心了,总有一天会办的。”黎锦插话:“别忘了请我吃喜糖哦。”张教授夫人沏茶倒水,一家人说说笑笑,甚是欢乐。

李纪行睡梦中被电话吵醒,他忙推开卧室门,到客厅接电话。电话里传来一个粗犷的男人声音:“喂,春丽,是春丽吗?”李纪行说:“你好啊,哪位?”电话里声音大:“我是春丽同学。你是哪位啊?”李纪行说:“我是,是她的朋友。”对方问:“春丽哪去啦?”李纪行说:“不知道,她出去了。”电话搁断了,盛春丽推门进来了。

李纪行见盛春丽进来,忙不迭地说:“春丽,你哪去了,刚才有个电话,是个男的,说你同学,听说你不在,就挂了。”盛春丽道:“坏了,是不是品徊?是品徊电话。你说什么了?”李纪行道:“我说春丽不在,我是她朋友。”他想坏了。这时,盛春丽一屁股坐在沙发上不动了。

李纪行手足无措,他只能告诫自己,今后,今后千万不可轻易替人接电话,特别是在一个单身女人家里,那是大忌。如果是脆弱的感情,是经不起打击的。一张游泳照片,和一个越洋电话,很可能造成两个家庭的遗憾。

李纪行站了起来,大手一挥说:“春丽,是你的跑不掉,不是你的争不来。走，我们俩，灵隐寺，还伞去。”

二人正要出门，电话又急促地响了，李纪行退避三舍，盛春丽忙着去接，电话里说：“盛教授，今天准备干吗去呀？”唉，是黎锦。盛春丽忙回复：“黎锦，今天准备去灵隐寺。”黎锦说：“今天我没事，陪你一起去。”盛春丽看了李纪行一眼，说：“好吧，你在校门口等我。我有个老同学，老乡，咱们一起去。”电话里说：“好的，一会儿见。”

今天，灵隐寺游人如织。李纪行手里拿着那把伞，和盛春丽、黎锦三人买了门票，直奔寺内的大雄宝殿。进殿堂里一看，在那张紫黑色的长条桌子的后面，坐了一个年轻和尚，以前来从没见过。盛春丽手里拿着那柄竹伞，她问道：“师父，有个小小年纪的小师弟，前几天在这里，哪去了？”这个年轻和尚想了想，不肯定地说：“小师弟？是刁小三吧？”盛春丽说：“是个十来岁的小和尚。”年轻和尚笑道：“是的了，他在后院呢，在慧空禅师那里，正在挨表扬呢。”说着，哈哈哈笑起来了。

灵隐寺院的后院，是僧侣住的地方。李纪行、盛春丽、黎锦三人绕过大殿找到了后院，见这里有两排平房，院子里悄无声息，刚好有个和尚从房间里出来，三人问清慧空禅师的禅房，径直而去。李纪行先敲门，里面应声说：“请进。”

李纪行三人进屋一看，房间不大，有一个光头小男孩，头朝下脚朝天倒立着。一位老僧坐木床上。老僧见有人进来，遂对倒立的小和尚说：“起来吧。”小和尚一听，咚的一声，翻身站在地上。看见客人进来，吐了吐舌头，正要走，忽然，他觉得来客似曾相识，眨巴眨巴眼，欲言又止。

“您是慧空大师？”李纪行问道。“几位辛苦了！哈哈哈，小徒顽劣，教导不周，见谅见谅。”慧空大师回答。盛春丽说：“大师，我们仨，今天是给您拜年来啦，谢谢您的关照。”盛春丽说着，把竹伞交给小和尚，笑着说：“小师弟，你把我们忘了？你不是说‘天有不测风，万变不离猪’吗？”盛春丽这么一说，大家都笑了起来。“那天雨好大，师傅让我送伞。”小和尚说完，吐吐舌头，开门跑出去了。

慧空大师介绍说，这小和尚名字叫刁洪，是十年前在一次山洪暴发时，被人捡来的襁褓之身。后来这个孩子被送到寺院里，是慧空大师和众僧一口一口喂养长大的。孩子的命是从洪水中捡回来的，所以起名叫刁洪。师兄弟又给他起个外号，叫刁小三，样板戏《沙家浜》里的人物。今天大年初一，刁小三和附近村庄的小孩儿玩，在寺院里的“咫尺西天”前面放鞭炮，这是寺院里面严格禁止的，刚好被师兄蒋历看到了，马上报告了慧空大师。所以，蒋历在大雄宝殿坐班，刁洪则被大师责罚倒立。

上次气功班听大师讲禅，黎锦对大师了解多一点，便说：“听气功班的学员说，大师是著名的诗僧，书法也是一绝，今天新春佳节，给我们开开眼界？”慧空大师非常高兴，说：“老衲与各位相遇，也是一种缘分。”遂把刁洪叫来，准备笔墨纸砚。三幅墨宝，挥毫立就。

第一幅：

敬录弥勒诗一首，赠李纪行先生。

手把青秧插满田，低头便见水中天。

心地清净方为道，退步原来是向前。

第二幅：

录李商隐诗一首，赠盛春丽女士。

君问归期未有期，巴山夜雨涨秋池。

何当共剪西窗烛，却话巴山夜雨时。

第三幅：

书白居易《长恨歌》句，赠黎锦女士。

七月七日长生殿，夜半无人私语时。

在天愿作比翼鸟，在地愿为连理枝。

慧空大师写的是行草，神出鬼没，笔走龙蛇，动静自然，挥洒豪情于九霄云外，寄托禅意于天地之间。拈指折腕，风声雨声。笔墨所到，星光熠熠。几个人看书法，竟然看得呆了。慧空大师对李纪行说："我出一对联，出上句。"但见，风起水涌，龙飞凤翥，是："万亿财富半张纸。"李纪行拿起一支笔，写道："千钧名器一根针。"慧空抚掌大笑，连声称赞："正是，正是。"此刻，慧空看着盛春丽，说："盛教授可出横批。"盛春丽笑笑说："我来试试看。"她从容拿起笔来，写了四个大字，亦是无比曼妙：一薄一轻。慧空又抚掌大笑，连说："写得好，写得好。"突然，慧空大师咳嗽起来，刁小三忙去倒了一杯水，递给慧空，叫道："师傅，师傅，今天还没喝药呢。"慧空喘喘气，说："不要紧，不要紧。"过了一会儿，慧空大师恢复正常。

禅趣诗理,好不快活。眨眼之间,中午时分。李纪行三人执意要走,慧空大师哪里肯依,坚持挽留吃顿午饭。李纪行想,陶青春在美国,王桃在海南,盛春丽在杭州,三个优秀的女人都与他有关,都是有情有义的,却是三个“和尚”没水吃。今天大过年的,他反而在寺院里吃斋饭,想想慧空大师的赠诗撰联,显然是有劝善向佛之意。

斋饭也很丰盛,杭帮名菜上桌。西湖醋鱼、东坡肘子、羊头牛展、河虾海蟹。一睹菜肴,满腹狐疑,和尚斋饭,杀生吃肉,破戒豁斋,有辱佛规。慧空大师劝三位客人开始动筷不必客气。饭菜香甜可口,却是似是而非,虽然惟妙惟肖,都是豆制食品。李纪行、盛春丽、黎锦边吃边欣赏,这桌工艺品似的美味佳肴,让人真假难辨。末了,端上一个瓜篮,用西瓜雕刻的,一朵粉红瓷白的牡丹花朵,花肥肉嫩,一尊用葫芦雕刻的弥勒佛像,栩栩如生。刁小三垂涎欲滴,李纪行、盛春丽、黎锦赞不绝口。午饭后,报道大师有客来访,李纪行三人告辞。

刁小三送李纪行一行走出灵隐寺。盛春丽从包里掏出一个信封,交给刁小三,叮嘱说:“把这封信交给师父,别丢了,丢了小心倒栽葱打屁股,记住了?”刁小三扬着还有些稚气的脸,说:“记住了,给师傅。”说完就跑回寺院去了。

浙大,盛春丽家。

盛春丽枕着李纪行的胳膊,甜甜美美地睡着了。

盛春丽觉得,她乘了一艘太空飞船,飞到了月球上。飞船一落地,她就看见许多的朋友。这里有一个工厂,她肚子饿了,想找饭吃，突然大哥大响了，是黎锦的电话，问她现在哪里。她说在月亮之上，她逗黎锦说，在这里她看见了嫦娥，让黎锦快点也来吧。她又发现自己的小挎包不见了，就回工厂房间去找。她高兴地看到一串鞭炮，就去用火柴点着，嘭的响了一声，所有的工人们都恐慌起来，怕引起空气大爆炸，大家忙着去躲避。这时，咚咚咚，一阵急促的敲门声，把她惊醒了。

盛春丽一个激灵翻身起床，看看手表，已是早晨七点多钟。李纪行赤身裸体仍在酣睡。盛春丽匆匆穿好衣服，去卫生间梳了两把头发，便忙去开门。房间门一开，盛春丽大吃一惊，原来是都品徕。她慌忙问说："品徕，你怎么来了？"都品徕说："嫂子，今天旅行社上班了，我妈让我先来看你呀。"都品徕才二十五岁，明眸善睐，俊俏模样。她在青年旅行社工作，今天初二单位上班。一早从绍兴老家赶到了杭州。哥哥都品徊出国未归，父母让她去看看未过门的儿媳妇。都品徕突然光顾，给了盛春丽一个措手不及，没等盛春丽反应过来，都品徕已经进了家。都品徕一进门，就看见门口的衣架上挂了一件黑色呢子大衣。她马上问："噢，这是谁的大衣？"盛春丽说："这是我同学的。"话音刚落，李纪行从卧室里出来了。他衣着整齐，神采奕奕，根本看不出在这里过夜的样子，像是初来乍到清晨访友相约出游。盛春丽心里咯噔一下，一块悬着的石头落了地。

盛春丽兴高采烈，十分高兴的样子。又是沏茶倒水，又是瓜子果盘，又是问候家人，都品徕应接不暇，哪里还顾得多想多疑。正在此时，又有人敲门，盛春丽心想，一波未平一波又起，这是谁又来凑热闹添麻烦。她忙去开门，一看是黎锦，松了一口气。黎锦进家，见有三人。盛春丽介绍互相认识，这是老同学李主任，这是她带的硕士生黎锦，这是都品徊妹子都品徕。黎锦心知肚明作了掩护，先与李纪行打个招呼，又说都品徕与哥哥长得一样好看。三个女人一台戏，一个男人看大戏。旅行社上班早，大学生放假了。李纪行赔着笑脸，看看这个又看看那个，只作笑脸不敢发声。一番热闹之后，都品徕率先告辞上班去了。

送走都品徕，盛春丽说："黎锦，昨晚上我梦见了你，早上你就跑过来了，什么事这么急？"黎锦说："今天初二了，张琳教授想去南屏山散散心，那里有个小茶园，是他的科研基地，现在有车没司机，让我请你看能不能一起去，顺便找个司机。我想李总裁肯定会开车，就跑过来了。"李纪行看了看盛春丽，没有吭声。盛春丽问："李总想不想去呀？"李纪行说："可以的。"盛春丽兴奋起来，说："让李总开车，我们一起去南屏山，听南屏晚钟。"黎锦说："好的，盛教授，九点半左右，校办公楼前集合，张教授那儿，我帮他准备一下。"黎锦说完，一阵风似的刮走了。

李纪行急忙返回卧室，床上床下，低头弯腰，寻找什么，盛春丽跟着进来，问道："你找什么呢？"李纪行说："袜子，我的袜子，哪去了？"原来李纪行听到敲门声，光着脚丫，穿了皮鞋，慌忙之中，袜子也没顾上穿。盛春丽见状，笑着说："二哥，你行动好快呀。"李纪行说："不快就说不清了。"这时，盛春丽抱住李纪行，在他脸上重重亲了一口。

若把西湖比西子，淡妆浓抹总相宜。那沉睡中的南屏山，就是西子香眠的枕头。南屏山在西湖南面，此山只有百米之高，东西仅千米之长，却是奇石怪岩，草翠花香，犹如仙境。一部红色桑塔纳轿车，沿着南山蜿蜒的公路，驶向南屏山净慈寺附近的一个小茶园。

茶园有三四亩大小，周围有篱笆墙围着，中有二十几棵茶树，三间草木茅屋，住着一户人家，仅有老夫妻俩，年纪六十多岁。老头姓杨名越，因排行第三，人叫三老汉，祖籍是山西雁北人氏。三老汉的祖父晚清秀才，光绪年间举家南迁，曾在余杭县衙为吏，杨乃武与小白菜，是三老汉经常听祖父讲的故事。三老汉父母早已过世，膝下儿子杨勤，早已成家立业，在做丝绸生意。今天大年初二，杨勤夫妻带着十岁的儿子杨逗逗来到茶园，看望三老汉老两口。杨逗逗见茶园的外面来了一辆汽车，立即高兴地跑进木屋，爷爷爷爷直叫喊，三老汉急急忙忙跑出来，远远看见两男两女下了汽车。近前一看，原来是老朋友张琳教授，其他的人却都不认识。

三老汉快人快语，忙招呼客人进家，说："哎呀呀张教授，怎么大过年地跑来啦，不在家里看孙子呀。"张琳教授说："老杨啊，过年好哇，你的小孙子也来啦，老两口越活越年轻了。"三老汉的老伴儿曹女士也忙着出来了，向众人打着招呼。

四人进屋，参观一番。三间茅屋朝向南面，中间开门进入客厅。客厅里面有个厨房，客厅当中置一根雕，根雕上面放有茶具，周围六个小木板凳，专为客人喝茶之用。东房是老两口的卧室，西房是看病行医之所，门口挂着红十字白布门帘，里面靠墙一排木柜，紫色中草药柜子，各种中草药名目，标记在一个个抽屉的表面。小抽屉从上到下从左到右足有几十个，地上放置一个实木长桌，周围有四个长条木凳，桌面上一个胳膊粗细的蓝色小枕头，应该是为病人把脉问诊时的垫衬。

看了一遍房间布置，四人围着根雕坐下来，老夫人忙着煮水沏茶，张琳教授开始做介绍："这是海南的老板李总裁，这是浙大的盛春丽教授，这是我和盛教授的研究生黎锦。"三老汉也自我介绍说："我也是张琳教授的学生，姓杨名越，职业中医师。"

俗话说，儒学医，三早起。早起，是山西河北一带方言，早晨的意思。这个俗话是说，读书人学医，三个早晨就学会了。过去的读书人，没有像现在这样的分科，不分什么文科理科，什么书都念，培养的是综合性人才。三老汉懂医，会针灸，针灸便成了杨家的家传手艺。三老汉从小受家庭熏陶，中医根底很牢。那时候，他爷爷给他用泥巴捏了个一尺高的小泥人，在泥人身上画了 361 个穴位，用 14 条经络线连接起来，教给他哪个是死穴，哪个是活穴，并且编了一个口诀：36 天罡死，72 地煞活，108 是数来佛，任督相加 52，经外奇穴 50 个，左右对称 309 双，人体穴位 720 多。三老汉从小就把口诀记下来了。那个小泥人天长日久，被三老汉用针扎成刺猬似的。扎针的手段讲究科学，青出于蓝而胜于蓝，三老汉从小练得功夫深厚，青少年时便闻名乡里。

二十世纪五十年代，三老汉才二十出头，就跟着爷爷开诊所，先是在余杭县，后来搬到杭州城。那时浙大医院刚成立，诊所就在浙大医院附近，看病的人甚多，诊所名声在外。到了八十年代，张琳教授在浙大任教，一次中风嘴歪眼斜，西医治疗效果不好，于是找到三老汉的诊所。三老汉用扎针的办法，左边歪了扎右边，银针专刺阿是穴，只扎了五六次，竟然疗效明显，半月之后恢复如初。从此以后一个大学老师便和一名老中医成了莫逆之交。

张琳教授是生物物理学教授，博士研究生导师，学识渊博，精通数理，研究广泛。三老汉有实践经验，理论上经常请教张琳教授，所以他说，他也是张琳教授的学生了。

宾主围着根雕桌坐下，翠绿雀舌龙井嫩茶，泡在玻璃茶杯里，在清澈透明的泉水中，一层层地直立着，茶杯和茶和水合在一起，就形成了一个晶莹剔透的工艺品，那是好看极了。沿着茶杯上的口边轻轻一吹，绿雀舌在水里浮动摇摆，上蹿下跳，宛似漂浮着的绿色小企鹅。慢慢茶，茶慢慢，沏着吹着抿着，看着闻着品着，既不是饮也不是喝，唐代有个老和尚禅意十足说，“吃茶去”，以为不能叫饮叫喝的茶因爱之切而鸣不平，因亲之痛而要贫嘴，说饮茶喝茶似乎有点粗俗不雅。难怪有人说，千载儒释道，万世山水茶。这茶绿茶香，茶友茶情，茶树茶叶，茶饭茶蛋，茶垢茶渣，茶桌茶杯，茶匙茶夹，茶馆茶楼，茶艺茶师，茶山茶水茶园，茶花女茶文化，茶杯里浸泡着休闲、品位、和谐、抚慰、安详、宁静、淡泊，也浸泡着涵养、从容、思考、谋略、团聚、约定、忘我。看来这个世界,不能没有茶。一有了茶,似乎是延长了一个人的生命的全过程,人的生活也就有了新的意义。

今天是大年初二,小茶园来的客人都是有文化的人,在三老汉的木屋里,弥漫着浓浓的书香气息。以往的骚客雅士把“喝茶”曰“品茗”。品茗时谦谦君子,喝酒时却往往吹牛。于是乎,有了诗酒茶的绝配。在这南屏山小茶园,新春佳节贵客临门,这是好年好兆头,实天下第一乐事也。

三老汉老两口子高兴着,老太太忙着包饺子准备午饭,小孙子杨逗逗跑进跑出,手里拿着一串鞭炮。三老汉怕炸着小孙子,把一挂鞭炮拆成一串串小鞭,小孙子手里攥了一把,站在小茶园的空地上用香火头点着一个扔一个,茶园里响个不停。

一桌饭菜很丰盛,鸡鸭鱼肉,还有一瓶绍兴老黄酒,琥珀黄酿气味浓香,三老汉陪着客人轮回把盏。酒过三巡,三老汉话便多了起来,说起前些日子有个病人,姓张,是个女孩,正读高三,准备今年高考了,可能父母不和睦,学习压力大,一下子神经衰弱得了精神病。父母很着急,大医院花钱多了,一时难以根治,于是慕名前来,找到三老汉诊所。三老汉妙手回春,用心理治疗和针灸结合,很快就使女孩子康复了。三老汉指指客厅墙壁上的一面红色锦旗,上嵌三个大字:神针杨。

盛春丽端着酒杯敬三老汉,问道:“杨老先生,请教您个问题,这人身体上的经络穴位,能够看得见吗?穴位的尺寸有多大啊?”盛春丽这么一问,大家都未在意,只有张琳教授皱了一下眉头,因为他知道,这个小小的问题却是个世界难题,犹如数学上的哥德巴赫猜想,几百年来无人可以证明。这个问题等于问:这个世界上有没有鬼,如果有,您看见了吗?鬼魂若有高低大小之分,尺寸是多少?三老汉是老知识分子了,饱读诗书,黄帝内经、素书本草、经史子集,无所不晓。听了盛教授的提问,他心想这隔行如隔山,或者是教授故意难为他,因为这个问题是小孩常提出的问题,三老汉孩提时就问过他爷爷,小孙子杨逗逗也问过三老汉。经络穴位看不见摸不着,对照着泥人儿身上的圈圈在自己身上找,穴位不凸也不凹,哪里能够找到?

三老汉心里想着,刚开始学习针灸时,穴就是玄,摸不清头脑。日子久了,认为穴有了,疼痛的部位一按就痛,啊的一声叫,就是穴位了。至于经络更是子虚乌有,虚无缥缈,谁的身上有那么多线条,古代人是怎么看见的,有筋有脉有骨有肉有肌有肤有血有气,五官四肢五脏六腑,哪有什么任脉督脉十二经络?是不是纯粹想象出来的?因为根据解剖学是找不到的,哪位高明的医生如能把任脉督脉解剖出来给人看看,保你获得诺贝尔生理学或医学奖。

三老汉被盛春丽一问,不慌不忙,端起酒杯,抿了一口,笑着说:"盛教授,我学了一辈子中医针灸,小时候也认为,什么十二经络,奇经八脉,任督二脉,无非是血管、动脉、静脉、毛细血管而已。后来,我觉得不对头了,实际上经络是看不见的。穴位也是,开始是照着铜人身上找位置,唯有阿是穴的位置不确定,哪里痛哪里就是阿是穴,按照这个道理,全身都可能是阿是穴。所以穴位也是没有大小尺寸的。经络上的穴位相当于道路上的驿站，只是个节点。您说呢，张教授？”张琳教授吭了一声，眨了眨眼说道：“几千年来，信息的传播依靠文字，语言的表达有个时限，人死了就不能说话，古代也没有录音机，靠文字传播，就会产生文字误导，所谓望文生义。这个穴位的穴字，一看不是孔就是洞，或者是个点，是个固定的点，死的不动的。如果当初把穴叫成波或者电，也许后代来者，就不至于找固定的穴位了。”盛春丽接话说：“那庄洱造字……”突然，她用手把自己的嘴捂住，不说了。张琳教授一愣：“庄洱？什么庄洱？”李纪行眼睁牛大，额头冒汗，张大嘴巴，差点把端着的酒洒了。黎锦嘴快说：“盛教授说是云南的普洱茶。”盛春丽本来想说庄洱造字，就应该把穴改成波或者电，但发觉说漏了嘴。在这个世界上，只有她和李纪行知道庄洱是谁，张琳教授学问再大，也不知道李纪行编的童话故事。盛春丽手捂着嘴喘粗气，又不敢放声笑，众人以为她喝了酒想要吐，三老汉夫人说卫生间在院子里，盛春丽乘势起身，推门跑了出来，蹲在小茶园的院子里，哈哈哈，一个人放声大笑起来了。

盛春丽从院子里回来，又重新坐下，张教授问道：“没有事儿了吧？”盛春丽连忙说：“没事儿，没事儿，您继续讲。”张琳教授环顾众人，停顿了一下，说：“文字是文明之梯，人类是登着文字之梯，告别野蛮走向文明。”黎锦接住话说：“张教授，医院里的经络穴位图，是怎么画出来的呢？”张琳教授继续讲：“古人是如何画出这张图的，这也是个千古之谜。有人推测，这是古人修炼到一定程度，肉眼可以看到常人看不到的东西，所以画出了这张图。可是现在的仪器可以看到比细胞比分子原子更小更小的粒子，也没有发现这张图标示的穴位。大约三十年前的六十年代，朝鲜有个叫金凤汉的医学教授，说是发现了经络结构的细胞组织，冠名曰‘凤汉小体’，世界医学界为之震惊，我国也派出代表团访问朝鲜，金凤汉声名鹊起。于是，全世界科学家进行重新研究验证，结果认为‘凤汉小体’是假的，金凤汉教授盛名之下其实难副，最后跳楼自尽。这个结局，想想很悲惨。”盛春丽追问道：“那您认为，这是怎么回事？”张琳教授说：“春丽教授，根据我的研究，这是人体电磁波的耗散结构。”

一瓷盆儿鼓鼓的白白的羊肉馅大肚儿水饺冒着热气，被老太太端上来了。三老汉夫妇招呼客人趁着热先吃，吃了饭再说话。小孙子杨逗逗端着一碗饺子，在客厅吃着玩儿着。爷爷奶奶生怕他把碗打了，一边叫喊着：“逗逗逗逗，吃了再玩儿。”逗逗突然问：“张爷爷，啥是耗散结构？”谁也没想到，杨逗逗边吃边玩儿，还在边听大人们讲话呢。张琳教授哈哈大笑：“逗逗呀，你见过天上的彩虹吗？那就是耗散结构。”张琳教授问逗逗：“你爸妈呢？”杨逗逗说：“爸爸妈妈到外婆家了，让我陪爷爷玩儿。”三老汉就笑：“嘿嘿，一当爷爷就变成孙子啦。”

张琳教授放下碗筷，笑着赞美道：“老杨，今天的饺子是我平生吃过的最好吃的饺子了。依我看哪，你不做医生，和大嫂开个饺子馆也会生意兴隆的。”三老汉高兴得直龇牙，他还想听听张教授讲人体经络，于是又说：“张教授，您慢慢吃，继续讲，我们还听着哪。人体电磁波究竟是怎么回事啊？”张琳教授接着说:“准确地说,这个叫人体电磁驻波,是我们人体的彩虹。”张琳教授看看盛春丽,又看了看李纪行,便问道:“李总裁大学学什么专业?”

李纪行一直洗耳恭听,忙回答道:“张教授,我学的是中文专业。”张琳教授笑笑说:“文理相通的,我多啰嗦几句。这个人的身体上,按照佛经上讲,有七层身体,第一层是化学身体,就是我们这个骨肉之躯。第二层叫电磁场身体。第三层叫心理层身体。第四层叫因果层身体。当然还有第五六七什么什么层的。这第一层身体看得见摸得着,能分析可解剖,现代医学已经研究得很深入了。但第二层身体是肉眼看不见的,据说是有修炼功夫的人,才能看到人身体周围有辉光。这辉光其实是红外线紫外线微波与可见光混合形成的,这个电磁场身体却是动态的,它是一种电磁波驻波形成的动态结构,理论上叫耗散结构。所谓耗散结构,是针对静态结构而言,肉眼可以看见的耗散结构,如火焰、瀑布、闪电、彩虹、龙卷风,但是,人体电磁场身体的耗散结构,凡胎肉眼是看不见的,只有孙悟空那样的火眼金睛才能够看得见。如果在夜晚城市的大街上,看来来往往的人流,孙悟空看到的人体是一个个游动着的七彩灯笼,所以孙悟空能认出白骨精来。现在的仪器已经可以看到,不仅是人,包括动物植物都是能够放出那种所谓辉光的发光体。所谓经络,就是孙悟空黑夜看见的一个个人体的七彩灯笼。人一死灯笼就灭了,真是人死如灯灭,七彩光辉也不见了。”

三老汉和老夫人见大家都放下筷子,便催着客人多吃吃饱，接着又端上茶壶茶杯，一个个杯沏满新茶。黎锦又问：“张教授，以我的理解，那针灸治疗，就是对化学身体进行物理性的刺激，以改变人体内的电场分布和能量分布，达到治疗的目的，对不对啊？”张琳教授笑着说：“这南屏山大钟，每到傍晚敲一百零八下，钟声浑厚悠扬传遍四方。机械声波有如身体电磁波，如果把这个钟打破一个缝，声音就会变得沙哑难听，所谓听出破绽了。这和把针扎进身体一样，身体有了破绽，人身的电磁波就会改变。第一层身体影响第二层身体，从而使整个身体发生变化。这理论上叫改变边界条件，让磁场能量发生变化，以达到治疗目的。”

下午茶喝到三点多，张琳教授带大家到茶园里看看今年茶树的长势。黎锦便提议，一会儿到净慈寺走一圈再回去，大家兴致勃勃，都表示赞同。

三老汉住在此地，人熟路熟，又恰逢新春佳节，几人不用买门票就进了寺院。净慈寺原名永明禅寺，是五代吴越王钱俶为永明延寿大师宏法所建，距今已有千余年历史。净慈寺建成后，历代名僧辈出，花繁叶茂枝荣，而且与此寺相关的故事也很多。寺院以一殿一井一洞一钟一经，这五个“一”最为知名。一经是指延寿禅师的《宗镜录》，殿、井、洞钟世人大都知晓。三老汉勾着杨逗逗的手生怕小孙子跑了，在寺院里出出进进前前后后走了一遭，看看已是日薄西山天色将晚，大小男女六个人出了净慈寺，回到了小茶园。

三老汉夫妻挽留张教授一行吃了晚饭再回学校，张教授说也想回家抱孙子了。于是，李纪行继续开着桑塔纳轿车，缓缓开出茶园。这时，寺院的喇叭突然响了，传来低沉的歌声，这是香港歌星徐小凤的声音：

我匆匆地走入森林中
森林它一丛丛
我找不到他的行踪
只看到那树摇风
只听到那南屏钟
南屏晚钟
随风飘送
它好像是敲呀敲在我心坎中
它好像是催呀催醒我相思梦
它催醒了我的相思梦
相思有什么用
我走出了丛丛森林
又看到了夕阳红

浑厚的沉重的悠扬的钟声敲响了，当当当……相思梦，夕阳红，南屏晚钟。

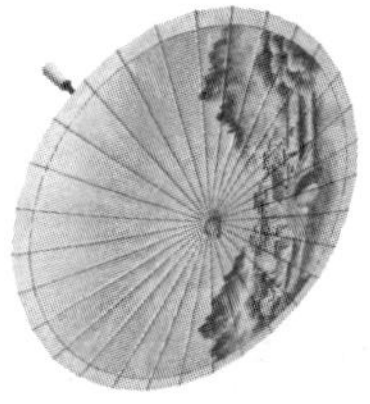

拾伍章　圆缺

俗话说：初一肥，初二瘦，初三起来原照旧。说的是过去穷苦老百姓过年的心情，一到了初三，百姓就开始做着新一年的打算，留不住的过往，想不透的未来，话里包含着无奈和心酸。即使贵为江南天堂福地的杭州，一到了正月初三，商家们的门店也大多开张了，恢复了往日的平常生活。人们心里感觉年来得慢而走得快，而正月十五的元宵节，又给匆匆走了的年节做了个圆满的补充。

踏沙轩酒楼门头的红灯笼还高挂着。十字街头，虽然已是人来人往，但人们的脚步里还踩着清闲。李纪行和盛春丽打的来到了踏沙轩，时间已是正午时分。李纪行和盛春丽一前一后下了出租车，却见盛春丽的学生柳云已站在酒楼门口等候。柳云一见盛春丽，马上上前去扶盛春丽的胳膊，又看到李纪行也从前侧下了车，便用本地话客气地说："盛教授，这就是您老同学李总裁吧？哟，标准的北方美男子，难怪盛教授夸您帅气，果然名不虚传啊。"盛春丽哈哈一笑道："柳云，将来给你找个山西女婿，保你满意，山西男人很疼爱老婆。"李纪行被两个师生美女一对一答，立即羞得满脸通红，连着说：“哪里哪里。”竟然无言可对。

三人说笑着进了酒楼，一进门便见宗泽的铜像仍然明光锃亮，威风凛凛。上了酒楼的二层，进了一个名字叫牛皋的包厢。踏沙轩酒楼二层的包厢，用的全是《岳飞传》里大将军的名字，什么岳云、汤怀、张宪、王贵、徐庆、高宠、陆文龙、杨再兴等，四枪四锤的人物都有。可谓战将如云来聚会。岳飞和宗泽两个大包厢，应当属于 VIP 了。

牛皋包厢里面，只见一位五十岁左右的贵夫人，恭恭敬敬端坐在大圆餐桌边的椅子上，见柳云三人推门进来，忙站起来说：“盛教授好。二位，快请坐。”柳云也忙介绍说：“妈，这是盛教授的同学李总裁，海南大老板。”李纪行急忙说：“谢谢，谢谢。”盛春丽也客气说：“哟，夏大姐，您还是那么年轻啊。柳老师他哪儿去了，就您一个人坐这儿？”柳云妈叹了一口气道：“唉，老头子今天上午去了灵隐寺，说是过年了，要看望一下慧空大师。他是大师的俗家弟子，一有空儿就往那里跑，说的是早早回来，您看看，到现在没还回，不知怎回事儿。”

此刻，一个女服务员推门进来了。柳云说：“妈，我们先点好菜，边聊边等我爸，他没特殊事，马上会来的。”柳云让服务员沏茶，四人边喝茶边等人。

盛春丽见这个女服务员亭亭玉立貌美如花，心想这踏沙轩酒楼，从酒楼命名装修设计，到选人用人确实非同一般。盛春丽问女服务员：“小姐，你们这个酒楼老板很有品位，一定是个出名的企业家了?”女服务员听着赞美,便回答说:“我们老板叫马后,老板娘顾仙花,都是年轻人。”盛春丽、李纪行、柳云三人互看了一眼,谁也没有说什么。春节前,柳云按照盛春丽的吩咐,去工商局查马前的名字,但没有查出什么来。马前落网后,盛春丽打电话告诉柳云,马前的饭店叫踏沙轩,所以今天在此请客,也是柳云的特意安排。

正在说话间,柳云父亲推门进来了。柳云父亲看样子也有五十多岁了,瘦而精神,文质彬彬。他双手合十,连声道歉:“对不起,盛教授,久等了,久等了。”柳云问道:“爸,您干吗去了,匆匆忙忙的?”柳云父亲一声长叹说:“唉,今早,慧空大师圆寂了,在寺院耽搁了时间。人生无常呀。”李纪行一惊,差点把茶杯弄掉了,茶水洒在了身上。盛春丽也大吃一惊,她问道:“是灵隐寺慧空大师吗?”柳云父亲眼里浸满了泪水,点了点头。

盛春丽问:“柳老师,大师前几天还好好的,就是有点不舒服,怎么突然就圆寂了呢?”柳云父亲说:“慧空大禅师有个小弟子,叫刁小三,才十来岁,还是个贪玩的小孩子,慧空大师对他不仅是作为弟子,而像对待孙子一样,关怀备至。这几天过年,附近的小朋友放假,去找刁小三玩儿。即便是过年了,小孩儿放鞭炮,在寺庙里是严格禁止的,附近山上树林茂密,也绝不允许有明火。大概是刁小三出外玩过了头,慧空大师气坏了,就追打刁小三,在咫尺西天前边滑倒摔了一跤,这一跤,摔得不轻,估计大师早有心脑疾病,弟子们把他送到医院。这不,把个刁小三哭成个泪人儿。唉,真是人生如梦啊。”

众人沉默。李纪行问道:“大师享年几何?”柳云父亲说:“大师生于一九一八年,享年七十三岁。祖籍是山西雁北,少年在应州佛宫寺出家,抗战期间辗转流离,居无定所。中华人民共和国成立后,在五台山、天台山等地弘法。大师一九八八年到杭州灵隐寺访友,因与灵隐寺住持性空和尚是莫逆之交,就住了下来。性空一九八八年七月圆寂,大师就临时代持到现在。”李纪行这时才明白了,在他和盛春丽几番去灵隐寺,慧空早已听出李纪行是山西人了。盛春丽问道:“柳老师,您怎么认识大师的?”柳云父亲长叹一声说,他从包里取出一幅书法,展开众人一看,是弘一大师的诗《春游》。柳云父亲说:“这是慧空大师的绝笔。我与大师的认识,也是一种缘分。”

原来,柳云母亲夏爱莲亦为名门之后,爱莲之名取莲花出淤泥而不染之意。柳云父亲柳碧成和母亲是杭州师范学院同学。柳碧成是灵隐寺原住持性空的俗家弟子,从学任教而为居士。性空圆寂后,近两年他与慧空大师交往频繁,也就成了慧空大师的弟子加诗友。慧空常夸他,碧玉妆成一树高,柳碧成名字好,这是文化人的雅趣。

柳云催快点上菜,夏大姐说先吃饭再说话。大家心情不佳,酒谁也不想喝,饭很快就吃完了。李纪行和盛春丽听了柳老师的叙述,心里很沉重,告别柳云父母亲,打的回了浙大盛春丽的家。

下午五时许。李纪行和盛春丽打的来到西湖宾馆。他两人进大堂,马上吃了一惊。只见吴汉章、刘羽飞、符雅妹三人,并排坐在大堂的沙发上,远远对着李纪行和盛春丽微笑呢。

五人又聚在一起了,自然无比快乐。盛春丽嘴快,说:“吴大哥,也不先通个电话,就突然袭击过来了。我们也好去接你。怎么你们三个人同时来了杭州啊,是坐一趟火车吗?”吴汉章看着李纪行和盛春丽,笑而不语,他从口袋里抽出一支红塔山牌香烟,点着了抽了几口。此时符雅妹说:“我们昨晚在西安火车站集中的,今天一起坐火车到杭州。”吴汉章说:“我们几个人春节前就约定好了。”

于是,他们又登记了房间,刘羽飞、符雅妹一人一间,吴汉章仍和李纪行住在一起。刘羽飞从家乡带来了土特产,什么腊羊肉、柿子饼、大锅盔、琼锅糖、红枣、核桃。吴汉章带有平遥牛肉、熟羊杂、老陈醋、花生米、煮鸡蛋,还有两瓶老白汾酒。生的熟的喝的,晚饭就在房间里开吃了。

李纪行把慧空大师去世的消息告诉了大家,并说大师祖籍原来是我们山西雁北人氏,他们几次去灵隐寺,已经从口音里听出大师也是山西人了,只是没有明说。李纪行想送一副挽联悼念。五个人商议一番,决定明天下午乘飞机飞海口。明天中午到盛春丽家里吃饺子。

李纪行让大家先休息,他送盛春丽回浙大。二人出了酒店,都沉默不语,明天就要分别,自然心事重重。这十几天,李纪行突然来杭州,给盛春丽带来许多欢乐,都品徊几年前出国留学,从没有回来过。盛春丽等了又等,作为女人,在事业与家庭的天平上,应该更加珍惜的是相守,没有爱情的人生是不完美的。对于她，她爱山西，也爱杭州，她没有去美国，她觉得美国并不美，尤其是人地两生疏，吃饭不方便，她离不开她的祖国和亲人。她已经三十多岁了，她需要一个男人的呵护，她愿意小鸟依人，过着平淡的日子。

西湖夜晚的街道灯火通明，二人手牵手慢慢走，不知道走了多少路，已到了浙大校区门口，盛春丽说："二哥，到家坐一会儿吧，天还早着呢。"李纪行说："好，我们给慧空大师送一幅挽幛吧。"

二人话语不多，气氛有点沉闷，李纪行提议说："春丽，把电视打开看看，有什么好的节目。"盛春丽说："好的。"盛春丽说："二哥，我们用绸布做个挽幅，悼词的内容你考虑一下，我让柳云明天去办。我们与慧空大师有缘分，他走得也是太突然了。"

电视里还是歌舞节目，李纪行心不在焉地看着。这时他正在构思悼词，过了一会儿，盛春丽备好笔墨纸砚，李纪行站在写字台前，挥毫立就。挽幛是一组汉字方阵：

大佛独尊天与地古刹问
卦先机高僧开光卜舍老
来年冬雪秋雨禅关清修
悟空明性苦海孤舟虚蝇
灯香火天上人间星移灵
亡松鹤鸣泉轻风送西佛
无南陀弥阿塔皈依尘世
了执象花落鸟啼破钟旧

庙行脚百家饭化钵巷里

生死观音缘起轮回祭菊

盛春丽一看，说："二哥，你这是什么挽幛，没有标点符号，什么意思？"李纪行说："这是一首词，共有一百字，古称百字令，也称《念奴娇》。平仄和音韵不一定准确。不过这首词，有它的特点，这是一首寄数词，也是我的独创，不一定合理确切。但这一百个字，对应了圆周率小数点后的一百个数。圆周率的这一百个数奥妙无穷。我用它喻示着慧空大师圆寂，词名定为《佛圆》。"

李纪行说完，又把圆周率小数点后的一百位数，写在了纸上：

1415926535

8979323846

2643383279

5028841971

6939937510

5820974944

5923078164

0628620899

8628034825

3421170679

李纪行说："如果按词牌名用标点符号分割，是这样的。"李纪行又用标点，把矩阵分割，则是一首《念奴娇》了：

佛　圆

大佛独尊，天与地，古刹问卦先机。高僧开光，卜舍老，来年冬雪秋雨。禅关清修，悟空明性，苦海孤舟虚。蝇灯香火，天上人间星移。

灵亡松鹤鸣泉，轻风送西佛，无南陀弥。阿塔皈依，尘世了，执象花落鸟啼。破钟旧庙，行脚百家饭，化钵巷里。生死观音，缘起轮回祭菊。

盛春丽把这首词，从头到尾看了一遍，赞美说："二哥，这首词有点意思。你解释一下第一句，圆周率小数点后，四个数1415，为什么是大佛独尊？"李纪行笑笑说："一是不是大？老大。四是佛，佛是释，释迦牟尼，英语四的读音是four，也是读佛的音。一也是独，独一无二的独。这个五，九五之尊，九宫里面，五在中心的位置，所以五是尊位。一四一五，就是大佛独尊。"盛春丽拍手称赞说："二哥，这是哪家的学问啊？不过我有个主意，明天，柳云用白绸做挽幅，上书黑色汉字方阵，周围用圆周率，围成一个圆圈。一定别具一格。"李纪行想想说："汉字写成魏碑体，让柳云父亲来写，一定能做得完美无瑕。"盛春丽赞同说："好的，就这么办。"

午夜时分，李纪行离开盛春丽家，一个人返回西湖宾馆。吴汉章早已鼾声如雷。李纪行一个晚上没有睡着。

正月初四中午，晴天。浙大玉泉校区盛春丽家。家里已经打扫得干干净净。除了符雅妹，李纪行、盛春丽、吴汉章、刘羽飞都是北方人，大家一起动手，包羊肉大馅饺子。吴汉章自报厨艺不错，戴上围巾在厨房里炒菜，盛春丽春节期间准备的鸡鸭鱼肉，让吴汉章都烹调得尽善尽美。

饭菜上桌，丰盛无比。吴汉章的红烧排骨做得顶呱呱，那炖羊肉更是香味四溢，红烧肉与西湖醋鱼色香味俱佳。盛春丽高兴得手舞足蹈，一个劲儿地赞扬着。五个人边吃边喝，说说笑笑。忽然，盛春丽对李纪行说："二哥，我知道了，庄洱太来说造一个字，做一件事，做什么事，我知道了。"李纪行睁大眼，反问道："做什么？"盛春丽从写字台上取了一支钢笔，说："把字写在手上，看是也不是。"于是，二人各写一个字在自己左手上。盛春丽先伸出手，让李纪行看了，李纪行一乐，没出声。他也伸出手，让盛春丽看，盛春丽一看，两人对着手掌一拍，盛春丽哈哈大笑，说："天知地知，你知我知。"李纪行和盛春丽这个小插曲，吴汉章干瞪着眼睛看，不明就里，问道："你们俩又捣什么鬼啊，装儿装儿的，还装孙子呢。"刘羽飞和符雅妹，更是如入五里云雾，以为是有什么机密的话，也不便动问。

下午五点半的航班，从杭州飞往海口。大家都知道此时盛春丽的心情，故意拖拖拉拉说说笑笑，直到时间快到三点了，大家才恋恋不舍出了家门。盛春丽没有下楼去送客。李纪行最后一个出来，好像还有什么没说完的话。

李纪行站在楼下，仰看盛春丽家的窗口，恍惚看见盛春丽半个身子映在窗前。

盛春丽似乎发现了楼下有人看她，就拉上了窗帘。

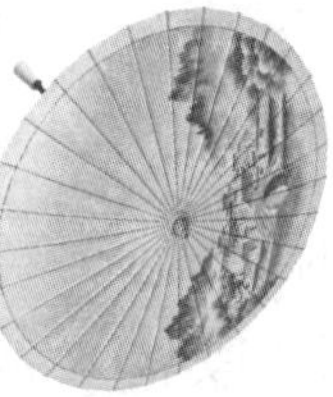

拾陆章　寻芳

春节过后这几天，一到中午时分，便有一位三十岁左右的男子，脚蹬一辆破旧三轮车，拉着一车盆盆罐罐的鲜花，在海甸岛的龙跃别墅小区门前叫卖："卖花，卖花，卖鲜花。"开始几天，人们都不在意，但来的次数多了，小区的人便留意起来。今天，此人打扮是白色长袖格子衬衣，蓝色盖脚西裤，一双黑白双色运动鞋，人长得面色白净，剑眉细目，齐脖子的波浪长发，身高一米七五上下。他一只手拿一顶遮阳草帽，另一只手拿一把折叠扇子。草帽与扇子在头上手里轮流替换着位置。扇子打开扇两下又折起来，帽子从头上取下来又戴上去。车前修花车后浇水，一个人折腾个不停。他不厌其烦地叫着喊着，像是想让哪幢别墅里的人专门听见似的，又像革命样板戏《红灯记》里磨刀人在发接头暗号。自打过了春节，卖花人从正月初五叫卖到正月十五，从正月十五叫卖到二月二，风雨无阻，阴晴不误。小区的人后来每到中午时分，一听到卖花卖花的叫卖声，便抬头望着窗外说，听，花仙子又来了。从此，这位男子被龙跃别墅小区的住户们冠以了一个雅号：花仙子。

耍正月，混二月，老百姓的日子过得平淡，正月的时光一眨眼就过去了。今天已是二月初二。在这个传统的节日，龙抬头，人剃头，打春头，雨淋头，盼着风调雨顺的好年头。桃园饭店赵康师傅按照山西风俗做好春饼，让李纪行、王桃中午饭在店里吃，刚刚只十二点半，二人就吃完了午饭，王桃开着丰田车回龙跃别墅休息。她刚把车开到小区门口，便又见花仙子的脚蹬三轮车停在路边，把扇子插在脖子后面，却用草帽当扇子扇，边扇边向小区里面张望。李纪行说："小王啊，车停下来，我们看看花仙子的花，买两盆放在阳台上。"王桃应一声："好。"就把车停在大门口那边，二人下了车。

花仙子见一辆红色丰田子弹头停在近前，又见从车上下来一男一女，连忙说："二位老总好，买盆鲜花吧，有十几个品种，挺好看的。"王桃问道："花仙子，你这花哪一种好养啊？"男士一听叫他花仙子，嘿嘿地一笑，指点着花车说："大姐，这是三角梅，这是玫瑰花、桂花、杜鹃、扶桑、山茶、月季，还有，这是紫薇、茉莉、仙人球，都挺好的，都好培养。海南湿气大，不要像北方养花那样，天天浇水多，少浇水就可以了，不会旱着的。"王桃又问了一句："你也是北方人吗？"男士说："是啊，大姐，我是山西人啊。"王桃问："山西什么地方的？"对方答："山西运城的，我叫潘建翔。"李纪行一听说，马上来了兴趣，说："我们也是山西人，咱们是老乡，小伙，你怎么卖花呢？看你的样子，不像个做生意的人啊。"王桃心里想，怎么又碰上一个山西运城的，上次撞车碰上裴和平，是山西运城的，今天又这么巧，见王桃一脸狐疑的样子，潘建翔说："前年十月份，我从北京舞蹈学院毕业，在北京待了一年多，去年十月份来了海南。既然是老乡，我就实话实说。我卖花，是为了找一个人。"王桃更加不理解了，便问道："你卖花，怎么能找到人啊？我们小区的人，都认识你了，还给你起了个名，你知道吗？"潘建翔摇摇头说："没听说过，起了个什么名？"王桃哈哈一笑说："原来你还不知道啊，叫花仙子。"她故意把"子"字的声调拉了二尺长。潘建翔一听，也笑了，说道："噢，好听的名字啊。"李纪行接着问说："小潘，你要找人，可以进去问一下，为什么要卖花？你卖花，能把找的人叫出来吗？"潘建翔说："海甸岛有几十家别墅小区，海南大学教师楼，我都已经问过了，没有找到。我找的人是我的老师，她叫丁兰。"王桃追问："这个丁老师是个女的吧？"潘建翔点了一下头。王桃又说："她不想见你，你还是找不到啊。"潘建翔解释说："她也不认识我。"李纪行和王桃越听越糊涂了，也不便继续追问，只是对视一眼。

王桃听说潘建翔是北京舞蹈学院毕业的，更增加了几分亲近感。她让潘建翔挑出两个盆景，一盆三角梅，一盆红玫瑰，又请小区保安帮着照看住三轮车，李纪行和潘建翔各抱了一盆花进了别墅。他们上了二楼，在李纪行住屋的阳台上放了一盆红玫瑰，在王桃住屋的阳台上放了一盆三角梅。

潘建翔看见王桃的阳台上放着一个稀奇古怪的大玻璃瓶子，里面还养有几只蝴蝶，就问王桃："嫂子，你这是个什么瓶子啊？"王桃也不解释，她所答非所问："玻璃瓶子呀，是一个朋友送的。”三人下到一楼客厅，王桃倒水沏茶，又问：“这个丁老师为什么到海南来了？她不认识你，你找她干吗？”潘建翔呷了一口茶，迟疑了一会儿，便说：“丁兰是我们学院的舞蹈老师，才三十岁，人长得很漂亮，去年她与丈夫离婚了。我有个校友，留校当老师，在一次朋友聚会时，无意中告诉了我这件事。从校友那里我只知道，丁兰老师住在海南大学附近的别墅区里。别的情况就不知道了。我在学校听过丁老师的课，学生那么多，她当然不认识我。我现在到了海南想要找到她，说老实话我来海南的目的，就是为了找她。听校友说，丁兰老师是个花痴，特别喜欢养花种花，她北京的家里养了好多花。”所以，王桃问：“你现在还没有结婚吧？”潘建翔摇摇头，说：“还没有。”听了潘建翔表白，王桃猜想潘建翔可能是单相思，他想追求丁兰，可惜丁兰还不知道呢。丁兰现在深居简出，或许越是朋友故旧越不想见面。王桃这么一分析，马上来了劲头，她瞄了李纪行一眼，对潘建翔说：“小潘，我们也帮你找找，老乡嘛，互相帮助也是应该的。”潘建翔一听，连声道：“谢谢，谢谢。”又聊了一会儿，潘建翔遂起身告辞。

春节过后，刘羽飞辞去三亚的工作来到海口，与符雅妹一起创业了。二人在海秀中路开了一家美发店，店名叫百花仙子。今天是二月二，百花仙子正式开业。下午四点多，王桃开着红色丰田子弹头，拉着李纪行来到百花仙子美发店。只见店门口“百花仙子”四个大字用霓虹灯制作，店内的面积有五六百平方米，各种美容美发设备俱全，显得高档气派。虽然刚开张，却是顾客盈门。刘羽飞先看见李纪行和王桃进了店，忙喊符雅妹快过来。符雅妹今天笑在眉梢喜在心头，毕竟是自己创业，今天开始运营了，她憧憬着美好的未来。雅妹说："王桃姐、李主任，快请坐，我和小刘忙了一个正月，今天总算开张了，累坏了。"王桃夸符雅妹说："雅妹，你了不起哟，让羽飞围着你的指挥棒转，妇唱夫随，必定发财。"

符雅妹先让李纪行和王桃坐在沙发上休息喝茶，然后又叫了两位女服务生吩咐先给二人洗头，然后理发。店员精心服务，洗剪烫的程序下来，足足一个小时过去了，看来如果把活儿做细，仅仅理发美容，也是百般的手艺，大大的学问。经过一番认真打理，李纪行和王桃已经容光焕发了。王桃这时把符雅妹叫过来，悄悄地如此这般说了一遍，符雅妹只是点头微笑，最后雅妹一笑说："林涛、马前都让我们抓回来了。你等我的好消息。"两个大美女哈哈一笑，互相一击掌说："一言为定。"把个李纪行搁在一边，只是睁大眼睛看，不知道她俩捣什么鬼。

刘羽飞和符雅妹送客出来，符雅妹说："李主任，王桃姐，你看我俩这店，缺少一点文化气氛。昨晚上我和羽飞就商量着，李主任是文化人，也给我们店写首诗词，诗里含有数字，给店里也增光添彩，不知李主任可以不？"李纪行接过话说："可以的，可以的，只是水平有限。我和小王回去准备，写好了送给你。"

龙跃别墅小区。晚上十点钟了。李纪行的诗词书法作品已经写好了，就上三楼去敲王桃房间的门："小王，写好了，你看行不行。"王桃穿着一身粉色睡衣，跟着下楼到了李纪行的房间，一看桌子上的作品，行草结合，墨迹未干，却是一首《念奴娇·人面》。

蛰蛇口里，节雷期，龙江春吹绿蝉。头上分剃，银发前，须长刀歪赤面。剪簪像镜，钩钗眸眉，顾盼只首悬。抬手留下，白老横泪青斑。

留客黄粱梦中，去游大槐国，树蚁纷变。风雨泼来，天涯路，漫漫曲了戏完？染墨髻官，耳齐盘龙柔，问切两断。秃顶指绢，望尽铁燕金鸾。

辛未春二月二　李纪行　王桃谨贺

王桃读了一遍，问道："主任，这首词里，含有数字吗？雅妹想请你写含有数字的诗。"李纪行笑着说："百花仙子，给人们美容美发，所以词名叫人面，"人"字含数字3，"面"字含数字4，人面是34，我取圆周率第34个百，就是3300位到3400位的一百个数。汉字与数字对应写成这首词，不一定确切，且当作谜语自娱自乐。"王桃问道："这一百个数，写不写？如果不写，谁知道这首词含有一百个数呢。"李纪行说："写在下面任人品评。"王桃又问道："3这个数字为什么与人有关呢？"李纪行说："三光日月星，三才天地人。"王桃又问："4是面吗？"李纪行说："四面八方。二维平面，四个象限，所以面含4之意。当然，你非要认为面，是二是六是八，也可以，阴面阳面，还有两面派。但在我的理解，面就是4，不能改变。正如你的日记00是元旦，也对，没问题。"王桃听他这么一说，哈哈一笑道："你讨厌呀，还记得我的日记啊，我那是省略了，好不好。"李纪行笑道："每个人有自己的理解，文字游戏不必当真。我把这一百个数写在词的下面，也不会有什么不好的影响，汉字的奥妙无穷，文化可以百家争鸣嘛。”于是，他把这一百个数，写在了词的下面。

23055876317635942187312514712053292819182618612586

73215791984148488291644706095752706957220917567116

夜阑人静。李纪行一人躺在床上，翻来覆去睡不着。唉，人面呀，人面不知何处去啦，而桃花依旧笑春风呢！

吴汉章住在桂林洋，过着神仙过般的日子。首先他是一日三餐有鱼虾，就是不想吃鱼虾也难，因为他养鱼虾。桂林洋在海口市东海岸，被南渡江与海口市区隔开。吴汉章正月初四来到海口，初五就到了桂林洋虾场。开始时，他感觉真是新鲜哪，虾塘离大海边仅一箭之遥，椰风海韵，阳光沙滩，美丽的自然风光令人陶醉。但是后来他觉得，这地方一个美中不足就是没人，除了他和他雇的二十多个渔民，远远看见水田里三两头水牛，赶水牛的还都是些妇女，连个男人也很少见到。他不由纳闷，这地方男人哪儿去啦？他除了鱼肉美酒，找不到其他可消遣的方式。每到夜晚，一盏孤灯，四周蛙鸣，形单影只，顾影自怜。耳朵聆听着蛙叫蝉鸣，涛声风声，油然觉得，实在有点游子飘零，在外流浪的感受。

一天午睡后，吴汉章独自来到海边，坐在沙滩上，面向大海，看着海对面隐隐约约的大陆，想着故乡——山西太原柳巷北营，想起妻子刘美花，女儿吴小花，竟然鼻子酸酸的，还不知不觉掉下几滴眼泪来。正当夕阳西沉，夜幕垂临之时，大海是苍茫的一片。他回到虾塘，只自酌自饮三两白酒，就晕晕乎乎喝醉了。于是，他倒头便睡，待到睁眼时，已是次日天明。这样的日子，对他这个年纪的人，虽已逾不惑之年，也是一种寂寞的考验和孤独的折磨。他意识到，只有身在异乡的人，才有真正的思乡情怀，才有深刻意义上的乡音乡愁。好像这时他才醒悟过来，什么叫海上生明月，天涯共此时，什么是举头望明月，低头思故乡的滋味了。

早春二月，天清气朗，白云朵朵，随风飘动。上午十时许，李纪行和王桃开着丰田车，来到桂林洋虾场，但见虾塘水面淼淼，波光粼粼，有十几处喷着水花，那是在给水里注入氧气。有一艘小船在水面上漂荡，船上一前一后两个人，一个掌舵摇橹，另一个捕鱼撒网，二人都头顶斗笠，身穿裤衩背心，动作不紧不慢，神态优哉游哉。似此田园风光，景象秀丽迷人，若有横笛吹响，水岸渔歌互答，岂非世外桃源？人生若此，其乐何及，夫复何求。

吴汉章绝非隐士高僧，也是一个食人间烟火的凡夫俗子。当他正在船上一俯一仰摇船的时候，看见李纪行、王桃来了，一时高兴，就高声大嗓远远地喊着打招呼，摇摇晃晃差点把小船弄翻了。从正月初五把吴汉章送到桂林洋虾场，李纪行、王桃就再没有来过这里。快一个月了，吴汉章天天盼着二人来，但又不好表现出恋家的意思，怕人笑话，所以闲暇之余与两个当地渔民下象棋解闷，这俩当地人一个叫阿周一个叫阿青，吴汉章也懒得问其姓名，他觉得海南的年轻人不是阿三，就是阿四，反正都姓阿。他看见李纪行、王桃走到了虾塘边，赶快把摇橹的活儿交给阿周让他划到堤岸边，还一个劲儿地催促着："快点快点，老板来了，老板来了。"

其实这些天，吴汉章孤苦伶仃的，想李纪行来快想疯了。因他有一件重要的事，要赶快报告李纪行，这件事让他很伤脑筋，这两天成了他的一个心病，就是吴汉章的江湖好友，也是李纪行的小学同学仝坤，近日来了海南，还说要见见李纪行。这件事吴汉章思来想去拿不定主意，不知道李纪行愿不愿意见。因为多少年来，李纪行和仝坤两家人的恩恩怨怨，一时半会儿谁也说不清楚。

虾场新建了一个小院，朝南七间茅屋，院里有一条小板凳大小的小黄狗，这是阿周花三十元钱买来给吴汉章做伴的。阿周见老板来了，吩咐阿青到桂林洋农场的集市上买点牛羊肉和蔬菜之类，阿周亲自下厨准备午饭。李纪行、王桃与吴汉章就在吴汉章住的一室一厅的屋子里聊天。

吴汉章憋不住了，便试探着问李纪行，说："纪行，你还记得仝坤吗？"李纪行一愣，说："怎么不记得，你见到他了？"吴汉章一看李纪行的神色，觉得他并不排斥见见仝坤，是自己多心了，于是卖个关子，说："远在天边，近在眼前哪。"李纪行忙问："汉章，此话怎讲？"吴汉章说："仝坤，就在海口呢。"李纪行急忙追问："你怎么知道的？"吴汉章说："年前，我回了太原，除夕的中午，与朋友吃饭时碰见了仝坤，大老板的样子，和我有多年没见面了。我说过了这个春节，就到海南来，他一听就来了劲儿，说他也有这个打算，要来海南闯一闯，改革开放下海潮，让他也激动起来了，说多少年了，急着要见见你。”李纪行说：“仝坤和我十多年没见面了，我大学刚毕业等分配时，见过他一面，那好像是一九八二年初的样子，当时王桃大概才是初中生吧？”王桃说：“一九八二年，我读高一了。”李纪行继续说道：“仝坤和我小学同学，后来分手了。我们小学刚毕业，赶上‘文化大革命’，他由于家庭原因，初中也没念完，就辍学到了社会上，混迹江湖。”吴汉章说：“听说他的父母亲都是高干，‘文革’期间受到了打击，一个好好的家庭毁了。”李纪行说：“当时，山西的两派斗得很凶。他父母亲被揪斗受迫害，我父母亲也被揪斗了。当时我还小，不懂事，反正‘文革’时期，好坏分不清楚。刚刚开始时，仝坤因为与我父母亲是两个派系，对我们家还有敌意。后来见我父母亲也受批斗，他们互相才消除了隔阂，但总觉得不是一派人，关系不那么好。他们家的情况十分复杂，他有一个弟弟叫仝明，“文革”期间受苦受难，听说后来到了唐山。再详细的，我也不知道了。不过后来听人说，仝坤经商生意做得很大，人们都说仝坤发了大财。”

午餐已经备好，阿周的厨艺颇佳，海鲜更是海南人的拿手菜。吴汉章从山西带来的老白汾，早就喝完了，这几天阿青给他买了十几瓶本地的海马酒，颜色像老陈醋，进了嘴里像喝中药。小瓶包装，一小瓶二两，每顿一小瓶，这几天喝习惯了，反而觉得离不开了。五个人一桌小酒席，阿周、阿青的海南话只能听懂一半，可山西话阿周、阿青都听得懂。王桃说：“吴大哥，你一个人来海南，嫂子在太原，长期下去怎么行，不如也把嫂子接过来。”吴汉章一笑说：“你嫂子怕海南热得受不了，还有小孩正在上学，一时半会儿来不了。我在这里挺好的，你们放心。就是纪行，能不能在这里安一部电话，我联系外面也方便一些。”阿周说：“吴总喝的是保健酒，强身壮阳，身体好着呢。”阿青有点木讷，不会说话，只是憨笑。吴汉章唬着眼，瞅瞅李纪行，又看了王桃一眼，心里想，奶奶的，还壮什么阳，再壮不把老子壮死啦。他拿起小瓶，吱溜一口。李纪行看着吴汉章的样子，只想笑。李纪行又问：“汉章，仝坤住在哪儿？”吴汉章说：“仝坤来了海口就找到桂林洋，桂林洋就这十几个虾塘，马上就找到我了。他来过一次，还带个女秘书，说住在望海大酒店。”李纪行嘴里没说心里就想，仝坤从小就不是一个省油的灯，便说：“小王，明天派人给吴大哥买一部大哥大送来，安接固定电话，邮电局办理手续麻烦，怎么样？”王桃痛快地说：“早就应该给大哥一部电话了，电话慢慢申请安装，明天先送一部大哥大来，免得耽误了大事。”吴汉章一听，两只小眼笑眯成一条缝，觉得王桃虽然年轻，但是善解人意，这回对她的感觉又增加了一份好。

饭后，李纪行叮嘱吴汉章，明天拿到大哥大再联系仝坤，约定好会面的时间地点。吴汉章高兴得屁颠儿屁颠儿在地上转圆圈儿，借着酒劲赞美王桃年轻漂亮聪明贤惠，谁娶作媳妇是谁的福气。李纪行听着全身酥麻好不自在，心里想着吴汉章这家伙，乘人之危见鸡取卵顺水推舟，可不是个好鸟，但又没法说他半个不字呢。

下午三点左右，李纪行和王桃从虾场出来，王桃径直把红色子弹头开向东海岸边。李纪行也看出王桃的心思，二人一起相处快一年了，有些事情不用说，使个眼神就知道什么意思，所谓心心相印。王桃把车停在靠近海岸线的大路一边，再前面是几十米宽的红树林，过了红树林就是海水沙滩。二人穿过树林向前走，树林没有路，里面杂草丛生，坑坑洼洼，王桃脚上穿着半高跟鞋，不敢大胆地往前走，回头看着李纪行，就用左手捉住李纪行的右手，拉着李纪行向前走。走出红树林，便见面前是白白的沙滩，左右看去，沙滩连绵没有尽头。再抬头远望，顿时觉得天宽地阔，大海碧蓝一望无际，海浪一波赶着一波滚动着冲上沙滩，此起彼伏，发出轰隆隆哗啦啦的声响，抛起白色的浪花溅落在沙滩上。

自从去年重返海南，王桃就拿定主意，要在海南创业，走出一条自己的路。从李纪行的遭遇，她虽为女性，也看出官场的风险很大。她确信李纪行是冤枉的，但是也有他的失误，认为自己也没有尽到责任，心里很内疚。但是苦果只让李纪行一个人吞下了。她辞职下海，想要助李纪行一臂之力，让他寻回一个男人的尊严。桃园饭店经营得很成功，她快慰自足。但是一波未平一波又起，陶青春出走美国，李纪行涉案被抓，她千方百计地解救李纪行，终于水落石出，还他一个清白。春节期间，他父母亲来海南，一是看看女儿的生意做得究竟如何，二是说服女儿早点找个对象。老两口在太原托人给王桃找，姐姐王媛也帮着找,可是老两口发现王桃对此无动于衷。老两口对此有些失望,初七就返回太原去了。王桃父母和姐姐姐夫都见过了李纪行,对李纪行的家庭人品无可挑剔,但认为李纪行终是有妇之夫,这件事情说不出口,不知道王桃自己怎么想。难道王桃就这样等待下去,其结局又如何呢?

以李纪行的聪明和阅历,他对王桃的内心世界也有些猜测,觉得王桃对他的感情超过一般的同事和朋友。他内心有些矛盾,希望王桃能够找一个好对象,王桃年轻漂亮有文化,正是鲜花盛开的时候,但又怕见到这样的结果。他觉得王桃没有男朋友不着急,一心一意跟着他,让他肩上多了一分责任。

二人今天在一起,没有太多的话,静静地坐在沙滩上看海。远远看见三三两两拾海的人,在沙滩上低着头走走停停,寻找着海的收获。海的东边有一个小小的孤岛,那是铜鼓岭,斜阳照在岛上,泛着淡淡的金光。大海的西边,斜阳即将坠落,离海面越来越近,把天边的云朵染成橘黄色,夕阳的余晖尽管还是温暖的,但已不像正午那样炽热。大海的对面就是大陆,大陆突起的轮廓依稀可见,那轮廓后面应是长江和黄河,一座座高山的下面该是广阔的平原,平原的绿色田野上,遍地的炊烟已袅袅升起,也应是渔歌唱晚犁牛归家的时候了。高山的后边是夕阳,夕阳山外山。

二人开车进入海口市区时,已经夜幕垂落,灯火通明了。

海甸岛白沙门村。潘建翔真像是热锅上的蚂蚁,已经是夜间十点多,仍然没有一个电话打过来。他在地上来回走动,不时地看一眼那部红色的电话机。这是一个仅有十几平方米的小房间，一张单人床，一个行李卷，一个电灯泡，一张桌子，一把椅子，一个饭盒，一个羹匙，只有筷子是双的。最奢侈的摆设就是一部红色电话机。他的房间连个卫生间、厨房也没有，什么都是单一的，没有多余。这就叫打光棍儿，光棍儿的最大特点就是简单，一人吃饱全家不饿，穿鞋搬家锁门走人，看报不抬杠，骂人没反响，弹琴独唱，孤芳自赏。禅，则是光棍儿的最高形式，此不可亵渎也。

前些天，潘建翔找过王桃，询问丁兰老师有无消息。王桃让他听电话通知静候佳音。他特意花钱装了一部电话，约定每天晚上，一有消息电话联系。他继续卖花，并很欣赏自己“花仙子”这个雅号，卖花是为了找丁兰，找不到丁兰，卖花就失去了精神上的寄托，那就是为了卖花而卖花。他卖花是为了一种生命价值的追求，心里很充实。

潘建翔不清楚自己为什么爱上了丁兰，丁兰是他的老师。爱慕一个人可以，但爱慕不等于占有，不等于成为情人或者夫妻。他想不起来是哪一次上舞蹈课，是被她的哪一个动作，或者是一个眼神迷住了，让他深入心底走火入魔。或者是她身体的哪一个部分，让他深藏脑海挥之不去。人类之爱无法理解，大概爱有深度又无止境。有人试图用因缘与巧合解释个中原委，那等于没有说，因缘又是什么呢？难道是前生来世冥冥之中的因果传奇，还是你来我往投桃报李一个眼神的瞬间传递？

“嘀铃铃，嘀铃铃”，电话机终于响了。潘建翔急忙抓起电话，手却在发抖。电话里传来王桃的女高音："喂，小潘，有好消息了，丁兰找到了。"潘建翔急问："她在哪里？"王桃说："明天上午九点钟到百花仙子美发店。"潘建翔忙应答说："好好好，好。"潘建翔放下电话，紧张得一头汗水。夜难熬，盼天明。

第二天，星期日。上午八点时分，花仙子潘建翔已在百花仙子门口来回游荡，眼巴巴等待着美发店上班开门。九点钟，李纪行、王桃、符雅妹、刘羽飞，都准时到达了。店里几十位员工也已全部准时上班。在一个大的贵宾房子里，王桃把潘建翔介绍给符雅妹和刘羽飞认识。符雅妹把找丁兰的有关情况说了一遍。

原来，在百花仙子开业时，王桃把找丁兰的事交代了符雅妹。符雅妹参与了在三亚追林涛、杭州捉马前，对这件事充满信心，何况刘羽飞对雅妹是言听计从。刘羽飞用了半个月的时间，与海甸岛、海府路、海秀路、国贸区，大大小小上百个美容美发店，都一一建立关系取得联系。因为他们判断出，像丁兰这样有身份的女士，必然每月要到美容美发店来个一两次。就是不知道丁兰常去哪家店。昨天下午，浪子回头美容美发店女老板田苗苗打来电话，说有一位北京口音的丁女士光顾她的店里，这位女士三十多岁，说自己住在海大教师楼，像是要找的那位丁兰老师。田苗苗与符雅妹约定，今天上午先到浪子回头美发店见面商议，然后再去海大调查了解。

李纪行、王桃、潘建翔、刘羽飞、符雅妹五人，乘王桃开的红色子弹头汽车，到了海府路省政府对面的浪子回头美容美发店。

浪子回头美容美发店，档次高、规模大、项目多，一楼是美容美发，二楼是桑拿保健，三楼是歌舞厅，每一层约有一千平方米。车一停下来，李纪行等见田苗苗已在门口等候，因为是同行，自然多了几分亲切。田苗苗陕西咸阳人，二十七八岁的模样儿，北方女性的柔美和优雅集于一身，明眸皓齿，美腿粉臂，白皙端庄，身材修长，瘦一点显少，胖一点显多，瓜子脸，短头发，白衫绿裙，不妖不艳，一朵水莲花。她招呼大家快进店里，沏茶倒水十分热情。符雅妹把来人一一做了介绍。田苗苗就开始叙述他见到丁兰的详细经过。

田苗苗说，昨天下午四点多钟，店里来了两位女士，一位中国人一位外国人，都是高挑身材，有一米七上下。外国那位女士更高一些，高鼻深目，黄发飘逸，有二十五六岁，上身白色衬衫，下穿紧身牛仔裤，肥臀蜂腰，像是留学生。那位中国的女士，看上去三十岁左右的样子，文静秀美，举止优雅。让人一看就想到《红楼梦》里薛宝钗。

田苗苗回忆说，当时，店里的师傅招呼两位女士就座，二人分别坐在两个相邻的椅子上。男一号大维师傅，女一号丽云师傅，分别给二人服务，大维师傅山东人手艺好长得帅，他负责给那位外国女士服务。丽云师傅讲话甜美技艺一流。在征求客人意见时，外国的女士听不懂大维的山东话大维的家乡话把山东人说成山东银。交谈时，那位女士就只好当翻译了。

一个多小时的按摩洗剪吹烫，丽云师傅拉近了与客人的距离。丽云得知这位中国女士姓丁,是北京人,来海南一年半了。外国女士叫丽娜,来自加拿大,是海大外语系的老师,住在海大教工宿舍楼。田苗苗很客气地送走两位美女老师,马上给符雅妹打了电话报告消息。

听了田苗苗讲述,大家分析这个女士可能就是丁兰。于是决定下午三点左右,到海南大学做进一步了解调查。

下午三点钟。因为是周日,学生不上课,校园里的学生显得特别多。在校园的西南角是教师宿舍楼,有十几幢,高的有十几层,低的只有六层。王桃一个人开车,从东门进入校园,问清方向后,把车开到了校园的西南角。车刚停在路旁边,已见潘建翔走过来迎接她。

王桃从车上拿下一把花伞遮阳。她一看潘建翔的样子,显然是特意的打扮,西装革履绅士风度。她笑着问:“小潘,雅妹、苗苗还没来吗?”潘建翔说:“还没见她俩来。王桃姐,你中午没有休息?”王桃笑笑说:“还休息什么,找丁兰要紧啊。”潘建翔不好意思了,说:“王桃姐,谢谢你。”正在说话间,见一辆大奔驰开过来,停在王桃的车旁边。二人一看,是田苗苗和符雅妹从车上下来了。

四个人一商量,决定分头行动,守候在教工宿舍楼下面,只要有人从楼里出来,就可以看到。可是四个人中,只有潘建翔认识丁兰,田苗苗认识的那位女士,是不是丁兰还不确定,所以一见有三十岁左右的女士从楼下出来,田苗苗、潘建翔就来回地奔波看人。

四点钟。一男一女从楼里出来了，女士带着一把长柄伞。这位女士正是昨天那位美女，男士却是一位个子高高的外国人。她赶快跑过来叫潘建翔。相隔只有二三十米远的地方，潘建翔看清了，这位女士就是丁兰，没错，就是他日思夜梦的丁老师，丁兰。

潘建翔傻眼了，他眼花缭乱了，站在那里发呆。他看见丁兰右手撑着伞，而那个外国男人搂着丁兰的腰肢，分明是一对情侣。丁兰被搂着腰，向他走来，越来越近，从他眼前从容地走过去，她并没看见他，她也不认识他，越走越远，越走越远。潘建翔此时脑海一片空白，从天上到地下，一落千丈。他的眼大睁着，嘴大张着，都张到极限，耳朵嗡嗡响。他看不清楚，听不清楚，想不清楚，也不清楚究竟发生了什么，他这是为了什么，希望，期望，失望，绝望，瞬间发生着转换。理想与现实，距离是一万光年。当追求，深深的追求，在一瞬间落空的时候，虚脱，懊丧，悔恨，无奈，接踵而来。无聊，梦中情人，单相思，这不是恋，也不是失恋，一个人的圣经，太荒唐了。他眼前一黑，没有站稳，轰的一声，倒了下去。

王桃、符雅妹、田苗苗三个人，见潘建翔跌倒了，急忙上前去扶救，王桃扶着潘建翔的脖子，说："可能是中暑了，我车上有水，雅妹取一下，一会儿喝点藿香正气水。"符雅妹上车取了三瓶水，递给王桃和田苗苗，然后说："你俩照顾小潘，我去看一下。"符雅妹飞也似的跑走了，立即无影无踪。

过了约莫十来分钟，潘建翔慢慢苏醒了。潘建翔一看躺在王桃的怀里，一个激灵坐了起来，说："我晕倒了，不好意思，王桃姐，苗苗姐。"王桃说："不要紧，你中暑了，一会儿到我家，我家有藿香正气水。喝了就好了。"田苗苗打开一瓶水，潘建翔喝了几口水，站了起来。

一会儿，符雅妹急急忙忙回来了。王桃问道："丁兰哪去了？"符雅妹说："我跟踪了一会儿，见两人小夫妻一样，亲亲热热地，到了舞蹈教室，我就返回来了。"

李纪行坐在办公桌前，拿起一支笔，写下两行字：还君一钵无情泪，恨不相逢未剃时。他刚一写完，听见楼梯响，王桃、符雅妹、田苗苗、潘建翔四个人推门进来了。

看来名花有主了。

丁兰以这样的方式出现，是潘建翔万万没想到的，沸腾的温度瞬时降至冰点，感情的落差瀑布似的急转直下。如果能够把生死的绝恋降格至朋友的情谊，那只能算是无奈的补救，吃不到猪肉看猪哼哼，饱了眼福饿了肚皮，没有什么实际的意义。彼此相忘于江湖，则是最好的选择。在潘建翔脑海里，曾经幻想过几多与丁兰相见相识相恋相依相伴的场景。欲寄相思千滴泪，天涯流落思无穷。携手佳人，和泪折残红。驿外断桥边，寂寞开无主。已是黄昏独自愁，更着风和雨。凄凄，惨惨，戚戚，怎一个愁字了得。这一切都过去了，百日兰花美梦，如今已成泡影。万事皆空，只能是黛玉葬花去了。

李纪行说："小潘，我去杭州时，一位叫慧空的禅师临终前，写了一首诗，是弘一大师的《春游》，今天送给你。我也把书写的苏曼殊的一首诗送给你,请你多多保重自己。人生的道路,还长着呢。”潘建翔说:“谢谢李主任,谢谢王桃姐,谢谢大家的关心。”

潘建翔打开一幅一看,《春游》诗一首是:“梨花淡白菜花黄,柳花委地芥花香。莺啼陌上人归去,花外疏钟送夕阳。”打开另一幅,是苏曼殊的《本事诗》:“乌舍凌波肌似雪,亲持红叶索题诗。还卿一钵无情泪,恨不相逢未剃时。”

潘建翔带着两幅书法作品,告别了几位好心的朋友,独自回了海甸岛白沙门村的那个小家。

第二天,海口大英山机场,潘建翔乘飞机回北京。他抬头看看天空,天仍然是那么蓝,朵朵白云飘过,情丝连着恨缕。他长长出了一口气,他终于清醒过来了。

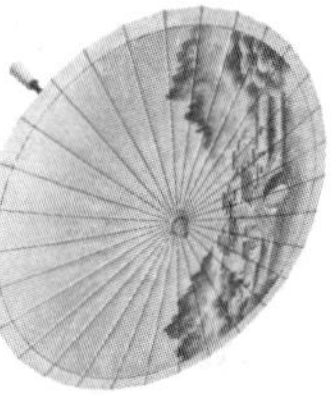

拾柒章　命铁

这几天,陈大虾就是忙,他把明泰大酒店的事全部托付给江美丽打理,自己每天早出晚归,到琼山县找地看地。他的保安队长孙云换了岗位,给他当了司机。陈大虾要开发房地产了。

海口市南面是大英山机场,机场南面是红澄湖,红澄湖南面是琼山县,从地域上看不出分界来。陈大虾看的地,在海口和琼山之间。地块有一百多亩,临近红澄湖南边,一半属于海口,一半属于琼山。海南省的建制是省管县市,琼山县不属海口市管辖,先要到省政府批准立项,再在两地政府办土地证手续。去年李纪行买地买了个空壳,陈大虾汲取教训,从征地开始做起事必躬亲,虽然麻烦一些但不会出大问题。他认为,必须看着食物咽进肚里,还不能让它吐出来,才能万无一失。他省市县跑了半个多月,仍然没有落实到位,他连一个字的批文也没拿到,每天与中间人喝酒吃饭,茶艺馆里吹牛上火就是办不成事。司机孙云看在眼里,急在心上,建议陈大虾找个有能力的人参谋参谋。陈大虾抽着中华烟,坐在办公室里冥思苦想着,突然大腿一拍,笑出声来了:嘿嘿,每天辛辛苦苦的,一边放着诸葛亮,此时不用更待何时?

陈大虾举着大哥大:“喂,李主任好,多日不见,忙什么呢?也不打个电话,老弟我想你哪。”陈大虾高声大嗓门,对李纪行的思念之情溢于言表。电话里说:“陈总好,这几天应酬多,抽空见个面,我也想你啊。”李纪行的回话,正中下怀,陈大虾激情高涨:“今天晚上想请你吃个便饭,你说到哪儿好呀?”电话里回复说:“哪儿都行,听你的。”陈大虾说:“晚上时间充足点,到海龙王好不好?”陈大虾没有想到,就是在海龙王认识了林涛,才让李纪行栽了个大跟头。李纪行那边回话说:“好吧,海龙王就海龙王,我和王总一起去。”

夜晚。海龙王酒楼门口。

王桃把车门口一停,陈大虾便快步迎了上去,李纪行下车,王桃去停车。陈大虾握住李纪行的手,说:“李主任,多日不见,你吃胖了?”李纪行一笑,说:“你的气色也很好,快当爸爸了?”陈大虾笑着说:“快了。李主任,你什么时候结婚?”李纪行问:“与谁结婚?”陈大虾说:“王桃呀。”正说着,王桃从停车场走过来了。两个人笑笑不说了。

三人进了鹿回头包厢,见孙云一个人坐在沙发上,孙云忙不迭站起来说:“李总,王总,请坐,请坐。”他对陈大虾说:“陈总,菜点好了。”陈大虾说:“李主任,我从酒店带来两瓶茅台,是贵州的一位朋友送给我的。”李纪行手一摆,说:“我喝不了酒,啥酒都一个味儿。”陈大虾说:“少喝点没关系,好久不见,我想你呀。”吃饭一共才四个人,鱼鳖虾蟹上了一桌。王桃说:

“陈老总，你也太客气了，上这么多菜，怎么吃得了啊。”陈大虾举起酒杯：“李总，王总，我们慢慢喝，来，孙云点的菜，他怕点不好，就多点了些。别客气，海鲜不饱人。来，干一杯。”王桃和孙云开车，不敢多喝，只是意思了一下，李纪行和陈大虾，两人一饮而尽。

酒过三巡，话便多了起来。陈大虾直性子，肚里藏不住话，他带着酒劲儿，说：“李总，王总，我想说件事，帮我参谋参谋，海南房地产正在红火，我也想搞房地产开发。不瞒二位说，我看准一宗地块，省市县，跑了半个多月，连个纸条也没拿到手，越跑越没头绪。你二位在政府工作过，给我出出主意，要不我们两家合作，一起开发也行。”李纪行问：“陈总，你开发房地产，是用什么名义？”陈大虾说：“我以明泰大酒店，先拿地，后开发，不可以吗？”李纪行想想说：“当然可以，明泰大酒店扩大经营范围，也可以做房地产，不过会慢一些，政府如要进一步对明泰大酒店进行资质审核，做资产调查，债权债务等等，就比较麻烦。你让绣花的去打铁，总非所长，所谓闻道有先后，术业有专攻，为了加快征地速度，最好是新组建公司，无牵无挂，海南还有招商引资的优惠政策。我香港有个同学，让他从香港回来，以外商投资，在海南注册公司，名正才能言顺，这样子速度快一些，有政府的大力支持，就少走弯路，可以办成。”陈大虾一听，茅塞顿开，喜不自禁，他高举酒杯，说：“李主任，李夫人，听君一席话，胜读十年书，引进外资，注册公司，银子开路，政府支持。哈哈，难怪我跑了半个月，没有一点儿头绪，原来是方向不对啊。来来来，喝酒喝酒，敬你们夫妻二位。”王桃笑笑说：“陈总喝醉了。”陈大虾喝酒高兴，一想说错了，改口说：“我敬二位老总，再干一杯！”

晚宴即尽。陈大虾最后说，如果要组建一个房地产公司，让李纪行当个小股东，并且给公司起个好名字。大虾请客达到目的，一桌海鲜几乎没动。

回到龙跃别墅区，已是晚上十点多了。

李纪行今晚喝了不少酒，脸色绯红，异常兴奋。正坐在办公室的椅子上胡思乱想。此刻，王桃一袭粉色睡裙，像一朵粉玫瑰飘进房间来了。李纪行顿时心花怒放，呲着一口白牙憨笑起来。看来即使谦谦君子，也挡不住酒的捉弄、色的诱惑。“小王，你的的确确是很漂亮的。”李纪行一改往日的一本正经。王桃先是惊讶，后又轻轻一笑，说：“主任，什么叫的确是，难道漂亮还需要论证吗？”李纪行被王桃这么一说，竟然无言以对，转动着脑子想话题，他突然问道：“小王，你知道原子弹是怎么爆炸的吗？”王桃一愣神，牛头不对马嘴，怎么问这个问题，她说：“怎么说起原子弹啦，原子弹爆炸，高中物理老师讲过，原子核裂变就爆炸了呗。”李纪行狡黠地这么一问，解除了自己的窘境，接着说：“但是核聚变，也能爆炸啊。”王桃说：“管他聚变还是裂变，反正都爆炸。”李纪行说：“但是小王，裂变容易聚变难，世界上的科学家，至今没有研究出聚变反应堆。”王桃反驳说：“那氢弹可是聚变的啊。”李纪行说：“氢弹的聚变是裂变促成的，里外都是裂变材料，聚变材料夹在中间层，先裂变再聚变，放出更大的能量。单是聚变是完不成的,管不住原子的逃逸。把这个规律用在人事上,扩散易聚合难,分开容易合作难。”王桃明白了,笑着说:“哟,你绕了这么大个圈子,原来是想说和陈大虾合作啊。”

李纪行这次从杭州回来,多了一个爱好,那就是喜欢上了茶,他说喝茶比喝酒好,喝茶身体不难受。他不理解,吴汉章为什么那样好喝酒,难道他的胃不是肉长的?对于酒,他想今后要敬而远之,今天和陈大虾二人喝了一瓶,他自己喝了也有四两多,只比陈大虾少喝了两三杯。酒喝多了话就乱,感情冲动就失了分寸,刚才讲话舌头不听使唤,让王桃给了颗软钉子吃,要不是灵机一动借口胡扯原子弹救了一下,差点舌头没转过弯儿来。李纪行离开杭州时,盛春丽给了他一大包龙井茶,他回来后每天泡着喝。他这会儿又沏了两杯,递给王桃一杯,王桃态度不冷不热,心里知道这茶叶的来历。李纪行觉得大姑娘的心是天上的云,变化多端难以猜测,他曾好几次给王桃沏茶喝,不知道为什么王桃就是不喜欢,说这龙井茶有树叶味儿,李纪行又沏好茶,递给王桃一杯,他说:“小王,龙井茶可是好茶,只要喝上几次,喝惯了挺好的。”王桃笑笑说:“盛教授的茶,哪有不好的,我只是喝不惯,我是对茶不对人。”

李纪行虽说是醉意矇眬,但他意识到王桃话里有话,他从杭州回来后,有时谈话无意中谈到盛春丽,甚至在夸赞盛春丽时,王桃总是沉默不语。一次,二人逛街,他说与盛春丽从小青梅竹马,话还没来得及说完,一转头,王桃不见了。他只好在停车场等，过了半个多小时，王桃才回来了，李纪行发现王桃眼圈红红的。从此以后，他就不再说盛春丽了，有时与盛春丽通个电话，也要避开王桃。但是，李纪行在家中喝茶，总不能也避开王桃吧？于是乎，龙井茶就成了二人关系的焦点问题了。今晚酒醉，这杯茶又引起了紧张局势。李纪行半醉半醒，哈哈一笑说："小王，自古以来，英雄爱美，天姿国色，红颜知己，清茶一杯，相伴相惜，人生美好，不过如此。你天生丽质，谁不羡慕呢？你派人给汉章送了个大哥大，回来的人传话说，他把你夸得天花乱坠，说你美丽善良无人可比，能娶这么个媳妇是天生的福气。请问，谁又能有这个福气呢？"李纪行甜言蜜语这么一说，王桃笑逐颜开，说："你的意思是，侬是天生丽质难自弃，可惜你并非李隆基，哈哈哈。来来来，锦衣郎，碰杯茶，以后呢，少喝点酒，酒量不大，就别逞能。"王桃说着端起茶杯，与李纪行碰了一下，她大大地喝了一口龙井茶。

仲春时节，海南的天气不冷不热，夜晚仍然有蚊子，海甸岛龙跃别墅区靠近海边，蚊子也最多。王桃一袭粉色绸丝睡袍，薄如蝉翼，恍若玉树临风，更有玲珑雪肤梨花春雨，小汤碗儿似的绣花灯罩突兀坚挺，仍然罩不住青春勃发的峰峦起伏和沟壑叠嶂。一只蚊子胆子也忒大了，当着李纪行的面，竟敢从王桃胸前的幕帘开口处钻了进去，如入无人之境，偷窥那梦幻仙境般的紫电青霜，尽情地品味着蟠桃仙果和玉露琼浆。听人说公蚊子不咬人，李纪行想这只蚊子是只母的吧，母蚊子繁殖需要营养，大概才敢于胆大妄为，奋不顾身地不惜性命前来探险。

蚊子的眼睛背负青天朝下看,看得清楚那是一片乳白色的世界,黄色黑色的汗毛森林挑拨着蚊子针状的尖喙和触须。一个个穴孔深不见底,那一汪汪的清泉,从乳白色的沙漠堆驼峰群似的丘陵凹凸处喷涌而出,在这温柔的江南水乡蚊子丝毫意识不到这里可能是它的天堂福地。天堂的世界是不允许凡人进出的,人的世界也是不允许这个微小生命去随便探究的。李纪行看着王桃的胸口胡思乱想。

李纪行看到王桃忙不迭地在睡袍上一拍,胸部白雪堆上已留下红色的印记一小朵,与人类进化如影随形的小生命历来是人类的天敌,却生生不息令人无可奈何,来也匆匆去也匆匆,仅此而已。李纪行一阵天马行空地神思遐想,这时他摇摇头揉揉眼,似乎酒醒过来了。

王桃进了卫生间,用毛巾擦了擦胸前,用手一摸里面胸口处,发现已被叮咬了一个小包,痒得难受。王桃从卫生间出来,看到李纪行脸色恢复正常了,她续了一杯热茶递给李纪行,说:"主任,你房间哪来的蚊子,窗户没关严吧?海南的蚊子厉害,你看看,眨眼叮了一个包,好痒。"说着又伸进手指,搔了搔胸口。李纪行说:"小王,我床头柜里有风油精,涂抹一点就不痒了。"王桃说:"你去找找,给我抹抹。"李纪行进了卧室,找出一个小瓶瓶,出来递给王桃,王桃抿嘴微笑,说:"你帮我抹一下,在胸口这里,我看不见。"王桃说着,用手轻轻张开睡袍前开口处,将胸口白白嫩嫩显露出来。李纪行将小瓶风油精的盖拧开,低头弯腰,用小瓶子口在王桃胸口皮肤上轻轻点了两下。由于心里紧张手也颤抖，他像是点炮仗一样害怕炸了，却没有把风油精液体滴出来。王桃双手还在张着睡袍领口等待，两眼盯着李纪行，看到李纪行竟然额头冒汗气喘吁吁，手还在颤抖着，像是拿不动一个小药瓶儿的样子。王桃心里得意默而不言语，又忍着不笑出声来。李纪行这次有了经验，先在自己左手背上点了两下，好了，药液可以出来了，他第二次在王桃胸口上重新点了三四下。这次好了，药液滴多了，药水顺着胸口向下流，把王桃皮肤蚀得疼痛了，李纪行赶紧跑到卫生间，拿出一块儿小毛巾来，他将毛巾递给王桃，王桃笑了笑，拿着毛巾，进卫生间处理去了。李纪行这才如释重负，把药瓶又藏在床头柜里，重新坐在沙发上不动了。

清醒时的宁静，才是真正的享受，无声无息，万虑俱亡。李纪行觉得耳畔似乎听见春蝉的鸣叫声。等王桃从卫生间出来，李纪行便问道："小王，我今天酒喝多了，胡说了没有？"王桃睁大眼睛说："没有啊，清楚着呢，就是说原子弹爆炸和房地产合作，分裂容易，合作很难。"李纪行说："陈铁其人，虽然人说天上九头鸟，地下湖北佬，说湖北人滑头。其实，我不那么看，湖北有个红安县，古称黄州，九百多年前，北宋苏轼被贬官，大概就是那个地方，名篇前后《赤壁赋》《念奴娇·赤壁怀古》《临江仙·夜归临皋》，就是那个时候写出的。"

李纪行喝了一口茶，接着说："当时苏轼已是不惑之年。黄州成就了苏东坡，也给我们留下了用之不竭的精神财富。在战争年代，中国共产党打天下，这个红安县出了两百多位将军，称为将军县。这个地方地处大别山区，山清水秀，地灵人杰，民风淳朴。陈大虾陈铁，就是这个地方的人，来海南创业不易，我是想帮他一把。”王桃一笑说：“我是怕他又介绍个什么人，如果他自己搞房地产，我们帮一下可以。我觉得，搞房地产风险大，他的人品没问题，还送给我们一个虾塘，是个有情有义之人，但他的能力怎么样，我总觉得不放心。他的名字也怪怪的，怎么叫个陈铁，笨笨重重的，听着也不灵活。你就帮他参谋参谋，免得也出了问题。”李纪行也一笑说：“大虾说，他还有个亲弟，名字更怪，叫陈钉，才二十出头，不好好读书，家里管不住陈钉，他刚把弟弟带过来，代替孙云当了酒店保安队长。”王桃笑着说：“怎么他们家是铁匠铺，陈铁陈铁，铁还是块旧的。陈钉，好铁不打钉，都是谁起的名。”李纪行略有所思，说：“记得大虾说过，让我重起个名给他弟，我还没有想好。小王，叫铁，其实这个名字很好。几千年前，人类认识的最早一块铁，是天上掉下来的陨铁，由于铁的熔点高，地球上的铁矿石纯度低，没有形成铁块，古代的铁很珍贵。铁56，是原子核世界中最稳定的元素。重金属原子和较轻的原子都希望向稳定的结构变化。而变化的结果，最终都变成为铁，相当于不管是轻的或重的原子核，它的变化都要从悬在山顶的能量高处，向铁的谷底跌落。所以地球上铁的含量最丰富。核聚变放出的能量，之所以比核裂变更大，是由于轻的原子核在聚合过程中，相当于从山顶向山谷垂直落下轻如羽毛的一个物体，它必须聚集羽毛，变得更重更大，才能更快地向铁之谷底跌落。”

李纪行端杯喝了一口茶，继续说：“牛顿理论不适合相对论和量子力学，物质在跌落的过程中放出更大的能量，而发生核裂变的是重金属原子核，它本身也很重，在跌落的过程中，相当于一个重物在半山腰斜着慢慢向谷底滚动，跌落也较容易些，这就是聚变要比裂变难的原因。跌落过程要损失物质，损失的那部分物质变成能量，符合爱因斯坦的质能转换方程式。”王桃笑笑说：“你说的这些科普知识，几个人能懂得啊。”李纪行说：“再做个简单的比喻，聚变相当于人爬几十层楼梯，难，消耗体能大，费力。这裂变，相当于人下几十层楼梯，易，也消耗体能，省力。懂了吧？所以说，铁，这个名字是很好的。他弟弟叫陈钉，若把‘钉’改成钟鸣鼎食的‘鼎’，你说好不好？”

此刻，王桃异常兴奋，面若桃花，说：“铁鼎，大铁锅。噢，金比铁贵，叫陈金好不好？”李纪行说：“陈金，谐音成精，不如陈鼎好，又与钉同音。我给香港同学孔令轩联系一下，在海南注册一个合资公司。也给公司起个什么名，你想想。”王桃想了想，说：“你说‘铁’字好，那就用铁，陈大虾，早就是万元户了，万水千山，万象更新，就叫‘万铁’好不好？”李纪行双手一拍，说：“哈哈，王小姐，这名字好，公司就叫‘万铁’。”王桃笑了笑说道：“去你的，我是大姐！来来来，干一杯，龙井茶！”

李纪行拿起笔，在纸上写下四个大字：陈鼎，万铁。

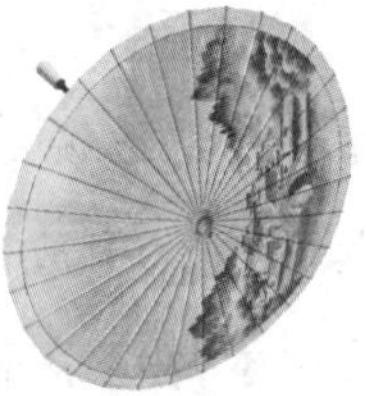

拾捌章　仝坤

这几天，吴汉章痔疮痛，屁股翘老高，走路像只鹅。他手提大哥大，巡逻兵似的，沿着虾塘转悠，阿周、阿青和渔民们在船上干活。大概是因为从山西到海南，吴汉章身体一时不适应，喝酒多了，喝水少了，必然身体干燥上火，吴汉章的老毛病又犯了。前一阵子，王桃派人送来一部大哥大，他爱不释手。大哥大像根棒槌，有半尺长胳膊粗，拿在手里沉甸甸的，键盘上红绿色的键，屏幕上显示着电话信息，和他在杭州用的一模一样，二开三关记得牢懂操作。他白天干啥都手不离机，晚上睡觉放在枕头边，阿周、阿青只能看不能摸，说这玩意儿摸坏了赔不起，价值两万多块钱是几年的工资哩。自从吴汉章有了大哥大，阿周、阿青更为毕恭毕敬，干活也比原来勤快多了，好像是在给这个大哥大干活儿，吴汉章自然也神气多了。吴汉章围着虾塘转来转去，迈着方步，心旌摇曳，怡然自得。他每天打三个电话，第一他给仝坤打了一个，问仝坤什么时候从三亚回来。第二给太原打了一个，告诉妻子他用的是大哥大，一切平安，让家人一切放心。第三给王桃打一个，汇报工作情况。他偏偏不给李纪行打电话。上午十一点多钟了,他又给仝坤打了个电话,仝坤说,明天从三亚回海口,他立即打电话向王桃报告消息。

李纪行和王桃吹着空调,坐在别墅客厅聊天。突然,王桃的大哥大响了,一看是吴汉章的电话,王桃接起电话,说:“吴总,什么事啊?”电话里吴汉章大嗓门说:“王总,仝坤明天从三亚回来,怎么见他呀?”王桃放下大哥大,低声问李纪行说:“吴总问,仝坤明天回海口,我们哪里见面。”李纪行说:“就在他住的酒店。”王桃拿起大哥大,又高声地说:“吴总,明天晚上,在他住的酒店见面。”

两人又聊了一会儿,李纪行问王桃:“今天中午饭哪里吃?”王桃想想说:“中午就到桃园饭店吧,后天中午或者晚上,我们请仝坤吃顿饭,应提前准备一下。”李纪行笑道:“还是你想的周到。”于是,二人关了空调出门,开车到桃园饭店去了。

海口宾馆在海口市中心。仝坤下午从三亚回来,就住进这里。阿周的摩托车驮着吴汉章,从桂林洋出发,一路颠簸,走了一个多小时,晚上七点钟到了海口宾馆。他用大哥大给李纪行打了个电话,约定八点钟在宾馆见面。吴汉章这番是特殊打扮,剃了个光头,戴着个墨镜,白底黑条纹,半袖海军T恤,黄布七分裤,小腿毛茸茸的,牛皮裤带露在外面。他手提一个大哥大,一会儿装在裤兜里,一会儿又掏出来,一会儿又掏出一盒红塔山牌香烟,用一寸见方的白壳汽油打火机点着,叼在嘴角,似吸非吸的,一条腿直立,一条腿弯曲,脚底板敲击着地面,打着拍子站在那儿。虽然是黑夜,他却戴着墨镜,俨然是一个特务在盯梢，街上行人走到近前，一见如此模样，都避而远之了。约八点时分，一辆红色子弹头开到宾馆门口，吴汉章见李纪行、王桃先后下车，他手提大哥大迅速迎了上去。

李纪行见吴汉章这个样子，就哈哈大笑起来了："汉章，你晚上戴墨镜，看得见吗？"吴汉章也在笑，他说："我看不清别人，那别人也认不出我啊。"王桃笑道："大哥，你不戴墨镜，也没人认识你呀。"李纪行问："仝坤住几号房间？"吴汉章说："仝坤说，在一楼大堂咖啡厅见面，我们先找地方坐下，我再打电话叫他下楼。"

王桃停好车，三人一起进了咖啡厅，在靠近窗户的位置坐下。吴汉章到了大厅，迎接仝坤去了。

仝坤在咖啡厅门口出现了。十多年未过见面，在半明半暗的灯光下，李纪行差点认不出来了。仝坤与李纪行同龄，三十六岁，一米八的个头，气宇轩昂，蓝布长袍，长发黝黑，看着看着，李纪行想起一幅油画，《毛主席去安源》，是那张画的味道，就是手里少了一把伞。李纪行从沙发上站起来，快步迎上去，毕竟老同学，多年未见面了，互相拍肩搭背，惊喜着欢叫着，一时亲热得不得了，却冷落了旁边仝坤的女秘书。

五个人围着茶几坐了下来。三位男士都是老朋友，李纪行先介绍道："这就是我小学同学仝坤，这位是王桃，也是太原人，现在我们在一起共事。仝坤说："这是苏嫚，河南郑州人，郑州大学考古专业毕业，我的秘书。王女士好，咱们是老乡，幸会幸会。"仝坤太原话说得地道，增加了许多亲切感。苏嫚和王桃一见如故，笑着点头打着招呼。

五个人坐在一起，三个男人说着话，两个女人说着话，谁也不干扰谁。聊了一会儿，王桃和苏嫚亲姐妹似的，王桃说要带苏嫚去逛逛街，男人们继续闲聊。王桃和苏嫚高高兴兴逛街去了。

此时，李纪行突然发现，仝坤的右鬓角有一条一寸长的细线状疤痕，被长发掩盖着不易看见。他问仝坤："小路，你鬓角的疤是怎么回事，以前没有啊？"吴汉章插言道："我除了头上没伤，全身都是疤，小时候打架斗殴，有时练武也会有伤。小鹿，哪个小鹿？是你的小名吗？怎么我不知道？"李纪行和仝坤互相对看了一眼，仝坤一声长叹说："汉章，说起来话长了，多少年过去了，一言难尽啊！"

吴汉章坐到沙发对面王桃刚才的位置，面对面才看清楚，仝坤的右鬓角上确有一条细长疤痕。仝坤用右手理了理头发，给他俩看，疤痕从鬓角直达头顶。

仝坤面对两位朋友，开始讲述他的故事。

"我们三人在此相会，我非常高兴。多少年来，亲朋好友们，并不知道我真正干什么，我没有干正常人从事的职业，但是这种职业，几千年来，古已有之。我说的这些话，希望只有你俩知道，不要外传的好，我从来没对人提起过。"仝坤想找烟抽，却没有带，烟留在房间里。吴汉章见状，掏出红塔山给了他一支，用汽油打火机点着，吴汉章也点了一支。青烟缭绕，心情沉重。往事如烟，不堪回首。

“我和纪行是小学时的同学。解放初期，我父亲和纪行父亲在一起工作。后来，我父亲被调一个厅局当领导。一九六六年，‘文革’开始后，父亲被批斗，被抄家关押。以后发生的事，纪行就不一定清楚了。为了安全起见，母亲把我送到雁北，雁北有一位王书记，他和我父亲是老战友。他把我送到大同市，在一所中学念初中，还没念完初一，王书记也被打倒了。王书记又通过关系，把我送到一个县城。‘文革’时期的县城，也不是风平浪静的。我念完初中时，已是一九六八年的冬天了。

“纪行知道的，我读小学时，名字叫路仝坤，我父亲姓路，母亲姓仝，取父母之姓，单名一个坤。父亲生于二十世纪二十年代，是浙江宁波人，比母亲大十岁。母亲是河南开封人，是太原工学院土木系毕业生，在太原的一个设计院工作。我一九五四年出生，与纪行同岁吧，我还有个弟弟叫路仝明，比我小六岁，‘文革’开始时还没上小学，他一直在母亲身边。我父母解放初期才结婚，孩子只有我们兄弟俩。我到了大同，为了隐名埋姓，念初一时改了名的，姓了母亲姓，叫成了仝坤，一直沿用到今天，也没有改回去。

“一九六八年的冬天特别寒冷，数九隆冬，冰天雪地，鹅毛大雪下个不停。冬至那一天，初中快毕业了，同学们都回家过冬至，我一个人住在学校。县城里的同学们一般不住校，我是唯一的一个。那天我特别想家，我想不通，为什么我成了一个孤儿。”

吴汉章耳朵听仝坤诉说革命家史，肚子里却早饿得咕咕直叫,便提议吃点东西慢慢讲。其实今晚谁也没吃饭,吴汉章想没准两个大美女逛大街,在街市摊点鸡啄米似的,东一口西一口早吃饱了。他向服务员要了菜单,李纪行让吴汉章点餐,说今天晚上将就一下,明天中午桃园饭店给仝坤接风。仝坤提议,晚上就吃点海南小吃,三个人每人要了一碗抱罗粉,几分钟就做好上了桌,不一会儿就吃完了。仝坤直夸赞,说比山西面还好吃,他也是饿了。

饭后,仝坤一边抽烟,一边继续讲述他的往事。

“南北同蒲的火车,每天要经过这个县城。就在冬至这一天,我起了很早,向值班的老师告了假,说我要回大同一趟,我妈妈病了,我得去看看。那是‘文革’时期,学校也不正规,我就背着个黄色军用书包,带着个灰色兔皮棉帽,穿着我的黄色棉布军用大衣,穿着一双黑色道绒布棉鞋,顶风冒雪离开学校,步行走到火车站,正赶上了从大同回太原的火车,我买票上了火车。由于是慢车,一站一停车,坐了一整天,傍晚才到达太原火车站。纪行,也可能是我记错了,初中毕业那年,应该是一九六八年的冬天。因为当时我回太原时,山西红总和红联,以及一些其他派别团体,正在互相武斗,太原的一些工厂都可以生产枪支,那些红卫兵、战斗队、造反派,三个一群,五个一伙,人人都有枪。当时的红总,在全省范围内是叫好派,红联大概是叫糟派。好派糟派,也搞不清楚。当天夜里,我回到北肖墙的家,我的家门却挂着锁,我等了两个多小时,不见我妈妈和弟弟回来,又不敢轻易去问邻居,因为当时我已经懂事了。我忽然想起,妈妈曾吩咐过我,万一找不到她,就去找郭阿姨。郭阿姨和我妈妈在一个单位工作,住在河西区,离我家很远。我连夜转了几站公交,过了迎泽大桥,赶到河西的设计院,找到郭阿姨的家。小时候,妈妈曾多次带我到过这里。已经是夜里十点多了,郭阿姨正好在家,她问了我的情况,忙着做饭给我吃。这天夜里,我就在这儿住下了。郭阿姨告诉我,我爸爸还被关押着,我妈一个月前就带着小弟走了,可能回了河南老家,也可能去了别的地方,她留下一封信。郭阿姨把信交给我,信封密封着,我打开信封,里面只有二指宽的一个纸条,上面只写了两个字:洛阳。我当时猜测,字有两层意思,一是妈妈在洛阳,二是让我去洛阳。就这样,我从雁北回了太原,无家可归,只找到了一张字条。我想,这是在那个非常年代,作为自我保护的一种方式。

"第二天早上,郭阿姨给我了一百元钱,我回太原时身上只有十几元钱了。我乘坐太原到郑州的火车南下,坐了一整天火车,睡了半个晚上,半夜两三点,到达郑州火车站。我被列车员叫醒了,睁开眼一看,我躺在窗口的位置上,车厢里只剩下我一个人,我太累了,睡过头了。

"我的黄挎包还挎在肩上,黄棉大衣还披在身上,我匆匆忙忙下了火车,走出车站,又寻找长途汽车站,准备乘坐汽车到洛阳。我打听到前面不远的地方,就是长途汽车站,走一会儿就到了。售票窗口排着长队,也有插队的人,好不容易排到了,准备买票,从黄挎包里一掏钱,我傻眼了,钱没了。我慌慌张张,浑身上下兜里找,连个五分的钢镚儿也没找出来,我这时才意识到问题的严重性,一屁股坐在地上,哇的一声哭了。

“一个十三四岁的孩子,在这个举目无亲的地方,身无分文,又是在当时那种混乱的环境下,那种感受,没有尝试过。哭了一阵儿,我站了起来,我想起我爸爸给我讲的故事,他说罗成十二岁走南阳,说的是隋唐演义瓦岗寨的故事,激励我男子汉大丈夫要做英雄少年。问题是我没有钱怎么去洛阳呀?怎么去找我的妈妈和弟弟?

“我从汽车站返回火车站,看着郑州火车站来来往往的人群,我幻想着能不能见到个熟人,这个熟人最好是山西的,能把我带回太原,我再还钱给人家。到了中午,我已经饿了,没有见到一个熟人,又到了下午,一直到天快黑了,还没有见到一个熟人,我确实饿了。

“看来,人生在世,吃饭是最重要的,一切的一切,没有饭吃都是空话。死不足惧,但是民以食为天,我必须吃饭,我不能自己把自己饿死啊!

“我已经有气无力了。二十多年前,所有的商业供销社,都是公有制的,政策一刀切,把资本主义尾巴全割了。我在车站附近看到一个饭店,进了饭店一看,现蒸熟的白白的大馒头,放了一大笸箩,但是要先交钱,才能买到馒头。怎么办?去要个馒头吃,那不就是讨吃吗?讨吃,我似乎顿悟了,原来讨吃,就是这么来的,是从要饭来的,进而发明了专有名词,乞丐,叫花子。我从小在心里面鄙视那些要饭的,认为这种事离我很远,我怎么可能去要饭呢？读书成才，当科学家才是我的梦想。现在，这种事在我身上变成了现实，我怎么办呢？要个馒头吃？怎么要？阿姨，给我个馒头，我饿了。

“她会给我吗？如果她能够给我馒头吃，我保证一辈子，只要这一次饭，只要一次饭，就不叫讨吃，不叫乞丐。如果人们知道我要过饭，让老师同学知道了怎么办？那样的话人们会看不起我，甚至会起个外号，叫我小讨吃。我老爸说，过去战争年代，有许多穷人家讨吃的孩子，后来当了将军，我能当将军吗？强盗，强盗是小偷发展起来的，小偷强大了，不就是强盗吗？强盗不愁饭吃，强盗不会去抢几个馒头，强盗要的是金银财宝，有句话叫强盗逻辑，说明盗亦有道，强盗逻辑不合法，但也讲道理的。比如说，活人还能被饿死？这就意味着，只要为了不饿死，大概什么事都可以干。老师讲在人吃人的旧社会，我原以为是地主资本家是吃人的，这个时候我又顿悟了，人饿了实在没有可吃的，真是要人吃人的，以避免饿死。饿的感受大概人人都有，快要饿死的感受，不一定人人都感受过。我后悔从太原坐火车到郑州，为什么在火车上没有吃点东西呢？如果在火车上买点东西吃了，就不至于饿成这个样子。也许钱也丢不了，早早发现报告列车长，没准还能找回来，或有列车上的叔叔阿姨哥哥姐姐帮助。我觉得四肢麻木，头晕眼花，胃里像是着火了。我想这个样子小偷也当不了了，小偷必须能跑，眨眼之间无踪无影，可我已经走也走不动了。当强盗谈何容易，英雄少年更不可能了，做罗成那样的隋唐十八条好汉更不沾边。我站在那里,胡思乱想,笸箩里白白的大馒头,在我眼前变成一个个小坟丘,突然我什么也不知道了。

“当我睁开眼睛的时候,发现我躺在一张床上。翻身一看,床边有个床头柜,柜子上有个大瓷碗,瓷碗里放着两个大馒头。上边那个馒头高过碗边儿,严格说这个大瓷碗虽大,却放不下两个大馒头,可见馒头之大,大大的馒头。我以为这是在做梦。

“当时,说时迟,那时快,我不知道哪儿来的神力,一个翻身爬起来,一只手抓起一个馒头。这个世界上的一切,对我都不太重要啦,都不如馒头好,馒头是我的命,我只需要馒头,没有馒头就没有我。妈妈生了我,但妈妈现在不在这儿,这两个天使般的馒头,现在救我来啦。我稀里糊涂叽里呱啦想不清闹不明,馒头顷刻不见了,看看左手,又看看右手,什么也没有啦。

“看右手有点白面渣,我用舌尖舔了舔,看左手却没有渣。不管有渣没渣,我意识到这两个白白胖胖的馒头娃娃是被我吃了,我摸摸肚子没有反应,但我坚信馒头不会飞走,它肯定被我狼吞虎咽顷刻化为乌有了。我证实了我的判断没错,我长长地出了一口气。

“这时候我才开始寻思,哪儿来的这两个馒头,这不是做黄粱梦吧?我用右手拇指甲切切我的脸,痛。看看周围的环境,房间不大,一根电线,吊着一个灯泡,灯泡不太明亮,光线有点发黄,一张床,我刚才睡的这张床,薄薄的褥子,没有床单,一床被子也是薄薄的,都是白色的,没有刚才那个馒头白。我的黄棉军大衣和黄挎包都在床上扔着。我这个时候才感觉到冷了，我也纳闷，白天在车站前的电线杆子下边，风飕飕地吹着不觉得冷，所谓饥寒交迫，反而在家里才觉得冷了。看来，饥饿起来时就顾不上寒冷了。

“正在懵懂着，门开了，进来一个和我个子一样高低、年龄大小也差不多的孩子，黑黑的瘦瘦的，脸瘦得看脸上全是眼，两只大眼睛。这个精瘦黑的小孩儿，准确地说像是一个非洲饥饿儿童，但却十分精神。他叫什么名字？一笑，满口小白牙特别显眼。他一见我就高兴坏了。他大概认为有了我，就有了小伙伴玩了。这个小什么把我从这个房间引出来，出了小院到了大门口，有一辆旧自行车早放在那儿，小什么迅速打开车锁，飞身上车，我就坐在车后面铁架上，自行车沿着郑州的大街小巷，拐弯抹角地鼠窜，走了足有一个小时，才来到一个去处。我既不知道原来那个地方是哪儿，也不知道现在到了哪儿。

“我们两个小男孩儿共骑一辆破旧自行车，严冬的寒风飕飕地吹着，刮得耳朵生疼。黄色军用大衣，灰色兔皮帽子，也难以抵御冬日夜晚的寒流。一路上我就想问小什么你叫什么名儿？我们要去哪儿？但寒风吹着没有顾得上问清楚。反正我想，无缘无故有人给我馒头吃，肯定不是坏人，再说即使是坏人，拐卖我一个男孩子能有什么用？说不定碰上好心人了，小什么是要把我带回他家去？此时，自行车停在一个大门口了，大门楼高大宽阔，高墙围着一个院子。看看周围，没有高楼大厦，大多数是平房，我想这大概就是郑州市的郊区了，就像太原市郊区柴村移村什么的，虽然也叫太原市，却像农村一般没有两样。

“推门进院，院子宽大，玻璃窗透出灯光。看正面有五间房，还有两间西下房，一进大门道的西边，也有两个房间。小什么敲敲正房的堂门，一位年轻妇女开了门，他像我妈妈那么年轻，看着顺眼善良。她叫了一声小雷，问天冷吗？说快去西房热热身子，仲老师在里面等你，他正在担心着哪。”

仝坤讲到此地，王桃、苏嫚回来了。李纪行问道：“小王，你俩吃晚饭了？”两个大美女只笑不说话。吴汉章说：“她俩没饭吃？恐怕早就吃饱了。”李纪行说：“小王，我们三个老朋友，多年不见了，多聊一会儿，你和小苏先回房间休息，走的时候我叫你。”两位美女巴不得这样子，王桃高兴地说：“好好好，你们多聊聊，我们上房间去了。”二人手拉手，离开咖啡厅，便上楼去了。

已是晚上十点钟了。仝坤讲述的往事，李纪行和吴汉章以前不知道，都很同情仝坤的不幸遭遇，吴汉章掏出红塔山香烟，三人每人点了一支，想缓和一下沉重的气氛。仝坤一口气喝了一杯茶，哀叹了一声，继续讲他的往事。

“该讲讲仲老师的故事了。这个精瘦黑的孩子叫小雷，他把我领进西边房间，这个房间是个书房。我第一次见到仲老师，与我想象的完全不一样，他三十多岁，戴着塑料框架的桃形眼镜，白白净净，文质彬彬，慈眉善目，身材笔挺，留着就像我现在的这种长头发，穿着白衬衣黑西裤。这完完全全是我们大同中学校长的样子。我想象中会被小雷带到一个满脸横肉的家伙面前，说不定让我干什么苦力活，甚至还会用皮鞭抽打我。这个时候我完完全全闹蒙了。

“那位顺眼的阿姨是仲老师的夫人，她从暖瓶给我倒了一碗温开水，我注意到，碗是白底青花瓷的，有密密麻麻横七竖八的破绽，我以为是个破碗会漏水的，其实一点儿也不漏。这时我才觉得渴了，一口气喝了一大碗水。

“仲老师开口了，问我，孩子，你叫什么名字啊？哪里人？是不是没吃饭饿昏了？我让小雷陪着你，这是我家，我是仲老师，我叫仲由。仲伯的仲，单人旁，右边一个中国的中字。由是自由的由。仲老师边说，边用手比画着笔画。

“仲老师家里很暖和，我的身体暖和过来了，已经有了精神，神志也恢复了正常。我便说，老师，我是从太原来的，我叫仝坤，人工仝，土申坤，我在火车上把钱丢了，没钱买饭吃，饿晕了，谢谢您救了我。仲老师又问我打算到哪儿去，我说我要到洛阳去，去找我的外婆。仲老师哈哈一笑，你妈妈是河南人，那我们就都是一家人了。今天晚上，你和小雷在南房休息，南房也不冷，已经晚了，明天再说我送你回洛阳，不要担心的。

“这一夜我失眠了。我的初中老师早就说过，世界上没有无缘无故的爱，也没有无缘无故的恨。这位仲由老师，他为什么要救我呢？我莫名其妙。

“第二天早上起床后，推门出院一看，我大吃一惊，鹅毛大雪满天飞舞，院子里，房顶上，已积了半尺厚的雪，雪花把天上地下搅成白茫茫的一片。我很懊丧,心想:这下是去不成洛阳了。仲老师从正房出来,他在西房外的墙角取了一把铁锹,开始铲雪,他把院子周围的积雪向院子中间的空地上堆积。小雷也起床了,他身上裹着个黑棉布大衣,从墙角取了一把扫帚,在仲老师铲过的地方,把雪扫到院子中间。我只是观看,观看他俩配合着干活,仲老师让我先回房间去,说外面寒冷小心感冒了。我却不好意思,他们干活我不能躲在屋里,我说找个铁锹,我也会铲雪,我在山西大同念书时,冬天也经常铲雪,还堆雪人呢。于是我们两把铁锹一把扫帚,不大一会儿,院子里的积雪就全部堆积起来了,在院子中间垒成一个大雪堆。

“早餐是馒头小米粥加咸菜,还有一盘蒸红薯,我对馒头有了特别的感觉,两个大馒头,一大碗小米粥,还吃了两个红薯。这馒头和昨晚上那两个馒头一样大小,原来是仲老师在火车站饭店里买回来的,吃着吃着我不敢吃了。昨天晚上饿成那个样子,两个馒头下肚等于没吃,听说饥饿后吃多了会伤身体。仲老师和夫人随便吃了一点。小雷只吃了一个馒头、一碗粥、一个红薯,等于吃了我的一半的量。

“大雪纷飞,下个不停。我又出院一看,哈哈,刚打扫完的院子里,又有一寸厚的积雪了。此后,一个整天,雪花飘扬,老天爷好像故意和我作对似的,不想让我去洛阳找我妈妈和弟弟。仲老师说这场雪,把道路全封闭了,三天内没有汽车通行。我不好意思一直住在仲老师家。但是,正是从这以后的三天里,我的思想发生了变化,改变了我的人生,我走了一条想不到的人生之路。”

讲到这里，仝坤问道：“纪行、汉章，你俩猜猜，从那以后的十年当中，我在干什么？”吴汉章点了一支烟，问说：“是不是又念高中或当知青插队去了？”李纪行说：“天机不可泄漏。”仝坤问：“我不说，你能猜出来吗？”李纪行点点头。仝坤这时一脸茫然，他不明白李纪行凭什么能猜出来，从那以后干什么职业，讲到现在他只字未提，而且他这半生守口如瓶，从来没有对任何人讲过，纪行怎么能知道呢？吴汉章也绝对不信，他想：李纪行有什么依据，可以猜出来仝坤后来做的事情呢？他算卦能算出来吗？吴汉章打赌说：“你如果能猜出来，明天我请客。”李纪行笑而不言，此事不能一语道破，察见渊鱼者不祥，智料隐匿者有殃。人太聪明了不好。

李纪行不想说破秘密，仝坤继续讲了下去。

“仲老师的这处院落，在外面看不起眼，但这些房子里面却是暗藏春秋。仲老师的书房可以称得上一个图书馆，一人高的书架靠在三面墙上，书架上摆满了各种书籍，在那个年代，我没有见过哪一户人家里有那么多的书。有许多书籍，是发黄的线装本，年代料已久远。这个大雪天，我和仲老师就坐在他的书房里，小雷出出进进，在院子里玩儿堆雪人儿。师母在东房窗户前的炕头上坐着织毛衣。仲老师讲课似的，慢条斯理。他讲中国历史，和我们课本里讲的不一样，我们小学初中学的历史知识，没有仲老师讲的这些内容，我听得很入迷。

“仲老师讲的内容大致是这个意思，他说，中华文明五千年，从三皇五帝，到宋元明清，创造了巨大的财富，这些财富，有物质的，也有精神的，社会制度、伦理道德、音乐文字、科技艺术，是精神上的财富，取之不尽，用之不竭，难以量化。

“物质上的财富，如地上的建筑文物，地下的金银宝贝。真正的财富不是几张钞票。钞票，仅是生活日用商品交易的符号，几个数字而已。地上的东西，我们看得见摸得着，能够为人民服务。地下的东西，却埋在土里浪费了，如果再过多年，就会变成粪土消失了。毛主席说，粪土当年万户侯。所以，我们要把地下的东西挖出来，让它为人民服务。为人民服务，学雷锋精神，要破四旧，立四新，革命无罪，造反有理，在‘文革’时期是时髦的口号。仲老师说，挖掘历史文化遗产，也是为人民服务。要让地下的宝藏重见天日，是我们这辈子人的历史责任。仲老师上纲上线，把挖掘说得合情合理，天经地义。那么，地下宝藏在哪里呢？塔陵墓冢坟，园堡庙窟洞。地下宝藏有哪些呢？金玉瓷画器，成千上万种。仲老师说，自有人类以来，死去的人比现在活着的人多得多了，过去的帝王将相，才子佳人，高僧大德，还有海盗强梁，死了以后，把生前的财富许多埋葬在地下，这些财富都是奴隶创造的。人民，只有人民，才是创造世界历史的动力。所以说，我们应该把人民创造的东西挖出来。历史上战争不断，你死我活打了几千年，把地上的许多财富毁灭了，所以说，地下的财富比地上的财富还要多。仲老师把这些话给我灌输了一天，我在当时还是一个小孩，认为他说得全都对。唯有一点他不说明白，地下文物也要保护，挖出来要归国家所有。”

仝坤说到这里停了下来,已到晚上十一点,咖啡厅要下班了。吴汉章不能半夜三更回桂林洋虾场,三人坐在一起,讲的听的都意犹未尽,吴汉章提议,到房间再聊一会儿,仝坤说让吴汉章晚上就住酒店,李纪行说他和王桃住海甸岛,迟点回去也可以。于是三人离开了咖啡厅,乘电梯上了仝坤住的房间,苏嫚住在隔壁房间。

宾馆的房间不大,放两把椅子一个茶几,李纪行和吴汉章坐在椅子上,仝坤坐在床上。仝坤笑着又说:“汉章,这下你知道我干什么了吧?”吴汉章眨眨眼说:“好像是与文物有关。”接着他顿悟似的一拍大腿,高声叫道:“嘿,仝坤,你是不是当盗墓贼了?”仝坤一听说,哈哈大笑起来了。

仝坤没有回答吴汉章,继续讲述他的故事。

“大雪下了一夜一天,傍晚雪停了,呼啸的北风,卷着漫天雪尘寒流,狼嚎似的叫个不停。这一天,我接受了仲老师洗脑,认为应该把地下的宝藏挖出来。我没那么多的法律意识,认为挖出宝藏卖了钱,也是正当的劳动所得,一样地为人民服务,这就是我当时的思想观念。

“这天晚上,我和小雷仍然住在南房。我心里觉得踏踏实实,美美地睡了一大觉。一睁开眼,天已大亮了。

“第二天上午,仲老师打开一间西下房的门锁,他把我带进这个房间,我仔细一看,差点吓晕过去。你们猜见到了什么,哈哈,全是死人的头颅,还有身体骨架,还有一把把的头发。头骨窟窟窍窍，龇牙咧嘴，足有几十个，可把我吓坏了。仲老师说，仝坤别怕，这些骨头和土木石头一样，人死了，都会变成这个样子，慢慢变成土壤肥料，最后什么也没有了。但是，你想挖掘宝藏，就得与这些骨头打交道。宝藏与这些骨头相伴，埋在地下。骨头见多了，就不害怕了，你看医生就不怕死人，怕死人谁敢当医生，火葬场的工人每天都见死人，不也是好好的吗？

“从西下房出来，仲老师打开没住人的那间南房的锁，他带我进屋里，我一看，靠墙壁四周全是一人高的木头柜，柜子都上着锁头。房间地板上，有十几个大大小小的木头箱子，也都锁着。他掏出一串小钥匙，依次打开柜锁，这些柜子里，用木板层层分隔，他把所有的柜子全都打开了。箱子没有打开。我像是到了博物馆，大开了眼界。仲老师一边介绍，我一边观看。一个柜子放的全都是一捆一捆的卷轴，长的短的，粗的细的，展开了都是字画，什么乾隆、康熙的，扬州八怪的。一个柜子放的，又都是各种各样的瓷器——青花釉、唐三彩、景泰蓝，唐宋明清，官窑钧瓷。一个柜子放的却是绿锈斑斑的青铜器——战国秦汉的鼎盘杯盅、箭镞匕首、枪头利剑、刀把剑柄，都是镶金嵌银的。

还有一个柜子里面，都是龙袍莽带、凤冠燕翎、花鞋刺绣、扇伞流苏、金鞭玉铗、圆珠方坠……我从来没见过这些玩意儿。我想这些古董能值多少钱啊，穿不能穿，戴不能戴，吃不能吃，用不能用，欣赏而已。仲老师看出了我的疑惑，他说，一件古文物值不值钱，主要看它的文化价值，但还不能是赝品，赝品就是假货，不值钱。有个成语，叫价值连城，一件宝藏能买一座城，值不值钱？仲老师塑料框架眼镜里，两只眼睛直盯住我，很怕人的。

“这天下午，仲老师又给我讲故事，我就不细说了。他说秦始皇是好人，造了万里长城，万里长城成了举世闻名的历史遗产。当时没有发现兵马俑。他说项羽是坏蛋，一把火把阿房宫烧了，保留到现在多好。八国联军更是强盗，把圆明园烧了。我国许多地上地下的宝藏，被外国人抢走了，就因为我们中国人不识货、不珍惜，就像你仝坤一样。还有，那个东陵大盗孙殿英，带着军队土匪挖了慈禧皇太后的陵墓，所有文物一抢而空，流落海内外不知下落。所以，我们有责任义务，保护老祖宗留下的历史文化遗产。仲老师说到动情之处，义愤填膺。

“这一天就这样过去了。天阴沉沉的，院子里结了冰。仲老师这两天的教导，为我心里打开了一扇窗。我想，我要寻宝去。

“第三天早上起来，看看天已转晴，冰消雪融。匆匆吃过早饭后，仲老师带着我和小雷，就到郑州汽车站买了车票，乘长途汽车直奔洛阳。郑州到洛阳，有一百四十公里，路上走了三个小时，中午到达了洛阳长途汽车站。我外婆家在唐宫路，我从记事起就和妈妈来过好多次。我和仲老师、小雷按照市内公共汽车路牌指引，坐了几站到了唐宫中西路交叉口，又沿街找来找去，找到了外婆住的地方。这是一个十几户人家居住的四合大院。我记得外婆住三间正房，坐北朝南。我高兴地快步走到正房门口，正要敲门，一看门上挂着一把锁，我一下子傻眼了。我想着外婆可能串门儿去了，或者是上街买东西去了，马上可以回家。正在犹豫着，东房的阿婆出来了，他问我找谁，我说找我外婆，我是山西太原来的，姓仝。阿婆见我们三人一起，她把我叫到她的家里，告诉我，外婆今年秋天就去了唐山，到我舅舅仝复申那儿去了。我问阿婆，见我妈妈和我弟弟来过吗？阿婆摇摇头说，没见来过。我从阿婆家里出来，灰心丧气，告诉仲老师说，我外婆到唐山去了。我们三人都闷闷不乐，离开这个四合大院。

“让我意外的是，仲老师在洛阳也有一处院落，因为我当时年龄小，不知道那是个什么地方，也像是郑州那个家似的，似乎也是在郊区的位置。仲老师把我和小雷引到这里，有一对老夫妻住在南房，像是仲老师的亲戚，看守门户。仲老师自己开了门锁，我们三人进了上房，点着火炉子，仲老师让俩老人做点饭给我和小雷吃，他说他出去见个朋友，晚上才回来。

“仲由老师的身世对我来说，一直是个谜，他也从未正式和我讲过，后来只是从师母那儿，零零碎碎听到一些故事。仲老师是洛阳人，明清时期祖辈是石匠，远近闻名，后来发家，富甲一方。如何发家，有许多说法。石匠之行，三六九等，但以为人树碑立传者为尚。著名石匠酬劳也高很多，特别为高官显贵、皇亲国戚树碑立传者。还有很多石匠为皇家建造陵寝，那更是危险的职业，往往陵寝建成，皇家为了保密，工匠非哑即亡。几千年来，盗墓与防盗墓一直在博弈，真是道高一尺，魔高一丈。

所以有人猜测,石匠发财,都与盗墓有关。这些传言,信有信无,但古往今来,盗墓者,无世无之啊!

“仲老师回来得很晚。洛阳的这个家似乎也很神秘,门窗用木板钉得严严实实。若晚上从窗户外面看,几乎看不见屋里的灯光。我开了家门,看见仲老师背上的行囊,里面装着鼓鼓的东西。仲老师直接进了东房。我不清楚行囊里装着什么。我和小雷住在西房,我晚上睡不着,听着仲老师在东房鼓捣,呜呜地像有电动机的声音。我越来越觉得神秘,仲老师在搞什么发明创造啊?小雷呼呼大睡,吃饱不管闲事的人。

“早上起来后,仲老师说服我先回郑州,在他家多住几天,不要紧的,冬天如此寒冷,一个小孩子在外奔波,他不放心,等联系上唐山的舅舅,再去也不迟。我也是迫于无奈,觉得仲老师是个知识分子,对人也好,先回郑州再做打算。于是,我们三人又坐长途车返回郑州。仲老师一路上背着那个行囊,坐汽车时也放在脚下,生怕别人弄坏了。我越发怀疑起来,这是个什么神秘的东西呢?

“午后到达郑州,回了仲老师的家。我这时才知道,仲老师家的大致位置,是在火车站南边的二七区附近,也是个城乡接合部。难怪饿昏了的那天晚上,小雷骑自行车驮着我,走了那么远的路程。

“我一直想要知道仲老师的那个行囊的秘密,他却放在南房锁了起来。我不知道他是高中老师还是初中老师,是正式教员还是民办教员,更不知道他教语文还是教数学,我从来不晓得他什么时候曾去过学校。

"'文化大革命'的风云变幻，搅得周天寒彻，这年的数九隆冬更比哪一年都寒冷，大雪覆盖着城市乡村山间田野。政治空气的寒冷与天气的寒冷搅在一起，人们躲在家里不想出门，我在仲老师家一住就是一个多月，眼看已近年关。听说仲老师有个女儿，已有十多岁，一直由西安的外婆家抚养，很少回到郑州来。仲老师夫妇很喜欢我，把我视为儿子不想让我离开。他打听到太原武斗特别厉害，不敢让我回太原。我从来没有去过唐山的舅舅家，连个通信的地址也不知道，听说唐山的武斗也非常厉害。

"在仲老师家的这段时间，我终于知道了仲老师的一些秘密。人们都说洛阳有'四宝'最为著名——龙门石窟白马寺，洛阳牡丹洛阳铲。别的且不细说，仅洛阳铲就风靡全球。洛阳铲，是二十世纪的产物，却是为盗墓而发明的，一说洛阳铲，就想起盗墓，两者形影不离。最早的洛阳铲，是个叫李鸭子的盗墓贼发明的，后来不断改进，越改越先进，成了盗墓者的必备神器。仲老师鼓捣什么呢？是电动洛阳铲。他的洛阳铲柄是螺杆的，一节套一节，就像打水井用的回旋钻杆。原来的洛阳铲有个长长的木柄，人工向下凿，凿几下提出来，同时把土掏上来，像打井用的冲击钻，到达三五米深，用绳子吊着铲头向下凿，再一次次把土层提上来，虽也越打越深，却进度缓慢。而电动洛阳铲进度就快多了，电动洛阳铲有两种钻头，打洞时如果是沙壤黏土层，用硬钢制成的无孔钻头，由电机带动螺杆旋转，对准地面向下打洞，边深入边把土层挤压，挤压在孔洞周围，只用十几分钟，七八米的洞就形成了，然后再用有孔钻头，从熟孔钻探下去，到达理想的底层，把土层再提出来。

“我每天与仲老师夫妇、小雷在一起，生活得无忧无虑，仲老师教我学历史、地理、数学。小雷不喜欢读书，帮师母干杂活。仲老师白天与我们一起，晚上则是他一个人的世界，我不知道他在干什么。有天夜晚，夜深人静，我披了个黑棉袄出院尿尿，刚出门道，突然见从正房的房顶上嗖地飞下一个人影，落在院子里。我正要喊叫，见人影敲正房的门，师母开了门，人影一闪进去了。我吓得尿了一裤腿，急忙返身回了房间，一头钻进被窝里，埋住头大气不敢出一声。我想那个人不像是贼，他是谁呢？还有一次晚上，月儿弯弯，冷风飕飕，我要去院子西南角的厕所，见正房的书房窗户外的木板倾斜了，从屋里透出光亮。我想前去把木板扶正，无意中看到屋子里有一个人赤身裸体，两脚倒立贴在墙上，但没有看见头和脸，我急忙返身去了厕所，也不敢扶遮挡窗户的木板了。每个人都有自己的隐私，发现了不好，装聋作哑最好，啥也不知道最安全，我是寄人篱下，我懂得。这期间，我给太原郭阿姨去了封信，告诉她如果知道我妈妈的消息，转告她我在郑州仲老师家，一切都好，我明年春天再回太原，请别担心我。”

听了仝坤的故事，李纪行深有感触，同病相怜，“文革”期间，有多少像仝坤和他这样的家庭都遭受了磨难。吴汉章是工人子弟，生活是苦了一点，却不用挨批斗，不用背井离乡。吴汉章还想听听如何盗墓,他问道:“仝坤,听你讲,你那位仲老师像有武功?我想听听如何盗墓,坟墓里吓不吓人,有没有鬼。”仝坤哈哈一笑,想把沉闷的气氛扭转过来,便说:“汉章,没盗墓时,宁可信其有,畏天地而敬鬼神。真要盗墓时啊,宁可信其无,怕鬼谁敢去挖坟?说到武功,后来我才发现,仲老师确有武功,而且非同一般。他有‘三绝’,轻功、点穴和飞石。他走路时,我和小雷骑自行车都追不上,真有踏雪无痕、飞檐走壁之功,从房顶上跳进院里的肯定是他。他有二指禅功,双指如剑,出手快如闪电,点穴绝技从不示人。最使我羡慕的,是他的飞石,他口袋里经常有五六颗核桃大小的石子儿。有一次我们在野外,想在电杆上接电使用洛阳铲,还是黄昏时分,电线杆的瓷瓶上有一只小鸟,小雷爬杆鸟还不飞走,他从口袋里掏出一颗石子,右手一扬,风驰电掣,鸟儿应声落地。

“如果用石子打人,我想他是水浒里的没羽箭张清。我几次要他教我,他说,你用石子儿打一个目标,练一百万次,肯定百发百中,说打鼻子不打牙。我心里想想,我哪有那么多闲功夫,每天去扔石头子啊!

“那年正是二月杏花开的季节,我和仲老师、小雷乘火车从郑州到了太原。回到北肖墙的家,门上依旧挂着锁,妈妈没有回来。我们又到了迎泽桥西,找到郭阿姨家,郭阿姨说,还没有我妈妈的消息。她吩咐我,暂时不要去找我爸爸,免得惹麻烦。我和仲老师、小雷三个人,又乘火车抵达大同。

“在雁门关外有个广武村,广武村的北面有一个汉墓群。

你俩没有去过，这个地方是千年古战场。但这墓里面，埋葬的是将帅还是士兵，还是普通老百姓，几千年来一直是个谜。在大同住了几天，仲老师买了三辆旧自行车，我们仨从大同骑自行车，沿着大同到太原的公路，骑了一天时间，过了桑干河，傍晚时分到了广武村，找了个车马店住了下来。

“这个车马店是个四合大院，靠近公路，在村西边，有四五亩大小。南向的正房有十多间，东房有十多间，南房是马车棚，西房是草料马厩。店里住些搞运输的客人。那个时候，马拉车叫皮车，因为轮胎是橡胶的，比木轮毂车先进，往往三匹骡马拉一辆车，从大同到太原两百多公里路，要走两三天。

“吃过晚饭，仲老师带领我和小雷，悄悄溜出车马店，横穿过公路，进入村北的汉墓群。仲春的塞外，乍暖还寒，银白色的月光，洒在荒野。败草枯枝，团团簇簇，磕磕绊绊。夜晚看这些土坟冢，高高低低，大大小小，星罗棋布，足有两三百座。最大的高有数丈，四围直径有几十米宽阔，堆成圆锥圆台的形状，坟堆小山丘似的此起彼落，圪圪梁梁。夜行其中，毛骨悚然，茫然四顾，方向不辨。抬头远眺，寻望雁门，月亮之下，南山之上，几十个烽火台，如碉堡矗立，隐约可见，内长城像一条巨龙，从山脚下爬到山顶上，一动不动。

“由这些坟墓构成的兵图战阵里，一阵阵阴风吹过，耳边呜呜的声音，疑似短兵白刃，奔走呼号，古战场血流漂杵，尸塞桑干，三军覆没，悲凉凄惨，阴兵过道，冤魂不散。在坟冢那边，有荧光闪烁，似鬼火灯笼，游弋于坟墓之间。车辚辚，马萧萧，棒驱鞭赶,过鬼门关一般。大军之后,必有凶年,古战场鬼哭狼嚎,闻之令人不寒而栗。战争杀戮的创伤,给这块边塞大地的健美肌肤,带来千年难愈无法抹去的永久疤痕。盗墓者,竟然在这些伤疤上针扎枪挑,刀劈斧砍,重新让肌肤流血化脓,雪上加霜。

“当时,在坟墓群里转悠,我心里只有害怕,没有想这么多。仲老师转了一圈,突然不见了踪影。我拉着小雷的手,头也不回向墓群的外围跑去。好不容易跑出来,站在土堤之上,远远看见墓群中的一个高高的坟丘顶上站着一个人。那个人对着我和小雷一明一灭闪了三次亮光,那是手电筒的光柱,原来是仲老师。面对脚下的一个个的坟丘,仲老师像是战争幸存下来的将军,屹立坟顶。不知道他面对成千上万的亡灵,布奠倾觞,诉说些什么?他又在寻找什么?从这几百座千秋汉墓中,他能够看出其中的秘密吗?他是正在与孤魂野鬼天人神灵对话?还是正在迷茫猜测,眼前这几百座坟墓幻影疑冢,哪几座的地下埋着宝藏?

“纪行,汉章,今天晚了,汉章就住我这里,你和小王还得回家去,我们以后有的是时间,慢慢再聊。长话短说,从那时候起,我一直跟着仲老师,一直到一九七二年,听说林彪叛逃,摔死在温都尔汗。我那年十八岁,毅然离开了仲老师,自己独立谋生。当然,这中间我们全家人都团聚了,后来我爸爸、妈妈、弟弟离开太原,去了唐山定居。我在跟随仲老师期间,走遍了大半个中国。仲老师说,我们这是文化苦旅,寻找文化遗产,原来仲老师精通风水之术，每到一地，游山玩水，观察地形地貌，左青龙右白虎，前朱雀后玄武，乾坎艮震，八卦相荡，金木水火，五行相克。他把认为藏有文物的可疑之处，登记备案，我在初中没有学过平面直角坐标系，也没有学极坐标系，都是从仲老师那儿学会的，边学边用，学用结合。每当选择坐标系原点时，我们煞费苦心，往往把永久型地形地貌和建筑物定为原点，找到原点就能找到了目标。

“五年时间，我们大约获得一千个疑冢暗洞宝穴地道。盗宝寻藏有一个产业链，从侦探到挖掘，到买卖再到收藏，侦探是第一位的，所以仲老师得到的文物没有赝品。我只知道开始的环节，以后的环节就很少知道了。

“从一九七二年开始，我自立门户，干到一九七六年，干得风生水起，我把这些所谓的劳动所得，大都藏在唐山舅舅那儿。想不到的是，轰隆一声，唐山大地震，仅二十三秒，全都葬身瓦砾。这次灾难过后，家人没有了，藏的文物也没了，什么也没了。可惜我弟弟，还小，当时才十六岁。

“我在仲老师家，还有太原的老家，存放了些文物，我把这些文物全部变卖，赚了一些钱。我没有念过高中，从一九七七年开始复习考大学，第一年考了中专，我没有去。第二年又考，没考上。第三年，我考上郑州大学历史系。毕业后，我没有立即去找工作，在家搞点研究，过了两年，我又到郑州大学读研究生。研究生毕业后到了深圳。去年冬天，回太原住了一段时间，春节期间碰见了汉章，听说你在海南下海创业，我想海南和深圳一样，将来必有大的发展，于是决定来了海南。”

三人都沉默不语。仝坤眼泪汪汪，他从包里掏出一包阿诗玛牌子的香烟，给每人一支。烟雾缭绕中，三人吹着香烟头上的烟灰，火红的烟头，一缕缕青烟，好像祈祷已故亲人的香火在燃烧。

子夜，李纪行、王桃离开海口宾馆，回了海甸岛龙跃别墅区。

吴汉章和仝坤住一个房间，一人一张床，吴汉章鼾声如雷，伴着其有节奏的鼾声，仝坤许久才昏昏入睡。

仝坤觉得黑咕隆咚，他把戴在头上的灯扶了扶，灯光暗淡，看清了面前的土层，他穿着一身老鼠衣，这是盗墓时的专用服装。他手脚并用老鼠打洞，把沙子、黏土装在布口袋里。洞出口处，小雷用一条带着铁爪的细绳，把一袋袋的土拖上去。仲老师早已藏身百米之外，站岗放哨。这是仲老师早已踩了盘的，是一个有总兵官衔者的墓穴。

仝坤想不起来这位总兵姓甚名谁，是清朝的还是明朝的，以及其是在塞外还是在洛阳。他拼命挖呀挖，洞口处小雷没有声音了，几袋土堆在身边，挤得他挪不开窝转不了身。仝坤心想，按盗墓的规矩，父子盗墓进入时儿子先进，老子后进，出来时老子先出，儿子后出。这个小雷总不会陷害他，他俩情同手足，比亲兄弟还亲。正想着，突然呼的一声，脚下开了一个洞，他掉了进去。头上的灯光不亮，他掏出手电一照，是一个地宫，有几块大砖头从洞口掉下来，砸在棺材旁的护栏上。他停了一会儿,外面的空气从洞口进来了,他开始动手了。他打开手电筒再仔细看,地宫有五六十平方米,有三间房大小。他没顾上仔细观察地宫的陈设,就直奔里面并列的两口棺材,判断大概是夫妻同葬。他想:既然进来了,就得有所收获。他用劈斧先劈右边的一个棺材,木板太厚,一时半会儿打不开。他找到木楔子的地方,先把所有的木楔子劈开,然后用斧刃从顶盖的缝隙用力一挑,棺材开了。他双手用力一推,顶部打开了,手电一照,发现是一个男人,尸体保存完整。面部肌肤是白绿白绿的皱皮,牙齿裸露,两手摊开,两腿并拢,衣冠整齐,不知道是哪个朝代的,都辨不清颜色。尸体周围放有一柄带鞘宝剑。他离开这个棺材,又开始开另一具,这次速度更快,几分钟就打开了。他用手电筒一照,哇,珠光宝气,是位贵妇。再看面部,肌肤白皙,舒展似有弹性。他正要伸手去拿珠宝,只听着"咔嚓"一声,那个男的棺材的顶盖倾斜了,轰地向他砸过来,两具尸体,都同时坐起来,龇牙咧嘴面目狰狞,举着双手向他抓过来……

仝坤大叫一声吓醒了,原来是一场噩梦。

吴汉章被仝坤吵醒了,鼾声也戛然而止。

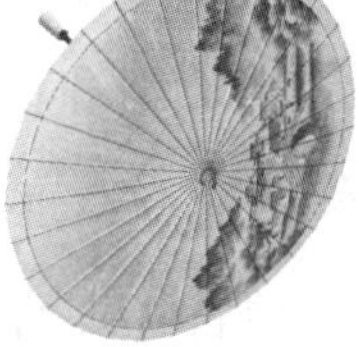

拾玖章　千金

陈大虾坐在办公室的老板椅子上，忍不住笑出声来。他是双喜临门，项目马上开工，儿子马上出生，妻子黄琼英想剖腹产，陈大虾想着开宫、开工，他抽着中华烟边想边笑，越想越笑，正好弟弟陈鼎推门进来了，陈大虾还在笑，而且越笑越厉害了，还拍着桌子，把陈鼎搞得莫名其妙。陈鼎看得直傻眼，以为他哥疯了。

陈铁陈大虾乘着改革开放的东风，海南万铁房地产开发有限公司登记注册，属中外合资企业，公司法人陈铁。土地手续也办得很顺利，省市领导和报社的记者纷纷前来祝贺采访，并见诸报刊。明泰大酒店的顶层十一层，是万铁公司的总部所在地。万铁公司注册资金人民币三千万元，其中外方投资一千万元，陈大虾出资一千七百万元，李纪行、王桃二人出资三百万元。外资方是由李纪行老同学香港的记者孔令轩引进的。陈大虾的弟弟陈钉已改名为陈鼎，担任万铁公司项目经理。明泰大酒店保安队长由郭风接任，高勇进入万铁公司，担任万铁公司保安队长。对于这个安排，李纪行提议，项目经理责任重大，要慎重考虑,不可任人唯亲,哪怕让陈鼎当万铁公司副总经理也行。陈大虾认为万铁公司副总经理官大,陈鼎只能当项目经理。他没懂李纪行的意思,项目经理官小责任大,必须是内行。副总经理官大责任小,谁都可以当。但陈大虾没有听进去。江美丽没有参与万铁公司,她一边继续经营明泰大酒店,一边与她台湾的顾先生开发琼海的三千亩伊甸园去了。

万铁公司经过努力终于获得一宗出让地,位于海口市和琼山县交界的地方,这宗地面积六十亩,地价每亩约十五万元。容积率二点五,可建面积十万平方米。

五一劳动节那天,海南万铁房地产开发有限公司举行挂牌仪式,前来参加的有百十多个单位和个人。敲锣打鼓舞狮鸣炮,比明泰大酒店开业时还要热闹。中午酒店摆了十几桌酒席,把客人们喝得东倒西歪,一个个张口结舌,只会伸出大拇指互相吹牛了。

上午的阳光直射进来,办公室有些热,陈鼎调了下空调,想多吹点冷气。陈鼎说:“哥,让四川那个包工队做一幢楼算了,我们湖北包工队做三幢,总不能湖北人不关照湖北人,胳膊弯朝外撇。”陈大虾说:“陈鼎,一期工程总共才有四幢,四川工队是有人打了招呼的,不能得罪。二期工程还有四幢,可以照顾湖北队,到时候再商定。关键你这项目经理,要保质保量,按时竣工。”陈鼎问:“哥,要不要请人看看日子?听说人家那些开发商都要烧香的。”陈大虾背着手,来回走动,想了想说:“宁可信其有,不可信其无,免得出了事故后悔乱找原因。你找个有名的先生，看个日子，这几天你嫂子快生了，我得多在家陪着。这件事一定要办好，这是万铁公司第一个项目，争取来个开门红！”

陈鼎到工地去了。陈大虾没有让孙云开车，他自己开着黑色大奔回了家，他家住在海口市中心椰林路边的一幢三层别墅里。黄琼英挺着大肚在家待产，但是算不准时间。陈大虾一进门，见黄琼英坐在大厅的沙发上，嘴里不知嚼着什么零食吃。平时黄琼英在学校的时间多，陈大虾也在外奔波，家里缺个保姆什么的。这几天，黄琼英待在家里闷得慌，陈大虾多数时间在家陪老婆。

陈大虾快三十的人了，事业做得小有成就，做梦都想要个儿子。他娶了黄琼英为妻，心满意足，黄琼英学历、职业、相貌、年龄，都无可挑剔。他宠爱老婆，称呼也是一大堆，什么黄老师、小黄、琼英、琼花儿、小英、妞妞、丫丫……黄琼英被捧着哄着，宠着亲着，享受着丈夫的阳光雨露。

“英，吃啥呢？我看看，干楂片。我知道了，酸儿辣女，是个儿子，带把儿的。来来来，我也吃几片，助助消化。”陈大虾兴高采烈地，又把妻子唤作“英”了，更显得亲切了。黄琼英做愁苦状，说：“你别大惊小怪的，万一生个女儿怎么办？”陈大虾双手一摊，身子一后仰，慷慨激昂地说：“时代不同了，男女都一样嘛，我喜欢千金，千金不换，女儿好，小棉袄。”黄琼英在家待产，不敢轻易出门，她征求丈夫意见，说：“我在家里闷得慌，想去我妈那儿，可以吗？”陈大虾说：“我开车送你去，又不知啥时生，我看不要紧的，我马上煮饭，咱们下午去灵山。”

下午，陈大虾小心翼翼地搀扶着妻子，轻轻地走出家门，一步一步像怕踩着地雷的样子，先把妻子扶着上了大奔驰车，轻重坐在前边的副驾驶座位上。他返身锁好家门，又上了车，帮妻子扣好安全带，慢慢把车开出来。穿过城市的喧闹，过了南渡江大桥，顺着去三亚方向的柏油公路，二十多里的路程走了一个多小时，才到了灵山镇黄琼英父母家。

黄琼英父母已过花甲之年，老两口一儿一女，儿子黄琼锋在海口市教育局工作。黄琼英与哥哥相差十岁，是全家人的小宝贝。女婿女儿一回来，老两口跑前忙后高兴得不得了。

今夜，浓云密布。黄琼英父母住一个独院，院子里有十几棵椰子树。这个院子，有四间正房，陈大虾夫妻住在一堂一屋两间西房。夫妻俩睡不着，陈大虾把手放在妻子的大肚子上，想着开工与开宫的笑话，又高兴又担心。天气闷热得很，家里有个摇头晃脑的电风扇，也不怎么凉，干脆不盖被子了。她仰面朝天，白白的大肚皮，肚高如鼓。陈大虾胳膊肘托在床上，把一只耳朵贴在妻子肚皮上，全神贯注地听。他边听边想，这女人们的肚子也太奇怪了，是什么原理竟能在里面长成个娃娃，眉眉眼眼的。他觉得并没有下多少功夫，这就可以当爸爸，也太简单了，远不像没结婚时想象的那样复杂。他听着听着，有嗡嗡的声音，而且声音越来越大，他吃了一惊，怎么肚子里能有这么大的声音呢？难道小家伙在肚子里变成孙猴子，把铁扇公主的五脏六腑搅翻了？陈大虾用手拍拍自己的大脑门儿，不错，还清醒着呢。他又用另一只耳朵听，那声音更大了，嗡嗡嗡犹如地震雷鸣，他吓坏了，叫声："小英，你肚子里这么大声音，是不是要生了？"黄琼英笑笑说："你听听，好像外面起风了。"陈大虾抬起头，摇摇大大脑袋，竖起耳朵听，又看看窗帘，他断定那声音，是院子里的声音，是不是台风来了？没听到天气预报啊，他晚饭时与岳父大人喝了不少白酒，竟然分不清肚子里与院子里的声音，迷迷糊糊地判断不准两只耳朵捕捉的信息了。他赶紧爬起来，撩起窗帘观察窗外，看见院子里椰子树上的那些枝枝叶叶摇摇晃晃，正被刮得随风飞舞呢。

这一下陈大虾慌了，他本是个粗中有细的人，他想，现在台风来了，如果黄琼英马上生孩子，那该怎么办呢？别说剖腹产做手术，就是顺头顺脑生出来都成问题了，谁来接生呢？出了危险怎么办？慌乱之中，他又想起了李纪行。他认为，李纪行虽然不会生孩子，也会想出办法来。他找大哥大却不见了，黄琼英说是不是放车上了。他一听，连忙穿了衣服推开堂屋门，一股风吹进来，风卷着雨。他迅速关门，跑出院子，差点滑倒，开了街门，钻进车里一找，大哥大就在副驾驶座上。他拿上大哥大，锁了车门，顶风冒雨，把街门关紧，又跑进上房，插住门，进了屋，见黄琼英赤身露体，坐在床上，肚子大得像个弥勒佛。仅此短短的一两分钟，陈大虾已经浑身湿透，变成个落汤鸡了。

陈大虾脱了个精光，把淋湿的衣服拧出水，放在一个塑料洗衣盆子里，用毛巾擦干身上的水，滚身上床，他和妻子两个裸体对看着发笑。他从床上拿起大哥大，拨通了李纪行的电话，急急说:“喂,李主任,睡觉了?”电话里说:“陈总好,睡什么觉,台风来了,海甸岛全淹了。”陈大虾先关心别人,忙说:“你通知虾塘老吴,赶紧防范一下,虾塘一淹坏了,虾就全跑光了。”陈大虾又说:“李主任,我和琼英在灵山岳父母家,琼英马上生孩子了,回不去市里,你帮我想个办法呀!”电话里,传来李纪行的笑声:“哈哈哈哈,陈老总呀,我一不是医生,二没生过娃娃。你不知道,这几天有台风吗?天气预报早预报过了。”陈大虾说:“啊呀呀,我怎么一点也不知呢?”电话里说:“陈总别慌,如果琼英一旦有反应,你马上来电话,我和王桃去接应你。”

电话里,李纪行给他吃了个定心丸。陈大虾刚放下电话,坏了,黄琼英肚子痛起来了。

二人马上寻找衣服,陈大虾只穿了个湿湿的裤衩背心,黄琼英把小裤大裤短袖长衫全套在身上了。住在东房的岳父岳母老两口都起来了,看见黄琼英捂着个肚子,腰也直不起来了,老两口大惊失色。陈大虾说:“爸妈,你们别紧张,我马上开车回海口到医院,小英想剖腹产,还来得及。”黄琼英说:“妈,不要紧的,我先回市里,在医院生了,再过来接您。这么大台风,您和爸就不要出去了,没事儿的。”

狂风骤雨一阵紧似一阵,院子里已经积满水,有两三寸深,三人搀着黄琼英上了汽车。陈大虾开亮大灯,黑色大奔驰一声鸣叫,离开家门口,一路风雨,过了南渡江大桥,向海口市区奔去。

黄琼英坐在前边的副座上,身体向丈夫这边倾斜着,陈大虾左手把着方向盘，右手捉着妻子的手，黄琼英痛得直喘粗气，哼哼着，满手的冷汗。陈大虾说：“小英，再坚持一下，马上到了，马上就要到了。”黄琼英不应答，只是低着头呻吟不止。

快进琼山的府城了，这时风雨交加，雷鸣电闪，街道上所有的路灯全部熄灭了，街道漆黑一片，根本看不见前方的路，风雨吹打着汽车的玻璃，车上雨刷器根本刷不清倾盆大雨。风怒吼着，一阵高过一阵，路边的椰子树一棵棵东倒西歪。刚穿过高登街头，在五公祠大门口，一棵被狂风刮倒的树木横亘在路上。道路上的水找不到流出的方向，在汽车灯光下打着漩涡。车停在原地，不能动了，发动机不敢灭了火，灭了火若打不着，就更坏事了。陈大虾正在着急，大哥大响了，他一接通，电话里说：“喂喂喂，陈总，你在哪里，你现在哪里？”陈大虾只穿着内裤背心，冻得哆哆嗦嗦，说：“喂喂，喂，李李总，我在五公祠，雨大过不去了。你在哪儿？”电话里说：“我在海秀中路，雨大水深，车绕着走，我们走龙昆南，你返回去，到琼山县医院，知道吗？就在府城，离五公祠很近。”陈大虾说：“明白明白，你快点过来，就到琼山县医院。路边的树都倒了，小心，一会儿见，快点啊。”陈大虾放下大哥大，开车掉回头，想走文庄路，刚转过弯，在文庄路口，只听着黄琼英“哎呀呀”的一声叫，把头倒在陈大虾怀里了。陈大虾忙着停下车。他开亮车内的灯，见黄琼英把衣裤全脱掉了，陈大虾明白了，孩子要生了……

这时候，陈大虾一点也不觉得冷了，也不哆嗦了，反而急得满头大汗，攥着拳头帮不上忙，干着急没办法。他念叨着：“李纪行啊，快来呀，念书人，真笨蛋。”

汽车里，“可难——可难，克懒——克懒。”婴儿发出了第一声啼哭。孩子出来了。阿弥陀佛，还是个急产！

对面过来一辆车，车灯的光柱照着陈大虾的车，晃得他睁不开眼，陈大虾断定，这是李纪行和王桃到了。风在吼，雨在下，两辆车并列停在一起。李纪行和王桃从车上跳下来，伞也没顾上打开，迅急打开陈大虾的车门，钻进车里了。两人一看傻眼了，婴儿轻轻地哭了两声，车座被鲜血染成红色的，一塌糊涂。陈大虾、黄琼英见救兵来到了，便一切放下心来，一边说谢谢一边直哼哼。王桃急忙说：“李主任，你开那辆车，这里我照顾，医院就在前面，把车开到医院，你去挂个号。”

李纪行的车在前面开路。王桃在后边的车里护着黄琼英，两辆车顶风冒雨，驶向琼山县医院。

一到医院，等于把生命交给上帝，是最放心不过了。医生护士忙碌了一阵子，黄琼英住进妇产科的产房。这个时候，陈大虾才知道生下一个千金。陈大虾确实高兴，生男生女无所谓，儿子女儿他都喜欢。黄琼英却闷闷不乐，因为陈大虾以前一直是儿子儿子地叫唤，她以为丈夫想要儿子。李纪行、王桃连声地祝福：“母子平安就好，宋庆龄祖籍就是海南的，生个女儿更好啊。”

这时，李纪行大哥大响了，一看是虾塘吴汉章的电话，电话里慌慌张张的声音：“纪行，不好了，不好了，虾塘被大水淹了。”李纪行说：“汉章，你注意安全，那几间茅屋不牢靠。虾塘不要紧，台风来了，谁也没办法。阿周、阿青都在不在？”电话里说：“这两天他们加班，捞出一些虾，都卖出去了，卖了五万多元。多数还在虾塘里，还没来得及卖，台风从文昌登陆，太快了，他们都回桂林洋农场了，只有我一个人在。”李纪行说：“汉章，汉章，损失点虾是小事，你一个人注意安全就行了。台风过去，我们马上到你那儿。”

在医院妇产房里，李纪行、王桃、陈大虾、黄琼英四个人眼睛都盯着看这个小生命，在这个暴风骤雨之夜，一切是那么美好。黄琼英看见丈夫那样动情地看着他的宝贝千金，心里一块石头落了地。这个小小的生命，承载着父母亲的未来和希望，爱情和人生就有了新的含义。

陈大虾热泪盈眶，他深情地望着妻子，用颤抖的声音说：“谢谢琼英，谢谢你。”黄琼英为丈夫的热情而感动，她说：“大铁，让你费心了，给孩子起个名儿吧，李主任有学问，就让李主任起，怎么样？”陈大虾说：“好，李主任，给孩子起个什么名儿？”李纪行看着王桃，王桃正盯着婴儿看，母爱真是一种天性，想了想说：“丫头姓陈，名妍妍。妍，女字旁，右边一个开。小名嘛，就叫雨轩，下雨的雨，车、干的轩，轩辕的轩，怎么样？”陈大虾一听，急问道：“叫陈妍不行吗，为什么两个妍？”李纪行笑道：“妍妍，两个开字，你的项目马上要开工。你的妻子第一次生孩子，叫开怀，开工、开怀，两个开字，双喜临门，岂不美哉？叫妍妍很好。”陈大虾高兴了，他拍着手说：“好名好名，李主任，不，文化人，这名儿起得好。那雨轩二字怎么讲？”李纪行又一笑说："大雨台风，孩子又生在车里，轩是有车有房，雨轩，女孩子名字，诗情画意，也好听。"四人鼓掌叫好。

陈大虾就想，这李纪行嘛，就是诸葛亮，他怎么知道我的心思呢？我想的是"开工、开宫"两个开，现在不用开宫就生了，少一个开。他说女人头胎叫开怀，这"开工、开怀"也是两个开。妍妍，双喜临门，讲得好，讲得好，太好了！

天已渐亮，风雨未停。陈大虾留在医院侍候妻子。李纪行和王桃开车返回海甸岛。

台风持续了一天两夜，把个海口市变成了一片泽国汪洋。今天凌晨，风停雨住。天空从云层里露出蔚蓝色的脸，水洗过的天地清新洁净。吸一口干净的空气，竟然是那样甜蜜滋润。久违的太阳远远躲在云里，偶尔羞答答地偷窥着苍茫大地。从天上浇落的大雨汇成的涓涓水流，也逐渐找到了方向，弯弯曲曲东绕西拐，流入茫茫大海。

吴汉章像冰雹打了的瓜秧，黏黏糊糊地提不起精神来，坐在虾塘的边上愁眉不展。三个虾塘鱼塘，被大水淹没，在大海面前，这一点点水塘面积，仅仅是沧海之一滴。所有的大鱼小虾，在暴风雨中离开原来的养育之地，霎时逃跑得一干二净，水中的鱼虾们自由地翱翔。一旦突然水退地干，鱼虾们失去了生命的依托，就像人类没有了空气一样，顷刻暴尸荒野。大路上，田地里，随时可见蹦跳着挣扎着的大鱼小虾。

李纪行和王桃开着丰田车，来到桂林洋虾塘。

吴汉章盼着李纪行和王桃的到来，虽然是台风的原因，毕竟三塘鱼虾所剩无几，损失惨重，他辛苦半年时间，心痛不已。李纪行看见吴汉章一个人蹲在堤岸上，手里捡着石子往塘里扔，似乎并未发现他和王桃。他远远喊了一声，吴汉章才抬起头来，看见二人朝他走来，忙着迎接上去。

吴汉章好像没睡醒，眼睛发红的样子，说："纪行，几塘鱼虾全没了，太可惜了，怎么办哪。"李纪行说："买虾苗再养呗，不过下次是让阿周来养，当地人干这行比我们强，你什么时候养过虾，养头牛还差不多。我已给你找了件好工作，总不能老让你当渔民啊。"吴汉章一听，马上来了精神，心想这才是兄弟呢。他问道："纪行，你打算让我干啥？"李纪行说："走，进屋说话，看看台风把房子刮破了没有。"李纪行正说着，阿周和阿青一前一后走过来了，大家都进了吴汉章住的房间。

五个人围着桌子坐下，李纪行便问："阿周，你们海南人养虾，台风一来就都淹完了，没有办法预防吗？"阿周笑着说："有办法啊，风雨一来，鱼虾藏在水底，台风再大，也刮不跑一塘水，雨点再大，也打不死一条鱼。关键的是，要让塘里的水跑不出去，外面的水流不进来，不就可以了吗？"李纪行想了想，说："对，我们没经验，我想让你承包这个虾塘，你愿不愿意啊？"阿周睁大眼睛，问道："就看您李总，怎么包。"李纪行伸出三个指头，看阿周的反应。

阿周眼盯着李纪行，先没有吭声。李纪行笑着说："纯利润，三七分成，怎么样？"看阿周的脸色表情，已经喜上眉梢。阿周表态说："我同意，我三您七。"李纪行手一摇，说："不是的，是我三你七。”李纪行这样一说，阿周不相信自己的耳朵了，这三个虾塘一年的收益少，少说了有几十万，老板开口，只要三成，他怀疑自己耳朵听错了，或者老板说错了，他不相信，问道：“您说的是真的吗，李老板？”李纪行点点头，他慎重地说：“是真的！”阿周站了起来，很激动的样子，说：“李总、王总、吴总，你们等着啊，我出去买点东西，中午我请客。”说完，他拉着阿青就走，出门准备午饭去了。

阿周、阿青一走，吴汉章问李纪行：“纪行，顺三七，他也同意，为什么还要倒三七呢，也太便宜了吧？”李纪行看着王桃，王桃心领神会，也默不吭声。李纪行笑着说道：“汉章，这叫与人交往，不食全鱼。你准备一下，我们与阿周签个合同，一包三年，合同我来起草，你代表我作为甲方签字，一周内给你调换工作，怎么样？”吴汉章掏出一支红塔山，李纪行本来不吸烟，还敬了李纪行一支，又点着火，恭敬的样子，说：“纪行，王总，听你俩的安排。”吴汉章平时特别尊重王桃，认为王桃是最重要的。哈哈，有时候，枕头风比台风还厉害呢。

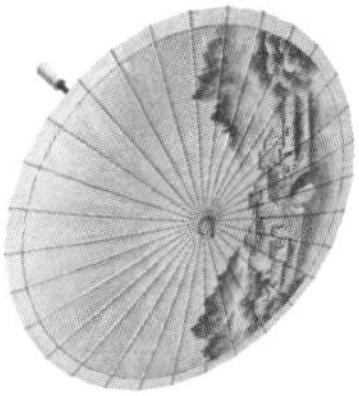

贰拾章　歌舞

七月流火，炎热难耐。

仝坤在海口宾馆蛰伏了一个多月，对海南的各行各业进行了深入的调查了解，最后决定开歌舞厅进军娱乐业。他征求了李纪行的意见，李纪行说这个行业是非常难以把控的，不是谁都能干得了的，要多考虑考虑才是。仝坤从小摸爬滚打，天不怕地不怕的性格，越是有挑战性的事越喜欢去做。他先在龙昆北珠江大厦租了一层写字楼在里面办公，又在海甸岛和平大道鸭尾溪边租了一幢别墅，他和苏嫚住在那儿。六月中旬，他在龙昆北路接手了一个现成的歌舞厅，经过一个多月的重新装修，准备八月上旬正式开业。

现在已是七月中旬，离开业时间不足一个月了，仝坤急需招兵买马了。他想请李纪行入伙，或送点股份给他也可以，或者高薪聘请也行，只要李纪行愿意加入就行，什么条件都可以答应，他知道李纪行的价值。李纪行盛情难却，只参与了百分之十的股份。

吴汉章台风过后被李纪行从桂林洋虾塘招回，另有任用。

今天中午在桃园饭店约定聚会，李纪行、王桃、仝坤、苏嫚、吴汉章五人相继到达。

在二楼五台山包厢。

包厢吹着空调，大家边吃边聊。仝坤把来海南这几个月的调研，以及开歌舞厅的前期准备做了详细介绍。歌舞厅承包期限是五年时间，投入资金约六百万元，还不包括每年的租金。歌舞厅五层中空围合式设计，一层中间大厅是演艺广场，二层以上是包厢，从栏杆处就可以看节目。总建面积有一万一千多平方米，是目前海口最大的歌舞厅。

此时最高兴的是吴汉章，他赞扬仝坤经过这么多年拼搏，终于功成业就，气魄宏大深藏不露，怎么能赚到这么多的钱。他想，看来这盗墓就是能发大财。仝坤那次讲了一晚上，也没有讲盗过什么墓，发了什么财，看来人这一辈子总有一些隐秘的事至死也不露。小说里那些故事，大都是瞎编的，没听说哪个小说家盗过墓再去写小说的。他端着酒杯敬了仝坤一杯，表示衷心的祝贺。

今天吃饭都不劝酒。王桃催促大家多吃菜。大家边吃边讨论。王桃、苏嫚同年仿月，两个美女能合得来，王桃给苏嫚夹菜，说自家做的饭菜，多吃点别客气。特别是北京烤鸭，做得正宗口味。苏嫚高兴得像回了家一般亲切。

李纪行开始只是听，偶尔吃上几口菜，一直沉默不语。酒至半酣，他端起酒杯来，突然打破沉默，爽朗地笑起来，说：“来来来来，为了仝总的事业成功，我们大家共同干一杯。”众人一齐响应。李纪行放下酒杯，笑了笑，问大家说："你们大家伙儿都看过《林海雪原》吧？"王桃说："不就是《智取威虎山》吗？革命样板戏，人人都看过了。"众人都不知道他葫芦里卖的是什么药。吴汉章三杯进肚，按捺不住了，说："纪行，你讲，什么意思？"李纪行看了看王桃，又看了看苏嫚，觉得这番话不能直接说，只能绕弯儿讲了，说："曲波的长篇小说《林海雪原》里有一章，写的是蘑菇老人神话奶头山，说许大马棒盘踞在牡丹江奶头山，许大马棒的老婆是蝴蝶迷，她也是郑三炮的情妇。少剑波在蘑菇老人的指引下，走了一条人迹罕至的山路，奇袭奶头山取得成功。还有，就是趁百鸡宴之时，智取威虎山，活捉座山雕。小说非常好看，是我小时候最喜欢的书。大家刚才说的，我都听了，请问仝总，你这歌厅名字叫什么？"仝坤看了一眼苏嫚，说："原来这个歌厅的名字叫银汉歌舞厅，大概是明星众多的意思吧。我想改个名字，洛阳有牡丹，叫红牡丹歌舞厅，或者叫红玫瑰歌舞厅，花好月圆的意思。"李纪行说："好是好，不震撼。"仝坤伸长脖子，说："愿听高见。"李纪行说："我以为，就叫林海雪原歌舞厅，一听名字，一炮打红。"吴汉章问："打红，为什么？"李纪行又笑着说："男人说笑话，美女别见怪。林海雪原，从东北雪国到海南岛，本来听着就让人惊诧，从装修设计风格上和演出布景上，再加以渲染，雪花飘飘，美女如云，岂不是座座奶头山，个个蝴蝶迷？男士们个个许大马棒、座山雕、郑三炮，各位一齐来吃百鸡宴？"李纪行这么一解释，王桃、苏嫚听说，羞得满脸通红。

李纪行一番奇谈怪论，乐坏了仝坤和吴汉章，仝坤一想，一拍大腿，说："纪行，这名起得好，就这么定了。哈哈哈，有个好名，岂能不红。"吴汉章开始了联想，也笑得合不拢嘴，连说："起得好、有深意，有深意就有生意嘛。"王桃却说："哼哼，你听听，亏他想得出来。"五个人越想越笑，继而哄堂大笑。李纪行却不笑，又说："想开好歌厅，要抓住三种人。"几个人不笑了，等待下文。李纪行继续讲："第一种人，是保安。保安是歌厅的安全保障，若不安全，谁也不敢来，演出的，坐台的，官场的，商场的，情场的，人人自危，不会有顾客光顾的。所以，歌厅的保安，相当于国家的军队。第二种人，是外联。现在叫妈咪。就是管坐台小姐的，这些人都能说会道，左右逢源，里应外合，息事宁人，是一支重要力量，不可忽视。第三种人，演出团队。要有好的节目，唱歌跳舞，模特表演，音乐伴奏，推陈出新。这三种人，是一个歌厅成败的关键，目前，海南改革开放，把这几项搞得好，仝老板准备点钞机，用麻袋装钱吧。"仝坤一听，点头称是，摩拳擦掌，信心百倍。

这天晚上，快十点了，李纪行坐卧不宁。下午，王桃一个人开车出门，说去找符雅妹剪头发，可至今还没有回来，他打了一个电话，王桃说还在花仙子美发店。王桃在身边时，他就想得很少；王桃不在身边，他就顿感寂寞。

此时，突然手机响了，他忙拿起手机，说："喂，小王，怎么还不回来啊？"手机里说："什么小王，我是春丽。"李纪行忙站起身，说："哟，春丽，对不起，你在哪儿？"电话里说："我在杭州，明天，我到海口。”李纪行急问：“真的，什么时候？几点？”电话里说：“下午三点到。”李纪行大喜，高声叫道：“好啊，欢迎欢迎。”电话里说：“你到机场去接我。”李纪行说：“好好好，明天见。”。

李纪行一放下电话，就听着一楼门厅响，眨眼间，王桃推门进来了。王桃说：“主任，看看头发，剪得怎样？”王桃转过身，转了一个圈，让李纪行看。过去的披肩长发不见了。李纪行说：“像是红岩里面的江姐。”王桃特别高兴，去抱住李纪行，突然亲了一口，羞涩说：“你喜欢就好。”她转身出了门，说：“主任，我上楼，换件衣服。”

李纪行摸了摸脸，像刚被电击了一下，浑身麻木的感觉，跌坐在椅子上了。一会儿，王桃推门进来了，着一袭红色旗袍，高挑的身材，站在门口笑，一动不动。王桃说：“主任，晚上，还没有吃饭吧？”王桃这是明知故问。李纪行说：“等着你哪，吃什么饭，再晚睡觉了。”李纪行欣赏着王桃的旗袍，一脸赏心悦目的表情。他想王桃的美丽，是一种青春的韵味。盛春丽的美丽，是一种古典的雅致。奔放与含蓄，显露与深沉。唉，人生若只如初见，多好，可惜的是，多少男人背信弃义，追求她时海誓山盟，一旦获得如愿以偿，往往失却当初的情怀。他忽然想起陶青春，这三个女人都很美的，他现在是在三颗鸡蛋上跳舞，哪个都怕踩破了。难哪！

李纪行眼里欣赏着王桃凹凸有致的身材，脑子里想着乱七八糟的问题。无论从哪个角度看，王桃的身材是S形的。王桃说完话，扭身出去了。过了片刻，她拿来一瓶竹叶青酒，端来几盘小凉菜。

王桃说："主任，我俩今天宵夜吧。你说仝坤讲的故事，他真的盗过墓吗？吓死人了。我一见他，就想起盗墓贼，心里就害怕，这事苏嫚知道吗？他送的股份，真不敢接受。"李纪行哈哈一笑，说："小王，歌舞厅比起盗墓，小巫见大巫，所以仝坤胆子大，开歌舞厅并不危险。仝坤说他的老师叫仲由，刚开始讲他的经历时，没有说他的职业。其实，从他俩的名字就可以看出来。那天晚上，我没有说破，说破就不好了。吴汉章还打赌说，如果我猜对了，他就请客。中国在汉代时有一种学说叫谶纬神学，虽荒诞而又精彩。看似文字游戏，哲理却藏在其中，让人崇拜迷信，还含有一些科学的成分，以为神祇显灵了。"

王桃说："主任，竹叶青，今天的酒一分为二，怎么样啊？"李纪行说："小王，喝醉了怎么办？像上次那样，再讲原子弹。"王桃笑道："我喜欢你醉酒的样子，酒醉吐真言。平时一本正经，做个性情中人多好，吴汉章人就好，爱憎分明，实事求是。"李纪行道："哼，我没有他那个胃，酒囊。我是孙悟空喝烧酒，够呛。"王桃说："先分开再说，量力而行吧。"王桃用两个水杯，先每人倒了半杯，她问说："这样行吗？"李纪行点了点头说："行，巾帼不让须眉。小王，穿着旗袍吃，坐着不舒服。"王桃站起来，说："等我一下，马上就回来。"

几分钟后，王桃穿个白色裤衩进来，裤衩上面有几朵小红花，上身穿白绸半袖衫。李纪行坐在沙发上，中间隔着玻璃茶儿，王桃坐在对面椅子上。

竹叶青酒，青如竹叶。李纪行不胜酒力，半杯下去面色泛红。王桃也有些酒意，她终于忍不住了，说："主任，想告诉你一件事。"李纪行眯着眼，问道："什么事，小王？"王桃说："你猜一下，是什么事？"李纪行笑着说："我猜出来了。"王桃一本正经说："猜不对罚酒一杯。"李纪行说："罚一口可以。"王桃说："行，你猜。"李纪行说："你父母让你找对象。"王桃一惊，转念一想，说："只猜对一半。告诉你，我明天回太原。"李纪行一惊，你怎么不早说？"王桃笑了："这不是早说了吗？我妈三番五次催我，我知道她的意思，昨天才买了飞机票，明天上午九点起飞，明天早上七点，你送我到机场。"李纪行若有所思，他端起酒杯："来来来，猜对一半，就碰一下，一人喝一口。"

李纪行这才明白，王桃最近悄悄做了准备，她前几天就买了一些海南特产，李纪行不闻不问，没有在意。今天王桃又一个人出去剪头发，而且剪短了，像少妇的头发，人说女儿出嫁时要剃脸，大姑娘与小媳妇儿的区别就在于此。她以这样的面貌出现在父母的面前，是有用意的。

一瓶竹叶青，二人喝得干净。王桃收拾残局，到一楼厨房清洗杯盘去了。

李纪行走到了阳台上，仰望夜空，月亮像个金盘，繁星满天。

送走王桃，迎来春丽，李纪行欢欣鼓舞。盛春丽没有住酒店，而是住在李纪行住的别墅里。别墅二楼共有三个房间，他自己住了一间，还有一间空着，当作客房用，盛春丽就住在二楼客房。三楼三间房，原是赵康师傅老两口住一间，赵芳住一间，王桃住套房。赵康师傅老两口回了北京，赵芳多数时间在北京，也是空着的时候多。

盛春丽一个大皮箱装了三大样——书、衣服、化妆品。晚饭在桃园饭店用餐，饭店的京味烤鸭让盛春丽赞不绝口。华灯初上，李纪行开着黑色奔驰从人民桥进入市区，在海府路转了一圈，又从龙昆北路转过来。他告诉盛春丽，仝坤的林海雪原歌舞厅就在这里。吴汉章不养虾了，当了歌舞厅的保安队长。

盛春丽急着要见吴汉章，半年没见，想念老大哥。李纪行说明天上午直接到歌舞厅，吴汉章正在招兵买马，歌舞厅八月八日开业，只有十多天准备的时间了，每天还要排练节目，吴汉章也是创业元老，整天忙得不亦乐乎。

二人回到龙跃别墅已是晚上十点钟了。

盛春丽先进房间换了件白色面料的丝绸睡衣，她把窗户关上，又把空调打开。空调吹了一阵，屋里仍然不凉快，空调高挂墙壁上，她拉了把椅子，赤脚站在椅子上，用手试试空调吹出的风，发现空调不制冷了。她转身出去，又进了李纪行的房间，看见李纪行坐在外间的办公室，正趴在桌子上写着什么。

盛春丽问说："二哥，你的空调不制冷了，是不是好久没用了？"李纪行抬起头来，说："噢，是的，房间没人住，好久好久没开了。"盛春丽说："那怎么办，晚上太热，睡不着啊！"李纪行站起来说："走，我去看看。"他进了盛春丽的房间，用遥控器调试了一下，果然不吹冷风了，说："今晚不能修了，明天修一下，要不今晚，就住王桃房间？"盛春丽眨眨眼，没有吭声。

李纪行回自己房间，拿了一串钥匙，又打开王桃住的房间，看见房间收拾得干干净净。王桃走时吩咐他，刮风下雨，关好窗户，每隔两天通通风，阳台上那个玻璃瓶子里，还有十几只蝴蝶，每天去照看一下。

盛春丽观察了这个家，发自内心地赞叹，书柜、衣柜、卫生间，一切摆设有条不紊。她感觉王桃是个了不起的女人。她在阳台上，看到那个大玻璃瓶子，就吃了一惊，她问道："这个瓶子哪儿来的？"李纪行说："是三亚一位酒店的老板冯总送的。"盛春丽说："这个老板不简单，这是一个克莱因瓶，克莱因是德国一位大数学家。"李纪行恍然大悟，说："我在杭州时，那天晚上做梦，梦到了这个的瓶子，就有了讲的童话故事。两只蝴蝶飞到莫蓝柯瓜上空，就是从这个瓶子里飞出来的。"盛春丽说："可能你梦的那个瓶子是真的，这个瓶子是假的。"李纪行问："为什么？"盛春丽说："因为，我还想听故事。"

又是一个不眠之夜。

李纪行突然想到了什么，悄悄开了房间的门，出楼道一看，楼道灯黑了，从盛春丽房间门缝里，透出一丝丝光亮。他想看一下盛春丽睡了没有。楼道很闷热，家里的冷气散出来，灯光下有道道白雾。他正在楼道里犹豫，盛春丽房间的门吱地一下打开了，只见盛春丽仅穿了裤衩背心，站立在门口里边，把李纪行吓了一跳。盛春丽其实也没睡着，听见李纪行开门，她故意来了这么一招。她看见李纪行被吓着了,哈哈笑道:“二哥,你还没睡啊?”李纪行说:“春丽,我睡不着,想看看你睡了没有。”盛春丽说:“二哥,海南的蚊子认生,都把我咬了几个大包,不能睡了。”二人说着话,走进李纪行房间,故意关门上锁。李纪行说:“我的房间没蚊子。”盛春丽先坐在李纪行的老板椅上,看到办公桌上一个绿色塑料皮笔记本,她打开一看,是刚刚写下的文字:

“所谓天涯海角,说的是地域上的距离。地域的远近,其实是心里的反映。儿时离家翻过一座山,渡过一条河,那已经是很远了……”

盛春丽一笑,说:“二哥,你这是写散文啊?”李纪行说:“想写一部小说,不知道从何说起。”盛春丽说:“不要故意造作,就从今天写起,以前的事,可以回忆嘛。”李纪行说:“怎么写,写一个大学教授飞到海南,与青梅竹马的女友在一起,发生了激动人心的故事?”盛春丽说:“写莫蓝柯瓜的故事,写成科普小说,我觉得挺好。”李纪行笑着说:“庄洱造字,你还敢听?”盛春丽粲然一笑:“边睡觉边听。”

盛春丽说完,进了里面的卧室,直挺挺躺在床上了。

李纪行用心书写着激情。猎人埋伏在丛林中。

这是一个黄昏,夕阳已挨着山尖,一朵云霞飘在山顶上空。云朵、夕阳、山峰,组合成一盏暗暗的台灯。一匹骏马,鬃毛黄色,低头舔食着绿嫩的青草。猎人看见,在一片片花团锦簇的原野上,有一只麋鹿,浑体雪白,身上印着几处黑色的斑点，特别显眼。猎人是一名中年男子，炯炯的眼神喷射着欲望的烈焰。猎人的背后是五指山脉，延绵着凹凸的肌肉。一把久已不用的猎枪，长管擦磨得光滑透亮，枪膛里面，装满喷薄欲出的粒粒子弹。

麋鹿发现了猎人，先是心里一怔，继而扭头，四蹄腾空，风驰电掣，没入云中。猎人见状飞身上马，策马扬鞭紧追不舍，汗水洒落大地。群山急退，耳畔生风。云水雨露，雾霭霓虹。芷蕙郁香，风月情浓。珠圆玉润，开辟鸿蒙。

这个宇宙，来源于一个声音。

这个声音，无法用语言表达。这是最美的声音，这是遥远的绝响，这是天籁之音，这个声音，用心灵传递，五线谱伴着七弦琴。高山下的花语，大海边的潮声，密林里的鸟啼，戈壁滩的驼铃，呦呦鹿鸣。

前面，前面是大海，麋鹿的脚下是绝壁。它蓦然回首，猎人近在咫尺，它的眼睛里闪着海蓝色的淡淡的忧伤，无奈，渴望，哀求，动人心魄。从对方的瞳孔里，猎人看到了自己，他是那样渺小。爱恨情仇，都在此一瞬间。

麋鹿一回头的目光，打量着这个平凡的世界。

白沙门村的公鸡，开始呼唤着黎明。

李纪行放下笔，合上了笔记本。

上午九时许。李纪行和盛春丽开着奔驰，从海甸岛过人民桥，到了龙昆北路的林海雪原歌舞厅。

这两人都戴着墨镜，进了一楼门厅里。门厅里面又一层门，这层门里面才是演艺大厅，大厅里热热闹闹的有百八十号人。

这是一个四面围合、中间空廓的建筑，空间的高度足有四十米，顶部用钢结构封闭。建筑高有五层，每层都是包厢，每层包厢外面是一个走廊过道，用一人高的玻璃栏杆围护。一层的中间大厅布置了排排座椅，四周都是雅座，外面垂着布帘，可以垂帘听歌；正面是宽大的舞台，屏幕上，是林海雪原北国风光，千里冰封、万里雪飘的布景。五六十个演员正在准备彩排。

李纪行和盛春丽返回门厅里，看见门厅里西面有一个房间，门上贴着“招办”的牌子，二人觉得奇怪，招办什么招办，是歌厅的招聘部门吧？盛春丽推开门缝瞧房子里面，见一个人坐在一个桌子后面，戴着大墨镜，头上戴着一顶黄帽子，嘴巴上叼一支香烟，右手里拿着一支笔，威风但不凛凛。有七八个男子，像被传讯审问似的，毕恭毕敬地排队站在那儿。盛春丽从门缝瞅了几眼后，就关门退出来，蹲在门外哈哈笑开了，边笑边用手指着李纪行，又指着房间的门，示意他也看看。李纪行看着盛春丽笑成那个样子，不明就里，他悄悄推门，从门缝往里一瞧，认出是吴汉章坐在那里，正在讲话。李纪行怕打扰了这出好戏，也迅速关门退了出来。他看见盛春丽对他笑，就一吹手指，示意盛春丽先别进去，稍微把门开个缝，听听吴汉章在说什么。

从门缝传出吴汉章的声音：“这个，嗯，这个，我们这个歌舞厅，是正规军，不是游击队。嗯，你们在这儿当保安，就是武警战士，有名有样的，不能吊儿郎当的，是哇。这个，你们得尊重首长，嗯？”

李纪行和盛春丽捂住嘴憋住笑，生怕笑出声来。二人在门外继续听训话，门缝里说：“嗯，这个，你们当过兵吗？”众答：“没有。”吴汉章提高嗓门说：“我们要训练，成立一支铁杆保皇派，我们要学习杨子荣，嗯，是哇，大家，团结，要智取威虎山，活捉座山雕！”

吴汉章门里招聘训话，李纪行和盛春丽门外笑成一团。李纪行对盛春丽说：“你听听，吴汉章胡说什么，把座山雕都活捉了，谁还敢来歌舞厅？”盛春丽说：“别惊动他，我们再听听。”听到房间里，有个人问：“吴司令，这座山雕是谁啊？”只听“叭”的一声，像是吴汉章拍桌子，把李纪行和盛春丽吓了一跳。

只听见门里面说：“你小子没文化，你没看过《智取威虎山》戏吗？”又有人回答：“我看过小人儿书，《智取威虎山》里有杨子荣、座山雕、八大金刚，还有个一撮毛。”吴汉章大笑道：“对对对，一撮毛叫栾平。你们要多念书，没有文化的军队是愚蠢的，怎么当保安呢？”又有人说：“一撮毛是一撮毛，栾平外号叫小炉匠。”门里面没人说话了。安静了半分钟，又听吴汉章喊叫说：“一撮毛和栾平，都一个球样，都是些土匪。你们听着，今后不能叫我吴司令，也不能叫吴队长，什么队长，生产队长？不好听。我们叫警鞭队，不叫保安队，叫保安队有点土，有点维持会的味道。今后叫我，鞭长。”有个人又说：“不如叫警长好听。”吴汉章驳斥道：“什么警长，黑猫警长？你们都不是警察，我能是警长吗？武警部队找来咋办？你任命的？鞭长，独树一帜，无人可比,知道吗?”

房间里的训话,门外听得清楚,二人乐不可支。李纪行示意盛春丽先把墨镜戴上,再敲门进去,试试吴汉章认不认得出来。

盛春丽从容戴上墨镜,敲了三下门,里面回应一声:“进来。”盛春丽一个人推开门进去了,吴汉章没认出是谁。只见是一位女郎,戴着大墨镜,面部白皙,披肩长发,白色连衣裙,半高跟皮鞋,亭亭玉立。屋子里所有的男士都惊呆了。吴汉章摘下墨镜,站起来,说:“这位女士,是来应聘的吗?”吴汉章见啥人说啥话。女士用太原口音说:“报告鞭长,我是记者,来采访的。”女士这么一说,吴汉章吃了一惊。这时候,李纪行也推门进来了,吴汉章大吃一惊,看看这个,又看看那个。盛春丽一笑,也摘下墨镜。吴汉章绕地转圈,嘴里嗷嗷嗷地直叫,慌得不知说啥好。他大手一挥,命令那些保安:“你们出去,去去去去,各就各位。”七八个保安,如获赦令一般,“哗”的一下全走光了。吴汉章关上门。屋里只剩下这三个人。吴汉章大声叫嚷道:“春丽呀,你什么时候来的?也不说一声。啊呀呀,纪行,你怎么不告诉我?春丽,大哥我想你啊。”吴汉章推着盛春丽的腰,让盛春丽坐在鞭长座位上,他和李纪行只能站着。因为这房子里,只有一张桌子和一把椅子。这是吴汉章设置的鬼把戏,以突出他的领导地位。盛春丽笑着问:“吴大哥,你怎么给自己起个鞭长呢,多难听啊。”李纪行也在笑,说:“汉章,桃园饭店有道名菜,你这个官衔好记。”吴汉章一听,哈哈大笑,说:“全坤也这么说,这个叫法有特色,管他呢,牛鞭、驴鞭、马鞭,能唬人就行。”

三人正在谈论着,当当当,又有人敲门。吴汉章开了门,进来两男一女三个小年轻。一个高个子帅小伙说:“老师,我们是来应聘的。”吴汉章又摆出架子了:“嗯哼,你们都是来应聘的?”高个子帅小伙说:“是的。”吴汉章说:“有什么特长吗?有简历吗?”那个女孩美目善睐,长发飘飘,说:“老师,我们有简历,您看一下。”她边说着,边把三张纸递给吴汉章。吴汉章拿过简历看了一眼,自己留下一份女孩子的,把另外两份简历,给了李纪行、盛春丽各一份。李纪行一看简历上的姓名,大吃一惊:裴和平。李纪行急忙问:“裴和平,谁叫裴和平?”高个帅小伙说:“老师,我叫裴和平。”李纪行问:“你是山西人?”小伙子说:“是的,我们三个都是山西人,这是我同学杨波,雁北地区人。这是我的女朋友戈萍,我俩都是运城人。”踏破铁鞋无觅处,今年以来,李纪行和王桃寻找裴和平,一直没找着,以为裴和平回了山西不来了,想不到在此碰上了。李纪行明白了,高兴地说:“我早知道你,你那个大摩托车哪里去了?”裴和平也很惊讶,忙问道:“您是不是李纪行主任啊?”一边吴汉章讲话了:“哎呀呀,原来是一家人呀,这就是李主任。”这时候,六位山西老乡互相介绍,大家一时亲切得不得了。

李纪行大喜过望,说:“好啊好啊,小裴、小戈、小杨,你们可是找对地方了。吴鞭长,你有了嫡系部队了,怎么样,全收下吧,我给做担保。”吴汉章十分高兴,连声说:“好好好,都留下,你们想干什么工作,有什么特长,我们再商量。纪行,今天中午我请客，看全总在不在，我们一起去。”

今天是周末。中午，仝坤举行家宴。邀请的人，有李纪行、盛春丽、吴汉章、裴和平、戈萍、杨波。李纪行还介绍了陈大虾，今天也应邀前来。还有两位新朋友：庞道中、夏瑾。庞道中是四川人，夏瑾是他的女朋友，也是四川人。仝坤和庞道中都住在这个别墅区里，两家是邻居，低头不见抬头见，日子长了成了朋友。今天中午的客人，来自五湖四海，相逢何必曾相识，南腔北调地热聊着。

这幢别墅面临鸭尾溪，鸭尾溪的水，是从南渡江流过来的，溪水有点浑浊。别墅有三层，约五百平方米。仝坤、苏嫚住在三楼，小保姆住在一楼。苏嫚领着客人，从一楼到三楼看了一遍。和别人家不一样的地方，就是这幢楼里二层的三个房间里没有床铺也不能住人，里面靠墙的柜子摆满古玩和字画。古玩字画的价值苏嫚不做介绍，李纪行和盛春丽吃惊不小，二人心里清楚，有几件古董的价值是几个歌舞厅都换不来的。

参观完各个房间，客人们回到一楼大厅，围着圆桌正襟危坐，都显示着高雅。仝坤和苏嫚这桌菜早已做好充分准备，家里有一个保姆，今天李纪行还特意从桃园饭店请来两位厨师帮忙，带来两只现烤鸭。于是，一桌饭菜，鸡鸭鱼肉，丰盛无比。四瓶茅台、两瓶长城干红，放在茶几上待酌。七个男士每人一个玻璃杯，已经把两瓶茅台分光了。三位女士各倒了一杯干红葡萄酒。

仝坤先站起来，高举酒杯，热情洋溢，说：“各位朋友，感谢大家光临，我们来自五湖四海，天涯海角相会，这是一种缘分。既然是朋友，就要互相帮助，今后大家能用得着我仝坤的地方，我仝坤两肋插刀，在所不辞。来，为我们的友谊，干杯！”陈大虾与仝坤碰了一下杯，说：“一看仝老总，就是爽快人，讲得好。来来来，李主任、庞老总、各位女士，干一杯！”酒席筵前，你敬我还，气氛热烈，甚是快乐。

酒过三巡，大家就谈到“林海雪原”开业的事。仝坤利用各种机会广交朋友，朋友拉朋友，财源滚滚来。这是个开放的年代，仝坤踩着了这个鼓点，摸着石头过河，下决心开创一番事业。

吴汉章三口一杯，话匣子打开了：“我们警鞭队，一切工作就绪啦，共十八个人，精兵强将，十八条好汉。”他指着杨波说，“杨波是副鞭长，杨家将，山西雁北人，年轻有为，有胆有识。”庞总没有听懂，四川话问：“啥子副鞭长，没听过哟？”仝坤笑道：“鞭是皮鞭的鞭，鞭炮的鞭，古有一条鞭法，新加坡有鞭刑。汉章别出心裁，自称鞭长，我觉得也很好！”大家举酒杯，一齐敬正副鞭长，吴汉章得意没忘形，抱拳谦让，痛快淋漓。

苏嫚开言道：“一个节目编排了半个月，还不满意，没有拿得出手的节目，心里不踏实。戈萍是艺校毕业，可否出出主意？”陈大虾遂问道：“什么节目，这么难？”苏嫚说：“豫剧《花木兰》，想改编成歌舞剧。”陈大虾说：“这花木兰不是黄陂的吗？”苏嫚说：“是我们河南的啊。”李纪行插言说：“花木兰是哪儿的人，千百年来众说纷纭。安徽说是安徽的，陕西说是陕西的，还有河南、湖北之争。我认为，各持一理，都有出处。但花木兰是中华民族的，不必再争，这些地方，花木兰都去过。千年之后，也许后人们认为，陈铁老总是海南人，你现在不就在海南吗？”仝坤接过话说：“纪行，豫剧《花木兰》，五十年代就家喻户晓。这次歌舞表演，想要有个新的创意，要配一首花木兰的歌曲，没有现成的版本。你发挥一下聪明才智，写一首花木兰歌舞剧的主题歌词，我们找海大舞蹈学院谱曲，就请戈萍演唱，你看行不行啊？”戈萍看了裴和平一眼说：“李主任写歌词，我们请海大音乐系谱曲，我可以唱。”裴和平说：“戈萍唱歌可以，在学校获过奖，先试试再说。”

这时，盛春丽站起来，她端起酒杯道：“谢谢仝总款待。我个人认为，花木兰这个题材很好，先通过排练，得出经验，再把海南当地的文化挖掘出来，比如说冼夫人、黄道婆，还有宋庆龄女士，都可以成为好的题材。我敬各位一杯，祝‘林海雪原’开业大吉，取得成功！”

杨波最年轻，比裴和平还小一岁，一直听别人说话。这时，他站起来，毕恭毕敬地说：“我敬各位老总一杯，我们保安工作，在吴鞭长的正确领导下，一定能够做得更好。”说着，大家共同举杯喝酒，杨波把多半杯酒一饮而尽，吴汉章十分满意，摸一下嘴巴，说：“我们警鞭队，个个好样的。”

遥饮甫畅，逸兴遄飞。

仝坤提议，戈萍是艺校毕业生，唱一段豫剧花木兰。大家拍手响应。戈萍离开桌子，站在一边，霎时变了个人，一举一动，一笑一颦，颇见功力，豫剧花木兰的唱腔，有板有眼，字正腔圆，俨然一个小常香玉。

刘大哥讲话理太偏
谁说女子享清闲
男子打仗到边关
女子纺织在家园
白天去种地
夜晚来纺棉
不分昼夜辛勤把活干
战士们才能有这吃和穿
恁要不相信啊请往那身上看
咱们的鞋和袜
还有衣和衫
千针万线都是她们缝哪
有许多女英雄也把功劳建
为国杀敌是代代出英贤
这女子们哪一点不如儿男
唉咳唉咳唉……

吴汉章听得发呆，竟然忘了手里的酒杯，竟把酒洒在裤腿上了。

一楼大厅有卡拉OK，可以唱歌。大家酒足饭饱之后，都到了一楼唱歌跳舞。歌厅的老板必须会唱歌，吴汉章和陈大虾争着唱："你挑着担，我牵着马"，还有"我挑着担，你牵着马"。看来二人都只能唱这首歌曲，不知谁挑着担谁牵着马。盛春丽唱《洁白的羽毛寄深情》《泉水叮咚响》，行云流水，声情并茂，教授的水平。

李纪行拿了一支笔，两张纸，上了三楼，埋头写《花木兰之歌》去了。不到一个小时，李纪行从楼上下来，歌词写完了。苏嫚把歌词递给盛春丽看了后，又交给戈萍。戈萍朗诵之：

城垣如危崖
古塔似楼台
盼得春风来
雁门出塞外
家国依边陲
木兰花又开
长城北墙围
长江入东海
故园今安在
月色太苍白
征战几人回
洒尽英雄泪
锦书传有谁在等待
望断鸿雁飞
那金戈铁马的破碎
巾帼胜须眉

我穿越时空
千年之外
你无言相对
折戟深埋
已作尘埃
是遥远的追随
我穿越时空
万世之外
你无怨无悔
社稷江山
华夏文明
用生命去捍卫
闻琴声知音
芳香心醉
何羡高山流水
天住青山外
夸父惭愧
我追那份爱
闻琴声知音
芳香心醉
何羡高山流水
天住青山外
夸父惭愧

我情豪迈

娇身戎装裁
弓箭跃马背
谁把女儿猜
沙漠狼烟贼
帷幄朔风吹
戍边夜不寐
文姬十八拍
苏武十九载
昭君一块碑
评千秋功罪
守河山关隘
我永不言败

戈萍朗诵完毕,大家一起鼓掌。仝坤赞不绝口,说:“纪行,你真行啊,一会儿就写完了,又写得这么好。记得小学时候,你就会写作文,老师常表扬。我小时候顽皮,就是好打架。”吴汉章道:“仝老总,你小时候不认识盛教授吗?她也是在校园长大的啊!”仝坤说:“要认识就好了,盛教授比我年龄小,我读书经常换学校,虽说学位研究生,书也没读扎实。”吴汉章说:“我也有大学文凭,不过是电打了一下。学企业管理。”李纪行笑着说:“我们汉章是笼养的小鸡儿——电打的。”大家这才明白了,吴汉章是电大毕业生。仝坤说:“歌词已经写好了,如何谱曲是个问题。”盛春丽说：“请浙大音乐系作曲，我来联系。”

庞道中是做工程的，此时酒醉心明，对陈大虾特别尊敬，反复强调说，请多多关照。

这时，李纪行想起了一个人。

李纪行和盛春丽赴宴之后，回到龙跃别墅的家。盛春丽中午喝了些酒，到王桃的房间休息去了。李纪行准备给王桃打个电话，他认为，要想把歌舞节目排练好，必须有更高级的专业人才指导。盛春丽提议找浙江大学，毕竟有点远水不解近渴。如果从长计议，不如海南大学更方便些。他在仝坤家唱歌时，想到的那个人，就是北京舞蹈学院毕业的潘建翔。

用什么办法，能点燃潘建翔爱情的火焰，也为林海雪原歌厅找到人才？李纪行思索着。

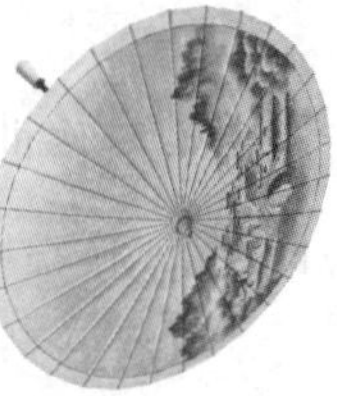

贰拾壹章　归鸿

北京火车站。

下午三时。刚下过一场雨，地上湿漉漉的。屏幕上显示，下一列火车，是从太原开来的。赵芳拿着一把伞，望着高高的“北京站”三个大字，两眼盯着来来往往的人群。突然，听见有人喊她名字，循声望去，看见一位女士向她急速走来。女士齐耳短发，穿着白底印花连衣裙，挎着一个黑色小皮包。“王桃。”赵芳看清了，高喊了一声，心里说，死丫头，留个短发头，差点认不出来了。王桃笑嘻嘻走到近前，赵芳劈面就问：“王桃，你嫁人了？”王桃哈哈一笑，说：“我若嫁人，能不告诉你吗？”赵芳轻轻一哼，说：“我早看出来了，你有心上人。”二人一边说话，一边离开火车站，去找地铁站。

地铁站里人很多，二人刚买了地铁票，地铁就来了。二人进入车厢，车厢没有座位，只有手拉着车厢顶的吊环站着。地铁从北京站出发，沿途是前门、西单、复兴门、五棵松等十几个站，最后是苹果园站，走了四五十分钟。出站口，她俩又乘公交车到了八大处，赵芳的家就在这里，这是赵芳父亲原来部队所在地。

海口桃园饭店开业一年了，开得很成功。赵康师傅培养了几个徒弟，烤鸭的手艺毫不逊色，饭店照常营业。海南夏季炎热，老头和老伴五月份就回了北京，住在八大处自己的家避暑。

八大处院子很大。三号楼，楼外墙体红砖灰裙，高有六层，第一单元二层是赵康师傅的家。一敲门，门开了，一个身着军装的男子出现在面前。男子俊眉朗目，身材笔挺高大，边开门边客气说："王桃姐，早知道你，欢迎欢迎！"王桃问："你是？"赵芳说："他是我男朋友阎真。"赵康师傅老两口忙着沏茶倒水，老太太拉着王桃的手，亲热得不得了，说："小王，今晚就住家里吧，我们好好说说话，赵芳她爸这几天，老是念叨你呢。"

赵康师傅亲自下厨，一桌饭菜荤素搭配，烹调得尽善尽美，让人大快朵颐，吃得甚是快乐。

日薄西山之际，王桃、赵芳在八大处院子里散步。王桃提议明天去香山看红叶，并请一位朋友——北京舞蹈学院的潘建翔作陪。赵芳很高兴，秋天香山红叶美，她也要带着他的男朋友阎真一同去郊游。

翌日。香山。

潘建翔在双清别墅的院子里来回游荡，他看看手表，已是上午十点钟了，还不见王桃到来。昨晚上电话约定，今天上午九点钟，他们在香山公园双清别墅碰面。王桃有大哥大，但他没有，他想着去找公用电话联系一下，又觉得没必要催人家，多等一会儿也不要紧。于是，开始仔细观察起来。双清别墅的出名,原来是因为毛泽东及其战友们的光临—— 一九四九年中华人民共和国成立前夕,他们曾经在这里住了一百五十天。

潘建翔伫望毛泽东和毛岸英的照片,凝视良久。他在想,已经解放了,为什么他老人家又把儿子派到朝鲜半岛去打仗呢?他难道不知道打仗要死人吗?他为了这个民族的未来,付出的代价已经够多了,连他的敌人都敬重他,他完全可以把自己的儿子留在身边啊!

他站在那里,看到了毛泽东刊发在《人民日报》的照片,看到了毛泽东的《七律·人民解放军占领南京》的诗篇,神思遐想。这时,突然听到有人喊:“小潘,潘建翔。”他扭头一看,是王桃,还有一男一女,他不认识。四人寒暄。王桃说:“小潘,我介绍一下,这是我大学同学赵芳,这是她男朋友阎真,解放军艺术学院的,大四的学生。”潘建翔与阎真握手,说:“幸会,幸会。”王桃问:“小潘,你在背毛主席诗词呢,喊了几声,都没听见。”潘建翔反问道:“王桃姐,我正在想,当年毛主席为什么派毛岸英去朝鲜呢?”王桃说:“志愿军抗美援朝去了几十万人,他老人家也派出毛岸英,所以他是伟大领袖啊!”阎真说:“听老师讲,当时的抗美援朝有不同的意见,毛主席一国之主,高瞻远瞩,认为抗美援朝势在必行。所以,欲戴王冠,必承其重啊!那一代人,是我们永远学习的榜样!”赵芳说:“还是解放军素质高,我们也向你们学习。走走走,到山顶上,看红叶去。”

初秋的北京,天气已不是很热了,北京的西山更是凉爽。站在香山山顶上,西山山麓林海苍茫,北京城郭尽收眼底。香山峻秀挺拔，松柏翠绿，枫树栾树点缀其中，还有千年的银杏，红绿相间，层林尽染。

赵芳拉着阎真，阎真拿着傻瓜相机，赵芳搔首弄姿，阎真不断地按着快门，四个人分开成两对，越离越远了。王桃与潘建翔漫步在山坡上。王桃问潘建翔："小潘，回北京这几个月，找没找着女朋友啊？"潘建翔笑起来了，说："王桃姐，哪有那么快啊。那一段时间，我好像鬼迷心窍了，差点没恢复过来。现在很轻松，准备留在学校读研。找对象嘛，也不着急，北京大龄青年多着呢，况且我还不算大，三十岁结婚，也不迟。"王桃说："我告诉你个消息，丁兰还在海南大学当老师，那位男士是个法国人，是丁兰的学生，并不是什么夫妻关系。学生已经回国去了。"潘建翔一听说，马上站住不走了。他不相信，头一歪问："王桃姐，你怎么知道的？"王桃笑着说："你走了以后，我又作了详细的了解，真是这样的，你要不信，再去趟海南，亲自去打听一下，不就清楚了？"潘建翔又笑起来，说："我再去海口卖花，当花仙子啊，一错再错，岂不让人笑掉大牙？"王桃说："是你判断错了，和丁兰一句话也没说，就认定人家有了老公，岂不让人笑掉大牙？要想知道梨子的味道，你得亲口尝一尝啊！"潘建翔走不动了。王桃见他这样子，又问道："李主任在你临走时，送了一首苏曼殊的诗给你，这首诗怎么说，你记不记得？"潘建翔仰望南天，念念有词道："乌舍凌波肌似雪，手持红叶索题诗。还卿一钵无情泪，恨不相逢未剃时。"王桃说："对啊，我们包一把香山红叶，重返海南，丁兰现在还是未剃时啊，可以水到渠成。"

潘建翔两眼放光，热血沸腾起来了。“王桃姐，谢谢你，走，我们追赵芳去！”潘建翔健步如飞，王桃紧随其后。

站在香山之巅，遥望南天，潘建翔心潮激荡。

海口。百花仙子美发店。

上午九点刚过，李纪行和盛春丽开车来理发了，二人事先没有告知刘羽飞和符雅妹。店里的客人不多，上班的员工大多没到齐，十几个理发师和洗头按摩的服务人员，坐在那里闲聊。有个服务员问他俩是不是理发，李纪行说是老板的朋友。

一会儿，刘羽飞和符雅妹匆匆进来了。符雅妹一见盛春丽，高兴得跑上来拥抱，高兴地说：“盛教授，您什么时候来的，也不告我一声，我们好去接您啊！”刘羽飞说：“半年不见了，盛教授更年轻漂亮了。”盛春丽说：“谢谢，谢谢。小刘，你俩的店不错，不错。什么时候办喜事啊，雅妹？”符雅妹说：“计划国庆节，到时邀请您参加婚礼。”符雅妹说：“李主任，王桃姐那天剪了短发，说要回太原去，她什么时候回来？”李纪行说：“才走了几天，什么时候回还不知道。”

李纪行和盛春丽被安排到一个贵宾房，按照二人要求，找了一个女理发师、一个洗头服务员，盛春丽剪头发费时间。李纪行只洗头，一会儿就洗完了。李纪行把符雅妹叫到一边，问道：“打听的情况怎么样？”符雅妹说：“李主任，昨天下午，我又去了一趟海大，调查了丁兰的详细住址，她的那位法国学生，确实是上周回国了。”李纪行如此这般地吩咐，符雅妹边听边抿嘴笑，说：“李主任，我就当她的学生好了，还能学学舞蹈呢。”

李纪行和盛春丽理了发，刘羽飞和符雅妹要请吃饭，李纪行说还要点评节目，改日再聚。

于是，二人出门开车，到林海雪原歌舞厅去了。

海南大学艺术学院。

下午三点，符雅妹前来学习肚皮舞。艺术学院面向东坡湖。海大建校时，海甸岛的这一片是沼泽地带，东坡湖是把沼泽经过挖掘、修整变成湖的，命名曰“东坡湖”。湖面有百亩之大，碧波粼粼，白鹭翩翩是校园的一大景观。今天学习肚皮舞的除了符雅妹还有三个女孩子，教舞的老师是大四的女学生。今天已经是第三次了，老师每次换一个，不知道今天是不是又来一个新老师。符雅妹心里急，她学肚皮舞是为了找丁兰的。那天接到李纪行电话，她第一次来学校，就向教她的那位女学生打听了，得知原来有个法国留学生与丁兰关系好，但那个留学生已经回国了。她按照李纪行的计策，想通过学习肚皮舞与丁兰拉上关系，把一切就都弄清楚了。前三天的老师，都说丁兰教授现在带研究生，不会亲自来教肚皮舞。这肚皮舞是林海雪原歌舞厅确定的特别节目，大家认为很有看点，时间可长可短，容易控制舞台节奏。那同来的另外三个女孩子，也是“林海雪原”派来学习的，开始时雅妹并不知道，当四个人互相熟悉了，才说出底细来。

这是一个练习舞蹈的剧场似的宽敞的大厅，大厅里男男女女已有四五十人，三个一群，五个一伙，各自为政做练习。而练习肚皮舞的只有符雅妹这四个人。这种舞蹈，练习时最好有音乐伴奏，效果才能好一些。最好在腰胯上再带上一圈小铃铛儿，还要把肚皮、肚脐露出来，甚至在肚脐眼儿上放一颗璀璨的珍珠。这种舞蹈最迷人之处，是全身各部位的抖动，或曰颤动或曰颤抖，叫什么西迷西迷的，抖或颤的身体部位，全由个人决定，部位不同，动作也各异，而且要做到上动下不动，下动上不动，要求整体不动局部动。但绝不能局部不动整体动，那就成了打秋千了。做到这点已经很难了，更难的是，颤抖的频率之快，摆动的速度之快，哆嗦的声音之快，那真是令人惊讶。若是慢的时候，又似行云流水，再显以丰臀蛮腰，玉臂粉背，那女性的婀娜之姿，凹凸之韵，真似天造地设，令人心醉神迷。难怪李纪行建议仝坤说，这个节目是歌舞厅重中之重。

今天是个例外，第一天教肚皮舞的那个女学生又来了，一回生二回熟嘛，教的学的，老师和学生，年龄都差不多，既是老师也是姐妹。我来你这儿学舞蹈，你去我那儿剪头发，少不了今后多加往来，都是与美丽经济分不开的。将来符雅妹说不定还是“林海雪原”的兼职演员，只要刘羽飞同意的话。这四个学员都是很好的学跳舞的料，相貌、身材、年龄、悟性都是百里挑一。什么兰花指、蛇形手、骆驼胸、人鱼背，什么浪摆抖转，什么挺甩震旋，什么西迷环绕，什么抱臀曲腰……仅几天的时间，学得已经有模有样，若非行家里手，已经看不出生熟了。这个来教学的海大女学生叫高小芬，她第一天来教肚皮舞，认识了符雅妹，觉得雅妹虽是老板娘，可来学肚皮舞，没有有钱人的架子，雅妹又向她打听丁兰教授的情况，她就觉得雅妹不是一般的人。她把这个情况报告了丁兰教授，丁兰教授也不明就里，大概觉得教授嘛，毕竟名声在外，也没有多想，只觉得这件事有意思，就让高小芬约见符雅妹。

都品徊回国了。

都品徊回国，给了盛春丽一个突然袭击，使她猝不及防。今年上半年，他一直在美国各地大学做学术交流。最近两个月住在西雅图。西雅图风景秀丽四季宜人，当地华人很多，他有点乐不思蜀了。

今年年初二的早上，都品徊的小妹妹都品徕到了浙大盛春丽的家，碰到李纪行，当时并没有起什么疑心，以为李纪行也是早晨刚到盛春丽家，相约出去一起玩儿的。都品徕到旅行社上了一天的班，下午她下班后，觉得盛春丽过大年一个人孤单，想晚上和嫂子做个伴儿。谁知都品徕七点多来到浙大，盛春丽还没回来。都品徕等不住，也不知道盛春丽什么时候回家，正要离开的时候，借着夜晚校园的路灯光亮，看见盛春丽和李纪行从校门口下车，手拉手回来了。都品徕没有急着进家，只是在楼下面的广场上等待，眼看着盛春丽家的窗户透出的灯光，她想等盛春丽的客人走了再上楼。可是一直等啊等，等到十二点了灯还亮着。都品徕起疑心了，她觉得这个李先生不一定是盛春丽的什么表哥呀同学的，是不是嫂子……她不敢往下想了，越是疑惑，越想知道究竟。都品徕蹑手蹑脚上了楼，到了盛春丽家门口听里面的动静，听到有二人说话的声音，又有笑声，想必李先生今晚在此过夜了。都品徕心思怏怏离开浙大校园，回了自己的住处。不久,这件事远在美国的哥哥都品徊就知道了。都品徊已确信无疑,他初一的凌晨给盛春丽打了一个越洋电话,就是一个男人接的,这个男人必定是那位李先生,什么表哥表弟的,大过年不回自己的家,分明是乘虚而入!后来,他从张琳教授那儿得知这位李先生叫李纪行,山西太原人,在海南经商。又通过与黎锦通话,得知李纪行与盛春丽从小青梅竹马的友情。又通过与柳云的通话,得知李纪行不仅风流倜傥,而且才学过人。张琳、黎锦和柳云都是随意说的,并不知道说者无心而问者却有意,都品徊已经断定盛春丽与李纪行有暧昧关系,这种事情只能凭感觉和判断。不说他远在美国,就是在杭州也不一定看得见摸得着捉得住。都品徊深知,男人出门在外,头上帽子的颜色是由女人决定的。他该怎么办呢?

话说回来,都品徊四年没有回国看未婚妻一眼,他真的是那么忙吗?此次都品徊回国没有告知任何人。他先从西雅图飞到纽约,又从纽约飞到上海,又从上海乘火车到达杭州。

都品徊出了杭州火车站,打的回到浙大玉泉校区,没想到迎接他的却是一个空巢。这是一幢建了五年的新楼,学校分房时盛春丽选的房号是一幢五层三号。她对数字敏感,一五三,数论里有讲究的,是个水仙花数,这数是前十七位自然数之和,又是一五三每个位数的立方之和,数字很美。盛春丽,盛开在美丽春天的水仙花。这是她和未婚夫的爱情之巢,岂能不美,要求的数字也是美好的。明天是八一建军节,再过半个月,就是七夕情人节了。这四年,二人天各一方,即便是牛郎织女还一年一见面，盼着鹊桥相会呢。

都品徊只身飘零在外，开始时想盛春丽快想疯了。那时刚去德国，他烦闷时学会了抽烟。这个爱巢他有一把钥匙，他从挎包里找出钥匙，打开门锁，把皮箱拖进房间。他开了灯一看，房间收拾得干干净净，他与盛春丽的合照仍在书桌的玻璃板下面，照片上的他笑容可掬，心满意足的样子，盛春丽齐耳的短发，美丽俏佳人。他到卫生间洗了一把脸，清醒了许多。到厨房打开水龙头，灌了半壶水，放在电炉上，水壶是铜的，被擦得锃亮，灯光下泛着金黄。他觉得饿了，打开冰箱，见冰箱里冷藏着几束挂面和十几颗鸡蛋，挂面很细，他想起盛春丽最会做的荷包蛋阳春面，不把鸡蛋打散，滴入响水慢慢煮，鸡蛋抱成团，外面乳白色的蛋清，蛋清里包着蛋黄，蛋在碗底一颗，表面上一颗，明一颗暗一颗吃着会有惊喜，倒入一些陈醋是山西人的窍门，喜好那一口陈醋酸的香味儿。这么简单的事情，都品徊却不能完成，他只能先煮挂面，再把鸡蛋一打成了丝丝缕缕的蛋汤，与挂面混合在一起。檊杖粗的一束挂面，煮熟了半锅。都品徊端着碗，出了厨房坐在客厅，他边吹边吃，烫着嘴吃了一碗，回到厨房看看，还足有两大碗，面煮多了，一顿吃不完。

离开这个家有四年了，他开始有点心酸起来。他打开皮箱，找出一包万宝路牌子香烟，找到火柴点着，猛吸了几口。这时的他，竟然百感交集，满眼的泪花了。他想，盛春丽在他走出国门的四年，一千五百多个日日夜夜，她是怎么过来的，做光棍不易，单身女人更难。两个人的家，一颗心在家园，一颗心却在天边。想得到而够不上,这里有多少苦辣酸甜!

他没有通知任何人他回国的消息,他这时意识到,这是极不道德的。一个大学教授、学者、知识分子,应该坦坦荡荡,偷偷摸摸回来算什么事,潜入的特务?心里有鬼?突然袭击?即使捉奸在床又能说明什么?那该是何等尴尬啊?你都品徊,这样做人做事,算个什么好鸟!他自责反省,心情沉重。

主卧室的木质双人床上,是席梦思的弹簧床垫,床垫上铺着一张白色床单,床单上只叠了一条薄薄的被子,上面放了一个长长的枕头,枕巾不在枕头上,洗好了叠在床头上。都品徊仰面躺在床上,他想着明天先找张琳教授报到。黎锦、柳云她俩肯定知道盛春丽去了哪儿了,然后告知她俩他已回来了。他还得找个恰当的理由说明这次回国是突然的决定,所以谁也没有来得及通知,因为电话打了没接通,就登上飞机启程了。

他身心疲惫,恍恍惚惚似睡非睡。他觉得仍在异国他乡,似乎躺在西雅图华盛顿湖畔公园的草坪上,那是他回国前最后的记忆,他在那里,等待他的忘年女友欧阳菊晨。

岁月悠悠。异国他乡。

那一年,他刚来到德国莱茵锡根大学,初来乍到,一个人也不认识。他尽管英语很好,而德语却很差,德语交流基本听不懂,为了解决语言问题,尤其是口语和听力,他旁听中文德语补习班。班里的老师是一位年轻女士,就是欧阳菊晨。欧阳菊晨来自香港中文大学,父母在台湾台北市生活,当时她年龄只有二十二岁,比都品徊小八岁。这是都品徊见过的最漂亮的女人,无法形容其美丽，只觉得像电影里面的刘三姐。

每次上课时，他都不敢多看她一眼。她走到他身边，他想提个问题，也颤抖着说不出话来。都品徊从不误课，不到半年，德语学得出类拔萃，自然与美女老师，这个天仙般的欧阳菊晨成了最好的师生关系。起先是师生、朋友、忘年交，进而成为恋人。都品徊四年的学业，有欧阳相伴，功成名就。

公园绿树掩映，湖水碧波荡漾，夕阳披着彩霞渐渐坠落下去。他远远看见了，她若仙女下凡，翩翩而来。欧阳菊晨已经二十六岁了，她天生丽质，无论穿什么衣服都是那样得体，什么衣服穿在身上都是那么好看。今天，她从柏林飞到西雅图，是都品徊让她来的，她穿一件半袖白衬衫，一件翠绿短裙，背上一个双肩黄色背包，一副青春少女的模样，蹦蹦跳跳来到都品徊身边。二人多日不见，亲热地拥抱，海阔天空，说说笑笑。他终于忍不住了，他告诉她，他马上就要回国了。二人长久地沉默。她问他什么时候还能回来，他无言以对，凄然相向，二人难舍难分。一夜惆怅，一夜温馨，不知是天上人间。第二天，她送他到机场。登机前，她送给他一个绿色的印花笔记本。

飞机从纽约机场起飞，坚定地义无反顾地直冲云霄。飞机上，他急忙打开笔记本，里面有一张她的照片，还有她写的一首小诗：

问君归期未有期
西湖夜雨涨白堤
此生有缘能化蝶

哪怕海枯石烂时

诗,有心无题。

第二天一早,都品徊提了一包礼物,敲开张琳教授的家门。师生四年不见,一见面就热泪盈眶,张琳教授责怪学生怎么不事先告知,都品徊忙着做解释。张琳教授也知道盛春丽到了海南,忙着打电话给黎锦,让她通知盛春丽速返杭州。

张琳教授沏茶倒水,让老伴快点做早餐,先随便吃一点,中午到外面去,找个好饭店再给都品徊接风,叫上黎锦柳云,好好喝上几杯庆祝庆祝。过了一会儿,黎锦也来了,都品徊是学长,二人都是张教授的学生,因不是一届,互相只知其名,还经常通越洋电话,见面却是第一次。

因为都品徊几次打电话,询问盛春丽与李纪行的事情,有一回张教授和黎锦、柳云碰在一起,闲谈中说起了这件事,引起张琳教授的注意,三人才意识到问题的严重性。这次都品徊突然归来,偏偏盛春丽又去了海南,这么巧的事,即使浑身是嘴也很难说清楚了。都品徊问黎锦:“师妹,我们俩只通电话,这次是第一次见面,你是海南人,你说一说,海南比杭州好吗?”黎锦看了张琳教授一眼,觉得都品徊话里有话,她说:“看哪个方面,寸有所长,尺有所短,各有各的优势。海南椰风海韵,阳光、空气、沙滩……当然,论起历史文化、经济建设,不如杭州。但海南发展潜力巨大,现在又是我们中国最大的经济特区,海洋面积有两百多万平方公里,是祖国的南海边疆,也是最大的海洋省份,海洋资源丰富,地理位置十分重要。”都品徊又说:“通了多次电话没问,师妹找对象了没有啊?”黎锦说:“我的男朋友在加拿大读研,过两年就回来了。”都品徊说:“最好早点回来吧,省得彼此牵挂。”黎锦说:“不要紧,他有他的事业,我有我的事业,有情人终成眷属嘛!”都品徊开玩笑说:“他在外面孤孤单单的,万一有个女朋友怎么办?还是回来的好。”黎锦说:“有个女朋友也好,但那不一定就是夫妻。两情若是久长时,又岂在朝朝暮暮,对不对?我不怀疑,也不在乎。男欢女爱,谁能证明自己是清白的?也没有这个必要嘛,只要自己掌控就好。”黎锦的话里也有弦外之音,或是故意说给都品徊听的。

张琳教授坐在沙发上,边给二人添茶边听着,这时他拆开一包香烟,是都品徊刚才给他带来的外国的万宝路,烟盒很精致。他抽出一支,先试着递给都品徊,看他抽不抽,都品徊接了烟,张教授问道:“品徊,你也学会抽烟了?”都品徊点点头,说:“有时候闷得慌,偶尔抽一抽。”张教授又抽出一支,都品徊忙划根火柴帮他点着,张教授连吸了几口,语重心长地说:“品徊,假若一对情侣,长时间地相处在一起,那也很难证明你是清白的。”

张琳教授继续说:“因为人的欲望是一只怪兽,它的名字叫本能。它不听话,有时候也难以控制。人类文明也想尽办法用道德和法律两条绳索企图把它捆住,但千万年来总是徒劳的。我们人类自相矛盾,总想自己开脱自己,自圆其说,自找借口,口是心非。又制造了许多说教,想找到解开这种绳索的理由,什么三从四德呀,什么情呀爱呀,贞呀洁呀,那都是自欺欺人的。这正如一个正常人，被关在精神病院里，你想证明你是正常人，同样也是很困难的。因为，我们是肉眼凡胎，看不见精神灵魂，也看不见思想思考，更看不见什么本能。甚至再高级的仪器，也看不见精神上有没有毛病。如果医生问你，你有没有精神病？请问，你怎么回答呢？你说有，那好，我圈住你。你说没有，那好，没有为什么到这里来了？对不起，我要观察你。你不出声，不说话，对不起，你发呆了，我治疗你。你如果答非所问，胡言乱语，念外语背唐诗，甚至还愤怒咆哮，对不起，神经错乱了，我捆住你。表象的判断往往是错误的，最后的结果，还是被医生用一根针来镇静你。”

都品徊给张琳教授续茶，又从烟盒里抽出一支香烟递给张琳，他边帮着点烟边说：“张教授，按照现在的医学发展水平，有没有精神病，是有严格检验指标的，应该可以判断出来。”张琳教授喝了一口茶，接着说：“二十年前，美国斯坦福大学一个心理学家，带着八个正常人，声称其有精神病，让医院检测确诊，你想检查的结果是什么呢？医院说这些人都有精神病。这群被测试的正常人哪里有什么精神病，医院不知道这是个设计的心理学实验。因此医生的权威受到质疑，双方展开了争论，顿时社会舆论哗然。还有，你们看过《红岩》这部小说吧，里面有个叫华子良的人，长期装疯卖傻，竟然躲过特务机关的监视。中国古代的越王勾践也是装疯卖傻，躲过吴王夫差的迫害，得以卧薪尝胆，报仇雪耻。所以说，中国有句成语，叫作人心叵测。叵测，你懂吗？”

黎锦说："张教授，人们都看不出彼此的内心世界，互相怀疑，也太可怕了。"张琳笑道："也没有什么可怕的。古老的印度佛教说人有七层身体，我们这个血肉之躯只是第一层身体，第二层叫电磁波身体。比利时生物物理学家、诺贝尔奖获得者普里戈金提出了耗散结构的理论。电磁波身体就是个耗散结构，如果人死了，这两层身体随之消失，但佛陀说有六道轮回，还没有彻底消失，转化去了，这相当于物质不灭定律和能量守恒定律的翻版。更高层次的身体，就是生命意识和良知。另一位诺贝尔奖获得者、奥地利物理学家薛丁谔，在四十多年前就写过一本书，叫《生命是什么》，企图揭示生命有机分子的遗传资讯，强调生命是从一个遗传基因来的，由此而产生微型密码，它的序列和结构的不同，决定了生命的功能。他预知了 DNA 的双螺旋结构。但是，有机物质的遗传基因、微型密码、序列结构，就能决定人的意识吗？他没说清楚。对于人的生命意识和良知，这些身体更高层次的东西，我们还没有弄明白。我们只有用一颗善良的心，去对待这个纷繁的世界，这就是良知，也可以说，是人类之爱。"

都品徊接着说："前两年，美国总统布什发布了一个脑的十年计划，投入了巨资，意在对人类大脑进行深入研究。研究人员雄心勃勃，就像当年的曼哈顿工程、阿波罗登月计划一样，未知前景如何。"张琳教授哈哈一笑，说："前景如何，且听下回分解。"他又问黎锦道："春丽教授什么时候回来呢，通知到了吗？"黎锦说："已经通过电话，如能买到飞机票，今天就回来了。”

海口。盛春丽住的家。

李纪行迅速穿上衣服，上楼去敲盛春丽的门。昨天晚上，盛春丽有点头痛，一个人睡在三楼王桃的房间。李纪行敲门，大声说：“春丽，快起床，有你电话。”房间里问：“什么电话，这么急呀？”盛春丽一开门，穿着睡衣，没有睡醒的样子。李纪行说：“春丽，都品徊回杭州了。”盛春丽吃了一惊：“胡说，他回国，要来电话的呀！”李纪行说：“即使他来了电话，你也不在家呀。”盛春丽说：“那他会给张琳教授打电话呀。”李纪行想了想说：“春丽，我感觉不对劲，你赶快买机票，马上返杭州。”

李纪行回到自己房间，推开阳台的门，一阵风雨吹了进来，他赶紧把门关上。他又把客厅的窗帘拉开，向外一看，窗外风雨交加，院子里的椰子树左右摇晃，椰树的枝叶被狂风刮得垂头丧气摇摇欲坠，院子里已经大量积水。一位女士打着伞，从楼下啪啪啪跑过去，水花飞溅，她的雨伞被朝天翻卷，手中只捉着一根干棍儿。李纪行急忙关严窗户。

盛春丽急急梳理完毕，下二楼进了李纪行的房间。她倒是毫无紧张的样子，说：“二哥，雨下这么大，还有航班吗？”李纪行说：“没有飞机，坐船也得回去啊！”盛春丽说：“坐船渡海，再坐汽车，再坐火车，一路折腾，牛年马月能回去啊！”李纪行说：“我们到机场看看，然后再做决定。”

李纪行和盛春丽开着奔驰，冒着风雨到了机场，进了候机楼一看，候机大厅的客人寥寥无几。两人向机场服务人员询问，得知今天出港的航班已经全部停飞，客人都已安排住宿等候通知。入港的航班也由于天气原因不能降落，都全部取消了。

李纪行开着车又从机场来到了新港码头。他把车停在港口外的广场上，让盛春丽坐在汽车里等，他一个人拿把伞，冒着大雨，跑进了购票大厅。他进大厅一看，里面拥挤不堪，足有几百号人，吵吵嚷嚷的，站的坐的躺的，行李包裹横七竖八，都滞留在那儿干等着。看来要想坐船，今天也没有可能了。

李纪行在出发厅犹豫，这时候大哥大响了，一看是王桃电话，王桃说她和潘建翔今天准备一起乘飞机到海口，由于海口天气的原因航班延误。她问是否还在下大雨，她和小潘正在首都机场逗留，等待航班起飞的通知。

李纪行成了热锅上的蚂蚁，干着急没办法。盛春丽要走走不了，王桃想回回不来。他忽然想起了杭州灵隐寺，小和尚刁小三说过，天有不测风，万变不离猪。这小家伙大概也长大了，什么时候抽空去看看他。眼下怎么办呢？既然走不了，那就找个解闷的地方玩儿，着急也没用。

李纪行坐在汽车里，手里握着方向盘，一时找不到方向了。汽车玻璃上的雨刷器飞快反复地画着半圆弧。雨瓢泼似的下个不停，从车窗看不清楚外面。他看着盛春丽问说："春丽，我们去哪儿？"盛春丽说："急也没啥用，到'林海雪原'去看看吴鞭长。"李纪行正在无计可施，一听盛春丽说去歌舞厅，连声说："好，好，好。"

李纪行和盛春丽开着黑色奔驰汽车，顶风冒雨徐徐驶入歌舞厅停车场,又从停车场绕了半个圆圈,到了歌厅的正门口,盛春丽在门口下车。李纪行把车开到停车场,打了一把雨伞,跑步进了歌舞厅。

歌舞厅有两层门,第二层门里面,才是演艺剧场。舞台上,八位女演员表演肚皮舞。观看彩排的有百八十人。虽然是彩排,但与演出无异。观众痴痴呆呆的眼神,盯着裸露的雪白的肚皮。手指舞动如魔牙利爪,脖颈摇摆似膀肩离分。一招一式,动中有静;一笑一颦,万种风情。台下的观众,屏息宁神,垂涎吞津,喉结蠕动。舞蹈甫停,掌声顿起,乐坏了仝坤。

仝坤从大厅出来,满面堆着笑容,他看到了李纪行和盛春丽,可巧,公安厅秦荣和王刚也来了,二位领导衣服还是湿湿的。几个人一见面,都彼此相识,互相握手拥抱。盛春丽是客人,仝坤做了介绍,都是山西老乡,马上一见如故了。

这个时候,从走廊的另一头,远远看见一列队伍,迈着正步走过来了,越来越近,仔细一看,这巡逻队有八个人,每人头戴一顶高高的圆柱形长筒帽子。站在门厅前来看节目的人,注意力全都集中在这八个人的帽子上了,这个帽子颜色是蓝绿色的,帽子形状是个反扣的圆筒,足有一尺之高,帽筒子的顶端,直立着一个黄色穗子,穗子的根根丝线向下垂坠着,帽檐是半个月牙儿,颜色都是黑色的,应该是个塑料薄片。帽棱儿用黄色锦带镶边,无法判断帽子的出处。就像是民国时期,奉军张作霖的帽子,或者像是民国初年,袁世凯、段祺瑞的帽子。再看队员身上的服装,上身白色半袖T恤,下身黄色齐膝宽裆裤衩,一根红色领带垂在胸前。走到近前，看得更清楚了，每个队员五大三粗，一米八以上的身高，胳膊小腿上的黑汗毛密密茸茸遮体蔽肤，充分体现着男性的粗犷。李纪行和盛春丽已经看到吴汉章鞭长领着头走在前面。相形之下，在那七个高帽子面前，他却低了一大截，帽子高大，个子矮小，形成反差，收缩成了一个干瘪的小老头。每个队员脚蹬黑色皮鞋，白色的袜子裹住脚踝，雄赳赳，气昂昂，人人右手提着一根警棍。唯有吴汉章小个子鞭长与其他队员有区别，手里攥的是一根虎尾三节棍。

盛春丽看见吴汉章的样子，已经按捺不住想笑了。吴汉章目不斜视，却也发现仝坤、李纪行、盛春丽了，其他人不认识。只听他突然喊了一声："向后转。"领着七个队员，原路返回，转到后面去了。一会儿，吴汉章完全变换着装，帽子领带都没有了，灰色长裤，白色T恤，急急忙忙赶了过来。仝坤把吴汉章介绍给秦荣和王刚，说这是我们歌厅的保安队长，仝坤没有说是鞭长，怕这两位领导听不懂。秦荣和王刚没认出来，刚才那八个人中，领头儿的正是这位鞭长。吴汉章不动声色，只是憨笑不语。

看了这八个大帽子，秦荣笑着说："仝老总啊，你们保安队的派头不小，着装也很特别，特种行业，特殊对待。现在社会上的保安，没有统一标准，将来有了规范，再统一起来，刚才的阵容在海南是独一无二的，特殊，特别，一定能够引起人们的关注，效果也好。"

中午时分，风雨小了一些，街道低洼之处严重积水。仝坤开着宝马车，李纪行开着奔驰，秦荣和王刚坐一辆桑塔纳，三辆车开出停车场。由仝坤做东，到海龙王海鲜城喝酒去了。仝坤让吴汉章通知杨波参加，杨波是吴汉章的副鞭长，老实勤快，深得仝坤器重。杨波带了一个傻瓜相机，席间给大家合影留念。饭菜丰盛，四大名菜，东山羊、和乐蟹、嘉积鸭、文昌鸡，都上了桌。大家开怀畅饮，这个节日过得无比快乐！

席间，李纪行和盛春丽照了一张合影。

夜晚，风停雨住，天气渐晴。

李纪行别墅的楼顶有一个小小凉亭，亭顶是个木伞棚，伞棚下面有一石桌，石桌两边放置石凳，石桌、石凳不怕日晒雨淋。入夜，高高的天空上，残留了几片撕碎的云，随风飘散。已是夏末初秋，海甸岛的夜晚，阵阵海风吹拂，倍觉清新凉爽。李纪行和盛春丽面对面坐着，石头桌子边上，点了一盘蚊香，圈圈地冒着白烟，白烟缕缕，向四周飘去。桌子中间放一把茶壶，一个暖壶，一包点心，两个茶盘，两只茶杯。茶壶里泡着雀舌西湖龙井，二人品茗，相对无言。

今天下午，已买到明天中午的机票，盛春丽准备回杭州了。此时此刻，她心里有说不出的滋味儿，她想，天怎么晴了呢？还是刮风下雨好，一个心思，不用多想，踏踏实实，没有忧愁烦恼。那些年月，她思来想去，想去思来，都品徊四年不归，求学的因素有之，有无其他的原因，凭一个女人的直觉，她有些怀疑。这一次他突然归来，神不知鬼不觉的，更让她觉得莫名其妙，甚至觉得他心怀叵测。

李纪行打破沉默，仰头看看天空，天空有几颗星星，他手指着天空说："春丽，你看，那颗最亮的星星，就是莫蓝柯瓜星球。"盛春丽嫣然一笑，说："二哥，你是逗我开心，我早有思想准备。"李纪行说："我理解你。"盛春丽闷声说："二哥，我今天心神不宁，不知道为什么。"李纪行说："要不要算一卦，给你开开心？"盛春丽笑笑说："又没什么事，随便算卦干吗？"李纪行说："玩玩而已，又不当真。孔夫子演周易，玩索而有得。"盛春丽问："听你的，怎么个玩法？"李纪行说："玩梅花易数，用时间起卦。"他说完，起身下了二楼，进了房间，看了看挂历，拿了纸和笔，又返回楼顶上。他坐下来，摊开纸笔，说："春丽，今天是公历八月一号，夏历是羊年，六月二十一日。现在刚过十一点，正当子时。我们依此起一卦。"他在笔记本上开始一笔一笔画卦，边画边说："未羊年，记数是8，六月是6，二十一日为21。那么，8加6加21等于35，把35再除以8，商等于4，余数是3。余数3为上卦，也就是离卦，这是取先天八卦数。下卦呢，年月日时，对应数相加，子时为1，那么35加1，等于36，再除以8得商为4，余数为4，取余数4，下卦为震卦。本卦出来了。上卦离下卦震，离为火震为雷，本卦名火雷噬磕。年月日时之和除以6，余数为零，得动爻为6。最上一爻，即上九爻动，变卦为纯震卦。本卦噬嗑，为序卦中第二十一卦，变卦震，为序卦中第五十一卦。本卦为起因，变卦为结果。"李纪行念念叨叨，一副虔诚的样子，盛春丽看着就想笑。她说："你这是给谁打卦呢？什么时候记了这些东西？哼哼，总有猜对的时候，猜不对不吭声，猜对了就吹牛。”李纪行说:“春丽,心诚则灵。易经,是上个劫世的文化,到了我们这个劫世,不知流传了几万年了,老祖宗的东西,能够存在下来,自有它的道理,不可轻易否定。”盛春丽笑着说:“我知道,据说丹麦物理学家波皮就十分崇拜易经,还把太极图作为他家的族徽。德国数学家莱布尼茨也对六十四卦做了深入研究。其实六十四卦的排列组合,就是数学的二进制。”李纪行笑着说:“我这是班门弄斧,给数学家讲微积分。我想逗你开心。”盛春丽接着问说:“你这卦的结果,怎么样啊?”李纪行没有说话。

盛春丽提起茶壶,给两个杯添了热茶,又用茶夹夹了拇指大小的一块儿点心,放在李纪行面前的茶盘里。她自己也夹了一块儿,放进嘴里,点心里有果酱,甜甜的。李纪行吃了,慢慢嚼着,两眼盯着笔记本,像是在寻找什么。

一会儿,李纪行抬起头来,端详着盛春丽清秀的脸庞,心里在悄悄地祈祷着,他把盛春丽看得不好意思了。李纪行说:“春丽,你人美丽,卦象也不错,本卦相生,变卦比和,出门旅行,只要注意安全就好了。”盛春丽笑着说:“注意安全,一路顺风,谁不会说。你算的卦不准,不准。”李纪行拿起笔,又仔细想想,摊开笔记本,他写下了李商隐的《无题》诗:

相见时难别亦难,
东风无力百花残。
春蚕到死丝方尽,
蜡炬成灰泪始干。

晓镜但愁云鬓改，

夜吟应觉月光寒。

蓬山此去无多路，

青鸟殷勤为探看。

李纪行放下了笔，盛春丽把笔记本看了一遍，就问：“二哥，这是李商隐的诗，与你的卦有何相干？”李纪行说：“春丽，算卦，玩儿而已，人生在世，不称意之事常有七八九，打卦算命，无非四种结果，所谓吉凶悔吝。只有吉是好的，凶悔吝三种都不好，只是不好的程度不同而已。打卦的好处是可以警示我们去趋吉避凶。明天你要回杭州了，要摒弃前嫌，尽心尽力，去关照都品徊。”盛春丽说：“二哥，他没灾没病，我们互相关照就行了。”李纪行说：“我再写几句话，你须谨记，好吗？”盛春丽点点头。

李纪行又拿起笔来，“唰唰”马上写完了。盛春丽拿过一看，却是一首小诗：

嗑本用体相生玄，

震变比和两成全。

水重山复多蹇路，

但见蒿药插井田。

盛春丽眼盯着李纪行，有点迷惑不解。李纪行解释说：“这四句话，分别代表了四个卦，本卦、变卦、互卦、错卦，分别是：火雷噬磕卦、重震卦、水山蹇卦、水风井卦。东北、正东方向，生伤之门，尽量避免出行。今天夜深了，我们下楼休息，明早七点出去吃早茶，再到机场，好不好？”盛春丽快快说：“二哥，从下午到现在，我心慌意乱的，心里害怕，不知道为什么。”李纪行笑笑说：“你要离开海口了，心里恋恋不舍，今晚住我房间，就不用害怕了。”盛春丽站起来，双手一拍，说：“好的，你讲庄洱的故事，我也做个好梦。”

夜阑人静。抬头望去，天空那颗星星——莫蓝柯瓜，正向二人眨着眼睛呢。

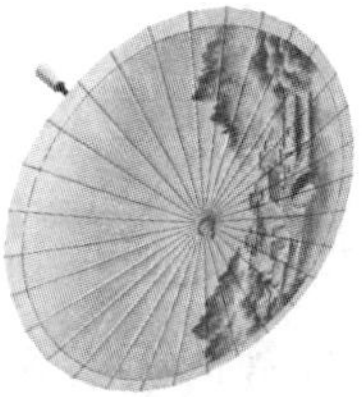

贰拾贰章　夜电

晚上八点钟，银凤电影院。

明泰大酒店老板陈大虾今天晚上接待了一批客人，酒足饭饱之后，他专门又让陈鼎招待去了。项目开工需要启动资金，五千万元的资金是个大问题。来的客人是银行的大小领导，要想借钱必须有还贷的能力，所以必须考察借款方的还贷能力，人情关系的成分当然也有一点点，毕竟要放在次要的地位。按照陈鼎的安排，晚饭后去电影院看电影，然后再去唱歌跳舞。

陈鼎开一辆面包车，把客人拉到银凤电影院。有七八个客人，陈鼎想要包一个包厢，服务员说包厢没有了，陈鼎说想想办法，服务人员说只能凑合，有一个包厢现在只有两个人看录像。这个包厢，想看电影看电影，想看录像看录像。于是陈鼎带着一帮人进了包厢，包厢里黑咕隆咚的，隐约看见只有一男一女两个人坐着，男人一边抽烟一边看，女人坐在旁边作陪。

屏幕上，正在上演一个黄色大片。大家静坐下来，开始观看。

录像里的镜头，男欢女爱，赤身裸体，惨不忍睹。客人们看了几分钟，有一个五六十岁的老干部，在外面上厕所回来了，一看放的录像就惊呆了。他大声呵斥说，你们是不是党员干部，怎么能看这些东西呢？陈鼎忙笑着解释，老领导请坐下，人家演都敢演了，我们看也不敢看，这是社会现象，不必太大惊小怪，不健康的东西，也要了解一下，否则如何去抵制呢？陈鼎这么一说，老头不吭声地坐下来了。陈鼎又把包厢的灯关了，彼此看不清对方，只有电视屏幕里，一闪一闪地放光。

这黄色录像，也不知道属于几级片，情节简单动作复杂。放大的画面像磁石一样，于半明半暗中吸引着一双双铁黑的眼球。镜头里的表现，人人意中之所有，人人体会之所无，人人拥有的资源，人人利用得不同。宁神屏息，羞着看着。只见画面上呼天号地，翻云覆雨，落霞与孤鹜齐飞，秋水共长天一色。摇唇鼓舌，水乳交融。落花流水，一塌糊涂。看了一阵儿后，有几个人不想看了，说稀里哗啦地没意思，不如唱歌去。这时，刚才说话的老头却说，要看就看完吧。大家心领神会，只好继续坚持看下去了。

约莫过了半个小时，包厢里一男一女出来了。这个男人戴着墨镜，手里拿着一个黄帽子。

这一对男女又进了电影厅。

电影厅里正在放电影。整个电影厅有十几排座位，每一排只有五六个沙发，沙发之间一个个前后错位，互相隔开距离并孤立着，前后左右被沙发靠背挡住了视线，后排座虽比前排座的地面高一些，但还是极具隐秘性，坐在自己的沙发里面，看不见其他沙发坐的谁，只能远远地看得见前面高挂着的银幕。

这位戴着墨镜的男士，原来是吴汉章。

吴汉章坐到最后一排，女孩子又坐在了他的身边。电影厅里特别安静，看电影的人都以为只有自己在看电影。银幕上演的是香港的电影《笑傲江湖》。已过子夜。电影院十一点开始清场，只要买十五元的电影票，就可以看个通宵，困了就在包厢里睡一觉。许多外地客人初来乍到，一时找不到住宿，就在电影院过夜。海南一年四季着衣单薄，特别是五月到十月之间，只要穿着裤衩半袖衫就可以了。

今天中午，吴汉章在与几个朋友喝了不少酒，回到林海雪原歌舞厅后，布置了节假日值班人员的工作，就回到附近玉沙村自己的住处。玉沙村就在海口湾畔，离林海雪原歌舞厅也近便。本来李纪行想让吴汉章同他住一起，省得别墅的房间空着，但是吴汉章思来想去觉得不妥，还是自己一个人住在外面好，朋友们虽然好，还是应该保持点距离。更重要的是他不愿意看到李纪行与王桃之间的关系，住在一起睁一眼闭一眼的，就怕眼睛吊着难受。所以他自己租了一套五十平方米的房子，这幢楼高有六层，临着街巷，他住在四层，安安全全自由自在。中午的酒喝了不少，他迷迷糊糊地睡着了。他梦见他的小女儿提了一瓶酒跑过来，边跑边喊爸爸喝酒，爸爸喝酒，啪的一下就摔倒了，一瓶酒也打碎了。吴汉章醒了过来。

梦里不知身是客，一晌贪欢。

吴汉章想家了。他睡醒后觉得很无聊，下楼来到大街上。

此时已近黄昏，炎热了一天的人们开始享受晚风的清凉。街上有许多拉客的三轮摩托车，这摩托车怎么看也不像是原装的，是由两轮摩托车在一边安装了一个车斗，摇摇晃晃太没有安全感。吴汉章打听哪里可以看电影，一位摩托车司机指点说，去海秀路的银凤电影院。于是，他就花了三元钱车费，坐着个偏三轮儿摩托车，晃荡着来到银凤电影院。

吴汉章踌躇着在售票窗口正要买票，这时旁边走过来一个女孩子，二十岁左右的俊俏模样。女孩子说："大哥，外面天太热，我陪你一起看电影，可以吗？"吴汉章一想，女孩子陪着看电影，帮她买张票是助人为乐，所以也就没有多想，花了十元钱，买了两张票。两个人进去先看录像，女孩子都没有看一眼。看录像的人多了，两个人才又进了电影厅。电影厅演的是《笑傲江湖》。这时，吴汉章酒也醒了，刚才看录像时，进来一帮人，有个人似曾相识，为避免碰上熟人，他带着女孩子便出来了。进入电影厅后，电影里演的什么，他根本没有搞清楚。女孩子刚才说，她是湖北宜昌人，叫韩月，上岛才三天，没有找到合适的工作，今天斗胆陪人看电影，碰到了吴汉章，想挣点小费。这时吴汉章才明白了，原来韩月是陪他消费的，看完电影后，他还要给韩月一百元小费呢。当然，有时候，还要根据消费的档次、水平的高低，再决定小费的多少了。

放映厅里只有银幕的光亮，单靠这点光亮，看不清楚人的羞耻和脸红，吴汉章第一次享受着有年轻女孩子陪伴着的感觉，心里想着这大概就是所谓纸醉金迷、醉生梦死的生活了。

新鲜刺激与人格道德形成的矛盾冲突，使得他一时不能适应。《笑傲江湖》也傲不进去了。他趁包厢黑暗中，悄悄给了韩月一百元。其实谁也看不见，吴汉章自己心虚而已。二人离开放影厅，这时已经夜深十二点半了。

韩月道声谢谢，回眸一笑，灯火阑珊，眨眼不见了。那韩月真走了，吴汉章怅然若失。他后悔没有留下个电话，吴汉章裤兜里还有个大哥大，他没有拿出来显摆，害怕睡着丢了。他想，如果拿出来，韩月会留下他的电话号码。智者千虑，必有一失，这一失不知道什么时候再见到韩月。他一个人漫无目的地走，边走边想，此时，他又被一个女孩子拦住了去路。吴汉章仔细一看，这是一个酒吧的门口，霓虹灯闪烁着，上有“时光倒流”几个字。女孩子甜言蜜语，大哥叔叔地叫着，连推带拽，把吴汉章请进酒吧里，吴汉章在靠近门口的一个桌子旁坐下来，酒吧里十几桌子空着。他想：多日不出门，今天一个人出来，交了桃花运了，正后悔小鸟飞走了一只，这不是又送来了一只吗？小鸟依人各有各的美丽，长得都很漂亮。这时，一位俊男用盘子端上一杯酒，并说这是洋酒，问吴汉章喝不喝？吴汉章一想，我老吴是酒仙，天下什么酒不能喝？于是说先倒一杯尝尝。吴汉章先喝了一小口，觉得还不错，味道像竹叶青，但酒劲儿差了点，便一口干了。于是，他又要了一杯，实际上等于一盅酒，眨眼又一口干了，自觉得酒量不含糊，又显得豪爽气派。这时坏了，只见柜台的那个女服务员马上开单了。吴汉章问多少钱，女服务员右手分开一“八”字，吴汉章问：是八元吗？那个女服务员摇摇头，吴汉章又问：是八十元吗？女服务员又摇头。于是，吴汉章拿过单子一看，单子上赫然写着价格，每杯是八百元，两杯共一千六百元。吴汉章立时傻眼了，心想这是中了圈套了。

哈哈，哼哼，我吴汉章什么来头，从小打架长大的，为什么叫太原北郊小霸王，是个吃软不吃硬的主儿。这时，他异常冷静，拿起大哥大，打通杨波的电话，让杨波带三个队员，马上到“时光倒流”酒吧来。他坐在椅子上，让服务员再倒两杯酒，他还要喝酒，服务员说先付了钱再拿酒。吴汉章说，如没有一杯一杯的，再拿一个整瓶过来。

服务员见势头不妙，马上进后台找老板去了。一会儿，只见一个油头粉面三十岁上下的年轻人，带着两个光头男出来了，两个光头男足有一米八九的个子，腿上、胳膊上全是长长的黑毛，《水浒传》里鲁智深的样子。只见吴汉章不慌不忙，从裤兜里掏出一包阿诗玛牌香烟，用汽油打火机点着，还口里吐着烟圈，有滋有味儿地吸着。吴汉章问：“老板贵姓？”那个年轻人说：“免贵姓符。”吴汉章说：“酒吧是先买单后喝酒，还是喝了酒再买单？”年轻人说：“不喝酒怎么买单，先喝酒再买单啊。”吴汉章说：“那好，你再来一瓶酒，我还想喝一瓶。”那个服务员把年轻人拉到一边，用海南话叽叽呱呱说了一通，吴汉章一句也没有听懂。看来，这个符老板也遇到难题了，觉得这个客人也不是个省油的灯，他看看吴汉章的气势，怕遇到武林高手了，如果打斗起来，几分钟这个店就成了稀巴烂。在符老板这几个打手面前，这位客人毫无惧色，目中无人的样子。以符老板判断，几个打手还不一定打得过这个不速之客。这时，听见门外传来隆隆的摩托车声音，只见两辆大摩托，每个摩托两个人，杨波带着三个警鞭队员迅速赶到。四个人跳下车把摩托一立定，手持警棍冲进酒吧，差点把酒吧的一扇玻璃门挤破了。

符老板和两个光头一见这个阵势，大惊失色，呆滞不动了，这是酒吧从来没有碰到过的场面。大多数的客人遇上这种情况，只能自认倒霉吃哑巴亏了。这时只见四个队员齐齐立正，杨波报告说，听鞭长的命令。吴汉章这时怒火中烧，只一拳下去，把面前的小酒桌一劈两半。符老板见状，一使眼色，几个人顷刻不见了踪影。那个男服务员连声说，对不起，对不起，请大爷爷多关照多关照。吧台的两个女服务员，有一个竟然吓哭了，她们过去只见符老板耀武扬威吓唬顾客，今天碰见厉害的茬了，哪里还敢收什么钱，都躲在那里不动了。吴汉章见好就收场，一摔玻璃门，坐上杨波的大摩托，扬长而去。

海口大英山机场出发厅。旅客熙熙攘攘。盛春丽正在过安检。

李纪行站在栏杆的外面，远远地望着盛春丽的背影。这时，吴汉章气喘吁吁地赶来了。盛春丽已经过了安检。李纪行和吴汉章看见门口里面盛春丽正在向他俩挥手告别，然后就看不见了。相见时难，别亦难，李纪行心里在祈祷。

李纪行不知道吴汉章干什么去了。飞机九点起飞，昨天下午就告诉吴汉章了，约好明天早上八点前到机场送盛春丽。可是,吴汉章昨天中午喝了白酒,昨天晚上又喝了洋酒,两顿饭基本没有吃东西,晚上在黑暗的包厢里,吃了几颗爆米花儿和葵花子儿,还是韩月一颗颗喂进嘴里吃的,白酒洋酒加爆米花葵花子,吃的喝的中外结合土洋结合,吴汉章被杨波送回家里。杨波走后他一个人折腾,肚子里像钻进去了孙悟空,对着马桶吐,却吐不出东西来。昨天晚上的奇闻逸事,杨波只知道一半,李纪行一点儿也不知道。

今天早上醒来,吴汉章一看表已是八点,忙乱中穿衣下楼,打的又是个偏三轮儿摩托车,路上结果出事了。由于他催三轮车跑快点,结果路上摩托车撞到路牙上,摩托车的主体与偏斗分离,那个分离的单轮跑到路中间,差点出了车祸。他急忙打电话通知杨波来接应,那个司机见吴汉章坐地上哎呀哎呀叫,早已丢下单轮儿开着两轮儿跑走了。杨波赶到现场,见吴汉章没有受伤,才赶紧把他送到机场,这时盛春丽已经过了安检。他脱下那个黄帽子,远远地与盛春丽告别。

送别盛春丽,李纪行和吴汉章从候机楼里面出来,到了外面机场的停车场。见杨波手扶摩托车把正站在那儿。杨波看到他俩闷闷不乐的样子,就说:“李主任、吴总,我带二位领导,去喝喝咖啡,好不好呀?”李纪行问:“到哪儿喝咖啡去?”杨波说:“从这儿向北走,到南航东路,很近的。我骑摩托车,您车跟着,十分钟就到了。”李纪行问吴汉章:“怎么样,去?”吴汉章说:“杨波,你前面带路去。”于是,李纪行开着奔驰,吴汉章坐车上,紧跟着杨波的大摩托车,一会儿,就到了南航东路。

三人下车,把车停在一幢大楼的门口。李纪行抬头看,楼高有十几层,一二层是商铺。咖啡馆一层门檐上,挂着一块大木牌匾,上书四个大字:“个泡咖啡”。字体颜色是绿色,木牌是木头本色挂漆,显得古朴厚重,像桃园饭店牌匾的样子。李纪行看了这个店名,着实吃了一惊,心想开店之人,必定身手不凡。

进入咖啡馆里,见装修风格古香古色,黑红色的木制沙发,桌椅板凳擦得光亮,地板是墨绿色的文化石铺砌,有点凹凸不平。大厅中间有个水池风景,假山像是北岳恒山悬空寺,喷泉瀑布,潺潺流淌。此楼乃框架结构,大厅被六根立柱均匀地横竖间隔,每根立柱都用木板装饰,上面嵌刻诗词歌赋。李纪行仔细看了一根柱子上面的字,却是辛弃疾的词:《永遇乐·京口北固亭怀古》:“千古江山,英雄无觅,孙仲谋处……”咖啡厅有七八百平方米,三十几个桌子台面,可容坐七八十人。吧台那边,有二男二女站在台后,大厅里有五六个女服务员,都穿蓝色半袖T恤,咖啡色超短裙,显得雅致干净。杨波似乎熟悉这里的人,他走到吧台问了一句话,吧台服务员说都在二楼,于是他带领李纪行和吴汉章,走楼梯上了二楼。二楼没有一楼宽阔,中间大厅空着,放着十几盆五颜六色的花卉,四面都是包厢,有四个女服务员侍候。她们一见杨波几个人到来,就引到一个“雁门关”包厢。推开门一看有人,李纪行、吴汉章都傻眼了,仝坤、裴和平和戈萍三人坐在沙发上,龇牙咧嘴正盯着他俩发笑呢。

原来,早上八点钟,杨波接到仝坤通知,说上午来“个泡咖啡”议事。并说让李纪行也过来,不知道李纪行能不能参加。今天李纪行上午送盛春丽,下午接王桃,一天两趟机场,仝坤不好意思打扰他。刚才在机场送盛春丽,杨波灵机一动,不费吹灰之力,就把李纪行请来了,而且吴汉章也来到,仝坤大喜过望,对杨波十分满意。

没等李纪行开口,吴汉章就叫嚷开了:“你们有约会啊,怎么都到这儿来啦?”仝坤笑着说:“这是不约而遇。李主任,盛教授送走了吗?”李纪行说:“飞机十点起飞,大概已经登机了。”仝坤又问:“王桃什么时候到?”李纪行说:“下午三点半。”

其实,仝坤盼着王桃回来,比李纪行还心里急。花木兰歌舞剧排了一个多月,至今仍没有完成,主题歌没人主唱,找了几个当地歌手,没有一个人感到满意的,他唯一认为可以担当的就是戈萍。但裴和平坚持不同意。他想和戈萍一起创业,不想给人打工。仝坤心生一计,他支持裴和平创业,并借钱给裴和平,租下一个咖啡馆,这个咖啡馆原来是个茶餐厅,裴和平用月租金三万元租下来,他先付了半年租金,又在原来基础上改造了一下,就变成现在这个样子。咖啡馆的名字是杨波起的,“个泡”这个字眼,只有杨波知道其中的含义。杨波是山西雁北人,与内蒙古自治区相邻,这个字眼是当地的民间土话,骂人的意思,裴和平和戈萍是晋南人,又是年轻人,哪里知道这个话的意思呢。杨波的解释是,个泡,就是一个个的人泡在咖啡馆,泡茶泡妞泡咖啡,泡脚泡澡泡温泉,泡汤泡饭泡菜,甚至还有泡沫经济、梦幻泡影一系列——人就是泡在社会里的。不恋的性是猥亵,不熬的粥是泡饭。杨波说了一大堆泡的理由,伟大是熬出来的,酒香是泡出来的,泡就是酿,酿就是泡,泡里包含着熬时间、抱道守拙、等待时机。当年名将蔡锷,就泡在青楼找到小凤仙,麻痹了袁世凯,举行了云南起义。杨波上纲上线,海阔天空这么一说,“个泡咖啡”的名字就定下来了。第一个看到这个名字并称赞的就是仝坤,他问裴和平这个名字是谁起的,裴和平说是杨波起的,仝坤对杨波赞赏有加。

仝坤在雁北大同念过书,同学们互相对骂,张口闭口就是骂别人“个泡”。这些方言土语,南方人哪里知道呢?从字面上的意思也不错嘛,南方人一个个不就喜欢每天泡在茶馆喝茶吗?因此,仝坤内心知道没有道破,裴和平和戈萍蒙在鼓里,听到仝坤夸这店名起得好,当然也乐意接受了。因为承租这个店,仝坤还借给三十万元呢。李纪行接着问仝坤:“仝老总,这咖啡馆名儿是谁起的,很有特点啊?”仝坤忍不住笑,说:“哈哈,不错,不错,没有告诉你,这咖啡馆是裴和平的,小两口想自己创业,个泡咖啡,是杨波起的名儿。”李纪行明白了,他岳母杨晓兰也是雁北人,陶青春小时候常到外婆家,因此不仅陶青春知道个泡的意思,儿子李陶偶尔骂人,也是用这句话,问是谁教的,李陶说听妈妈说的。陶青春说儿子好话记不住,骂人的话只说一遍就记住了,该打屁股。

李纪行是“林海雪原”的股东,自然十分关心歌舞厅开业的事情,他说:“花木兰这个节目,万事俱备,只欠东风,就是一首歌曲了。今天下午,王桃回海口,潘建翔也跟着过来,王桃说，赵芳的男朋友阎真，是解放军艺术学院的大学生，可以帮忙谱曲，就是时间问题。阎真父亲是解放军某部搞文艺的，听说还是个著名词曲作家。今天已是八月二日，所有的关系都远水不解近渴了，我看戈萍就行，发挥自己的专长，用山西民歌的旋律，稍作一下改动，带着追远思旧怀古的情怀，深沉伤感激奋悠扬的声音，我看就可以了。”仝坤说：“我看戈萍就行，要有自信，敢于创新。”裴和平说：“小戈这几天也是心里急，怕唱不好，影响了节目的效果。她也做了些准备，我也不懂，让她自己说吧。”戈萍接话说：“就怕唱不好误了事，这两天也仔细琢磨了一下，我认为歌词写得很好，但是有点长了，不好记。您看，如果这样改动一下，行不行？当然这只是我的建议，把歌词去掉一小段，主歌副歌好记些。”

戈萍拿出笔记本，交给了李纪行，李纪行一看歌词，是这样分段的：

花木兰之歌

主歌 1

城垣如危崖
古塔似楼台
盼得春风来
雁门出塞外
家国依边陲
木兰花又开
长城北墙围

长江入东海

故园今安在

月色太苍白

征战几人回

洒尽英雄泪

锦书传有谁在等待

望断鸿雁飞

那金戈铁马的破碎

巾帼胜须眉

我穿越时空

千年之外

你无言相对

折戟深埋

已作尘埃

是遥远的追随

副歌 1

我穿越时空

万世之外

你无怨无悔

社稷江山

华夏文明

用生命去捍卫

主歌 2

娇身戎装裁
弓箭跃马背
谁把女儿猜
沙漠狼烟贼
帷幄朔风吹
戍边夜不寐
文姬十八拍
苏武十九载
昭君一块碑
评千秋功罪
守河山关隘
我永不言败

副歌 2

我穿越时空
千年之外
你无言相对
折戟深埋
已作尘埃
是遥远的追随

我穿越时空
万世之外
你无怨无悔
社稷江山
华夏文明
用生命去捍卫

李纪行看了戈萍把歌词做的分段,觉得很好。他写的歌词,他还能记得住,是去掉了抒情的那一段:

闻琴声知音
芳香心醉
何羡高山流水
天住青山外
夸父惭愧
我追那份爱
闻琴声知音
芳香心醉
何羡高山流水
天住青山外
夸父惭愧
我情豪迈

李纪行把笔记本还给戈萍,他说:“小戈,这样分段可以,去掉抒情的那部分,主题更加突出,也好记多了,让仝总看一下。”仝坤说:“这个歌词,短一点好,唱得人好唱,听得人好听,我看行。”仝坤问杨波:“杨波,今天中午在哪儿吃饭?”杨波说:“这个咖啡厅原来是个茶餐厅,有个师傅会做烤鱼,今天中午就吃烤鱼。你们领导们工作,我去准备午餐。”仝坤吩咐说:“准备两瓶白酒,今天高兴,喝几杯,就在这个包厢。”杨波刚走出包厢,又被仝坤叫了回来,吩咐道:“杨波,今天中午都是老乡,把你那雁北四大名菜上桌,我看就足够了。”杨波哈哈一笑:“好好好好,我去准备,没有问题。”裴和平也出了包厢,一会儿,拿着一把吉他进来了,他说:“这几天戈萍作了个曲子,让她唱唱,我们听听,我来伴奏。”吴汉章开玩笑了,说:“真是一床不睡两样人,你也会音乐啊?”李纪行说:“这叫妇唱夫随。”

仝坤高兴得合不拢嘴。戈萍站起来拢了一把头发,眼睛好像看着观众,并不看这几个听歌的人,马上进入角色。

“城垣如危崖,古塔似楼台,盼得春风来……”

歌声带有山西民歌的悠扬舒缓,又有江南水乡的柔曼思念,还有金戈铁马的壮烈情怀,听得几个人如痴如醉。戈萍一唱完,几个人鼓掌喝彩。仝坤高兴地说:“纪行、汉章,怎么样,我说小戈能行,说不定哪,我们“林海雪原”还要出个歌唱家呢!”李纪行说:“不错不错,小戈毕业不久,在这里锻炼锻炼,英雄总有用武之地,你一旦出了名儿,我们就留不住啦!”戈萍说:“我就在‘林海雪原’,这里就好。”大家都笑了。

午饭准备好了。杨波说在一楼用餐,包厢里的大环境好,他把大家领着下一楼,进了一个叫“金沙滩”的大包厢。吃饭的只有六个人,李纪行、仝坤、吴汉章、杨波、裴和平、戈萍,大家互相谦让，围着一个大圆桌坐下来。酒是山西的老白汾，一个女服务员斟酒。仝坤站起来先说话了："感谢大家对'林海雪原'的支持，我先敬各位一杯。"这时，第一道菜上来了，服务员报菜名说："这是个泡烤鱼。"李纪行和仝坤刚把酒含在嘴里，一听这话，二人一笑，把酒也喷出来了。吴汉章、裴和平、戈萍却没有笑，因为他们三人根本不懂得"个泡"的意思。杨波看着李纪行、仝坤，也端着酒笑，不过没有喷出酒来。于是杨波做介绍说："个泡咖啡馆，也有四大名菜：个泡烤活鱼、黄糕泡鸡肉、高压锅、羊杂割，这是仝总最喜欢吃的四个菜，全是晋北风味，仝总说他小时候在大同念书，这是最好吃的饭菜。其中高压锅，原来叫山药个棒儿炖豆腐。"吴汉章纳闷，心里想什么叫个泡啊，把他俩笑成这样子，管他呢，他二话没说，仰头一口，就把一杯酒干了。

大家喝酒吃饭，李纪行早已心不在焉了。他判断盛春丽三点下飞机，现在两点多了。他问仝坤："仝总，苏嫚走了有五六天了吧，什么时候回来？"仝坤说："她已经到了香港，正在联系港台歌手，还没有结果。你介绍的你那位孔令轩，也在帮忙联系呢。"吴汉章说："纪行，你这个孔老二同学，能不能把邓丽君请来，和张明敏同台演出，唱《我的中国心》《路边的野花不要采》，'林海雪原'一炮打红。"李纪行说："汉章，邓丽君一九八四年曾举办'十亿个掌声'个人演唱会，风靡港台，她的许多歌曲都很好，《小城故事》《千言万语》《但愿人长久》《北国之春》《何日君再来》，都是百听不厌的好歌。我们林海雪原歌舞厅要想办好，就得不断创新，现在正在改革开放，把一些健康的文艺节目引进来，互相借鉴，取长补短。比如法国的‘红磨坊’，歌舞表演经久不衰，这个领域想要做得很成功，真是难上加难啊！”仝坤问说：“李主任，王桃几点到海口？”李纪行说：“上午十一点首都机场起飞，下午三点半到海口。一会儿吃完饭，我和汉章去机场，你们继续讨论。我的意见，《花木兰之歌》就让戈萍唱，到歌厅和演员排练一下。这个歌舞表演，没有对白，演员的演技要求也很高，从木兰出生、少女时代、替父从军、驰骋疆场、荣归故里、巾帼英雄、木兰花开，这七个篇章，要反复排练，动作要求细腻逼真，确实很不容易。一旦演出成功，必然会成为林海雪原歌舞厅的压轴大戏，成为自己的东西。当然，我们也要注意不断聘请一些演艺团体、演艺明星来表演，但是要算好经济账，不能赔了钱。我们不熟悉这一行，经过一段时间的摸索学习，掌握经验，我想仝总一定能成功的。”

下午三点整，李纪行开车吴汉章陪伴又到了机场，王桃和潘建翔乘坐的飞机未到。吴汉章喝多了酒想睡觉，李纪行的奔驰车没有熄火，车里的空调吹得凉爽，吴汉章躺在后排座位上鼾声如雷。李纪行把汽车侧门的玻璃留下个缝隙，把空调又调低了，轻轻地打开车门下了车。

午后的太阳把地皮烤熟了。李纪行离开停车场，把吴汉章丢在车上，他拿着个小皮包，一个人进了到达厅等候。这时，包里的大哥大响了，他迅速取出，一听是盛春丽的声音：“二哥，不好了，都品徊出车祸了。”盛春丽带着哭腔。李纪行急问说：“春丽，你慢点说，告诉我，怎么回事？”电话里说：“今天早上七点多，品徊和他妹从绍兴回杭州，快到杭州市区了，超车时与一个大货车相撞，他的车被撞翻了。上午在浙大的医院里抢救，品徊伤重，刚才醒来。他妹妹轻伤，看样子没有大碍，车还是借张琳教授的桑塔纳，春节期间你坐过的那辆。我刚回家，收拾一下，马上还得去医院。二哥，我怎么办呀？”

李纪行说：“春丽，你先冷静下来，别慌，把都品徊陪伴好，我想想办法，我们随时联系。”

到达厅门口。李纪行看到王桃和潘建翔从里面出来了。王桃只挎了一个红色的小皮包，潘建翔背上背着一个黑背包，手里拉着一个紫色皮箱，那皮箱是王桃的。潘建翔经历了爱情的磨难，重返海南岛，一副没有风雨哪见彩虹的样子，年轻人的脚步充满了自信。王桃一看见李纪行，顿时兴高采烈，加快了脚步，走到跟前盯着李纪行的眼神看，像是老师盯着小学生审视说谎了没有，把李纪行盯得心慌发毛、一身冷汗。他心想，这女人也太厉害了，凭天生的直觉，就能闻出男人身上偷腥的异味。警犬缉私还得专门训练呢，女人看男人有没有异心，完全靠的是直觉，那也是百发百中。这究竟是什么原因？谁也没有认真研究过。李纪行说：“小王，回去半个月，是不是吃胖了，你父母身体好吧？”王桃说：“李主任，你一个人在这儿孤单，是不是瘦了？”李纪行笑着说：“小王，海南天热，出汗减肥，所以海南人瘦。”李纪又问潘建翔，说：“小潘，北京现在凉快了吧？”潘建翔说：“北京很舒服，我们一下飞机，就觉得进了火炉子了。”三人边说话边往外走，到了停车场，吴汉章还没醒来。李纪行打开车门,潘建翔往车的后备厢放背包旅行箱。这时吴汉章醒了,急忙坐了起来。

吴汉章睁眼看见王桃,已经坐在副驾驶位上,忙说:“王总,啊呀呀,中午喝多了,纪行也不喊一声。”王桃说:“吴大哥,你也来啦,谢谢你。”吴汉章还迷糊着,说:“我们今天来两趟……”吴汉章的嘴巴像突然被人堵上,说了半句不说了。李纪行心里一惊,想这吴汉章可能是想说来两趟机场了,上午送盛春丽。这家伙到底是喝醉了,大嘴巴不受控制了。吴汉章彻底醒了,又说:“仝总已经给小潘租了房子,就在玉沙村,离‘林海雪原’很近,步行十分钟就到。离我住的地方也很近的。房子两室一厅,一卫一厨一阳台,八十多个平方米,还是新建的楼房。哈哈,比我住的强多了,他想聘小潘当副总,钥匙前两天就交给我了。我们是先回海甸岛,还是先送小潘认住处?”潘建翔说:“还是先回海甸岛吧,王桃姐带着行李箱,然后再送我。”李纪行说:“仝总还在个泡咖啡馆急等着想见小潘呢。我们先到海甸岛放了行李,再到个泡咖啡,吃了晚饭,小潘再回家。小潘,可以吗?”潘建翔说:“可以,可以。”王桃说:“坐飞机也不怎么累,李主任给仝总打个电话,让他稍等一会儿。”

李纪行开车返回个泡咖啡馆,一折腾已经快五点了。个泡咖啡馆里的仝坤、杨波、裴和平、戈萍四个人,还在二楼的包厢讨论着。仝坤一见王桃、潘建翔到来,笑逐颜开,如获至宝。仝坤的如意算盘打得精到,有李纪行出谋划策,戈萍作为歌唱家,潘建翔舞蹈家,吴汉章安全保卫,李纪行讲的开歌厅的三种人,都已经具备了。至于外联，所谓的“妈咪”，从坐台的小姐选拔，好中选优，不成问题。政府的有关部门，他本人去请去敬，不黄不赌不毒，标语张贴，报纸宣传，合理合法，赢得支持。仝坤礼贤下士：“二位辛苦了，王总，你和建翔一个体育学院、一个舞蹈学院，文体一家，人才难得。‘林海雪原’人才济济，我们计划八月八日开业，争取一炮打响。”潘建翔说：“蒙各位老总错爱，小潘非常感谢，我会尽心尽力的。”

李纪行的锦囊妙计至今已经基本实现。潘建翔是不可多得的人才，但是有一点，想要留住他，还必须降服一个人，海南大学的舞蹈艺术家丁兰教授。李纪行早已让符雅妹深入海大，去学习肚皮舞，符雅妹也报告说，已经与丁兰教授接上头了。

晚饭换了个地方，由李纪行、王桃作东，到桃园饭店吃烤鸭。

王桃从北京到海口，天空上一条弧线划下来，实在太疲倦了。晚饭后，她在自己住的房间匆匆冲了个澡，没有顾得上梳理晚妆，倒在床上就睡着了。她甚至都没有看一眼阳台上的那十几只花蝴蝶呢。它们也无声无息，不鸣不叫，不晓得主人归来。它们是否带着眷恋和遗憾，已经度过了绚丽而又短暂的生命时光。

李纪行没有睡。盛春丽刚刚又打完电话，告诉他都品徊已经完全清醒过来了。医院诊断颅骨损伤，都品徊喊叫着头痛头晕，没有生命危险了。腰部肋骨受伤，没有骨折。盛春丽问李纪行，打卦时李纪行让她注意出行安全，而且不走东北的方向，

天南海北

情圆

下

李道常非 著

3.14159265358979323846264338327950288419716939937510582097494459230781640628620899862803482534211706798214808651328230664709384460955058223172535940812848111745028410270193852110555964462294895493038196442881097566593344612847564823378678316527120190914564856692346034861045432664821339360726024914127372458700660631558817488152092096282925409171536436789259036001133053054882046652138414695194151160943305727036575959195309 261179310511854807446237996274956735188575272 22793818301194912983367336244065664308602 46395224737190702179860943702770539217176293176752 184676694051320005681271452 5608277857 27577896091736371787214684409012249534301465495 922796892589235420199561121290219608640344 15981362977477130996051870721134999999837297804995105973173281609631859502445945534690830264252230825334468503526193118817101000313783875288658753320838142061717766914730359825349042875546873115956286388235378759375195778185778053217122680661300192787661119590921642019896

山西出版传媒集团 三晋出版社

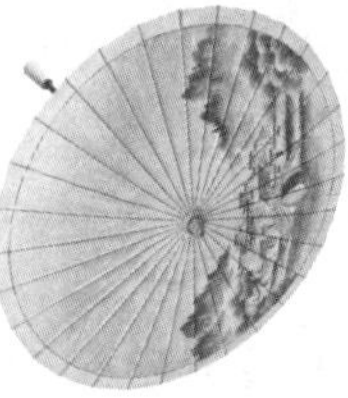

贰拾叁章　筑梦

这几天，李纪行和王桃每天到歌舞厅观摩排练节目。今天已是八月五号了，八月八号林海雪原歌舞厅盛大开业。今天上午，二人又早早来到了歌舞厅。

仝坤没看错人，潘建翔不负众望，给“林海雪原”带来了一个非常好看的舞蹈，节目名叫《鸿雁南翔》。潘建翔创作这个舞蹈的灵感，是把他自己想象成一只孤鸿飞向天涯，铭心刻骨追求爱情的一段经历。鸿雁的故乡是北方大草原，蒙古族有一首民歌叫《鸿雁》。蒙古人边喝酒边唱歌边跳舞，这是这个马背上的民族几千年的传统。喝着马奶酒，唱着祝酒歌，跳着鸿雁舞。潘建翔指挥着跳肚皮舞的八位女演员，包括符雅妹在内，每天从早到晚排练，排练了三天三夜。一个五分钟的舞蹈，已经很像模像样了，仝坤高兴得合不拢嘴。吴汉章呢，也跟着学，手舞足蹈跳《鸿雁南翔》，两只胳膊伸展成大雁的翅膀，手神经质地一抖一抖的，武术的双腿想变成杂技的柔软，却像被人打瘸了似的，逗得王桃直抿嘴笑。正如人们看跳舞，谁跳得越难看不标准，反而越吸引眼球，王桃也一样，她这几天就喜欢看吴汉章

跳《鸿雁南翔》。

《鸿雁南翔》曲子有了,大概就是蒙古祝酒歌的基调,这写歌词的任务又无选择地落在了李纪行的肩上。几天来,他查阅了一些历史资料。鸿雁的蒙古语叫“鸿嘎噜”,蒙古语的“鸿”是白的意思。李纪行就瞎想,鸿与红是同音字,大概是古代蒙古人学汉语,把红白的颜色搞错了,汉语叫白,蒙语就叫红,白的颜色一样,音的叫法不同。嘎噜是天鹅的意思,鸿嘎噜就叫白天鹅,嘎噜是不是模仿天鹅的叫声,也未可知。至于大雁是不是大天鹅,鸟类专家知道,应该是雁属雁科、鹅属鹅类,因长得相似,故一般人鹅雁难分。鸿雁南翔,是候鸟的习性使然。唐初诗人王勃有言:“雁阵惊寒,声断衡阳之浦。”每当秋风萧瑟,草木枯黄,大雁向南飞,就离开了北方的家乡。但大雁飞到南岳衡山就不再飞了,所以衡山有个回雁峰。

诗人杜甫也有诗句:“万里衡阳雁,今年又北归。”这是说春天到了,大雁又要飞回北方草原。它们一年一度,往返于南北之间,适应气候变化,所以叫候鸟。潘建翔创作的舞蹈,把自己也比作候鸟迁徙,秋去春来,颇有感慨人生漂泊之意。潘建翔这只北方的鸿雁,是为了追求爱情飞来海南岛的。李纪行也曾想过,王桃这只美丽的大天鹅,去年只身飞来海南岛,她追求的是什么呢?事业,爱情,亦或二者皆有之?

潘建翔重返海南,找到了用武之地。《鸿雁南翔》的舞蹈,舞者有九个人,只有他潘建翔一个是男的。大雁摆成“人”字形的时候,他是领头雁。仝坤聘他为“林海雪原”副总,和吴汉

章一样的待遇，他感激仝坤的知遇之恩，当然他也更感激李纪行和王桃煞费苦心的举荐。这几天他不知流了多少汗水，终于在短时间内排练完成了，作为一个见面礼，于八月八日“林海雪原”开业时演出，他如释重负。

李纪行、王桃来到歌舞厅，先推开鞭长办公室的门，向里一看，仝坤、吴汉章、杨波、潘建翔早在这儿等着了。仝坤说：“李主任，辛苦了！”仝坤看到李纪行手里拿着一个笔记本进来，像赶来参加会议的，急匆匆的样子，知道歌词已经写好了，所以先客气了一句。鞭长办公室不再只有吴汉章的座位了，早已摆放了一套五人红木沙发，以及供警鞭队员开会时坐的十几把木椅子，还有一个办公桌，放着报纸和一些书刊，成为一个会议室。李纪行和王桃在沙发上坐下。杨波倒了两杯茶水，说：“李主任，王总，请喝茶。”杨波又给其他人一一添茶，大家围着茶桌坐了一圈，仝坤给吴汉章递了一支中华香烟，自己也抽出一支，吴汉章忙着用打火机先给仝坤点烟，然后自己也点了。此刻，大家都把目光集中在李纪行身上了。

李纪行端起茶杯，轻轻抿了一口，他说：“蒙古有一首老歌，是两百多年前，一个叫莫日更庙的活佛创作的。歌词是这样的。”

李纪行看着笔记本，轻声朗诵道：

美丽的白天鹅
畅游在湖面上
辽阔的大草原

多么宁静安详

尊贵的客人们

请你留下来吧

品尝那草原上

美味和佳酿

李纪行接着说："这本是一首蒙古乌拉特族的祝酒歌。二十世纪五十年代，蒙古词曲作家祁楞达太，又对歌词进行了改编，歌词改成这样了。"

他又朗诵道：

洁白的天鹅在苇湖的清波中漫游

远方的客人来到我家摆酒设宴将你挽留

洁白的天鹅在苇湖的清波中漫游

四方的亲朋来到我家

设宴摆酒将你挽留。

李纪行接着说："这段歌词简单好记，成了这几十年来蒙古人的敬酒歌。可惜祁楞达太英年早逝，他一九三六年出生，一九八三年就去世了，后葬在山西的五台山。歌曲留下，曲子就是敬酒歌的基调，后人传唱至今。"李纪行说完，将笔记本递给潘建翔。潘建翔把李纪行写的歌词，从头到尾先看了一遍，然后清清嗓子，按照《鸿雁》敬酒歌的曲调唱了起来：

鸿雁向南翔

人字摆成行

啼声凄凄别故乡

夜来霜秋风凉
鸿雁飞南方
千里到衡阳
回雁峰巅回首望
长江长黄河黄
鸿雁欲何往
春水已淌漾
千里迢迢回家乡
雁门外草原上
鸿雁传书香
马背有佳酿
一碗美酒入豪肠
夜苍茫琴声扬
床前明月思故乡
梦里佳人在何方
天涯海角觅知音
一只鸿雁向南翔

潘建翔带着感情唱，歌声深情悠扬，一曲唱罢，王桃首先鼓掌叫好起来："小潘，你真行，舞跳得那么好，想不到，歌也唱得这么好。"潘建翔说："唱得不好，大家别笑话就好啦。"李纪行赞道："小潘，这首歌非你莫属，带着感情唱，就像刚才那样。我们录下音来，跳舞的时候，边轻声唱，边放录音。效果一定很好。"

仝坤也十分高兴，说："这样就好啦，戈萍唱《花木兰之歌》，建翔唱《鸿雁南翔》，完美无瑕。今天中午去海龙王，我请客。"吴汉章欢欣鼓舞，连声叫好："演出成功，演出成功。"李纪行笑着说："还没演出你就成功啦。今天少喝点，不要胡说。"吴汉章唬了李纪行一眼，笑笑说："纪行，你放心，我露不了馅儿。"大家一起欢笑，不知道吴汉章话里有话，李纪行却心知肚明，一笑了之。

陈大虾家，椰林别墅。

黄琼英五月初生下个女儿，陈大虾视若掌上明珠。黄琼英的奶水不够孩子吃，陈大虾在市场上买最好的奶粉喂孩子，后来孩子也就习惯了，干脆只喝奶粉不吃奶了。孩子快三个月了，长得胖乎乎的，小胳膊小腿儿就像鲜嫩的白萝卜，肥头大耳酷似陈大虾。陈大虾外面工作再忙，晚上必定早早回家，在自家的别墅里穿着大裤衩，抱着女儿上楼下楼，亲着吻着逗着乐着。陈大虾岳母性格温和，几个月不回灵山的乡下，一心一意照顾女儿和外孙女，吃饭端上端下，无微不至。陈大虾怕岳母年纪大，累着了，又从琼山乡下找了个刚刚初中毕业、年龄只有十五六岁的小保姆，帮助洗衣做饭看孩子。

美好的日子过得真快。黄琼英原本瘦弱的身体，坐个月子却吃胖了，粗腰肥臀的。这天晚上九点多钟，陈大虾却还没回家。黄琼英等不住丈夫回来，想出街去转一转，就让小保姆梁燕抱着孩子也一起出去，老母亲留在家里看电视，等着女婿回来。

海南建省，百废待举，百业待兴。论陆地面积，这个只有三万四千平方公里的小岛，只是中国版图上雄鸡的一只脚。海口市成为省会，城市功能不全，各行各业大多空缺，许多其他省会城市早已有的东西，在这里还都是空白，这给成千上万的创业者也带来了机会。

黄琼英想减肥，她要选择适合自己的运动项目。听说在海秀路新开了一家保龄球馆，离她住的椰林路别墅不远，走路二十分钟也就到了。今晚丈夫陈大虾晚归，她带了一把折叠伞，挎了一个比巴掌大点的小皮包，那是股东孔令轩从香港给她带来的礼物，她和梁燕出了家门，想去保龄球馆看看。

梁燕抱着三个月大的小妞妞走在前面，黄琼英边走边护着梁燕，怕行人撞上孩子。街头巷尾灯红酒绿，行人熙熙攘攘，人们长裤短衫快走的慢行的不知忙活什么。

保龄球馆在海秀路鸿福大酒店地下一层。黄琼英领着保姆梁燕抱着陈妍妍，很快就找到了这个地方。酒店的地下室空间很大，里面有各类健身场所，保龄球馆是其中之一，隔壁还有一个射击场。黄琼英好奇，先进了射击场，看见有七八个荷枪实弹的人，一只眼睁一只眼捂一个黑色眼罩，端着长枪瞄着远处的人形靶子，好像还有个教练指指点点。黄琼英赶紧领着梁燕和孩子出来了。

她们进了保龄球馆。过去黄琼英只是在电影、电视里见过打保龄球。小保姆梁燕恐怕从来也没有见过。这十几个男男女女站起来蹲下去的，把一颗颗圆圆的球顺着沟沟扔出去，骨

碌碌滚动着噼里啪啦去打倒一堆瓶子。

黄琼英买了一张卡,被服务人员引到一个占有一条球道的位置,她换了一双球馆提供的运动鞋。只见她随意抓取一球,几个指头抠住球上的孔,身体一斜,微微半蹲下,右手一扬,圆球脱手飞出,咚地一响,直线向前方滚去,正打中立在远方门洞下一堆瓶子的中间,唏里里哗啦啦,瓶子一个不剩全部倒下了。旁边打球的人和服务人员齐声喝彩,以为这是球坛老将了,岂知这还是黄琼英平生扔出的第一颗保龄球。

三个月的小婴儿陈妍妍积极响应,在梁燕的怀抱里哇哇地哭闹起来。黄琼英当老师的知道,学生受表扬思想背了包袱,影响以后的学习成绩。她的第二颗球一扔出去,球一路上滚动的是蛇行曲线,滚到末端了,门洞下的瓶子只打倒最边的一个。第三颗球,她小心翼翼地轻轻扬起,却用劲小了,那颗球滚了一半多的路,一斜,掉进道板上一边的沟槽里,懒洋洋不动了。

这时候,陈大虾突然出现了。

陈大虾刚一回家,见老婆孩子保姆都不在,就问岳母,岳母说是打宝贝球去了。陈大虾说是不是保龄球,岳母说对对对,是保龄球。

陈大虾转身出门,开车来到鸿福大酒店,把车停在酒店门口,乘电梯下到地下室,进了保龄球馆,看见了黄琼英、梁燕和他的小宝贝女儿,才放下心来。

“哈哈哈哈,你们都在这儿滚蛋呢,怎么想起来的?”陈大

虾高声大嗓门叫，打球的人都扭回头来看他。“铁，我想减肥，觉得这个运动不错，今天试试，以后有了固定的地点，好常来锻炼。你说好不好？”陈大虾说：“好啊，好啊，发展体育运动，增强人民体质。来来来来，我也滚一颗。”陈大虾抓起一颗球，却没找好球上的小孔，差点把球掉在地上，他忙双手托球，仔细观察，见球上有三个孔，正好对应拇指中指小指，他手指粗大，天生劳动人民的手脚，费了半天劲才塞进去指头。他学着旁边人的样子一蹲一扔，球脱离手时，把手指头拽了一下，结果球在道板上蹦了两下，一直滚到末端不见了。那一排瓶子立在洞口处，岿然不动，一个也没倒下。黄琼英见状，捂着嘴笑，说：“你的手抓得太紧，没把手拽下去就不错了。”陈大虾急了，又抓起一球，这次用无名小指轻松抠住，挺着肚子，仰身抬手，用力一扔，球成抛物线，远远凌空落下，砸得道板震天响，那球一路狂奔，瞬间滚到瓶子跟前，打得瓶子一个个飞蹦，噼里啪啦，十个瓶子只剩下一个没倒。黄琼英见状，拍手叫好。又玩了一会儿，看看时间已经不早了，陈大虾从梁燕怀里抱过孩子，让梁燕也试试滚球，梁燕摇摇头说：“叔叔，我们不玩了，孩子是困了，早早回去吧。”

于是，陈大虾抱着孩子，几个人收兵回营。

陈大虾今晨早早起床，从家里开车出门，到了明泰大酒店。他坐在董事长办公室，抽着中华烟，想着昨天晚上做的那个奇怪的梦，百思不得其解。明天项目举行开工奠基仪式，他聘请了政府有关部门和一些兄弟单位负责人，还有媒体记者前

来采访。孔令轩前天下午也从香港赶来参加,总共有百八十人之众。项目名称是李纪行拟定的,叫“椰岛春城”。一会儿,他要召集万铁公司项目负责人开会。

陈鼎领着三个人进来了,一个是四川工队的项目经理朱兆文,一个是湖北工队的项目经理牛田仁,还有万铁公司的保安队长孙勇。酒店的一位女服务员进来,给几个人沏茶。陈大虾给每人发了一支中华烟,几个人边抽烟喝茶,边等待陈大虾发号施令。

陈大虾开门见山,说:“明天开工典礼,参加典礼的有一百多人,政府领导、媒体记者,还有一些兄弟单位的负责人。现场的布置前几天已经搞好了。会议程序的安排、参加会议人员名单、座位排名次序、会议主持人和领导讲话,要重新核定一下,还要把扩音设备再检查一遍。你们两个工队,每个工队出二十个人,十个男的十个女的,都要二十岁左右的年轻人,主要是招呼客人,端茶倒水,搞好服务。那些敲锣打鼓的、舞狮子的,再排练一下。放鞭炮的要注意安全。车辆配置,要五辆大巴车,再联系一下。中午饭就安排在明泰大酒店。还有什么问题吗?你们现在讲,不可明天误了事。”陈鼎想想说:“陈总,明天凌晨三点到五点,那个讲迷信的人就要烧香磕头,你来不来?”陈大虾说:“我尽量来,你带他们两个工队的,朱经理、牛经理,你们都去。”牛经理问道:“我们施工房的搭建,选在什么位置,陈总要早点决定,工人一进场,就要吃要喝要睡觉。”朱经理说:“两个工队做一个项目,就是怕产生矛盾,最好不要搭建在一起。”

陈鼎说："一个工地，几处施工房，不好管理，拉水拉电，也不方便，还是搭建在一起为好。"陈大虾说："这些事，你们具体商量决定。项目设计、政府的一些手续，还没办完，我顾不上考虑这些问题，你们自己办妥。"

会议时间不长，只开了十几分钟。任务明确，各就各位，大家分头执行去了。

陈大虾的董事长办公室在明泰大酒店最高层十一层，窗户面朝海口湾，推窗望去，蔚蓝色的海面上有几只渔船，一艘轮船由近而远，大概是驶向大陆的。陈大虾想着明天八月八日，椰岛春城项目开工，林海雪原歌舞厅开业，虽然碰在一天了，但也互不影响，一个在上午搞开工典礼，一个在晚上搞开业演出。他想让李纪行发一百张"林海雪原"的入场券，给今天参加椰岛春城项目开工典礼的贵宾每人一张，晚上看看文艺节目，那该有多大的面子，但不好意思张这个口。

陈大虾又想。直接去买这个票也不一定合适，公司是股份制的中外合资企业，屁大的事也要上会，为看节目总不能开个董事会吧，怕让外资方笑话。孔令轩带着一个老外住在望海国际大酒店，牛逼烘烘的样子，喝唠喝唠踩泥踩泥的，不知道说了些什么。陈大虾想着今晚上，"林海雪原"预售票大局已定，如果有剩余的就不成问题，满座总比空着的好。再说了，李纪行也是椰岛春城股东之一，难道他就不关心椰岛春城项目开工仪式？

李纪行开始写小说了。每天晚上子时，他沐浴更衣，时间

雷打不动。这个时刻,王桃自觉自愿回她房间睡觉去了。王桃认为,写小说多不容易,如果容易,岂不都成作家了,她觉得新鲜,神秘兮兮的。

临别之前,李纪行就与盛春丽约定,每天夜里十一点十一分,二人要通个长途电话。到了海南,人的生活习惯就变了,晚上不睡,早上不起,王桃也是不到十二点不睡觉。王桃不睡觉,小喜鹊似的,与李纪行聊天,李纪行与盛春丽的深夜通话就成了问题。八月三日的晚上,王桃在李纪行房间聊天聊到凌晨一点半。王桃说,这次回太原,主要是父母让她找对象,而且姐姐王媛还引了一个相亲的过来,王桃表面态度很好,内心想着应付了事,连男方姓啥都没有搞清楚。她一接到李纪行让她去北京请潘建翔的电话,就马不停蹄地去了北京。她又聊到北京如何如何说服潘建翔回海南,如何去香山看红叶,等等等等。两人像是久别重逢似的没完没了。李纪行有王桃在身边,不能按照约定的时间给盛春丽每天打电话了。

八月七日下午,李纪行和王桃到了百花仙子美容美发店,见过了刘羽飞和符雅妹,得知二人准备在国庆节举办婚礼。李纪行让符雅妹去海南大学约丁兰教授,请她明天晚上出席"林海雪原"盛大开业,并担任嘉宾点评节目。这时已是子夜,王桃回她房间休息去了,李纪行披件睡衣,手里拿着大哥大走到了阳台上。

李纪行正要打电话,手里的大哥大突然颤动。他一接通,电话里大嗓门叫:"喂,李主任,还没休息,在干吗哪?"李纪

行一听，笑着说："陈老总，深更半夜的，有什么急事，老师又生孩子了？"电话里是陈大虾，说："李主任，金屋藏娇，要短平快啊。"李纪行笑着说："陈总，谁有你的福气，一帆风顺！"电话里："李主任啊，我觉得还是你好，桃花盛开，一朵一朵的，一个比一个美丽。"李纪行说："陈老总，江美丽不见了，去哪啦？"李纪行转开话题。陈大虾哈哈大笑，说："江美丽，快四十的人了，大概还是单身，不知道怎么想的，她去了琼海，和顾先生种伊甸园去了，读书的人，诗情画意的生活。"李纪行问："陈总，明天上午，要开工典礼，都准备好了吧？"陈大虾说："万事俱备，你明天和王总早点过来，上午九点开始。"李纪行说："好的，陈总，明天晚上'林海雪原'开业，你有什么安排？"陈大虾说："李主任，我听你的安排啊！"李纪行说："我给你准备了一百张入场券，明天上午交给你，开工典礼后，给那些嘉宾发了，怎么样啊？"陈大虾一听大喜，说："李主任，我呀，太佩服你了，你是怎么想的，这是对我们最大的支持。李主任，昨晚我做了一个梦，你帮我分析分析，是怎么回事。"李纪行笑着说："什么梦也问我，你梦想成功啊！"陈大虾急忙说："你等一下，我出阳台和你讲。"固定电话搁下了。

李纪行估计是陈大虾怕吵醒他的宝贝女儿。一会儿，电话又震动起来，是陈大虾的大哥大号码，电话里说："李主任，昨晚的梦很奇怪。"李纪行说："陈总，你稍等片刻，我去回个电话，一会儿我们好好聊。"李纪行从阳台回房间，看看墙上的钟表，已是十一点十分了，他今天一心一意，要准时给盛春丽通个

电话。

李纪行用大哥大拨通了,电话里传来盛春丽的声音:“二哥,今天这么准时,一分不差?”李纪行说:“明天万铁项目开工典礼,晚上‘林海雪原’开业,凑在一起了。前几天,早出晚归的,太晚了打电话,又怕打扰你睡觉。”李纪行话没说完,就被盛春丽接过话:“又怕人听见,其实啊,欲盖弥彰,你光明正大怕什么。这样说明心里有鬼,谁能管住你?”李纪行笑着说:“春丽,我心里有数。都品徊怎样了,他身体好些了吗?”盛春丽说:“二哥,下周一,都品徊去美国。”

李纪行问:“怎么去呀?”电话里说:“品徕恢复正常了,陪她哥一起去。品徊一直叫喊头痛,医生说颅骨有损伤,可能要做手术。张琳教授在美国的朋友给他联系了西雅图一家医院,建议在美国做手术。”李纪行又问:“没有说让你去吗?”盛春丽说:“主要听品徊的意见,他说让妹妹也检查一下,医院不用家人陪侍,人多费用也多,品徊考虑得也很对。”李纪行说:“我忙过这一阵儿,想去趟杭州,今年春节时光虽然短,至今回味无穷。”电话里,盛春丽笑了,说:“你的童话故事还没讲完呢。”李纪行说:“春丽,今天晚上就这样吧,陈大虾还在等我回电话,明天继续聊,好不好?”盛春丽说:“好的,二哥,你早点休息,再见。”

李纪行拨通了陈大虾电话,说:“陈总好,抱歉,刚才有个电话。一会儿我俩用大哥大通话。”电话里说:“好的,用大哥大。”两个人用大哥大讲开了。李纪行说:“你讲吧,做了个什么梦,

别大惊小怪的。”陈大虾问道:“是谁半夜三更打电话,是不是你那个女教授?李主任,你不能脚踩两条船呀,我觉得人家王桃就好,她对你好,老牛吃嫩草,你别身在福中不知福啊!”陈大虾快人快语,朋友意气。李纪行笑着说:“陈老总,谢谢你关心,我会处理好的。还是说说你的梦吧。”

李纪行住在海甸岛,陈大虾住在椰林路,相距十公里。李纪行和陈大虾各自在自家别墅的阳台上,一人手里拿着一个大哥大,陈大虾抽着烟,开始讲他昨晚的梦。虽然空间错位,电波隔空喊话,谁也看不见谁,却像面对面交谈。陈大虾边抽烟边说,李纪行边听边笑。

陈大虾说,李主任,王桃睡了吧。李纪行说,睡了,你想说啥只管说。陈大虾说,女人生了孩子,与不生孩子就不一样。李纪行说,这不胡说吗,生了孩子,才叫开怀,开怀不开怀,肯定不一样。陈大虾说,啊呀呀呀,生孩子前,我那老婆,是知识分子味道,舞文弄墨的,羞羞答答的,遮遮掩掩的。咳,如今呢,改革开放了,我是夜夜交公粮,反而供不应求,她是被动变主动,我是主动变被动。李纪行说,那多好啊,老师的办法必定是高明,能管那么多学生,管你一个小菜一碟儿,省得你外面寻花问柳惹是生非,肥水不外流,经济效益好。陈大虾说,李主任,我每天忙得团团转,哪有那个花心哪。我对老婆忠贞不贰,昨天晚上回得晚,黄老师到了保龄球馆,我中午一顿酒请了一帮人。晚上一顿酒,又是一帮人,其实是酒喝多了。

李纪行接话说,酒喝多了,赶紧睡觉吧。陈大虾说,哪能啊,

老师到了保龄球场馆,减肥去了。我也到了保龄球馆,得把她们接回来呀。回来以后,我就一个人睡了。我喝酒有个毛病,白天喝了黑夜醉,冷酒后发达。不知半夜什么时候,我被弄醒了,黄老师到了我房间。李纪行说,黄老师关心你啊。陈大虾笑着说,是的,领导关心,领导能上能下,深入基层。我醉梦里稀里糊涂,两只手抓住两颗保龄球使劲扔,却扔不出去。李纪行哈哈大笑,说,是保温球吧。

二人说笑着,突然听不到彼此的声音了。一会儿,电话里陈大虾又说话了,李主任,电池没电了。李纪行说,换块新电池。陈大虾说已经换上了。李纪行说,你继续说。陈大虾说,黄老师折腾她的,我睡我的,我只觉得沿一条河边走,走到山脚下,仰望那山不高,一丛丛森林,天阴沉沉的。这时下起小雨,走到山沟前,沟里一条河,水哗啦啦流,抬头看,山崖石壁上,刻有三个大字——景阳冈,字是红色,十分醒目。我心想,我农历正月生日,虎年虎月不怕虎,正纳闷着,见一茅草屋,上插一酒旗,旁有三匹马吃草,大门关着,听里面有人说话,门上左右贴副对联:酒色之徒,小心老虎。我推开门一看,这不是三国里的刘备、关羽、张飞吗?大刀、长矛、宝剑立在墙角,三人每人端一大碗,正在喝酒高兴呢。见一个美人抱一坛酒,给三人斟满,这女人花容月貌,张飞称貂蝉妹子,我想这哥们儿仨,把吕布老婆抢来了。这时,听得山沟里人喊马叫,远见一队人马飞奔而来,当头一员大将,挺方天画戟。我想,坏了,吕布找老婆来了。只见刘、关、张把酒碗往桌上一扔,起身各抄兵器,迎了出去。貂

蝉躲在茅草屋里观察，我一闪身进屋。貂蝉说，哥哥快引我走，吕布来了。我没有多想，救人要紧，拉着貂蝉就往外跑。刘、关、张三人景阳冈前大战吕布，战了三百多回合，不分胜负。吕布年轻，越战越勇。我和貂蝉找不到方向，顺着山沟跑。这时听见人喊，貂蝉，捉住。我拉着貂蝉没命地跑。这时见吕布骑赤兔马远远追过来，后面三匹马，刘、关、张也追过来。我和貂蝉正走投无路，见面前现一水帘洞，我俩奋不顾身，头顶水帘钻进去，听洞里哗哗流水声，脚下高低不平，坎坎坷坷。这洞外面口大，里面越来越小，人马进不来，我和貂蝉跑得上气不接下气，回头不见人来，才停下脚步。

这时，电话不响了，但没有断线，又听到窣窣的声音。李纪行问说，陈总，干吗不讲了？陈大虾说，我去点支烟，李主任，你还记得八十年代初吧，我二十来岁，高中刚毕业，有一篇小说，叫《爱情的位置》。李纪行说，怎么不记得，当时我还念大学，那是刘心武的小说。陈大虾说，当时我也是文学小青年，这篇小说影响很大，以前不敢讲什么爱情，同学之间，手也不敢握。李纪行说，当时我读大四，记得一个晚上，看一本小说《第二次握手》，同学们轮流看。爱情有位置，也有力量呀。陈大虾说，不错，岂止是人，黄琼英父母养了两只猫，一公一母，七八年了，这对猫夫妻，生了两窝小的，感情好得形影不离。公猫大而壮，母猫小而轻。猫年轻时，母猫无论在哪里，公猫总能抓住母猫调戏，现在猫老了，母猫跳上我岳母那个高高衣柜顶，公猫跳不上去，就拼命向上一跳，从半空中掉下来，母猫站在柜顶嗤笑，公猫只

能望猫兴叹。但是,唯在发情期,公猫的力量陡增,竟然又能一跃到柜顶,这就是爱情的力量吧?李纪行一听说,哈哈大笑,笑着说,你的比喻不错,爱情的力量是神奇的。陈大虾说,春节期间你去了杭州,我和黄老师去你家拜年,王桃父母在,王桃房间的阳台上放了个大玻璃瓶子,里面有十几只花蝴蝶,我记得那个瓶子古古怪怪的。我昨晚上的梦,像梦见了那个瓶子。李纪行说,盛教授说,那是个克莱因瓶。陈大虾说,黄琼英教高等数学,一看便知道,也说是克莱因瓶,问王桃从哪里买的,我说是去年在三亚时,冯总送的。王桃说,不知为什么,她特别喜欢这个瓶子。

李纪行大哥大也没电了,他换了电池,又拨通电话说,陈总,梦还没讲完,你把貂蝉引到哪儿去了。陈大虾说,钻进水帘洞里去,后面追兵进不来了,我拉着貂蝉的手,像捏着一把软棉花,突然眼前一亮,一个巨大的克莱因瓶子,完全是透明的,有一个进入的口。李纪行说,盛教授讲,这种瓶子不能装东西,没有容积,里面外面都是表面,这是一个只能想象的四维空间,想得出来做不出来。你说吧,我可以想象。

陈大虾说,我和貂蝉进入这个瓶子里,是轻飘飘地飞进去的,我觉得没有重量的感觉。瓶子里头是另一个世界,阳光雨露,田园风光,绿草茵茵,稻菽金黄。李纪行说,哈哈,江美丽的伊甸园,世外桃源,香格里拉。陈大虾说,我俩又饥又渴,正寻思着,椰树上掉下来几个椰子,我和貂蝉一人抱起一个,椰子上开有一孔,自然冒出椰汁来,我喝一口,甜如妇乳,渴是解了,又

饿，怎么办？正寻思着，前面十多米处，出现一口三足大鼎，鼎里水沸腾，煮了两颗牛头，我和貂蝉吃不下两颗牛头。正寻思着，见两条光线垂下来，绕一圈，一颗牛头不见了。我想这是怎么回事，想到什么立竿见影。吃饭没碗筷，怎么吃呢？正寻思着，一个桌子突然出现，上面两套餐具，刀叉碗筷样样齐全，还放有两瓶酒，玉液琼浆。李纪行边听边笑，接过话茬说，陈总，这叫随心所欲，心想事成，你再想想还要什么。陈大虾说，李主任，我觉得我成神仙了，温饱思淫欲，控制自己，不敢朝那儿想。李纪行说，有貂蝉在跟前哪，你怎么办？陈大虾说，李主任，人管不住自己的思维，在人世间，互相看不见想什么，所以人才有隐私，有梦中情人。而在这里，思维是透明的，你想什么，就像广告了，别人都知道，你说可不可怕？李纪行说，那样你就不敢胡思乱想了。陈大虾说，唉，这人的坏毛病还没去掉，我管不住自己的脑子，胡思乱想了。李纪行问，你想什么？陈大虾说，貂蝉沉鱼落雁之容，闭月羞花之貌，我想，如果与貂蝉喜结连理，洞房花烛，岂不美哉！正寻思着，空间出现一处院落，门前张灯结彩，八抬大轿，笙箫唢呐，鞭炮齐鸣。我身佩红花，貂蝉红纱遮颜，移莲步，入洞房，掀红纱，喜盈盈千般媚态，娇滴滴万种风情。李纪行哈哈大笑说，陈老总，洞房花烛夜，金榜题名时，天下第一美事也。陈大虾说，貂蝉长袖善舞，霓裳羽衣，冰肌玉肤，我云行雨施，欲醉欲仙了。

李纪行哈哈大笑，突然背后被拍了一下，扭头一看，是王桃。王桃说：“半夜三更不睡觉，阳台上大笑，全海甸岛都听

见了。”

李纪行右手拿电话听着,左手推着王桃进了房间,王桃把阳台门关上。李纪行示意王桃坐下,他继续打电话。他说,陈老总,梦讲完了吗?陈大虾说,我躺在新婚床上,茫然四顾,这是个透明的像被玻璃罩着的房子,悬在半空中,天上地下,四面八方,辽阔无边,仰看蓝天白云,俯视远山如画,阡陌纵横,河流小溪,草木花卉,尽在眼底。虽然遥远,像在万里晴空的飞机上,鸟瞰地面的山川河流,却是清清楚楚。这时忽然听见婴儿啼哭,我醒来了,见黄老师忙着披衣下床,到小女儿房间去了,我想是该喂奶了。李纪行说,陈总,你回到了过去,娘肚子里走了一遭。今天不早了,睡大觉,明天还要开工典礼哪。陈大虾问,李主任,你说我这个梦,是好梦坏梦?李纪行说,好梦好梦,多多保重,明天见。陈大虾说,明天见。

王桃问李纪行:“陈总梦见什么了,把你笑成这样子?”李纪行说:“梦回故园,娶妻貂蝉。刘关张三英战吕布,景阳冈变成虎牢关。两颗牛头煮不烂,子宫里另有一片天。这个梦啊,有点不对劲儿。”王桃说:“那你还说好梦好梦,你得告诉他啊。”李纪行说:“怎么告诉?我也是瞎猜,说不准啊。若告诉他了,他每天疑神疑鬼,怎么生活啊。”王桃说:“那怎么办?”李纪行说:“积德行善,逢凶化吉,不要迷信。睡觉吧,明天的事还真是多。”王桃说:“我相信,人定胜天!”

吴汉章今天做嘉宾,要上坐主席台,参加上午九点椰岛春城项目开工典礼。吴汉章今天有专车,是杨波开的大摩托。这

摩托两条轮胎粗大，堪比汽车轮胎，车灯车镜横眉竖眼，车把车架张牙舞爪，车身壮实虎背熊腰，一体黑色没有杂毛，与那些花哨的小摩托车比，是牛羊群里的大黑老虎，凛凛威风霸气十足。骑这种摩托车者，多是风流倜傥之辈，虽非奔驰宝马，亦是车界翘楚，飘飘然自觉身价不菲。唯吴汉章看不起也懒得去问，也不晓得这是哪国产品，认为只是坐骑而已，与人尊卑关系不大。

上午八点整。吴汉章在玉沙村的家里，推开临街的窗户，立耳细听，辨别楼下有无摩托声音，听得只有市井的嘈杂声。他本已打扮停当，身体从下往上装饰一新，黑皮鞋、浅蓝裤、白色T恤，黄绿色军帽。他早把军帽放在桌上，帽壳里撑好了一圈硬纸，使帽子有棱有角的。他平时不戴手表，今天左腕上专门戴一块梅花表，还是当年结婚时买的，永远伴随着，昼夜不停，周而复始，岁月磨砺，准时依旧。T恤衫胸口处有个口袋，可以装下一包中华牌香烟，他今天没带红塔山，抽中华烟面子上好看。

杨波的大摩托说到就到。吴汉章听得到声音，便戴帽下楼，忽然想起墨镜，又返回取了，再下楼来到街上，跨上大摩托。杨波开车风驰电掣，直奔龙昆南路，不到二十分钟，就来到椰岛春城工地。

这个工地已圈起了围墙，宗地面积呈正方形，东西南北长，似各有两百米。典礼台搭在地中央，像农村唱大戏的露天剧场，彩旗飘扬着，显得格外隆重。台上有四十几个座位，分成两排。

离开会大约还有半小时,人还没有到齐,市政府领导的座位还空着。吴汉章的名字在后排的西边,是最后一位,吴汉章找到自己的名字,悄然坐定。望台下,有座椅位置的十几排两百余座已经坐满了人。几十个男女服务人员着装整齐,女的白衫蓝裙,男的白衫黑裤,提壶倒茶,热情招呼着。扛着摄像机的也开始把镜头对着台上台下不停地移动瞄准。

陈大虾坐在前排左边,李纪行、王桃挨着坐,依次是港商外资方。正中间空了五个位,是市政府领导的。九点整,领导在台上出现了,最重要的人物都是最后准时到达现场,不浪费时间的。主持人是海南某电视台的女播音员,开工典礼在鸣炮奏乐声中开始了。

吴汉章坐在后排,看台下这几百人,开始有点心慌,他就戴上墨镜,自然一些了。这时,在十几个端茶倒水的女服务员中,他看到了一个熟悉的身影,身材高挑,似曾相识,他摘下墨镜,盯着看,揉揉眼,睁大眼睛看,他想把自己的眼珠子扔到台下去,他边看边想,边想边看,好了,他想起来了,这是韩月,没错,她是韩月。

余下的时间里,吴汉章根本没有听到是哪位领导讲话,又是哪位嘉宾发言,更没有听清楚都讲了些什么。他的大脑一片空白,被这突如其来的发现搞晕了,忘记了周围的一切存在。

椰岛春城这个项目是中外合资的,省市领导都很重视,开工典礼的准备也很充分,邀请参加典礼的单位有:省政府办公厅、海口市委、海口市政府以及市计委、市土地局、市城建局。

陈大虾代表中资方讲话，孔令轩代表外资方讲话，施工方湖北工队的项目经理牛田仁表态发言，施工方四川工队的项目经理朱兆文表态发言，还有各个兄弟单位的老总们发发言。讲话发言的十几位，不管长话短说，多为赞颂溢美之词，什么最大的经济特区，什么乘改革开放的春风，什么万铁公司引进外资带了好头，什么政府部门努力支持保驾护航，什么质量第一、安全也第一，等等。但是，准备再充分，百密一疏漏，唯一的不足是把话筒放少了，对于这一点，董事长陈大虾没有注意到，项目经理陈鼎也没有注意到，当初设计讲话时必然是一个人一个人轮流讲，不可能两个领导同时讲话，所以有一个麦克风就够了，哪知按典礼程序发言开始后，才发现了问题，主席台上，各单位领导都要讲讲话，都要说两句，不说两句，来了干吗？讲几句话都是领导的关怀，什么方针政策啦，形势任务啦，措施方法啦，一大串一大串的，即使不多讲，祝贺的话语也得客气几句吧。所以，几个男女服务员，把麦克风话筒移来挪去，还拉着一条长长的线绳子，把台上台下人们的目光都盯着麦克风绳子转来转去，既耽误时间又不雅观，好像讲话设备很落后。最后临时决定，人动话筒不动，把麦克风话筒放在主席台前排的最末位的边角上，再放一把空椅子，谁发言时走过去，发言后退出去，先让市委、市政府里领导讲，然后各单位领导发言，你方唱罢我登场，这样倒是顺当多了。

开工典礼进行了两个多小时。台上仪式一结束，陈大虾下了主席台，走在前头，挥着大手，高声大嗓地讲解，领导着领导

们沿工地转了一大圈。然后,大车小车一齐出动,载着与会人员驶离工地,到明泰大酒店喝酒庆祝去了。

八月八日,夜晚八点。林海雪原歌舞厅盛大开业。华灯初上,歌舞厅内外已经灯火辉煌,外面的停车场停满了几百辆各种汽车,四周街道停满了摩托车。歌舞厅正门口,五层楼的前檐顶上,“林海雪原”四个大字霓虹闪烁,前来观看的人群络绎不绝。

歌舞厅一层,剧场内外人声鼎沸,剧场里已经满座。没有座位的人,忙着寻找售票的地方,但票已售罄。没票就只能站着,门庭过道站满了人。剧场的座位似九阶方阵,方阵之间由过道隔离,每个方阵十乘十有一百个座位,剧场共九百个座位。左右两侧的包厢里面,一处处烛光灯影闪烁不已,恍恍惚惚令人神往。

中间第一方阵中坐着省市的各位领导。坐在第一方阵中第一排的002号座位上的是一位年轻女士,容貌秀丽,气度不凡,这是海大丁兰教授,紧挨着的是李纪行和王桃,接着依次是孔令轩和外商。李纪行回头观看,在第一方阵里的不同位置,坐看他去年桃园饭店请过的老乡,这十几位领导悉数在场。他佩服仝坤工作做得仔细,可谓滴水不漏。韩月,一个妙龄女郎,谁也不认识她,她也不认识谁。她的座位号是一排014号,真正的贵宾位置。凡是双号面向舞台时在右侧边。吴汉章的特意安排,神不知鬼不觉。

八点整,歌舞晚会正式开始。突然,整个剧场一片漆黑,所

有的人鸦雀无声，一时不知道发生了什么，以为停电了。黑暗持续了十几秒钟，人们还未从迷茫中清醒过来，在剧场内的屋顶，出现了一个亮点，剧场五楼屋顶到一楼地板，约有三十几米高，亮点如流星划破夜空，显得辽旷而遥远，亮点由远而近，由小而大，使人有穿越时光隧道的感觉。在剧场屋顶左边的一角，突然现出一片蓝天，蓝天蓝得像海水一样，逐渐向四方扩展蔓延，一阵子变成浩瀚的银河，天上群星闪烁，蓝天碧海席卷着日月星辰，海浪金沙冲刷成云霞虹霓，在剧场屋顶，出现了一个空旷浩渺的银河宇宙。所有的人都凝神屏息，仰观天象的千变万化。

这时，突然一声霹雳，轰隆隆响起，打破了夜空的寂静，整个剧场，顿时沉雷滚滚，电光闪烁，人们头顶上空，龙蛇乱舞，惊心动魄。片刻之后，又一阵轻风吹过，万籁俱寂。舞台上，天蓝色的帷幕徐徐拉开。此时舞台背景上，出现了一大片莽莽草原，一群大雁从河边飞起来，嘎嘎鸣叫着，摆成人字阵，飞越崇山峻岭。这时，一只大雁，两只大雁……共九只大雁，舞动着翅膀。此刻，《鸿雁南翔》的舞蹈，在悠扬的音乐声中，第一个出现在舞台上。浑厚的男中音伴着舞蹈响起来：

鸿雁向南翔
人字摆成行
啼声凄凄别故乡
夜来霜秋风凉
鸿雁飞南方

千里到衡阳
回雁峰巅回首望
长江长黄河黄
鸿雁欲何往
春水已淌漾
千里迢迢回家乡
雁门外草原上
鸿雁传书香
马背有佳酿
一碗美酒入豪肠
夜苍茫琴声扬
床前明月思故乡
梦里佳人在何方
天涯海角觅知音
一只鸿雁向南翔

舞台上,潘建翔是领头雁,唯一的男舞蹈演员,其余八位都是女演员。这个节目精心策划,情节内容表现都很到位,黑白相间的紧身服装,大雁展翅的肢体动作,出神入化,惟妙惟肖,一曲未了,掌声骤起。

男主持人穿白色西装,女主持人穿红色旗袍,都是陈大虾高价请来的。歌舞晚会上半场,进行了一个多小时,除了《鸿雁南翔》舞蹈,还有男女生独唱:电影《闪闪的红星》《洪湖赤卫队》主题曲之后,紧接着《太阳最红,毛主席最亲》《红梅赞》《我爱

五指山，我爱万泉河》《再见吧，妈妈》《泉水叮咚响》《洁白的羽毛寄深情》《太阳岛上》《在希望的田野上》，这些八十年代初的流行歌曲，以及电视剧《西游记》主题曲。听着熟悉的旋律，激起历史的回忆，令人荡气回肠。一支歌曲一份情思，一段舞蹈一种寄托。符雅妹八位仙女表演的《肚皮舞》，叮叮当当，摇金颤玉，春风荡漾，气象万千。

上半场结束，休息十分钟。在韩月座位后边，坐着黄琼英、苏嫚和夏瑾，这是吴汉章没有注意到的。吴汉章今晚穿便装，警鞭队全由杨波指挥，剧场秩序井然。吴汉章从旁边走道溜过来，到第一排韩月的座位前，递上了一瓶健力宝，然后悄然离开。这个秘密，被黄琼英、苏嫚和夏瑾看得真切，几位贵夫人心照不宣。

下半场，是歌舞剧花木兰，表现一位传诵千年的巾帼英雄——代父从军的花木兰。这个节目编排了几个月，是林海雪原歌舞厅的压轴之作。分为七个篇章，木兰出生、少女时代、代父从军、驰骋疆场、荣归故里、巾帼英雄、木兰花开。演到第四场驰骋疆场，舞台布景里的古战场、金戈铁马、烽火狼烟、花木兰扬鞭奋蹄、马啸西风，演出精彩之致，再加戈萍的歌声：

娇身戎装裁，
弓箭跃马背，
谁把女儿猜。
沙漠狼烟飞，
帷幄朔风吹，

戍边夜不寐。

文姬十八拍，

苏武十九载，

昭君一块碑。

歌声唱出传奇，歌声唤起正义，观众沉浸在浩然正气中。

曲终人未散。尽管歌舞表演结束了，但观众的热情不减。剧场的保安和工作人员纷纷冲出来，每人手里牵着五彩斑斓的气球。顿时，剧场半空中，一个个气球飘动，台上十几位佳丽走下舞台，与观众互动交流。戈萍的一首《何日君再来》，唱得委婉动情：

停唱阳关叠，

重擎白玉杯。

殷勤频致语，

牢牢抚君怀。

今宵离别后，

何日君再来。

舞台上，演员们翩翩起舞。舞台下，包厢里的情侣们，来到剧场前面的舞池共舞，扶肩搭背，卿卿我我，脉脉深情。萨克斯吹奏起一曲《回家》，缠绵悱恻，余音绕梁。

子夜。海甸岛桃园饭店。二楼五台山包厢，堪称是高朋满座。这些客人，鸳鸯混配，成双成对。仝坤和苏嫚，陈大虾和黄琼英，裴和平和戈萍，庞道中和夏瑾，李纪行和王桃，刘羽飞和符雅妹，潘建翔和丁兰，还有孔令轩和外商，吴汉章和杨波，真

夫妻假鸳鸯，男男女女，九双十八单。李纪行和王桃二人，精心准备了这场盛宴。

丁兰教授由其学生高小芬引见，上周日去了百花仙子美发店，与符雅妹见了面，符雅妹让店里的一号男理发师大伟，给她做了个漂亮的发型。你瞧，这个发型很独特，披而不散，卷而舒展，银雀金丝，半羞遮面，风吐流苏，姿态万千。丁兰教授满心欢喜，美目善睐，顾盼不已。她进而以美为媒，把符雅妹视为知己，却万万不知，还有一位曾经以花为媒的花仙子，在那里乔装打扮，苦苦地等待着她呢。

花仙子潘建翔，今夜的演出十分成功，经人介绍与丁兰相认，他又毛遂自荐，说是北京舞蹈学院毕业，是丁兰教授的学生。他笑容灿烂，满面阳光，左一个丁老师，右一个丁教授，围着丁兰前后转，这大概就是陈大虾讲的公猫上柜，爱情的力量使之然也。

陈大虾和仝坤两位公司董事长，互相敬烟，互相谦虚，椰岛春城开工，“林海雪原”开业，开工开业，双喜双开，令人兴奋不已。都是朋友弟兄，生意伙伴，没有政府领导，座位随便就座，一双挨一对，九对客人，七对鸳鸯。孔令轩和外商，吴汉章和杨波，这四个男人没女伴，倒显得不协调了，每人自觉得折了一只翅膀，想飞飞不起来，场面上少了男人的风光。吴汉章感受颇深，想着如果韩月来此赴宴，身边坐一个美女，该有多美。又想着名不正言不顺，如果来了，如何向大家交待，妻不妻妾不妾的，让人猜疑，坏了名声。虽然这桌子人大多不是正规的夫妻，

但他总觉得人家都很正常。这究竟是怎回事？说不清楚想不明白。是自己的家庭夫妻关系太稳定了，还是自己的思想观念太保守啦？再说了，家庭稳定不好吗？家国家国，家庭是国家的细胞，家庭稳定了国家就稳定了，不是吗？

但是，现在的人不这么想，男人的心里都有一只怪兽，时间久了是要吃肉的，佛菩萨想拴住它，它还是不断挣脱束缚往野跑。吴汉章坐在那里想心事，呆眉呆眼的。十几个凉菜早放在桌子上，没人动筷子，互相谈论着今晚节目的精彩。丁兰坐在沙发上，在一个巴掌大小的笔记本上写着什么。陈大虾就调侃她，说教授就是教授，走到什么地方都批改作业。黄琼英与丁兰都在海大任教，海大老师成百上千，二人虽见过面，彼此没来往，黄琼英听丈夫讲话风趣，坐在那里只是笑，她说海大艺术系的女老师、女学生，一个个都是校花。

符雅妹边看吴汉章，边在刘羽飞耳边嘀咕，刘羽飞听了，就一直朝吴汉章看，伸舌头发怪笑，八成是雅妹透露出什么来，或许发现了那听健力宝的秘密。其实，吴汉章给韩月送健力宝时，符雅妹去了洗手间，符雅妹挨着韩月坐，吴汉章把健力宝悄悄递给韩月，一句话没说，也没停留，就朝前走了，刚好符雅妹回来看见了。符雅妹莫名其妙，心想这吴大哥人模人样，也私底下有了个红颜知己？刘羽飞和三亚冯总坐在正中央的第一方阵，冯总来海口有事，刘羽飞请他顺便看看节目，冯总散场后就回了明泰大酒店谈判去了。下半场节目开始，符雅妹与韩月主动搭讪，韩月说花木兰就是她们湖北的，在黄陂有花木兰的遗

迹。符雅妹问她刚才送健力宝的是谁,韩月说是她表兄,姓吴,也是湖北的。符雅妹发觉这健力宝里必有秘密,吴大哥是金屋藏娇。符雅妹说她是百花仙子美发店老板,今后加强联系,认识了就是缘分,姐妹们好好相处。不过一个多小时,二人就亲热得不得了。符雅妹经过了磨炼,干什么目标明确,显然比一般女孩子成熟多了。临别时姐妹俩互留了电话。吴汉章行事再秘密,可终有曝光的时候。

孔令轩陪外商八月三日来海口,住在望海国际大酒店。因为没住明泰大酒店,开始时陈大虾想不通,他的明泰大酒店,论条件不比望海国际差,而且客人是椰岛春城的合作伙伴,应该住在明泰大酒店才对,他还可以免费提供住宿。他把话传给李纪行,李纪行说也许客人有自己的考虑,也许正是因为有合作关系,他们才不便住在明泰大酒店。孔令轩五日带外商去了趟三亚,七日才返回海口。

李纪行在这段时间里,椰岛春城和“林海雪原”两头忙,没有与孔令轩见面坐一坐,他以为今晚是个机会,因为明天孔令轩有事急着回香港。于是,两个老同学就在二楼大厅说小话。孔令轩告诉李纪行,前些天,陶青春来电说,她和父母哥哥现在都在西雅图,陶青春在一家医院工作,李陶上了小学。孔令轩与陶青春每次通电话,就劝陶青春还是回来好,纪行一个人孤单,但陶青春说为了孩子。分析原因有几条:一是李纪行与王桃有暧昧关系。二是陶青春的父母哥哥都在美国。三是国外生活条件好一些。李纪行让孔令轩回香港后再给她打个电话,

告诉青春他想去一趟美国，正在办理签证，看看青春的态度。他对令轩讲，王桃这边是生意伙伴关系，哪能说丢就丢了，虽然李纪行是大股东，也不能把王桃撵走。孔令轩也看得出来，李纪行与王桃互有好感，二人形影不离，怕也是一对打不散的鸳鸯了。

盛筵正在进行。三只整烤鸭端上来，零拼可以碎取。三位美眉每人手端一个大鱼盘，从大圆桌的三个角度和盘托上。烤鸭锃亮，紫檀颜色，宛若文物。配料考究，红辣椒条、绿黄瓜段、黄豆京酱、如蝉翼之薄饼，垒于青花瓷盘上。酒有三味——老白汾、青岛啤和长城干红。果汁饮料，西瓜汁殷红，橘橙汁浅黄，椰子汁乳白，任意选用。大杯小盅，银盏金匙，琳琅满目。一桌贵客，十位美眉，左右逢迎，满斟浅酌。李纪行起立，右手端一高脚杯，浅底干红，用播音主持的音调献祝酒词："女士们，先生们，大家晚上好！今天是八月八日，一个吉庆的日子，椰岛春城与'林海雪原'，两艘巨轮，双双启航，满载着希望驶入茫茫商海，要经受狂风暴雨，要冲破惊涛骇浪。我们相信，只要大家同舟共济，必然能够到达胜利的彼岸。让我们为共同的奋斗目标、共同的伟大理想、共同的美好前程，干杯！"

李纪行的祝酒词字正腔圆，正能量满满，一改平时拖拖拉拉的太原口音，就连吴汉章和王桃也没有想到他还有这一手。大家纷纷起立，干杯干杯，吴汉章高兴得一饮而尽。

仝坤说："李主任，你的普通话原来这么标准，下次，给'林海雪原'主持一场晚会，一定精彩！"丁兰教授发话了："李主任，你刚才的祝酒词，有电视台播音员的风格，听不出是山西口

音。”李纪行笑着说：“见笑见笑，三言两语，模仿而已，我哪有那个水平。丁教授才是真正的京腔京韵，一会儿啊，请丁教授给大家表演一段舞蹈，我们欣赏一下，真正的舞蹈家是什么样子的！”

大家三杯下肚，气氛热烈。符雅妹提议说：“吴大哥的鸿雁舞蹈你们还没见过吧，真正的文艺范儿，欢迎来一个。”大家响应，鼓掌欢迎。吴汉章急了，连连摆手说：“胡扯，我不会跳，那是逗着玩儿，不会不会。”吴汉章继续喝酒吃菜，不予理睬。符雅妹此时站起来，绕了半圈走到吴汉章背后，用右手半遮着嘴，贴在耳畔嘀咕了两句，就转身回去了。吴汉章像被锥子扎了一下，先张嘴，后瞪眼，痛苦又吃惊的样子。不过他马上脸堆笑容，来了个一百八十度的大转弯，老老实实说：“好好好，跳一个，跳一个就跳一个。”大家还都蒙在鼓里，不知道符雅妹使用了什么魔法，使吴汉章立刻举手投降。

吴汉章确实有南拳北腿的功夫在身，在林海雪原歌舞厅每天跟着学鸿雁舞，他自己认为这个舞蹈是太极拳的延伸，表现的形式不同，但有太极拳的精髓在内，重在用肢体表现美感，不在于防御攻击敌人。所以，他的领悟能力强，学得也有板有眼，若滥竽充数其中，也足能以假乱真，自诩虽唱歌不行南腔北调，但跳舞还是有基本功的。吴汉章说得也有道理，想来从古及今，武舞同源，一个用身体去搏击，一个用身体去表达，搏击的目的是打败对手，表达的目的是展示美丽。美学是人类与生俱来的学问。吴汉章跳鸿雁舞，比那些演员多了一个道具——黄帽子，说黄帽子是鸿雁的长嘴巴。于是乎，他离开餐桌，戴上黄帽子，

潘建翔也离开桌子过来配合。

潘建翔唱出标准的男中音。歌词唱道：

鸿雁向南翔
人字摆成行
啼声凄凄别故乡
夜来霜秋风凉
鸿雁飞南方
千里到衡阳
回雁峰巅回首望
长江长黄河黄
鸿雁欲何往
春水已淌漾
千里迢迢回家乡
雁门外草原上
鸿雁传书香
马背有佳酿
一碗美酒入豪肠
夜苍茫琴声扬
床前明月思故乡
梦里佳人在何方
天涯海角觅知音
一只鸿雁向南翔

伴着歌声，二人在餐厅里扮鸿雁，高低身段，双臂展翅，行

云流水，动作整齐，把大家竟然看得发呆了。仝坤此时兴奋异常，仗着酒劲，大声叫好。吴鞭长的这一手好戏，仝坤没有见过。一曲歌，一杯酒，好朋友，喜相逢。仝坤端着两杯酒，递给吴汉章一杯，说："汉章，人才啊，没看出来，咱'林海雪原'人才济济，兴旺发达啊，来来来来，老吴大哥，表演成功，干酒一杯！"吴汉章左手摘下黄帽子，右手接过酒杯，说："仝老总，献丑啦，干一杯！"这时，丁兰教授站起来，端起酒杯，笑容可掬，恭敬地说："各位老总，各位女士，各位朋友，今天的节目，我认为演得很好。我敬大家一杯，祝各位身体健康，心想事成！"

大家都站起来了，共同干了一杯。丁兰教授仍站着，说："花木兰的歌舞剧，从情节结构，到情感表达，都很不错，主题歌的歌曲也很好，我想再加一个结尾曲，刚才写了一个歌词，回去之后，我让海大艺术系老师作曲。这个歌词短一些，也好记忆，便于传唱。"

丁兰教授转身过去，从沙发上的包里取出一个笔记本，又回到座位前，仍然站立着，她展开了笔记本，定定神，开始朗诵道：

木兰之歌·女儿强

侬本是女儿香
却把红颜换戎装
向朔方
马踏沙场
山高水远路漫长

夜苍茫
万里边疆
大漠狼烟胡羌
长城上
血雨风霜
驼铃古道残阳
抬头望
鸿雁南翔
锦书捷报传家乡
家与国
亲情都一样
巾帼代代有忠良
女儿香女儿强
女儿英名万古扬

丁兰教授的歌词朗诵，真正是京腔京韵，大家一致叫好，啪啪鼓起掌来。李纪行说："丁兰教授，写得好，写得真好，下次演出，把这首歌作为主题曲，效果会更好！"潘建翔说："我们丁教授，舞蹈跳得好，歌也唱得好，歌词写得更好，是我们学院的才女。我代表丁教授，再敬各位一杯！"众人齐声响应，干杯干杯，气氛更加热烈了。

李纪行和王桃一直热情地招呼大家。一桌客人，豪情万丈，文采飞扬，潘江陆海，兴致盎然。

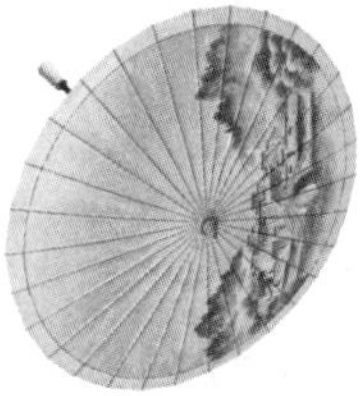

贰拾肆章　风赋

初秋海南的炎热，相当于北方的盛夏。白天烈日炎炎，烤得行人脸痛。俏妇淑女们，各自打一把伞遮阳。那些生意零担，往往多是中年妇女，肩挑两头，水果蔬菜，停停歇歇，街头跳蚤，不断移动。挑担不能打伞时，则用布套遮脖子遮脸，甚至手胳膊也掩盖起来，天越热捂得越严实，怕晒黑晒伤。人的身体冰柜的原理，用棉被捂着，不散热也不吸热，或可保持恒温的状态。一到晚上，若无风茬儿树梢不动，人像闷在蒸笼里。今若是半阴半晴的天，往往在午后一阵强风掠过，头顶浓云滚来，立即噼噼啪啪，雨打芭蕉叶，片刻淋漓便把衣服湿透。这阵子雨来也匆匆去也匆匆，将街道水洗一遍，浇灭遍地的暑热，仅几十分钟时间，便雨过天蓝，浓云远去，留下了几片残云败絮，朵朵累累，丝丝缕缕，悬在半空中悠荡。此时此刻，凉风习习吹来，呼吸倍觉清爽，惬意无比。阳历的七八九月，是台风频繁的季节。上个月，七月中旬，六号台风登陆海南南部，时间短强度大，仅几个小时过客，袭陵水，穿宝亭，飞越五指山，进入北部湾，席卷海南的南部地区，造成严重创伤，遍地败叶残瓦，茅舍倒塌，

樯倾楫摧，死伤数十人。今天是八月十五日，天气预报说，明天又是海南全省普降暴雨，十一号台风要登陆临高，然后掠儋州，扫东方，过海峡，攻大陆，来势汹汹，亦将波及海口周边。台风来前，海口市民坚壁清野，纷纷买好米面蔬菜，准备关门闭户，防范风魔一劫。

傍晚，李纪行和王桃，在桃园饭店吃了晚饭，早早回到龙跃别墅的家里。

两个人把黑色奔驰和红色子弹头车，都停入别墅一层的车库里。这幢别墅建筑设计时，就把一层地基抬起，高出路面并垒砌门槛，防止水淹进入别墅。两人上了二楼，各自回自己房间，换了衣服。李纪行灰色大裤衩，二股筋白背心，简单明了。王桃黑色短裙，白绸半袖衫，黑白分明。一对鸳鸯朝夕相伴不弃不离。每天晚上，两人坐在办公室闲聊，到十一点，王桃回自己房间睡觉，李纪行开始写小说。

这时，看看天黑下来。黑云压城，风动树摇。李纪行赶紧关严窗户，坐在木沙发上，看王桃烧水泡茶，仍是西湖龙井，洗两个茶杯，李纪行说，龙井茶口味正，王桃听之任之不吭声。忽听得楼下汽车鸣笛，李纪行起身，到窗前一看，见一辆汽车停在楼下。李纪行忙着说："呀，有客人了，小王，不知是谁？"王桃起身，说："我下去看看。"王桃穿着拖鞋，啪啪啪下楼去，刚开门一看，汽车熄火了，从车上下来两个人。

来者不是别人，正是丁兰和潘建翔。王桃忙迎出去，叫道："丁教授，小潘，快进家，台风快要来了。"王桃边说，边去拉着

丁兰的手。潘建翔说:“丁教授前几天被省歌舞团请走了,说好给花木兰谱曲,今天才有空过来,想见见李主任,偏偏台风来,我说有车接车送,不怕台风,就过来了。”王桃问:“小潘,这部车是全总给你配的?”潘建翔说:“是的,是一辆马自达。”三个人边说话边上楼,李纪行早在楼道里等着,李纪行大声招呼道:“欢迎丁教授大驾光临,台风把你俩吹来啦!”丁兰说:“小潘说认识李主任的住处,说离海大不远,我们就过来了,我们可是邻居啊,这么近,开车几分钟,马上就到了。”几位客气着进屋,沙发上落座,王桃忙着烧水沏茶。

四人坐在家里,听到窗户外面风声骤起,一阵紧似一阵,窗户的推拉玻璃,发出嗒嗒嗒的响音。

李纪行说:“我们就在家里安心喝茶吧。一千年前,苏东坡被贬官,带着小儿子苏过来海南,经历了一场大台风,苏过写了一篇《飓风赋》传世。有人说是苏东坡写的,其实,苏过文采华章,也可以写出来。现在是台风来的先兆,文章中所谓的庭户肃然,槁叶蔌蔌,惊鸟疾呼,怖兽辟易。要真的台风来了,那是排户破牖,殒瓦擗屋,揉拔乔木,响振坤轴。台风翻江倒海,破坏力巨大。当时,一千年前,没有钢筋水泥,茅屋土舍,泥砌石垒,是经不起台风的。”丁兰说:“李主任,听说你是中文系毕业,你的那首歌词写得好,我是班门弄斧了。”李纪行说:“哪里好啊,对于音乐我是外行,词和曲要配合着写,我是先有词,再让人谱曲,肯定不适合。我觉得丁教授那首好,朗朗上口。”丁兰说:“我请海大音乐系朱丽老师,写了一个曲子,你们听一下感

觉如何。”

丁兰从皮包里取出一张打印的稿子,递给李纪行。李纪行初识简谱,看着稿子,轻轻哼了起来。

丁兰教授说:“如不好听,可以再修改。朱教授人很好,没有问题。”李纪行说:“曲子有点美声唱法,是否民歌曲调更好些,因为是传统剧目。这是我个人意见,丁教授别笑话。”丁兰说:“哪里哪里,这也是征求意见,不合适,还可以改,任何一个好作品,都是反复锤炼而成的。”

忽然窗外一道闪光,跟着一声炸雷响起,几个人吃了一惊。李纪行推开半个窗户,向院里看,呜呜一阵风雨吹进家,他赶紧把窗户关上了。李纪行笑着说:“风雨天,留客天,街道积水,汽车抛锚。丁教授今晚就别走了。”丁兰说:“风雨小些了,我们再回去不迟,有小潘送我,不要紧的。”潘建翔说:“看情况再说,先安心喝茶,李主任的龙井茶,味道不错。”王桃说:“小潘,讲讲你花仙子的故事吧,我们都想听听。”潘建翔不出声。丁兰问道:“什么花仙子,小潘还种过花吗?”李纪行忙打圆场,说:“符雅妹的百花仙子美发店,就是小潘起的名。两人师徒关系,小潘是肚皮舞教练。”王桃一听,瞪了李纪行一眼,李纪行傻笑着,王桃也觉得场合不对,就不吭声了。潘建翔找话题,提了个问题,说:“前天去了趟五公祠,我发现,为什么五公祠里没有苏东坡父子?”李纪行说:“五公祠里有五公,一位唐代宰相李德裕,三位宋朝宰相,李纲、李光、赵鼎,还有一位宋朝大学士胡铨。都是被贬官,发放到海南岛。古代的流放,其实是仅比

死罪轻一点,当时从西安或开封,发配到海南岛,路途遥远,还要过海,浪急风高,如果碰上今天的台风,就没有生路了。五公祠这几个人,被贬到海南岛,大概就住在这一带。苏东坡被贬海南,是住在儋州。儋州古称儋耳,儋州有个东坡书院,当时苏东坡是在那个位置上岛的,就近住下来了。海南当时也有几个郡县。最早关注这个地方的应该是汉代,而且是西汉,历史记载,西汉路博德,东汉的马援,历史上比较知名,都被称为伏波将军。"

丁兰说:"海南的历史名人还有很多,古有冼夫人、黄道婆,近代有宋氏家族、李硕勋烈士、张云逸将军、冯白驹将军等。海南最重要的是南海的海域,有两百多万平方公里。海南建省办特区,重要的意义在这里。"

此刻,雷鸣电闪,风雨交加。李纪行问道:"小潘,你和丁教授吃饭了吗?"潘建翔说:"今天下午由于台风,'林海雪原'放假了,我把工作安排了一下,就去了海大,还没来得及吃。"丁兰说:"我在学校吃了饭,小潘到了学校,我也忘了问他。"王桃说:"冰箱里面,什么都有,烤鸭、面条、点心,你想吃什么,我去弄,马上好。"潘建翔说:"随便什么,都可以。"李纪行说:"山西人,吃面好啦,喝不喝酒?"潘建翔说:"不喝不喝,我们聊聊天,今天正是个好机会,台风把我们留住了。"

过了十几分钟时间,王桃用一个大盘,端了一碗面条,一盘烤鸭肉,凉拌黄瓜丝,放在茶几上。潘建翔饿了,一会儿就吃完了。王桃收拾碗筷去了。

李纪行说："小潘，今晚我们几个沙龙聚会，以风为题，创作一首歌词，四个人要一人一句，我写第一句，王桃第二句，丁教授第三句，你写第四句，再让丁教授谱曲，给'林海雪原'增加个节目。丁教授，怎么样？"丁兰说："好啊，诗经三百首，都是歌词的，所谓风雅颂，风就是民歌。今后，我们办个小范围的沙龙，大家经常一起聚一聚，很不错的。"李纪行说："丁教授说得好，你给起个名字，地址就在我这里，必要时挂个牌子。"丁兰想了想说："一时想不出来，今天台风来了，就从风字上起名，叫风马牛沙龙，好不好？"李纪行一拍手，说："好，好，风马牛，可以可以。"丁兰说："风马牛不相及的，自由自在。"

王桃收拾完，上楼进屋，重新坐下。四人谈笑，甚是开心。丁兰说："李主任，从你开始。"

李纪行先写道：风在吼。他把纸笔交给王桃。王桃看了一眼，笑着说："我写'马在叫？'"李纪行笑道："丁教授写'黄河在咆哮？'不行不行，想想再写。"

于是，王桃写了三个字：云也走。王桃把纸笔交给丁兰。丁兰一看，一笑，写了七个字：雨打芭蕉窗前后。丁兰把纸笔交给潘建翔，潘建翔想了想，也写了七个字：真想去牵你的手。潘建翔又把纸笔交给李纪行。李纪行迅速看了一遍，点头说："写得好。就是如此，一韵到底。"李纪行又写了三个字：难开口。又把纸笔交给王桃。王桃又写了，把纸笔交给丁兰，丁兰写好，把纸笔交给潘建翔。四个人好像轮流签名，经过几轮下来，一首歌词跃然纸上了：

风在吼
云也走
雨打芭蕉窗前后
真想去牵你的手
难开口
花儿羞
海甸溪畔鸳鸯楼
劝君更尽一杯酒
情丝柔
几多愁
寂寞泪痕湿衣袖
卖花人比黄花瘦
鬓已秋
少白头
香茗沙龙风马牛
一江春水向东流

李纪行拿起稿子，从头到尾看了一遍，笑着说："小潘，你真会借诗，劝君更尽一杯酒，西出阳关无故人。问君能有几多愁，一江春水向东流。这都是别人的诗啊，不过啊，你借得好，恰到好处。"潘建翔从李纪行手里拿过稿纸，站起来严肃地，带着感情朗诵起来。潘建翔朗诵一停，王桃笑着问："小潘，你解释一下，什么叫卖花人比黄花瘦啊？"潘建翔偷看了丁兰一眼，丁兰莫名其妙，李纪行和王桃哈哈大笑起来。

子夜时分，风势减弱，雨还在下个不停。潘建翔下楼一看，院里积水齐膝深，他冒雨把马自达挪到了水浅的地方。他判断外面的街道上，积水深深浅浅，也不敢冒险开车回去了。征求丁兰的意见后，在三楼开了两个房间，丁兰和潘建翔各住了一间。王桃也回自己房间休息去了。李纪行一个人静下来，又开始写小说。他把四个人共同创作的歌词又看了一遍，觉得王桃虽然只写了十二个字，却是别有用心。云也走花儿羞，几多愁少白头，已经表露心声。他想不能继续这样下去了，在国内联系不方便，要催孔令轩联系陶青春，尽快办妥签证手续，争取十月份去美国。

风雨疏疏密密，持续了一天两夜。十七日晨起，天气放晴。据报道，昨天中午，台风从临高登陆，台风中心最大风速每秒三十八米，全省大部分地区遭灾，白沙县降雨达三百三十毫米，全省损坏水库二十五座，农田淹没近百万亩，果树林木损折几千万株，损坏渔船六百五十余艘，电力设施、桥梁道路、交通运输破坏严重，死十四人，重伤二十四人。造成直接经济损失约六亿元人民币。海南省委省政府召开紧急会议，号召全省人民抗灾救灾。

一早，陈大虾来电话说，请李纪行、王桃上午到万铁公司来，要召开股东会，有重要事情相商。

李纪行通知吴汉章，到桂林洋虾塘看看灾情，吴汉章说让杨波开大摩托车和他一起去。

吴汉章惦记着韩月，韩月住在府城椰香花园。去桂林洋，

路过府城，过南渡江大桥，过灵山镇，才能到达。韩月去了几趟林海雪原歌舞厅，有吴汉章关照，符雅妹在桃园饭店那天晚上，就揭露了吴汉章的秘密。吴汉章与韩月的暧昧关系在小范围内公开了，杨波整天不离吴汉章左右，自然也早就知道了。

今天，吴汉章西装革履，把黄军帽戴头上，杨波开着大摩托，轰隆隆的声音，吴汉章像骑着一匹黑骏马，显得威风凛凛的样子，两人直奔府城的椰香花园。那天晚上，杨波送过一次韩月，是吴汉章鞭长的命令，这回轻车熟路，二十几分钟就到了椰香花园。韩月这幢楼高六层没电梯，不知韩月住在几楼。吴汉章下车站在楼下，用他的大哥大打电话，韩月接了电话，说稍等一会儿。吴汉章在楼下徘徊等韩月下楼。等了十多分钟，不见韩月下楼。吴汉章又打电话，韩月说稍等一会儿。吴汉章提着大哥大，绕着大摩托耐心踱步，心想这女人们都一样，拖拖拉拉的拖拉机，干什么起不了身。又过十多分钟，吴汉章又打电话，韩月又说，等一会儿。等，等，等，快一个小时，千呼万唤始出来。韩月，苗条精神，牛仔长裤，红花T恤，腰是腰，腿是腿，挎小皮包，一步三摇，那个气质。吴汉章此刻怨气顿消，满脸堆笑。杨波发动摩托，韩月坐中间，吴汉章坐后面，抱着韩月，半松半紧，直奔桂林洋而去。

在虾塘堤畔，有七八个人。一个个衣着简朴，大裤衩小背心，斗笠或草帽。阿周、阿青都在这里，阿周光头赤脚，手里提着一张渔网，见吴汉章、杨波、韩月三人走过来，阿周说："吴总，咱们虾塘没损失，你看，虾塘在三个方向都有泄水沟，外面水进

不来，塘里的水一过警戒水位，就自动泄走了，泄水口有渔网拦着，鱼虾跑不了。台风过后，海鲜涨价，我们可以大赚一笔。今天要捕一批，送到市区销售点，已经联系好了，商家催货，价格翻了一番，大点的虾已卖到三十元一斤了。”吴汉章很高兴，对阿周大加赞赏，他说：“阿周，给你介绍两个新朋友，这是杨总，这是韩总，都是大陆人，大学生，我的好朋友。今天中午，搞一些鱼鸡鸭什么的，我们喝顿酒，庆祝一下，你这虾塘养得好，我向李总、王总报告好消息，李总、王总让我来视察一下，惦记着你们呢。”阿周说：“今天到我家去，那边的演风镇，我马上回家准备，阿青先在这里干活儿，中午再过去。”吴汉章越发高兴了，说：“好好好，我们也参观一下海南农村，不错不错。”吴汉章故意要显摆一下，他在阿周、阿青面前，地位是很重要的。

演风镇的位置在桂林洋的东南方向，靠近海岸线，沿海岸线再向东南方向走，就去了文昌，铜鼓岭矗立于海浪碧波之中。这个镇约有三百多户，上千的人口，算是一个大村镇。阿周的家在村西头，站在高处向西望，没遮没拦，桂林洋的水塘像一面面镜子，方方块块铺陈在田野里。海口市的几幢高楼，在云霓海雾中隐约可见。村子北面是一片红树林。红树林的北面就是琼州海峡了。这是一个天然的风景区，椰风海韵，美不胜收。

阿周的小院在村子西边，周围有小树林，大门高而阔敞。春节时的春联还没掉落，仍旧粘在大门两侧，红纸黑字，吉庆富贵，只是春联退了颜色。阿周带着三个客人一进院里，两只大

白鹅扬头挺胸，摇晃着哦哦哦地鸣叫着迎了过来，七八只毛花花的鸡，却歪歪扭扭躲着人乱跑。吴汉章想，这海南的鸡就是幸福，一年四季绿色食品，不像北方的鸡艰苦，一到冬天就得吞糠没菜咽。但天下的鸡都一个样，小里小气的，站在粮堆上也刨着吃，不过呢，鸡的最可贵之处是制造的那颗蛋，那真才叫绝活儿。他边想边说："阿周啊，你的这个院子有多大，够一亩地吧？"阿周说："有七八分地，这块地原来是个农场，离这儿不远，还有三百多亩果园，经营得不好，种香蕉、榴梿、芒果、木瓜，每年都有台风，收获时碰到台风，特别是香蕉，就没多少收益了，这个果园，是我家二叔承包的。"

韩月站在院子中央，躲着那两只大白鹅，不知什么原因，两只鹅不理睬别人，扬着头只靠近韩月，韩月越是躲避它，它就越追着韩月走。杨波站在一边看热闹。阿周一边驱赶鹅，一边笑着说："这两只鹅是公鹅，专欺负妇女和小孩。"吴汉章开玩笑说："阿周啊，你这鹅聪明过人，它能分清男女，可到我们林海雪原歌舞厅里找小姐，那可是一道风景呀，嗨嗨。"阿周说："它是我家的保安，比养只狗狗还管用呢。"

阿周的院子，有正房五间，前檐六根立柱，搭成门庭走廊。有三间出檐的西下房。院子里有一口井。在院子的东南角有十几棵椰子树。仰看房屋顶上，屋顶起脊，两面出水，青瓦铺砌，鳞次而下。正面玻璃窗户有两米见方，院子墙壁用白色瓷砖贴面。从大门入口进入正房道路，用水泥石子硬化，院墙用红砖垒砌。这种庭院的建筑风格，不古不今，不土不洋，打破传统，

已有了现代民居的气息。

阿周媳妇儿很年轻，喜眉笑眼出来迎客，阿周说：“让妈过来帮做饭，请二叔陪喝酒。”阿周媳妇儿说：“二叔到果园去了，中午才回来。”杨波说：“我们先到果园看看，天还早着呢，回来吃饭不迟。”吴汉章同意，韩月也想去果园。阿周对媳妇儿说：“那好吧，你家里准备好午饭，我陪三位老总去果园，你到市场买一只鸡，还有肉什么的，鱼虾阿青送来，豆腐蔬菜，你看着办，我去去就来。”

阿周领着三人出了村，只走了二十几分钟就到了村西北的大果园了，正好二叔在果园里。阿周二叔瘦小，五十多岁样子，正在查看香蕉受灾情况，见阿周引客人来，以为是上级领导，忙走过来，二叔说：“香蕉损失大，台风一打，都烂在地里了，今年损失亏大了。”二叔不认识来人，以为查看灾情，会有受灾补助，连连叫苦不迭。果园的地面高低不平，泥泞不堪，风吹雨打之后的作物，更是枝叶零落累累创伤，这么大的一块地，不缺水不缺肥，竟然没有收成，看了让人心痛。杨波在山西雁北长大，对耕地有深切的感受，他认为海南人身在福中不知福，这么好的地种不好。杨波的父母亲是农民，种地干农活像绣花一样用心，春耕夏锄秋收，一年把心思精力，全放在那几块土地上了，他们把生命和农田联系在一起，不懂得经商去做大生意。海南这么好的土地资源，插根筷子也能发芽。山西雁北，塞外高原，土地贫瘠，十年九旱，海南这么多的水，对于杨波这个北方来的人有巨大的吸引力，有了水，就能丰衣足食。一个国家农民富裕了，

国家就强大了。

阿周家准备的午饭很丰盛，山珍海味样样齐全。其中还有蛇肉。阿周妈妈七十多岁了，瘦而精神，听不懂普通话。老太太说，这是蛇又，你们吃惯不？吴汉章没听懂，杨波夹了一块一尝，说好吃。韩月不敢动筷子。海南话，把蛇肉叫成蛇又，韩月不吃这玩意儿。当弄明白是蛇肉后，杨波也不敢吃了。阿周媳妇儿不上桌，忙着上菜。阿青送来海鲜就又回了虾塘干活去了。阿周二叔喜欢喝酒，今天喝的是五粮液，他和吴汉章一来一往，互敬互让，喝得很开心。二叔说，他的果园承包期二十年，已过了三年，收益不好，他愿意原协议转让出去。杨波说，这么大的果园，转让了可惜，一年就一万元承包费，很划算。几个人边吃饭边说话，吴汉章说阿周有能力，虾塘收益几十万，几年就成大款了。二叔说他年龄大了，又是村干部，事太多，不想再受累了，少操心好些。阿周高中毕业，年轻有文化，吃苦耐劳，将来有出息。中午饭吃得高兴，一瓶酒喝光了。

午饭后，浓云密布。吴汉章不敢久留，与阿周全家人告别。三人开着大摩托，返回海口市。

已是九月下旬，眨眼国庆节了。林海雪原歌舞厅夜夜笙歌，灯红酒绿，显贵盈座，美女如云。新节目，新面孔，新品味，新生活，时尚潮流，声誉鹊起。椰岛春城房地产项目已经打完围护桩，正在基础开挖。一切按部就班，顺风顺水。李纪行十月中旬去美国，已办理好签证手续。李纪行与陈大虾商量，国庆节刘羽飞、符雅妹结婚，婚礼邀请李纪行、陈大虾去西安参加，

三亚冯总已和刘羽飞两人回了西安。冯总在西安也开起一家五星级酒店，想聘请刘羽飞当总经理。刘羽飞和符雅妹商量，海口百花仙子美发店也聘用经理，开连锁经营，在西安再开一家连锁店，经与冯总协商，就把店开在冯总的酒店里，兼桑拿洗浴。这样两全其美，刘羽飞又能与符雅妹在一起。所以，这场婚礼就在西安举行。李纪行与陈大虾决定，开一部面包车去西安，边走边旅游，带着黄琼英和王桃一起走。

此行去西安的面包车是王桃的一辆丰田红色子弹头。结婚典礼红车喜庆，子弹头车内宽松，好装行囊，长途旅行，人坐着舒服。二十八日早上，四人从海口码头出发，乘轮渡过琼州海峡，李纪行、陈大虾一路上轮流开车，晓行夜宿，饥餐渴饮，第一夜住广州，第二夜住杭州，第三夜住武汉，三十一号下午到达西安，在冯总的未央湖景大酒店住了下来。

前天晚上到杭州时，仍然住在西湖宾馆。李纪行旧地重游，感慨无限。夜晚，盛春丽来访，盛春丽与王桃第一次见面，两美人儿，太原话拉家常，认一力的水饺六味斋的酱肉，头脑羊杂割，过油肉炝锅面，柳巷老军营，钟楼街宽银幕，说的吃喝玩乐，不多会儿如亲姐妹一般。不是所有人都吃醋的，李纪行的担心多余了。盛春丽到海南的秘密也被彻底揭穿，因为陈大虾、黄琼英一见盛春丽，盛教授盛教授那个亲热，老朋友见面的样子，这是瞒不住任何人的，王桃何等的聪明，自然也就心知肚明了。

长安古意，秋风送爽。李纪行一行四人，没有顾上休息，就上街看风景去了。冯总、刘羽飞叮嘱，逛逛就回来，七点钟吃

饭。现在是五点，还有两小时。四个人拦了一辆出租车，直奔西安古城墙去了。

“长安大道连狭斜，青牛白马七香车。玉辇纵横过主第，金鞭络绎向侯家。龙衔宝盖承朝日，凤吐流苏带晚霞。百尺游丝争绕树，一群娇鸟共啼花。”李纪行一边默诵着唐诗，一边欣赏着西安的繁华。

在古城墙下，陈大虾忙着给黄琼英拍照。王桃看在眼里，忧郁地说：“看起来，结婚好。”李纪行说：“结婚好，也有烦恼。”王桃说：“人活着，要放得开。”李纪行说：“人被几条绳子拴着，束手束脚。”王桃说：“那是人自己束缚自己。”李纪行说：“得解开了。”

西安古城墙上，记载着几千年的沧桑，圆着帝王的梦，滴着宫女的泪，流着将士的血，藤葛飘飘，苔痕斑斑。秦时明月汉时关，在李纪行眼前恍惚着那些年代久远的故事。金戈铁马穿城而过，班师凯旋山呼而回，玄武门下骨肉相残，讨武曌檄贴遍长安，一骑红尘荔枝新来，渔阳鼙鼓惊天动地，东望都门信马归来。落叶满阶池苑依旧。李白喝酒，杜甫作诗，霓裳羽衣，轻歌曼舞，白居易骑马，李商隐落魄，锦瑟无端五十弦，一日看尽长安花。

七点钟，四个人返回酒店。未央湖景大酒店比冯总三亚的酒店更加豪华。一楼的大厅空旷宽敞，屋顶雕梁画栋，水晶吊灯五光十色，墙上镶金嵌银，金碧辉煌。符雅妹和她的家人前几天已从海南到达西安。冯总、刘羽飞、符雅妹三人，陪李纪行

一行四人用餐，老友又在西安相聚，气氛热烈，十分高兴。

晚上休息时，开了三间房，陈大虾黄琼英夫妇住一间，李纪行、王桃各住一间。王桃不想睡，在李纪行房间闲聊。王桃说：“这两天没写小说了，今天晚上，是不是写一幅字，明天送给雅妹，结婚纪念。”李纪行说：“可以可以。”王桃说：“我去找雅妹，你先想好了，我去去就回来。”王桃出了房间，找纸笔墨砚去了。

一会儿，王桃和符雅妹到了李纪行房间。李纪行在桌子上舞文弄墨，王桃和符雅妹二人有说不完的话。雅妹说：“女人真到了结婚的时候，心里有说不出的感觉。”王桃问：“什么感觉？”雅妹说：“心里空空的。”王桃问：“空空的，是什么滋味？”雅妹说：“像丢了东西。”王桃问：“是不是后悔的味道？”雅妹说：“昏昏沉沉的。”李纪行一边听，一边笑，一边想。他想起春节期间，在杭州盛春丽家，他给盛春丽讲结婚的来历，婚字的意思，女跟不知姓氏的男，加圆圈里一点叫作日，结婚的故事，把盛春丽笑得爬不起来。看来，符雅妹说得对，结婚，大概也有女子昏昏沉沉的意思，还有夜晚黄昏的意思，搞不清闹不明说不定嫁错了人，还不知道未来是什么样子呢，就以身许人过一辈子了。

今晚，王桃和符雅妹的知心话说不完，好像结婚是送女人上战场似的，或者去另一个世界，寻求另一种生活方式，女人心里有空虚的感觉，觉得虽然不是生离死别，却是一种有去无回的意思，或者是人生道路上的单行线，是义无反顾的举措。不知道什么味道，反正昏昏沉沉。

在两个美人闲聊中，李纪行的书法作品写好了。

刘羽飞、符雅妹新婚志禧

未央湖畔杨柳青，秦川陌上樱花红。

陵寝百座藏帝气，兵马万俑化埃尘。

半壁江山如敝屣，一颗荔枝为美人。

阿房一炬何所惜，却为别姬唱大风。

李纪行　王桃敬贺　1991年10月于西安

一夜无话，满天星斗。

贰拾伍章　鼎祸

陈大虾从西安回到海口，一直心神不宁。李纪行去了美国，王桃又到了太原。椰岛春城项目，钢筋混凝土基础完成，工程做到地面正负零。雨季已过，施工顺利。没有预料到的是，湖北工队和四川工队合不来，经常闹矛盾。你动了我的水泥，我偷了你的钢筋，你打了我的碗，我碰了你的盘，甚至打扑克下象棋，也是湖北队一组，四川队一帮，川军楚将，争高下，赌输赢。工人们一个个围坐一圈，耳朵上夹一支烟，嘴角叼一支烟，手里握着牌，口里骂着脏话，鸡毛蒜皮，纠纷不断。两个工队两个伙房，各吃各的饭，井水不犯河水，饭菜本来做得不一样，这也要挖苦讽刺，川菜楚味，你香我辣，互不服气，矛盾越来越大。陈大虾劝诫弟弟陈鼎，这样下去要出事的，要加强团结。陈鼎对湖北工队意见也满大，动不动大喊大骂，认为自己是楚军嫡系老大。四川工队项目经理朱兆文，一忍再忍，时间久了，就和湖北工队项目经理牛田仁有了隔阂，认为牛田仁在陈家兄弟面前，倒他的杠说他的坏话。朱兆文也不是省油的灯，他们能够做这个工程，也是有靠山有来头的，几次威胁陈鼎，如果再欺负

四川工队，他们就去找庞老大。陈鼎也不知道这个庞老大是哪路神仙。原来庞老大就是庞道中，今年上半年在仝坤家喝酒时，他得知陈大虾是房地产开发商，就通过政府部门领导关系，承包了椰岛春城的部分工程，因为不是他和陈大虾两人之间的关系，所以就不便直接说破，只派项目经理朱兆文去管理，他本人不出面，陈大虾兄弟俩对这个工队的后台并不清楚，一直蒙在鼓里。

这天下午收工，已是夜幕降临了。两个工队的工人到伙房吃饭，厨师打开湖北队的大锅上的蒸笼一看，蒸的馒头全部是一个个的稀面团，端下笼再看，锅里没水了，灶里的火也奄奄一息，原来是那口蒸饭大铁锅锅底裂开一道缝漏水了。

湖北工队工人没主食，只吃了一锅菜。工人埋怨的埋怨，骂娘的骂娘。四川工队的工人，幸灾乐祸地站在一边，冷讽热嘲看笑话。也不懂得去帮助，或用四川队的锅灶再蒸熟。湖北队工人一肚子气没处泄，忍气吞声没吃饭，一天劳累肚子没回报，卷着袖子穿着拖鞋，三个一群，五个一伙，成群结队，骂骂咧咧，上街吃大排档去了。

一夜安静，各睡各的觉。

第二天，天蒙蒙亮，约凌晨六点钟。两个工队的工人起床，洗漱完，吃早饭。嗨，坏了，四川工队那口蒸饭的大锅正冒着烟呢，上边的蒸笼烟气腾腾，一股股炝鼻的煳巴味儿从厨房四散开来，做饭的师傅傻眼了。昨晚上的一幕重演了，却变换了角色。湖北工队的工人站在那里，香甜地大口吃饭，四川工队的工人忙着救火，湖北工人站一边偷笑，一个个表情怪怪的。

四川工人忽然醒悟过来了，一个工人说，湖北队把我们的锅换了，这一句话，祸起萧墙。人为财死，鸟为食亡，吃饭大如天。四川工队一个个义愤填膺，几个鲁莽的工人带头操起木棒冲了过来，先把湖北工队厨房的铁锅蒸笼，三下五除二砸了个稀巴烂。湖北工队哪里肯饶，纷纷操起家伙，两支队伍短兵相接混战起来，棍棒高悬，怒吼呐喊，五六十人搅在一起，一场搏斗，打趴下的，对打的，撕扭的，哭爹喊娘，整个工地乱成一锅粥。一个四川工人，正提着木棍追赶一个湖北工人，冷不防备被后面追他的一个湖北工人赶上去，从身后照头上一棒，那个工人扑倒在地，一动不动了。有人喊，打死人了打死人了。这时，四川工队项目经理朱兆文赶来了，湖北项目经理牛田仁也赶来了。一听说死了人了，双方工人都呆在那里不动了，四川工队经理朱兆文说，赶快打电话报警。湖北工队经理牛田仁知道闯下大祸，把十几个带头打架的工人叫过来，吩咐说，你们都知道，打死人是要偿命的。怎么办，自己考虑。正在慌乱之中，陈鼎开着一辆桑塔纳也匆匆忙忙赶来了。

一口铁锅，酿成大祸。

清晨，陈大虾刚起床，大哥大便急促地响了，是陈鼎打来电话，陈鼎说话慌慌张张的，说工地打死人了。陈大虾大惊，也没来得及和妻子黄琼英说一声，穿衣出门，急急忙忙一个人开车来到工地。

根据了解的情况，死者叫庞清明，男，二十三岁，未婚，四川自贡人，去年来海南打工。他有一个本家叔叔，叫庞道中，是一

个经营多种产业的大老板，经营范围有建筑施工、钢材贸易、体育器材，听说还有一个射击场，等等，是个神秘人物。陈大虾恍然大悟，呵呵，原来近在咫尺，真神不露相。陈大虾先安抚四川工队，他把朱兆文叫到跟前，说："兆文，人命关天，不要再起冲突。尽快通知死者家属，过来处理后事。无论赔多少钱，通过合法途径解决。"朱兆文说："陈总，真是对不起，平时我没有管理好，出了人命，我这个经理有责任。"陈大虾说："都是意外，尽量安抚好后事，多花点钱不要紧的，你看着办吧。"朱兆文说："只是怕交代不了庞老板，我恐怕也干不下去了，处理完后事我就回四川，不能干了，希望陈总理解。"陈大虾又把牛田仁叫来，说："已经出了人命，你项目经理是有责任的，你和保安队长高勇负责先处理死者的事，工程不能停，我让司机孙云帮助你管理工程，他原来是明泰大酒店的保安队长。"陈大虾又把弟弟陈鼎叫来，他避开众人，如此这般交代了一下。

陈大虾一个人开着车，离开椰岛春城工地。在车上，他给孙云打了个电话，说工地发生了命案，让孙云赶到工地去，帮助陈鼎处理事故，并随时向他汇报。陈大虾一路上心事重重，不知不觉已到明泰大酒店。他进入酒店大厅，几个员工向他打招呼，他视而不见，一个人乘电梯上楼，进了董事长办公室。

陈大虾打开房间空调，坐在老板椅子上，愁眉苦脸，心里思念着李纪行。他想，李纪行是他的诸葛亮，如果李纪行在海口，就能帮帮他，出出主意，想想办法，可惜李纪行去了美国，说明年三月份才能回来的。现在天各一方，远水不解近渴。

陈大虾点了一支中华烟，慢慢地吸着，吐出一个个蓝色的烟圈儿，蓝色烟圈儿在房间里上升、盘旋、扭曲、拉长、断开，然后消失了。他想，人死了，如果有鬼，大概那个鬼魂儿就像这蓝色的烟圈儿，盘旋在空中。但这个鬼魂儿一定会看见人的。死的那个小伙子，年纪轻轻的，也太可惜了，说不定就在这个房……陈大虾有点害怕，打了一个冷战。

陈大虾忽然想起来，能不能给李纪行打个电话，他一拨，嘟嘟嘟，拨不通。他想，让王桃联系一下试试，万铁公司出事了，他李纪行是股东，责无旁贷。外资方通不通知一声呢？上次台风时，董事会响应海南省政府号召抗灾救灾，万铁公司的股东捐了款。今天的事让外商若知道了，李纪行和他的同学孔令轩面子上都不好看，为了一口铁锅打架打死人，丢人丢大了。

陈大虾又拨王桃的电话，拨通了，电话里说："陈总好，在海口吗？最近还好吧？"陈大虾说："王总，不好了，今天早上，两个省的工人打架，打死人了！"电话里惊问道："为什么？打死人了？把谁打死了？"陈大虾说："打架，打群架，湖北工人把四川工人打死了！"电话里问："为什么，怎么能打死人呢？"陈大虾说："为了一口大铁锅。今天早上，工人们起床吃早饭，四川工队的锅灶起火了，怀疑是湖北工队把锅调换了，因为昨天晚上，湖北工队的锅底裂了缝，湖北工队工人没吃成饭，上街吃的大排档。为这口铁锅，今天早晨双方打起来了，湖北的一个工人用木棍从背后打在四川工人头上，人在气头上，一失手，多大的劲，一下子打死了。两个互不相识的人以死相拼，唉，不值

得。上午正在处理后事。王总，你联系李主任，向他报告一下。”电话里说：“好，你等我电话。”陈大虾说：“等你的回音，再见。”电话里说：“陈总，既然事出了，你也别惊慌，要冷静处理好。再见！”

陈大虾通完电话，心情好了一些。看看墙上挂历，今天是十月二十日。这时，他回想起来，那几天和李纪行在西安时，一日去骊山景区旅游，李纪行对他说过，做老板最重要的是居安思危。李纪行说，就在骊山这个地方，唐玄宗栽了跟头，蒋介石栽了跟头。李纪行还说，几个月前，那天晚上他电话里那个奇怪的梦，景阳冈、虎牢关、两颗牛头煮不烂，是个不祥之兆，一定要防微杜渐，注意安全。这次事故，是不是应验了，陈大虾没有想清楚。

这时，大哥大响了，陈大虾忙接电话，电话里说：“哥，公安局的也来了，让把遗体送到琼山县医院，还要作法医鉴定。另外，要追查凶手是谁？湖北工队打架斗殴的，共有十八个人，按照你的指示都离开工地了，公安局没抓到人。先把牛田仁控制了，现在还没有抓起来，他们还说要找你，你是不是躲一躲？”陈大虾说：“什么？我的指示？你不会说人话，打架的人自己都跑了，我怎么知道，杀人要偿命的啊，谁也替不了谁，我躲什么？往哪里躲？我打死的人吗？我早就说过，让你们不要互相闹矛盾，你听不进去，你看看，打死人了，竟然是为了一口锅，值得吗？你陈鼎，鼎鼎鼎鼎，你真是一口……”陈大虾不说了，他忽然想到，没说出口，这鼎，三足鼎立，鼎不就是一口锅吗？陈

鼎，原名陈钉，嫌“钉”字不好听，李纪行给他换了个名儿，鼎鼎大名，钟鸣鼎食，才叫了陈鼎的。这下好了，鼎打破了，打死人了，鼎是锅，锅是鼎，碰巧了，是迷信吗？讲不清楚。陈大虾挂断电话，心烦意乱，他忽然又想起来了，他自己叫陈铁，他弟弟叫陈鼎，兄弟二人，一口铁锅。有了鬼了，有了鬼了，有了鬼了。陈大虾点了一支中华烟，他烟圈儿也不敢吐了，只觉得后背脊梁上像有几百个麦芒刺，针针扎了一样，浑身的肌肤在隐隐发痛。

此刻，大哥大铃声又急促地响起，陈大虾吃了一惊，忙去接通电话，电话里的声音很大：“陈总好，我是王桃。”陈大虾忙说：“王总，有消息了吗？”王桃说：“与李主任联系上了，他在西雅图。李主任说，凡事有因果，当初，一个工地用两个施工队，就是错误的。李主任说，他的意见，最好把这个项目转让了，如果转让不了，就只能用一个工队施工。李主任说，陈总最好出去旅游一趟，三个月到半年时间，不要回海口了。”陈大虾一听，说：“我一不杀人放火，二不投机倒把，三不偷税漏税，我怕什么？王总，他还说什么了？”王桃说：“李主任说，你做的那个梦不吉利，要趋吉避凶为好。”

陈大虾接着问：“那个梦，他是怎么解释的？”王桃说：“只是记得那天晚上，你二人在阳台上，打了一个多小时电话，最后李主任说，梦回故园，娶妻貂蝉，刘关张三英战吕布，景阳冈变成虎牢关。两颗牛头煮不烂，子宫里另有一片天。我也没听懂什么意思。我让他告诉你，他说怕影响你的正常生活，整天疑

神疑鬼,烦恼更多反而不好。”陈大虾说:“我生年属虎,景阳冈有老虎,莫非是,有个武松打虎?”电话里听王桃笑了:“陈老总,谁能相信梦呢?李主任那几句顺口溜,牛头煮不烂,是缺柴和碳,钻进肚子里,啥也看不见。不要太迷信,把这件事处理好,出来玩几天,要不来太原,我陪你去趟五台山,拜拜佛,烧烧香,百事大吉,换个环境,心情就好了。”陈大虾说:“李主任不在,我没了主心骨,心里慌,你让他早点回来,我亲自问一问,他莫非真有先见之明?”王桃说:“他也是瞎猜,他如果是诸葛亮,为什么连自己也算不准?”陈大虾说:“人说天机不可泄露。不管怎么样,我先把四川的工程队停下,按现状工程量,结算工程款,免得再出问题。”电话里王桃说:“那就这样吧,我们随时保持联系,陈总也要多多保重!”陈大虾放下电话,忽然想起来,今天还得准备一百万元现金,晚上要有用,上午与银行预约,下午派人去取。他拨通了司机孙云的电话,如此这般吩咐,让孙云办理去了。

入夜,海口码头。据悉,海口市公安机关已出动警力,封锁了机场、码头、车站,到处都是便衣警察。港口码头内外,成百上千的行人,男男女女,老老少少,形形色色,下船上岛的,上船过海的,开车上船的,船上下车的,背行囊挑扁担的,提箱挎包的,自行车,摩托车,汽笛声,叫喊声,嘈杂声,喧闹喧嚣,混乱不堪。撒网再多,总有漏网的鱼。在马路边上有一个小房间,灯光暗红。陈大虾、陈鼎、孙云,那十八位湖北工队的工人,满满挤了一家,一个个人表情严肃,不声不响。

陈大虾开口了，说："今天你们闯下了弥天大祸，不管什么原因，杀人要偿命，谁是凶手，我不知道，你们十八个人，必有一个判死刑，都是嫌疑犯。今夜以后，你们天南地北，各奔前程，从此天涯海角，隐名埋姓，十年，二十年，这辈子，我再也不想见到你们了。现在，每个人发给五万元，作为你们的盘缠，你们要省吃俭用，钱是不够花的。今后，你们都要好好做人，好好做事。孙云，给大家发钱吧。"众口齐发声音："谢老板，谢老板，谢老总，谢谢老总！"

这十八个农民工化整为零，消失在暗夜人流中。

十月下旬，正值晚秋。若在北方，已是秋风凉、落叶黄、添衣裳的时候了，而在海南岛，还是一片绿色仍在。夜晚的海秀路，家家商店，灯火通明，人来人往，甚是热闹。

鸿福大酒店，在海秀中路。黄琼英和符雅妹每人挎个小包，像是酒店客人，从大街上走过来，先进了酒店大堂，又进电梯，从电梯里下了负一层。负一层共有三个馆，一个健身馆，一个射击馆，一个保龄球馆。这两天，黄琼英和符雅妹每天晚上在这里打保龄球。符雅妹打保龄球，是重任在身，她是来帮助黄琼英的。因为这件事重要，陈大虾老总交代她，黄琼英是个大学老师，知识分子，一个人难以担当，请她帮助完成。符雅妹捉马前、找丁兰，件件事都完成得很出色，赢得朋友的信任。她与刘羽飞刚结婚，刘羽飞留在西安，在未央湖景大酒店当总经理，她就回了海南，继续经营百花仙子美发店，小两口只能暂时分离，还不能每天在一起生活。

黄琼英有保龄球馆的月票,服务人员都认识了,一进球馆,立刻受到热情接待,签名,选择球道,领一瓶水,换鞋,热身,开球。符雅妹扔了两颗球,她说:“黄老师,你先打几局,我到隔壁看一下。”黄琼英说:“雅妹,去去就回来。”符雅妹笑笑说:“你放心好啦。”符雅妹离开保龄球馆,到了射击馆的门口。她一推门,门开了,有一男一女,站在那门里边。

男的问:“小姐打枪吗?”符雅妹说:“想体验一下。”男的对那个女的说:“小何,你带她去了解一下。”女的说:“小姐跟我走。”这是个门厅,里面还有一层门,符雅妹跟在后面,问:“小妹妹,你叫什么名字啊?”女的说:“我叫何花。”符雅妹说:“我叫符雅妹,我家是文昌的。”何花眼一亮,说:“我也是文昌的呀。”符雅妹高兴地说:“我的店是百花仙子。你去过我的店吗?”何花想想说:“是不是海秀路那个百花仙子?”符雅妹说:“是啊是啊。”何花说:“去过去过,我去剪过几次发,你的店挺好的。”两人边说话,边推开第二层门。门里也站着一男一女。何花点一下头,把符雅妹引进一个大房间。这个房间没有窗户,墙壁用木板装饰,挂着各式各样的枪支,长的短的,崭新锃亮。何花说:“你喜欢哪一种,枪支有几十种,随便选用。”符雅妹说:“先参观一下,看看靶场再说。”何花带着雅妹又向里走,左拐弯向里,再右拐,进入一个长有百米余,宽有三十多米的大厅,地面墙面都是绿色的,房顶是白色,一排排吸顶灯,把场地照得通明。远远的对面,并排立有十几块牌子,牌子上画着黑圈,那就是靶子了。射击场空无一人。符雅妹问:“小何,今天为什么没

有人啊？”小何说：“这几天应付检查，停了两天业，今天晚上才又开始营业。”符雅妹说：“这是特种行业，你们老板了不起，肯定有大靠山。”何花说：“老板关系广，隔壁的保龄球馆也是他的。”符雅妹问说：“你们老板叫什么名字？”何花说：“老板叫庞道中。”符雅妹说：“没听过。小何，今天晚上真有缘，下次你到我店，剪个流行发式。”小何说：“雅妹姐，你常来玩儿，我给你办个贵宾卡。”符雅妹说：“好好，加强联系。”两人边说话，边把雅妹送出门口。雅妹离开射击馆，在过道里站了一会儿，转身又进了保龄球馆。

歌舞厅的工作黑白颠倒。杨波昼伏夜出，白天睡觉，黑夜放哨。作息时间变化，身体也跟着变化，下午四点上班，半夜两三点下班，白天无精打采，黑夜精神百倍，习惯养成了夜猫子。

今天是个例外。杨波向吴汉章请假说，有同学从内地来，约定好今晚见面，要请假一个晚上。吴汉章说可以。杨波自己一个人租了房子，住在盐灶村的一个小二楼里，紧临长堤路。下午三点，他离家下楼，发动大摩托，隆隆的声响，似骏马飞奔，穿街过巷，直达府城椰香花园。韩月高居六楼，闻声而动，先趴在六楼的窗户探看，见是杨波大摩托到来，早已整装待发，迅急下楼。二人一前一后，韩月拦腰抱紧杨波，前胸贴着后背，坚硬酥软，温暖如春。大摩托双蹄生风，早已离开闹市，飞向火山口地质公园。

地质公园在海口市西南，海榆西线一侧，是去屯昌的必经之路。摩托行驶一个小时到了。地质公园是几万年前火山喷

发在这个不高的山顶上留下一个深坑。沿着山坡向上走，石径路面由火山岩铺成，墨绿色蜂窝状的石块漫山遍野，就连附近村舍的墙壁也是用这种石头垒砌而成。这个地方，明明是在海口的西南方向，却叫东山。站在山上，俯视海口市区的高楼大厦，一幢幢尽在眼底。琼州海峡紧连着大陆，巨轮小船在万顷碧波之中隐约可见。山涧各种花草树木，万紫千红，郁郁葱葱。清泉流过，潺潺有声。

地质公园的游客不多，零落有十几个人从山上走下来。杨波拉着韩月的手，相扶相携，拾级而上，直到山顶。杨波坐在山坡上，看着身旁的韩月，说："韩月，我今天和吴鞭长请假了，说是内地来了同学，我俩的事被他知道了，他不会杀了我吧？吴鞭长为人仗义，性格耿直，又有武功，队员们都很怕他。"韩月说："爱情是不能强求的，我与他只是朋友关系，我喜欢谁，他是管不着的，怕他干吗？再说了，他是四十岁的人了，又有老婆孩子，我去当二奶呀！我要找你嫁你，谁也管不住，我父母也得听我的。我自己找对象，自己的事自己做主，天经地义。"韩月说完，在杨波脸上亲了一口，说："我爱你！"

时间过得快。天上的云朵。匆匆从头顶飞过。西边的太阳，一会儿躲在云后面，一会儿又露出温和的笑脸，渐渐西沉。大海那边，有两条浓眉似的黑云，向东山卷滚过来。韩月说："是不是要下雨，我们赶紧回去吧，我想吃抱罗粉，然后今晚看电影，你陪我，要陪陪到底，可以不？"杨波说："好好，我将来一定是气管炎，美女，我们下山，马上回家。"

两人手牵手，款款下山来。在景区门口，有一个小亭，专为游客照相的，韩月说：“杨波，我俩合个影，寄回家里去，让我爸妈看一看，怎么样？”杨波说：“不行不行，我长得不好看，万一你爸妈没看上怎么办？”韩月说：“不要紧，你长得帅气，一定能看得上。”杨波说：“裴和平有个傻瓜相机，下次来，我们自己照，行不行？”韩月说：“不行不行，今天照一张，以后是以后。”杨波只好顺着韩月，韩月搔首弄姿，照了一张合影，等了一会儿，才拿到照片。杨波发动大摩托，离开火山口公园，从原路返回。

天空浓云笼罩，眼看着就要下雨。杨波的摩托开得飞快，眨眼之间已经到了东山看守所门口，这时，一辆警车从看守所大门口驶出来，由于路面狭窄，一横一竖，两车交叉，眼看就要相撞，说时迟，那时快，杨波一个急刹车，摩托车翻倒在路边，杨波和韩月，都从车上摔了下来。警车也急刹车，向右一扭，停止不动了。

从警车上立刻下来两人。其中一个人盯着杨波，突然开口说话了：“哎哟，你不是小杨吗？”杨波坐在地上，抬起头一看，大吃了一惊，说：“王政委，是你呀？”这个人说：“小杨，你跑这儿，干吗去呀？”这个人就是王刚政委。王刚一边说，一边忙着去扶杨波，另一个警察，是王刚的司机小林，小林忙着去扶韩月。看来不要紧，杨波和韩月都一瘸一拐地站起来了。司机小林把杨波的大摩托扶起来，推到路边停放好。王刚扶着韩月，来回走动一下，韩月像是伤了腿，杨波胳膊上破点皮。王刚说：“小杨，上次和全总在海龙王吃午饭，你给我们照的相，我们还

有一张合影，我对你印象深刻，'林海雪原'开业，你们警鞭队员那个高帽子，哈哈哈。怎么样，没事吧？要不要到医院检查一下，我们看守所就有医生？"杨波忙说："王政委，不用了，破了点皮，不要紧，你们下班了吧？"王刚说："今天下午刚接待了万铁公司的陈总，椰岛春城项目刚开工，就出了人命事故，一个湖北工人把一个四川工人失手打死了，嫌犯已逃跑，警方把项目经理牛田仁拘留，暂时在我这里。陈总坐了一个下午，要求把牛经理放出来。说李纪行主任去了美国，打回电话来，要陈总来找我。其实，陈总也和我认识，前年我刚到看守所时，就是他把李主任接走的。"

杨波说："王政委您先忙，我不要紧的。"杨波问韩月："你没事吧？"韩月说："不要紧了，刚才腿有点疼，现在好些了。"王刚又问杨波："这是你女朋友吗？"杨波说："是我未婚妻，叫韩月，湖北宜昌的。"王刚说："好啊，宜昌出美女，到时候啊，别忘了请我喝喜酒。"韩月说："王政委，一定请您来。"杨波说："王政委，明年五一节，我俩结婚，请您参加。"王刚说："好好好。用不用送你两个回去？"韩月忙说："不用了，王政委，没事了，不痛了。"小林说："对不起，小杨，小韩。"杨波说："没关系，没事了。"王刚上了警车，警车先开走了。

杨波和韩月乘摩托车，还没走到市区，就下起雨来了。一阵劲风吹过，豆子大的雨点，砸得地面噼里啪啦作响。摩托在雨中穿梭，路上雨水飞溅，衣服早已湿透了。进了椰香花园小区，车停楼下，韩月下车，说："我上不了楼，你送我上去吧。"杨

波说："你房间有人，我上去不好意思。"韩月笑一笑，说："我女友回武汉去了，就我一个人在。"韩月住在六楼，一步一个台阶，杨波扶着韩月，韩月咬着牙，杨波问："是不是腿还疼？"韩月点点头。好不容易上了六层，小皮包忘带上来，钥匙在包里，包在摩托后备厢里。杨波下楼取包，返回上了六楼。这个房间不大，一室一厅一卫一厨，卧室一个大床，客厅一个单人床，是两个女孩子合租的。韩月说："你坐下，我换件衣服。"杨波坐在木沙发上，心想今天真危险，好在没出事，想起来后怕。韩月换好衣服，一身短袖连衣裙，右腿膝盖上，有一处黑青，杨波问："还痛不痛？"韩月说："不痛了，你把衣服都脱了，晾干了再穿。"杨波说："那什么时候能干了？我回去换衣服。"韩月说："什么时候干了，什么时候回去，早早回去干吗？你不是今晚请假了吗？"杨波说："我昨晚没睡好，想睡一会儿。"韩月说："你好好睡一觉，晚上看电影去。"

夜晚。龙昆南路，世纪咖啡馆。

在二楼一个包厢里。陈大虾和朱兆文面对面坐着。陈大虾递给朱兆文一支中华烟，自己也抽出一支，点着了，吸一口。曾几何时，包厢里烟雾弥漫。陈大虾续茶，一人一个杯，他问道："朱经理，你继续说，你俩来了海南，身无分文，怎么生存下来的？"

朱兆文说："我二人乘船过海，到了海口以后，身上的钱花光了，在半坡村租了一间小房子，三十几个平方米的，和房东说，晚几天交房租。租房登记名字，签订协议，庞首一这时改了

名，首字加一个车，一字加一个口，把庞首一变成了庞道中。他说来海南，出门有车坐，张口有饭吃，今后飞黄腾达。我行不改名，坐不改姓，还叫朱兆文。我说，今后我们做合法生意，再不涉及云南边境贸易，上次打死人，公安机关会一直追查不舍，每天担惊受怕，挣多少钱有什么意思呢？从那以后，我就叫他庞道中了。庞道中说，我俩身无分文，无本难求利，你说做啥生意能赚钱，我说，我们先了解一下再说。那是一九八七年秋天，我俩非常艰苦，饿了买一盘干炒牛河，两块钱，流浪人在天涯。一天上午，我们游逛到海边码头，看见大海边上，一台台的装载机从半空中，高高垂着钢丝索，大铁钩子垂吊着。看见一个个集装箱，有的从船上卸下来，有的装到船上去，一堆堆放在那儿，不知道里面装了什么东西。庞首一，不，这时他叫庞道中了，与一个领班的搭讪，说是来取货的。那个工人说，那边有个集装箱，已经放半个月了，没人来取货。庞道中说，我去看看。工人领着去看，集装箱立方体，长宽高有几十立方米，还有编号，又去查货物登记，查收货人单位、姓名，查联系电话，庞道中说，不错不错，就是这箱货。庞道中掏出一包红塔山，给了这个工人，他说，我下午来拉货。我们回家后，庞道中一个人出去了，我也不知道他干什么去了。过了中午，吃了饭，稍休息一下。下午三点多钟，他又叫我再去码头一趟，我俩打了一摩的，又去了码头。

“庞道中很会办事的。到了码头后，他又找那个领班工人，又给了那个工人一包红塔山烟，并把几张纸交给那个工人，工人拿几张纸匆匆一瞥，并未认真地看。庞道中说，帮我找个车，

拉回去，工人吸着烟，海南话，叽里呱啦的，喊远处那边的人，一会儿，过来一个小货车，一排座的，一个车斗，接着开集装箱，卸货，又装在小货车上。一支烟工夫，车出码头，奔半坡村，下货，付五十元运费，车走了，东西留下，整个过程，比抢人还利索。我目睹的，庞道中这一幕幕，像是看电影，又像是做了一场梦。我俩打开一个纸箱看，你猜是什么，是一盒盒高档皮鞋。庞道中，别看书读得少，小学没毕业，练就一副胆子，精明过人，他马上意识到，必须立刻离开这里。我俩又找车，装货，拿自己的行囊，本来就没有什么东西，几件衣服，洗漱用具，也没敢和房东打招呼，不辞而别。在白龙路边有个上群村，又租了一个二层小楼，楼上三室一厅的房子，连夜搬东西上去，一人住一间，另一间放货，又住了下来。”

陈大虾说：“庞道中中午一个人出去了，估计做了一套假证明，介绍信公章什么的，瞒过了码头的工作人员。”朱兆文说：“我估计也是这样子，但大凡这些事情，都是他亲力亲为，他决不告知任何人。”陈大虾说：“你也不可能去问。”朱兆文说：“这是行业规矩，他杀了人，你知道了，你就危险了，只有装聋作哑，最安全的。”陈大虾问：“后来呢？”朱兆文说：“后来做的事情，就是把鞋卖出去，让它变成钱。”朱兆文喝了一杯茶，说：“销售这一集装箱高档皮鞋，大约用了两个月时间，全部销往全国各地，有十几个品牌，估计是一个商场进货，什么原因滞留码头，被我俩顺手牵羊，浑水摸鱼偷走了。你猜卖了多少钱啊，大约有三十万元。那天晚上，有一客户给了十万元现金，十万元哪，

庞道中高兴得快疯了，把一张一张的人民币，排列着铺在床上，再盖上床单睡在上面，美美睡了一夜，要寻找那种感觉。他说，风风雨雨，南征北战，几十年了，没赚到多少钱，边境贸易，走私分赃，命悬一线，也没挣到钱，这次是天上掉下来的，人挣多少钱，是命，是命运。”

二人不断递烟抽烟，朱兆文叫喊添茶，女服务员进来了，茶壶里加了热水，又出去了。陈大虾又问：“再后来呢？”朱兆文说：“人一旦有了钱，马上就不一样了，所谓得意忘形，很难形容那个样子，头上发型也变了，粗糙的手指上，套个大金戒指，形容举动，藐视别人，吆五喝六，行八字步，双手放裤兜里，弹袖口尘土，不断照镜子，自己不认识自己了，说话时不看人，抽烟时吹烟，老子天下第一，哈哈哈哈，那股劲儿，难以形容。”陈大虾笑着说：“有意思，发了不义之财，是要赎罪的，否则有报应。故事好听，后来呢？”朱兆文说：“最可笑的，不可思议，他还买了一架钢琴，放在家里，显示高雅，掩盖没文化，上不了大学，往往办学校，逆反的心理，他小学没毕业，‘四川火锅’这四个字还认不全，他就千方百计，把夏瑾包养起来，夏瑾艺校毕业，学钢琴的，人也漂亮。这后来嘛，庞道中大干快上，赶上海南办特区，十万人下海南，先承揽建筑工程，又做钢材贸易，体育器材，娱乐场所，钱多得流水一样。做陈总的这点工程，只是他小菜一碟，根本不闻不问，只是他的一个侄子不该死在这里。庞道中要面子，手眼通天，岂能善罢甘休？”陈大虾问：“朱经理下一步准备怎么办，何去何从？”朱兆文说：“我打算先回四川，我和庞

道中也是萍水相逢，他的事，我知道一些，一是他自己说的，还有周围朋友谈论的，我本来早有离开的意思，这次也是一个机会。我和他在重庆相识，后来一起到海南创业，共事有五六年了，这次事故，四川工队不仅死了人，还丢了工程，为了这件事，他责怪我，赔了夫人又折兵，甚至破口大骂，我也有责任，真的，我无法继续待下去了。”陈大虾说：“朱经理，很对不起，我是不得已而为之，你们工队的工程，按照工程量结算，加百分之二十的利润点，我再给你个人三十万元，你回四川自己做点什么事，我们毕竟朋友一场，这件事是个意外，我们尽量处理好，我和庞道中，也不要彼此结仇，不要互相伤害，那样对谁都不好，你什么时候回四川，我请你吃顿饭，给你送行。”朱兆文说：“谢谢陈总，不必客气了，今后我们还有机会。”

一波未平，一波又起。椰岛春城事故发生一个月后，牛田仁还在东山看守所羁押。在椰岛春城工地旁边还有一个汇信金城工地，也出了大事。这个项目，用地面积一百亩，建设面积二十万平方米。今天，也发生了命案，一个六七岁的小男孩儿，五天前突然失踪，小孩父亲叫夏山，是这个工程的项目经理，以为孩子被人拐走了，早已报了案。

这天，现场的工人突然闻到工地有异味，寻来找去，让工人搬去那一堆堆钢模板和杂木头，在里面发现了小孩的尸体，已经腐烂了。夏山夫妻育有三个孩子，两个女孩，一个高中，一个初中，都长大了，这个男孩最小，夫妻视若掌上明珠。孩子死因不明，现场惨不忍睹，夫妻二人哭得撕心裂肺，死去活来。公安

机关马上展开调查，仍然没有找到线索。

经公安部门鉴定，孩子被人卡脖子窒息死亡。凶手是谁？杀人的动机是什么？有什么深仇大恨，竟而至于杀害儿童？

这个工地有三四百人，十几幢楼全部统一施工，由海建总公司承建，层层分包，以工计酬。人员的流动性很大，铁打的营盘流水的兵。省公安厅、市公安局对这个案件非常重视，省市领导召开会议，新闻媒体向社会公开报道，市区公安局长亲自挂帅，组织精干队伍，筛网排查，限期侦破。三天三夜不睡觉，民警找到了一个重要疑点。

经反复调查，孩子失踪的第二天，一个叫范二的民工离开了这个工地，不辞而别。范二，原来是椰岛春城工地的民工，湖北人，两个月前离开椰岛春城，进入汇信金城工地，工种是一级泥工，技艺高超，单枪匹马，不用助手，可以一天砌砖三千余块。在椰岛春城，因与人相处不好，又嫌工地的待遇不高，干了一个月离开了，离开时领了五百元工资，因为违反劳动协议，被牛田仁扣了一半，由于工资存在纠纷，当时没有解除劳工协议。到了汇信金城以后，工资待遇比原来提高了，也只领了第一个月工资，第二个月工资仍被拖欠，这是施工队管理工人的惯用手段，以防止工人外流。扣一个月工资，范二不同意，与项目经理夏山吵了起来。夏山没有在意，本来，工地上与工人吵吵闹闹，甚至打一架，骂骂娘，司空见惯的事。

但是，湖北工队打死四川工人的事，相邻两个工地的工人都知道了，四川工人对湖北工人产生了敌意，一听说范二是湖

北人，又是从椰岛春城工地过来的，认为这家伙不是个奸细是什么？几个工人背着夏山，把范二狠狠揍了一顿，范二孤孤单单无力反抗。谁也没有在意，范二不辞而别，工资也没有结算，五天前神秘失踪，不知到哪儿去了。

入夜，在琼山县府城的一幢六层楼上，一个房间里，两个四川工人正在用木棍、皮带，拼命抽打一个人。皮带、木棍，雨点般地落下，这个人短裤背心，皮开肉绽，满头、满脸、浑身血污。看看晕死过去了，又用一桶水浇上去。一会儿，夏山，死者的父亲从外面进来了，问："怎么样，说了没有？"一个手持皮带的说："这家伙打死不承认，只说不知道。"夏山抓着此人的头发，使劲摇晃："说，范二哪儿去了？"此人有气无力地说："他去哪儿了，我怎么知道。"夏山又问："是不是范二杀的人？"此人说："他杀人，我怎么知道！"夏山说："把门锁上，不交代，饿死他。"三个人出门，把门上锁，下了楼，坐一辆车离开了。

这个被毒打的人叫贾三，也是湖北人，他所以遭此厄运，是因为与范二一样，两人同一天从椰岛春城工地过来，并且住在一起，饮食起居，上工下工，形影不离。其实，范二的所作所为，他根本就是不知道的。警方破案，昼夜不停，连夜将陈鼎拘捕。陈大虾是万铁公司董事长、法人代表，也被警方控制。理由是，嫌疑人范二原本是湖北工程队的人，并且没有解除劳动合同。不出一个月，连出两起人命，都与万铁公司有关，陈铁、陈鼎兄弟两人，岂能脱了干系。但是，仅凭嫌疑人范二与夏山争吵，被四川工人毒打，擅自离开工地，这些情节还不足以判定范二是

真凶。只有把范二抓获，才能水落石出。范二哪儿去了呢？海口警方与湖北警方取得联系，并秘密派人到范二的老家找人，却仍不见范二踪影。陈大虾只被限制出境，并未失去自由。他通过符雅妹明察暗访，又亲自与朱兆文调查了解，得知庞道中神通广大，关系网众多，而且不到一个月，连出两个命案，死的都是四川人，庞道中怒火中烧。一帮朋友弟兄，冷讽热嘲，认为跟着庞老板没面子，死了四川老乡，一个他的侄儿，一个是夏瑾叔叔的小儿子，夏瑾的小弟弟，责怪庞道中不闻不问，丢了四川人的脸。庞道中暗下决心，扬言与陈大虾势不两立，即使倾家荡产，一定拼个你死我活，鱼死网破。

陈大虾自觉势单力薄，给王桃打电话，让她转告李纪行，请李纪行早点回国。今夜，陈大虾坐在别墅二楼阳台竹椅上，仰望灰蒙蒙的天空，像个巨大的蒙古包，没有月亮，没有星星。他想起几个月前，就在这个阳台上，和李纪行两人通电话，说那个奇怪的梦，酒旗、对联、景阳冈、大老虎、刘关张、貂蝉、吕布、战马、虎牢关、水帘洞、世外桃源、大铁鼎、煮牛头、喝美酒、八抬大轿、鞭炮、唢呐、红绸子盖头、洞房花烛夜。他脑子混乱，头痛欲裂，还是想不明白这些梦里的东西与现实有没有联系。他有怨气，这个李纪行，迟不走，早不走，偏偏项目一开工就走，我一个人能顾得过来吗？王桃，一个小娘们，李纪行一走，她也走了，无影无踪。别墅里房间的灯都关了，只有大厅里一个暗暗的台灯亮着，黄琼英、岳母、梁燕、小女儿，大概是都已睡着了。陈大虾好像有些后悔了，他问自己，我为什么要干这些事呢？自己

钱不够花吗？挣得再多有什么用呢？为了出名吗？没哪个意思，出了名又能怎么样？每天劳神苦思，担惊受怕的，不如我老婆懂得享受，每天晚上，打保龄球，滚蛋，滚蛋多好，减肥，陶冶情操，一球滚过去，倒下一大片。为什么叫保龄球呢，本来站得稳稳的，但是在悬崖边上，危机四伏，浑然不知，远远一个球滚来，撞倒一个两个，一个两个却把所有的球都撞倒了。看来人不能独善其身，福祸相倚，城门失火，殃及池鱼。保龄球的境界，居安思危之意。若一不小心，就飞来横祸，蛋打鸡飞，顷刻倒下。像陨石坠落，像地震发生，像导弹袭击，像熟睡之中飞机扔下炸弹。呵呵，保龄球，真正的哲学思想。陈大虾坐在阳台上，胡思乱想着，想找个知心朋友说说话，出个主意，想条妙计，这个想法是奢侈的。看起来，平时要多交几个好朋友，临难抱佛脚，平时不烧香，那后悔晚矣，还得自己去救自己。

陈大虾进了家，取了一包中华烟，拿打火机，又回到阳台，坐在竹椅上，点了一支，猛吸一口，烟雾缭绕着。他想下一步怎么办，想彻底了结此事，必须把凶手捉拿归案，否则鬼魂缠身，永无宁日。据陈鼎说，那十八个工人都逃到东北去了，东北三省，林海雪原，仝总歌舞厅，大海捞针，一时半会儿找不到。他自己当初发了一百万元，是做错了，假仁假义，所以才一波三折，又伤一命，是不是报应。眼下的事情，关键是要找到范二，这个王八蛋，害死一个小孩子，天诛地灭，谁去找范二呢？如何才能抓住他归案？他在想。哈哈，苦肉计，连环计，瞒天过海，调虎离山。陈大虾猛吸了一口烟，把烟头摔在了阳台上。

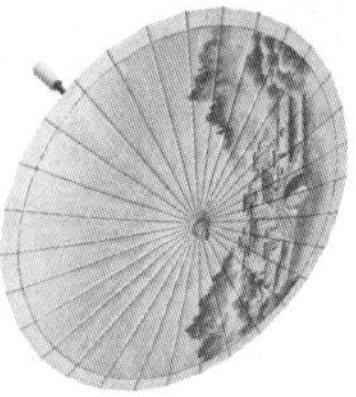

贰拾陆章　猫腻

夜幕降临。在海甸岛的鸭尾溪畔，一幢三层别墅里。

这钢琴，有灵魂。黑白键，上下动，发声音。笋尖粉嫩，十指连心，玩儿的是心跳。漆黑发亮的皮毛，占据家中适合的位置，乃一匹黑色骏马，有灵性，敦敦实实，静静站在那里，令满屋生辉。墙上字画，三十功名尘与土，八千里路云和月，气度不凡。明镜高悬，镜子内外，一对佳人互动，举止优雅。琴键的颤动，就是心跳的声音，化成美妙的旋律，各种音质、音色、音量，千差万别，千变万化，低沉，沙哑，清脆，嘹亮，干净，纯正，苍凉，悠扬，浩渺，追远，遐想。这心房的琴声，是耳朵的恋人，看不见的，它却有形状，有波长，有频率，波浪式起伏，牵动着人脑思维。把情感变成五线谱，音符，敲击，颤抖，机械波，仿棰往复，传递，幽灵似的，去热情地拥抱耳朵。声音的无形力量，让人去激动、去流泪。

钢琴的顶盖上卧着一只波斯猫，猫眼发蓝光。

老板庞道中，则懒洋洋地埋没在大大的黑皮沙发里，穿着一身白底蓝花儿睡衣，左手托着下巴，右手夹着一支烟，吹烟，

吐烟圈,一条腿伸展,一条腿弯曲,眯着眼睛,似睡非睡,欣赏着钢琴演奏的妙乐。夏瑾,则穿一袭白绸睡袍,坐在钢琴前,低眉信手,仰合有致,左顾右盼。不知是什么大调,不知是什么 ABC 调,贝多芬、肖邦、莫扎特,《命运交响曲》《蓝色多瑙河》,月光、黎明、田园、英雄、军队、狂想,搞不清楚。庞道中最喜欢的曲子,还是那个《洪湖水浪打浪》,大浪把他冲到海岛上。钢琴架上,钢琴曲谱一厚沓,夏瑾根据自己的心情,随意弹奏,发出声音而已。在音乐上,庞道中决不挑肥拣瘦,不像平常吃饭,没有肉不动筷子。还有,只有他一个人知道,心里永远藏着秘密,庞道中喜欢躺下看弹钢琴,哪怕是乱弹琴,他的注意力不在于耳朵听,而在于眼睛看,在于夏瑾天造地设般的身段上,窈窕身姿,蜂腰肥臀,双腿微并,优雅地,坐在钢琴前的小木凳上,正好背对躺在沙发上的他,白兰地、小夜曲、美酒、佳人,那种美妙绝伦的感觉,超十分的吸引力,令人神思遐想,春风得意,垂涎欲滴,欲罢不能。

鸭尾溪畔这幢大别墅,是庞道中身份的象征。庞道中说:“夏,今天公安机关把万铁公司董事长陈铁抓了,我总算出了一口气。”夏瑾一边弹琴一边说:“抓了一个放了三个,也划算的来,陈鼎和牛田仁是万铁公司的哼哈二将。那个贾三打死了也没用,谁杀了人还去告诉别人?抓住真凶才是大事,陈铁老总他又没杀人,抓了有什么用?”庞道中愤愤说:“他是法人代表,当然有责任了,抓不住凶手,就判他刑。”夏瑾说:“法院又不是你的,你能判了他的刑?我觉得陈铁人不坏,下边工程出了事

故,总不能让董事长一人抵罪吧。你还是得饶人处且饶人,不可与人结怨,两败俱伤都不好。”庞道中从沙发上下来,在地上转悠着,夏瑾也不弹琴了。庞道中说:“我想让他知道,我庞道中也不是好惹的。”夏瑾说:“万铁公司也是有背景的,你不知道他们公安部门也有后台吗?还有,听说李纪行主任也是万铁公司的座上客,他现在去了美国,回来也会帮万铁公司的。斗来斗去,又不是阶级斗争,朋友之间,说明白就好啦,没有必要互相伤害,都是生意人。”

琴盖上的波斯猫,喵喵地叫了两声。这只猫是个宠物,专为陪伴主人的。它没有捉老鼠的本领,是供爱猫人士观赏的,雪白漂亮的身毛,海天蓝色的眼球,瞳仁像一颗浅黄色的水晶,晶莹剔透。尽管它不愿去抓老鼠,但对老鼠也有震慑的作用,它主要是靠美貌吃饭的。看见这只猫,庞道中就想起庞清明了,这只猫是庞清明送给他的。庞清明的老家在四川农村,高中毕业没考上大学,一直在外漂泊,去年底到了海南,庞道中本来是让他跟着朱兆文去做监工的,并没有让他干重苦力活儿,他毕竟是庞道中的亲侄儿,人都高看一眼,没料到事故却发生在他头上。前几天,庞清明父母来了海南,庞道中有口难言,没法给哥哥嫂子交代。他给了哥哥嫂子五十万元人民币作为安抚费,哥哥嫂子抱着骨灰盒哭着回了四川。真是祸不单行福不双至,另一个工地,夏瑾的叔叔夏山是项目经理,偏偏又出了人命案,夏山儿子被害,找不见凶手。这两起事故碰巧都与陈铁有关联,庞道中气不打一处来,决心与陈铁见个高下。他通过各种关

系,想把陈铁抓起来绳之以法,但因没有充分的理由,难以达到目的。

今天下午,公安的一位工作人员给他打来电话,说陈铁董事长已被公安机关拘留。他认为一定是有朋友帮了忙,否则怎能拘留了陈铁呢?所以,他今天晚上的心情特别好。

庞道中双手叉腰来回踱步。他说:“人不犯我,我不犯人。他陈铁吃了豹子胆,我看他长有几颗脑袋,哼哼!”夏瑾说:“老庞,你不能这样子,他又不是故意的,我们应该互相理解,不能互相伤害,公安机关也是会秉公执法的。”庞道中说:“你听不见吗,四川人都骂我了,我们的人白白死了?”夏瑾说:“你总不能也去杀人吧,冤冤相报何时了?”庞道中说:“杀人偿命,天经地义,我不杀他,法律也饶不了他。”夏瑾说:“那也不是陈铁杀的人,法律是公平的!”

这时,庞道中放在桌子上的大哥大响了,他忙接起来,电话里的声音说:“喂,庞老总,今天海大的高小芬来了,你过不过来?”是林海雪原歌舞厅老总仝坤的电话。庞道中急问道:“节目几点开始?”仝坤说:“你过来了,就说一声。”庞道中说:“我八点半以前过去。”仝坤说:“那九点开始。”庞道中高兴地说:“好,我马上出发。”

庞道中这个人,最喜欢看高小芬的肚皮舞了,夏瑾只会弹琴,不会跳舞,更不会跳肚皮舞。高小芬是海南大学大四学生,是丁兰教授的得意门生,也是符雅妹和林海雪原歌舞厅几个肚皮舞演员的教练。高小芬勤工俭学,只去林海雪原歌舞厅上班

几个晚上,她表演的肚皮舞把庞道中迷住了。

庞道中拉开衣柜,换了一身深蓝色运动套装,同力牌白色运动球鞋,这是庞道中的最爱。他小时候家里穷,看见学校里有钱的孩子穿白运动球鞋,羡慕得不得了。衣柜里面,底板上有个二尺高低的铁皮保险柜,波斯猫又神不知鬼不觉地卧在保险柜上。庞道中蹲下身子,左转右转,反复几次,拧开了保险柜,从柜子里取出一支黑亮黑亮的小手枪。波斯猫嗫儿嗫儿叫了两声。夏瑾走过来,给庞道中拉展运动服衣领,夏瑾说:“你哪来的那玩意儿,成天瞎折腾,又不是公安干部,拿枪有多危险。”庞道中说:“没事儿,这把枪是云南的一个老朋友送的,防身而已,你不用担心,不要告诉别人。”

庞道中去歌舞厅,夏瑾从来不干涉。夏瑾认为,那是男人们的事,自己去把握,管也管不住。庞道中开着一辆黄色奔驰,开亮车灯,一个人驶离别墅区。

上午,明泰大酒店。

黄琼英自从生了孩子后,还没来过这里。她今天一早起来,就让司机孙云开车把她接到了酒店。酒店仍旧人来客往,一切照常。孙云领着黄琼英,进了酒店大堂,又乘电梯上了十一层。在走廊的墙壁上,挂着董事长办公室的牌子,孙云用钥匙开了门。黄琼英进了办公室。这是一个大的套间,里边休息,外面办公。

陈大虾项目开工马失前蹄祸起萧墙,发生了两起人命事故,也是他万万没想到的。第一个事故发生后,李纪行就劝他

离开海南,三十六计走为上计,他没听李纪行的话,现在是想走也走不成了。陈鼎、牛田仁被公安机关关押,贾三被受害者家人私刑软禁不知去向,公安机关暂时找不到凶手,这样拖下去,时间长了又会出事的。陈大虾反复考虑,决定主动负荆请罪,说他是公司法人代表责无旁贷,他要负主要责任,他一人顶罪,只要把那三个人放出来就可以,把这个要求作为交换条件。公安部门经过调查研究,决定拘留陈大虾,释放陈鼎和牛田仁,同时做受害方的思想工作,责令其立即释放贾三,否则严究不殆。

陈大虾被突然拘留,黄琼英哭成个泪人儿,天塌下来一般,好端端的一个幸福家庭,突然丈夫进了监狱,她在思想上是无论如何也不能接受的。黄琼英当老师,平时时间不自由,她也很少过问丈夫的事情。丈夫自己去了公安局替人顶罪,也没有和她商量。如果和她商量了,她是万万不能同意的。

司机孙云忙着烧水沏茶。孙云安慰说:“黄老师,您也别太难过了,我们设法尽快把董事长救出来。”黄琼英没吭声。孙云说:“陈总吩咐过我,给王桃打个电话,让她这几天返海口,让王桃给李主任通电话,让李主任尽快回国。我昨天和王桃通了电话,把陈总被拘留的事讲了,您是不是再给王桃打个电话,问她什么时候回来。董事长主动去找公安局,人家又没有抓捕他,是他自投罗网,估计他有他的考虑,他已经安排陈鼎和牛田仁回湖北老家去。今天早上,陈鼎和牛田仁乘轮渡,明天就到武汉了。”

黄琼英说:“小孙,你开车去一趟百花仙子美发店,把符雅

妹接过来,说请她有事商量。她的店九点才上班,你过去等一会儿,时间就到了。”孙云下楼走了。黄琼英坐在沙发上,边喝茶边想心事。她想起丈夫陈铁,前天晚上一个人在阳台上抽烟,很晚才上床睡觉,丈夫睡觉时她已经睡着了。半夜听见母亲和梁燕的房间里小女儿啼哭,黄琼英醒了,过去帮着给女儿喂奶,这时,他发现丈夫并没有睡着。从工地发生事故以来,这一个多月,她和丈夫就没有亲热过。

孙云走了,办公室很安静。公历十一月下旬,正是海南最舒适的季节,不冷也不热。黄琼英看了看挂历,今天是农历小雪。十月初在西安时,正值深秋,晚上走在大街上,已经有了冷的感觉,现在的北方,已是十月雪飞白了。黄琼英从小生长在海南,暴风骤雨经历多少次了,却没见过漫天飞舞的雪花。她想象中的北国风光,千里冰封万里雪飘,应该是最美的景色。她想如果丈夫不出事故,今年寒假去北方看雪景多好,李纪行和王桃的老家在山西,王桃早就说请她去山西旅游。她想着一会儿就给王桃通个电话。

她推开窗户,俯视楼下边,椰子树上有几只鸟,叽叽喳喳叫了几声飞走了。

她又想起来上个月,在西安旅游时,未央湖边树上的鸟,叽叽喳喳地叫,王桃说是喜鹊叫,喜鹊唱枝头,王桃说,喜鹊叫必有喜事来。这树上的鸟儿是不是喜鹊呢,听叫声不像北方的喜鹊。她又关上窗户,在沙发上坐下来。

她又想起前天晚上,丈夫不睡,她也睡不着了。丈夫问她,

人做梦是不是会有预兆，能预兆将来发生的事情。她说，梦是梦，不可信，有时候碰巧，就以为梦想成真了。丈夫说，前段时间，做了个奇怪的梦，电话上和李纪行讲了，李纪行说好梦好梦，但是听口气，他是话里有话，多次叮嘱我注意安全。我小时候，听老人讲故事，讲三国演义，虎牢关三英战吕布，梦到的是景阳冈三英战吕布，拉着貂蝉进了水帘洞，看见大铁锅里煮了两颗牛头，一颗被光线缠绕住不见了。虎牢关，与牢狱有没有关系呢？黄琼英说丈夫，别胡思乱想了，梦是不能相信的，那不成了牛鬼蛇神迷信思想了。

丈夫说完话把她搂紧了。丈夫说，看起来，人有了钱，也不能任性，我是种地养虾的出身，念书学的专业是农业技术，不想养虾了去开酒店，开了酒店又想做房地产，吃着碗里的看着锅里的，人心没尽头，欲望越来越大。我以为有了钱就可以做房地产，其实干啥都没那么简单，一个同样的工程，用两个施工队伍，就大错特错，为了照顾关系，结果因小失大。记得李纪行当时就不同意，只是我一意孤行。黄琼英想安慰丈夫，她想让丈夫忘掉这些不愉快的事情，她翻身趴在丈夫身上，她看着他的眼睛，丈夫的眼睛里充满红血丝，他接纳她的深情厚谊，她知道她这时候需要耐心，她要唤醒丈夫沉睡的肌肤。她记得，那时候，新婚燕尔，他是一头雄狮，他的舌头是带刺的利剑，曾经把她削刻得体无完肤，她的灵魂伴随着呢喃软语，一次次地飞升到另一个空旷的世界。她想自己现在是一汪清泉，要去淹没丈夫身体上的每个毛孔，丈夫是一叶迷茫的孤舟，在这黑暗的深

海里,能够驶向那个永远陌生的港湾。

此时,黄琼英突然想起什么似的,她找她的小包,小包放在茶几上,她起身过去拿起小包,从小包里找出一把钥匙,这是前天晚上丈夫交给她的,丈夫说是保险柜的钥匙。她想了想保险柜的密码,丈夫说是椰岛春城项目开工的日期,是三组数,应该是19、91、88。丈夫只是说,钥匙有两把,给她一把,她并没有理解丈夫的用意,看来,丈夫是有思想准备的,只是不能告诉她。她到现在还是不理解,为什么丈夫非要自投罗网呢。黄琼英去找保险柜,发现保险柜放在卧室里。她用钥匙开锁,输入密码,是的,保险柜打开了,里边有一个大皮包,拉开锁链一看,包里全是一捆捆的人民币。包里有一个牛皮纸信封,上写黄琼英亲启。信封用糨糊粘着,严严实实。黄琼英把信封拿出来,又将皮包放进去,锁上保险柜。她从卧室出来,又坐在沙发上,打开信封,正要看,这时,咚咚咚,有人敲门。

黄琼英以为是孙云把符雅妹接来了,她把信封放进办公桌的抽屉里,忙去开门。门一开,一位女士站在门口,戴着墨镜口罩,把她吓了一跳。仔细一看,女士披肩紫围巾,蓝色连衣裙,挎着一个小红皮包。黄琼英认不出来者是谁,正欲问话,对方摘下墨镜口罩。黄琼英大吃一惊:“呀,王桃!”王桃哈哈一笑:“认不出来了吧?”

黄琼英又惊又喜,说:“啊呀呀,你怎么来的?”王桃说:“从天上掉下来的呗。”王桃一只脚在门里,一只脚在门外,站在那里不挪动。王桃还没进门,走廊那边,电梯门开了,孙云和符雅

妹也出现了。黄琼英一看，两路人马，神兵天降，哈，她顿时愁眉大展，欢欣鼓舞起来。

三人进门，一一落座，黄琼英如获至宝，大喜过望："啊呀呀，我说的，刚才树上喜鹊叫，你看看你看看，王总从天上掉下来了，快快快，孙云，泡点好茶，我们姐妹几个，好久没见面了。"孙云忙烧水沏茶。梅兰竹菊，一人一杯。孙云喝口茶，说："黄老师，你们说说话，我再去准备点水果。"黄琼英说："好的，我们今天中午就在酒店吃饭，你安排个小包厢，就我们四个人。"孙云说："好的，你们慢慢聊。"孙云推门出去了。

三位女士，美人胚子，花容月貌，风格不同。符雅妹是，新婚俏妇，满头卷发，青春亮丽。王桃则是，非荤非素，齐耳剪发，含苞待放。黄琼英却是，相夫将雏，马尾发辫，瓜熟蒂落。黄琼英二十七岁，王桃二十五岁，符雅妹二十三岁，等差年龄，如花似玉，风韵依然。

黄琼英喜忧参半，挨着王桃坐在沙发上，握着王桃的手，她说："王总啊，你什么时候回来的，也不说一声，准备给你打电话呢。"王桃说："我回来几天了。"黄琼英更加诧异，说："这是怎么回事，你干什么去了？"王桃说："黄老师，您别急，来，雅妹，先喝口茶，听我慢慢讲。"

王桃摘下披肩围巾，叠两折放在沙发上，她挪了个位置，面对着黄琼英和符雅妹，开始说："黄老师，雅妹，李纪行主任上月中旬出国，我先回了太原，陪父母住了半个月，心闲无事，父母叨叨着给我找对象，我没有找对象的兴趣，借口北京同学聚会，

上月底就到了北京。那天一早,接到董事长电话,说工地出了人命事故,我通过香港孔令轩联系李主任,李主任正在美国西雅图,他回电话给孔令轩说,说一定转告陈铁董事长,暂时离开海南躲避一阵子,三个月半年都可以,他没详细说明原因,我传话给陈总听,陈总说,他一不杀人放火,二不投机倒把,三不偷税漏税,怕什么。我也是没有十分在意,认为李主任也是劝陈总出去散散心,认为打架斗殴误伤人命,毕竟不是故意杀人。”

王桃喝口茶,继续说:“问题恰恰出在粗心大意上,本应防微杜渐,一切按照法律规范来,但是我们没有做到这一点。想把问题私了了,这是不合法的。第二次出人命案,可怜那个小男孩,本来与我们无关,天下湖北人多的是,可是我公司没有与范二解除劳动合同关系,公安机关必然认为是我们公司的工人。究竟是不是范二作的案,现在只是推断,还不能认定。前几天,第二次命案一出,李主任知道了,就让我速回海南。他让我不要轻易露面,让我秘密活动,去找两个人,一个是省公安厅秦秘书,一个是“林海雪原”的仝老总。根据这几天了解的情况,陈铁董事长主动负荆请罪,并且被暂时拘留,这样做是对的。”黄琼英睁大眼睛问:“为什么?”王桃说:“陈董事长用的是苦肉计,一箭双雕。一是救了陈鼎、牛田仁和贾三。第二,是保护了自己,麻痹了敌人。”黄琼英问:“他进了看守所,还保护自己?”王桃说:“是的。因为,敌人正在悄悄地跟踪他,刺杀他。只是他不知道而已。”黄琼英大惑不解,问:“敌人,敌人是谁啊?”王桃说:“黄老师,您是数学老师,算算敌人是谁呀。”黄琼英

说:“微积分分不出敌人来,小王总,你好好说,原来你是福尔摩斯呀!”王桃说:“敌人,远在天边,近在眼前,躲在幕后的庞道中!”这时,黄琼英和符雅妹都大吃了一惊,干张嘴不说话。王桃继续说:“椰岛春城和汇信金城这两个工地,都是庞道中一个人在施工,一个死者是庞道中的亲侄儿,另一个可怜的孩子,是夏瑾亲叔叔夏山的小儿子,夏山有两女一男三个孩子,这个小男孩最小,是夏山的命根子,这一来,不是要了夏山夫妻的命了吗?加上四川工人火上浇油,庞道中气不打一处来,扬言不报此仇,誓不为人。随身携带武器,伺机下手。”

这时,当当当,有人敲门,符雅妹去开门,孙云提了两大塑料袋水果进来了。海南的各种水果,芒果、山竹、木瓜、香蕉,还有一颗大西瓜。孙云把水果放在茶几上,又去切西瓜。孙云说:“我开车到了白龙水果市场,那里的水果新鲜,又是批发价格,已经洗干净了。”黄琼英说:“孙云辛苦了,来来,我们先吃水果,孙云请坐,王桃,你慢点儿讲,让孙云也听听。”四个人各取所需,王桃喜欢吃山竹,软软的红壳,白白的果肉,酸甜可口。王桃又接着说:“孙云,正好你回来了,我接着说,在出了人命事故后,庞道中认为陈总不给他面子,湖北工人欺负四川工人,竟然敢把人打死了,岂能善罢甘休。”

王桃说:“庞道中神通广大,他先找政府官员,又找公检法的熟人,要求逮捕陈铁董事长,并且说杀人嫌犯,是陈铁董事长放走的,而且发给路费盘缠,远走高飞躲藏起来。”孙云听王桃一说,心里有点紧张,心想发钱的事只有他和陈铁、陈鼎三人知

道，那些工人都乘船渡海，早消失不见了，谁能知道给工人发钱了。王桃又说："据了解，庞道中还从云南调来两个拜把兄弟，过去在云南与庞道中一起混迹江湖的，一个叫袁彪，一个叫鲍云霄，庞道中原名庞首一，黑道上皆称他们三人为'龙虎豹'，无人敢惹。在云南边境地区，因涉嫌贩卖毒品、走私武器、杀人越货，被警方通缉，这些人都隐名埋姓，不知去向了。"

王桃继续说："这些人多年以来亡命天涯，昼伏夜出，居无定所，行踪诡秘。这两个人来了海南，就是冲着陈铁董事长来的，而且带着枪械，庞道中重操旧业，听说他有个地下射击场，本来应该是个娱乐健身的场所，但是他以此为掩护，从中做生意，贩卖枪支弹药毒品，只是人不知其究竟。据说这虎豹两人还在海南，陈铁董事长被拘留，四面高墙，有警察站岗放哨，你们说说，这个地方，是不是比在任何地方都安全？"孙云听得出神，他把西瓜递给王桃，说："王总，吃点西瓜，慢慢讲。"王桃一笑说："小孙，你吃，我要牙儿小点的。"孙云又选了一牙儿，递给王桃，王桃吃了两口，把西瓜放在茶几上，继续说："黄老师，您放心，董事长在那里，有王刚政委关照，不会受苦的，自己更安全了。现在，我们商量的是，如何尽快把董事长救出来，把敌人送进去！"王桃的一番话，把黄琼英惊出一身冷汗。平时她在家里，带带孩子，打打保龄球，生活得无忧无虑，看似风平浪静，却不曾想过，这人世上充满惊涛骇浪。符雅妹不动声色，想着如果刘羽飞在海口，能够壮壮胆子多好，可惜他人远在西安，她新婚情浓，这时越发想念起刘羽飞来了。前些日子，她与陈

铁董事长曾经密谋策划，说是去保龄球馆打球，其实是想卧底调查，她把调查的结果已经向陈铁董事长汇报过了，陈铁董事长不让告诉黄琼英，怕黄琼英担惊受怕，但她根本就没有调查出王桃的情报。她想，王桃的情报，一定是从仝坤和秦荣那里得到的。符雅妹经过几次磨砺，三亚追林鸿，杭州捉马前，海大找丁兰，成了便衣警察，年纪虽小，却遇事不慌。

符雅妹说："王桃姐，我认为想救董事长，主要有两条，一是尽快找到两起案件的犯罪嫌疑人，二是配合公安机关捉拿'龙虎豹'，否则家无宁日。"四个人都陷入沉思中。

四人商量着向三亚湾银河大酒店冯总给刘羽飞请长假。让刘羽飞明天乘飞机，从西安回海口。

下午，送走王桃和符雅妹，孙云开车，黄琼英到了海南大学，她的半年产假期已到，她向学校领导说明家里的情况，又延长了三个月的假期。傍晚，她回家嘱咐母亲和小保姆梁燕，要好好照顾孩子，又让孙云把她送回明泰大酒店。她让孙云去灵山把她父亲接到海口与母亲做伴，孙云开车去了。她一个人又乘电梯，上了酒店十一层，进了董事长办公室。

男人们的性格往往是外强中干。而女人们，柔弱的外表有时是假相，一旦遇上大是大非大灾大难时，往往显示出骨子里的果敢与坚强。有的人开玩笑说，再勇敢的男子汉，也害怕见到自己身体殷红的鲜血，而貌似娇小的女性，则司空见惯了孕育生命的淋漓，所以她们并不害怕斑斑血迹。虽然这只是调侃，但是从黄琼英的身上可见一斑。在丈夫身陷囹圄之际，她表现

出来的性格,也诠释了女人们与生俱来坚韧不拔的一面。

海南万铁房地产开发有限公司的组成,陈铁把董事长和总经理一个人兼了,副董事长和副总经理,外资方委托香港孔令轩代理,孔令轩又委托李纪行代管。李纪行不愿去企业任职,只想当幕后的股东,帮助企业出谋划策,平时自己读书写字,时间自由安排,这是他自己的风格。黄琼英此时千斤重担一肩挑,今天下午,她邀请王桃进入万铁公司当总经理,哪怕帮助她一段时间也可以,渡过眼前难关。王桃觉得李纪行不在海南,出了这么大事,她应该全力以赴,便同意了。

夜幕徐徐降临,黄琼英进屋开灯,办公室霎时明亮了。只听着楼下住酒店的客人们,步行的,乘车的,吵吵闹闹,陆续回来,明泰大酒店一片兴旺的景象。黄琼英半拉住窗帘,看茶几上的水果,还有那么多,她把水果放在卧室的冰箱里。卧室有电视,她没有心思看。又到外间,两个立体玻璃书柜里,层层叠叠,一排排的书籍,仔细一看,四大名著、四书五经、史记、通鉴、楚辞集注、唐诗宋词、岳飞传、金刚经、建筑设计、建筑施工、土壤与农作、养虾技术、高等数学、资本论、天文学、毛泽东选集、半月谈、文摘杂志、摄影期刊,还有几本画册,裸体女郎,三教九流,五花八门。黄琼英想,书这么多,有时间看吗?在家里,丈夫很少看书,办公室的摆设而已。再看柜子那边,报纸架上,人民日报、海南日报、海口晚报、参考消息,黄琼英取下今天的海南日报,忽然想起抽屉里的信。她急忙拉开抽屉,打开信封。

黄琼英看着信,泪如泉涌。

琼英:

首先,我向你表示深深的歉意,请你原谅我。这一个月以来,是我人生中遇到的最大挫折。人言男人三十而立。托你的福,而立之年,自以为小有成就。可是,过去虽然穷一点,没有太多的烦恼。而今有钱了,却奔波劳累,晕头转向,麻木不仁,不觉得什么是幸福了。这两次人命事故,主要是管理不善造成的,我负有最大的责任。所以,经过深思,我决定主动承担。我知道,我这样做是自投罗网,以身谢罪,你是绝对不会同意的。你会把我圈在家里,看管起来的。但是,我必须这样做。只是作为你的丈夫,不该给你带来如此困苦和忧伤。因为我知道,你深深地爱着我。爱妻,有三条谨记:一、可让王桃任万铁公司总经理。二、如有难事和王桃去找仝坤。三、与秦秘书和王政委保持联系。另外,保险柜有现金五十万元,以备不时之需。

吉安。

陈铁 1991.11

黄琼英伏案痛哭。

黄琼英与陈铁的婚姻,堪称一段传奇。

一九九〇年(庚午)正月十五,元宵佳节。陈铁几年经营,养虾发家致富,已经腰缠万贯,远近闻名了。元宵节的晚上,琼山举行一年一度的元宵灯会。琼山与海口连在一起,仅隔着一条大马路。海南的历史沿革,先有琼山县后有海口市,琼山有千年的历史,海口的形成也只是近百年的事,因为海口靠近大

海，过去只是渔民出海的港口而已，真正的人口集聚之地，则是在琼山。所以，历史传承下来的民俗风情，都在琼山县的城镇乡村保留着。

琼山县在府城镇，府城，顾名思义，是古今州府衙门所在之地。明清时期的建筑，高墙尺巷、红砖碧瓦、木刻石雕，比比皆是。琼山虽无现代城市的高楼大厦，却处处显现出岁月的沧桑。当地居民的形象也传承着海南人的古朴风貌。

元宵之夜，府城大街小巷灯火辉煌。街道上，人流滚滚，摩肩接踵，男男女女，老老少少，有的提着灯笼，有的握着鲜花。陈铁，现在是陈大虾，今夜一个人，拿着刚刚用十元钱买的一束玫瑰花，跟着人群，漫无目的地走着，他东张西望，面前都是人群灯笼鲜花，伴随着此起彼伏的鞭炮声。突然，陈大虾手里的玫瑰花莫名其妙地被人一把抢跑了，他一看，是一个十几岁的小女孩，抢走鲜花后瞬间没了影踪。陈大虾下意识地追了过去，见小女孩藏在一个女人身后。陈大虾定睛一看，这女人，哟，大美女。陈大虾说，小姑娘把我的花抢走了。美女不客气地顶了一句说，她抢你的，你也抢别人的啊。陈大虾心想，还有这样说话的。陈大虾说，这孩子是你什么人，敢抢我的花。大美女说，她是我女儿呀。陈大虾说，那花送给你了。大美女笑着说，不必感谢了。陈大虾无言以对，心想，这是谁感谢谁啊。

街上人挤人，一队舞狮子的过来了，一拥挤，人群呼啦倒下一大片，陈大虾和大美女都被挤倒了，听着小女孩哇哇大哭起来，陈大虾身大力大，翻身起来，从倒地的人堆子里，奋不顾身，

把小女孩找到抱起来了,那束玫瑰花早已无影无踪。踩踏事故,有许多人受伤。民警过来了,大美女被这突如其来的拥挤吓坏了,但有陈大虾相救,终于化险为夷。大美女咬着嘴唇,不知如何说话感谢了。

陈大虾英雄救了孩子。大美女主动介绍自己,说的是海南话,说自己叫王琼英,是海南大学的老师。陈大虾说,他叫陈铁,是湖北武汉人,在桂林洋农场工作。两人互相留下电话后,一会儿走开了。原来元宵节,送灯抢花是当地的风俗,大陆人不得而知。相别之时美人回过头来,露出感激的笑容,凝重地看了陈大虾一眼。

大美女的双眼,像射出两颗无形的子弹,把陈大虾打伤了。静女其姝,俟我于城隅。爱而不见,搔首踟蹰。蓦然回首,那人却在灯火阑珊处。回眸一笑百媚生。古人已经把话说尽了。看来,红楼宝黛,木石前盟。今生来世,因果奇缘。说不清,道不明。在人世间,美人的目光,回眸一笑,具有勾魂摄魄的力量。

从此以后,陈大虾像中了邪似的,夜晚一闭眼睛,脑海中便闪现大美女回眸一笑。他成天精神不振,无精打采的,尝试着给大美女打电话,根本没有消息,回复都是没有此人。他到了几次海南大学,人说没有个叫王琼英的老师。

爱情故事没有完。陈大虾想开发房地产,认识了灵山镇的一个村长,村长叫谢财球。这一天,村长说过公期,请陈大虾去参加并把在省政府工作的弟弟请回来,彼此介绍认识一下。公

期在海南是每个村庄一年一度聚会祭神奉祖的日子，大陆人的理解，应该叫过公祭，海南话发音把祭说成期。公期之日，全村人都要参加，每年各个村过公期的日子不同，都选这一年的某个黄道吉日。谢财球是村长，饭局上坐的自然都是有身份的人，其中有一个人叫黄琼峰，在海口市教育局工作，是村里出来的大官，一桌人抽烟喝酒，对他恭敬有加，村干部都黄局长黄处长黄科长地乱称呼他。有人说黄局长的妹妹，现在海南大学当老师，是村里的大美女，有文化有素质，说黄家兄妹都是人才。陈大虾听着就想，他找的是王琼英，这村里有个女老师，而且都在海南大学，是不是可以通过她找到王琼英。于是，陈大虾故意设饭局，由村长谢财球约定客人，星期日到海龙王吃一顿，那可是海口市的高档饭店，陈大虾的意思，醉翁之意不在酒，主要是为了请黄琼峰和他妹子，从而找到他日思夜想的梦中情人王琼英。

海南人互相请客，请一人，跟一群，这是当地的风俗习惯使然。若邀了楼上的，必须喊楼下的。各种人物，一百单八将，拉拉续续，齐来赴宴，真是万千的气象。彼时，嘻嘻哈哈，热热闹闹，叽叽呱呱，大陆人听不懂的花香鸟语，交流的话儿没完没了。待到酒足饭饱时，则一哄而散，甚至刚离开餐桌，只走出几十步，若再对面，这请客者或客人之间，再也不认识谁是谁了。如此而已，即为请客。

今天请的这两桌客人，是村长谢财球，一碰到熟人，就请星期日海龙王吃饭去，也是为了炫耀自己社会关系之广泛。来吃

饭的人，老少皆宜，男女不限，陈大虾一看，除了谢财球和黄琼峰外，两个桌子都坐满了，再也没有一个认识的人。陈大虾心里惦记着，他追问黄琼峰，那个海大女老师哪去了。黄琼峰说，他妹子肯定会来的。

说话间，一位美女进来了。陈大虾一看傻眼了。这位美女一见陈大虾，早已惊得目瞪口呆。

原来，这位美女，就是黄琼峰的亲妹妹，叫黄琼英，海南人说话时，黄王不分，周朱不分，四七十不分，外地人耳朵听起来，真是混淆不清。元宵夜，美女说海南话，她叫黄琼英，陈大虾听成了王琼英，姓什么都搞错了，还哪里找得到人？黄琼英，海南大学毕业，留校任教，数学老师，未婚，年二十五岁，那个抢花的小女孩，是她哥哥黄琼峰的小女儿。

陈大虾如愿以偿。从此以后，他成了黄琼英的专职司机，上班下班，开会看戏，城市乡村，为黄琼英策马随鞭，直到把幸福之车开进婚姻的殿堂。

窗外楼下，传来几声汽笛鸣响。

黄琼英独自哭了一阵子，胸中的憋闷舒坦了一些，她走进了卫生间，照着镜子看，镜子里的她有些憔悴，昨天晚上她彻夜未眠。今天早上起来，从早忙到晚，中午也没休息，她太累了。她要尽最大的努力，尽快将丈夫解救出来。王桃同意担任万铁公司总经理，她要与王桃同心协力，把万铁公司的事业继承下去。

傍晚，海南大学。

潘建翔是最高明的小偷，因为他偷走了丁兰的心。

一个男人成熟了是很可怕的，特别是年轻而又早熟的男人。潘建翔就是这种人了。不过有时候，有的人一辈子也不一定能成熟。成熟不成熟，指的是心智上，不是说生理上。潘建翔认为，想要娶个漂亮有才的媳妇，那必须用计设谋。像贾宝玉林黛玉，梁山伯祝英台之流，死的死伤的伤，那都是不成熟的表现，傻乎乎地谈情说爱，焉能取得成功。潘建翔今年春天从北京来海南找丁兰，把自己乔装打扮成卖花的人，用的就是以花为媒调虎离山之计，结果调的时间太长了，三个月过去了，还没找着丁兰的踪影，差点把自己调住了。如不是王桃、符雅妹暗中相助，岂能重返海南找到丁兰。

虽然如此，无可厚非。因为这也体现了潘建翔惯用心计的性格特征。他认为，要想如愿以偿，修成正果，那还真是革命尚未成功，同志仍需努力。现在的情形是，两人正处于恋爱的状态，恋的状态是最难把握的。

丁兰去三亚时间不算长，今天早上离开海口时，给潘建翔打了个电话，说家的钥匙交给高小芬了。其实昨天晚上，她就给潘建翔打电话了，潘建翔正在“林海雪原”，她说去三亚旅游一周，让潘建翔给她浇花喂猫，潘建翔满口答应，但忘记说了怎样让潘建翔进家门。所以潘建翔下午五点钟来到了海南大学，找到丁兰教授楼的家，一看门上贴了一个纸条，上有一串八位数字。潘建翔拿出大哥大，看着数字一拨，通了，一个女的声音联系上了，正好是高小芬。

等了十几分钟，高小芬到了，黑色长发白色短裤，青春亮丽的学生样子。开门进家，高小芬说："潘总，肚皮舞表演有许多人了，是否再增加一个内容，丁兰教授的伦巴和探戈是拿手好戏。是不是编排一下？"潘建翔心想，这是个好主意，他问道："谁和谁跳呢？"高小芬说："我和你跳探戈，你再和丁教授跳伦巴。"潘建翔说："我一个人跳俩，不把我跳死了？"高小芬说："要不再找一个人，咱俩跳探戈，丁教授再找一个男生，我们海大艺术系，会跳舞的人多的是。"潘建翔说："你的建议不错，我和仝总商量一下再决定。"高小芬说："那好吧，今晚我不去'林海雪原'了，你们定下来通知我，我今晚上自习，文化课考试要过关的哪。"

高小芬一走，潘建翔开始一盆盆浇花，花在猫不在。里外找，猫呢？猫哪儿去了？潘建翔心里急，似乎从进家门就没见过猫，也没听见猫叫一声，他判断猫可能是自己出去了，不知什么时候就会自己回来的。这是个教师六层公寓楼，没有电梯，丁兰住在三层最东边的一个单元。一个单元两户人家。他想敲邻居的家门，问问猫是不是在邻居家里。又一想，还是再等一等。

潘建翔开亮台灯，写字台上放着一个笔记本。他看见玻璃板下面压着许多照片，有巴掌大小的一张，好像是丁兰十七八岁照的，脸上有点儿粉红色，两条粗辫子垂坠在胸前，年轻又漂亮。他又拿过笔记本，打开一看，哟，有一首诗，他想应该是刚写的，因为后边的页都是空白。他先看日期是：一九九一年

十一月二十二日，冬夜。夏雪。潘建翔想，夏雪是谁？这诗是谁写的呢？抄的吗？他从头开始看起来：

冬　雨

我天天地等待
等着那冬雨的爱
他却没有来
我望着窗外
东坡湖的荷叶碧水
校园里已无几人在
零落着汽笛声脆
我不知是否再等待
分明是个意外
你说的要来
却把我抛却九霄云外
还要嗔怪
电话没说明白
无法解释了原委
我看天上云在飞
我还知道花会开
我的惆怅我明白
我的心酸我知味
有情却被无情恼
秋风画扇时不对

都是多余的串串泪
我无法释怀
抱着彩云向北飞
那里有家的安慰
我不知这人世间
能否找到那份爱
让我无怨无悔
让我心潮澎湃

我匆匆地来回
是否我在瞎猜
大概仍有误会
人世间的悲哀
是是非非
原来都是
早有的安排
张爱玲的痴
徐志摩的碎
我想从那用文字照明的世界里
找到一盏盏字做的灯照亮心扉
七夕的晚霞织女的霓彩
看鹊桥银汉垂坠
天路街市连着浩渺大海

去裁一件裙裾做衣围
遮挡那金风玉露去送给
夜半三更寒气的袭来
我静静地等待
那冬雨的爱
春华秋实的前缘因果
我无语相对

一九九一年十一月二十二日　冬夜　夏雪

读完这首诗，潘建翔似乎从字里行间领悟到了什么。他陷入了深深的沉思。

潘建翔坐在写字台前，看着丁兰的相片发呆，他想起第一次认识丁兰的时候，是在北京舞蹈学院大四的那一年夏天，当时他还是个学生。临近毕业了，学校请丁兰教授给毕业生做了一次讲座，丁兰教授素有美女教授之名。在一个几百人的大教室里，早坐满了即将毕业的以及各个年级的学生。丁兰教授年轻漂亮，一头齐耳黑发，一袭黑色连衣裙，黑色丝袜，黑高跟鞋，一进教室门，她向同学们一鞠躬，上了讲台，拿起了一支白粉笔，美眸善睐，站黑板前，春兰秋菊，她一微笑，妩媚动人。

她说，今天，是向各位同学学习来了。把我学习的体会，向同学们报告一下。报告的题目是，她转过身去，在黑板上龙飞凤舞地写出四个白粉笔大字：舞蹈杂谈。她开始讲了，讲了一个多小时，偌大的教室一片寂静，丁兰教授一个人银铃般的嗓音，赢得一次次热烈的掌声。她讲的一些话，潘建翔至今记忆

犹新。她说，我们中国，有个成语，叫手舞足蹈。英语翻译有七八条之多，我认为 dance for joy 比较简洁准确。为什么这样说呢，因为舞蹈是心灵的体现，舞蹈是因为高兴而为之，或者说舞蹈是为了快乐，因之才有翩翩起舞、载歌载舞的人了。人是有情的，情感是互相影响的，情感也是可以传播的。所以说，我们舞蹈学院的同学们，你们毕业了，是给别人传递欢乐去了，而不是给别人添麻烦。你们大学四年，从理论课到基础课，再到舞蹈实践，学了许多知识和技能。但是你们内心深处，对舞蹈的理解，每一个人有多么的深刻，要打个问号了。远古及今，文明的进化与舞蹈、语言、音乐、歌唱以及文字诗歌，都是相伴相随，是密不可分的，所以我们要研究古典舞蹈。古代的，现代的，中国的，外国的，各人种的，各民族的，我们有责任，把这些人类文明传承下来，并得以创新和发展。丁兰教授的这些话，一直铭刻在潘建翔心里。特别是她讲到探戈舞，丁兰教授说了一句笑话，她说，探戈，就是掏枪。她的话，把同学们吓了一跳。她又说，探戈，这两个汉字，本来是 tango 的音译，但是它翻译得太好了。tank，坦克，翻译得也很好。我们高中时，学习的热力学三大定律，其中第三定律，熵值恒增，也是很高明的翻译，还创造了一个汉字，熵。熵和焓，这两个物理量，学理工科的，也觉得很抽象难以理解，说笑话是得了伤寒病了。人类的知识是相互连通的，在我们的舞蹈里面，包含了哲学、文学、美学、心理学、医学、音乐和艺术等等。舞蹈与语言文字一样，是心灵传递和表达的桥梁，把我们人类的情感，用我们的肢体、眼睛、舌头、

头发、皮肤，甚至我们每一个毛孔、每一个细胞、一滴眼泪、一滴汗水去表达出来。探戈为什么是掏枪呢？她说，这是翻译者的高明，把音译和意译结合起来了。

丁兰教授说，同学们都知道，探戈是阿根廷的国粹。探戈的肢体语言表现，左顾右盼，忽走忽停，蟹行猫步，鹤立鸡旋，扭颈反背，贼眉贼眼，加上佩刀带剑，活脱脱一个偷情怕被情敌发现，甚至随时准备战斗，又不想耽误寻欢作乐的舞蹈形式。所以说，探戈，隐藏着手，握着武器，像特务一样，严阵以待，手扣扳机。探，探囊取物，戈，干戈武器，所以啊，探戈，就是掏枪。丁兰教授这么一讲，同学们哄堂大笑。

潘建翔崇拜丁兰，他对探戈舞蹈有他的理解，他认为，舞蹈也是在不断发展变化的，探戈属民间舞蹈，原不登大雅之堂，由于逐渐变革完善，后来成为国粹经典，一定是有原因的。他认为探戈舞的精髓，不同于一般的所谓交谊舞，你看一对情人之间，大胆地使用肢体动作，眼神中还在互相揣摩，并且想着如何设谋用计，唯恐求之而不得。所以，潘建翔悟出恋爱谋略八字诀：不即不离，欲擒故纵。当然，这个舞蹈，也可以理解为男女偷情，仁智各见。

潘建翔从沉思中回过神来。看墙上挂钟，已经七点钟。丁兰家里有一个14英寸的北京牌电视机。他打开了电视，中央电视台新闻联播刚开始。看了一会儿，他心不在焉，又想起猫来，猫哪儿去了呢？丁兰交代给他的任务，只完成了一半。这时，他忽然隐约听到猫的叫声，像是在门外，他一喜，忙去开门，

门一开，楼道亮着灯光，见虎墩墩一只大黄猫，蹲在门口。猫一见人，并未进家，唰唰唰唰，一下窜到二楼的平台上，扭回头仰视潘建翔。潘建翔把门大开，人猫对视，揣摩对方。他想，需要引诱它一下，他又进家找猫食，猫食在哪儿呢？他进了洗手间，没有找到，一想，错了，人和猫平等，猫食应在厨房。到厨房一找，餐桌上，有一个塑料袋，一看，是猫食，丁兰早已准备好了。他提着塑料袋，出了门口，向楼梯下面一看，猫也在仰头看着他，他把塑料袋向猫晃了一下，猫目不转睛，不为所动。他又想，不对，又返回厨房，找了一个碟子，把猫食倒在碟子里，端着碟子出门，把碟子放在门口。猫岿然不动。他又回到房间，坐在沙发上，演空城计，若无其事的样子，眼睛看着电视节目，心里却关注着猫的动静。

过了一会儿，猫蹑手蹑脚到了门口，默默地吃碟子里的食物，不时地窥探家里的动静。潘建翔坐在沙发上，眼角扫描，身体不敢活动。猫不吃了，仍蹲在门口。潘建翔忍不住了，慢慢站起来，走到门口，猫又后退了几步，没有跑走。潘建翔把碟子拿起来，回家放在沙发前的茶几上，仍然坐在沙发上，继续看电视。他选择了一个台，电视里正播放《西游记》，高老庄招亲，猪八戒人模人样，正兴高采烈地做女婿呢。又一支烟的工夫，这只大黄猫，试探着一步一个脚印地，慢慢走进家里来了，它从潘建翔面前走过，看起来，它放松了戒备，觉得这个不速之客不是坏人。潘建翔瞅准时机，迅速起身前去关门，说时迟那时快，猫比人更快，灵猫夺门而逃，飞一般蹿上楼梯，瞬间消失得无影无

踪了。潘建翔懊悔不已，心想，锅揭得太早了。

看看表已经十点钟了，还不见猫回家来。潘建翔把碟子放回厨房餐桌上，才发现桌子上有一张纸，上面有字，拿起一看：小潘：猫不在，你在，等猫回来。丁兰。潘建翔拿着这一纸令，回到客厅，咚地坐在沙发上，仰仰身不动弹了。他想，她让我等猫回来，得等到什么时候啊。

东方欲晓。潘建翔熬过了大半夜，不见猫归家。可怜他在次卧室的床上和衣而眠。一睁眼，天已大亮了。次卧室门开着，他睡眼蒙眬的，定睛一看，呀，大黄猫，坐佛姿势，蹲在门口，神目如电，金睛不瞬。他吓了一跳。心想，这家伙从哪儿进来的，家门还关着哪。他迅疾起床，出了卧室，到了客厅，大黄猫早已跑进洗手间。他检查家门，门仍然紧闭着。这猫怎么进来的呢？他前后左右，窗户边，仔细观察，好了，洗手间的小窗户虚掩着，不错，猫是从那儿进来的。探头一看，窗外有一棵大榕树，枝叶繁茂，挡在窗前。猫是先上树，缘树枝，跳窗台，入窗户，进家。这猫，贼！

他马上关门闭户。哈哈，从今以后，你别想再跑走了。潘建翔冷笑着。

这时，大哥大响了，一接，是王桃的声音：“潘总，早上好！”潘建翔忙回话：“王总好，这么早，有什么指示啊？”王桃说：“上午到明泰大酒店万铁公司办公室，有事相商。”潘建翔说：“没问题，几点到？”王桃说：“九点钟，可以吗？”潘建翔说：“好，准时到达。”

昨夜,潘建翔一门心思想猫,一觉醒来,猫自归家,丁兰交代的任务圆满完成,心里窃喜。他想,无论干什么,也不能着急,心急吃不了热豆腐。抱道守拙,以待其时。运气不好的时候别强求。比如现在他与丁兰的关系,正处于热恋的时期,虽然双方都有点意思,可是也有点不好意思。恋,就是磨时间,师生之恋,花边新闻,如果师为女,生为男,老女少男,那就更具传奇色彩了。他想当初,乔装打扮成卖花人,调虎离山之计不成功,若不是凑巧碰到李纪行和王桃二位老乡,岂不误了终身大事。这次,他要胆大心细,欲擒故纵,一举成功。前段时间,他故意与丁兰少了联系,并且说要回北京读研,想看看丁兰的反应,而且他假戏真唱,本月中旬真的回了一趟北京,到母校走了一圈,他把这些信息都告诉了丁兰,并反复地征求丁兰的意见,他的种种示爱的表现,丁兰岂能不知,只是知识分子的脸嫩,不想道破而已。对啦,潘建翔想起来了,今年的中秋节,那个晚上,他和丁兰一起赏月。丁兰突然问他,小潘,你说我老了吗?潘建翔忙说,不老不老,比年轻人还年轻呢。丁兰说,胡说,半老徐娘了。铁树要开花,六月下大雪,有可能吗?丁兰又问,你说,我哪里长得好看些?潘建翔慌了,本来想说,练舞蹈的,蜂腰肥臀,但一想不妥,总不能夸人屁股长得好看吧,多难为情,中国不是巴西,巴西女人们公开比赛谁的屁股好看。所以潘建翔慌不择句,脱口而出,说你的嘴唇最好看。呵,他这一说不要紧,丁兰马上到镜子前,认真端详起自己的嘴巴来了,闭口,龇牙,微启,左挑,右撇,鼓起,吹风,张开,张大。潘建翔坐沙发上,看

着丁兰在镜子前变脸，心里纳闷，这么美的一个美人儿，她难道自己就看不出来吗？

看看时间，快八点钟了，潘建翔走到书桌前，拿起笔记本，又看了一遍丁兰写的那首诗，诗意朦胧。他判断这个作者夏雪，肯定是丁兰自己，那冬雨呢，说不准就是？潘建翔不敢胡思乱想了，他九点钟要见王桃去。他把洗手间窗户关闭，再去看看阳台上的盆景，陶的瓷的，大盆小瓮，有几十种，开花的，吐蕊的，抱蕾的，五颜六色的鲜花，也有永不开花的盆栽，青春的绿色常在。他关门上锁，迅疾下了楼，开车出学校南门，路过一个餐馆，把车停下来，准备吃早餐。

海南大学南门，在海甸岛三西路上。这家餐馆在马路北边，是一个大排档，餐桌摆放在餐厅的外面，里外共有三四十张桌子，餐馆经营大众化，没什么招牌，吃饭的人却络绎不绝，里里外外都是热气腾腾吃饭的人。这里只有名小吃，海南鸡饭、猪脚饭、椰子饭、抱罗粉，那边还有卖清补凉的。潘建翔最喜欢吃抱罗粉。他花三元钱，买了一个手指头长短的小木牌，然后在外面找了一张桌子坐下，等待女服务员取牌上餐。正在这时，他意外地发现，庞道中与两个戴着墨镜的人，正坐在远处那个桌子边，一边说话一边指手画脚地，低头抬头正在吃饭。潘建翔大吃一惊，他没有顾上吃抱罗粉，马上离开桌子，返回坐在车上，他开车向前挪了几米，正好从左手边的车窗上，能看见那三个人。为了不被人发现，潘建翔戴上墨镜，继续观察动静。

记得一个月前，潘建翔就听仝坤说，庞道中和陈铁闹翻脸

了。原因是湖北的工人把庞道中的侄儿打死了。潘建翔刚从北京回来，又听仝坤说，湖北的工人又把夏瑾叔叔的小儿子害死了。前几天，晚上节目刚结束，仝坤把潘建翔请到办公室，神色严峻地对他说，建翔，事情闹大了，庞道中原来是黑道大哥风云人物，来海南后改邪归正，不想因为连出两条人命，他气愤不已，旧病复发，从云南调来他的拜把兄弟，“龙虎豹”中的虎豹，这几天来了海口，而且都带着枪支武器，有可能要出大事。昨天下午，潘建翔去海大前又和仝坤见过面，仝坤告诉他说，陈铁已被公安机关拘留了。陈铁是安全了，那他的家人呢，家人怎么办？庞道中和仝坤，两个人都住在海甸岛同一个别墅小区，与陈铁都是朋友，而且三个人的女人，黄琼英、苏嫚、夏瑾之间也是好朋友，这下转眼间成了仇敌。潘建翔正想着，突然发现庞道中和另外两人都站起来，走到马路对面去了。对面正停着一辆黑色轿车。车上早已坐了一个人，应该是个司机。那三个人迅速上车。车顺着马路向东边驶去，眨眼间消失了。潘建翔掏出大哥大，迅速拨通了仝坤的电话。

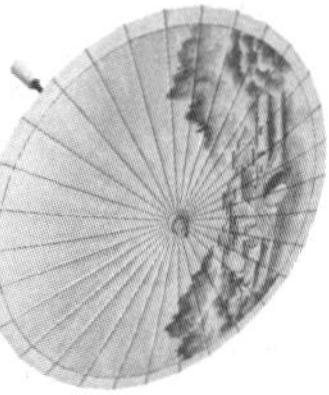

贰拾柒章　丸客

明泰大酒店。海南万铁公司会议室。

现在到会的有:黄琼英、王桃、仝坤、苏嫚、符雅妹、潘建翔。

大家多日未聚,互相亲热得不得了。王桃兴高采烈地端坐在椭圆桌子前,一身《红岩》里江姐的打扮,手里拿着个BP机,看李纪行发来的短信。今天是公历十一月二十八日,美国的感恩节。李纪行的短信,不是节日祝福的话。第一条短信,是两句诗:挟弹飞鹰杜陵北,探丸借客渭桥西。俱邀侠客芙蓉剑,共宿娼家桃李蹊。第二条短信更简单,只有四个字:一招制胜。王桃看了纳闷,她知道这是唐代诗人卢照邻《长安古意》里的两句,搞不清楚李纪行什么意思,怎么发了这么个短信。

仝坤接到潘建翔电话,就向省公安厅秦荣秘书报告,一会儿,秦秘书又打来电话,让仝坤在万铁公司等待,说省市公安部门派人来了解情况。仝坤拿过BP机,看了李纪行的短信,微微一笑,从包里掏出一支笔,把短信写在笔记本上。

符雅妹长发飘飘,散发着青春的活力。她说:“刘羽飞接到通知,今天下午乘飞机,从西安回海口。”王桃说:“雅妹,久

别胜新婚，你们俩多久没见了？”符雅妹说：“结婚后就没回来过。”黄琼英说：“那可不行，以后啊，让他每月回来一次。”

大家你言我语，正说着，服务员推开会议室门，一个穿着公安民警服装的人进来了，仔细一看来者，都吃了一惊。

来者五大三粗，虎头黑脸，身体进会议室门，几乎把门封住，一米七的个头，因身宽体胖，显得矮了许多。不待来者开口，王桃早已站起来，笑问道：“张队长，您怎么来了？”来者笑着说：“怎么，我不能来吗？”来者不是别人，正是武警部队的张根大队长。服务员倒茶。大家站起来。王桃忙去与张根握手，张根坐到仝坤和潘建翔中间的位置上。

会议室很宽大。中间一排长桌，白布罩着，人们面对面坐。可以一圈坐四五十人。靠墙的位置放着几盆绿色花卉，发财树、仙人掌、三角梅。四位女士坐在一起，个个暗香袭人。张根一坐下，仝坤便敬烟。香烟、香水，烟雾、香气混在一起，看得见摸不着，显得浪漫而温馨。张根队长虎生虎威坐在那里，给大家平添了一种安全感。

张根开言道：“好久没见面了，我调到省公安厅了。”仝坤说：“队长高升了，‘林海雪原’开业，我俩见过一面，听说张队长是中国公安大学毕业，文武双全，前途无量。”张根说：“还是你们好，莺歌燕舞的，我快累趴下了，刚建省，案件多，忙不过来了。噢，下面还有两位公安民警，你们招呼一下，他们也有任务。”黄琼英马上站起来，征求王桃意见，说：“我去安排一下？”王桃点头。张根问说：“李主任还没回来吗？”王桃说：“还没有，

今天联系了，有短信来，你是大侦探，他话里有话，不知道什么意思。”王桃说着，把BP机里面的信息打开，递给张根看。张根认真看了一遍，沉默了一会儿，他说：“李主任料事如神啊。”他把BP机还给王桃。仝坤打开笔记本，放在张根面前，他指了指说：“就这两条短信。诗情画意的。”张根又看了看，只是点点头，没有说话。

张根队长不认识潘建翔，他问王桃：“这位是谁？”王桃说：“这是潘总，潘建翔，仝总的副总经理，就是跳《鸿雁南翔》舞的那位，北京舞蹈学院毕业生。山西运城老乡。”两人握手，都说：“幸会，幸会。”

过了一会儿，黄琼英返回会议室，七人到齐了。黄琼英是老师，自然会讲话：“感谢各位的关心，万铁公司因管理不善，连出两起事故，人心惶惶，上下不安，我们深感痛心。从今天开始，万铁公司董事会决定，任命王桃代理万铁公司总经理。”王桃说：“万铁公司正处在危难时期，李主任去了美国，暂时回不来，让我代总经理，我个人能力有限，思来想去，又责无旁贷。请大家多多关照，帮我们公司渡过难关。”仝坤说：“今天早上，接到潘总电话，我立即电话告诉秦秘书了，在海甸岛发现庞道中，街上吃早餐，还和另外三个人乘一辆车，后来不知去向。”

张根说：“早上秦秘书通知我，让我到明泰大酒店了解情况。他派出两名公安人员，负责保护明泰大酒店和万铁公司的安全，刚才两人在楼下观察酒店周边环境。”黄琼英说：“我已经安排好了，孙云和酒店保安配合去了。”张根接着说：“根据我们

掌握的情况，庞道中，原名庞首一，他有两个结拜兄弟，一个叫袁彪，一个叫鲍云霄，黑道上人称‘龙虎豹’的成员。前些天，虎豹乘船过海，到了海口。‘龙虎豹’在云南边境地区，曾经从事边境贸易，也走私毒品枪支，并且有命案在身。这次省厅做了部署，决不让嫌犯出岛。限期一个月，元旦前结案。虎豹两人居无定所，行踪诡秘，神出鬼没，而且身藏武器。今天，可能因为陈铁被拘，他们也放松了警惕，第一次出现在大街上，车上的那个人是谁，现在还不清楚。庞道中一般自己开车，很少用司机，这些人反侦查能力强，如果不是这次人命事故，他改名换姓的，很难找到。我们三亚市，也是嫌犯经常躲藏的地方，天涯海角，那么大的海域，容易躲避，甚至企图逃到国外去。”张根顿了顿，点了一支烟，说：“潘总，请你把见到的情景讲一讲，我们共同分析分析，今天早上，你去海甸岛干什么去了？你怎么发现的？你住在那儿吗？”

张根队长一连串发问，潘建翔没有防备，瞪眼结舌的，他回答不出来了。十只眼球全转向他。他像《智取威虎山》的小炉匠，一时有口难言。慌乱之中，他说：“我喂猫去了。”喂猫去了？其他六个人像审犯人一样，齐声问道：“喂什么猫？”潘建翔看见大家吃惊的样子，右手一举说：“罢罢罢罢，我给丁兰喂猫去了。”王桃追问说：“丁兰？她哪儿去了？”潘建翔说：“她去了三亚，让我帮她喂猫，昨天晚上，猫没回家，我一个人在丁兰家，住了一个晚上，等猫。”大家这才哈哈大笑起来。王桃关心道：“猫回来了吗？”潘建翔解释说：“大概凌晨才回来的，我一晚上没

睡好觉。早上起来，把猫关在家里，离开海大，路过海甸三西路，正准备吃早餐，刚买一碗抱罗粉，找个桌子正准备吃呢，突然发现庞道中坐在那儿，离我有二三十米远的地方，身边还有两人，都戴着墨镜，也在吃东西，看不清吃什么。我急忙上了汽车，远远盯着那三人。过了七八分钟，那三人迅速离开饭店，步行到马路对面，那里停着一辆汽车，对，是辆黑色小轿车，车上有个司机等着，三人上了车，朝东面开走了，一会儿就看不见了。我马上给全总打了电话。就这样。”潘建翔竹筒倒豆子，一口气全说出来了。

张根牛眼圆睁，问道：“丁兰是谁？人让你喂猫，你就喂猫？你那样听话？”这搞公安的，与常人就不同，说话像审犯人。符雅妹不服气，说：“丁兰是海南大学教授，潘总的老师，老师让学生去喂猫，学生就得去喂猫。”张根转变了口气，说：“丁兰，听名字，是个女的吧？”符雅妹说：“当然了，教舞蹈的教授，大美女。”张根说：“好了好了，要的就是大美女，大美女教授，成，成。”看见张根高兴的样子，大家摸不着头脑。那一次，张根在桃园饭店吃饭时，曾经见过符雅妹，雅妹说刘羽飞武功高强，张根至今记得清楚。张根问道：“你说的那位武林高手，是姓刘吧，现在哪儿去了，我想见他一面。”符雅妹听说，立时红颜飞春，不知如何回答了。

此时，黄琼英愁容顿消，看见这么多同事朋友，无私帮助，解除危难，非常感动，她说：“张队长，这位武林高手，就是雅妹老公，今天下午的飞机，从西安飞海口，他叫刘羽飞。”张根一

愣说:“哟,不错啊,刘羽飞,刘备、关羽、张飞,桃园三结义,不错不错,回来见一见面。”王桃说:“一言为定,今天晚上,到桃园饭店吃烤鸭,给刘羽飞接风。”

仝坤抽出一支中华烟,递给张根一支,给张根点了烟,说:“张队长,看来担子不轻哪,你怎能保证一个月抓获‘龙虎豹’!”张根吸一口烟,吐出一串烟圈,他看着烟圈向上飘,说:“我们要设法智取‘龙虎豹’。”仝坤问:“智取?”张根看着笔记本,他说:“挟弹飞鹰杜陵北,探丸借客渭桥西。俱邀侠客芙蓉剑,共宿娼家桃里蹊。”这是李主任提醒的,有一个暗杀组织,探丸客,大家知道吧?”苏嫚是郑州大学考古系毕业,这时说话了:“汉代永始年间,长安很不安定,暗杀事件不断发生。据说都是一帮探丸客所为。这帮刺客,杀人前先抓弹丸,相当于抓阄,根据弹丸颜色的不同,去分工执行任务,红丸杀武官,黑丸杀文官,白丸负责死难刺客后事处理,事先都确定好了再去行事。后来,朝廷派一位姓尹的官吏治理长安,这个官吏在长安城先挖了几个大坑,上面用大石头盖上,叫作虎牢。”众人都洗耳恭听。

苏嫚继续说:“然后,发动群众,乡亭基层,层层举报,相当于我国八十年代的严打,把那些横行霸道的纨绔恶少,成百上千,全部逮捕,投入虎牢。几天之后,这些人全部死在里面,才让家人去认领尸体,已经面目全非了。这一下很奏效,长安治安好转了。当然,这里也有冤枉的,错杀了的。”张根接过话说:“刺客,古已有之,司马迁的《史记》有《刺客列传》。现在,社会

进步了,我们国家治安很好,但也不能掉以轻心。仝总,你们各位分析一下,李主任的短信还有些什么意思?”

仝坤说:“我最近正在读一部小说,湖南作家唐浩明写的《曾国藩》。曾国藩打败了太平天国,攻克南京,手握重兵,权倾朝野,清王朝半壁江山在他手中。这时的清王朝,风雨飘摇,不堪一击,他的九弟曾国荃以及谋臣属下,在他的办公室,劝他自立称帝。曾国藩吓坏了,他深知,这时的处境,闹不好,就会兔死狗烹了。他对这几个人的劝说,不做口头上的回答,在办公室写了一句诗,让这几个人看。几个人看完后,他就把诗付之一炬。这句诗很出名,‘倚天照海花无数,流水高山心自知。’这是什么意思呢?只能意会不能言传,只有让人去理解了。我觉得李主任的短信,也是只能意会不能言传。”潘建翔笑而不语。仝坤看着潘建翔,说:“潘总必有高见,不妨请讲一下。”潘建翔喝口茶,轻飘飘地说:“嗨,没有那么复杂,我来翻译一下,李主任借用了唐诗,其实说得很明白了。他告诉你,挟弹、飞鹰、探丸、借客,这是说,有坏人,有刺客,有黑社会,有黑道大哥。杜陵北、渭桥西、娼家、桃李蹊,这是说,这些坏蛋,可能住在南渡江边,海甸岛鸭尾溪旁,人民桥、海甸溪、红灯区、卖淫场所、歌厅发廊,这些地方,不三不四的人去得多,桃李不言,下自成蹊。让我们大侠刘羽飞手提芙蓉剑,吴汉章鞭长拿着三节棍,配合张根大队长、公安干警,把这几个探丸客一网打尽,不留后患。并且不能打草惊蛇,要一招制胜。就是这个意思。”潘建翔话音一落,张根哈哈大笑。接着,仝坤和四位美丽女士,也都哈

哈大笑起来。

张根队长瞬间不笑了，立刻换成另一副面孔，严肃而阴冷。他盯着潘建翔说："不是打草惊蛇，而要引蛇出洞，打它的七寸。"王桃急着问说："如何引蛇出洞呢？"张根看一眼仝坤，说："那就看仝总的手段了。仝总的歌舞厅，有三百娘子军，个个貌若天仙，'龙虎豹'一个个酒色之徒，岂有引不出来之理。"王桃说："那也得有个引的办法呀。"张根说："办法多的是，就看用不用。"仝坤忍不住了："张队长，你说怎么用？"张根看了一眼潘建翔，说："不是有个美女教授吗？邓丽君有一首歌，叫《酒醉的探戈》，你贴一个海报，海大美女教授和她的学生，是丁兰、潘建翔吧？酒醉的探戈，加上舞蹈，狂野奔放，具有轰动效应。你再邀请社会名流，把庞道中也邀请在内，连续三天，拉丁舞、交谊舞，还有肚皮舞，进行比赛，取前三名，发大奖，观众参与互动，评委打分。庞道中是评委，这样把'龙虎豹'引出来。哪有馋猫不吃腥的呢？潘总不是喂猫去了吗？你在丁兰教授家，放上五斤肉，鱼肉、牛肉、鸡肉，什么肉都行，把窗户打开，你放心睡大觉，还用你半夜三更不睡觉，辛辛苦苦等猫回家来。呵呵！"

符雅妹开玩笑说："张大队长呀，这猫又不是老虎，能吃了五斤肉？五两就够了。你引蛇出洞，是不是想用美人计啊？"没等张根说话，仝坤接过话："我们哪里能够请到丁兰跳舞，她是大教授，要真的能在'林海雪原'演出，演出费要多少给多少。"黄琼英发话了："依我看哪，丁兰教授不在于钱，要请她出

山，非潘总莫属。”仝坤这时双手一拍说：“有办法了。”众人注目。仝坤又点了一支烟，猛吸了一口，说：“建翔，这几天，丁兰教授去了三亚，你先和海大的高小芬排练探戈舞，高小芬是庞道中的偶像，你和高小芬跳，编排时有点突破，更露更大胆一些。到时候，我们再请丁兰，丁兰一般不会拒绝，我们还是让高小芬跳肚皮舞，你就和丁兰跳探戈，高小芬跳肚皮舞有特色，这样子，一箭双雕，两全其美。”张根有些纳闷，说：“仝总，这更露，更大胆，怎么讲，总不能裸体跳舞吧？”仝坤说：“这你就不懂吧？举个例子，国外对于色情表演，法律上是有限制的，不让跳裸体舞，但是没有限制穿多少，所以就发明了三点式，身上挂根线，两腿间夹一布条，如果让美女表演走T台，观众坐在下边，美女在T台上走动，这是可以的。法律上有规定，不让从下往上看到裸体，如果穿上短裙，也容易走光。好了，魔高一尺，道高一丈，他们就钻法律的空子，他们让观众坐在高处，围着一圈向下看，T台是特制的玻璃镜面，把人体投影在镜面上，观众都从上往下观看西洋景儿，看得一清二楚，真真切切。”

仝坤说：“国外美女们外穿小短裙，没有穿内裤，掩表露里面，在倒影的玻璃镜面上，做出各种姿势动作，比黄色录像也要黄三分，这也是钻了法律的漏洞。还有，演员们穿上几乎透明的肉色贴身丝衣，薄如蝉翼，性感而露骨，大尺度地表演，也可以吸引眼球。我们这个探戈舞，可以设计一下，有张根队长在此，做个特殊批准，为了抓获犯罪嫌疑人，露一点不要紧，不要说我们搞黄色表演，坏了‘林海雪原’的名声。对演员们要

做好思想工作。当然,我们不能告诉是为了抓人。丁兰教授如果带个头,这舞台上的戏就算演成了。关键看你们公安干警的了。”张根说:“那好,蛇只要出了洞,我就可以打死它。但是,小潘说车上共有四个人,除了‘龙虎豹’外,那另一个是什么人,还没搞清楚。”大家沉默不语。

苏嫚坐在桌子那边,一直在倾听。她看了对面仝坤一眼,一使眼色,仝坤就心领神会了,忙从小皮包里,取出一盒黄金叶牌子香烟,站起来递给了苏嫚。黄金叶产地河南郑州,苏嫚念大学的地方,苏嫚偶尔也抽一支,养成了怀旧习惯。只见苏嫚微微一笑,抽出一支烟,点着,吸一口,手指细长,曼妙,优雅,轻弹,吐烟,蓝色妖姬,缕缕飘动。张根瞪着圆眼,欣赏苏嫚抽烟的神态,心想着这女人抽烟与男人大不相同。男人抽烟,往往让烟进口入喉,甚至到肺,转一圈,然后无功而返,还不走重复路线,从两鼻孔通通跑出来,认为这才叫抽烟。如果烟是食物,必然动用牙齿,咬咬嚼嚼,五官六腑,首脑机构,都是爷爷,都要过问,否则,吸烟就是浪费,白花钱了。而女人们抽烟,是另外的景象,羞羞答答,半推半就,轻启朱唇,烟刚一入口,便吐了出来,浅尝辄止,不做停留,有时也鼻孔冒烟。抽烟之目的,重在浪漫情怀,迷人姿态。神韵,滋味,品位,太极,阴阳,平等,此消彼长,上海滩,香港夜,大世界,爱恨情仇,联想遐思,显示出一种说不出的风流韵味来。

张根正在胡思乱想,苏嫚一弹烟灰说话了:“我有一计,可以引蛇出洞。”张根一听,立即回过神来,像是没听懂,急问道:

“什么什么？你有一计？什么计？”苏嫚接着说：“听我说，李主任发短信，共宿娼家桃李蹊，我家住在海甸溪边，海甸溪东边，就是南渡江。海甸岛的东北方向，南渡江边上，有一个海鲜大排档，叫深天然海鲜。我和仝总去过几次，海鲜做得特别好吃。但是，由于地处偏僻，人却寥寥无几，经营惨淡。此地临江近海，每到日落黄昏，江景海景，渔舟泊岸，涛声阵阵，真是春江潮水连海平，海上明月共潮生，一幅春江花月夜的景象，或许唐代诗人张若虚，当时就是描写的这个地方的。我个人想，把这个地方弄得红火起来。”听苏嫚如此一说，张根更加莫名其妙，他问苏嫚：“你开大排档干吗？也想开饭店吗？”苏嫚看了仝坤一眼，她绵绵一笑，吸一口烟，鼻孔冒出了烟，说：“我想开店捕蛇，可以一举两得！”张根哈哈一笑说：“真看不出来，你好厉害的，请‘龙虎豹’吃海鲜？”苏嫚杏眼圆睁，说：“张队长，别小瞧了女汉子。我想把这个大排档租下来，重新起个店名，就叫‘春江花月夜’。在南渡江口，鸭尾溪畔，上演一场《琵琶行》，让海大的高小芬带一个会弹琵琶的美女，一条小船泊在江边，潘总或刘羽飞，戴上官帽，穿上长袍，拿着扇子，立于船头，这个是白居易，那个是白居易的朋友，浔阳江头夜送客，主人下马客在船，千呼万唤始出来，犹抱琵琶半遮面。我们从林海雪原歌舞厅，找几个歌手，美酒一杯，清歌一曲，这样迷人的夜晚，必然宾客如云，撒下天罗地网，引蛇出洞，活捉‘龙虎豹’。可以不？”张根一听，大惊失色，想不到这位美人贵妇，深沉不露，胸藏玄机，厉害厉害。张根忙应道：“我原来打算是，在林海雪原歌舞厅活

捉‘龙虎豹’，你把他引到南渡江边，人跑了怎么办？”苏嫚说：“张大队长，‘林海雪原’每天晚上，有成百上千的客人，这些亡命之徒，个个身藏武器，有几百发子弹，一旦拒捕，你想血洗‘林海雪原’？出了问题，这个责任谁来承担？”听苏嫚如此一讲，把张根惊出一身冷汗。

会议室寂静无声。苏嫚说了“血洗‘林海雪原’”这句话，使大家吃惊不小。仝坤看着苏嫚发呆，仅这一句话，就把在‘林海雪原’抓捕‘龙虎豹’的计划彻底否定了。

王桃说：“张队长，仝总，我觉得苏嫚讲得有道理，抓捕‘龙虎豹’，不是一件简单的事，当然，原则上，蛇在哪里出现，就在哪里捕捉。可是，因为我们是捕蛇，不是捉鸡，蛇弄不好，是会伤人的。所以说，必须周密部署，时间地点都要选择合适。”张根接过话：“讲得不错，我们公安机关不能抓了坏人，伤了好人。现在，还有个问题，就是那个司机，是不是他们一伙的，要侦察清楚。”王桃转头看了符雅妹一眼，符雅妹扑哧一声笑了，雅妹说：“王桃姐，你看我干吗？”王桃也憋不住笑，说：“我也不知道，遇到这类事，就想到你，你是侦查英雄啊！”雅妹说：“王桃姐，你看我，像不像一个女特务啊？”王桃端详着，说：“天生的大美女，可是啊，就是能办特务的事。”张根问说：“什么意思？”王桃说：“侦查那个司机的事，我看还是请雅妹出马。”雅妹说：“我也不敢打保票，今天下午，羽飞回来了，搞清这个司机是什么人。”王桃说：“好的，定下来了。”张根队长点点头，很信任的样子。仝坤说：“我认为，这次行动，我们只能配合张根队

长,我们毕竟赤手空拳。我们行动起来方便些,公安机关抓捕嫌疑人,总不能开个歌厅、租个饭店,这些事,我们反而可以去做,舞蹈比赛还搞不搞,我们再议一议。”黄琼英马上说:“我建议,舞蹈比赛还是要搞,可以起到麻痹敌人的作用。万铁公司可以出钱赞助,奖金由万铁公司包揽,我和王桃总经理都在,现场拍板,一言为定。”仝坤说:“黄董事长,我们一家人,不说两家话,这种事,不用你操心。今天下午,你和王桃去一趟东山看守所,找王刚政委,看望一下陈总,我这次不去了,去的人多了也不好。张队长做结论吧,我们一切行动,听党的指挥!”

大家喝茶,沉默了一会儿。张根说:“我总结一下,这次抓捕计划,取一个代号,就叫‘丸客’计划。‘丸客’计划,分三步走:第一步,侦查摸底;第二步,舞蹈诱惑;第三步,江边捕蛇。这三步互相关联,缺一不可。先通过歌厅舞池,让‘龙虎豹’放松警惕,大意麻痹起来,我们再采取行动,突然袭击,一网打尽。”黄琼英说:“非常感谢大家,今天中午,酒店准备了一桌席。我已经告诉孙云,把您两位同事留下了,大家一起吃个便饭。”潘建翔说:“丁教授暂时不回来,排练探戈没人。”符雅妹说:“你就请高小芬,每天晚上,在丁兰家,跳舞,浇花,喂猫,并且告诉她,看她快不快点回来。”王桃哈哈一笑,说:“你这不是引蛇出洞,这是什么计啊?”苏嫚上了一句:“调虎离山,调丁兰,离三亚。”大家一听,都哈哈大笑起来。

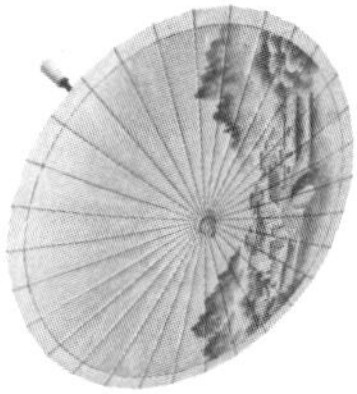

贰拾捌章　诡鞭

海甸岛，名为岛，实则与市区仅一河之隔，岛而不孤。住在海甸岛的居民较少，并无住在岛屿的感觉。鸭尾溪，仅是海甸岛内的一条小河流，由东向西入海。小河的两岸，便是高低楼舍，市井街衢。仝坤住在鸭尾溪畔一个别墅区里，与庞道中住的那幢别墅，抬眼望去不过相隔百米。夜间，若站在别墅三楼的阳台上，都可看见彼此窗户亮着的灯光，偶见人影闪忽，相望而不相闻。住在这里，月明星稀之时，形只影单之日，抚歌一曲，离人妆镜，江水流春，落月摇情，体会春江花月夜的意境，确有天涯明月的思念，碣石潇湘的感慨，春半不归的幽怨，从而向往着那江边的桨声灯影，前去询问谁家今日扁舟子，何处相思明月楼了。

今天上午，在海南万铁公司开会时，苏嫚提出开店捕蛇一举两得，事先并没有与仝坤商量，仝坤听后吃惊不小，仝坤想着，林海雪原歌舞厅开业不到半年，再去开个海鲜大排档，还不是像王桃开的饭店卖北京烤鸭，那有赵师傅内行管理，饭店开得滴水不漏，赚得盆满钵满。而做海鲜上的生意，若不是当地

人，活鱼鲜虾，行情价格，进货渠道，养殖存放，一概都不清楚，不单是说说而已。但是，苏嫚是仝坤的心肝宝贝，两个人年龄悬殊十二岁，平时仝坤对苏嫚是言听计从。仝坤出身高干家庭，“文革”后期父亲赋闲在家，口头上常说的一句话，报纸说啥咱说啥，老婆骂谁我骂谁，方可保证家庭平安，才能无风无浪，鸡犬不惊。

今夜，鸭尾溪畔灯火阑珊，仝坤仍然酣睡未醒。苏嫚站在三楼阳台上，看到庞道中的那幢别墅，漆黑一片没有灯光。夏瑾弹的是钢琴，平时夜阑人静之时，小区的人能听到隐约的琴声。苏嫚判断，今晚庞道中和夏瑾不在家。苏嫚转回房间，找二楼房门的钥匙，准备下楼去。她和仝坤都住在三楼，各住一个套间，俩人生活习惯不一样，仝坤抽烟喝酒打呼噜，苏嫚只能单独住一屋，这也是互相的尊重。受仝坤影响，苏嫚偶尔抽抽烟，也仅是解闷而已。

虽说男人三十一朵花，可毕竟大了十几岁，老夫少妻的日子，总得互相体谅包容，所谓的代沟，总是难以逾越的。

别墅二楼，有三个房间。三个房间都用防盗门紧锁着，这是收藏文物的地方。仝坤和苏嫚前段时间，把在太原和深圳收藏的文物，大部分运到海口。在河南郑州苏嫚父母家里，还收藏了一部分。仝坤对外人讲，苏嫚是他的秘书，其实两人明铺夜盖，早已是夫妻关系了，只是因为东奔西跑，没有举行婚礼而已。苏嫚父母也同意这门婚事，虽然仝坤年纪大一点，只要女儿不嫌弃，老两口也不反对。女婿大一些，懂得心疼人就行。

仝坤对苏嫚真是百依百顺，苏嫚若说炭是白的，仝坤会说烧成灰就是白的了。今天中午，在明泰大酒店喝酒，四位女士只喝香槟。三位男士只喝白酒。张根和潘建翔都比仝坤酒量大，两瓶茅台喝了个精光。把白酒喝了，又喝了一箱啤酒，每人四瓶，三位都有醉意，张根和潘建翔都大着舌头开始吹牛。张根说让黄琼英、王桃放心，活捉“龙虎豹”，全包在他一人身上了。潘建翔一门心思只想丁兰，酒后吐真言，非丁兰不娶，四位女士鼓励他，跳舞，浇花，喂猫，无私地奉献，男人追女人，只要下功夫，没有不成功的。仝坤却是真的醉了，回家的路上，苏嫚开着车，仝坤坐在副驾驶座位上，左摇右晃，舌头不听使唤，说苏嫚胆子小，自私自利，不同意他的意见，只有在林海雪原歌舞厅，才能瓮中捉鳖，活捉“龙虎豹”，跑到南渡江边，人早跑得无影无踪了。仝坤唠唠叨叨，说个不停，苏嫚一直不吭声。回到鸭尾溪别墅的家，把仝坤扶上三楼，一人睡去，一直睡到现在，还没有醒过来。苏嫚想，如果把“龙虎豹”也喝成这个样子，那事情就好办多了。苏嫚一边想，一边开了门锁，进入二楼的一个房间里。

苏嫚进屋开灯，拉严窗帘。二楼这个大房间，有五六十平方米，外面还有一个大阳台，阳台用大方孔钢丝网封闭。住别墅最大的弊端就是蚊子多，推拉的玻璃窗，隔一层纱窗就能挡蚊子。房间里，凡靠墙壁的地方，摆满探手高的双门三门靠木色立柜，有十几个并立着，而且门门上锁，乍一看，看不出这个房间的特异之处。

当把这十几个柜门用钥匙打开时，便令人大吃一惊，在每个柜子里面，一层层的木隔板上，摆放着各式各样的古董。这个房间的文物，有一个特点，大多数是非金属的，有文房四宝、陶瓷玉器、芒杖伞扇、木雕石刻、琴棋书画、锦帽貂裘、饰奁装镜，何止千百种。这些古董，有几件是苏嫚的最爱，那就是一把琵琶、一张古琴和一面铜镜。

苏嫚从一个柜子里拿出了这面铜镜。铜镜背面绿锈斑斑，正面虽光滑一些，也是金属一块，巴掌大小。这是一面唐代菱花鸟兽纹铜镜。铜镜把镜面打磨抛光，要经过复杂的工艺流程，古代专门有从事这种行业的。她这面镜子，仝坤号称是二十世纪八十年代，有一次在西安买来的。苏嫚想，谁知道是哪儿来的。仝坤与苏嫚相识以前，一直从事文物收藏，仝坤对收藏品的来龙去脉，一直讳莫如深从不示人，大概有过盗墓经历的不便深究说明。上古人类，只有从平静清澈的水面，才可以看到自己的影子，颜面容貌，凡细微之处，难有自知之明。铜加锡为青铜，抛光涂银发明了镜子，人类自己照认自己，大概是长什么样子。苏嫚又想，春秋战国时，西施常在河边浣纱，其目的不一定为了浣纱，八成是孤芳自赏，想从水影里看自己的容颜，她可能搞不懂自己究竟美在何处，怎么能迷倒众人。有了镜子，这个问题解决了。所以，越是漂亮的女人越喜欢照镜子，苏嫚就是。看来美女与镜子，是天生的金玉良缘。至于传说的照妖镜之类，纯粹胡乱编造的。苏嫚喜欢这面镜子，是从文物的角度来看的，从时间、空间、工艺、故事，各个方面来衡量，苏嫚上大

学专业是考古,她知道一件古董的价值。手捧唐代古镜,苏嫚想,是不是杨贵妃用过这种镜子呢。宰相魏徵说:以铜为镜,可以正衣冠;以古为镜,可以见兴替;以人为镜,可以知得失。皇帝李世民,把魏徵当作了一面镜子。

这是一把古琴,一把琵琶。这两件是仝坤派人从郑州运来的。从创办林海雪原歌舞厅开始,苏嫚就念叨着这两件乐器,仝坤说运来可以,还得有会弹的人。林海雪原歌舞厅开得很成功。前些日子,苏嫚自己学着弹琴。这两件文物价值很高,让别人弹琴万一损坏了怎么办。两个人不大懂得乐器,都想弹古琴,不想弹琵琶,认为弹古琴高雅,高山流水阳春白雪。而弹琵琶是民间之乐下里巴人。苏嫚说,乐器一样一件,只能各选一种,两人于是就用三个铜钱占卜,正面多的是古琴,仝坤一卜,三个阳爻,苏嫚只能弹琵琶,仝坤得意洋洋弹古琴。仝坤弹琴,诸葛亮空城计的架势,弹出来的却是弹棉花的声音,苏嫚一听就笑。想去海南大学请个老师,家里文物外露又不方便。而苏嫚看着录像曲谱,三个月学习下来,一把琵琶,挑拨捻拢,各种技法,已经弹得有声有色。仝坤不想弹古琴了,说琵琶容易古琴难。换一换,苏嫚弹古琴。仝坤说古琴是君子,弹的姿势便可见一斑,整衣端坐,净手焚香,不即不离,十指连心,君子之交,情寄琴中,文静优雅,天籁之声,伯牙子期,蔡邕孔明,十面埋伏,流水知音。而弹琵琶就不一样了,你一看那姿势,抱在怀里,卿卿我我,低眉搔首,猥亵之态。所以弹古琴好些,弹琵琶不好。苏嫚知道仝坤之意,仝坤想学弹琵琶了,故意说弹琵

琶的坏话。苏嫚知道仝坤的意思,她又开始学弹古琴了。有了弹琵琶的功底,弹古琴学得也快,又几个月下来,琴声幽幽,岁月悠悠,弹奏一曲,竟然有悲古悯今之意,穿越时空之音。仝坤愕然。

苏嫚把立柜门一一开锁。这个柜子里,摆放的全是首饰,拿拿这件金钗,看看那件玉镯,动动这件花钿,摸摸那一件步摇。钗头凤、白玉镯、金步摇、蝶恋花。这是一顶凤冠,金光闪耀,富丽堂皇,花团锦簇,色彩艳丽,连珠缀宝,镶翡叠翠,披金挂银,衔蕊含蕾,绿翅红翎,云叶博鬓,九龙九凤,龙腾凤翔,珍珠三千,宝石百颗。端起来,戴头上,沉重。这是一顶皇后娘娘的凤冠,来路不明,苏嫚把这顶凤冠戴在头上,正准备到卫生间照镜子,听着楼梯响,知是仝坤下楼来了。

仝坤推门进来,一看苏嫚戴着凤冠,哈哈一笑:“哟,像个皇后娘娘,不错,不错。今天喝醉了,老婆,那两家伙,酒量那么大,下一回,让吴汉章来对付他们,看他高家庄的地道,能灌多少水。”苏嫚说:“你的地道不行,就少喝一点,你看看你,整整睡了六个多小时,还胡说八道。”仝坤问:“我胡说什么了?”苏嫚说:“说我胆子小,不敢在歌厅抓‘龙虎豹’。”仝坤说:“对对对,老婆高见,在‘林海雪原’抓罪犯,万一开枪打死人,这歌舞厅就得关门,人都怕鬼。”苏嫚说:“不用说打死人,人知道那里有坏人,也都不敢去了。”仝坤说:“开始没想那么多,你那么一说,我认为说得对,老婆是我的诸葛亮。”苏嫚说:“去你的,少戴高帽子,刚想弹琴,怕吵醒你,今后少喝点,酒是人家的,命是你自

己的。”仝坤点头哈腰说：“是是是，娘娘说得对，这凤冠戴你头上，武则天，皇太后！”苏嫚说：“我有那么厉害吗？”仝坤说：“有知识的皇太后。可以弹琴了，春江花月夜。弹一曲。”苏嫚说：“我倒杯水，你多喝点水，白糖水，解解酒，看看你，眼睛红红的。”苏嫚从头上摘下凤冠，噔噔噔上楼倒水去了。仝坤从柜子里取出古琴，放在靠窗户的桌子上，一只手，七根弦，粗指头，拨弄几声，弹棉花的声音。

这是一张焦尾琴，琴的来历不凡，为中国四大名琴之一，相传为汉代蔡邕用焦桐木雕制。此琴颇多传奇，从宫廷到民间，历时近两千年，据说三百多年前已经散失。现世之焦尾琴都是仿制品。不知这张是正品还是赝品，仝坤只说是个宝贝，却从未告诉苏嫚，此琴从何而来。

苏嫚拿着一杯水下楼。仝坤舌干口渴，把一杯白糖水一口气喝光了。仝坤酒醒了，眉开眼笑的样子。他说：“小娘子，你学会弹古琴了，我考你个问题，是脑筋急转弯。”苏嫚说：“什么问题，这么神秘的。”仝坤说：“想当年，三国时的马谡失街亭，司马懿率十五万大军，汹汹杀来围住西城。诸葛亮在城内只有两千人马。于是乎，诸葛亮上演一出空城计，他端坐于城楼之上，一张古琴，一个小童，城门洞开，几个老兵，清扫街道。司马懿看见这种阵势，怕中了埋伏，慌忙弃城而逃。”苏嫚说：“你问的是什么问题啊？”仝坤说：“请问小娘子，诸葛亮，他坐在城门楼上，弹的是什么曲子？”

仝坤问的这个问题，确实是个问题。

苏嫚迟疑了一会儿，说："谁知道是什么曲子，是不是十面埋伏？"仝坤哈哈一笑说："这是常人的思维。人们想着，诸葛亮镇定自若不慌不乱，一定是通过弹琴告诉司马懿，这城里城外有伏兵，你敢不敢进来试一试？但又不能打电话说，当时也没有电话，也不能站在城墙上喊话，只能是斗心眼儿。所以人们认为，诸葛亮弹的曲子，一定是十面埋伏。韩信打败项羽，吓唬司马懿。其实，人都想错了。"苏嫚眼睛忽闪忽闪，想着仝坤表面粗鲁，内心里却是精明，怎么他能思考这些问题。"你说，诸葛亮弹什么曲子？总不是春江花月夜，也不是游击队之歌，哈哈。"苏嫚打趣地说。仝坤说："娘子，我经过深入研究，自成一家之言，我认为孔明弹的这曲子是《广陵散》。"苏嫚正色问："为什么？"仝坤说："我们常读《史纪》《刺客列传》，聂政为严仲子报仇，刺韩相侠累，忠肝侠胆，英勇悲壮。郭沫若先生创作了《棠棣之花》，都讲的是这个故事。琴曲《广陵散》，也是以这个故事做蓝本，《广陵散》从战国至秦汉，在民间广为流传，历史上弹此曲最出名的，是魏晋时期的嵇康，竹林七贤之一，和那个能喝酒的阮籍都是好朋友。嵇康这些人，文人自负，喝酒纵歌，妄议傲上，被司马昭一气之下杀了。据说，当时有三千太学生集体上疏，也没救回他一命。他在临刑前，念念不忘，说要弹弹琴。刑场上，面对大众，抚了一曲《广陵散》，山河悲恸，绝响千古。不过，琴曲《广陵散》刺客聂政的故事，与《史记》里的故事不一致。《广陵散》说，聂政刺杀的是韩王。聂政父亲是个铁匠，为韩王造剑违约，没有按时交工，被韩王所杀。聂政替

父报仇，自毁其容，入山学琴，历时十年，得其真传。学成之后，街市卖艺，因被韩王召入宫中，他趁机从琴中取出匕首，刺杀成功。聂政被斩于市，暴尸街头，竟无人识。其母闻讯，前来认子，得以彰显其名。这个故事与司马迁说的聂政不一致。总之，《广陵散》与刺客，与臣杀君，与血腥，与仇恨，与侠义，与嵇康，与司马父子有些关系。诸葛亮弹琴，用空城计，司马懿何等聪明，他表面上弃城而逃，实际上是故意放诸葛亮一马，不是吗？"

听仝坤这么一讲，苏嫚仍不明白，她说："你少卖关子，这么好的机会，千载难逢，为什么要放过诸葛亮？"仝坤接着说："这你就不懂了，司马懿不仅是军事家，更是政治家。司马父子，昼思夜梦，想取代曹魏政权，当时，时机未熟，与诸葛亮的仗，还得继续打，打打停停，拖延时间，一诸一马，心里都明白，谁把谁消灭了，自己也就没事了，解甲归田，这是最好的结果，往往不得善终。"苏嫚理解了仝坤的意思，她说："那为什么偏要弹《广陵散》呢？"仝坤说："诸葛孔明，前知五百年，后知五百年，所谓司马昭之心，路人皆知，诸葛亮岂能不知，曹魏政权后继乏人，司马氏如狼似虎，篡位夺权是迟早的事。因此，他弹一曲《广陵散》，用琴声琴语告诉司马懿，你们散了吧，回去吧，你把我活捉了，你们司马今后不值钱了，说不定曹魏派出刺客，一夜之间杀了你全家，因为你一家子太厉害了，你把诸葛孔明都灭了，曹操后代一家子，哪里是你的对手，若要找上三五个聂政，你司马懿父子，还不是韩王和韩相侠累的下场吗？所以，司马懿听诸葛亮弹琴，这么一弹一说，大惊失色，浑身出汗，拨转马头，带着儿

子，十五万军马，立刻跑得无影无踪了。这就是所谓的空城计。”

仝坤讲空城计，讲诸葛亮城门楼弹琴，讲《广陵散》曲，自编自导，别出心裁，苏嫚听着新鲜。苏嫚看着仝坤，上下打量，不认识似的，她笑着说：“怎么越醉酒，你的脑子越清楚了，居然知道空城计，知道城楼上弹琴，还知道弹什么曲子。作者罗贯中也不知道弹的什么曲子，只让读者猜。”仝坤也笑，说：“罗贯中是咱山西老乡，他是作家，不是哲学家，也不是政治家。《三国演义》我最喜欢看。诸葛亮城楼上弹什么曲子，这个问题没人多想，人们认为这是装装样子，壮壮胆子，故作镇静，掩盖心虚，蒙骗司马懿。其实，这只是表面现象，问题没有看透。我个人认为，诸葛弹琴司马听，一家天下三家分，那分明是借助于琴声，二人在做心灵上的对话，司马懿他能听懂了。”苏嫚说：“我知道了，诸葛弹琴，还弹了一句。”仝坤问道：“弹了一句什么？”苏嫚说：“今日活捉诸葛亮，明天没有好下场。”二人哈哈笑了起来。

仝坤酒醒，精神倍增，兴趣盎然，他说：“小娘子，看看我那些古董去。”苏嫚说：“你那些东西，海南岛湿度大，时间长了，怕是全要生锈了。”两人关门上锁，又开了另一个房间门。

这个房间里，靠墙的柜子，有大有小，高低不一，都敞开着，所有藏品，多为金银铜铁。金属古董，大致分为兵器、货币和器物三大类。二人按照喜好保管，房间的文物是属于仝坤的。进入房间，像一个兵器库，摸摸看看，仝坤说：“脑筋急转弯，你猜，我最喜欢的是什么文物？”苏嫚嘿嘿一笑道：“知道，兵器。”仝

坤说:“哪种兵器?”苏嫚眨一下眼,不吭声了。苏嫚早就知道,仝坤喜欢收藏兵器,但是,十八般兵器,仝坤最喜欢哪一种,她就不晓得了。

这本来就不是一个问题,你仝坤又不是个武将,也没见你使用过任何兵器,谁知道你喜欢哪一种,还要人家脑筋急转弯,这就没有什么弯可转,不过,这句话是仝坤的口头禅,他经常让苏嫚脑筋急转弯。苏嫚说:“脑筋急转弯,转不动了,看看这些兵器,最笨的就是这根鞭,无锋无刃,还不及一根棍子呢,棍子还长一点。”仝坤却说:“哼哼,你可碰对了,告诉你吧,我最喜欢的就是,就是这根鞭。”苏嫚一愣神,心想,这是哪壶不开提哪壶,她问:“你为什么喜欢鞭?”

仝坤说:“说到鞭,娘子,你是学考古专业的,了解中国的历史,就鞭这个题目,可以写一篇博士论文。”苏嫚不以为然,说:“这是小题大做。”仝坤说:“非也。今年过了春节,我俩刚到海口,住海口宾馆,你记得吧,那天晚上,和李纪行、吴汉章、王桃在一起,我讲述‘文革’期间我的经历,当时讲到我的老师叫仲由,我把名字改成母亲姓叫仝坤,我问李纪行和吴汉章,我今后会从事什么职业,李纪行笑而不语,我觉得他猜不出来。林海雪原歌舞厅开业后,有一次我和吴汉章聊天,吴汉章说,李纪行是个神秘的人,你问这个问题时,他就知道你是盗墓,我说为什么?吴汉章说,他后来也问李纪行,是怎么猜出来的,李纪行则说,这是明显的嘛,‘仲由’二字,是个‘盗’字,‘仝坤’二字,是挖土,而且仝坤本姓路,是不是盗墓?我听吴汉章这么一

说，惊出一身冷汗，哈哈，我难道就是这个命啊，李纪行他也太厉害了。所以，这次万铁公司出事故，大概也有预感，他无能为力，所以去了美国，又让黄琼英和王桃找我，把这件事摆平处理好。李纪行也是我们的股东，从小和我一起玩儿，'文革'期间，我俩的父亲是对立的两派，其实都是互相乱斗，都受了迫害，'文革'以后都平了反。苏嫚，我还没有告诉过你，我为什么喜欢兵器。"

苏嫚说："大概男子汉都喜欢兵器。"仝坤说："No，因为，我父亲，就是制造兵器的。"苏嫚说："你父亲是老革命，制造过什么兵器？"仝坤说："走走走，上三楼，我们喝杯茶，抽支烟，我慢慢讲。"于是，二人熄灯锁门，携手上楼。

到了仝坤房间，里间睡觉，外间办公，有一百平方米。仝坤在外面烧水沏茶，苏嫚整理仝坤刚睡完的床铺。仝坤点了一支中华香烟，在外间来回走动，隔着室内门看着里间的苏嫚，她先整理了床被，又把床头柜上的烟灰缸，拿到卫生间清洗干净，衣服鞋袜，拾掇拾掇，书籍台灯，整齐利索，一切就绪。在外间的茶桌前，二人面对面坐下来，海南白沙绿茶，一人一杯，品咂不尽的浪漫情怀。苏嫚抿一口茶，说："你父亲造什么兵器了？"仝坤说："你知道吧，一九四一年底，八路军在太行山上，有一次非常著名的战役，叫黄崖洞保卫战。"苏嫚说："我记得大学时老师讲过，这次战役，是保卫八路军的一个兵工厂，非常有名。"仝坤说："我告诉你，我父亲就参加过那次战役。黄崖洞在山西黎城县北部的太行山上，建有八路军最大的一个兵工厂，建在

一个悬崖峭壁上，工厂的大门，就是一个洞口，抬头一线天，低头万丈渊，走羊肠小道，方才能到达，飞鸟绝迹，人迹罕至，一夫当关，万夫莫开。地势易守难攻，根本就没法攻。这个兵工厂，是日寇的眼中钉。那次战役，日军动用五千兵力，打了八天八夜，丢下一千多具尸体，我八路军伤亡一百六十多人，比例是六比一。此地山头都是垂直的，九十度坡度，进山的窄道上，到处是地雷阵，立体交叉工事，日军前面赶着羊群，后面爬着前进，也躲不过从暗处射出的子弹，和从天空落下的手榴弹。听说有一个战斗英雄，他一个人就扔了一千六百多颗手榴弹。”苏嫚听着听着笑了起来，她说：“不愧是兵工厂，有扔不完的手榴弹。那个时候，我们八路军缺的就是武器。”仝坤也笑，说：“那是特务团的一个战士，他一个人扔了一吨手榴弹。”

仝坤一边添茶，继续讲：“这个兵工厂，是彭德怀元帅、左权参谋长，从一九三八年开始，在太行山根据地千辛万苦筹建起来的。在抗日战争中，兵工厂发挥了巨大的作用，可以生产步枪、火炮、刺刀、手榴弹、地雷，每年能装备一个团。我父亲经常讲，打仗离不开武器。日本侵略中国，靠的是武器精良。所以，我从小就喜欢武器，我曾经用自行车链条、橡皮筋、木头，自己制成一把打火柴的手枪，那时候，平遥火柴凭票供应，家里的火柴全让我啪啪打光了，挨了我妈妈一顿打。”苏嫚说：“冷兵器十八般，细数百余种，那你为什么喜欢鞭，本来鞭是软的，怎么这个铁棒，也叫作鞭呢？”仝坤一笑说：“有文章可做了。以我个人的研究，把这种有棱节的兵器叫作鞭，是取了竹木的形

状。鞭，本来由革制成，革，是牲畜野兽的皮，没有毛的叫皮，有毛之皮叫裘，革的汉字形象，就是一部动画片。你看，它是草字头，廿，是兽头，中间口，是胸腔腹部，下边一横，是四肢或腿，中间一竖到底，是一把利刃刀，从上到下一刀切割下来，这是剥皮。整个字，是一个剖腹杀牲的血腥画面。”苏嫚说：“你讲得好可怕，都不敢认这个字了。”仝坤喝口茶，继续说道：“所以就有了革命这个词，说是日本人的外来语，日本武士道，切腹，革命，搞不懂。鞭字右边，是一‘便’字，说文解字讲，便为声旁，读音。鞭，是驱殴之意。并说还是一种官刑，殴人曰‘鞭人’。但古‘鞭’字，也写左革右更，中间无人，是为鞭。这就说不准了。中国汉字的演变，谁也说不清楚。望文生义，得意忘形，牵强附会，杜撰乱造，无中生有，各持己见。甚至有人说，鞭，人在革和更的中间躺着，被抽打。因为，鞭既是名词，也是动词。古有三个汉字：鞭、笞、箠。若按动词讲，鞭是官刑，用皮鞭抽打人，像现在的新加坡。笞，用竹板打奴隶，或打牲畜，比鞭子打得重。箠，现在写棰，是打牲畜。我小时候在山西雁北念书，阳高县的人，把拳头叫皮棰。”仝坤说着，拳头朝苏嫚一晃：“打你一皮棰。”苏嫚哈哈一笑说：“看来，这一个‘鞭’字，学问还真不少啊。”仝坤说：“是的，现在的‘鞭’字，一字多意，鞭炮，小些的炮叫鞭。牲畜和野兽的生殖器，也叫鞭，牛鞭、马鞭、驴鞭、狗鞭、虎鞭、鹿鞭，就是没叫人鞭。不知道谁起的名字，把这些器官都叫鞭了，好像叫鞭文明了一些，你说为什么把那玩意儿叫鞭呢？”

苏嫚说：“去你的，不知道。你那么喜欢鞭，原来有根源，怪

不得林海雪原歌舞厅的保安，不正正当当叫保安，都叫成鞭了，吴汉章叫吴鞭长，还自鸣得意，杨波副鞭长，下面是十八个人，表示十八般兵器，叫鞭员，或叫鞭士，开始没法称呼，那些人都笑，怎么起了这么个名字。把保安队叫成警鞭队，中国第一，世界无双，原来啊你喜欢鞭，怪不得吴汉章把自己叫鞭长时，你高兴得合不拢嘴。”仝坤说：“那是吴汉章自己想出来的，这叫英雄所见略同。吴汉章说，叫保安，不好听，像维持会，保长、保甲，以前的叫法。叫警长，自己不是警察，警方也不同意，黑猫警长？又不能叫队长，生产队长？所以，吴汉章自己取名字：鞭长，警鞭队，名字气派，无限联想，鞭，多好的东西呢。我一听哪，双手赞成，哈哈哈哈。”苏嫚憋着气，扑哧一笑说：“我知道了，凡能软能硬，能屈能伸的，就叫鞭。”仝坤接话说：“不完全，还有，能长能短，能大能小，能粗能细。”苏嫚说：“还不完全，还有能吃能喝，能补能壮，能生能养，能快能活，能欢能乐。”仝坤大笑道：“鞭的成语，一大串，投鞭断流、跃马扬鞭、鞭打快牛、鞭长莫及、快马加鞭，博士论文答辩，通过了。哈哈哈哈哈。”仝坤止住笑，用河南口音说：“娘子，你是河南的，鞭与我们山西有缘，所以山西人特别爱鞭，还有故事呢，想不想听？”苏嫚笑道：“啊呀呀，你这条鞭，还有完没完。”

仝坤又问苏嫚：“你说，为什么把小的炮仗叫鞭？”苏嫚怕听粗话，反问道：“你说，为什么？”仝坤点了一支烟，吸了一口，不紧不慢，说：“这个嘛……”他没说下文了，用手向大腿“啪”地一拍：“皮鞭打人，啪的一声，竹板笞畜，啪啪的声音，小炮一

炸，噼里啪啦响，所以把小炮叫鞭。”苏嫚点头说：“可信。山西人爱鞭，怎么讲法？”仝坤说：“隋唐时期，尉迟恭，山西朔州人，使鞭。过大年的时候，那个供着的门神，就是尉迟恭。所以唐朝以来，山西的武将，以尉迟恭为榜样，都爱鞭。最出名的，是北宋时期的呼延赞，太原人，他的孙子，水浒人物，双鞭呼延灼。我以为，十八般兵器，以鞭为首，排名第一。”苏嫚迟疑了一下，说：“武器没法排名，其杀伤力大小，与其使用者有关。”

仝坤说：“兵器的杀伤力，有各种因素，不可一概而论，刀枪锋利，不透盾甲，鞭锏无刃，力可碎之。所以说，我以为，兵器以鞭为首，首先，鞭尊贵，试想着，如果尉迟恭的手里，提着一把明晃晃的大刀，站在你大门口当门神，你是不是觉得有些不妥，为什么呢？因为人的感觉，联想用刀杀人，刽子手，鲜血淋淋。而手里拿着鞭，甚至靠在肩上，是不是感觉要温和一些，使人有安全感。即使把大片刀靠在肩膀上，那也是刽子手的模样，令人不寒而栗。所以门神的兵器选择很重要，不能选择双手执大片刀的。尉迟恭能成为门神，与他的兵器有很大关系。”苏嫚用心听着，眨眼想，问说：“你这套理论，闻所未闻。请问仝老总，那三国关云长，手拿大片刀，就选不上了？”仝坤一听，一时语塞，又抽烟，又喝茶，仝坤想，这下说漏嘴了，关云长、关羽、关老爷，他为什么不使用鞭呢？他想起来了，说：“关云长，使青龙偃月刀，平时一般不用，为什么他让周仓一直扛着，跟在赤兔马后边，就是因为他觉得这刀杀人，拿在手里，不仁不义的，非忠义之士所为，其实他的腰上，还有一条短钢鞭，没人注意而已。”

苏嫚一听,马上反驳说:“你胡说什么呀,哪本书上说过,关云长还有一条钢鞭呢?”仝坤也不争辩,说:“娘子知不知道,中国最早来海南的那个大官是谁?”苏嫚说:“脑筋不转弯了,跟不上你胡诌乱编。”仝坤说:“想一想,他也是我们山西人,和我一个姓。”苏嫚说:“西汉大将,伏波将军路博德。”仝坤说:“对对对,我的老祖宗,他用的兵器……”苏嫚说:“别说了,鞭!”

仝坤今天睡了一个下午,酒醒之后精神焕发。他喋喋不休兴致勃勃。仝坤说:“说鞭道鞭,鞭辟入里。其实,现在的鞭,皮的木的,铜的铁的,长的短的,方的圆的,软的硬的,八连环九连环,何止三五十种。古有霸王鞭,民间的艺术。还有打王鞭,上打昏君,下打佞臣。殷商闻太师、唐代尉迟恭、宋朝八贤王,都是先王授柄,以鞭为尊。所以,我认为,鞭这种兵器,除了可以作为武器的一面,在骨子里还有着尊贵的一面。这些都是根据喜好,各人的理解而已,不一定准确了。”苏嫚说:“哈,你肚子里的学问,平时不多说,一喝酒都吐出来了,不错不错。谈点正经事,你说,这个‘春江花月夜’,这个大排档,怎么开啊,话说出去,就收不回来了。”

仝坤嘿嘿一笑,说:“请娘子放心,有我在此,不必担心,我已经想好了。”苏嫚说:“你快说,我听听。”仝坤说:“我们就用这根鞭。”苏嫚问:“哪根鞭啊?”仝坤说:“吴汉章鞭长啊,让杨波担任林海雪原歌舞厅警鞭队长,把吴汉章调出来,让他当‘春江花月夜’总经理,把那个大排档租下来,明天就开始筹备,争取用十天时间,正式开业,活捉‘龙虎豹’!”苏嫚想了想,双手

一拍，说："吴汉章，我看行，就这么着。"仝坤说："还有一个问题哪，小娘子，你猜猜什么问题。"苏嫚一皱眉说："你还有什么问题啊？"仝坤眨眼，诡笑，用右手的拇指，指着自己的鼻尖，说："我，用的是，什么兵器？"苏嫚一听，又看到仝坤挤眉弄眼的样子，她明白了。苏嫚站起身来，双手举起，粉拳半握，掌心向外，在仝坤肩上连续捶打起来，恰似按摩的一般的手法。仝坤也不躲避，双手一揽，把苏嫚抱在怀里。

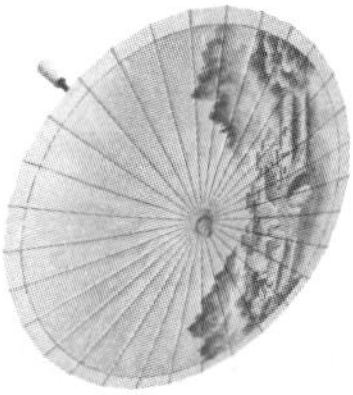

贰拾玖章　卧底

夜晚，海口银凤电影院。

吴汉章警鞭长旧地重游，前来寻找失落的爱情。当与美女韩月萍水相逢突然闯进他平静的生活，吴汉章像老树发了新芽，青春勃发地嫩嫩年轻了十岁。可是遗憾的是，韩月对他的态度忽冷忽热，不把他的感情当回事，这只小天鹅怎么喂也喂不熟。吴汉章到口的美食吃不上，徒增了几分饥饿感。在银凤影院的一个放映厅里，前后的座位也只有十几排，银幕上忽明忽暗，他坐在最后一排，虽然后一排比前一排高出很多，由于设计的是双人沙发，靠背高得看不见前面座位有没有人，他感觉放映厅里只有他一个人看电影。看看腕上的梅花表，已经十点半了，仍不见韩月来。昨天晚上在林海雪原歌舞厅，与韩月本来预约得好好的，怎么她就失约了呢？吴汉章等韩月等得心里急，没有心思看电影，只知道演的是港台片，嘿嘿哈哈打打闹闹的，根本不知道演的内容是什么。

突然放映厅灯光大亮，这部影片演完了，高挂的银屏上，一排排英汉字幕向屋顶上蹿，这个时候，放映厅的门口，一位披着

黑发的美女出现了,吴汉章定睛一看,是韩月。韩月站在门口不动,手里拿着一根冰棍,正用嘴吸吮着。

吴汉章忙站起来,高举着手招呼韩月过来,韩月站在门口仍然纹丝不动,一口一口吸着冰棍。吴汉章端正头上的黄帽子,从后面座位走下来,走到韩月面前,说:"韩月,为什么迟来?"韩月说:"我不想看电影。"吴汉章说:"那就逛逛街,我也不想看了。"于是,二人一前一后,出了银凤电影院。

海秀路的街头,灯火辉煌。南方城市的夜晚,是一天中最惬意的时光。当北方的冬季冰天雪地的时候,南方像北方的春秋之际,正是最舒适的季节。人们的衣着打扮更显得随意,有穿裤衩半袖衫的,也有穿秋衣秋裤的,毛衣皮衣则极为少见。

吴汉章和韩月进入了一家珠宝店,吴汉章站在柜台前,隔着玻璃看柜子里面的珍珠项链,他想着给韩月买一条。卖珠宝的是母女俩,女孩儿皮肤白皙,笑脸相迎。吴汉章选了一条珍珠,问:"老板娘,什么样儿的珍珠好?"女孩说:"您喜欢淡水的,还是海水的?"吴汉章问:"淡水珍珠好,还是海水珍珠好?"女孩儿说:"淡水珍珠淡水养的,海水珍珠海水养的,好不好取决于珍珠的质量,普遍讲,海水珍珠价格高些。"吴汉章问:"怎么能看出来是海水还是淡水呢?"女孩儿说:"从外观看,海水珍珠是圆形的,如足球,一贝产一颗,颜色多为米黄色。淡水珍珠大多是椭圆形的,橄榄球,一贝产多颗,还有扁平的,水滴状的,各种形状的都有。"吴汉章接着问:"淡水珍珠为什么那么多形状?"女孩儿说:"母贝里的珍珠多了,是多胞胎,互相挤压,

所以成形后形状各异。”吴汉章又问道:“怎么能看出来质量好坏呢?”女孩儿说:“珍珠讲究很多,形状、大小、光泽度、质地,等等,好珍珠,肉眼也能看出来。”女孩儿的母亲说:“老板,给你女儿买一条吧,这么漂亮的姑娘,戴一条多好看哪!”吴汉章一听,心想,我有这么老啊,糟心,他看了韩月一眼,韩月不动声色,吴汉章扒着柜台,指着玻璃柜子里面,说:“老板娘,你帮我选一条,要条海水的。”

珠宝店里,现在只有老板娘母女和吴汉章、韩月四个人,吴汉章、韩月坐在柜台外面的小木板凳上,货柜内外,买卖双方,正在一条条仔仔细细挑选珍珠项链呢。这时候,从门口进来一对男女,吴汉章回头一看,进来的两人高高的个子,男士牛仔休闲装,女士花色连衣裙,而且都戴着墨镜。吴汉章心想,黑夜戴墨镜,怕人认识了,鬼知道你是谁。吴汉章摘下自己头上戴的黄帽子,放在玻璃货柜上,一心一意地挑选珍珠项链,他一颗颗地看,看那小小珍珠上,有没有小小的瑕疵,找到的瑕疵越多,越好讨价还价。后面的两位来客站在货柜前,没有动静。吴汉章又扭头看,见这两人在笑,他吃了一惊,正迷茫着,这二人把墨镜摘下来了。“哈哈,羽飞、雅妹。”吴汉章一边叫喊一边站起来,忙问道:“你俩怎么来这儿了?”

符雅妹嘴快,说:“吴大哥,羽飞回来五六天了,你在这儿干吗呢?”吴汉章遮遮掩掩。符雅妹又说:“韩月,你还认识我吧,‘林海雪原’开业时,我俩一起看表演,我是花仙子的符雅妹。”此时的吴汉章,已经无地自容。珠宝店的灯光,照不见他脸红。

韩月镇静地说:“符姐,吴鞭长离开‘林海雪原’了,今天他休息,让我陪着给大嫂买串项链。”符雅妹问:“韩月,你现在干吗呢?”韩月说:“吴鞭长让我去当大堂经理。”符雅妹追问:“哪里的大堂经理?”韩月说:“春江花月夜海鲜店。”吴汉章听着,马上有话了,他说:“对对对,仝总让我筹备春江花月夜大排档,十天内必须开业,今天是第五天了,马上要招兵买马,没有大堂经理,我想让韩月担任,韩月正在考虑着呢。”刘羽飞说话了:“吴大哥,你让人家来,人家就来啊,又不是你的兵,能听你的调遣?你得高薪聘请。”吴汉章笑着说:“对对对,高薪聘请,高薪聘请,‘林海雪原’那些保安,没有多少文化,哪能与韩月相比。”四个人你一言我一语,东一句西一句,珍珠店的母女俩,听不懂顾客说什么事,急着要卖她的珍珠项链,老板娘忙插话说:“这位大哥就是大老板,看这黄帽子戴的,是部队转业干部了。”吴汉章忙说:“老板娘,给个名片,今天有事了,下次一定来,给我老婆买条好项链。”吴汉章站起身,第一个逃离出店。韩月、刘羽飞、符雅妹,跟着吴汉章来到大街上。

马路对面,就是百花仙子美发店。四人登台阶上了天桥,桥上有许多摊贩。桥头有个盲人拉二胡,拉的曲子是《二泉映月》,音调响亮,舒缓悠长,婉转凄凉,与这个喧嚣闹市不合拍。看那桥面上,跳蚤市场,卖首饰的,卖袜子的,卖化妆品的,卖甘蔗的,卖手工艺品的,卖书刊的,刻印章的,擦皮鞋的,五花八门。这些小商贩,一个箩筐,一个提包,一块儿布,地上一铺,就是一个摊位。吆喝着,招呼着,推搡着,来来往往的人。符雅妹

说:“吴大哥,你来过吗? 这儿是跳蚤市场。卖啥的都有。”吴汉章傻傻地问:“呀,海南还有卖跳蚤的吗?”韩月一听,笑道:“卖小商品的,没固定摊位,就叫跳蚤市场呀。”

四人刚一下桥,忽然听见有人喊:“雅妹姐,雅妹姐。”符雅妹一看,见一个女孩儿跑过来了。“哎,何花!”符雅妹正答应着,女孩子已经跑到跟前了。“雅妹姐,快快,那四个人,到射击场了,我到店找,你不在,我得赶回,射击场。”何花气喘吁吁。符雅妹说:“何花,你知道那个司机,就是最年轻的那个,他叫什么名字,是干什么的?”这个女孩叫何花,是几个月前认识的,是符雅妹的文昌老乡。何花说:“我问了几个同事,他们说,这个司机外地的,来的时间不长,听他们称呼姓申,别的我就不知道了。”何花说:“雅妹姐,我回去了。”何花一摆手,朝着鸿福大酒店的方向,立即跑得无影无踪了。

符雅妹说:“我们都到百花仙子,商量一下怎么办。”韩月说:“雅妹姐,你们有事,我回去吧。”符雅妹说:“韩月,我们都是好朋友,吴大哥到了春江花月夜,不是还想聘请你当经理吗?”吴汉章说:“对对对,韩月别走,我派车送你,到雅妹店里坐一会儿。”

百花仙子美发店,除了美发美容外,还有了洗脚按摩,半夜三点才下班。四人进了店,见有三五顾客,店里工作人员,闲着没事,坐在沙发上聊天。四人进了经理办公室,符雅妹就在这儿办公,刘羽飞虽然不在,她把这个店打理得井井有条,生意越来越好。

在经理办公室的墙上，挂着李纪行赠送的书法，《念奴娇·人面》。吴汉章边看边念："蛰蛇口里，节雷期，龙江春吹绿蝉。头上分剃，银发前，须长刀歪赤面。剪簪像镜，钩钗眸眉，顾盼只首悬。抬手留下，白老横泪青斑……"吴汉章念完，看到下面一排排的数字，第一排数字是：2305587631763。他问道："雅妹，李纪行这诗，说是叫寄数词，一个字对应一个数，你说，第一句，'蛰蛇口里'四个字，对应'2305'，为什么？"符雅妹说："我也不十分清楚，李主任讲，蛰是2，惊蛰，在农历二月，还说蛰字，简体汉字是十二画，十二减十余二，所以蛰含2。"吴汉章又问道："那3呢？"符雅妹说："蛇与3谐音，3有头有尾，弯曲如蛇。"吴汉章又问："那零呢？"符雅妹说："你张开口，不就是个零吗？零，0，是个口字，好理解。"吴汉章追问："那个5呢？数字5与里有什么关系？"

符雅妹说："李主任讲，人们常说，三乡五里，500米是一里路，古代五户为一邻，五邻为一里，里与5有关，所以里含5，李主任还讲，九宫格，河图洛书，5在中间，最里面，都是里，里与5，有关系。"吴汉章听罢，大跌眼镜，大声说："啊呀呀，雅妹，李主任送的这首词，你成了大学问家了，这李纪行，哪来的歪门邪道，明明是汉字，还含一个数，牵强附会的，谁能理解啊！"刘羽飞插话了："这首词挂在这里，来的客人一看就问，雅妹不知解释多少遍了。吴大哥，我们商量正事，'龙虎豹'到了鸿福大酒店，地下一层就是射击场，是不是去侦查一下，我和雅妹连续四天了，每天晚上与何花接头，不见'龙虎豹'的踪影，今天是个

好机会，就在店里化装一下，他们不会认得出来，你是吴大侠，你说说，听你老前辈的意见。”刘羽飞会讲话，吴汉章一听，心里高兴，来了精神，说：“你给仝坤打个电话，让他配合一下，奶奶的，我俩今晚就把‘龙虎豹’给抓了，怎么样？”符雅妹说：“不行不行，准备不好，打草惊蛇，‘龙虎豹’跑了，责任谁负？吴鞭长，我们还是先合计一下为好。”吴汉章一听，觉得他刚才的话说得有点儿冒失，他在沙发上坐下来，掏出红塔山香烟，点了一支，边抽烟边动脑子，四个人都沉默下来了。

仅用了十几分钟的时间，店里师傅就给四人化了装。吴汉章小胡子，戴一顶黑色礼帽，符雅妹给他找了一根手杖，卓别林的样子。刘羽飞，满头卷发圈套圈，连鬓胡子西洋人，绅士的风度。韩月本是披肩长发，略做梳理，像留学生，眉清目秀，当作翻译。符雅妹头扎发卡，脖系围巾，眼戴墨镜，贵妇模样。四人互相一看，竟然谁也不认识谁了。

四人离开美发店，来到街上。街道两旁路灯明亮，家家店铺灯光闪烁。刘羽飞与符雅妹是一对儿，手拉手并排走。吴汉章与韩月，一前一后，相跟着走。符雅妹说：“韩月啊，你勾着吴总的胳膊，做做样子，装得像一点嘛。”韩月上前，勾住吴汉章胳膊，吴汉章嘴上不说心里乐，心想与韩月认识四五个月了，连韩月的小手也没有捉过一下，追求美女追不到点子上，韩月不主动，吴汉章在女人面前，真是有心无胆。夜晚走在街上，毕竟不像白天，总觉得高低不平，吴汉章东一脚西一脚，深一脚浅一脚，借着黑暗掩盖，与韩月故意靠近，像喝醉酒似的，刘羽飞和

符雅妹跟在后边，相视而笑。

到了鸿福大酒店门口，符雅妹停下来不走了。她说：“你们在这儿别动，我到地下室，看那几个人在不在。”刘羽飞说：“那好，你速去速回。”雅妹一个人进了酒店，三人在外面观察动静。

符雅妹从酒店大厅走楼梯，下到负一层，来到射击馆门口，自动玻璃门开启，刚准备进入，何花从门里出来了，符雅妹忙摘下墨镜，两人回到走廊中间。何花看看左右无人，着急地说：“雅妹姐，那几个人正在表演哪。”符雅妹戴上墨镜，问道：“谁在表演？表演什么？”何花说：“我问清楚了，那个年青的，叫申雷，申请的申，地雷的雷。他会打枪，百发百中，里面十几个顾客，正看申雷打枪表演。”符雅妹说：“我俩也去看看，他们不会认出来的。”两人正说着，从楼梯口那边，闪出一个人来，符雅妹仔细一看，却是刘羽飞。刘羽飞快步走到近前，问道：“怎么样？人还在吗？”符雅妹说：“人在里面，何花说正表演打枪呢。”刘羽飞说：“走，进去看看，三人一起，有何花在，不会认出来的。”刘羽飞说着，从他西服口袋里掏出一副金边眼镜，轻轻戴上，文质彬彬的样子。

射击场里，蓝顶白墙，灯光明亮，有十几位男士，四五位女士，刘羽飞和符雅妹一眼认出了庞道中，庞道中坐在大沙发上，一边抽烟一边与旁边的二人讲话，判断此三人就是“龙虎豹”。其余在场的男女，个个仪表不凡，却一个也不认识。这些人中，只见一位年轻男子，二十四五岁的模样，平头，白衬衫，蓝色长裤，黑色皮腰带，身高一米七左右，俊眉朗目身健体硕，站在射

击靶道的一端,手里提着一支步枪。年轻男子站在打枪的位置,先背对远处的靶子,靶场是标准的设计,靶道这一端,距离靶子五十米,只见他一只手提枪,若无其事的样子,听着服务生说,可以开始了,只见他突然转身,并未有瞄准的动作,双手一抬,朝对面的靶子"啪"就是一枪,接着,他斜八字站立看,对着靶子,又连续"啪啪"两枪。打枪完毕,他不慌不忙把枪放在桌子上,向上一举右手,示意报告成绩。一位小姐跑步过去,在靶子上找子弹打的位置,只见那位小姐转过身,对着这面的人举起双手报告:"三发,都是十环。"站在这面的人,一阵躁动,发出惊讶之声。那位小姐马上跑回来了。

这时,另一位男服务生,又把两把黑亮亮的手枪放在桌子上。靶场里所有的人,都不吭声,看着这位神枪手的一举一动。只见他将两把手枪子弹推上膛,左手一把枪,右手一把枪,双手垂膝,枪口朝下,然后慢慢转过身来,后背对着远处的靶子,气定神闲,目光炯炯,突然转身,双枪并举,只听得"啪啪"两声枪响,他不慌不忙,把双枪放在桌子上,双手搓了两下,向大家鞠了一躬,又转身站在那里,看着远处的靶子,等待服务生的报告。这一次,那位男服务生跑了过去,低头先在刚才打的那个靶子上找,接着,又见他在旁边的一个靶子上找了一遍,找来找去,不见服务生报告成绩。大家判断,这次两枪打飞了,没有上靶,唏嘘之声,都泄了一口气。突然,只见对面那个服务生,双手高举,双脚跳起,跳了两跳,大声报出:"两发全中了,十环十环!"所有人都十分诧异,怎么回事?那服务生跑回来,说:"两

发子弹,都打在步枪的洞眼上了。”众人一阵惊呼:“神枪手啊,真了不起!”“哪里来的啊?”“奥运会冠军吧?”“许海峰啊!”这时候,刘羽飞和符雅妹乘人不注意,迅速离开射击馆,何花也跟着出来了。符雅妹从兜里掏钱,说:“何花,给你五百元,坐车打电话,今晚到此为止,明天,如果这几个人来,你给我打电话,好不好?”何花说:“雅妹姐,不用钱,你只管吩咐就是了。”符雅妹说:“不要客气,何花,这是为了办好事,我们先走了,随时保持联系。”符雅妹拉着刘羽飞,抬腿一阵风,从步行梯上一楼大厅,出了鸿福大酒店。

吴汉章在酒店附近,等刘羽飞和符雅妹,等得心里焦急不安。他与韩月站在酒店门口,找了个灯下黑的地方。他想,今夜虽然没看成电影,两人街角偎隅谈情说爱,也不失为一段风流韵事。可惜的是,没有买成珍珠项链。如果今天晚上,韩月戴上他买的珍珠项链,站在这里,那是另一种别样的情趣。他无话找话说,又不知道该说什么好,想韩月也是大学生,不管怎么样,总得抓住机会,抓紧时间,多说点风花雪月情话。吴汉章动脑子找话题,他说:“韩月,我在桂林洋养过鱼虾,悟出了一个道理,什么道理呢,这男人和女人,就像鱼和水,是鱼水关系,女人是水,男人就是那条鱼。”

韩月不语。吴汉章说:“鱼翔浅底,水养育了鱼,一上人的餐桌,水又煮了鱼。一百度的水温,把鱼煮熟了,吃了没了,了事。男人和女人,又是船长和船客的关系,男人是船老大,女人是坐船的客,船渡过客,短暂一程,还未深交,人去船空。望着

远去的背影,心生惆怅,懊悔不已。”韩月说:“你还是文武兼备啊,讲话很有哲理。我大学毕业,是学音乐的。”吴汉章想,原来韩月不露真相,他又说:“韩月啊,你对诚信怎么理解?”韩月说:“商人做生意,就要讲诚信啊。”吴汉章说:“说得对,我们晋商票号,辉煌了几百年,就讲一个诚信。诚信是个宝,人有诚信,走遍天下。做生意其实很简单,商品成千上万,交易了一个东西,这个特殊的商品,就是诚信。诚是说自心,信是对别人,人言可畏,一个‘人’字,一个‘言’字,加在一起,就是个‘信’字。说话不算数,不管是什么原因,就会失去信誉。”韩月说:“你什么意思啊,你是不是说,我没陪你看电影,就没有诚信啊,我不想坐在那里,黑咕隆咚的,你看那些人,搂搂抱抱的,我不喜欢。”吴汉章说:“你若昨天说,不想看电影,就可以了,我一个人在那里,等了三个小时啊。”韩月说:“你可以出来啊。”吴汉章说:“我不能出来啊,我必须等你。”韩月说:“那你也太死心眼了!”吴汉章说:“这是我的性格。”韩月说:“看来啊,我今天没陪你看电影,你心里生气了啊。”吴汉章笑笑说:“比如今晚上,我俩在这里等人,等不住了,走了算了,不辞而别,可以吗?”韩月说:“谁说不等啊。”吴汉章说:“韩月,信任,是非常重要的,是相互的,有因果的,所谓托孤寄命,就是这个道理……”这时,突然大哥大响了,吴汉章一接听,电话里说:“汉章,还没休息啊,明天中午,到个泡咖啡馆,喝酒吃烤鱼。”是仝坤的声音。吴汉章忙说:“好,好,好,好的。”吴汉章哈哈一笑,说:“韩月,仝总明天请客,嘿嘿。看,他俩出来了。”在灯光下,刘羽飞和符雅妹,手拉手,

翩翩然,从酒店门口出来了。

吴汉章拉着韩月的手,快速向酒店门口迎过去,四个人又聚在一起。吴汉章急着问:“雅妹,那几个人在不在?”符雅妹说:“在,每人手里一支枪,而且那个司机,名叫申雷,打枪百发百中,我们要快点报告。”吴汉章说:“刚才全总打电话,说明天中午,让我们都到个泡咖啡馆吃饭,是不是先向他报告一下?”符雅妹说:“吴大哥,你给全总再回个电话,说明情况,我向王桃姐报告。”这时,符雅妹忽然发现,何花正站在酒店门口。符雅妹边招手边喊了一声:“何花。”何花应声跑了过来。何花说:“雅妹姐,那四个人要走了,汽车在后花园停车场,你们去那儿等着,晚上没人注意你。从这儿向左,绕半圈过去,就是停车场。”符雅妹说:“何花,你赶快回吧,我们马上过去。”

四个人跑步到了后院一看,停车场有二十几辆车,不知道哪一辆是“龙虎豹”坐的。到目前为止,还不知道神枪手申雷与“龙虎豹”是个什么关系。四人分开两组,刘羽飞和符雅妹,站在停车场的出口一边,吴汉章和韩月站在停车场的最里面,等待“龙虎豹”出来。

停车场灯光暗暗的。这时,酒店的后门开了,走出来四个人,没错,是“龙虎豹”。这四个人并没有停留,直接从停车场的出口走到大街上去了。这个酒店的车走单行线,车从正面的门进来,从背面的门出去。吴汉章拉着韩月的手,快步流星尾追上去,刘羽飞和符雅妹,也早跟着那四个人出了街门口。在离出口不远处,早停着一辆黑色轿车,那四个人迅速上车,车一亮

灯,扬长而去。看来,车里边,还坐着一个人,这个人又是谁呢?吴汉章急得团团转,正在此时,一辆摩托车,吱一声停在近前,摩托车司机摘下头盔,问打不打的,吴汉章也不管韩月了,跨腿就坐了上车去。吴汉章说:“快快快,追前面那辆黑色车,我把皮包掉在那车上了。”摩托车一抖动,嘀嘀呜地一声叫,迅速向前冲去。刘羽飞也急了,说:“雅妹,你这里别动,我去追。”刘羽飞射箭一样,双脚生风,向前飞奔而去,比摩托车跑得还快。吴汉章和刘羽飞,一个乘着摩托前边跑,一个跟着摩托后边追,眼看追上那辆黑色轿车了。借助路灯,已经看得到轿车后的车牌号了。黑色轿车遇红灯,转弯的时候,吴汉章与摩的司机说:“师傅,再坐个人,付两人的车费,可不可以?”摩的司机一听高兴:“可以啊,坐三个人也没问题。”

摩托车一停,刘羽飞从后面跨了上去,抱着吴汉章的腰。摩托车跑在街道上,比汽车更灵活,比汽车跑得也快。黑色轿车前边加快了速度,摩托车也紧追不舍,为不被发现,吴汉章让摩托车保持适当的距离。这一追赶,从海府路追到和平路,又追过了和平桥,追到海甸岛五东路,车又向右转,一直追到南渡江边,黑色轿车才停了下来。

那四个人下了车,只见江岸边上,突然亮起几根光柱,原来有一辆汽艇早停靠在江边。只见那四个人上了汽艇,听得见汽艇“嘟嘟”发动的声音,汽艇从南向北,顺着河流的方向,徐徐向深海里开去,不多一会儿,就消失在黑暗中,无声无息了。那辆黑色轿车,并没有熄火,司机也没有下车,轿车掉转方向,飞

驰而去，眨眼间也无影无踪了。

已是夜深人静的时候，摩托车再也追不上汽车了。吴汉章这时回过神来，仔细观察江畔环境，原来这个地方，离春江花月夜大排档只有一箭之遥。这几天，他白天整天就在这里上班，招兵买马，筹备十二月十二日春江花月夜海鲜城正式开业。吴汉章和刘羽飞商量，先回百花仙子美发店，把情况报告了仝坤和王桃，然后再从长计议。

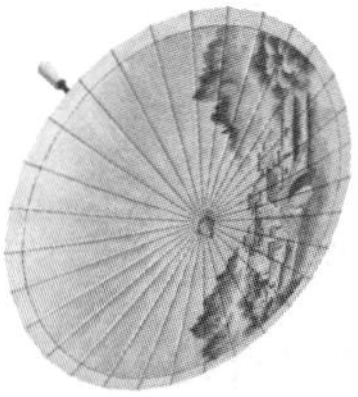

叁拾章　踩红

潘建翔晨起出门，车马轻遒，周身舒爽。爱情给了他力量。他开着车，哼着小曲儿，离海大，出南门，行驶在街上，感觉真好，阳光明媚。八点钟，还是市民早餐的时候。他路过那个大排档，车停路边，坐在车上，隔着玻璃，向外观望。他里里外外认认真真搜寻了一遍，仍没看见“龙虎豹”的人影。

他想着，今天上午，到鲜花港去买几盆鲜花，丁兰爱花。中午，仝坤请他去个泡咖啡馆吃烤鱼。下午，去“林海雪原”排练探戈。特别是今天晚上，他要早早回家，早早回。他心里盼着天黑，天早点儿黑，多好，他为什么盼天黑呢，天黑了，可以早一点儿回海南大学，丁教授，丁兰她，在家里等着他呢！

他开着车，心花怒放。今年的春节，他只身闯海南，说起来怕人笑话。许多人闯海南，是心里怀着梦想，为了事业的成功。而他，却是为了寻找一个人，荒唐不荒唐？而且煞费苦心，扮演成卖花人。李纪行和王桃那个小区的人，把他叫作花仙子。丁兰是找到了，他误以为丁兰另有新欢，原来却是一场误会。多亏了李主任、王桃姐心热，老乡帮老乡，才把差点丢失的爱情捡

了回来。

昨天晚上是难忘的日子。丁兰十点多才从三亚回来。丁兰陪伴客人到三亚旅游，走了六天。他潘建翔听符雅妹的调虎离山计，每天晚上，用座机给三亚湾冯总那个酒店打个电话，他把丁兰家里北京牌电视放大音量，故意让丁兰听得到，说陪高小芬排练探戈，高小芬又叫了一个女同学，叫郭小梅，是海大艺术系的舞王，山西的漂亮女孩子。电话里丁兰只是笑，说的是支持和鼓励的话。可惜的是枉费心机，丁兰心里有数。丁兰识破了潘建翔的伎俩，心里却是暖暖的，一个女人被男人追求，总是幸福快乐的。不管这个男人采取什么方式，笨拙的、愚蠢的、天真的、可笑的、一戳即破的伎俩，却是幸福的催化剂，催熟了一对恋人的甜蜜爱情。

丁兰深夜归来，潘建翔又是下厨擀面条，又是洗锅刷碗，又是喂猫又是浇花，又是洗衣服，又是烧洗澡水，俨然是一个成熟丈夫的无限温暖。其实，花是不要每天浇水的，丁兰走的那天浇水，昨晚上是第二次，潘建翔是卖花养花的花仙子，对花是很有研究的！

潘建翔想着，昨天晚上，丁兰第一次吻了他。他边开车，右手摸摸脸，脸上热乎乎的。如果丁兰有红唇唇膏，一定在右边的脸上印着个红圈儿。他不愿把这个红圈儿洗掉。那是个刻着爱情的章，他想这个章盖在脸上，就是爱情成功的象征。中午与仝总吃烤鱼的时候，大家一定会问，这个红圈是哪儿来的？他怎么回答呢？他会得意扬扬地假装遮掩，幸福的笑容挂在腮

帮子上。他昨晚上住在丁兰家，两室一厅的房子，丁兰住在次卧室，让他住在主卧室。主卧室是什么意思？

潘建翔从小到大，没有与一个女人共同住在一个家里，只有在自己父母家里时，家里还有弟弟和妹妹呢。昨晚，他正在厨房洗碗筷，丁兰悄悄进厨房来，他一扭头，碰上丁兰热辣的眼神，丁兰的两只妙嫩的手，一只搂着她的前胸，一只抱着他的后背，站在侧面，学舞蹈芭蕾的，天鹅舞的脚尖探起，一个深深的吻，热热的，湿湿的。转瞬即逝，丁兰返身回客厅，坐在沙发上，调电视节目，他却在厨房里不敢出来了。不是不敢，这突如其来的，这昼思夜梦的，企盼和追求，眼看着，一步步，变成了现实。这叫什么？受宠若惊，惊魂未定，神魂颠倒。

前面路口是红灯，潘建翔停下车来。他忽然有点不爽了。他想西方人为什么在大庭广众之下，从脸上吻来吻去，还左一下右一下地。中国人民正好相反，只是互相握手，古人说男女授受不亲，不知道什么意思，是只能给东西，身体不接触吗？搞不太清楚，老封建思想，他心里嘀咕着。半年前的那一次，那个法国男人，在校园里，与丁兰搂肩搭背的，难道也在脸上左亲右亲，奶奶的，想起来酸溜溜的，不过不要紧吧，那时，丁兰与你老潘还不认识呢，你发什么醋意？犯不着嘛。突然，汽车的后面，后面的汽车，一个劲地响喇叭，嘀嘀声不断，潘建翔急忙挂挡起步。他不敢胡思乱想了，一个心眼儿开车，直奔鲜花港而去。

鲜花港，在海口的东南方向，属南渡江海口段的上游，滨江的西面一侧，是去三亚的必经之路，在琼山县地界内，离海口市

中心有二十公里之遥。潘建翔春节期间卖鲜花，就是从这个地方买进的。此处花卉的品种繁多，批发价又新鲜，真正的鲜花。记得鲜花港里，有一家海鲜排档，打边炉吃海鲜火锅。老板是江西人，还是个女的，潘建翔还记得起模样儿，女人挺漂亮，却忘了姓甚名谁了。

潘建翔停车路边，从车后备厢里取出一把扇子，一个草帽，这个打扮有着纪念的意义。这个花园里，有他认识的许多花农。他把墨镜戴上，墨镜上面，挂着得意，而不忘形。他要寻找，寻找那个神秘的地方。他徜徉在花海中。

鲜花港，不是一个港口，而是一个花园。这个花园，阔有千亩之大。花农们把千亩花园，分割成三五百块花田。块块花田的边界，是田埂、道路和花棚。若鸟瞰这个花园，这是一块镶嵌在土地上的花团锦簇、彩绸云缎，美丽得让人心旷神怡。这片土地，被点缀得五光十色、七彩斑斓、百花争艳、万紫千红。你尽管穷尽所有的美丽动人的词汇来形容，恐怕也形容不了这个花的海洋、花的世界，这么多的赤橙黄绿青蓝紫聚集在一起，这么多的枝枝叶叶苞苞蕾蕾片片瓣瓣聚集在一起，给你带来视觉上的震撼是非同寻常的，你会庆幸你的明眸丽睐所能享受的视觉盛宴，你会怜悯那位《假如给我三天光明》的女性作者海伦·凯勒作为一个盲人失去视力的真正巨大的不幸。

曲径通幽处，饶有暗香来。潘建翔今天来踏绿踩红，是只买两种鲜花的。他早就想过，只买这两种，丁香和兰花。原因是，这花是他给情人丁兰买的。丁、兰，嗯，丁香、兰花，有象征性意

义。这两种花,他知道的,只在花神爷爷的花圃里才有,那儿的品种是最全最好的。花神爷爷,年逾七旬,银发飘飘,久居琼山,姓曾名鹄字满田,自比秋先,号灌田翁,老人家就住在这个花园里。花神爷爷,是在今年春节期间,潘建翔买花时认识的。老爷爷是民国初年生人,精通数理,谈吐儒雅。其他不详。

绕过一处假山后,是花神爷爷的园圃。篱笆围墙,门挂木牌,是名“灌园”。花园之中建有一屋,泥壁柴扉,挑檐高脊,是乃陋室草堂。若作禅堂寥房,在此修行养道,有香花弥漫,是个好去处。潘建翔观赏之际,忽然柴门大开,见一个十二三岁的小姑娘,从屋里出来了,小姑娘问道:“叔叔买花吗?”潘建翔说:“小妹,爷爷呢?”小姑娘说:“我爷爷吗,他下棋去了。”潘建翔问:“小妹,你叫什么名字啊,长得这么漂亮,爷爷到哪儿下棋了?”小姑娘回答说:“我叫曾小花,我爷爷和焦老师下棋去了。”潘建翔又问:“在哪儿下棋呢?”曾小花说:“在那边,从这儿向前,有个玫瑰园,焦老师,学校的数学老师,常和我爷爷下棋呢。”潘建翔看看手表,十点钟,心想时间还早着呢,去找找曾老先生吧,快一年没有见过面了。他说:“小花,我找你爷爷去,如果爷爷回来,就说有个潘叔叔找,可以吗?”曾小花点头说:“好的,潘叔叔。”

按照曾小花指的方向,潘建翔前去寻找玫瑰园。行走花丛中,慢慢地走,慢慢地看,慢慢地嗅,慢慢地想,他兴致勃勃。潘建翔想起大学时,同学们唱的台湾校园歌曲,《走在乡间的小路上》,他轻声哼唱起来:

走在乡间的小路上
暮归的老牛是我同伴
蓝天配朵夕阳在胸膛
缤纷的云彩是晚霞的衣裳
荷把锄头在肩上
牧童的歌声在荡漾
喔喔喔喔他们唱
还有一支短笛隐约在吹响
笑意写在脸上
哼一曲乡居小唱
任思绪在晚风中飞扬
多少落寞惆怅
都随晚风飘散
遗忘在乡间的小路上

潘建翔心情舒畅，心里想着，多少落寞惆怅都随晚风飘散了，这歌词写得确实好，因为暮归，要回家了。

他上午到此买花，就是为了晚上回家时，给丁兰一个惊喜。他并没有告诉丁兰，说他今天要去买花。人们常常互送鲜花，比如迎接贵宾，比如看望伤病，比如情人节礼物。但是，潘建翔认为，他为了找梦中情人丁兰，买花、卖花、送花、花晃子、花为媒、学习花、研究花、理解花，进而成为花仙子，真正是堪称一绝。完美，经典，而又风流。因为丁兰爱花，他也必须爱花，为了爱情，投其所好，爱好一致才叫爱情。这有点像周幽王，点

烽火戏诸侯，费那么大周折，为了博得美人一笑，为了爱情，开心一笑，一笑了之。其实古往今来，恋人为了爱情，做出许多傻事，令人啼笑皆非，却是人们津津乐道的故事。所以潘建翔认为，要有花的知识、花的学问、花的文化、花的内涵、花的修养。要学以致用、活学活用、学用结合。花的美丽动人，鲜花为谁而开，电影《冰山上的来客》唱道：花儿为什么这样红。电影《小花》也唱道：妹妹找哥泪花流，花开花落几春秋。前几年，电视连续剧《红楼梦》里的林黛玉，心里惆怅不高兴，荷锄挑个小花篮，干脆把花埋土里了，黛玉葬花，泪洒荒丘，千古风流，美艳得令那些文化人扼腕叫绝。试想想，你葬什么东西，能够有葬花葬得空灵、飘逸、潇洒、缠绵，那个花骨，花骨朵儿，花魂、花魄、花香、香奈儿、女儿香、女人花、醉花阴、镜花缘，没有意义，又有那么多的意义，葬花，让人觉得多情多义，多愁善感，情重如山。说有思想的人才去葬花呢，绝不会是黑旋风李逵，背着板斧哭哭啼啼去葬花的。潘建翔此时此刻，展开思想的翅膀，让青春闪射光芒，巧手编织美好的生活，金喉谱唱幸福的乐章。

他高兴地唱着歌，兴高采烈地，唱着走着，看着想着，人的性格不同，境遇不同，爱的花也不一样。陶渊明爱菊花，陆游咏梅，周敦颐爱莲，唐伯虎喜欢桃花，歌唱家蒋大为老师爱牡丹唱牡丹，啊啊牡丹。对啦，书法家王羲之爱兰花，所以写《兰亭集序》，与我老潘是知音。那么，还有谁爱丁香花呢？

人若爱花爱到极致，就饮花食花涂花抹花，以花为饭以花为药以花为茶以花为妆。其实想来，把花描写得最好的是李清

照，说花是绿肥红瘦，说人比黄花瘦，可见女人最懂花。更有一位杜秋娘说，有花堪折直须折，莫待无花空折枝，那是惜花人的感慨，花无百日红，更要多加珍惜。至于那些隐士文人，李渔唐寅之流，更多的是把花作为情人以寄托生死，但愿老死花酒间，不愿鞠躬车马前。人们常说，万紫千红中，四君子八香十二友，花中王花魁花皇后，均系世人喜爱而已，并赋予佳名。屈原的《离骚》，以花作喻，“扈江离与辟芷兮，纫秋兰以为佩。唯草木之零落兮，恐美人之迟暮。既滋兰之九畹兮，又树蕙之百亩。朝饮木兰之坠露兮，夕餐秋菊之落英”。佩花戴花嗅花踏花，醉花睡花恨花怨花，一篇《离骚》满纸花，而且多处说兰花，秋兰滋兰木兰幽兰。看来，兰花闻名久矣。却没有说丁香。不过这丁香很特别，树高枝大，开花儿的为母，不开花儿的为公，是两性花，花蕾花朵，美艳娇俏，香气袭人，观赏药用，双重价值。可是，潘建翔搞不清楚，为什么人们把这种花叫丁香？去问问花神爷爷曾老头子，他知也不知？花儿为谁开，邓丽君唱的，好花不常开，好景不常在，把情人女人比作花，所以要护花惜花。那么请问，天地之间，花的真正的情人是谁呢？花神爷爷他，知也不知？有一点潘建翔敢于肯定，花的梦中情人绝不是人。人怎么会是花的情人呢，花与人，同源不同类。大千世界，万事万物，同属自然，一枝一叶一菩提，一花一木一如来。人类会践踏花猥亵花的。说翻脸就翻脸。男人青楼妓院把玩，寻花问柳，寻欢作乐，有情却被无情恼，自己不圣不洁，往往嫁祸于人，花则悄声无语，任人去评说。所以花与人，特别是花与男人，男人绝

不是花的梦中情人。问问花神爷爷去。

不知这是谁的花圃,篱笆门口,有一尊木雕佛像。佛像似乎是观音菩萨,可是手里捏着一枝花。潘建翔想,这观音菩萨,手里应该是拿着杨柳枝啊,怎么这尊木雕,是拿着一枝花呢?按说释迦牟尼灵山说法,手里才是捏着一枝花,释迦拈花,迦叶微笑,此段公案,世人皆知。释迦牟尼站台弘法,涅槃妙心,不讲话,只把花拈了几下,千百僧众,不知其意,只有迦叶尊者,良马鞭影,微微一笑,就心领神会了。释迦佛祖为什么手里拿着一枝花,而不拿别的东西呢?这是千古疑题。这尊木佛,观世音手执一朵,这是入乡随俗,到了花园里,手里就应该拿枝花嘛,这是谁雕的作品啊?有创意。观世音菩萨一只手拿杨柳枝,据说另一只手还拿着白玉瓶和甘露水,这是什么意思呢?净瓶净水,洗尽障业?潘建翔想,不管怎么样,观音菩萨总是坐在莲花中间,莲花指,莲花座,佛与花都有关系的。想起来了,那莲花指,潘建翔学习舞蹈表演的时候,是要有兰花指的动作呢,莲花指与兰花指差不多,花与舞蹈也有关系。莲花指,大概就是佛指,直指人心,见性成佛。而兰花指者,讲究勾柔白瘦,古代男子的专利,风流倜傥,显露于指。现在,若非在舞台上,那可是个不男不女的动作,世代变迁,什么兰花指,俗不可耐,被人笑话。潘建翔还在想刚才那个问题,花的梦中情人是谁呢?

潘建翔走在花园里,泥土路面枝零叶落,宽宽窄窄高低不平,他被什么绊了一下,一个趔趄倒在地上。他不急着,坐起身来,摘下墨镜,左右观望。他突然看到,左边有一块小木牌,上

写“玫瑰园”三个字,字体的痕迹,淡淡的黑色,已不太真切。木牌挂在一株小树上。再向里看,五六十米的远处,一棵大树如伞盖,树上开满了红色的鲜花,那是一棵大木棉树,正值花季,冬天盛开,红火焰般的,灿烂像一只火凤凰,看着令人陶醉。木棉花开日,烽火烈焰,如炬如荼。落英缤纷时,凋而不萎,落地有声。说棉而不绵,英雄的本色。

潘建翔急忙站起来,拍拍身上的泥土,循路向木棉树走过去。大树下,有三个人围在一起。两老头面对面坐着下象棋,一位四十岁上下的男士站立旁边,看上几眼,又背起手来,来回走动。木棉树冠像一柄红色巨伞遮住了阳光。树下微风习习,备感凉爽。两老人聚精会神马踩车的时候,眼盯着棋盘上的紧张局势,谁也没有抬头理会潘建翔。站在旁边走动的男士,向潘建翔点了个头,笑了笑。

潘建翔观棋不语。

苍茫大地,棋局而已,我之观棋,亦若天之观我。《三国演义》有诗曰:苍天如圆盖,陆地似棋局。看这棋盘上,红棋的局面,处于明显优势。中原鏖战,炮火连天。车卒配合,马炮联动。攻伐凌厉,刀光剑影。一兵一卒,红缨在手。炮轰五路当头,马踏八面威风。曾老头执黑方,苦于败退防守,已然兵临城下,险象环生。执红棋者,白发美髯,眼明手快,迅速手起子落,分明是前车后炮,大喝将军一声,千钧一发之势,雷霆万钧之力。下步便是飞象支士,抽车拉马。这着妙招长驱直入,直捣黄龙,奇袭佯攻。黑棋形势,异常严峻,将困中宫,危在旦夕。红棋美髯

老头，指挥若定，眼中形势胸中策，从此江北无战事，他飘飘然坐不住了，又是要抽支烟，又是找打火机，似乎高瞻远瞩，心思根本不在棋局上了。从情绪上讲，故意显得豁达大度，输赢无所谓，以感染影响对方，巧妙地艺术地给对方心里施加压力，使其待擒服输。敦促劝降，口中虽不说，言外有深意。胜败乃兵家常事，不就是一盘棋吗？一盘棋也输不起啊？大丈夫能屈能伸嘛，不行了就认输吧，再来一盘嘛，节约点时间。这是所有弈者，在棋胜时表现的姿态。明明知道霸王别姬的滋味。美髯老头，忘乎所以地看着对方脸红脖子粗，头上冒汗心跳手颤，看着对手愁眉苦脸抓耳搔腮，束手无策坐以待毙，看着手下败将望棋兴叹，不甘失败渴望求和而又无可奈何的窘态，从而又暗自庆幸得意高兴窃喜快乐享受，获得了一时的满足和自豪感。

美髯老头发现了潘建翔正在观棋。“爷爷，爷爷。”一个声音飘过来，潘建翔扭头一看，是曾小花跑来了。曾老头听到喊声，如梦初醒，赶快脱离僵局。这一声喊叫，老头抓住了一根救命稻草，常将不死下和棋啊。曾小花来了，借口棋下不成了，曾爷爷不服输。曾爷爷这才发现，潘建翔站在一边笑，他吃了一惊：“呀，小潘，你怎么跑这儿来了？”潘建翔说：“曾爷爷，我是来找您的啊。”曾爷爷说：“谁告诉我在这儿哪？”潘建翔笑着说：“噢，那不是曾小花啊。”曾爷爷忙说：“来来来，我介绍一下，这位是陈湘陈老先生，湘江的湘，这位是焦桐老师，梧桐的桐，陈老先生的女婿，也是我的学生。”曾爷爷指着潘建翔说：“这位是潘建翔，北京来的大学生，我的老朋友了，快一年没见面了。

小潘，你回北京去了吗？”潘建翔说：“是的，爷爷，我回去一段时间，刚过来，今天来看看您，您不在灌园，听曾小花说，在玫瑰园下棋。”曾爷爷说：“闲磨时间，这不是，陈老先生下得好，下得我落花流水。”陈老先生也不谦虚，说：“曾老师，你会数学，不一定会下棋啊，数学是算不出我要走棋啊。”曾爷爷说：“来来来，下了一辈子棋，我考你们一个数学题，小学一年级的题，加减乘除，你们算一算，这中国象棋，红方黑方，各走一步，叫做一弈，一弈，可以走出多少个局面来？”焦桐问道：“曾老师，棋可以任意走吗？”曾爷爷说：“可以。先手第一步，可以打马，也可以上将。”焦桐说：“没有这样走棋的。也没有算过。有哪位棋手，第一步就打对方的马，那不让对方的车吃掉了吗？”曾老头说：“那也算一个局面，你只计算好了。”曾小花问说：“爷爷，我能不能算出来？”曾爷爷说：“能算啊，你试试，有多少个局面。”

陈湘老人、焦桐老师和曾小花三个人，围着棋盘算算术。潘建翔和曾爷爷聊天。潘建翔问道：“爷爷，这鲜花港，有没有兰花和丁香花？”曾爷爷不解其意，说：“有啊，你还要买花？”潘建翔说：“只买两种，丁香和兰花，一样只买一株。”

曾爷爷问：“你找的那位女朋友，找到了吗？”潘建翔不好意思了：“找到了，她叫丁兰，所以我今天买花，只买丁香和兰花。”曾爷爷笑了：“有意思，你怎么来的？”潘建翔说：“我只开了一辆轿车。”曾爷爷一举手比画，说：“拉不回去啊，丁香树又高又大，这样吧，你告诉我什么地方，我派人送过去。”潘建翔说：“爷爷，在海南大学教授楼，您下午六点左右，派人送到海

大，我在学校等着。”曾爷爷说：“那好，就这么办。”

三位做数学题的，算出一个数来，曾小花：“爷爷，爷爷，算出来了。”曾爷爷问道：“是多少个局面？”曾小花说：“2018。”曾爷爷笑呵呵，说：“对，没错。”曾爷爷若有所思，又说：“继续在此基础上，红黑双方，互不吃子，若再各走一步，会有多少个局面呢？若再各走五步呢？”陈湘先生说：“啊呀呀，那就算不出来了，得算到猴年马月了。”焦桐是数学老师，他说：“如果用计算机，把每一个局面统计出来，在不失棋子的情况下，每上一局面作为基础局，每一基础局，都可产生两千多个局面，若把每人各走一步，叫作一弈，则可以用一个数学公式来表达，就是2018的N次方，N为弈的次数。这大概是个近似数，不一定准确。”焦桐说完后，用铅笔把公式写在纸上：$(2018)^n$。

曾爷爷看了一眼焦桐写的数学公式，说：“前五步，二路和八路的炮和马，变化多一些，关键是炮，横平左右，竖直进退，隔山打牛，走法多端，也可以计算出来。不过，没有什么实际意义。如果下棋时吃子，子越来越少，可以走的路数，也就越来越多，棋盘上的形势，人马在不断减少，路线越来越多，每个棋子的活动空间不断增加，完全是模拟了一场旷日持久的战争。最后的结果，无法统计有多少种棋局变化，如果不限时间，走和棋，可以无限地走下去，没有极限的。”

曾爷爷说：“按照焦老师的设计，每一弈，作为一个母局，每一个母局，可以产生成百上千个子局，子局的多少，受棋子数和棋盘格数的限制。比如一开局，棋子摆好，两军对垒，这是原始

的母局。一弈之后，会产生2018个子局。若双方各进一个七步兵卒，一弈之后，以此棋局为母局，此两个棋子不动，作为原始的母局，或曰开局，又可以产生2018个子局。中国象棋，两个对立，对立统一，一红一黑，一阴一阳，完全是易经的智慧，周易的翻版，把周易艺术化、形象化、趣味化了，用之于娱乐，实在太美了。你们看，这个棋盘，敌我双方，这是一个二。各有竖向四格，是二的平方。各有横向八格，是二的立方。各有十六个棋子，是二的四次方。各有三十二块地盘面积，是二的五次方。双方地盘统一起来，六十四块面积，是二的六次方，是不是六十四卦？太极生两仪，两仪生四象，四象生八卦，八重卦生六十四卦。周易，哈哈。”陈湘老头说：“不完全对，那为什么，将士象马车炮卒是七个兵种，不是二的几次方？”曾爷爷淡淡一笑，说：“因为七个兵种，所以叫七，七与棋，同音，不是棋是什么？”陈湘老头笑了，说：“解释得很好，但是，七个兵种叫棋，那围棋，只两个兵种，为什么它不叫二，也叫棋呢？下围棋，不叫下围二？”曾爷爷说：“陈老问得好，你听我讲。”

曾爷爷说：“象棋和围棋，都是我们的国粹，中华文明的文化遗产。现在的围棋，纵横各十九条线段，三百六十一个交叉点。黑白两种棋子。开局只一弈，一方落一子，就有十二万九千九百六十种着法。如果一盘棋下到最后，这些局面加起来，是一个很大很大的天文数字，就是三百六十一的阶乘，有人计算是七百多位数。算这么大的数，要借助电子计算机，过去的计算，是用一个公式，得到一个近似数，叫斯特林

逼近。”曾爷爷一边说着，一边用铅笔在纸上写下这个公式：$n!\approx\sqrt{2\pi n}(\frac{n}{e})^n$。

曾爷爷说：“过去的几百年，为了解决复杂的计算问题，全世界的数学家寻找简便的方法，一个叫纳皮尔的英格兰数学家发明了对数，上面这个公式，还需要使用对数，使用自然对数和常用对数。这个公式里边，有两个无理数，就是 e 和 π，e 是一个指数函数的极限，自然对数的底，一个计算复利的公式，一个无理数。π 是圆周率。我们曾家老祖宗，有一位是研究圆周率的。”焦桐接话说：“清末有位数学家，叫曾纪鸿，他把圆周率用笔算，就算到了一百位，这在当时是个了不起的成就。曾纪鸿是曾国藩的次子，不愿从政，酷爱数学，但英年早逝，只有三十几岁，可惜。”美髯老头说：“哟，曾老师，怪不得你这么喜欢数学，原来是曾门之后啊，数学好下棋不一定好，没听说过哪位象棋大师是数学家。”曾爷爷说：“陈老，话不可这样说，棋艺，一定与数学相通，如果把它程序化、格式化、优选化，人脑是比不过电脑的，正如人力比不过机械力，你的劲再大，能把火车推走吗？我相信在这些领域，电脑要胜过人脑，因为人的脑容量再大，人的精力有限，人的生命有限，随着科技进步，电脑是无限的。但是，无限的东西也有极限，圆周率无限不循环，无理数，其值，永远超不过三点一五。”曾小花发言了：“爷爷，你说是象棋好，还是围棋好？”曾爷爷说：“你说呢？”曾小花小辫一晃，说：“我说象棋好，围棋一把子，没有字。”曾爷爷说：“小花，你要知道，中国围棋，发明了四千多年，传说尧帝发明的，故事颇

多。所谓琴棋书画,棋即指围棋,棋盘叫纹枰。围棋英语 Go,读狗,从日语围碁音读而来。God,上帝。围棋,上帝的恩赐。象棋发明于何时,传说不一,具说也有四千年。舜有个弟弟叫象,生性顽劣,舜用这种棋教之,以收其心,故名象棋。不管有多少传奇,棋局与文明相伴。历朝历代,不断改进完善,成为今天的样式。所以说,围棋象棋,孰优孰劣,我认为都很好的,没有好坏高下之分。现在的围棋,三百六十一个子,一个圆周三百六十度,一年三百六十五天。”

曾爷爷说:“围棋,暗藏天地之玄机,棋落子下,地盘空间,越来越少。如果没有打劫和提空,下到三百六十一着时,黑白子满盘。以占地面积多少,决定输赢。象棋正好相反,生死搏斗,以消灭对方的将帅决定胜败。所以说,围棋是经济,象棋是政治。围棋是商场,象棋是官场。围棋是建设,象棋是杀戮。围棋是利益,象棋是名器。围棋棋子越下越多,象棋棋子越下越少。围棋文静,象棋呐喊。围棋伴琴声,象棋要造反。围棋黑白分明,平起平坐,象棋等级森严,尊卑有别。下围棋者名士,下象棋者农夫。围棋者儒雅品茗,象棋者醉汉鲁莽。围棋者二指轻着,象棋者打破棋盘。总之,一文一武,一静一动,一阴一阳,一数一字。围棋平静之中隐藏风雷,象棋攻伐之中算尽机关。两种棋局,各有千秋,你说哪种好,哪种不好,我看没有区别。”曾爷爷的一番棋谈诡论,把陈湘老头和焦桐老师说得目瞪口呆,曾小花却似懂非懂。

潘建翔说:“曾爷爷,您还没有讲围棋为什么不叫围二呢。”

曾鹄老人祖籍湖南，是不是曾纪鸿之后，无可考证。曾爷爷问道：“小潘，你会下棋吗？”潘建翔说：“围棋象棋，都懂一点，与谁下棋，都是第二名。”曾爷爷说：“象棋，在中国比较普遍，博弈性强，又明白易懂，弈一局，用时短，符合人类争强好胜的习惯，而且弈法多变。马走日日行千里，车横行横刀立马，炮有架弹无虚发，象斜飞四面八方，卒过河有进无退，兵渡江左摇右摆，将帅不离宫，仕士卫犄角。叫棋，守正出奇，奇技淫巧，七、巧、奇、棋，这是中国文化。唐代有位宰相叫李泌，只有七八岁时，看唐玄宗下棋，唐玄宗以棋作诗一首说：方若棋盘，圆若棋子。动若棋生，静若棋死。玄宗让李泌对之，李泌脱口而出：方若行义，圆若用智。动若骋才，静若得意。玄宗一听，惊其才华。李泌长大后，成为一代名相。弈棋虽曰小技，但小中见大，人品人格，是智是愚，往往可见一斑。”

咫尺之内，方寸之间，棋如人生，棋如宇宙。木棉树下，曾爷爷讲故事，五人兴致盎然，不亦乐乎。

潘建翔、曾爷爷、曾小花，三人离开玫瑰园，回到灌园。潘建翔说：“曾爷爷，你说丁香花，为什么叫丁香，这个名字，有些什么讲究吗？”曾爷爷想了一下，说：“丁香，就是男女。丁是男，香是女，因为丁香花有公有母，所以丁、壮、力、士、子、汉、介、雄、健、丈夫、须眉，都是指男人；香、姝、佳、倩、美、艳、丽、娇、媚、弱、夫人、巾帼、娥眉，等等，都是指女人。”潘建翔又问道：“爷爷，都把女人比作花朵，女人的情人是男人，这花的情人是谁呀？”曾爷爷哈哈大笑，说：“小潘，你看你，笑在眉梢，喜在

心头，我猜必有艳遇，命遇桃花，这个丁兰呀，就是你的梦中情人。花，也有花的梦中情人呢。”潘建翔急问道：“花的梦中情人是什么？”曾小花冒出一句话：“爷爷，花的梦中情人是花蝴蝶。”曾爷爷说：“小潘，你猜是不是呢？”潘建翔摇摇头，不吭声。曾爷爷说：“这是个哲学问题。我的理解是，阳光、雨露、风霜、雷电、云霞、土壤、沙砾、树木、禾苗、草药、昆虫，都是花的朋友，缺一不可。但是，作为花的梦中情人，应该是……”潘建翔急问道：“是什么？”曾小花大声说：“爷爷爷爷，是蜜蜂。”

曾鹄爷爷大笑起来，说：“小潘，你说呢？”潘建翔说：“蜜蜂，对，是蜜蜂。”曾爷爷说：“蜂把花，酿成蜜，人把花，变成奴。蜂是花的梦中情人啊！”花神爷爷的话，是今古奇观，是今古奇闻。

曾爷爷带着潘建翔，去找了一人高的一株丁香，花朵盛放，香气扑鼻。又找了一株紫色兰花，娇艳欲滴。潘建翔如愿以偿，高兴得不得了。曾爷爷说：“小潘，考你一个问题，你知道柳如是吧？”潘建翔说：“知道，是个青楼，秦淮八艳之一。”曾爷爷说：“你知道陈寅恪先生吧？”潘建翔说：“知道，国学大师。”曾爷爷说：“陈寅恪先生，是我的老师，学术界，被称为教授的教授，‘文革’期间受到冲击，晚年双目失明，他用了十年时间，口述历史，让人代笔，写了一部八十万字的书《柳如是别传》，他学贯中西，无所不晓，治学严谨，不畏权贵，爱家爱国，学界一代宗师。”

曾爷爷说：“这么一个大学问家，为什么为一个青楼歌妓立传，令人费解，而且是在双目失明的情况下，用了十年时间，写

了八十万字，这是一种什么精神，有什么用意，有什么目的。学术界众说纷纭，而且他竟然还研究，杨贵妃入宫恩幸时，是不是处女，更让人匪夷所思。人们说，古有左丘明，今有陈寅恪。女人花，女儿香，女人是什么？尊重她，又鄙视她。离不开她，而又抛弃她。她是花，爱她看她欣赏她，又时不时糟蹋她，猥亵她，欺负她，奴役她，藐视她。说男人是一把茶壶，女人是一个茶杯，一圈杯陪着一把壶，渴望，仰视，期待，壶嘴高起，傲然翘立，仍不见倒出一滴幸福的水来，仅有几滴伤心泪。所以，花的情人，梦中情人，小花说得对，是蜜蜂，蜜蜂把花变成蜜，留给香甜满人间。小潘，爱一个人时，人生若只如初见，秋风一来，画扇伤悲，难哪，你要好好地想一想，如何对待你的梦中情人，如何对待女人。这才是人生的真谛！”

潘建翔离开鲜花港，开汽车返回海口市。一路上，他想着曾爷爷的话，陈寅恪、柳如是、丁香、兰花、蜜蜂、蜜、女人、情人、茶壶、茶杯、眼泪、秋风、画扇，蜂把花变成蜜，人把花变成奴……

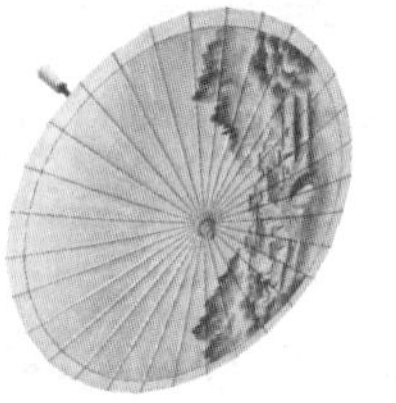

叁拾壹章　青衣

出海捕鱼可不是闹着玩的。裴和平和戈萍心血来潮，要跟着出海捕鱼。正好前天下午，阿青给个泡咖啡馆送海鲜来，闲谈中说是次日凌晨要出海，去月亮湾捕鱼。小两口就迫不及待地要阿青带着去。李纪行和王桃把吴汉章从桂林洋虾塘调回来，阿周和阿青共同承包经营虾塘鱼塘，生意红红火火。个泡咖啡馆的海鲜，常年由他们供应，保质保量互相信任。阿青回桂林洋虾塘和阿周一商量，阿周坚决不同意。出海捕鱼不是风平浪静，大陆人多是旱鸭子不识水性，一旦风云变幻浪急风高，渔船在万顷碧波之中，就像一片树叶，时刻都有翻船的危险。但是，昨天一大早，天刚蒙蒙亮，裴和平和戈萍骑着大摩托车，就赶到长堤路边的新港码头，阿周、阿青二人也已经准备就绪。阿周劝裴和平还是不去为好，因为出海捕鱼，没有准确的返航时间，说不定几天，捕够了才能回来，临近圣诞节，马上又是年关，生意正是一年中最红火的时候，鲜货出得快，光虾不够卖，得多准备点其他海产品。裴和平和戈萍，没有坐过渔船，更没有捕过鱼，觉得新鲜，执意要去。阿周没办法，拗不过小夫妻

俩。于是，三男一女四个人，驾一叶扁舟，离开海口湾，驶向茫茫大海。

阿周的小船在大海中航行。实际上这种捕鱼的小船，也谈不上什么航行，纯粹是随波逐流，恰似田野地里行驶的小四轮儿拖拉机，声音大，速度慢，颠簸得厉害，与那些万吨巨轮相比，船小得像一只鞋底儿那么大。上午还风平浪静，裴和平和戈萍觉得挺好玩的。小船嘟嘟嘟驶入琼州海峡，又向东南方向绕过去，行到海南岛的东部海面上，正对面是文昌的月亮湾，这是阿周他们经常去的地方。哪里的鱼群多些，哪里有些什么鱼，渔民们都有多年的经验判断。裴和平问阿周，怎么判断哪里有鱼哪里没鱼，阿周说，了解鱼情，是渔民们必须掌握的知识，否则就捕不到鱼。

现代科技手段很多，有的用声波探测器来判断，有的是凭经验判断。更有甚者有人用电捕鱼，鱼群一死一大片。阿周主要是根据经验判断鱼情。海底的世界是神秘莫测的。一般来讲，每个渔民出海捕鱼，都凭经验前往那个经常能够捕到鱼的海域。大海无边无际，又没有标识难以记忆，选两个参照物，根据罗盘角度的定位，大致可以找到那个范围。看看时间已过午时，小船停了下来。阿周说就这一带鱼群较多。裴和平出来玩捕鱼，他还带着个望远镜，在阳光的照耀下，海面上波光粼粼。他从望远镜里向北眺望，可以清楚地看到祖国大陆。那边海北面是雷州半岛，正西面是文昌县境内。高高的铜鼓岭，突兀直立于海岸边，一座孤岛。阿周说，铜鼓岭是个神灵，与雷州半岛隔海

相望，据老年人讲，为什么叫雷州呢？因为那个地方打雷多，一年四季响雷不断。人们击铜鼓敬雷，所以叫铜鼓岭。铜鼓为天鼓，大陆那边，就有雷州换鼓的雷文化。唐宋以降，已有千年的历史传统，把雷与鼓联系在一起，打雷击鼓，雷鼓相当。裴和平想，高中时地理老师讲过，地质学里有一个大陆漂移学说，说这海南岛，大概就是亿万年前地壳运动时，从大陆漂移出来的，从现在地图上看，还真有点吻合呢。

今天捕鱼收获不大，只有十几条小鱼落网。下午三点以后开始涨潮，小渔船剧烈地颠簸起来，而且海风吹起，海浪翻滚，浪花飞溅，裴和平和戈萍趴在船帮上呕吐不止。裴和平把阿周准备好的食物鱼饵，由于没有拴好，一个个都丢掉到海里去了。他稀里糊涂地把一个塑料做的鱼饵拴牢又扔到海里，一手抓着钓竿，一手扶着船帮吐个不停。这时突然觉得手中钓竿被重重拉了一下，差点把钓竿拉进海里。裴和平赶快喊阿周，阿周过来赶紧拉住钓鱼竿，慢慢转动线轮，转转停停，小心翼翼，一会儿，一条大鱼被拖出海面，阿青急忙拿起长竿钓鱼钩，把这条大鱼钩住，裴和平、戈萍也顾不上呕吐了，四个人齐心协力，把这条大鱼从海里拽了上来。这条鱼足有一米长，浑身是青蓝色的鳞片，躺在船上蠕动，有气无力地，真是鱼儿离不开水。鱼大约有七八十斤重，阿周说这是一条大青衣。四个人高兴得不得了。从鱼嘴掏出鱼饵一看，鱼饵还是一个塑料片片。塑料片里的钩，则是罪魁祸首。这条鱼真是倒霉透了。

夕阳西下。晚霞映红海面。涛声此起彼伏。裴和平兴奋

地用大哥大给仝坤打电话，请仝坤通知各位朋友，明天中午到咖啡馆吃烤鱼，哈哈，这么大的一条青衣，让人见识见识。裴和平和戈萍晕船，阿周也只好返航。夜晚十一点多钟，小船行至南渡江入海口，迎头碰上一条小游艇，小游艇停下来，向小渔船喊话：喂喂，你们船上有没有鱼啊，我们买几条鱼。裴和平借着游艇的灯光，看见艇上有五个人，其中有他认识的一个人，这人不是别人，正是庞道中。裴和平急忙拉戈萍胳膊，小船没有灯光，游艇上的人看不清楚渔船上的人是谁，裴和平和戈萍赶快躲进船舱里面去了。阿周高声大嗓，朋友对不起啊，我们正准备出海，还没有捕到鱼哪，过几天回来，你们再买好不好啊。只听得游艇上的人说话，他妈的，打鱼的人还没有鱼，喝西北风啊。游艇发动，嘟嘟离开小船，向远方驶去，消失在黑暗中。

裴和平和戈萍回到家，已经是半夜一点多钟了。

今天，裴和平一觉醒来，已是上午十点半，忽然想起今天中午请客吃烤鱼，一个激灵翻身起床。戈萍早已不见踪影。他知道，戈萍不想叫醒他，自己一个人先去了咖啡馆。裴和平洗漱完毕，下楼发动起大摩托，直奔个泡咖啡馆。

个泡咖啡馆店门入口处，多了一男两女。这男的是关云长老爷的铜像，财神爷威风凛凛。两女是两位美女迎宾，红色绣花旗袍，突显窈窕身段，恭谦礼让送往迎来。铜像远道而来，花了几万元。关老爷是山西解州人，与裴和平、戈萍是老乡。南方的商家，几乎都供奉着财神爷。把经商做生意，似乎看得比当官重要，可又与官脱不了干系。因此，生意人总要寻求精神

上的慰藉，以庇护担惊受怕的心灵。

仝坤和苏嫚刚过十一点，就开车来到咖啡馆。一进门，两美女齐声道："中午好，先生请进！"多时没有光顾，店面增加了新的内容，仝坤点点头，口里不说，心里这么想。迎面立一尊铜像，高大雄伟金光闪亮，右手提刀，左手反握一剑柄，剑鞘藏在背后。仝坤仔细观察着，剑还没有出鞘，细看铜铸金身背后，这剑似剑非剑，他认为应该是一条鞭。

仝坤笑了，便问苏嫚："小嫚你说，这关老爷啊，左手握的是剑还是鞭？"苏嫚眨眨眼，她想起来了，那次讨论鞭的时候，仝坤说，关羽的大刀，是让周仓背着的，关羽他自己腰间挂一条鞭。于是苏嫚说："就当是一条鞭，你喜欢鞭，满足你好了。"仝坤说："这就是条鞭嘛，关老爷不可能右手一把刀，左手也一把刀，当厨师啊？所以我说得没错吧。"苏嫚说："你不是说提刀的不能当门神，那这关老爷提刀，就可以当财神吗？怕人来抢，还是去抢别人？保护家庭财产，还是杀猪宰牛？"仝坤一时语塞，"这个，这个。"说不出个理由来。

裴和平和戈萍在楼上听说仝总驾到，急急忙忙从二楼下来迎接。仝坤问裴和平："小裴，你这财神爷挺好，是从哪里买来的？"裴和平说："从杭州，我联系了盛春丽教授，杭州铜器很出名，她帮我请来的。"仝坤说："对对对，是请财神，不是买财神。盛春丽还在浙大吗？"裴和平说："她还在浙大，与李主任联系多些。"仝坤问："小裴你看，关老爷这左手握的是什么兵器？"裴和平一愣神，心想仝总怎么问这个问题，什么意思，他用手摸

摸铜像背后，说："仝总，既像剑，又像鞭。"仝坤说："剑有鞘，鞭没鞘，你看关老爷，左手的武器，没有刀鞘，就是一根鞭。"戈萍说："仝总，这个是铜铸鎏金像，即使是剑，也不会铸个鞘来，又不是真人。"苏嫚说："仝总喜欢鞭，它就是鞭好了，反正谁也没见过。关老爷十八般武艺，样样精通，岂能不会使鞭。走走走，上楼去聊，客人都来了没有啊？"裴和平说："还没有来。您先到厨房，看看我钓的大鱼。"

在厨房里，一条大青衣鱼，被一位厨师大卸八块，鱼眼暴突，鱼鳞满地，腰斩的身体，鱼皮鱼鳞泛着青蓝色，内脏只有少许血红，脊骨粗壮，没有鱼刺，这哪是鱼啊！苏嫚说："别砍啦，别砍啦。"苏嫚一个人上二楼去了。然后，几个人都离开了厨房。

仝坤说："苏嫚读大学时，学的是考古专业，不知道为什么，对尸骨很敏感，见不得生吞活剥。小裴，问你个问题，为什么这海鱼没有刺，河鱼那么多的刺？"裴和平说："这个问题，得去问问阿周、阿青，渔民知道。"戈萍说："渔民知道有这种现象，这里面的科学道理，科学上研究有解释，吴汉章在桂林洋养了半年鱼虾，他一定知道这个问题。"说曹操曹操到，吴汉章乘杨波的摩托车，听着突突突的声音，他与杨波同时进了咖啡馆。戈萍热情洋溢的样子："吴大哥，欢迎欢迎。请教您一个问题，你养过鱼虾，仝总问我，海鱼没有刺，河鱼刺多，为什么，你说说？"裴和平说："吴总，昨天和阿周、阿青出海，我和戈萍想玩儿，下午海上颠簸，差点把肠肠肚肚吐出来。嘿嘿，想不到，用塑料片的鱼饵，竟然钓到了一条大青衣，七八十斤重，今天请大伙来聚

餐，鱼骨头和羊肋骨一样。你说，为什么海鱼无论大小，没有那么多的刺，大陆的河流里、湖泊里的鱼，为什么那么多刺，有一次吃鱼时，小鱼刺卡了喉咙，去医院才取出来。”吴汉章哈哈一笑，说：“这个问题，我问过渔民，说法不一，他们说，海鱼生长在大海里，天生就刺少，没有为什么。正如南方的牛羊，身上没有毛，你说为什么，毛多了，热得能行吗？北方天寒地冻的，没有毛岂不冻死了，没有为什么，物竞天择，适者生存。我是想，我这把骨头，肌肉强健，为什么，锻炼而已。海鱼的生存环境恶劣，在大风大浪里，必须强筋壮骨，才能抵御风浪，或者抵抗敌人的攻击，大鱼吃小鱼，小鱼吃虾米，以强凌弱，天之道也，不是什么道德品质问题，动物不是人类，讲什么仁义礼智，吃饱喝足，生存竞争。你看，海鱼肚子上的骨头粗壮，在海水里，敌人往往从下面向上袭击，河水里，敌人往往从上面袭击，鹞鹰从天而降，淡水河鱼，背部的刺就多一些，都是为了抵抗敌人，保护自己，鱼类也要进化，如此而已。是不是这个道理？说得对不对，请各位老总，你们都是大学生，批评指正。”仝坤睁大眼，哈哈一笑说：“吴老总，学问啊，有道理，有道理，今天中午烤鱼，你进厨房看看，小裴昨天跟着阿周、阿青出海，钓回一条大青衣，七八十斤重哪，鱼肉美酒，我带了两瓶老白汾，好好庆祝一下。春江花月夜海鲜城开业，准备得怎么样了？”

吴汉章说：“差不多了，误不了，十二月十二日，准时开业。就差一个大堂经理，想招聘一名女经理，找到了一位，不知道你同不同意？”仝坤说：“这是你的权力，由你决定。”戈萍心里知

道吴汉章，她故意问道："是哪位女士？"吴汉章说："名字叫韩月，大学生，华中师范大学毕业，学音乐的，详情我也不清楚，杨波也认识的，是不是啊杨波？"吴汉章把话题递给杨波了。杨波说："是是，韩月湖北宜昌人，吹拉弹唱，样样精通，吴总眼力不错，任人唯贤。"仝坤说："今天中午，你把她请来，我们见识见识。"吴汉章一听，正中下怀，喜不自禁，他说："杨波，一会儿，你把韩月接来，就说'林海雪原'的仝总招见，不得有误。"杨波心领神会，说声好的，转身出了咖啡馆，听着门外大摩托轰隆隆的声音，他一个人接韩月去了。

上二楼的当儿，仝坤、吴汉章肩并肩走着。仝坤说："吴大哥，一年没回家了，春节时把嫂子接过来吧，哪怕住上一段时间，不适应了再回去，这样子长期打光棍儿，不行啊。严格地讲，这不叫光棍儿，山西雁北人，我在雁北时，叫打闪棍儿，像是下雨天，打闪响雷一样子，说光棍儿好打，闪棍儿难挨，光棍儿干脆不近女色，眼不见心不烦。闪棍儿呢，打闪响雷，有一阵儿没一阵儿，就是说，结过婚的男人一旦离开女人，比没结过婚没接触过女人的真光棍儿更难受。是不是这个道理？"吴汉章笑道："饱汉不知饿汉饥，我快成和尚了。我知道，花点小钱，找个小姐，一夜情，没意思。找个女朋友，互相体贴，有点感情，又不是那么容易的事。不知和尚尼姑怎么熬过来的。"仝坤说："哪有真和尚，都在找女人，《水浒传》里的裴如海，海阇黎，和尚，与杨雄老婆潘巧云偷情，被石秀发现了，石秀告密杨雄，把裴如海杀了，潘巧云也被杀了，丫鬟也被杀了。就我的小时候，看过雁

北的地方戏要孩儿，有个旧戏叫《杀三》，就是演的这个故事。自古道，赌近盗，奸近杀。听说日本和尚，就可以娶老婆，没有不近女色的清规戒律。”吴汉章说：“依我看哪，日本佛教这个方面是正确的，人人想成佛，人人做和尚，人人不近女色，岂不都亡国了，怎么传宗接代？”仝坤说：“佛是牺牲了自己，去教化别人。色不可以贪，正常的性爱是不受限制的。但人欲是无限的，吃着碗里的看着锅里的，墙里开花墙外香，问题往往出在跟前的人，朋友之间，师生之间，上下级之间，谁也不知道谁想什么。”两人没有进包厢，坐在二楼大厅的沙发上闲聊。戈萍和苏嫚，早已进入一个包厢，二人说悄悄话去了。

人一生经历多少次饭局。谁也没有统计过。自然称饭为局，就有阴谋设计其中，有别于祭祀和庆典。民以食为天。时代发展到了今天，人与人之间的交际，饭局成为一个最重要的场所。饭局有大有小。唐太宗摆千叟宴，请了一千多个稀寿老头，彰显其政通人和。历朝历代竞相仿效。也有的饭局，就不是那么舒心的了，最著名的要数鸿门宴，刀斧手藏之幕后，刘邦一顿饭吃得提心吊胆，刀光剑影像身临屠场。曹操青梅煮酒论英雄，吓得刘备闻雷失箸。礼下于人时必有所求，有时候碍于面子，明知山有虎，偏向虎山行，死要面子不要命了，结果可想而知。

饭局的绝配便是美酒，无酒不成席。酒，是人类的杰作，以水为形，以火为性。喝醉了，胡说八道吹牛撒谎，甚至杀了人，法律上还要从轻判处。好在酒有弹性，喝醉了死去活来，一觉醒来复原如初。若是入口的毒药就不那么简单，一旦下肚必伤

其身，一去而不复返。所以酒这种特性，喝了，醉了，吐了，醒了，邓丽君的歌，美酒加咖啡，再喝一杯吧。不思悔改，百喝不厌。文人墨客，对酒当歌。三杯两盏以酒浇愁。有酒有肉皆兄弟，患难何曾见一人。吴汉章对酒的体会最深的了，他认为酒比女人更重要，他离不开酒。

听得一楼叽叽呱呱，裴和平引客人们上二楼。戈萍、苏嫚从包厢里出来，仝坤、吴汉章忙着站起来迎客。这一帮人，风姿绰约，刘羽飞绅士风度，符雅妹花枝招展，黄琼英和王桃素裹红装，潘建翔喜上眉梢容光焕发，几位贵妇在一起，珠光宝气，芬芳袭人。仝坤想到，忘记通知丁兰了。女人们多日不见，免不了胖的瘦了瘦的胖了苗条了漂亮了互相交流赞美，说着得体的话语，欣赏衣着的新颖，赞美发型的潮流。

裴和平把众人领入一个大包厢里，仝坤发现，包厢的名字也改了，这个大包厢门牌，标的是"蝶恋花"，仝坤好奇，出了楼道，沿二楼包厢转了一圈，一个一个地看了："念奴娇""声声慢""钗头凤""贺新郎""沁园春""菩萨蛮""浣溪纱""长相思""相见欢""一剪梅""点绛唇""虞美人""卜算子""西江月""渔家傲"，等等，都是词牌名。个泡咖啡馆文化氛围，一下子浓郁起来。"蝶恋花"包厢特别大，周围布置一圈儿沙发，包厢中间放一直径有三米的大圆桌，周围椅子可坐二十人，圆桌中间置一大花瓶，桌面可以电动旋转。还有一个改变，包厢里新增加了音响设备，电视靠墙摆放，可以唱卡拉 OK。看墙上，挂着两幅书法作品：

蝶恋花·答李淑一

毛泽东

我失骄杨君失柳，杨柳轻飏直上重霄九。

问讯吴刚何所有，吴刚捧出桂花酒。

寂寞嫦娥舒广袖，万里长空且为忠魂舞。

忽报人间曾伏虎，泪飞顿作倾盆雨。

这是小时候就会背诵的毛主席诗词，无比的亲切，怀旧的感觉。仝坤又看另一幅：

蝶恋花

宋·柳　永

伫倚危楼风细细。望极春愁，黯黯生天际。草色烟光残照里，无言谁会凭阑意。　　拟把疏狂图一醉。对酒当歌，强乐还无味。衣带渐宽终不悔，为伊消得人憔悴。

仝坤想，这裴和平，有点水平呢，蝶恋花的包厢，挂两幅书法作品，还都是蝶恋花，不错不错。

戈萍安排座次。黄鸡儿一窝，黑鸡儿一窝。即男士坐一半女士坐一半。宽宽松松围桌坐一圈。男士依次是：吴汉章、仝坤、刘羽飞、潘建翔、裴和平，杨波座位空下。女士依次是：王桃、黄琼英、符雅妹、苏嫚、戈萍，韩月座位空下。十二个人顺时针一圈，韩月的座位挨着吴汉章，这是戈萍特意的安排。吴汉章心中窃喜，心想戈萍这老板娘真是通情达理，知道他老吴的心思，心里说谢谢。正在这时候，两位美眉迎宾引杨波、韩月进来了。杨波见势，不容人让，落座吴汉章旁边的位置上。吴汉章不响，

心里却不爽，抬头看戈萍。戈萍会意，她说："杨波，你的座挨裴和平，这儿让韩月坐。"杨波恍然大悟，忙不迭说："哟哟，是是是。"众人皆笑，吴汉章身子只晃动了一下，泰然自若，仅觉得有一点点脸红。

一切按照程序来。戈萍说了一声："开始吧。"七八个服务员，鱼贯而入。酒杯茶杯，大盘小碟，碗碗筷筷，玻璃陶瓷，方圆高低，玲珑剔透，五颜六色，七红八绿。餐巾纸，热毛巾，布围巾，噼里啪啦一阵，相似全等，迅速齐备。每两座位中间，都站一位服务员，六位服务员，左右逢源，左顾右盼，不离左右。黛眉红唇，酥手玉指，俯首贴耳，满斟浅酌。白酒红酒，任意品选，红茶绿茶，玉液琼浆。一波未平，一波又起。八冷八热，八荤八素，腾腾蒸气，氤氲弥漫。此时此刻，四位厨师，八双手脚，抬一块三尺见方木板，上面架一米高木炭烤炉，烤架置于黑色大理石地板上，方砖曲瓦似的鱼肉鱼片，条条块块，白白嫩嫩，青青蓝蓝，钩挂烤架之上，炉火纯青，油汁见火，吱吱作响，香味扑鼻而来。

目送四位男厨退出，进来一辆手推厨车。一位女服务员，白衣白帽白手套，像医院的护士，将推车停放烤炉旁，毕恭毕敬，原地待命。手推车上，白色台布罩面，上置盘盘碟碟，刀刀叉叉，几十把不锈钢餐具，锃明透亮。白大褂女服务员，身材高挑，明眸皓齿，黑发飘逸，有如仙女下凡，恰恰给烤炉的粗俗和血腥，增添了几分温馨与平和。

万事俱备，只欠东风。仝坤起立，他手执一缕香烟，开始致

祝酒词："各位朋友，中午好，感谢大家的光临！"

昨天晚上，仝坤遍打电话，请客到个泡咖啡馆吃烤鱼，谁也没有想到，这顿烤鱼吃得这么隆重，连仝坤本人也觉意外。

仝坤吸一口烟，接着说："前年春晚，牛群相声，说科长想吃烤鸭了，要打个报告，找个吃的理由，领导，冒号，冒号出了名，相声名叫《巧立名目》。我们今天请客吃烤鱼，是因为多日不见了，想请大家聚一聚。原因是裴和平、戈萍，昨天出海捕鱼，捕到一条大青衣，七八十斤重哪。今天请各位品尝。烤鱼，是个泡咖啡馆的一绝。我们共同举杯，庆祝一下，干一杯！"

吴汉章率先响应，举起杯吱溜一声，一盅老白汾入喉。大家喝酒吃菜，互相敬让。红火炉上，片片块块，白大褂仙女，操刀在手，分割鱼肉，一寸寸一方方小鱼块，一盘盘递上桌子来，白嫩细腻，恰似豆腐，完全没鱼的形象。这一筷子一入口，一块儿鱼肉化了，全不用细嚼慢咽，更不用担心鱼刺鲠喉，人人快活。吴汉章催韩月吃鱼，酒至半酣，醉意朦胧。仝坤慢腾腾点了一支烟，吸一口，敛容而言："诸位，李纪行主任还在美国，估计春节后才能回来，几次来电说，万铁公司的事，要我帮助处理。我向黄总、王总表个态，万铁公司的事，就是我的事。现在的形势是，一个出去啦，一个进去啦，两根顶梁柱，都也不在啦。"苏嫚悄声说："怎么说话呢，这么难听。"仝坤意思是说，李纪行出国了，陈铁进看守所了。喝酒多了的人，再无论如何，也指挥不了他的舌头，仝坤舌头有点僵，继续发言："各位，对待敌人，绝不能手软。那毛主席，那墙上，毛主席的诗词：《蝶恋花》。

毛主席的伟大，伟大的战略思想，特别是说，要枪杆子，没有枪杆子，都是废话。毛主席、邓小平，都是说枪杆子最重要。

有韩月在旁，吴汉章心境怡然，喝酒吃肉，津津有味。不似上次在桃园饭店时，看见别人成双成对，他一个人心猿意马。女人，对于光棍的作用太大了。此时，潘建翔酒后失言，逗乐说："吴鞭长，您讲一讲，是不是这老牛，都喜欢吃嫩草啊？"他这一说坏了，只见吴汉章端起酒杯，仰头一口老白汾进肚，慢条斯理地又倒一小杯，把杯放在桌子上，虎视眈眈，直盯潘建翔，他说："小潘哪，你是大学生，有学问，问你个问题，你说说，这《水浒传》里有个潘巧云，是杨雄的老婆，与和尚偷情，被杨雄、石秀杀了。还有，潘金莲与西门庆通奸，被武松也杀了。为什么啊，这个《水浒传》里的两个女人，她们都姓潘哪？"吴汉章这一问，全酒桌上的人，个个大惊失色。

潘建翔毕竟是潘建翔，一个人走南闯北，什么样的人没见过，只见他端起酒杯，走到吴汉章跟前，说："吴老前辈，酒喝多了，有所失礼，您别见怪。先敬您一杯，再回答问题。"二人一碰杯，一饮而尽。潘建翔坐回座位，说："各位看过《水浒传》吧，潘巧云，老公是病关索杨雄，为什么绰号叫'病关索'呢，是他自己有性病，把老婆关起来，一个人外面厮混，索拿卡要，所以叫'病关索'。他还让那个拼命三郎、二杆子石秀，去看住监督他嫂子，你想想，男女都是平等的嘛。你在外面花天酒地，老婆在家独守空房，可以吗？而且，那个和尚，法号叫海阇黎，他姓裴，名字叫裴如海。不信的话，你问问裴和平去！"哈哈哈哈，

他这一脚踢得真够水平，把球传给裴和平，让裴和平处理去了。

花仙子潘建翔，把吴汉章的问题回答得天衣无缝。这一桌人，大学生、研究生都有，有谁去关注绰号“病关索”的真正含义，谁能记得楼下门口关老爷的三儿子叫关索呢？所以大家都认为，潘建翔字面上的解释有道理。裴和平被潘建翔一球踢蒙了。他想这个小和尚裴如海和我裴家有什么关系呢？我祖先裴家，系名门望族，山西闻喜裴家，是唐代宰相裴度后裔啊。这吴汉章，是兔子急了咬人，追韩月追不上，不是老牛吃嫩草是什么？其实杨波早就悄悄告诉他了，韩月的心里只有杨波，可怜吴老先生，还蒙在鼓里呢！

黄琼英与王桃嘀嘀咕咕，私下说着悄悄话。王桃端起杯，说：“我代表万铁公司，敬大家一杯，感谢大家对万铁公司的关心和支持。下一步，我们要组建一个销售部卖房子，准备招聘销售人员。如果有这方面人才，请大家帮忙多推荐几个。我提议，我们共同干一杯！”众人起立，一饮而尽。

戈萍说：“王桃姐，你不用打广告，要多少售楼员，我这儿有，我有门店，把广告门口一贴，应者云集。你看门口那两位女孩怎么样，都是刚刚大学毕业，可以谈谈。”黄琼英高兴了，说：“不错不错，你先帮我问一下，如果有意向，我们再深入谈谈。”刘羽飞说：“这事好办，我可以从西安招几个过来，愿意下海经商的人不少，什么人才都有。”黄琼英站起来，说：“各位朋友，刚才王桃讲了，感谢大家，我敬各位一杯！”

一桌子人，气氛融洽，喜气洋洋。戈萍说：“我们根据市场

的需求,店里新装了卡拉OK,可以唱歌,有些房间可以下棋打牌。虽然叫咖啡馆,实际上是饭馆、麻将馆、茶艺馆。客人广泛,经营得还可以。我听杨波说,个泡这个字眼,原来是雁门关外内蒙古一带骂人的话,想改一改名,杨波又来了,说叫根泡咖啡,或老根咖啡,老树咖啡,将来名字定下来,再通知各位。”裴和平说:“今天高兴,各位可以一展歌喉,消遣消遣。”仝坤说:“‘林海雪原’计划本月十一日举行舞蹈大赛,紧接着十二日,春江花月夜海鲜城正式开业,希望在座各位到时捧场!”

韩月像一个刚过门的小媳妇儿坐在那里,一顿饭一句话都没说,陪着一桌人喝酒吃饭。吴汉章不时关照韩月,偶尔用公筷公勺公匙,给韩月夹菜盛汤,殷勤的像个老公,其实更像长辈。吴汉章认为酒席上谈工作谈商务,失去了吃饭喝酒的兴趣和意义。古人说,食不言恭不语。对,恭不语。古人文明得很,把上卫生间叫出恭或者叫解手。吴汉章想起个真实的笑话来,他自己先笑了。

吴汉章点了一支中华烟,平时他背着人时抽红塔山,场面上抽中华,怕人小看了。他吭了两声,一桌人都看他,知道他有话说。他满脸堆笑,酒也喝得差不多了,脸红耳热的,便开口道:“我给各位讲个笑话,是个真的笑话,我的经历。古人说,食不言恭不语。那是古时候,我们中国人,礼仪之邦。现在哪,人多势众,到处是公共厕所,酒店饭店包厢里,男厕所、女厕所、洗手间、卫生间,嘿嘿,都是一个意思。记得有一次下馆子,两个醉汉,其中一个是我朋友,一个桌吃饭的,名字叫三黄牛,两个

醉汉摇摇晃晃，同时进了饭店的厕所里。开始时，各自方便，互不干涉。厕所的半墙上，固定三五个陶瓷小便池，二人对准小便池，哗啦啦啦啦，先各干各的，方便方便而已，小事一桩没什么。继而，边尿尿，边互相看，四只醉眼相视，上下打量，你看我，我看你，大概目光有能量，能量像激光，能伤人。二人四目相对，越看，越盯住对方不放，目不转睛，谁也不示弱，想要把对方看倒，吓唬倒。像新西兰毛利人舞蹈，两眼睁牛大，把眼球快都憋出来了，真担心'啪'一声把眼球掉地上，拾起来拍拍土，吹一吹再安眼眶上。二人用瞪眼显示其威力。又像灵猫捕鼠，目睛不瞬，四足据地，首尾一直，把全身的力量集中于俩眼球上。"

吴汉章吸一口烟，继续讲："瞪着瞪着，三黄牛说，看我干吗？另一醉汉双手裤裆捂着，啤酒喝多了尿个不停，他顶了三黄牛一句，你不看我怎么知道我看你。三黄牛说，傻比。另一个说，你球相。三黄牛说，你骂谁哩？另一个说，你骂谁哩？三黄牛说，小心揍你。另一个说，想修修面了吧？二醉汉一人一句对答，谁也不甘示弱。三黄牛小便结束快，一抖裤裆，恢复原状，右手一记出拳，直冲对方脸上。好汉不吃眼前亏。对方也不尿了，赶快接招。两个醉汉，拳来手往，拳打脚踢，一个抓住对方衣领，一个拎着对方裤裆，厮扭，摔跤，倒地，翻滚，哈哈你想，厕所里打架，是什么味道。电影里人家那武士道决斗，武林高手比武，天龙八部，都要选择个山明水净的地方。这对醉汉，在厕所里搏斗，那真是，哈哈。"吴汉章没说完，韩月用手捂嘴巴，说："你别讲了，多恶心啊，人们还没吃饭哪。"吴汉章说："嘿

嘿，不影响，好戏在后。我听的厕所里稀里哗啦地，互相还哼哼唧唧地对骂，推开厕所门一看，哇呀，那个景象……”此时此刻，仝坤、刘羽飞、潘建翔、裴和平、杨波，几位男士已笑不打一处来。黄琼英、王桃、苏嫚、符雅妹、戈萍，那些服务人员，一帮粉黛蛾眉，捂嘴的捂鼻的，笑的全趴在桌子上了。仝坤笑着说：“你得赶快去劝架呀。”吴汉章说：“两醉汉，从小便池打到大便池，从地板上打到尿水里，从厕所打到饭厅，满头满脸，上衣下衣，鞋子里一只外一只，身上衣服全部是，赤橙黄绿青蓝紫，吐出来的，尿出来的，便出来的，臭豆腐，臭西瓜，狐臭，坏蛋，油炸大粪，猪肚鸡肠，我怎么去拉架哪，细菌大战啊，派出所来了都没法抓人。”

韩月坐在吴汉章旁边，捂着嘴笑出了眼泪。吴汉章说：“店主出来了，高声大嗓门，别打了，别打了，别打了呀。整个饭店，臭气熏天，几十桌客人，全跑出饭店，到上街了，不用买单啦，骂骂咧咧，提包拔腿，眨眼间走了个精光。”仝坤捂着肚子笑，说：“有句歇后语，叫厕所里扔炸弹——激起民愤(粪)！”吴汉章此时，却又举杯动筷，喝酒吃肉，看着包厢里的人，客人，服务员，蹲的，站的，坐的，已经一个个笑翻了天！

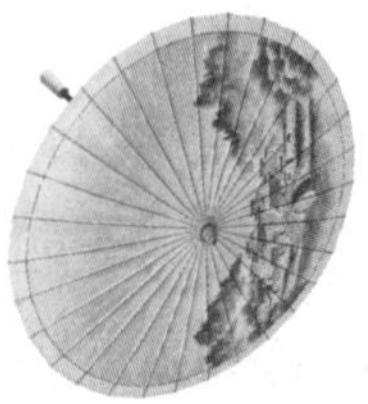

叁拾贰章　古琴

吴汉章一个笑话，包厢里的气氛，顿感热烈起来，笑话的作用使人产生联想，却让客人逗不起食欲来，至少是食欲减退。大家笑都笑饱了。两瓶老白汾，六个男子汉，早已喝完了。其他五位男士，已然半醉，唯独吴汉章，觉得还没喝好，裴和平又开了一瓶五粮液，放在吴汉章面前。仝坤说：“这个，这个人的酒量，有大有小。嗯，喝酒，如果平均分配，实际上不合理。这个，我建议，能者多劳。愿意喝啤酒的，可以喝啤酒，愿意喝红酒的，可以喝红酒，这个白酒一两，顶红酒二两，顶啤酒一瓶。从现在开始，这个，每人，表演一个节目，不会表演的，喝酒，会演的，可以不喝酒。这个大家，同意不同，意？”仝坤舌头僵硬，一箩筐的这个，有的人说同意，有的人不吭声。裴和平问：“仝老总，这个，表演什么节目？”仝坤说：“唱歌，跳舞，乐器，讲，故事都行，像吴总，讲个笑话，这个甚至，说评书，诗朗诵，什么节目，都，可以的。”条件放得宽，一桌人没说不同意的。符雅妹起哄说：“我想看潘总、吴总表演《鸿雁南翔》。”有人想起来了，那一次，“林海雪原”开业时，晚上在桃园饭店吃饭，吴汉章戴着黄帽子表演

《鸿雁南翔》舞蹈，潘建翔唱歌，看过的人，至今记忆犹新。吴汉章说："我能喝酒，不用表演，怕这个出丑。"符雅妹说："吴大哥，表演一个嘛，你的《鸿雁南翔》舞蹈，潘总的歌声，真是绝配。"仝坤说："汉章，你这个老大哥，从你开始，到韩月收尾，顺时针转，你不想表演，可以喝酒。"吴汉章说："刚才我讲笑话了。"仝坤说："刚才的不算，这个，从现在开始。"吴汉章一听说，拿起酒壶，倒了一小盅五粮液，先倒入一个大玻璃杯里，连倒三小盅，都倒入玻璃杯，他二话没说，端起杯，脖子一扬，吱溜一声，三小盅酒下肚，拿起筷子，夹一口鱼肉吃了，拿起玻璃杯摇摇，环视一周，得意地说："这个，一两。"酒话都带舌头。吴汉章，看似轻松的样子，酒量大，显摆，正襟危坐，不用表演。轮到仝坤了，大家等着看着，今天仝总有什么好节目。

仝坤点燃一支中华烟，不慌不忙，说："我也讲个故事，对不起，各位女士，别见怪，我这个故事，受吴总的启发，也与厕所有关。这个，今天，都与厕所较上劲儿啦。"苏嫚说："你就不能讲点别的，今天请客吃饭哪。"仝坤笑笑说："哈哈，一时半会儿，还真想不起讲点别的，想到的就是厕所了。"看来，今天中午的饭是吃不成了。

仝坤讲开了："这故事，还得从头说起。一九六七年夏天，'文化大革命'如火如荼，我父亲遭批斗，我从太原到大同，隐名埋姓——我本姓路，我妈姓仝，现在的名字，就是那时候改的——在大同御河桥边一个中学念初二。我们班，有五十多位同学，分配座位时，我坐在教室中间靠窗的位置，当时，两人共

用一个长桌，木凳一人一个。同桌的，是一位女同学，我这个女同学，叫林玉琴。”仝坤吸一口烟，意味深长，继续讲：“她还有个妹妹，叫林宝琴，也是这个学校的学生，比我们低一个年级，正念初一。姊妹俩，都梳着两条一尺长辫，长得特别漂亮，是我们学校的两朵校花。我和林玉琴坐在一起，那些男同学嫉妒又羡慕，因为我是外地来的，我们班主任姓乔，是位男老师，教语文。他的考虑大概是认为我是外地来的，不敢想入非非，更不敢欺负女同学。另外，可能还有考虑，我能保护林玉琴。因为，花香蜜蜂多，所谓招蜂惹蝶。事实上，也果然如此。一天上午，音乐课，音乐老师拉开手风琴，教大家唱毛主席语录歌：‘世界是你们的，也是我们的，但是归根结底是你们的。你们青年人，朝气蓬勃，正在兴旺时期，好像早晨八九点钟的太阳，希望寄托在你们身上。’我俩的座位后面，坐了两个捣蛋同学，记不得具体名字了，只记得外号，一个外号二叫驴，一个人称三窝瓜，这俩家伙狼狈为奸，还是留级生，个子也高大，‘文革’时期，老师也不敢硬着管。为什么刚好坐在我们后面，是这俩家伙自己调的座位，专为坐在林玉琴的后面。上课时，特别是晚上上自习时，从林玉琴背后欺负林玉琴。这个，我一开始没有发现，后来发现林玉琴坐凳子，只坐前面半边，屁股不敢全坐凳子上。原来一坐，如果屁股露出凳子外面，二叫驴三窝瓜就从背后用脚踢林玉琴的屁股。哈哈，初中女生，已经长大，有模有样了。更有甚者，这俩家伙，还悄悄揪人家头发，故意把后面的桌子往前推，扔纸团，用嘴吹，吐唾沫，钢笔墨水染衣服。我与林玉琴坐

一起，慢慢对她有了好感，她人漂亮，学习好，又会唱歌，歌唱得特别好。

“这天，音乐老师教唱歌，我发现二叫驴边唱歌边在林玉琴背后探出手来，拔林玉琴头发，林玉琴痛得‘呀’地叫了一声，这一次，我实在忍不住了，回手就是一拳，打在二叫驴的脸上。前面的同学听声音，都回头看，音乐老师过来了，问为什么上课打架，我说他拔林玉琴头发，老师问二叫驴是不是，二叫驴不承认，三窝瓜说没有看见。为什么人叫二叫驴呢？二叫驴唱歌嗓子好，声音洪亮，一口气不换，可以把拖腔唱一丈长，别人只能唱一半五尺长。还有个原因，后来我才知道，是他一个宿舍同学说的，这二叫驴，是个大阴人，有个大家伙。当时没有发作，音乐老师继续教唱歌，老师唱一句，同学们跟着一句，平安无事。下课休息。你们各位年轻一些，可能不了解，汉章知道，六十年代的公共厕所是什么样子。雁北人土话，厕所叫茅池。往往建在学校院里的一个角落，地上挖一个长方形大粪坑，为了淘粪方便，一半露天一半砌墙，靠墙搭个简易的顶棚，顶棚的下面用砖石砌筑矮墙，齐腰高度可遮羞，隔开一个个间格，中间是一个长条形蹲便坑，与露天的大粪坑相通，相当于下水道。人在方便时低头看，可以看见大粪坑的粪便污水横溢。

“嘿，正在这个时候，厕所出事了。下了音乐课，老师刚一离开教室，二叫驴就叫喊，仝坤，你咸吃萝卜淡操心，你等着，有你好戏看的。我说，等怎么样，我还怕你吗？林玉琴受了委屈低头哭泣，她说，二叫驴，你耍流氓。三窝瓜一边帮腔说，林黛

玉，谁也没动你。我说，他没动，就是你动了。我说着站起来。教室里人多，这两个人同学们都讨厌，真的打起来，我也不会吃亏。二叫驴拉着三窝瓜出了教室。我劝林玉琴说，你别怕，有我在。林玉琴说，谢谢你仝坤。生了一顿气，我想去厕所，一个人离开教室。校园占地有一公顷，十几排教室，都是平房。厕所在学校院的西南角，离我们教室有百米之遥。厕所里用墙分隔开男女厕，墙后面的粪坑连在一起。我进了男厕，正好碰见三窝瓜走出来了，打照面没说话。

"我正在厕所蹲着，看见三窝瓜在厕所门口探头探脑，闪了一下不见了。正在这时，上课的铃声丁铃铃响个不停。突然，只听得背后'轰'的一声巨响，紧接着'哗啦啦啦'，是围墙倒塌的声音，我以为有地震了，瞬间，从粪坑里溅起的粪水，顺着我蹲着的地方冲了上来，溅得屁股上裤子上满是粪尿。这时候男女厕所里，仅仅有三四个学生，我在其中。墙倒啦墙倒啦，听到有的学生喊，一传十，十传百。这时候，我没有想其他的事，提着裤子冲出厕所，我心里明白是怎么回事。我不顾一切，一个人跑出校园，带着满身臭水狂奔。学校在御河边，我跑到河边，见河面宽阔，流水淙淙。夏日炎炎，正当中午时分。我没有脱衣服，就躺在一尺深的河水里，翻来滚去，洗了一个冷水澡，把浑身的臭水冲洗干净了，我上到河岸边，脱下衣服，上衣、背心、长裤，晾晒在河边的大石头上，身上赤条条，只剩下一个水淋淋的小裤衩。"

仝坤讲故事，一桌子人听得入神，吴汉章酒也不喝了，他问

仝坤:“这个林黛玉,林玉琴,她哪去了?”仝坤说:“你们吃,边吃边听,故事长着呢。”

仝坤继续讲述:“我躺在河边晒太阳,肚子饿得咕咕叫,这时耳边听着有人喊,仝坤,仝坤。我坐起身来,扭头一看,是林玉琴跑来了。”仝坤讲到此,吴汉章端起小酒盅,吱的一声喝了,说:“仝老总,继续讲。”仝坤一笑说:“又没罚你,不打自招。林玉琴给我带饭来啦,两个大馒头,一铝饭盒菜,零星几块肉,还有一根葱。林玉琴来了,饭也有了,我大喜过望。我问,林玉琴,你吃饭了吗,林玉琴说吃了,这都是给你买的。我坐在河边狼吞虎咽,林玉琴看着我吃,一会儿就吃光了,一根大葱也进了肚。林玉琴说,听同学们说,是有人搞破坏,把墙推倒了。我说,我猜测,这事的就是二叫驴和三窝瓜干的。林玉琴说,学校正在追查,谁敢破坏,就是反革命,会被抓起来的。这堵墙,也太不结实了,纸糊的,人有多大的劲,能把一堵墙推倒。

“我说,厕所的墙不牢靠,砖墙往往是一二墙三七垛,每隔三五米加固,砖垛之间的墙就薄弱,年久失修,人能推倒。林玉琴说,你怎么知道。我说勤工俭学,我在工程队干过活。那天大概是周末,下午没有课,我和林玉琴没有回学校,玩儿了一个下午,去了华严寺,看了九龙壁。她家住在大同市,她说,要准备什么时候,带我去她家玩。我说不去,怕人说闲话。林玉琴说,俩小屁孩儿,有什么闲话。我心想,林玉琴说得对,搞对象谈恋爱,倒也不是时候,为时过早哇。其实,不知道怎么搞的,说早也不早,心里总有那么一点意思,小兔子心里乱跳,反正喜欢女

生，特别是漂亮的女孩子。根据我个人的经历，初中必有谈恋爱，但是朦朦胧胧的，肯定谈不到点子上了。”说到这里，仝坤笑了起来。

俗话说，酒醉心里明，拿着银钱不给人。仝坤微醉脑子清楚，讲小时候的恋爱史，有苏嫚在侧，还知道要讲究一些技巧，否则苏嫚不高兴，岂不是自讨苦吃。

仝坤说：“从此以后，林玉琴对我特别好。我呢，权当英雄救美，绝无非分之想。学校追查事故原因，二叫驴和三窝瓜做贼心虚，早已逃之夭夭了，此后再也没有来过学校。当时正是‘文革’时期，学校也是红卫兵红小兵，革命无罪造反有理，此事就不了了之。这两个害群之马走了，我们班也安静了许多。林玉琴把我当成了最好的朋友。”符雅妹又起哄说：“什么朋友，明明是小情人，对着苏嫚姐不敢承认。仝老总，请问，什么是叫驴啊，窝瓜是什么，两个名字怪怪的。”仝坤嘿嘿一笑，说：“雅妹，我给大家科普一下。这海南没有驴吗？黔无驴。琼也无驴？大概海南驴不多，琼少驴。我告诉你，驴，多产于北方，公的称叫驴，母的称草驴。驴的性格倔强，拉磨还得捂着眼，否则不听使唤，人说的驴脾气。不知道为什么把旅游的朋友叫驴友，大概意思是一帮脾气相投的人。叫驴，这叫驴嘛，嗯，驴发情期大喊大叫，吼声震天，不安分守己，生怕人家不知道，这是驴的性格脾气使然，敢于公开表示要找情人了，不是，要找情驴了。饲养驴的人就明白了驴的意思，为驴提供服务：配种。”

“农村里专门有从事此项工作的人，挺受人尊敬的，这种人

懂牲畜发情,有经验。驴配驴,可以生小驴,是同类,正常没有问题。驴配马,驴可以找马配啊,驴父马母,生下的仔,叫骡子,姓母亲的姓,叫马骡。如果公马母驴,生下的仔,也是骡,姓驴叫驴骡。公驴和母驴生下的仔,才是真正的驴。骡子也有公有母,但骡子天生不能生育,计划不生育,计划生育了,阳痿阴冷不发情,比其父母之辈高而大,劲儿也大,优生优育,不是近亲,杂种交配。骡的汉字,左马右累,累死累活,任劳任怨,只爱劳动,天生一辈子干活儿的命。所以说,农夫喜欢骡子。"

仝坤讲到此时,吴汉章呼地一笑,把嘴里茶水也喷出来了:"仝老总,你怎么这么多的学问呀,这骡子与骡子,之间怎么办呢?"仝坤也笑:"我原来也搞不清楚,乱七八糟的,谁与谁啊。那时候,接受贫下中农再教育,慢慢地也明白了。再让科学家讲,遗传呀,细胞呀,变异呀,转基因呀,染色体呀,生物工程呀,我就不懂了。后来,我追根究底,继续发挥,天下之大,无奇不有,也有母骡生仔的记载。公驴母骡,生仔为驢。公马母骡,生仔为駈。骡骡之后,生仔駃騠,千千之中,只有其一,千分之一的概率。駃騠,是骡子中的英雄,以稀为贵,殊为难得。现在,取而代之,马父驴母,也叫駃騠。在古代,因稀有,是达官显贵的乘骑,不骖不騑,中流砥柱。駃騠,决堤,河道堤坝,有了缺口,天降大雨,水漫出来了。还有,驢駈駃騠,统统称驹,往往人们对这个大家族搞不清楚,乱说乱叫。马驹驴驹骡驹,同母异父,令人费解。不管怎么样,总之有一条,母能生仔,公不生仔,亘古不变。好像骡子是,亦驴亦马,非驴非马,驴不驴,马不马。

人妖，不是不是，是驴妖，马妖，骡妖。”仝坤一口气说完，自己也笑了。

仝坤从烟盒抽出一支中华，递给吴汉章，自己也抽出一支，吴汉章笑脸相迎，忙拿起打火机，先给仝坤点火，然后自己点着，边点边恭维说：“有学问，有学问。”仝坤只是笑，吸口烟，问：“你们还听吗？”一桌人都说：“还想听！”

仝坤说：“好的，书归正传。‘文革’期间，学制要缩短，教育闹革命，小学初中高中，由六年三年三年，变成四年二年二年，我父亲的一位老战友是我的保护伞，一九六七年底也被打倒，我不能再在大同念书了，又到雁北地区的一个县城念初二。那年冬天，我离开大同之前，去了林玉琴家。原来，这是一个大知识分子家庭，她父母亲都是天津人，大学教师，一九五七年被划成右派，在雁北地区一所中学当老师。他母亲是数学老师，父亲教的学科不确定，教外语，教历史，教音乐，学校缺什么教师，他就教什么，什么课都能教。林玉琴的家里，有一架钢琴，她父母亲都会弹，平时在家里，教玉琴宝琴姐妹俩弹钢琴。我在她家里，吃了一顿饭，她父母亲知道学校发生的事情，都很感激我。我与林玉琴，只相处了一年。一九六八年冬季，我一个人乘火车回了太原。后来，我流离失所，去了河南，跟着一位姓仲的老师，探藏寻宝，走遍天涯。”吴汉章说：“不会吧，你与林妹妹失联了？”仝坤苦笑说：“我刚离开大同时，到了县城的一所中学后，每周能收到林玉琴的一封信。学校的传达室门卫，和我处得好关系。后来回了太原，居无定所，失去联系。”符雅妹

又追问道:“那后来呢?”

仝坤说:“一九六九年春天,二月杏花开的时候,我和仲老师,还有个师弟小雷,从郑州到太原又到了大同,我背着师傅师弟,去大同中学找到林玉琴,林玉琴已经上高中一年级了。我把我的遭遇,当时的处境告诉她,我边说她边哭,为我的不幸掉眼泪。那天晚上,她回家和她父母说,要把我收养起来,就当我是她家人,是她的哥哥,反正我也不姓路了,再改个名字,叫林仝坤,林仝,林坤,都是可以的。但是我坚持不肯,我一个男子汉,我不想寄人篱下,我要去闯天下。那几天,我和师傅师弟说,我在大同读过书,要见见同学,其实是,我每天都和林玉琴在一起,还去了云冈石窟,我执意要走。林玉琴怕我走了,哭哭啼啼,我说,你等着我,我会回来的。我们师徒三人,在大同买了三辆旧自行车,骑车过了桑干河,从大同市到了雁门关广武村,那里有个古汉墓群。”

“在这个地方,我们一住就是一个月。过去,我很少对人谈起,今天喝酒多了,随便说说,你们就当听小说,讲故事,不必当真。我们找了几个可疑的墓穴,一个月明星稀的夜晚,在一个巨大的墓穴里,我和小雷在里面,仲老师在外面,除了一些金属器皿、盔甲兵器外,我收获了一张古琴,它被层层密封,装在一个大铁箱子里,保存完好。我们三人回到广武村边的车马大店,已见东方泛红,破晓时分。我说,我有个同学叫林玉琴,并把她父母的情况介绍了。仲老师让我再去一趟大同,找林玉琴的父母给琴做个鉴定。”

仝坤讲到此处，众人只顾听故事，已不再动筷子了。裴和平和戈萍让服务员撤席，上茶水，上果盘。仝坤首先离开餐桌，坐在沙发上。大家也都纷纷离席，坐在沙发上，喝茶，吃水果。一会儿，服务人员都离开了，餐厅里只剩下六男六女。仝坤一口喝了半杯茶，脑子清醒了许多。他说："后来的事，一言难尽。"这时候，出乎大家意料，韩月问了一句："仝总，这是一张什么样的琴？"仝坤说："这是一张古琴，密封在一个铁箱子里，年代久远，保存完好，琴弦松断，琴身未损，琴的尾部暗黑，而且裂纹较多，疑似火烧痕迹。"韩月自言自语："汉墓群？雁门关？"仝坤问："韩月，你学什么专业？"韩月说："我是华中师范大学，音乐系，琴瑟、琵琶、古筝、箜篌，都学一些。"韩月这么一说，所有的人都吃了一惊，原来韩月真人不露相，只有杨波知道底细，韩月不主动，杨波也没有极力推荐。吴汉章一听，小眼圆睁，茶杯在桌子上一放，响声不小，他大声叫道："哎呀呀呀，韩月哪，你不早说，这林海雪原歌舞厅，放不下你这尊大菩萨，仝总啊，太官僚啦，有人才不用，浪费呀！"吴汉章是在吹捧韩月，仝坤心里清楚，仝坤说："人家韩月不声不响，我们怎么知道呢，你吴鞭长明修栈道，暗度陈仓，不知人善任，那是怨你哪，有眼不识泰山。"韩月说："哪里哪里，'林海雪原'人才济济，我没有多少特长，不值得一提，各位老总，请多多包涵。"

仝坤继续说："韩月讲得好。听我继续说。第二天一早，把铁箱捆绑好，驮在自行车上，过桑干，走山阴，经怀仁，返大同，到达之时，已是日薄西山，找到林玉琴家，天已经完全黑下来

了。记得这一天，正是星期天，林玉琴父母亲，姐妹俩都在家。我把来意说明，把铁箱打开，林玉琴父亲端着古琴，在灯下仔细观察，半个小时之后，他坐在椅子上，神色凝重，庄严肃穆，没有说话。林玉琴看出来了，从她父亲的神色里，这张古琴来历不凡，莫非这张古琴，隐藏着秘密？林玉琴母亲，忙着给我做饭，下挂面滴鸡蛋，雁北老乡说这叫蚂蚁套耗子，招待女婿的饭，这是雁北的方言土语。我走了一天，又饿又累，连吃了两碗煮挂面，两颗鸡蛋也吃了，林玉琴很高兴，她把我当作亲哥哥了。吃完饭，林玉琴父亲说，这张琴，从木头的成色，木头的裂纹，木头的年代，木头的损伤，综合分析，是一张名琴，叫作焦尾琴，是古代四大名琴之一。但要专家进一步鉴定。这张琴年代久远，两千年了，据历史记载，早已失传，是真是假，还不能确定。如果真是焦尾琴，那是价值连城，稀世之宝。

“我在林玉琴家住了一夜。第二天，林玉琴不想让我走，说等等把琴鉴定完了再走，我说先把琴放在你家，待鉴定完了我再来取，一时半会儿也鉴定不完，仲老师和小雷还在广武村，等着我回去呢。林玉琴父亲说，他要去一趟北京，找文物专家进行鉴定，大概需要一段时间。我于是离开大同，骑自行车又回到广武，与仲老师和小雷会合了。仲老师对我把琴留在大同不放心，我说我用生命担保，不会有问题。仲老师说，你的心情我理解，你的生命值多少钱。我说，我的生命再贱，也比一张破古琴值钱。仲老师说，这不可类比。我不以为然，仲老师说，我只是担心，但还是要善意地理解别人，不能认为人人都是骗子，还

是好人多。

“我们师徒三人，骑着自行车，到了应县木塔、恒山悬空寺，后来走西口，从右玉杀虎口，到了内蒙古凉城，又到了和林格尔、呼和浩特、包头，一路上风尘仆仆，考察文物古迹，倒也自由自在，祖国山河一片红，到处是革命和打倒，文攻和武卫。辗转北国半年有余，初冬时节返回郑州。

“长话短说。眨眼已是七十年代，每个月我都能收到林玉琴寄来的信，文字或长或短，有时几句小诗。我和仲老师小雷外出，一年半载回来后，林玉琴的信有一厚沓。深秋时节，林玉琴来信说，她高中马上毕业，要到农村插队，接受贫下中农再教育，我回信问，到哪里去插队，是回天津还是大同的郊区，半个多月后，她回信说，在大同郊区的黄土高坡公社。她每次来信，都提到那张古琴，这张琴，既联系着我俩的关系，也给我俩增添了许多惆怅。正如仲老师所料，两年多时间没消息，古琴失踪了。事情是这样的。”

讲到此时，仝坤点了一支烟，烟雾缭绕，往事如烟。他继续讲述：“那一年，林玉琴父亲坐火车进北京，他的一位朋友，叫冯沫然，是古文物专家，刚把古琴交代给他，林玉琴父亲还没离开北京，冯沫然就被红卫兵抄了家，混乱之中，古琴不翼而飞。破四旧立四新，这些牛鬼蛇神，封建腐朽的东西，一张古琴，何足挂齿，不破不立，玉石俱焚，一根破木头，岂能独善其身。林玉琴父亲，不仅没有把古琴鉴定，鉴定琴的人也找不到了，监狱里、牛棚里、北大荒、‘五七’干校、劳改农场，哪里去找？林玉

琴父亲知道问题的严重性，如何向女儿交代，如何向仝坤交代，他不敢回家，不敢回大同，流连于天津、北京之间。一九七〇年春节前几天，林玉琴、林宝琴和母亲进北京，四处找亲朋好友打听，才找到了父亲，她父亲思想压力大，满脸憔悴，饥餐露宿，白须长发，不成人形。四人见面痛哭一场，离开北京，回到大同。

“春节的爆竹声声，一家人回过神来，仿佛做了一场噩梦。林玉琴给我回信，叙述了事情的经过。我把古琴丢失的来龙去脉，报告了仲老师。琴丢了，仲老师没有责怪我，他说，一切由命运安排，人的生死有命。一件物品，也有它的命运，特别是一张古琴，历经千年而不朽，它有灵性。仲老师又说，所以，不必过分自责。其实，当我离开广武去大同送琴，一出门，仲老师已经后悔了，但无可奈何，他学识渊博，文武双全，以他的聪明才智，他大概也知道这张琴的来历，这张古琴一旦出现，昭白于天日，就会有去无回。他也知道这张琴，大概是焦尾琴，若把这张琴放在身边，永远是一个定时炸弹，昼夜不得安宁，甚至会带来杀身之祸。仲老师是一个诚信的人，他说出来的话，是从不反悔的，言而有信，明知错了也要执行。他常说，聪明的最高境界，就是诚信。仲老师给我讲了陶朱公救子的故事。说陶朱公范蠡，他二儿子在楚国犯下大罪，楚庄王要杀他儿子。他有钱，财神爷，备黄金百镒，想派人找他的老朋友庄生，从中斡旋，救他儿子一命。他心里明白，若派三儿子去救，可以救得了。若派大儿子去救，二儿子必死无疑。但是，大儿子死活要去，不让他去他就上吊，范蠡没办法，最终还是让他大儿子去了，结果二

儿子没有得救，被楚庄王杀了。原因是，他大儿子从小随父创业，从贫困中来，惜财如命，不舍得花钱，而且在救赎过程中，他大儿子要小聪明，庄生说服楚庄王，讲迷信说夜观天象，楚国有危难，应该大赦天下，庄生名气大，楚庄王言听计从。大儿子获得消息，认为平安无事了，这不是庄生的功劳，他把送庄生的礼物，上门找个理由要回去了，没有以诚待人。庄生一气之下，翻转舌头，对楚庄王说，听楚国老百姓说，楚王大赦天下，全是为了陶朱公的面子，徇私枉法。楚庄王一听，先把这个二儿子杀了。后人评论这件事，众说纷纭，陶朱公明知不可为而为之，这不是拿自己儿子性命开玩笑吗？究竟是谁的错？当然，这里边还有许多故事，情节曲折，不必多说了。

“我的意思是说，仲老师是这么个人，顺势而为，诚信为本，听天由命，虽然消极，但这是他的明哲保身之举，也无可厚非。对待丢琴这件事，老庄之道，塞翁失马，焉知非福。实际上，我和仲老师早已不把此事放在心上了。但是对于林玉琴一家人，却是一个无形的压力。我从林玉琴的信里，看到她巨大的内疚之情。一九七一年春季，林玉琴到黄土高坡公社插队劳动。林玉琴的漂亮，给她带来了灾难。二叫驴和三窝瓜，就是这个黄土高坡村的人。黄土高坡村，也是公社所在地，有千八百人，是个大村庄。初秋的一天，林玉琴出地劳动，庄稼地哪有厕所，大小便就地解决，林玉琴一个人到一块玉米地上厕所去了，玉米地里，枝叶繁茂，看不见人。可是坏了，林玉琴背后一声响动，扭头一看，有一个蒙面人扑过来，林玉琴被一个巨大的身躯压

倒了，林玉琴吓坏了，她大声呼喊，根本无人听见，她拼命挣扎反抗，也无济于事。”

听故事人，凝神屏气，等待下文。仝坤继续讲：“突然，只听得‘咚’的一声，林玉琴满头满脸被黄土熏了一把，睁不开眼，只觉得趴在她身上的蒙面人，头一歪，不动弹了。林玉琴把蒙面人推开，迅速站起来，揉揉眼，睁大眼睛一看，她大吃一惊，这不是三窝瓜吗？三窝瓜比原来长高了，还是光头国字脸，愣头青脑，傻乎乎的样子。不错，此人正是林玉琴初中同学三窝瓜。原来三窝瓜本姓洪，父亲是村干部，贫下中农，三窝瓜排行老三，他父亲是学毛著积极分子，三窝瓜弟兄四个，名字跟着形势，都改了名字，老大洪团结，当兵去了，老二洪紧张，大同煤矿的工人，老三三窝瓜叫洪严肃，老四叫洪活泼，兄弟四人，团结、紧张、严肃、活泼，毛主席语录。三窝瓜说，林玉琴，你还认得我吗？林玉琴说，你怎么到这里来了？三窝瓜说，我来救你了，别理他，快跟我走。三窝瓜说着，拉着林玉琴，慌慌忙忙跑出玉米地。两个人跑到河边，林玉琴洗了把脸，坐在河边的大石头上，才发觉裤子也被撕破了，上衣的扣子也掉了。秋天，中午的太阳照耀着，河边的庄稼地一片金黄，快是秋收的时候了。三窝瓜对林玉琴说，那个蒙面人是二叫驴，从你插队到黄土高坡，这个家伙就没安好心，我一直在监视这个坏蛋，想不到，这是个牲口，竟然企图强奸你。好赖我们是同学一场，总有些情谊，所以，我见他进了玉米地，我就偷偷跟踪他，他一直在跟踪你，找机会下手。

“林玉琴说,你一石头把他砸死了？三窝瓜说,应该不会,我用一块土坷垃打的,他是晕过去了,死不了。林玉琴问,他知道是你打的吗？三窝瓜说,他怎么知道,他就是知道了,也是猜测谁谁谁,一定不敢说出口,犯了强奸罪,是要枪毙的。再说啦,他如果敢声张出去,就不怕批斗游街吗,胸前挂个牌子:大流氓。我父亲是村干部,抓起来专他的政,让他坐监狱,吓不死他。三窝瓜救了林玉琴,两人成了好朋友,三窝瓜自己知道,癞蛤蟆吃不上天鹅肉,他是个好人、老实人,见义勇为,林玉琴把他当哥看待,他就很高兴很满足了。后来,洪严肃到了大同市当工人,听林玉琴说,是在云冈啤酒厂当汽车司机,好工作。他三天两头请林玉琴喝啤酒,散装的啤酒,一端就是一洗脸盆。再后来,林玉琴被公社领导看上了,调她到公社上班,当了公社的广播员。”

仝坤讲到此处,神情凝重,停顿片刻。大家都被故事感动,关心林玉琴的命运。仝坤接着说:“林玉琴当广播员,是这位公社的领导想给他儿子找媳妇儿。当林玉琴知道了真实意图,她茫然无措。回家与父母亲商量,父母的回答是,由林玉琴本人自己决定。这位公社领导的儿子正在部队服役。林玉琴给我来信,当时我正在河南郑州。我的意见是,等一等再说,起码要见一见本人,交往一段时间,再做决定。插队务农过了一年,第二年,一九七二年秋季,公社推荐一名优秀青年上大学,就是后来所谓的工农兵学员。公社领导的条件是,如果能当他家儿媳妇儿,就推荐林玉琴上大学。林玉琴内心深处矛盾重重,面临

人生的重大选择。这一年，林玉琴插队满两年了，符合上大学的条件。后来的结果是，她被推荐上了大学，而且是南开大学，她如愿以偿地回了天津。”吴汉章急着问：“怎么，你就放弃了？你去追呀，还有追不上的吗？”符雅妹笑了，看了苏嫚一眼，说：“仝总，人家林玉琴对你有情有义，要不为什么征求你的意见。你看看吴总，宜将剩勇追穷寇。”说着，符雅妹又看了看韩月。王桃哈哈笑了：“雅妹，用词不当，不过呀，还真是得追，你想一想，哪一场千古绝恋，不都是用生命去追求的。”

韩月接话说：“仝老总，那张焦尾琴呢，丢了吗？”仝坤说：“没有丢啊，现在苏嫚手里啊。”所有人的目光，都转向苏嫚。苏嫚发言了：“仝总今天酒喝多了，他讲的故事，就当听小说。刘兰芳讲评书，《岳飞传》，将信将疑。我确实有一张琴，琴尾也有火烧的痕迹，谁知道呢，是不是有人用火烤了一下，我们也没办法去鉴定，是不是两千多年前火烧的。我还有一把琵琶，仝总说这是唐代曹善才用过的，白居易《琵琶行》诗里写的那一把，你能信吗？有故事的文物多着呢，一张琴、一幅画、一把壶、一柄剑、一枚玺，你说是古代的，值多少钱，当快饿死的时候，它不如一个馒头。你问问仝总，一九六八年初中毕业，从太原坐火车到了郑州，在郑州火车站，是不是差点被饿死了。”

仝坤接着说：“你们都没有快要饿死的经验，饿的时候人吃人，这不是说笑话讲故事。刚来海南，在海口宾馆，我给李纪行、吴汉章二位讲述我的经历，讲到这件事。苏嫚现在藏的这张焦尾琴，苏嫚认为是赝品，我是从来不承认是赝品，因为没有正品

来比较，真的焦尾琴谁见过呢？再好的琴让我弹，那也是弹棉花的声音，让琴师去弹，我没有听过韩月弹琴，苏嫚弹琴就是好听。我不会弹琴，但是我会听琴，你不能要求会喝酒的又会酿酒，会开车的会去造车，我能欣赏美女，你不能让我也长得很美丽。我不是文学家、数学家、音乐家、舞蹈家，但我喜欢看书、写字、算数学，喜欢唱歌跳舞。所以说，各位美女，你们再美丽，总得有欣赏美丽的人，像我这样的人，这个这个，才是最重要的。"

苏嫚说："今天仝老总酒后吐真言，大家也听得出来，那张琴失而复得，经历过'文革'，物是人非，人是物非，真假难辨，他却守口如瓶，没对我说过这张琴的往事，原来这么复杂，后来怎么收回来的，他又不说了，他的话经常是说一半留一半，说有一句老话，天机不可泄露。"仝坤说："这张焦尾琴，就是中国版的维纳斯，有缺陷的美，至于是真是假，《红楼梦》有一句话，假亦真时真亦假，无为有处有还无，管他的呢，真的假的，都要珍惜。"

轮到刘羽飞表演节目了。刘羽飞说："我喝一杯酒吧，让潘总给大家唱首歌，调节一下心情，听了仝总的经历，心里总有一些遗憾，那个时代，我们刚出生，还不懂事，真是不容易，仝总说得好，我们年轻一代，要珍惜，珍惜现在的幸福生活。"刘羽飞说完，端起酒杯，一饮而尽。潘建翔说："看来，我是不能喝酒了，我给大家唱首歌吧，山西民歌，大家熟悉的，歌名《想亲亲》。"潘建翔说着，调好卡拉OK音响，拿过麦克风，深情地唱了起来：

想亲亲想得我手腕腕那个软，拿起个筷子我端不起个碗

想亲亲想得我心花花花乱，煮饺子下了一锅山药蛋
头一回瞧妹妹你不那个在，你妈妈劈头打我两锅盖
想你呀想你实格在在想你，三天我没吃了一颗颗颗米
茴子白卷心心十八那个层，妹妹你爱不爱受苦那个人
烟锅锅点灯半个炕炕明，烧酒盅盅挖米不嫌哥哥你穷
茅庵庵房房土的炕炕，揽搭了个皮袄伙呀么伙盖上
雪花花落地化成了那个水，至死了那个也把哥哥你随
咱二人相好一呀一对对，切草刀铡头不呀么不后悔。

潘建翔唱这首歌，有自己的创意，每唱一句歌词，跟着唱一句呀呼儿嗨，声调凄婉，声情并茂，他用男声唱一半，用女声唱一半，几位女士被歌声感动，个个热泪盈眶。大家开始唱歌跳舞，兴尽方散。

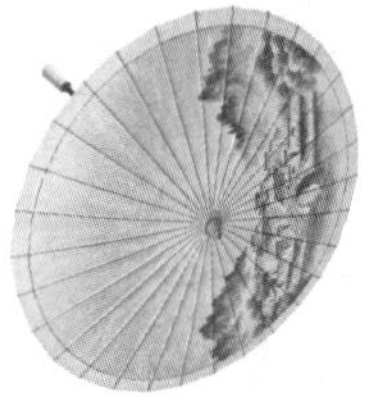

叁拾叁章　三难

下午五点钟，潘建翔开车返回海南大学。他把车停在丁兰家的楼下，走楼梯上了三楼，正用钥匙开家门，这时，对面邻居的门开了，一对年轻夫妇，每人手里拿着一支羽毛球拍，都穿蓝色运动衣，白色网球鞋，是要出门锻炼去了。这一个星期以来，丁兰去了三亚，潘建翔住在丁兰家，每天早出晚归。潘建翔尽心尽力，养花喂猫，不敢懈怠。有一两天晚上，把高小芬和郭小梅两个女生叫来，说是排练探戈舞，实际上是听了符雅妹的话，想让丁兰早点返回海口，家里不安宁啊。丁兰昨晚才回来，二人住在一个家，师生之间，中规中矩，不管心里怎么想，井水不敢犯河水。这对年轻夫妇边下楼边看潘建翔，都不好意思打问对方。潘建翔开门进了家，随即关好门，就又站在阳台上，观看院子里的动静，等待曾爷爷派人送花来。

不大一会儿，楼下路的那边有一辆电动三轮车出现了。潘建翔居高临下看，看见车厢里装着两个大盆景鲜花，没错，丁香和兰花。潘建翔急忙下楼迎接鲜花去了。

送花人是个年轻男子，潘建翔问了是曾爷爷送的花。观看

这个盆景，一高一矮一胖一瘦，丁香垂蕾含苞待放，有潘建翔的个头高。紫色的兰花美艳芬芳。两人先抬了一盆丁香上楼，置于阳台上，又下楼把另一盆抬上来。送花人刚走，丁兰回来了。

丁兰一进家门，潘建翔正在打扫家里卫生。潘建翔问："今天没课了，这么早？"丁兰说："快六点了，下午排练，让高小芬、郭小梅准备参加比赛。"潘建翔手拿簸箕扫帚，客厅的地上有几片花叶，丁兰弯腰拾了起来。潘建翔把地上的头发纸屑扫在簸箕里，走进了卫生间。丁兰似乎明白了，是潘建翔给她买花回来了。丁兰急忙走到阳台上，一看，惊呆了。一株丁香花，比她人还高出一截。那盆兰花，雍容华贵娇艳欲滴。这两株盆栽，矗立在阳台上，恰似一对新婚夫妻，傲视群芳。

这个阳台上，有几十种花，紫薇、月季、玫瑰、朱蕉、雏菊、海棠、仙人掌、三角梅、马蹄莲，一团团一簇簇，争奇斗艳。潘建翔洗了手，从卫生间出来，跟着到了阳台上，他正要开口说话，冷不防地被丁兰亲了一口。这又相当于盖章，领导同意或批准，潘建翔还没回过神来，丁兰倏地走回房间，阳台上只留下他一人了。他受宠若惊，来不及回味其中含意，这不明确的暗示意味着什么。潘建翔也回到客厅，坐在沙发上，看着丁兰沏茶倒水，他动脑筋思索，昨天晚上丁兰亲了他一口，也是在脸上，不同的是，无非是昨晚在左脸上，而今天在右脸上，区别并不大，关键是亲与吻，这是有区别的，亲是随意的，没有固定的位置，有时在脸上，有时是在手上，有时还在额头上，不看那些外国人乱亲一通，亲完了还念阿门，没什么意思。我们认为，亲脸相当

于握手,并不十分的重要,而真正的代表感情的,是吻,吻,是双方互动的,吻就是要口对口,嘴对嘴,眼睛有时闭着有时睁开,或者忽睁忽闭,各随其所好,而有所不同。

所以,丁兰亲我脸上,而且已有两次,与吻还是有区别的,即使把脸亲破管什么用?三亲不如一吻,亲,只是表示可能同意,但不表示要实施,我们日常工作中,盖了红章文件一大堆,但就是不能实施,有什么用?所以必须有吻,吻,有舌舌水水之间的交融,有唇唇齿齿之间的相约,到了这一步,潘建翔的胆子必定陡增,胆壮如牛,胆大包天。

而现在的他呢,有心没胆,胆战心惊,胆小如鼠。好可怜哪,不,是可惜。潘建翔心不在焉,胡思乱想,差点把手里的一杯茶水洒了出来。

已是日暮黄昏。家里黑暗下来了。丁兰说:“建翔,我今天心情好,你开车,我们出去兜兜风,怎么样?”潘建翔说:“好啊,你说去哪里?”丁兰说:“随便去,哪里都行。”

于是,两人锁门下楼,车在楼下,两人上车,汽车徐徐驶出校园。今天与以往不同的是,丁兰一上车,就坐在潘建翔副驾驶的位置上,以前多次坐过车,丁兰总是坐在后一排。潘建翔心里高兴,感觉关系进一步融洽了。

过了人民桥,进入长堤路,拐到龙昆北,驶向海府路。华灯初上,街头巷尾,人来客往。潘建翔车开得慢,显然不是兜风,而是故意爬行。丁兰说:“建翔,我知道你的心,我是过来人,这个你也知道,我年过三十,半老徐娘了,你还年轻,风华正茂之

际，你不后悔吗？”丁兰的话直奔主题，完全出乎意料，令潘建翔一时语塞。潘建翔搜找最合适的语言，回答丁兰的提问。他想了想，说：“关于这件事，我不是心血来潮，我已经考虑了好久了，我来海南，就是为你而来的！”两人今天的对话，已经是你你我我，再无师生之间的界限了，潘建翔也胆壮起来。他早就想过，与丁兰这层窗户纸，迟早是要捅破的，而且必须他先开口提出来，他是个大男人，没有什么可恐惧的，大不了丁兰不同意，甚至骂他一顿，也无所谓。想不到丁兰先开了口。汽车路过符雅妹的百花仙子美发店。丁兰说：“近日与符雅妹约个时间，我想剪个短发。”潘建翔说：“我来约雅妹，今天中午还在一起吃饭。”丁兰说：“听说雅妹的老公刘羽飞是少林弟子，有武功，真是幸福的一对儿。”潘建翔说：“听王桃姐说，雅妹在三亚认识了刘羽飞，文昌女孩子，心直口快，看对了就追，把刘羽飞追上了。短平快，一年结婚。”丁兰问道：“婚姻这种事，你说是短平快好，还是慢点好？”潘建翔说：“看对了人，当然是短平快好。”丁兰又问：“为什么？”潘建翔说：“追得太费劲，有时很痛苦。”丁兰说：“是吗？煞费苦心的，还乔装成卖花人，卖花人找花痴，投其所好，亏你想得出来。”潘建翔看丁兰一眼，说：“找不到你啊，绕了个大圈子，差点误了大事。”丁兰笑着说：“你认为，我会嫁给你吗？”潘建翔说：“我认为会的，我喜欢你，你也不嫌弃我，我能感受到。”

丁兰说：“小潘，你虽然是学习舞蹈的，也很有文采，歌也唱得好。”潘建翔笑笑说：“我是你的学生啊，名师出高徒嘛。”丁

兰笑着说:“马屁精。不过啊,那次刮台风,在李主任、王桃家里对诗,一人一句,我觉得你很聪明。”潘建翔说:“我是即兴发挥,哪有什么文采,李纪行主任才是诗人。他去了美国,听说过了春节后才能回国。”潘建翔说着话,左手握方向盘,把右手伸出来,去捉丁兰的手。丁兰身子一扭,用手“啪”地一拍,把潘建翔的手打了回去。丁兰说:“别性急!我问你,你是想短平快,还是想慢慢来?”潘建翔心想,这还用问吗?他说:“当然是短平快了,今天最好,今夜星光灿烂!”

丁兰一笑道:“你想得美,没那么容易,如果你能过三关,过了三道难关,我就嫁给你!”潘建翔一听,来了精神,想丁兰有三道什么难关,就是过五关也得过去。潘建翔说:“丁教授,是真的?”丁兰说:“君子一言,驷马难追。”潘建翔大喜,问:“马上兑现?”丁兰看一眼潘建翔,有点羞涩,丁兰点头说:“可以,只要你能过关。”潘建翔说:“好,好,丁教授,这是苏小妹三难新郎啊?”丁兰也笑,打趣说:“丁大姐三难潘情郎。”丁兰说完,自觉得有些失态,忙用手把自己嘴捂住不说了。潘建翔认真说:“好呀,拉钩。”丁兰说:“行啊,打赌。”二人在车上,小指钩小指,钩住不放手。潘建翔好像逮住一只受惊的小兔子,生怕它跑了。千回百转的爱情追逐,得到时又来得如此突然,对于一个情窦初开的大男孩来说,那种洋溢的激情与萌动的心跳,如梦如幻大大出乎意料,潘建翔太高兴了。车在街上行,潘建翔浑身是劲,肩膀左摇右晃,哼唱着不发声,早已到了海口宾馆前的街道上,右边就是东湖公园。丁兰说:“建翔,我们回去吧,今晚

夜色美,我们回家去,吟诗品茶!”

大学校园的夜景,本来就充满诗意。树影婆娑,灯光熠耀。书声琴声,鸟语花香。潘建翔把车停在楼下,还没进家,就迫不及待地问道:“丁教授,你这第一关,是什么题目,我试试,看看过不过得去?”丁兰找钥匙,边开家门边说:“你别急躁,今天晚上,夜长着呢,有的是时间。”

丁兰越不出题目,潘建翔越心发慌,就像学生等待老师发考试卷,看见老师站在讲台上,考卷拿在老师手里,还没有发下来,那个时候,学生紧张得心跳加快,忐忑不安,想着不知道考什么题目,难不难,猜住题了没有,平时的努力够不够,再好的学生,面临此情此景,总是心情一阵阵紧张,当考卷一发下来,开卷一看考题,不管难不难,情绪就稳定下来了。

丁兰进家,把所有灯开亮,先进了她的卧室。潘建翔在客厅,先烧了壶水,沏普洱红茶,冬季红茶暖胃。又入厨房,取一包点心,一盘水果,置于茶桌上。丁兰从卧室出来,令潘建翔眼前一亮,一身粉底蓝花睡袍,身材高挑,灯光之下美艳无比。

潘建翔坐在沙发上,期待丁兰出第一道题。丁兰站在客厅中间,不紧不慢,颇具耐心。一站一坐一师一生,丁兰顶天立地,潘建翔显得渺小。丁兰说:“建翔,你要有思想准备,这三道题,与我们大学的课程无关,难度嘛,比苏小妹给秦少游出的题难。苏小妹的题,无非是对诗猜谜而已,而且苏东坡还帮了妹夫一把,今晚可是没人帮你。答对了,洞房花烛夜,良辰美景时,任君品味,答不对,学校的规矩,不及格不毕业,各居一室,不可

衾绸与共。我俩拉钩打赌，就得无怨无悔。”这时的潘建翔，显得可怜兮兮的，心想着娶知识分子做老婆，真是难，娶教授做老婆，更是难上加难。但是，他还是要一往无前。潘建翔说：“丁教授，请出题吧。”

丁兰说：“建翔，你跟我过来吧。”丁兰说着转身去阳台，潘建翔忙跟过来。丁兰指着阳台上的花卉说：“第一道题，问，花的恋人是谁？”潘建翔一听，以为耳朵听错了，他问：“什么？请您再说一遍。”丁兰又问道：“花的恋人是谁？”潘建翔听清楚了，他大大地放心了。潘建翔幸福的神色，在暗淡的灯光下是看不见的，他心里想着，天助我也，今天上午，鲜花港买花，就问过曾爷爷，这位花神爷爷，告诉了他答案，脑筋急转弯，花的恋人不是花也不是人，丁兰爱花是花痴，养花种花的人多着呢，花的恋人是蜜蜂，曾爷爷说，蜂把花变成蜜，人把花变成奴。丁兰说：“小潘，题不能猜，要求一次性答出来。”

潘建翔坐在沙发上，细品普洱津津有味。丁兰看着潘建翔，潘建翔故意卖关子，说：“这花的恋人嘛，就是花的情人，花的情人嘛，变成花的老公，花没有老公，就不能开花结果，老公没有花，就不能传精授粉。天上有飞鸟，地上有昆虫，蚂蚱蝴蝶不足贵，可亲可爱是蜜蜂。人可把花变成奴，蜂却酿蜜甜世人。花的恋人问是谁，花的恋人是蜜蜂。你是花，我是蜂。”丁兰一听，大吃一惊。心里想这潘建翔聪明绝顶，这么短的时间竟然答得天衣无缝，不错，不错，好学生。她哈哈一笑道：“建翔，第一道题答对了。爱因斯坦预言说，没有蜜蜂，人类在地球上只能

存活四年。蜜蜂不仅是花的恋人，也是植物的大众情人，昆虫里的影视明星，歌唱家、建筑师、化学家、物理学家、导游、旅行家。所以你答的题很对。不过还有两道题，一道比一道难，你要有思想准备。”潘建翔来劲了，心里想这第二道题，说不定又出我篓子里了，有老天爷助我呢。哈哈哈哈哈。他说：“第一题答对了，怎么奖励我？”丁兰笑着说：“好，奖励一下，你闭上眼睛。”潘建翔眯着眼，等待丁兰的奖励。丁兰走过来，轻轻坐在沙发上，正准备亲潘建翔的右腮，潘建翔眯眼看得真切，想着三亲不如一吻，迅速把头向右一转，嘴唇磁性碰触，紧紧粘在丁兰的嘴唇上，他双手一搂，把丁兰搂在怀里，嘴唇和嘴唇像磁吸胶粘一样，任凭丁兰摇头挣扎，也丝毫不得松口。对于接吻的活儿，显然，潘建翔并非熟门熟路，人生中的第一次，丁兰再有接吻的经验，这门课是细心活却是求快不得的，一时半会儿也教不会，干什么都有技巧啊。潘建翔唱歌跳舞样样精通，情急之中慌里慌张地强吻丁兰，就不一定能得心应手，况且又是坐在沙发上，扭腰歪脖子，姿势不对称，只照顾了嘴对嘴，让舌头来打架，而把鼻子放哪里，眼睛看何处，全然没有着落的分寸，牙齿碰了嘴唇，鼻尖啃了腮颊，不知道过了多长时间，潘建翔是老虎吃羊，丁兰是仰鼻窒息，被弄迫得喘不过气来，她终于挣开了这场吭哧吭哧的水乳交融，一脱身站立起来，已是花冠不整云鬓落英，玉颜绯红娇喘吁吁的样子，梨花一枝春带雨了。

潘建翔吻过之后，茶水不喝茶饭不思，在沙发上坐着发呆。丁兰到了卫生间，把头发整理了一下，洗把脸回来坐在写

字台前，写一写想一想，不错，她正在给潘建翔出难题呢。

就情场而言，这一吻，是最重要的，是爱情的第一道防线，深沟高垒森严壁垒，是通往第二道防线的必经之路，第一道防线被突破，第二道防线突破指日可待。侦察敌情扫清外围，活捉俘虏，对了，为什么把俘虏叫舌头呢？就是通过舌头去摸清底细，告诉你如何如何去做事，摸透人家愿不愿意，可不可以里应外合。吻也是最危险的，所谓唇枪舌剑青面獠牙，若遇反抗不敢强吻，不信你试试，舌头掉人家嘴里了，多么可怕！潘建翔连攻带伐，攻破了第一道防线，已经占领了阵地，把红旗插在了上面，从今以后，这个地方就是我的了，我什么时候想来就来，什么时候想走就走，没有敌人反抗，没有重兵把守，除非是感冒了，天气不好打雷下雨。潘建翔虽然占领了第一号阵地，也是担惊受怕冒险而为之，有点偷袭成功的味道。不过是，集天下之大吻，古今中外，第一次吻是刻骨铭心终生难忘的，总是要慎重的。以后的那些吻，都是滥竽充数，电影电视里，人间现实中，千篇一律的，即使吻遍角角落落，无非让舌头独自旅游一番，没有什么深刻的纪念意义。丁兰教授，也亏她想得出来，连出三道难题，让过三道难关，是不是对我早有防备啊？我潘建翔，乔装打扮装成卖花人找她，千辛万苦地好不容易找到了，她还故意煞费心机出难题，难为我老潘，她的学生，不是，是难为她的情人嘛。这也是以其人之道还治其人之身。如果今天晚上三道题答不上来，过不了这三关，我就放弃了吗？今后有没有机会，说不定牛年马月，也说明我潘建翔没本事，捉到手的小鸟飞

跑了,怎么办呢?潘建翔又安慰自己,这大概是丁兰教授早有的设计,老师的心灵深处是最善良的,老师经常考考学生布置作业,也是很正常的嘛,否则怎么知道你这个学生有没有才华呢?潘建翔忽然想起,今年的海湾战争是怎么打的呢?

丁兰拟好题了,神态已然恢复原状,手里端一杯茶,站立于客厅当中,亭亭玉立,自自然然。而潘建翔呢,不知丁兰要出什么题目,老老实实坐在沙发上,心慌意乱地等待着。丁兰开始讲题,说:"听题。在希腊神话里,有一个爱情故事。说有一位美男子叫纳西索斯,像中国古代的柳下惠一样,坐怀不乱。他孤高自傲,看不上任何女孩子,众多美女追求他,都被他无情地拒绝了。"

丁兰继续讲:"有一位叫回音的仙女,真情实意爱着他,因为他的无情,伤心过度而死。这件事,被复仇女神知道了,复仇女神决定,要惩罚纳西索斯。既然他谁也不恋不爱,那就让他爱自己去吧。终于有一天,纳西索斯打猎回来,在河边的清泉水洗濯,看见了自己水中的倒影,一张从未见过的俊俏脸庞。这一下子他爱上了自己的影子,而且着了魔似的,时刻不离水中的影子。结果纳西索斯顾影自怜,憔悴不堪投河自尽,灵魂化成一株水仙花。"潘建翔想,这第二道题,莫非又是花?丁兰又接着讲:"水仙花的英文是 Narcissus,有自恋之意。"潘建翔等不及了,他问:"丁教授,这第二道题是什么,我得赶紧过关啊,太晚了,就过不去了。"丁兰笑笑说:"你别急,今晚有的是时间。在我们中国,也有一个水仙花的故事。漳州的城南有座

山，名字叫圆山，圆山之上有面坡，叫琵琶坂，琵琶坂上有一种花，叫水仙花。传说某朝某代，有一位姓张的官吏不愿做官，解甲归田从河南返回闽南。他路过洞庭湖时，在船上做了一个梦，梦见有一位凌波仙子，带着一群仙女，随船而漂行。梦醒睁眼一看，只见船边湖水中，有十几朵鲜花，金樽玉盘，六叶花瓣，白白净净，十分可爱。他欲取之，花朵躲闪，若即若离，如有神佑。于是，这位张官人焚香祷告，结果很是灵验，这十几株花卉，随着他跋山涉水，被运回家乡琵琶坂。为此，他作诗一首：凌波仙子国色香，湖上飘游欲何往？今愿伴我南归去，琵琶坂下是仙乡。因此琵琶坂，盛产水仙花。”潘建翔说：“丁教授啊，您只讲故事不出题，这第二道题，总不是也让我讲个故事吧。”

丁兰悠悠然，颇为得意：“小潘听题。数学，有着抽象的美。毕达哥拉斯说，万物皆数。数论里有一组数，叫水仙花数，也叫阿姆斯特朗数，水仙花数属于自幂数的一种。准确地说，水仙花数只有四个，就是153，370，371，407。自幂数，已发现的有几十个。为什么叫水仙花数呢，谁也说不清楚。我认为，取自恋之意，取数字之形。你看，若把153分开，1，5，3，再把1的3次方，5的3次方，3的3次方了，得到的幂分别是，1的3次方幂还是1，5的3次方幂是125，3的3次方幂是27，把这三个幂1、125、27，连加起来，和就等于153。其他的370，371，407，计算的方法都一样。

每位数上的数的3次方幂的和，等于原来这个数的本身，这就是水仙花数。”丁兰说着，从写字台上拿起一张纸，递给潘

建翔看,她指着说:“这是它的数学表达式。”潘建翔拿过纸张一看,上面写着:水仙花数 153 表达式:$1^3+5^3+3^3=153$。

丁兰接着说:“继续听题。1 株水仙花是凌波仙子,带着 8 株姊妹花,这 8 株姊妹花分别是,2 月杏花,3 月桃花,4 月玫瑰,5 月梅花,6 月兰花,7 月栀子,8 月桂花,9 月菊花。这 8 株姊妹花,形成了一组 23456789 的花朵组合,但不讲排列顺序,可以打乱顺序。这 9 位花仙子,是九天仙女,是仙女花,它们离开凌霄宝殿,下凡到了人间,住在一个圆圆的星球上,这个星球就是地球。这九位仙女之花,在地球上某个区域住了一年。地球是个圆球,圆周率叫派。只取它小数点后面的 1000 位,即 1000 个数,若把每 100 个数分为一组,一组代表一个区域,把地球分为 10 个区域。在这个由数字组成的,有海洋有陆地的区域里面,有几个神秘花园,花园里藏着惊天秘密,这凌波仙子就是水仙花,凌也是 0。要回答的问题是:第一题,找出在这 10 个区域里,共有几株水仙花?就是问有几个 153,几个 370,几个 371,几个 407。第二题,其中 1 朵水仙花,这株凌波仙子,离那 8 株姊妹花,最靠近的位置在哪个区域?第三题,根据这个区域各种数字的组合,说出这些数字里所含的秘密是什么?第四题,再根据这些秘密,讲出一个动人的神话故事。”

丁兰说着,从写字台上取了一张纸,递给潘建翔。潘建翔接过这张纸,两眼盯在纸上,一看,啊呀妈呀,密密麻麻一大片,上面全是数字,由一片数字组成的方阵:

1415926535 8979323846 2643383279 5028841971

6939937510	5820974944	5923078164	0628620899
8628034825	3421170679	8214808651	3282306647
0938446095	5058223172	5359408128	4811174502
8410270193	8521105559	6446229489	5493038196
4428810975	6659334461	2847564823	3786783165
2712019091	4564856692	3460348610	4543266482
1339360726	0249141273	7245870066	0631558817
4881520920	9628292540	9171536436	7892590360
0113305305	4882046652	1384146951	9415116094
3305727036	5759591953	0921861173	8193261179
3105118548	0744623799	6274956735	1885752724
8912279381	8301194912	9833673362	4406566430
8602139494	6395224737	1907021798	6094370277
0539217176	2931767523	8467481846	7669405132
0005681271	4526356082	7785771342	7577896091
7363717872	1468440901	2249534301	4654958537
1050792279	6892589235	4201995611	2129021960
8640344181	5981362977	4771309960	5187072113
4999999837	2978049951	0597317328	1609631859
5024459455	3469083026	4252230825	3344685035
2619311881	7101000313	7838752886	5875332083
8142061717	7669147303	5982534904	2875546873
1159562863	8823537875	9375195778	1857780532

1712268066 1300192787 6611195909 2164201989

潘建翔中午喝了酒，眼睛看着纸上的数字，晕。数字一个连着一个，黑压压的一片，一片黑压压的数字，这一个个的数字，好像慢慢地在动，数字一个个动起来了，变成一个个黑蚂蚁，一个个黑蚂蚁，还一个个地在纸上窜，耳朵里听得见纸上沙沙沙的声音，有的蚂蚁在窜在动，听见了沙沙沙的蚂蚁的声音。潘建翔他真的傻眼了。潘建翔暗暗叫苦，丁兰呀丁兰，你让这些黑蚂蚁，这这这个个个沙沙沙的的的的，让这些小东西把我吃了吧！

丁兰看着潘建翔茫然不知所措的样子，心里想着这道题可能把他吓住了，她安慰潘建翔说："这道题，其实并不是很难，但是要有耐心，要仔细观察，还要分析判断。我提几条线索，做个引导。"丁兰又坐回写字台前。潘建翔站在丁兰身后，看着丁兰写什么内容，他希望能够得到提示，要尽量多地获得解题的信息。他觉得，这考试嘛，就像打仗，要了解敌情知彼知己，讲究战略战术。不过啊，打得赢就打，狠狠打，打不赢也不能跑。他想丁兰她，一个女人家，怎么学会制造炸弹了呢，而且制造的还是子母炸弹。

一个大问题，包含了若干个小问题。一颗大炸弹，包含了若干颗小炸弹。小炸弹里，又包含若干颗小小炸弹。像数学里的分形，边长边长直至无穷。这种炸弹一炸一大片。对啦，什么阿姆斯特朗数，纯粹是阿姆斯特朗炮，散弹散炮，第一次鸦片战争中，西方列强就是用这个阿姆斯特朗大炮，沿着海港码头，

炸开中国大门的。还有个阿姆斯特朗，美国小伙子，宇航员，当年阿波罗计划登上月球去了，据说是看见了外星人，吓得忙着返回地球，什么话也不敢说。丁兰的题阿姆斯特朗数，又是水仙花数，怎么全是阿姆斯特朗了。潘建翔想着看着，边想边看，看丁兰写的什么内容，他想这教授就是教授，文化水平高，绕了这么大个弯儿，画了个圆让我钻进圆圈里去了，钻进一堆数字里出不来了，她让我在圆周率里找几朵水仙花，还要找什么八朵姊妹花，数字里能找花吗？匪夷所思。我今年正月卖花时，龙跃别墅小区的住户送了我个绰号花仙子，我拈花惹草今天算碰上了，花痴丁兰出难题也离不开花，把我花仙子真的难倒了。

潘建翔想着，若是被丁兰教授这几道题难倒了，入不了洞房上不了绣床，那真是天下最大的倒霉事了。这还不说，还会给人留下笑话，哪里能够比得上人家秦观秦少游啊，看看人家写的那首《鹊桥仙》："两情若是久长时，又岂在朝朝暮暮。"写得多好，流传千古。我今天如果因为答不出题而做不了新郎官，那也是要流传千古的，不过是千古的笑柄，丁大姐三难潘情郎，潘情郎不如武大郎。他思想上的压力越大，心思越集中不到解题上。对啦，今年的海湾战争，打的是信息战高科技。潘建翔想起李纪行和王桃，是关键时刻的救命疙瘩。正好，潘建翔的大哥大放在楼下汽车里。潘建翔说："丁教授，丁教授，我把大哥大丢在车上了，去取一下，马上回来，您多提示提示，否则答不出来怎么办？"

丁兰一听就笑了，说："答不出来，今晚你就打光棍，我们有

约在先的。”潘建翔也笑了，说：“您可以考我，但不能太认真了，万一答不上来，我该怎么办哪。”丁兰说：“谁知道你怎么办！”潘建翔说：“那就用战争方式解决。”丁兰诧异道：“什么战争？”潘建翔头一扬说：“海湾战争。”丁兰又笑了，说：“去去去，快点回来。”潘建翔噔噔下楼梯，悄悄打电话去了！

潘建翔的这一招，是丁兰万万没有想到的。潘建翔拨通了王桃的电话：“王桃姐，王桃姐。”电话里王桃的声音：“小潘，你还没休息呢？”潘建翔说：“休息什么啊，王桃姐，正在考试哪。”电话里：“胡说什么呀，半夜三更的，考什么试啊。”潘建翔说：“王桃姐，是丁兰考我，快烤熟了。今天晚上，她和我打赌，王桃姐，你别笑话啊，她跟我打赌说，如果能答对三道题，就是过了三道难关，她就马上与我成亲，如果答不上来，就不让我上床！”电话里的声音：“哈哈哈哈，小潘，还有这种好事啊，这不太便宜了，她如果向你要三十万块钱，你拿不出来，答三道题，那还不容易啊，什么题目，这是苏小妹三难新郎嘛，今古奇观啊。”潘建翔说：“是啊是啊，王桃姐，你别笑话，那题啊，可难呢。”电话里王桃问：“什么题，告诉我，我给你参谋参谋。”潘建翔说：“嘿，黑压压写了一篇数字，0123456789，说是圆周率，小数点后一千位数，让我在里面找花骨朵儿……”电话里，王桃接话说：“什么？找花姑娘儿？”潘建翔说：“对对对，找九位花姑娘，什么水仙花、玫瑰花、杏花、桃花、栀子花，我哪里找得到啊。”电话里王桃的声音：“哈哈哈哈哈，你不是花仙子吗？花仙子还找不到花姑娘吗？这下可找对人了，开口闭口花，生活不

离花，出考题也是花，你是《彭公案》的采花蜂，她是《红楼梦》里葬花人，你就采她的花！”

潘建翔说：“王桃姐，你说正经的，这题怎么做，帮我想想，快救救我呀。”电话说：“你别急，让我想想，对啦，李纪行主任喜欢数学，他经常研究圆周率，如果他在就好办啦。”潘建翔说：“对对对，对对对，符雅妹美发店，就叫百花仙子，墙上还有李主任的诗，我有一次去理发，雅妹还给我讲解了一下，说是寄数词，一个汉字对应一个数字，让李主任教一教，圆周率里有什么密码，就好办了。”电话里王桃说：“别急，我找一下李主任的笔记本，抽屉里放着呢，我看看里面有没有信息。”潘建翔说：“王桃姐，你快点啊，我这是在楼下打电话，马上得上楼去，丁兰等着我哪。”电话里说：“你快进考场吧，我找出来再给你打电话，我俩通话讲什么，丁兰不会听见的，你可别关机了啊。”潘建翔说：“好的，好的，王桃姐，你快一点啊。”潘建翔打完电话，急急忙忙上了楼。

丁兰家的猫，懂人事。潘建翔刚进家门，听见有猫叫。刚才猫不在家，潘建翔楼下打电话的当儿，大黄猫上树攀枝，跳窗入室回家来了。自从潘建翔入住丁兰家，大黄猫昼伏夜出，抓住抓不住老鼠不知道。潘建翔把卫生间窗户永远开道缝，那是大黄猫回家的路，潘建翔不知猫什么时候回什么时候走，猫也不知潘建翔什么时候走什么时候回，人与猫各干各的事，二者和睦相处。猫咪的食物，潘建翔提前备好，鱼肚鸡肠菜碟水盏，荤素搭配精心伺候。而大黄猫呢，出入诡秘蹑手蹑脚，吃喝

没时限生活无所求，荤荤腥腥而已，从不干扰潘建翔平静的生活。可能人猫之间日久生情，今晚潘建翔刚出去一会儿，猫回家了不见他，就唉声叹气地叫个不停。丁兰从里屋出来，笑着对潘建翔说："小潘，这猫不知怎么了，回家一直叫，是不是见你不在了才叫？"潘建翔说："这猫有灵性。"丁兰说："我把题目写好了，有提示，你就坐桌子那儿，这道题九十分钟答完，怎么样？"潘建翔说："我试试，如果答不上来，可延长半个小时。"丁兰说："好，你答题，我里屋休息一下，洗个热水澡，不打扰你了。"潘建翔说："是的，夫人。"丁兰笑着说："别嬉皮笑脸的，是不是夫人，还不一定呢，先认真考试吧。"

丁兰到卫生间洗澡去了。潘建翔坐在写字台前看那一篇数字，如入迷宫。他想这一千位数字，丁兰用半个多小时就默写下来了，无疑丁兰可以背诵一千位圆周率，早听王桃说，李纪行可以背诵五千位，怎么记住的呢？为什么这两个人没事找事，记忆这么多数干什么？另一张纸上写着考题，潘建翔一字一句地看：

题一：把小数点后面一千位数，每一百位作为一个区域，可以分为十个区域。在这10个区域里面，共有几个水仙花数？（提示，水仙花数为153，370，371，407。）

题二：其中，有一株水仙花，叫凌波仙子（提示，即153）和其他八株姊妹花（提示，即组合为43678925的八个数字，每个数字代表一种花，分别是玫桃兰栀桂菊杏梅）位置在哪个区域？

题三：该区域若干数字组合，你认为有哪些密码，所包含的秘密是什么？（提示，一年一度一周天，九位仙艳下凡间。天离地别各一方，凌波一分便成圆。）

题四：再根据这些数的秘密，讲出一个神话故事。（自编）

潘建翔把题目看了三遍，初步认为，此四道题，不像数理化，有些像脑筋急转弯，从全世界的题库里面，也不一定找得出来，乃丁兰教授一家之言，是没有标准答案的。他想这也对，给情人出题，又不是高考，真正把我考倒了，她找谁去做老公啊，那不是搬起石头砸了自己的脚，自己给自己找麻烦吗？所以呀，我可以借题发挥，突破束缚，一举过关。潘建翔发扬当年高考的精神，对每一道题认真分析，他把这一篇数字，先分成十组，用红笔标注清楚，他觉得第一题第二题简单些，主要是考他的观察能力，有没有耐心，细不细心，对数字敏不敏感。第三第四题，是让他发挥想象力。圆周率里有什么密码呢？一个无理数，本来就没有理，都是人们牵强附会、似是而非的推理。

丁兰如果想考住我老潘，出几道考研的微积分数学题，不就可以了吗？明明是给我老潘台阶下，自己也好下台，我如果真能解得其中滋味，今夜就是洞房花烛夜，金榜题名时啊。哈哈，我还在稀里糊涂的呢，是不是中午酒喝多了，没理解过来，看问题要看实质，不能看表面现象。这也正像我给大黄猫卫生间窗户留道缝，丁兰她这是给我留道缝嘛，留了个圆窟窿。圆周率不就是个圆吗？圆圈，圆洞，画个圈圈，窟窟窿窿，让我钻，钻圆圈，入洞房，嘿嘿，丁教授真是高明，她太伟大了！不显山

不露水的，打赌输了，还不用脸红，短平快，不错，肯定不错，我的判断绝对是正确的。

潘建翔开始胸中有数了，他要沉着冷静，认真地应对，万不可粗心大意。虽然有洞可钻，你笨得猪脑子，身体如骆驼，自己钻不进去，那就没办法了，那就是真正的天下最大的，哼，笨蛋一个。

突然，大哥大响了，只响了一下，潘建翔忙拿起来："喂，王桃姐。"电话里，是王桃兴奋的声音："小潘，小潘找到啦，李主任的日记，是前几年的一本，有一篇关于圆周率的，就是那个三点一四，派，有一篇数与字的关系。"潘建翔急问："王桃姐，什么关系？"电话里王桃说："是数字与汉字的对应表。"潘建翔问："怎么对应的，告诉我啊。"电话里说："这里是一千个汉字与数字的对应关系表，每个自然数，0123456789，对应几十个，甚至几百个常用汉字。"潘建翔说："王桃姐，表我看不见，你拣重要的，念给我听听。"电话里说："你拿笔记一下，我念你记。"潘建翔说："好了，念吧。"电话里王桃说："这么多数字，一时半会儿念不完，我拣重要的，常见的汉字念你听。"

王桃电话里喊话："一、音读的汉字，一，一个的一，衣服的衣，医院的医，满意的意，义务的义，洋溢的溢，翻译的译，蚂蚁的蚁，周易的易，艺术的艺，安逸的逸，友谊的谊，万亿的亿，博弈的弈，仪器的仪，毅力的毅，羽翼的翼，已经的已，心旷神怡的怡，异想天开的异……"潘建翔说："王桃姐，别念了，一小时也念不完，丁兰洗澡，一会儿出来了，你把大原则告诉我就行了，

凡是读音拼音是一的,都是一吧?”

王桃电话里说:“那不一定,单是不是一?单身。棍是不是一?光棍。孤是不是一?孤立。独是不是一?独裁。个是不是一?一个。只是不是一?一只。大是不是一,老大……”潘建翔说:“大是九,九比一大啊。”电话里说:“那不一定,小九九,臭老九,九最小。”潘建翔说:“那一只,还有两只三只呢。”电话里说:“两只三只,也是一只一只加起来的。”潘建翔说:“我知道了,孤寡,那寡也是一了?”电话里说:“那不一定。李主任这个本子里,寡是零,寡淡,寡欲,没的意思,没有,不是完全没有,或者少有一点点,消除,剩下一点点。”潘建翔说:“皇帝,自称寡人,是一个人的意思。”电话里说:“是没有的意思,没有别人,没有别人的人,目中无人,寡人,寡,虽然不是零,是无限接近于零,极限是零,所以是零。”潘建翔说:“我知道了,那二、两、双、对、重,都是二了?”电话里一顿,又说:“对,没错,但重是九,不是二。”潘建翔说:“重复,不是二吗?”电话里说:“一重重,九重天,双音字,重是九笔画,这本子里,重是九,不是二。”潘建翔说:“这与笔画数也有关吗?”电话里说:“本子里说,判断汉字的属数,有四项基本原则,音、意、形、画。”潘建翔说:“音,最好理解,只要发音是一,都是一。那意呢?是不是意思,含意?”电话里说:“李主任本子里有说明,你听着,凡是读音一的汉字,都用一表示,还有相近的读音,所谓谐音,如夜、呀、妖、英,都可用一,音闻第一。意呢?就是含意,意思。比如对、双、又、俩,不读二,但是有二的含义,都可认为是二。”潘建翔问:

“那形怎么讲？”电话里王桃没有回答，大概在找说明，一会儿，电话里说：“形，取数字的形象，所谓理象数，易经的智慧，一个物体，理，存在的道理。象，有它的形状。数，有一个数含在其中，如长宽高尺寸是多少。比如0，读音为零，形象可以是圆，可以是圈，可以是球，可以是蛋，可以是车轮，可以是回，可以是田，可以是口，可以是洞，都是取其形状。如果取其意，零还是无，还是空，还是完，还是了，还是没，没完没了，都是零。这叫作，得意忘形，意先形后。”潘建翔问：“那画呢？”又停了一会儿，电话里王桃说：“画，指一个汉字的笔画是多少。如多字，是六画，对应数6，少字，是四划，对应数4。下雨的雨，是八画，对应8。”

电话里说：“一般来讲，音、意、形，这三条不能确定的，就用画来确定对应的数字。”潘建翔说：“超过十笔画，比如我的潘字，算是多少画？”又沉默了一会儿，王桃电话里说：“超过或者等于十画的，减去十，一般采用简体汉字。潘字，十五画，减十，对应数5。十画的，就是零。”潘建翔说：“明白了，王桃姐，我消化消化，一会儿我再打电话。”电话里说：“好的好的，你好好考，别让考住了。”时空交错，隔空喊话，两人都放下了电话。

潘建翔把这些数字，从头到尾一个一个认认真真审视了一遍，哪有什么水仙花的影子，一朵花也没找到。在一千个数里找那九朵花，方法不对头就像是大海捞针，都像是都不是，越找越头大，头晕眼花眼花缭乱，乱无头绪杂乱无章。潘建翔开始头上冒汗，他忙拿起大哥大，拨通王桃电话：“喂，喂喂，王桃姐，

这几朵花在哪里啊，一朵也没找到啊。”电话里，王桃笑了起来，说：“小潘，日本人来了，花姑娘都藏起来了，我告诉你吧，李主任笔记本有句说明，说小数点后一千个数中，最重要的，是第一个一百和第四个一百。你先从这两个区域慢慢找。我这里有五千位的圆周率表，我也帮你找。”潘建翔说：“王桃姐，别找远了，就在一千位以内找。”电话里说：“知道了。”潘建翔想，如果在这两个区域之内，难度减少了。不急，慢慢来。他先在第一个一百内，有一个253，不对。他找对方法了，他找15后的3，两只眼找三位数，一目了然。第一个一百内，没有153。他又在第四个一百内找，找找，啊呀，哈哈，153，找到了，水仙花啊，花姑娘，花骨朵儿，花枝招展，就是它，就是它，隐藏得好深哪。他又找，乘胜追击，找另外三朵水仙花。没有，没有，这两个区域没有，他坚信，那另外三朵，370，371，407，一定在别的区域里面。这个时候，大哥大嘟嘟颤动，潘建翔拿起电话，电话里王桃的声音：“小潘，李主任笔记本里，说一千个数内，只有四个水仙花数，一个153，一个370，两个371，没有407。是在第四、第六、第七区域内。”潘建翔说：“王桃姐，我找了第一区域和第四区域，第四区找到153了。”电话里王桃说：“好好好，你找第六区，我找第七区，五分钟后再通电话。”潘建翔很兴奋，说：“好好。”两人都放下电话。潘建翔这次有经验了，他找37后面的数，找找，哈哈，371出现了，再找，接着十四个数后，是370，找到了，全找到了。

潘建翔一抓电话，电话嘟嘟颤动，王桃来电了：“小潘，找到

了吗？”潘建翔异常激动，说：“王桃姐，找到了，找到一个371，一个370。”电话里说：“我也找到了，一个371。”潘建翔说：“王桃姐，四朵水仙花，全找到了，哈哈，好哇。”电话里说：“你再找那八朵姊妹花。”潘建翔说：“好找了，题目透露，八姊妹与153在一起，一个区域内。一会儿找到了，我打你电话。”电话里王桃说：“好的。”

潘建翔仔细一看，153后隔一位，是43678925，显而易见，八朵姊妹花，乖乖地抱着团，组合在一起，待到山花烂漫时，她在丛中笑。潘建翔跳起来了，差点把座椅推翻，哈哈哈哈，全找到了。

“王桃姐，全找到了，153，水仙花，凌波仙子后面，隔一个6，就是那八朵姊妹花。”潘建翔把大哥大捂耳朵上，高兴地在客厅里乱转，他兴奋地叫了起来。

丁兰洗澡时间长。她把身上的睡衣内衣，长长短短大大小小，丝丝缕缕条条带带，都挂在卫生间的墙壁上。然后站在镜子前面，看镜子里面的自己。左左右右孤芳自赏，上上下下自我陶醉，里里外外挤眉弄眼，前前后后搔首翘臀。镜子里自己看自己的裸体，谁也管不着那是自己的东西，说羞也不羞。丁兰的卫生间，装有一个可供淋浴的水龙头做洗澡用。海南的四月到十月份，洗澡一般不用热水，天气热了用自来水即可。从十一月到次年三月份，天气变凉，就需要烧热水洗澡了。丁兰的卫生间，还有一个几千瓦的电阻丝电炉，她洗澡前就先烧好几大铝盆水，再倒入一个大木桶里，在热水里加入适量自来水，

坐在木桶里洗澡。这种方式有点复古却很有些味道。整个过程需要按部就班照程序来。二十摄氏度的凉水,加入八十摄氏度的热水,热水一半凉水一半,你说木桶里的水温是多少摄氏度？这是算不确准的。绝对不是二十加八十除以二等于五十摄氏度,室内的温度木桶的温度,对水温都是有影响的。

所以,丁兰洗澡的程序是先加入适量凉水,再添加热水,再加凉水,再加热水,交替进行,不慌不忙,用手触摸水温,直到不冷不烫为宜,水深半桶,入座没腹,不深不浅,恰到好处。窗台早备一掬落英,粉红黄白,干湿不同,放置于木桶里,漂浮于水面上,花语水笑,美人迟暮,别有一番雅逸的情趣。丁兰虚掩着门,那只大黄猫与丁兰情同手足,丁兰在哪儿,它就跟到哪儿,毫不避讳掩饰,可以蹲腿坐佛,目睛不瞬,睁圆双眼凝视美人沐浴,自自然然人与猫都不羞涩,把人体曲线方方面面角角落落旮旮旯旯一览无余,就差点直爬上去给人扶桶搓背去了。这只幸福又有运气的猫,大黄猫,猫黄大,黄大猫,它默默地佛坐在那里一声不吭,仔细端详着木桶里坐着的美丽,它是否也觉得秀色可餐,没皮没脸地看着没完没了,不赶快跳窗出去院子里捉老鼠,还老待着看美女洗澡想干什么?

丁兰洗澡,慢条斯理,淅淅沥沥,窸窸窣窣,整个身子盘坐在桶里,玉臂酥胸裸露桶外,纤纤十指,摩肩擦踵,水撩颈项,热敷颜面,冰肌玉骨,出水芙蓉,让人想起那贵妃出浴千姿百媚的神韵。她隐约听得客厅里讲话,听不清楚说些什么,却微闻欢快的笑声。她想潘建翔不认真做题,万一今晚过不了三关,这

个新郎官还不知做成做不成。她内心里还是希望他能够顺利过关。潘建翔比她小了七八岁，她开始时觉得有些不妥，老夫少妻人不笑话，这少夫老妻恐怕人要说三道四。男人四十是朵花，女人四十豆腐渣了。人心易变，秋风画扇，岁月是把无情的皮鞭，面上皱纹就是岁月抽打的伤痕。后来她觉得潘建翔人品好，情深义重可做依托，于是就下了决心，只等合适的时候再办理终身大事。今天纯属偶然，即使潘建翔过不了三关，她也是会嫁给他的。只是他今天晚上，过不了此三道难关，就圆不了今夜洞房花烛夜的美梦，他比黄大猫馋得多着呢！

潘建翔与王桃通完电话，暗暗地高兴，心想真是天助我也。这第二道难题，四个小问题，没出在我篓子里，却出在李主任、王桃姐的篓子里了，出在我老乡我朋友的篓子里，就等于出在我的篓子里。电话里王桃教我做题，这也是运用高科技信息战，今年海湾战争打科威特，一百个小时一场现代化战争就结束了。

丁兰万万没想到，有王桃在背后指挥，就不会难住潘建翔了。没有监督的考试必然漏洞百出。一般来说这样的考试，学生的成绩都不会差，没有考不上的理由。关键是可以照抄照搬，一个通则百个达，甚至可以开小会讨论，可以从外面传递进答案来。海湾战争的启发使潘建翔仅用一部大哥大，就在王桃指示下把四道小题完成了。

两个小时一晃而过。潘建翔坐在客厅的沙发上，摇头晃脑，不紧不慢地品茶。看得出来，他这副神态是胸中有数了。丁兰

出浴,头发绾个髻,用一条锦带打结缠绕,俊俏模样儿,美艳得光彩照人。换一身绿底红花旗袍,亭亭立于客厅中间,俨然一株君子兰花。她端一杯茶,轻啜慢嗅,嗅而不语,笑容可掬地眼盯着潘建翔笑,笑里藏着什么秘而不宣。潘建翔偷题成功,心虚胆怯心里发毛。

丁兰说:"建翔,第一道关轻松过得容易。第二关嘛,一千个数,四个小问题,看你的样子,胸有成竹了?"潘建翔说:"丁教授,哪里哪里,这第二道关,四座大山头,难哪!"丁兰问:"谁的电话,把你乐成那样子,洗澡听得清清楚楚。"潘建翔一惊,心想大哥大对话,她能听得见吗?不可能,声音那么小,我自己还听不清楚呢。他说:"是王桃姐的电话。"丁兰笑着说:"半夜三更的,有什么事?"潘建翔放心了:"王桃姐说,十二月十一日的舞蹈比赛,想请您当裁判呢,让我好好做做准备,让高小芬和郭小梅,无论如何也要上场,引诱'龙虎豹'出现。听说庞道中最喜欢看高小芬的肚皮舞。"丁兰说:"郭小梅跳探戈跳得最好。你们林海雪原歌舞厅越来越出名,我们校领导也都知道了。嘿,小潘,王桃独一人在家,李主任何时回国?"潘建翔说:"可能过了春节,还不知道具体时间。"

丁兰从写字台上拿起纸,看一眼,说:"小潘,你答题吧,你答我听。"丁兰一手端茶杯,一手拿着题,来回踱着步子。潘建翔正襟危坐,恭谦地说:"丁教授,这第一题,共一千个数,每百位为一个区,分成十个区,共有四个水仙花数,其中第四区是153,第六区是371和370,第七区是371。学生潘建翔,回答

完毕。”

潘建翔答得干净利索，使丁兰吃惊不小。丁兰说：“不错，第一个小题，回答正确。请答第二小题。”潘建翔说：“水仙花，凌波仙子，即153，在第四区域内，后面隔一位是，43678925，此八位数即八株姊妹花。”丁兰一听，答案准确无误，潘建翔聪明过人，她喜不自禁。她说：“第二小题满分。请答第三小题。”潘建翔手里拿着一张纸，说：“根据提示，第一句，一年一度一周天，是指圆周率的第三百六十位，刚好是个6，前两位是03，后两位是00，连起来是03600，显而易见，一年约三百六十天，一个圆是三百六十度，地球围绕太阳转一圈。第二句，九位仙艳下凡间，是指凌波仙子153，和43678925八位仙女，一朵水仙花和八朵姊妹花，依这个组合的排序，依次是：玫瑰、桃花、兰花、栀子、桂花、菊花、杏花、梅花。九天仙女九朵花。第三句，天离地别各一方，是指八位仙女与凌波仙子，天地离别下凡人间，汉字地字对应数是6，汉字天字对应数是9，而153后的数是6，而且43678925后的数是9，天9地6，把九位仙女隔离开来，天地各一方，从三百四十一位到三百七十一位，这三十一个圆周率的连续数字是：

{0917(153)6(43678925)9 [*03600*113305305]}。”

潘建翔看着桌上的纸，念完这一行数字，把纸递给了丁兰。丁兰一看这张纸上面，这三十一个数用括号隔离。

丁兰听完，大吃一惊。她想这潘建翔也太聪明了，原来她想的这四个小题只要答上三个，也就及格了，她就会让潘建翔

过关,看来根本不用担心,其中这第三小题难度最大,他竟然回答得如此完美,从标出的这几个括号看,是否他发现了所有的秘密?她又把那张纸递给潘建翔,高兴地说:“小潘,不错不错,你继续答题,我听着呢。”

潘建翔说:“第四句提示,凌波一分便是圆,意思是,把凌波仙子一分为二,即把153分成两个153,变成为153153,重新排列组合,变成113355,这六个数,前面三个为一组,是113,后面三个为一组,是355,把前面一组作为分母,后面一组作为分子,即用后面一组除以前面一组,组成了一个分数:355/113。”

潘建翔说:“那么,它的商就是一个圆周率,其商是3.141592。精确度百万分之一。而且,第三百六十位前后的几个数,对于这个规律,也有暗示03600113305305。水仙花153,名副其实。”丁兰听完之后,大惊失色!

潘建翔脸上却挂着笑容。这个世界上没有太多的人关注这个藏在圆里的小妖精。从古及今几千年以来,人类对圆点圆周圆面圆球的认识,也是循序渐进的,尽管我们周围的一切,包括我们人类本身,都是由大大小小的圆,由点线面体的圆构成的。点,圆点,数学上的那么一个点,它究竟有多大,谁也没有说过一个点是方形的。由这无数的点,组成了线,直线、曲线。由线,组成了面,平面、曲面。由面组成了体,立方的,立体的。由一维、二维、三维、多维,构成了世界上的万事万物。圆周率,这个小妖精,则是圆的灵魂。有了这个灵魂,我们的科学家找到了那些一系列的子,由那些被人类冠以佳名的子,组成了这

个无比宏大的世界,乃至于宇宙。而且我们的科学家甚至能够计算出它们的大小来。你看看,从分子开始,依次就有原子、质子、核子、电子、离子、轻子、重子、光子、微子、中子、介子、夸克、胶子、引力子、玻色子、所谓希格斯粒子、上帝粒子,等等。越分越细,越细越小,小到无穷小,乃至于消失,成了零。

当然,这是物质的子。还有,在中国有一系列精神的子,老子天下第一,从老子开始,庄子、孔子、孟子、倪子、孙子、管子、曾子、荀子、墨子、列子、晏子、计然子、尉缭子、韩非子、公孙子、鬼谷子,等等。无机的子与有机的子,物质的子与精神的子,这些子生生灭灭,虽说都已消失了,而又说物质不灭,子子子子,子在何处?知向何方?

佛说心经,是诸法空相,不生不灭,不垢不净,不增不减,此后便是无,无,无,一连串的无,唯物论与唯心论,没有了界限,也没有了唯物主义和唯心主义,不要争吵了,一切从无而来,无中生有,又回无去,无才是归宿,只一个无字了得,究竟涅槃。东方与西方,东南西北方,六合之内外共存于一个星球一个宇宙。

西方的科学的子,东方的精神的子,构成人类文明的基石。可叹的是在一维二维三维的空间,我们竟然计算不出来一个准确的圆,圆的周长、圆的面积、圆的体积,只能说精确,再精确也不是准确的,小妖精是无理数,无穷无尽,就差了那么一点点,无穷无尽的那么一点点,总是存在的那么一点点,有那么一点点就不是无。这个小妖精,全世界的人都叫它派。

诺贝尔文学奖获得者，一位波兰女诗人，竟然将它想象成一条逶迤蜿蜒曲折的蛇，穿越书桌墙壁空气云霓直达九霄云外。派，藏在一维二维三维的空间，它还在不在更高层次的维度里呢？把那么一点点，误差的一点点，遗失或者，或者是故意交给更高维度的神灵，由这些误差的一点点的无穷，从而构成了高维度的时空呢？小妖精它不会告诉你。人类把不知道的得不到的东西，叫作不现实，人类是要追逐现实的。追求梦想的目的，还是为了实现梦想，把梦想变成现实，绕一圈又回来了。

丁兰对圆周率感兴趣，是从那次刮台风，在李纪行、王桃的别墅里，住了一晚上开始的。今天晚上的三道难题，以花为名而出题，所谓过三道难关。第一题，题目是花之恋，花的恋人是谁？第二题，题目是水仙花，针对潘建翔的绰号花仙子，围绕九位仙女，九种花，九朵花，共有四个小问题。还有一个题目，第三道难题，是丁兰在洗澡时才想出来的，还没有告诉潘建翔。第二题的前三个小问题，潘建翔回答得天衣无缝，丁兰惊叹其天赋，在这么短的时间内，竟然滴水不漏地把她这半年来对于圆周率的研究，那点自己喜欢的东西，自己认为的圆周率密码，都看出来了。她之所以惊诧万分，是因为她根本不相信，在如此短的时间内，一个从来没有研究过圆周率的人能够回答得如此圆满。

丁兰惊诧之余喜形于色。她说："小潘，圆周率水仙花这道题，四个小问题，已经解答了三个，而且答得完美无缺。如果打

分，每小题二十分，你已经得六十分，及格了。这个题目的第四小题，要求编一个神话故事，而且与圆周率有关，题目可以自由发挥，是考察你的想象力，相当于口述一篇作文，占这道题的四十分，占的比例最大，比前三个小题更难，你好好想一想，看能否答出来。”潘建翔受到表扬，自然是满心欢喜，想着离入洞房又进了一步。他看着丁兰站在面前，如花似玉，心里阵阵暖流通过，有着无比幸福的感觉，他说：“可以胡编吧？”丁兰笑着说：“什么胡编，要编得有道理，有意义，有趣味，小说都是编的，但是故事情节吸引人，编个好故事，也不是件容易的事。”潘建翔说：“那好吧，如果我编得好，你怎么奖励我？”丁兰说：“可以打满分，过关啊。”潘建翔说：“不行，要点实惠的。”丁兰说：“总不能发奖金吧？”潘建翔说：“我不要那个分数，又不是考研，你想想，怎么奖励我？”丁兰眼一忽眨：“你是海洋世界的海豚啊，做一个动作就要喂点吃的？”潘建翔说：“看那个海豚表演，海豚只会算加法，算到六。我呢，难哪，一关胜过一关难，不是王桃姐她。”潘建翔差点说漏嘴。丁兰说：“好吧好吧，这个题目你能得满分，我给你跳一个《鸿雁南翔》舞。”潘建翔挤眉弄眼，嘴巴一呶道：“跳一个舞，还要加一个吻。”丁兰笑言：“这个，吻的不要。”潘建翔说：“我先讲个笑话你听。有位领导干部，大概文化不高，戴着老花镜，坐在主席台上做报告，照文宣章，一字一句地念讲稿，他说：东方浩荡红旗飘，全县人民干劲高。上级领导发号召，给我们广大群众，带来了一个很大的鼓，他不讲了，开始翻讲稿看下一页，听报告的人都想，带来一个很大的鼓？

领导给我们县带来一个什么样的鼓？这时，台上的领导才又一抬头，摘下老花镜，头一点说，还有一个舞。他把鼓和舞分开念了。台下人哄然大笑。我俩这个舞，要和这个吻，紧密地联系在一起。”

丁兰一听笑了，说：“鼓和舞不能分，哟，你很会编故事啊。行，只要你编得出来，打得满分，舞，就加个吻。”潘建翔说：“舞加吻，五加五，等于十，一和零，就是一口。一言为定。”潘建翔抬右手指，在空中画一个圆，还用劲点了一下。丁兰抿嘴笑了。

潘建翔离开沙发站起身来，也端一茶杯，像拿麦克风，表演节目似的，他开始讲故事了。

“有一个美丽的传说。”丁兰接话说：“精美的石头会唱歌，木鱼石传说啊，跑题了，讲神话故事。”潘建翔继续讲：“丁教授，听我讲，新版的《西游记》。话说唐僧西天取经，碰上白骨精，白骨精想长生不老，要吃唐僧肉，白骨精一日三变化，变成老头老太小媳妇儿，都被孙悟空识破了，金猴奋起金箍棒，把白骨精打死了。那孙悟空火眼金睛，唐僧是肉眼凡胎，认为孙悟空杀生害命，有违佛规，不认这个徒弟了，就把孙悟空开除了。孙悟空丢了公职，一气之下，一个筋斗云翻了十万八千里，回到花果山水帘洞，终日吃喝玩乐，无所事事。”

潘建翔喝口茶。丁兰此时插话了：“你这是讲《西游记》的故事。没有新意。”潘建翔说：“且听我慢慢道来。一天，几个小猴子报告，说天外有来客，孙悟空闷得慌，心里想是哪方神仙，待我老孙出去看看。孙悟空一个筋斗翻到半空中，没走多远，

忽听身后有个声音,大圣哪里去?孙悟空回头一看,哟,这不是老六小弟,六耳猕猴吗?只见这小猴,脚踩祥云,身上背个布袋褡裢,边喊边招手,赶过来了。六耳猕猴说,大圣老兄,久违了。孙悟空说,多年不见,你还是这小样儿?六耳猕猴说,大圣兄,你享清福哪,你知道吗?你被唐僧师傅开除了,他带着你那二师弟、三师弟取经,半路上被一个妖怪抓住了,正在用大锅大笼蒸唐僧肉吃,准备下酒呢。真是树倒猢狲散,二师兄猪八戒去高老庄做女婿去了,三师兄沙僧坐在妖精洞口,愁眉苦脸地哭,你得去救你师傅啊。孙悟空说,师傅把我开除了,他不让我去救他啊。

“六耳猕猴说,唉,本来嘛,你们师徒四人,去西天取经,什么西游记,纯粹是西游戏,西天有什么经啊,那简直是胡闹。我告诉你大圣,经,就在身边,还用去西天取吗?孙悟空问,在身边,身边哪有经啊?六耳猕猴说,这经不是别的,你猜一下是什么?孙悟空说,是佛经啊。六耳猕猴摆摆手,说,哪里哪里,错了错了,所谓的经,就是圆圈里面那个小东西:3.14,三点一四,你的金箍棒里就有,地球上的人们都叫它派,派就是经,经就是派,佛经里讲了千万句,不就是说了个零吗?零,不就是个空吗?唐僧自己不知道,还哪里去到处乱找。他是以西天取经为由,想出去旅游一番,去西天,什么西天,天还有西啊?千辛万苦的,没事去找事,取经取经,经在身边,哪里去取?纯粹是骑驴找驴嘛。你看看,圆周率,这个小东西,3.14159,你想,三点一四一五九。三,读音山,三点,三点水。一四,是什么?是一

书、一寺、一佛、大佛，一不是老大吗？四，读音释，也就是释，佛姓释，叫释迦牟尼。英国人读四，是不是也念four，佛。那个15，一五，是一本、一经，本、经，都是五的意思。1415，不就是一佛一经吗？中国人不是常念四书五经吗？那个159，嘿，一五九，一窝猴，要取经，离不开一窝猴。六耳猕猴又说，你孙大圣，就是315，大圣孙，就是153，孙悟空，就是350。六耳猕猴嘿嘿一笑，问，大圣，听明白了吗？孙悟空说，还不太明白，三点，为什么是水呢？六耳猕猴摇摇头，说，你知识落后了。水，叫氢二氧，分子结构有三个原子，两个氢原子一个氧原子。水，还有三相，液态、气态、固态，所以3是水，明白了吗，老孙？孙悟空一听吃惊不小，说，啊呀呀，老六啊，博士毕业了，你学问大啊。噢，明白了，你长六个耳朵，耳聪目明，信息灵通啊，把地球人的信息都听到了，了不起，了不起。

“六耳猕猴和孙悟空，在天空上漫走漫说，孙悟空背负青天，朝下看了地球一眼，说，老六，我觉得啊，这地球上的人站得不高就看得不远，也太笨了，把一张纸叫作钱，把石头堆起的空壳叫作房，为了钱和房，争来争去的，认为争得越多就越好，争斗了几十年一辈子，到了死的时候，让我那阎王老兄一叫走了，两眼一闭，两腿一蹬，两手一空，没了，啥也带不走，何必呢？六耳猕猴说，是呀，是呀，地球人活得太累了，低维度的层次，哪有你孙大圣，齐天大圣，自由自在地，娶那么多小母猴子，大老婆二老婆三老婆的，还养了那么多徒子徒孙，这才是真正的天伦之乐啊。地球人研究数学，把153叫作水仙花数，其实什么水

仙花，这是说你老孙啊，说你老孙是花花公子，你看，这个153，1是大吧？5呢，五笔画，是圣。3，爷爷儿子孙子，123，3是孙。153是大圣孙。315是孙大圣，513，就是圣大孙，绕来绕去，离不开老兄你，离不开你孙大圣三个字。你叫孙悟空，这名字起得多好，太有哲理了。你早就告诉后代子孙了，孙子们，孙；早点觉悟啊，悟；万事皆空啊，空。所以叫孙悟空。孙悟空，350。佛经三藏十二部，说些啥呀，就一个字：空。空即零，零即空。这个六耳猕猴，不愧长六个耳朵。丁教授，这个153，不仅仅是水仙花，还是孙大圣，手里拿着个金箍棒，这金箍棒，就是1。哈哈哈哈哈！”

潘建翔讲，丁兰听。潘建翔停下来不讲了，他边喝茶边想，这故事怎么继续编下去。

丁兰问：“没有下文了吗？孙悟空，六耳猕猴，后来怎么样？去哪儿了？”潘建翔说：“孙悟空、六耳猕猴商量如何去救师傅，六耳猕猴说，先去高老庄把猪八戒叫回来，人多力量大，再去降伏妖怪。就是担心时间拖久了，妖怪把唐僧吃了怎么办？孙悟空说，老六不必担心，我拔根毫毛，变一个小蜜蜂，送一颗避火珠，一颗小圆球，球里放一个小精灵，也叫派，来回通风报信，师傅坐在蒸笼里，尽管睡大觉，毫发无损，让他三天三夜蒸不熟，怎么吃？六耳猕猴说，那么我俩先去高老庄，看看猪八戒搞什么鬼把戏。于是，两猴腾云驾雾，眨眼之间便到了一座大山的上空。孙悟空用眼看，六耳猕猴用耳听，便知高老庄的位置了。皓月当空。高老头嫁女儿，笙箫唢呐百鸟朝凤，吹吹打打热闹

了一整天,宾客散尽。猪八戒时已大醉,高小姐花枝招展盖头遮颜,正值洞房花烛之夜。”

讲到此处,潘建翔把茶杯往桌子上一放,说:“故事结束啦,答题完毕。请丁教授打分。”潘建翔坐回沙发上,渴望等待着,仰视丁兰。丁兰说:“正在紧要关头,怎么不讲了?”潘建翔说:“所有入洞房,人都一个样,下文是什么,自己去体量。”丁兰哈哈一笑:“好,如果按照题目的要求,你讲的故事,打满分。想不到啊,小潘,如果说找水仙花有人通风报信,这编故事,是我亲眼看着呢,不错不错。第二道题,四个小题,全部过关。”潘建翔喜形于色,双手一拍说:“丁教授,跳《鸿雁南翔》,我唱你跳。”

这是二人的世界。在这天涯海角。为了一个人,爱了一个人,任何的付出,都是值得的。潘建翔心满意足,无怨无悔!《鸿雁南翔》的歌词,是林海雪原歌舞厅八月份开业时,李纪行主任专门为潘建翔创作的,潘建翔由于《鸿雁南翔》,歌曲和舞蹈,一炮走红。

鸿雁向南翔
人字摆成行
啼声凄凄别故乡
夜来霜秋风凉
鸿雁飞南方
千里到衡阳
回雁峰巅回首望
长江长黄河黄

鸿雁欲何往
春水已淌漾
千里迢迢回家乡
雁门外草原上
鸿雁传书香
马背有佳酿
一碗美酒入豪肠
夜苍茫琴声扬
床前明月思故乡
梦里佳人在何方
天涯海角觅知音
一只鸿雁向南翔

两只从北方飞来的鸿雁，在这个安静的校园里，演绎着一个动人的爱情故事！

丁兰换上了一身白色睡衣，上衣露肩，短裤七分，在潘建翔面前表演《鸿雁南翔》舞蹈，却别有一番风韵，潇洒飘逸，宛若天仙，长颈戏水，粉臂浪鞭，腰似弱柳，膝若龙盘。有潘建翔歌声相伴，一个声音，一个动作，声情并茂，动静宜然。潘建翔每当唱起这首歌，把自己想象成一只南飞的鸿雁，载着莽莽草原的风情，穿云破雨，披星戴月，一路向南飞翔，去寻找那份执着的情感，追求那日思夜梦的爱人。一曲终了，兴致盎然。舞刚一跳完，丁兰碎步轻移，飘进卧室里去了。潘建翔笑了起来，他知道，领导带来一个鼓，后面还有一个舞，舞后还有一个吻，所

以丁兰逃跑了。

潘建翔追了进来。

丁兰说:“第三道题已经出来了,填一首词,仿照《念奴娇》,一百个字,对应一百个数,这是李主任的创意,不一定准确,只要求讲出道理来,可以自成体系,文字游戏而已。”潘建翔说:“就像符雅妹百花仙子美发店?”丁兰说:“对,我根据你讲的神话故事,先填一首,做个示范,对应着圆周率第四个区域,就是第四个一百,你也写一首,你不是说是猴吗?你就对应第九个一百,题目还是花,《西游记》里的花果山,三道关三道题,都有花,第一题,花之恋。第二题,水仙花。第三题,就叫花果山。你是花仙子,以花为媒,找我这个花痴,有生之年,也不失为一段佳话。”潘建翔说:“夫人说得是,我们山西人重情重义。噢,想起来了,明天到百花仙子美发店理个发,顺便给雅妹提个建议,南方许多理发店,供关云长为财神爷爷,因为关老爷手握大刀。裴和平的个泡咖啡馆,也请了个关老爷,关老爷是义财神。”丁兰说:“关老爷那把刀不是剃头的,人们只是意会而已。”潘建翔说:“我到客厅,看看题难不难,刚编的故事,说花果山,你就出了个花果山,为啥不出个水帘洞?”丁兰一听,抬手拍了潘建翔一下,说:“你的想象力丰富,题目是花果山,上了花果山,再入水帘洞。”潘建翔说:“真的?一言为定。”丁兰说:“驷马难追。”两人一击掌,重回了客厅。

丁兰香气袭人。她坐在写字台前,开始填词,说:“建翔,你去洗个热水澡,我写好后叫你,可以吗?”潘建翔问道:“你写用

多长时间？”丁兰说：“一个小时内。”潘建翔说：“听夫人安排，夫人慢慢写，发挥聪明才智，多给我提示提示。”潘建翔洗澡去了。

此时，那只大黄猫半躺在沙发上，取代了潘建翔的位置，睡眼朦胧地陪伴着丁兰。有丁兰在家，大黄猫不靠近潘建翔。它不声不响地睁眼闭眼。丁兰喜欢吃水果，她撕开一只香蕉，边吃边想边写。为了让丁兰多点时间，潘建翔今天洗澡特别认真。他用大塑料盆，他把水温调好，从上到下一个部位一个部位地洗。洗头发，换水。再洗脸，换水。脖子，胸部，肚皮，换水。重点下身，反复洗。应该可以了，换水。然后，左腿，右腿，左脚，右脚。他边洗边想，今天晚上，应该洗得干干净净的，否则，后果不堪设想。

丁兰吟诗作词反复推敲，作品精雕细琢。潘建翔摩面擦肤认真洗澡，浑身皮肉发红。一个小时早过去了。丁兰敲卫生间门：“建翔，还没洗完啊？”潘建翔忙说：“好了好了。”潘建翔秋衣秋裤，回到客厅。丁兰看着笑，笑里藏着秘密，深不可测。写字台上，丁兰笔迹俊秀，一阕念奴娇，跃然纸上：圆率第四百寄数词。

念奴娇·西游记

筋斗云里，八戒哄，唐老老唐肉僧。一骨王八，白妖怪，化变变个玉童。洞烛明月，高庄婚典，像皇像王公。凌霄长庚，下主凡尘似人。　　六屁醉猴手里，酒拎三六瓶，口饮言孙。笑空悟孙，空无事，宝棒偷了海龙。老悟弟兄，桃

蟠树下分，年久无音。天佛一尊，日夜籁唱南风。

7245870066　0631558817　4881520920　9628292540

9171536436　7892590360　0113305305　4882046652

1384146951　9415116094

潘建翔又看另一张纸，上面写着：

第三大题：写一首寄数词，词牌名取《念奴娇》，又名《百字令》，对应圆周率第九个一百。请在一个小时内完成。

第九个一百位数字如下：

5024459455　3469083026　4252230825　3344685035

2619311881　7101000313　7838752886　5875332083

8142061717　7669147303

潘建翔傻眼了，他看着这些数字直发呆。丁兰呀丁兰，你让我照着这些数字写诗填词，这不是难为我吗？我一个小时，连顺口溜都写不出来，还要有个什么词牌名，还要写花果山。难难难，苏小妹三难新郎，我没有秦少游的学问，就他秦少游今晚来了，一时半会儿也不一定写得出来。

丁兰看出潘建翔为难，鼓励潘建翔说："建翔，寄数词，主要是找汉字与数的对应关系，有些汉字明显与某个数对应，有些不太明显，有些需要去寻找，《说文解字》里讲汉字的起源，汉字与数字，确实是有一定的关联，一个物体，一件事情，用易经的观点来讲，都有理象数的内涵。所以，你找对方法，可以作出一首《念奴娇》来，我卧室看会儿书，相信你能作出来，我等着你。"丁兰话音一落，嘭的一下亲了潘建翔一口。潘建翔笑了，

这次亲的位置与以前大有不同,不在脸上,也不在嘴上,在脸与嘴的中间地带嘴角。他忽然灵机一动,如梦初醒,说:“你里屋休息,我就不信,降伏不了这个三点一四。”丁兰进主卧室,闭门读书去了。

爱情的力量是无穷的。时间已过子夜。潘建翔眉头一皱,计上心来。

潘建翔想到什么了,让他如此高兴?有何妙计能过这道难关?他想起了盖房子!

他想,陈铁陈大虾,干的就是盖房子的活儿。学者专家,故弄玄虚,什么房地产啦,开发商啦,建筑工程啦,没有那么神秘,其实都是盖房子。盖房怎么啦,盖房,找块地皮,琢磨琢磨,画个图,设计设计,再把材料准备好,工人们把材料排列组合,结构起来,然后粉刷一下,放上床铺就能住。这写诗作词,和盖房子一样,一张纸,是地皮。笔,是工人。材料,就是一个个的汉字。把汉字堆起来,就成了篇章,盖成了房子。李白杜甫有钱有文化,手艺又好,盖的是钢结构别墅。那些贫穷人,没钱没文化不识字,就没钱买好材料,盖的是茅草屋。还有,唐宋八大家,文化开发商,写长篇大论,盖成了高楼大厦。一样样的几千个汉字,排列组合不一样,结构不一样,盖出来的房子就不一样,一篇文章写一半写不下去了,就是没文化没材料了,形成半拉子工程。考试时,半拉子工程是要打零分的。写错字说错话,就是用了不合格的材料,留下了隐患,形成了危房,严重时,还要追究刑事责任。

现在，纸，有了。笔，丁兰早放桌上了。汉字，王桃那个笔记本里面，就有与数字对应的一千个汉字。地皮，工人，材料，这些都有了。万事俱备。琢磨琢磨，设计设计，排列组合，还愁写不好一首《念奴娇》来？

潘建翔开始琢磨设计，需要找什么材料呢？好啦，有关《西游记》，孙悟空、花果山、白骨精、金箍棒、佛、猴、马，找了五十个常用汉字，拼凑起来，用标点符号连接一下，一幢房子，一首词，不就成了，有何难哉！

潘建翔拨通了王桃的电话。电话里悄悄话，王桃问："小潘，考完了没？"潘建翔说："王桃姐，还有一道题，最后一关，让我写一首《念奴娇》。"电话里王桃说："这个丁兰真是的，亏她想得出来，没说再写首《菩萨蛮》，一时半会儿，又要押韵，哪里能写出来。"

潘建翔说："王桃姐，《菩萨蛮》用字少，《念奴娇》，正好一百个汉字。我有办法，你找出那个笔记本，我要一百个左右的汉字，有关《西游记》花果山、水帘洞、孙大圣这方面的汉字，都与哪些数字对应，排列组合可以作一首词出来的。"电话里王桃说："那好，那好，你要什么字，随时打电话。"潘建翔说："时间充裕，一个小时足够了，你听我的电话。"

丁兰穿着小裤衩，已半躺于床上，头发湿茸还未干，手里拿着潘建翔写的《念奴娇》，一字一句地读，边读边点头，这是表示欣赏。

圆率第九个百寄数词：

(仿)念奴娇·花果山

悟空见佛,佛问猴,西头五岳佛在?猴冷发笑,秃儿老,佛见未见哪吒?口白手歪,搔搔拭拭,弄棒舞圆锥。壶开乐矣,猴孙摇摇摆摆。 一曲一喝一口,喝口算一算,七杯三杯。吹吾牛棒,花落打,变却骨魂三来。洞果山花,一方土岭路,妖怪妖怪。辛劳寻天,一佛牵马圆派。

5024459455 3469083026 4252230825 3344685035

2619311881 7101000313 7838752886 5875332083

8142061717 7669147303

丁兰含情脉脉地看着她身边的这个男人,她的学生,熟悉而又陌生。潘建翔躺在丁兰身旁,穿着背心裤衩,精牛战马地,他说笑话逗丁兰:“夫人,按照夫人的逻辑,那个153自然数,对应的汉字就是日本人三个汉字,水仙花,日本人,都是153。”他用右手在空中画一圆,食指一点,说:“一个圆中间一点,什么字?日,日字,对应数是一,是名词,也是一个动词。本,五笔画,对应数应该是五。人,天地人,三才之一,对应数是三。”丁兰一听,眨眨眼,半握粉拳,就打潘建翔:“小潘,你怎地这么坏!”

灯光下的丁兰,满面羞色,红颜飞春。接下来,熄灯……此时无声胜有声。无声,有声,有声,无声。有声有色,有声无息,无声无息了。好啦,今夜星光灿烂!

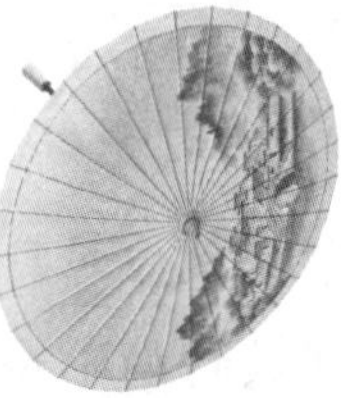

叁拾肆章　问计

海口，六月雪花高尔夫球场。

仝坤一行八人打球。仝坤和苏嫚夫妻，刘羽飞和符雅妹夫妻，王桃和黄琼英一对俏佳人，潘建翔和丁兰新婚燕尔，就差补办一场婚礼。六月雪花球场，在海口市东南方向，离市区约有二十公里，八个人成双成对，各自开车陆续到达。

高尔夫的美在于表里如一。千亩绿茵的球场，是为一个乒乓球大小的小白球服务的。在球类里，篮球、排球、足球、网球、台球、马球、乒乓球、羽毛球、保龄球、橄榄球，有几十种。高尔夫球，这个小天使，花蕾豆蔻，个儿头小，而驰骋的疆场却是最大的，其场面之大，大过一个最小的国家。高尔夫运动，内在的哲学精神与外在美丽形象融为一体。

高尔夫球，球小场地大，但小小白球则是灵魂和核心。漫漫球场空间宛如一个原子的轮廓，场上游动的打球人就是一个个的电子，小球就是原子核。布朗运动、测不准原理在这里都很适用。打高尔夫恰似与大自然调情，其着眼点不仅在球和杆上，而且在球场上。绿色球场就是美女的肌肤，色彩鲜艳美轮

美奂，供打球者抚摸和欣赏，以获得无以名状的快感。女性球员打球则是同性恋。打球人往往是真正有身份的人，或自认为有身份的人。许多人打球其目的不在于打球，而是别有用心。本来，高尔夫的发明是故意把简单问题复杂化，拉开时间的距离，展露天地的帷幕，慢慢与苍天大地对话，与大自然做爱，与好朋友交流，不殚运筹帷幄，而要决胜千里，顶天立地，大将风范，挥洒之间，吐握乾坤，机断谋算，深思熟虑，惊天动地，皆源于此。也有的人是为了寻找志同道合者或世间高人。

当然，功成名就者，纯粹为了放松消遣，平淡无争归于另类。打高尔夫追求的是进洞，多数球赛评分的标准就是论断进洞的次数。而进入一洞一穴，自己为自己制造麻烦，千回百转，千变万化，千杆万杆，玩儿是人类的天性，千辛万苦又乐在其中。

不知道什么时候，把打高尔夫作为高贵的象征，这一点值得人们去反思。球中老大，本应该是篮球，篮球不愧为老大，决不妄自尊大、自高自大，它底气十足，蹦蹦跳跳，把篮筐高悬于空中，虽然高高在上，却谦卑有礼放低身段，彻底地平民化，让全世界的人，无论男女老少，都玩得起喜欢它。一大一小，一动一静，截然不同。就像我们家里，有儿女七个八个，最小的往往娇生惯养霸道任性，可能成了纨绔子弟。高尔夫小姐，是球姓家族里算是最小的千金，雍容华贵，披金戴银，那个掏耳朵的杆，价格昂贵的包，自命不凡的服饰，炫耀夸张的行囊，让平民百姓看见恼眼，惹不起躲得起。

这是一个十八洞球场。这些人中只有潘建翔没有打过高尔夫。刘羽飞在三亚时常陪老板冯总打球，现在是冯总西安酒店的总经理，他本人武功在身，而且球打得比谁都好。符雅妹原来的工作就是球童，对高尔夫司空见惯。仝坤、苏嫚亦是高尔夫的常客。黄琼英不仅打保龄球，有时也陪伴陈大虾出入高尔夫球场。王桃与李纪行纠缠在一起，偶尔也来高尔夫球场凑热闹，她是体育大学毕业生，各种体育运动自然都不陌生，当然游泳更是她的专业特长。丁兰教授多经广见，风度翩翩卓尔不群，对于高尔夫运动也是别有心得。潘建翔，只有他一个人，今天坐在果岭上看大家打球。他实事求是干脆说不会打，认不得高尔夫只知道高尔基，念初中时，读过高尔基的散文《海燕》。王桃知根识底逗笑他，潘总是不是昨晚累坏了？

潘建翔坐在果岭高处，心事不在球上，只观看着丁兰那矫健的身姿，想起昨夜今晨的好事来，仍然令他回味无穷。

今日晨起，慵倦舒懒。潘建翔刚一睁眼，已经是上午八点钟。丁兰早已不在床边，潘建翔想上卫生间，听得见卫生间里有动静。

今天星期日。仲冬初三。潘建翔一夜鸳鸯蝴蝶梦，颠鸾倒凤，晨起虽不觉得十分疲惫，肚子却咕咕直叫。他穿上裤衩背心，蹑手蹑脚地走到卫生间门口，门虚掩着，从门缝向里看，瞧、瞅、窥，嗬，丁兰她赤身裸体地背对着门口，弯腰屈胯正在洗澡呢。若是在另外的场合偷看女人洗澡，那是很不道德的。但是现在却有所不同了，他小潘可以放心大胆名正言顺地去欣赏一

番，这洁白如玉的裸体，那才是真正的、真实的念奴娇呢，令人叹为观止。感觉得出来，一米六五以上身高的女人，身材好到可以辨别出每个部位是哪里，肩是肩、背是背、腰是腰、腿是腿，泾渭分明。最引人入胜的当然臀是臀了。臀，爱看而又文雅，绝不应该浑俗地叫它屁股。它集旖旎风光于一处，凹凸有致珠圆玉润；它磁性弹性圆心圆脸；它金童玉女瓜分半月。应该叫它派，或者叫陪，配也行，叫圆周率更好，多么富有诗意。其实叫臀就挺合适的，牵强附会，月宫宝殿，月亮之上。说文里讲，殿下之月，作“肉”字解，此地是身上肉肉最多的地方。丁兰身材一米六八，不高不低，舞蹈教授，模特儿体形自不待言，重要的是极富弹性。舞蹈家肉体的弹性筋柔骨软，自然不同常人。相比之下，男人的体格木墩铁块，即使是学舞蹈的，弹性也差一点，若压在弹性的酥绵玉体之上，沉重而呆板，就像加工豆腐，把豆浆豆脑包在纱布里，用木板上下一挤压，挤压出来的都是汗水，留下的是软颤颤富弹性的豆腐块。潘建翔初吃豆腐，虽然毫无经验囫囵吞枣，却也是感受至深难以忘怀。不管从哪个角度看，丁兰的弹性玉体，处处圆滑细腻绵柔似缎，想想那朦朦胧胧如痴如醉的暗夜良宵，茂林修竹清流急湍，曲率变幻弧度天成，球体球面圆周圆洞，有进有退时动时静，其跋山涉水激烈攀爬的感受，是用任何语言也难以描绘出来的。昨天晚上，潘建翔什么也没看见，黑咕隆咚的，摸爬滚打仓促应战，并没有充分的思想准备。丁兰却是顺手牵羊熟门熟路，毕竟过来人，已经有过男女之间深层的体验。潘建翔心里想，这夫妻之间亲热

的方式虽然如出一辙,其细微之处也应该是千差万别的。全世界十亿对夫妻,大概没有一对是一模一样的。可惜由于人类知耻护羞的天性,对于这种事没有深入的探讨,实在是件很遗憾的事情。

潘建翔胡思乱想,他认为对于性的了解,再善于描写的作家,也只能是管中窥豹挂一漏万,什么《金瓶梅》之类的,作者一生能够见过几个绝色女人?人生一世草木一秋,眨眼就过去了,对这种重要的事情竟然缺少应有的关爱,这是天大不应该的。听说夫妻爱艺水平的高低,与文化学历高低并不成正比。即使是当医生的,业务水平包治百病,自己说不准还是个阳奉阴违呢。潘建翔门缝瞅人,看到是原原本本真真实实的东西。特别是丁兰早上洗澡,并非像昨晚坐在木桶里那样细心,早上淋浴她也像潘建翔一样,站立地上撩着热水洗濯,而且瞻前不顾后,说得准确点只将就洗了半个身体。正在这个节骨眼上王桃来电,约他和丁兰今天上午去打高尔夫。刚一出门,又碰见邻居年轻夫妻打羽毛球回来,点头向丁兰教授问好,却眼盯着潘建翔怪笑。

打球不如看球好。潘建翔坐在果岭高处观球,看着三三两两,成群结伙的打球人,他神思遐想想入非非。海南的冬月不冷也不热,正午的阳光洒在球场上,柔和的光线唤醒沉睡的绿茵,绿茵如毯高低起伏铺向远方。绿地上的寸草,挂满晶莹的露珠,像睡美人的泪。悠悠寸草心,报得三春晖。仰看天空上,朵朵白云飘过,零零碎碎,起起落落,丝丝缕缕,分分合合,不断

变幻着形状，一会儿像是一队队驼峰慢慢移动，一会儿又像神兵天将摆开厮杀的战场。球场的边界绿树成荫，高高的椰子树挂着累累硕果，一嘟噜一嘟噜宛如嫩绿色的大葡萄。瞧瞧远处，仝坤三杆入洞，欣喜若狂，手里摇动着白鸭舌帽，向潘建翔示意，已经一球进洞，潘建翔挥挥手也表示祝贺。潘建翔想这打高尔夫再难，也没有他昨晚上那三道题难啊。那么，打高尔夫有没有一杆进洞的呢？百米之距，双手握杆，扭腰侧身，双臂抡圆，杆头一击，小白球骤然腾空，空中划一条弧线，飞向远方，它将落于何处，事先并不知道，可能落在草地上，也可能掉进水潭里。无论球落何处，人追球走，不离不弃，继续挥杆，对了，追求，追求这个字眼竟源出于此。仔细琢磨一下，打高尔夫的意义并非击球入洞，而在于享受过程。开球，就像一场大戏的开场，正戏才是中间的过程。

球场行走，栉风沐雨，花香鸟语，言语交流，送目传情，深入思考，密谋策划，所有的目的意愿都在过程中完成。推球入洞，赢得短暂的兴奋，却是一场大戏的收尾。忘记享受过程的打球，实际上并未理解高尔夫的精髓。高尔夫不同于拳击，如果说拳击也是为了享受过程，那是胡扯，不信谁去试试享受一下，打得鼻青眼肿，甚至头破血流，全然没有一点儿绅士风度。把两个健硕如牛的壮汉，圈在一个几十平方米的舞台上困兽犹斗，非将对手置于死地而后快不可。只有不痛不痒的旁观者才觉得这是享受。高尔夫与拳击大相径庭，一招一式一举一动，一言一行一笑一颦，体现教养尽显风流。这个地方的草皮也须小心

呵护，球员包里的那个小铲铲，就是为草皮抚慰创伤的。高尔夫教育人去理解、同情、关怀、热爱、欣赏，自由自在享受过程，制造快乐让这个世界充满爱，这才是高尔夫的精神所在。

潘建翔在果岭上来回走动，手里拿着个大哥大，打球的人走得离他越来越远。突然，大哥大响了起来，是仝坤的声音："建翔，我和丁教授说了，麻烦你回一趟海南大学，开车把高小芬、郭小梅接过来，说丁教授让来的，商量舞蹈大赛的事。中午在高尔夫一起吃午饭，你们直接到会员餐厅101包厢。"潘建翔想想，建议说："这儿环境好，仝总，是不是把吴汉章也请来？"仝坤说："我刚才已经通知了，杨波得把韩月和吴汉章都接来，你回海大，只需接那两个女学生就可以了。"潘建翔说："我马上就去，你们慢慢打。"

仝坤今天邀请打高尔夫是别有用心的。舞蹈大赛的日子已临近，春江花月夜海鲜城也将开业，李纪行在美国与他通了几次电话，要他尽快救陈大虾出狱，看看已近年关，他心急如焚。他想，今天是周日，大家本应该休息，既不能在黄琼英的明泰大酒店，也不能在他的林海雪原歌舞厅，来请大家开会议事。平时开会又凑不齐人，而且这事都是朋友之间的交情，谁也不是谁的下属上级，还是苏嫚昨晚上给他出了个主意，建议边打球边请客边开会，这样大家都乐意接受。况且，人家丁兰教授和那俩女生，周一至周六还要上课呢。

仝坤心领神会，说娘子言之有理，明天中午就在高尔夫餐厅，吃椰子鸡。原来只是想到请丁兰教授来，刚才丁兰建议，把

高小芬和郭小梅也请来。苏嫚说,最好把公安局张根队长,还有裴和平和戈萍小两口也请来。仝坤打电话一一通知,让吴汉章和韩月坐杨波大摩托来,张根队长说中午有应酬,裴和平和戈萍在个泡咖啡馆,中午约了几个老乡吃饭也脱不了身。

今天早上,仝坤的BP机收到王桃的短信,是李纪行从美国发来的,又是四句话,一时难以理解。仝坤打了一个漂亮的三杆进洞,心情很好,又掏出BP机,琢磨那几句话:

空城围魏调虎离,3

混水瞒天美人西。4

关门连环暗藏刀,5

上树偷李假借梯。6

和上次的短信一样,李纪行话都不明说,通过写诗的形式,让人去理解。上次的短信是借用《长安古意》里的四句诗:

挟弹飞鹰杜陵北,

探丸借客渭桥西。

俱邀侠客芙蓉剑,

共宿娼家桃李蹊。

上次在万铁公司开会,潘建翔对这四句诗作出了一个绝妙的解释。好像李纪行未卜先知,王桃从北京秘密返琼,神不知鬼不觉地深入调查,才弄清了"龙虎豹"的来龙去脉,印证了李纪行的判断。今天早上,李纪行通过王桃,从美国又发来四句话,而且后面还标了几个数字,仝坤反复琢磨,基本理解了李纪行的意思。他一早起来就与苏嫚商量,还是请昨天中午吃烤鱼

的一帮人，并邀请上张根队长，到六月雪花高尔夫，打球吃鸡，打球吃鸡的真正目的是共同商讨对策。

仝坤正在看BP机，BP机又叫起来，一看，又是王桃转发过来的，上有信息：

掩住双耳去盗铃，
捂着嘴巴敢偷鸡。
聪明反被聪明误，
自欺欺人被人欺。

仝坤看着这四句话发呆。李纪行，这是什么意思？鸡鸡鸡，我们今天打球吃鸡，他远在美国也能知道？因为仝坤与李纪行从小一起长大，都是高干子弟，仝坤来海南创业，也是追着李纪行来的。目前的形势他已经十分清楚了。李纪行与陈大虾合作开发房地产，是陈大虾拉拢李纪行进来的，并非李纪行的本意。椰岛春城是海南万铁房地产公司成立后开发的第一个商住项目，由于没有做房地产的经验，一个项目用了两个施工队，两个施工队互相闹矛盾，为了一口大铁锅打架斗殴，湖北工队把四川工队的一个民工失手打死了，这完全是由于管理不善造成的。陈大虾为人仗义，给打架斗殴的十八个农民工每人发了五万元盘缠，放这些人全部离开海南岛，各奔东西去了，至今下落不明。可惜祸不单行，与椰岛春城相邻的汇信金城工地也发生了一起人命案，受害者是一个七八岁的小男孩儿。据公安部门调查，凶手可能是一个叫范二的民工，因为工资问题与老板结怨，把老板的独生子掐死了。这个范二，原来也是陈大虾的

弟弟陈鼎招来的，陈大虾叫陈铁，大虾是他的绰号。由于范二自找工地干活，万铁公司没有及时与范二解除劳务合同。这两个命案，就与陈大虾都有了关联。事有凑巧，被打死的四川民工是庞道中的亲侄儿。被害死的小男孩儿恰恰又是庞道中的情人夏瑾的叔叔夏山的小儿子。庞道中岂是等闲之辈，他财大气粗，原本是黑道中人，怎能咽下这口恶气，因此与陈大虾结下梁子，扬言要报仇雪恨，从此两人势不两立。庞道中从云南把他的俩拜把弟兄调来，这两人也是大有来头，一个叫袁彪，一个叫鲍云霄，江湖上把此三人称为“龙虎豹”，三人原来在云南边境经商贸易，卖枪贩毒，无法无天，社会上无人敢惹，早已是公安机关通缉的对象。

庞道中原名庞首一，袁彪和鲍云霄也隐名埋姓，三人至今仍然没有被抓获。而且根据调查了解，庞道中身边还有个神枪手保镖。第一件命案发生后，李纪行早说让陈大虾离开海南，躲个一年半载，三十六计走为上计，一走了之与他关系也不大。但是，陈大虾由于良心自责，主动负荆请罪，顶替弟弟陈鼎和民工贾三，才被关押起来。王桃给黄琼英说宽心话，说“龙虎豹”追杀她丈夫，在看守所比外面安全。黄琼英思夫心切，强颜欢笑，每天一次两次电话，催王桃和仝坤尽快救她丈夫出狱。

打球打到下午一点钟，仝坤收兵回营，在高尔夫餐厅101包厢，十几个人都聚齐了。有仝坤和苏嫚夫妻，刘羽飞和符雅妹夫妻，潘建翔和丁兰夫妻，黄琼英和王桃二位贵妇，吴汉章和韩月一对情侣，高小芬和郭小梅二位美女，还有杨波，男男女女

共十三人坐满了一桌。黄琼英知道吴汉章没有汽车，她问道："吴总，您是怎么来的？"吴汉章说："摩托车。"潘建翔眨眨眼睛，一笑说："不会吧吴总，坐小车来的吧？"吴汉章把头一扬："噢，不是，杨波的大摩托。"潘建翔又逗他："吴老总，什么大摩托，明明小轿车。"吴汉章边掏烟边说："胡说，哪来的小轿车。"潘建翔说："怎么不是啊，韩月101，您111，加起来212，司机杨波，是县委书记坐的212吉普车啊。"众人一愣神，又一想，都理解了，十几个人哄然大笑，连吴汉章也笑得把打火机喷灭了。仝坤笑着说："小潘哪，你的数学不错啊，怎么能想起这么个问题？"王桃笑着说："哼，你们不知道，小潘啊，数学过敏，数迷心窍，看什么都是数，最懂得圆周率了。"王桃说完，看了一眼丁兰，见丁兰满脸羞涩。韩月低头不语，也羞得满面通红，不敢视人。圆周率的故事，除了王桃一人，谁也不知道怎么回事。符雅妹笑笑说："我们坐的就是101包厢啊。"吴汉章吸了一口烟，笑着说："101，101，你和刘羽飞加起来，也是212。"大家又一起欢笑。这一桌子的真夫妻假鸳鸯，如果一对对加起来，新骑旧驾全成了一辆辆北京小吉普。

潘建翔像中了邪似的，看到什么东西都能想起数字，他说："今天仝总请我们吃2。"王桃说："不对，是吃7。"潘建翔说："鸡像2。"王桃说："李主任那张表，鸟是2，鸭是1，鸡是7。"

众人听不懂二人说啥鸟语。符雅妹海南人，说的海南话："鸡是7，7是鸡。"刘羽飞笑道："海南话，四、七、十，三个数念一个音，分不清。我就听不清雅妹说七个还是四个还是鸡个，

她不会卷舌头。”丁兰笑笑说:“方言土语,含混不清。鸡应该对应7,简体汉字鸡七笔画,又是谐音,而且十二地支里,酉鸡,是晚上七八点钟,鸡对应7较为合理。”丁兰虽然这么说,多数人还是莫名其妙,猜测这几个人说话什么意思,是中午吃七只鸡,吃得了吗?吴汉章听了高兴了,说:“我们十三个人,你们两个人吃一只,我一个人吃一只,正好七只。仝总,有没有酒啊?”仝坤笑着说:“有七有八,没酒。”潘建翔说:“有海南产的椰子酒,椰子酒,119。”王桃说:“119,是火警。”丁兰说:“今天女的多,吃不了七只鸡吧?”仝坤说:“我们打边炉,两人一个炉子,吴总一个人一个,就要七只鸡,小一点的,可以吃完,配点蔬菜、南瓜、豆腐、白萝卜、土豆片。”

仝坤来海南快一年了,他认为海南最好吃的就是椰子鸡。那四大名菜里,文昌鸡只是个地域特产。椰子鸡却是具体的吃法,刀砍十个八个椰子,用纯椰子水椰子汁椰子肉,把吃椰子长大的鸡,零碎放锅里盖住,铜火锅最好,用文火慢煮,熟一块儿筷子夹一块儿,食碟里面佐以姜蒜,酸橘辣椒酱油,三杯两盏淡酒,那个香啊,乃天下一绝。仝坤看着王桃说:“李主任发短信来,是四句诗,各位在此,分析一下,什么意思。我分析了一下,是兵法三十六计。让我们设谋用计,配合公安机关缉拿‘龙虎豹’。今天请各位来高尔夫打球吃鸡,是商量对策。本月十一日晚上,举行舞蹈大赛,紧接着十二日晚上,春江花月夜海鲜城开业,请各位献计献策,今天牺牲休息时间。非常抱歉,感谢大家光临。吴总,你要多喝几杯啊。”潘建翔说:“仝老总,把那几

句诗写出来，我们大家分析一下。”仝坤看着王桃说：“王总有笔吗？你把它写出来，让大家看看，李主任诗写的什么意思。”

王桃把诗写在纸上：

空城围魏调虎离，3
混水瞒天美人西。4
关门连环暗藏刀，5
上树偷李假借梯。6

服务员们端来七个液化气炉子，两人用一个放在餐桌上，顺时针依次是，仝坤和苏嫚，刘羽飞和符雅妹，黄琼英和王桃，潘建翔和丁兰，高小芬和郭小梅，杨波和韩月，最后吴汉章一个人用一个炉子。

吴汉章小眼忽眨着，心想没算计好，有点儿遗憾，顾了吃鸡丢了韩月，杨波与韩月共煮一锅了，而且这是吃鸡。鱼和熊掌不可兼得，与韩月朋锅，就不能一个人吃一只鸡。打高尔夫吃椰子鸡有纪念意义。算了，吃鸡要紧。

王桃写毕，递给潘建翔，潘建翔看了一遍，又递给丁兰，丁兰看了，递给高小芬，依次都看了。最后一个吴汉章，边吸烟边看，叨叨说：“这李纪行，有话不明说，写了几句诗，谁知道什么意思。知识分子呀，怪不得人叫臭老九，批倒批臭，我看这几句话，全是阴谋诡计！”

仝坤说：“各位看过了，我的理解是，这四句诗是三十六计。三十六计走为上计。走为上，不是说走就好。但是，在敌强我弱的情况下，面临三种选择：一是硬打硬拼，结果可能全军

覆灭;一是缴械投降,当然不好;还有一种,就是走,打得赢就打,打不赢就走。走与逃是有区别的;走是主动的,逃是被动的;走是有计划的,逃是盲目的。所以,败战计里最后一计,也是三十六计最后一计,走为上。近代战争史上,走为上,走得最好的,就是二万五千里长征,走的路途远,走的时间长,走得艰难,走得卓绝,走得让人惊心动魄。我父亲就是走过长征的,我父亲姓路,我母亲姓仝,其实,我父亲是个孤儿,是共产党收养的,他不知道他姓啥,他为了纪念长征,就姓了路,一条光明之路。我有个叔叔,我爸的战友,他也不知道自己姓什么,就姓了党。李主任的四句诗是写三十六计,你们说,这里面包含了几个计?”丁兰看了一眼郭小梅说:“我介绍一下,郭小梅,是你们山西人,当年的市文科状元,小梅讲一下,包含了几个计。”

郭小梅站起来,有些害羞,她说:“我是山西晋城人,海大的学生,我来回答一下。这四句诗,其实很明白了,包含了三十六计的一半,十八计,诗的后面标有3,4,5,6,四个数加起来等于十八。第一句,空城围魏调虎离,包含三个计:空城计、围魏救赵、调虎离山。第二句,混水瞒天美人西,包含四个计:浑水摸鱼、瞒天过海、声东击西、美人计。第三句,关门连环暗藏刀,包含了五个计:关门捉贼、连环计、暗度陈仓、笑里藏刀、借刀杀人。第四句,上树偷李假借梯,包含了六个计,分别是:上屋抽梯、树上开花、偷梁换柱、李代桃僵、假道伐虢、借尸还魂。其实,这里还可加一计:假痴不癫。共有十九计。”郭小梅说完,鞠了一躬,坐了下来。大家一听,拍手叫好。仝坤说:“好啊,好啊,

丁教授，强将手下无弱兵，不愧是大学生，三十六计，我就记得几个，这些年轻大学生，都记住了。丁兰说："高中学生就记住了，记不住考不上大学啊。"

丁兰今天的心情异常好，她对潘建翔十二分满意。昨天晚上她故意设计了一个现实版的苏小妹三难新郎，结果潘建翔连闯三关，她也名正言顺地一赌而成为潘建翔的新娘，浪漫情怀师生之恋演绎得多姿多彩完美无瑕。

刚才，她听见王桃和潘建翔的对话，知道了潘建翔能过三关，必有王桃暗助，但也不能否认，潘建翔有着过人的聪明才智。丁兰上午打了一场球，不仅不觉得累，而且觉得周身畅快头脑清爽，甚至听得见血液在身体里流动的声音。爱情的力量对一个人的影响力，不论是对男人或者对女人，都是巨大的无可估量的。郭小梅和高小芬是她的两个得意门生。郭小梅文科特长，她是从历史系转到舞蹈系的，她的梦想是成为一个导演、编剧和作家。她身材颀长容貌秀丽，虽然文艺类专业美女如云，但是在她身上沉淀着一种特质的美深藏不露，大概这也是美女与美女之间的区别所在，扑朔迷离的探戈舞是她的特长，她善于表达舞者与观众心灵之间的对话。高小芬豪爽大气，东北女孩儿的性格特征集于一身，把肚皮舞表演得淋漓尽致，一米七五的窈窕身姿，把那些挂在腰胯的小铃铛抖动起来，汇成了丁铃铃当啷啷的美妙动听的交响乐。庞道中到"林海雪原"看歌舞表演，主要是为了看高小芬跳的肚皮舞。

五六位服务员们鱼贯穿梭出出进进，为这一桌客人殷勤服

务，打高尔夫的都是有身份的人。再高贵的人也喜欢吃鸡，口言信佛不入佛门。只有吴汉章，自告奋勇一个人吃一只鸡，好像有失水准，可他实事求是。有的人即使能吃了一只鸡也不好意思说出口。七个椭圆大鱼盘，端上七只鸡，每只鸡都是整只鸡的形状，白嫩白嫩肉体上没有一根毛。服务员介绍，这是厨师把一只鸡分成三十二块，又恢复其原来的形状，重新拼合而成的。这样赤条条的鸡看着，真是有点儿不好意思吃呢。女的不动筷子，男士们把一块块带点儿血的肉，用筷子夹起来放入沸腾的锅里。吴汉章没吃早饭，光棍儿的日子总是难熬，有一顿没一顿的，早已不客气了。海南椰子酒度数不高，相当于米酒，男女面前各有一杯。打球的人也都饿了，大家不讲究形式礼仪，不敬酒也不谦让，各自为战吃喝开了。

酒入豪肠便口无遮拦，气氛顿时热烈起来。吴汉章率先放炮，说："这三十六计，刚才郭小梅说有一计叫什么，李代桃僵？是什么意思啊，是李纪行代替王桃，僵持不下，一个在中国，一个去了美国，把人家搁着不闻不问，僵在那里不动了，这不就是李代桃僵了吧？"王桃一听，放下筷子，急忙说："吴大哥，你胡说什么呀。"大家都笑起来。吴汉章的解释虽然牵强附会，却运用得巧妙。仝坤明白吴汉章的意思，李纪行前妻陶青春，现在住在美国不回来，夫妻不和睦也不离婚，王桃却干等着李纪行，李纪行优柔寡断，拖着累着，脚踏两只船，把王桃也耽误了。吴汉章把李代桃僵，用来诠释桃李之恋，偏打正着，理解理解。仝坤笑道："汉章啊，你这是望文生义，李代桃僵，不是你说的意

思。”吴汉章举杯，吱溜一口，口里含着酒，两眼盯着锅里，右手捉筷，在锅口游动，几下挑逗，找到一块儿肉，用嘴吹吹，放在盘中，他接着说：“什么意思？哼，意思我懂。李代桃僵，代人受过而已；唇亡齿寒。煮豆燃萁。一个意思。”他一边胡乱说着，盘子里的肉，不知不觉间，瞬间消失，速度之快，令人咋舌，多半只鸡，早进入五脏庙里去了。

丁兰说：“三十六计中，李代桃僵是仁义之计。只是可惜，若用作计就变味了。”郭小梅看了一下丁兰，丁兰点了一下头。郭小梅解释说：“其实，李代桃僵，来自一句汉乐府诗。其中有四句：‘桃生露井上，李树生桃旁。虫来啮桃根，李树代桃僵。’这首诗叫《鸡鸣》，就是我们吃的这个鸡，这首乐府诗写了兄弟之间只能同享乐，不能共患难，道尽人间冷暖，世态炎凉，人与人不如一棵树有情有义。用来阐释这一计的，还有一个历史典故，就发生在我们山西。在离我们晋城不远，有一座山叫藏山，春秋战国时期，晋国赵氏孤儿就藏在那里，所以叫藏山。关于绵山、藏山这些历史故事，我们山西的人都知道的，程婴牺牲了自己的儿子，救了赵氏孤儿，躲避了屠岸贾的杀害。这个故事，就是李代桃僵。”

黄琼英和王桃在一起，两位贵妇吃不下一只鸡。黄琼英说：“陈总就是李代桃僵。”王桃说：“代人受过舍己救人，如果与用计联系起来，都是李代桃僵。今天我们讨论一下，这么多的计，如何用计缉拿‘龙虎豹’，救出陈老总。快要过年了，想利用“林海雪原”舞蹈大赛，春江花月夜海鲜城开业，实现这两个目标。”

从陈铁入狱后，王桃就是万铁公司代经理，目前她重任在肩。仝坤说："我先发表一个意见，供大家讨论。我想分三个步骤，麻痹敌人，引诱敌人，活捉敌人。麻痹引诱是我们的长处，活捉'龙虎豹'，公安机关会派备警力，到时候一网打尽。"潘建翔一直不说话，给丁兰碗里夹菜夹肉，其实他在思考问题。符雅妹早看出来了，说："潘总啊，今天话这么少，只顾着吃鸡，真是好学生啊。"丁兰只是笑，不回答。符雅妹心直口快，说："丁教授，今天下午回市里去，好好剪个头发，有这么好的学生伺候着，是天生的福气。"潘建翔嘿嘿一笑说："雅妹，你这个大侦探，知道那个神枪手的来历了吗？"符雅妹说："我只知道这个人叫申雷，打枪百发百中，是我亲眼看见的。"

潘建翔说："我有一计，可以活捉'龙虎豹'！"潘建翔正要讲，包厢门开了，明明亮亮进来一人。众人一看，来者是个光头，五官端正，面皮白净，突显两道黑眉，身穿白褂白裤，肩上挎一巴掌大小黑包，显得太精干了。他先弯腰作揖，后开始发名片。众人一看名片，反正端详，皆发笑声，名片上印黑字：易经大师，申由甲。看名片上的名字，分不清上下左右。大师见众人诧异，解释说："鄙人姓申名庙，字由甲。庙字省略，不讲迷信。卑人云南丽江人，学易不为做将相，专为释困解惑也，愿为各位效劳。"吴汉章站起来说："来来来，来来来，申大师，省油灯，你给我们黄总，这位女士算一卦，怎么样？"申由甲说："谢谢，请黄女士写一个字。"

申大师小包里有纸笔，黄琼英想了一下，在纸上认认真真

一笔一画写了一个字,她把纸递给王桃看。王桃一看,是个“铁”字,她点点头。王桃把纸笔交给了申由甲。

符雅妹说有个神枪手申雷,突然来了个易经大师申由甲,一桌人都觉得奇怪,眼巴巴盯着看,能不能算出个子丑寅卯来。申由甲拿过纸一看,闭上眼睛想了一下,包厢里的人寂静无声。几分钟后,只见申大师睁大眼睛,说:“黄女士,恕我直言,您的丈夫出事了!”他话音一落,一桌人大惊失色。仝坤恭敬地说:“请大师指点,愿闻其详。”

申由甲说:“简化汉字铁,左边金字旁,右边失字。失去一撇为夫字,丈夫。所以,失去丈夫,老公出事了。”仝坤说:“大师言之有理。金字旁怎么讲?”申由甲接着说:“金,五行之一。生于土,土建工程,出事因由,是房地产引起的。”仝坤又问:“何以解救?”申由甲说:“欲救丈夫,问卦东湖。天机不可泄露,老夫告辞了!”仝坤说:“谢大师,喝杯酒。”仝坤满了一杯椰子酒,一桌子人全都站起来陪着,说:“谢谢大师。”全体一饮而尽。王桃掏出几百元钱,绕桌子走过去,说:“大师,一点儿小意思。”申大师忙说:“谢谢了,谢谢,祝你们马到成功。”他把钱装进小包,摆摆手,说:“再见,再见。”便推门出去了。一桌人如梦初醒。吴汉章叫道:“哎呀呀,这不是见鬼了吗?”

吴汉章继续喝酒吃鸡。符雅妹左边坐着黄琼英,符雅妹问:“黄总,你为什么偏偏写个铁字呢?让申大师猜个正着。”黄琼英欲言又止。刘羽飞接过话:“雅妹,我们是海南万铁房地产公司,董事长叫陈铁,董事长弟弟叫陈鼎,为了一口鼎,大铁锅,打

死了人命，全是铁了，都是由铁引起出的事，黄总她不写铁写什么？”丁兰说：“打卦算命，吉凶悔吝，不可不信，也不要迷信，所谓心诚则灵。黄老师压力大，我俩都是海大老师，平时教书上课，不会多管闲事，现在出事了，也不要怕事。重要的是，春节前把陈铁董事长解救出来，我们必须团结起来，既要救人又不能盲目蛮干。配合公安机关缉拿‘龙虎豹’，这是势在必行，否则‘龙虎豹’干扰救赎，而且救出了人也不一定安全。今天我们这么多人，来高尔夫打球吃鸡，要想出一个好办法才行。”

符雅妹说：“那个申大师说，要救丈夫问卦东湖，什么意思啊？”王桃说：“雅妹，你忘了吗？当初救李主任，杭州捉马前，我们不是去东湖算过卦吗？”符雅妹恍然大悟，高兴地说：“那个白胡子老头儿，还在东湖吗？”王桃说：“明天上午，我们去看看，按照以往，九点到十点钟，老头儿就出现了。”

仝坤递给吴汉章一支烟，潘建翔也要一支抽，看了丁兰一眼，吴汉章绕着桌子走过来，用汽油打火机，啪啪，给潘建翔点火，吴汉章说：“潘总，你有什么妙计，快点讲出来，我们听一听。”潘建翔平时不抽烟，却喷出一口烟圈来，烟圈在饭桌上空飘动。潘建翔一字一句地说：“我这一计，叫树上开花！”潘建翔话音一落，王桃就笑着说：“你花仙子名副其实。干什么都离不开花，献出一计也是树上开花。你讲，什么意思？”吴汉章着急地说：“潘总，这用计啊，要用得狠一点，借刀杀人啦，调虎离山呀，狐假虎威呀，什么美人计呀，不能文绉绉的，树上开什么花呀，又不是结婚典礼，那样能擒住‘龙虎豹’吗？”苏嫚说：“吴

总，三十六计，还有狐假虎威？”

潘建翔说：“吴总说得有道理，这个树上开花，有狐假虎威的意思。”潘建翔吐出一串烟圈儿，烟圈向上飘忽，他继续说：“树上开花，是三十六计之第二十九计，属于并战计。并战，是在敌我双方没有形成明显对立，你中有我，我中有你，不战而战，不打而打，明争暗斗，背后拆台，敌我双方互不了解，在这样的大形势下，就可以使用树上开花之计。树上开花，一言以蔽之，就是借势。借，是这一计的核心所在。”王桃笑道：“小潘，真看不出来，原来你满肚子阴谋诡计啊。”潘建翔说：“凡事预则立，不预则废。预尚且不立，而况不预乎？”仝坤说：“建翔，你说得具体点儿，树上开花，此计很好，如何实施，听听你的高见！”潘建翔说：“商场如战场，树上开花，用于经商，就叫傍大款。树上开花的原意，是在真树上粘接假花，以假乱真，使人误以为是真花。目的是狐假虎威，浑水摸鱼，达到自己的目的。我以为，三十六计，互相关联的，每一计不是独立的，而是计中有计，策中含策，一计多用，多计一用，比如说连环计，就是一计连一计，一计套多计。《三国演义》里，司徒王允使用连环计，刺杀董卓，就是先用美人计，后用反间计，再用借刀杀人计，三计连环刺杀成功。赤壁之战，也是使用连环计，蒋干中反间计，黄盖用苦肉计，庞统献连环计。树上开花，也是三计连环，步步惊心，活捉‘龙虎豹’，指日可待。”吴汉章听得高兴了，见潘建翔把烟抽完了，他又点了一支烟，绕桌子送潘建翔手上，点头哈腰的，生怕打扰了潘建翔献计。潘建翔手夹烟卷，俨然诸葛军师，

羽扇纶巾的神态。他说："树上开花之计，又内含三计，三计连环。第一计，美人计；第二计，调虎离山计；第三计，是借刀杀人计。"吴汉章说："讲得好啊，建翔，第一计，美人计，美人在哪里呢？"潘建翔说："吴总别急，恐怕您要忍痛割爱。"吴汉章大手一摆说："不怕不怕，割肉都行。"潘建翔说："好的，树上开花，是要借助仝总这棵大树，这棵大树有两条分枝，一条分枝是林海雪原歌舞厅，一条分枝是春江花月夜海鲜城，我们就要在这两条树枝上做文章，实施美人计。美人在哪里呢？远在天边，近在眼前，今天我们这一桌，就有四大美人！"

刘羽飞急了，问道："这一桌八位女士，哪四位美人？"潘建翔说："八位美人，不是每位都可以用计，只有符雅妹、韩月、高小芬、郭小梅这四位美女才可以担当重任。"话音一落，众皆哗然。

潘建翔一席话，仝坤心领神会。仝坤说："'龙虎豹'三个人，还有一个神枪手申雷，四位美女每人盯住一个人，十二月十一日舞蹈大赛时，定好一个 VIP 大豪华包厢，唱歌跳舞，喝酒打牌，麻痹敌人，这是美人计第一步；十二月十二日，春江花月夜海鲜城开业，调虎离山，上演琵琶行，把'龙虎豹'等人调到船上，船离岸边，开到江中，这是第二步；第三步，借刀杀人，张根队长带领几十名公安民警，用汽艇、摩托艇，悄悄包围渔船，船上的人暗中配合，把'龙虎豹'一网打尽。建翔，是不是这个意思？"潘建翔说："大致不差，不过还是要布置详细一点，'龙虎豹'有枪在身上，要想办法把枪控制了，就万事大吉了，经过了

解，这些人都是旱鸭子，不十分通水性，只有束手待擒。”潘建翔又说：“还有一个问题，不知四位美女，你们会不会游泳？”符雅妹说：“我会游泳。”高小芬说：“没问题，我也会。”郭小梅说：“我们海大的学生，大多数会游泳，我也会。”韩月说：“我是湖北宜昌人，从小在长江边上长大，我也会。”潘建翔大喜：“我最担心的问题没有了，万一‘龙虎豹’要人质，你们就往水里跳，我们会派摩托艇接应，在水里不会超过五分钟，冬季江水凉一点，时间短了不要紧。仝总，这样依计而行，必然马到成功。”

大家欢欣鼓舞。丁兰说：“高小芬和郭小梅，明年就要毕业了，如果愿意留校的话，就当老师。不愿意留校，就像潘建翔一样，自己创业。也可以一边当老师，一边去兼职，仝总不会亏待你俩的。”郭小梅说：“谢谢老师。”高小芬也说：“谢谢老师。”吴汉章酒足饭饱了，反复说：“我不坐212了，杨波骑摩托回去，我和韩月坐王桃子弹头。”大家都哈哈大笑起来。

王桃看着潘建翔和丁兰，这对师生夫妻，真是天生一对儿。她想着李纪行去了美国，还不知道什么时候能回来，心里难免有些惆怅，说：“潘总，什么时候吃你的喜糖呀？”潘建翔看着丁兰说：“快了，快了。”王桃说：“丁教授，结婚就是比不结婚好吧？”丁兰说：“王总，你和李主任什么时候也要有个结果了，让潘建翔参谋参谋。结婚好不好，人都不一样，邓丽君有一句歌词，‘人是未婚的好’，陈歌辛作的词。今天，我向大家正式宣布，我愿意嫁给潘建翔！”

丁兰站起来，说：“为了表达我的心情，我给大家唱一首

歌，就是邓丽君的歌曲，在十亿个掌声演唱会上唱的，《莫忘今宵》。”

一桌子人叫好鼓掌，丁兰清唱起来：

莫忘了今宵
莫忘了今宵
我把整个的心给你了
我把整个的人给你了
离了你这人生太枯燥
离了你这世界真无聊
离了你这世界太无聊
除了你呀除了你
我什么都不要
花是将开的红
人是未婚的好
你莫忘今宵
你莫忘今宵

莫忘了今宵
莫忘了今宵
我把整个的心给你了
我把整个的人给你了
离了你这人生太枯燥
离了你这世界真无聊

离了你这世界太无聊
除了你呀除了你
我什么都不要
花是春天的红
人是相知的好
你莫忘今宵
你莫忘今宵

大家听得出来，丁兰改了歌词：花是春天的红，人是相知的好。不过呀，相知的学生，可能更好，春兰、秋菊不同时。丁兰唱得婉转动听，情意绵绵。潘建翔泪眼蒙眬，被深深感动。再看吴汉章，竟然也掉了几滴眼泪。

仝坤庄严宣布："今天，打球吃鸡，圆满成功！"

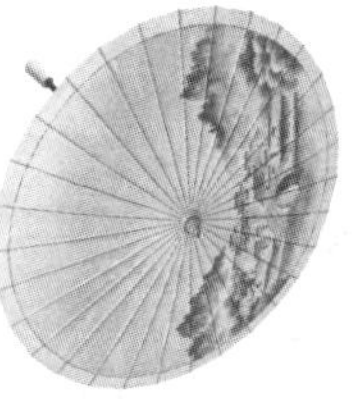

叁拾伍章　霓裳

今天，昨天，前天，今天是第三天了，仍不见算卦老头的身影。东湖边上，下象棋的，打扑克的，卖花的，养鸟的，闲逛的，还有一堆人围在一起，听一个人叽里呱啦讲海南话，讲话人情绪高昂，声音洪亮，地上摆着一块一米见方的白布，上面写着一排排数字，手里挥舞着一根小木棍，指指点点，讲这些数字的排列组合，原来是讲解买彩票的，买什么数字可以中大奖。黄琼英、王桃、符雅妹三人，今天上午九点钟，黑色奔驰、红色子弹头、灰色马自达，各自把车停在东湖公园里的停车场，就来到西岸边的一个小木屋前，坐在石阶上，等那个算卦老头到来。听人说这个老头很奇怪，不是每天来算卦，隔三岔五地来一次，没有规律，但卦算得准，人都相信。今天是十一日，星期三，晚上“林海雪原”舞蹈大赛比赛，明天就是春江花月夜海鲜城开业，仝坤信了申由甲的话，让黄琼英、王桃、符雅妹三位女士，无论如何要找到东湖边上的算卦老头，看看有什么信息，说宁可信其有不可信其无。面前这个小木屋，门扉写着四个大字：安之若素。什么意思？这时，只见一位老者，手执蒲扇翩然而至。

须眉皆白，鹤发童颜，像是太上老君。他见有人坐在门口的石阶上，忙说："对不起啊，久等了，久等了，快请进，快请进。"老者用钥匙开了门。符雅妹说："老人家，您不认识我了吧？"老头仔细一看，说："想起来了，想起来了，你一年前来过，变了样了，结婚了吧，更漂亮了。结婚好，结婚好。"王桃说："老人家，我也来过啊，您忘了吗？"老头眨眨眼，说："对对，你也来过，一波三折，一波三折，想起来了，想起来了！"王桃打趣地说："您也小板凳变成小木屋了，爷爷，我们等您三天了，您怎么今天才来啊？"

老头儿笑呵呵，说："门上写着哪，你们没看见吗？"王桃说："没有写啊，写什么了？"老头说："安之若素啊，平日不来素日来呀。"黄琼英是大学的数学老师，她马上理解了，王桃和符雅妹却是一脸茫然。黄琼英说："老人家，您每月只来十天，其余的时间干吗呢？"老头儿说："种花养草，虚度光阴，老了，没有用了。"黄琼英问："您在哪里种花啊？"老头说："在鲜花港，知道吗？你们要买花，就到鲜花港，什么样的花都有，我有个花圃，就在鲜花港，我不在东湖，就在鲜花港。"

这三位美人早商量好了，不是说老头卦算得准吗？那好，难为难为他，我们每人只写一个字，让他猜。黄琼英自报写个"申"字，王桃说写个"由"字，符雅妹说她写个"甲"字，哈哈哈，申由甲，看他老头怎么算这一卦，三位美人也不是省油的灯。看室内陈设简单明了，木屋中横放一长桌，一把椅子，四个板凳，像中医看病。桌面像是花梨木，靠木油漆，光滑透亮，桌上

放一笔记本、一支笔。有一套茶具，一个暖水瓶，一把铜壶，地上有个电阻丝炉，屋里有自来水。老头先烧开水，符雅妹说：“爷爷，您贵姓？”老头儿说：“我姓曾。”符雅妹又问：“您家在哪里呀？”老头儿说：“在府城镇。来来来，海南冬天冷，喝杯茶。”符雅妹说：“曾爷爷，我们还想请您算一卦。”曾老头说：“可以呀。”符雅妹说：“怎么算？还是我们每人写一个字，您算算前程如何？”曾老头一笑：“你们考我来了，把你们三人的名字，写在这个本子上。”王桃端端正正写了：黄琼英、王桃、符雅妹。曾老头一看，说：“不错不错，都是贵人。你们有三个什么字，写出来我看看。”三位美人各坐一个木板凳，黄琼英先写了一个“申”字，王桃写了一个“由”字，符雅妹嘻嘻一笑，大大写了一个“甲”字，白纸黑字三个汉字：申、由、甲。

曾老头拿起来仔细端详，好像认不得这几个字似的，或是从字里寻找什么破绽，眼盯着一言不发。

屋里寂静无声。三位女士喝茶等待，想这下把老头儿难住了。过了十几分钟，曾爷爷哈哈大笑，把三位吓了一跳。曾爷爷拿起笔，一手压纸，一手写字。三人盯着曾爷爷的两只手，那是一双像女孩子的手，五指修长白净绵软，这哪儿像种花种草的人呀，三人看着这双手发呆，曾爷爷写好了。

曾爷爷把纸递给王桃。王桃一看，是两首诗：

六月雪花飘满田，
问卜申字曾有冤。
由是孤灯夜不寐，

身怀六甲并蒂莲。

甲乙东方木成船，
水上自由一盏悬。
申似闪电雷洞雨，
舟行江中补漏难。

王桃看了没有吭声，递给黄琼英，黄琼英看了，也没吭声，递给符雅妹，符雅妹看了，又递给了王桃。王桃说："曾爷爷，这里面的意思我们看不懂啊！"曾爷爷说："多看几遍，就明白了。你们机不可失，时不再来，赶快回去准备吧。"王桃说："谢谢爷爷指点，您多保重，谢谢您。"王桃早准备好一个红包，放在桌子上。曾爷爷说："又破费了，谢谢，谢谢。"

三位女士各自驾车，直奔林海雪原歌舞厅而去。

中午快一点了，在林海雪原歌舞厅一楼办公室，坐着十几个人，仝坤、苏嫚、黄琼英、王桃、刘羽飞、符雅妹、吴汉章、杨波、韩月、裴和平、戈萍，大家七嘴八舌议论那两首诗，都还没吃中午饭。

上午丁兰有课，早上出门给潘建翔留下话，中午想吃手擀面。丁兰的话无论从哪个方面，对于潘建翔来说都是圣旨。潘建翔山西运城人，吃小麦面粉长大，做各种面食无所不能，他决心给丁兰露一手，和面、醒面、揉面、擀面、切面、抖面，一整套程序下来，面细如发丝，又富有弹性，肉臊子、葱花儿、香菜，可千万别放辣椒，特别是海南的黄灯笼，真辣得人直打摆子，丁兰

不吃辣，怕影响美容。

仝坤来电话催，赶快到“林海雪原”议事。等一等，丁兰就是不回来。再等等，潘建翔成了热锅上的蚂蚁，不是，是蚂蚁上的热锅了。看看十二点半了，潘建翔再也不能等了，否则仝坤会批评他。没有理由啊，两个多小时叫不过来，干吗哪，怕老婆？至于吗？尊重，谁不尊重啊，总不能十人等一人，等半天，有组织纪律吗？这些话仝总虽然没说，潘建翔脑子里都是。仝坤大哥大又催，潘建翔说，正开车在路上，马上就到，他赶紧写下几个字：兰，有急事，面，自己煮吃。他慌慌张张下楼，发动汽车直奔林海雪原歌舞厅。

潘建翔一进办公室，办公室一圈儿沙发上，坐着十几个人都盯着看他，是不是接受丁兰教授批评教育了？潘建翔挨住王桃坐在沙发上一声不吭。

王桃说：“潘总，今天我们三个到东湖，找到了那个老头，老头三分之一时间东湖算卦，三分之二时间在鲜花港，你可以去他那儿买花。”潘建翔一听吃了一惊，心想：是不是曾爷爷？王桃说：“老头儿很奇怪，木屋门上写了四个字：安之若素。来无影去无踪的，我们等了三天，今天才等住人。他写下两首诗，不知道什么意思。”王桃说完，把那张纸给潘建翔。黄琼英接着说：“老头儿说，他平日不来素日来，我的理解，一个月三十天内有十个素数，只这十个素数日子来东湖。”

符雅妹说：“这老头怪怪的，说明白多好，荤呀素呀，什么意思呀。”仝坤笑道：“算卦的人，故意神秘兮兮的，满脸的卦象，不

必奇怪,江湖上人,大都如此,否则谁信呢。”王桃说:“有一点儿敢肯定,这老头喜欢数学。说不定是个宿儒,真人不露相嘛。”

潘建翔边听议论边看诗,他只看了半分钟,嘿嘿一笑说:“你们怎么搞的,这不是明明白白吗,还讨论什么?”潘建翔已经肯定,算卦老头就是花神爷爷,不过,花神爷爷从未告诉过他给人算卦,这是为什么呢?

仝坤听潘建翔一说,知道潘建翔必有高论。仝坤说:“建翔,你说说,这两首诗什么意思。”吴汉章忙抽出一支中华烟,走过去递给潘建翔,汽油打火机点烟,又退回沙发坐下,说:“建翔,慢慢说,这诗什么意思。”潘建翔吸了一口烟,一串烟圈儿喷出来,在空中飘忽不定。他说:“很简单嘛,这明明告诉你了:六月雪花飘满田/问卜申字曾有冤/由是孤灯夜不寐/身怀六甲并蒂莲。这就是说,窦娥冤,就要申,你不睡觉她怀孕。另一首:甲乙东方木成船/水上自由一盏悬/申似闪电雷洞雨/舟行江中补漏难。这是说,一条船,一盏灯,把船凿个大窟窿。是很简单的嘛!”潘建翔说完,大家明白了,你看我,我看你,黄琼英申冤,王桃不睡觉,符雅妹怀孕,把船凿乱,捉拿坏蛋。哈哈。

此时,仝坤大手一挥说:“明白了。散会,吃饭!”

林海雪原歌舞厅,开业仅有四个月,已经名声远播。节目之新颖,服务之热情,环境之幽雅,堪称一流。举办舞蹈大赛,这还是第一次。节目的编排,也很有讲究,首先是人员分工,要求专业化。主持人的挑选,舞台灯光、音响、布景,以及化妆、服饰,都是高标准、严要求。编剧,导演,艺术总监,电影剧终的那

一长串字幕，在这里都有对应。仝坤抓大事放小事，苏嫚管理财务抓后勤，员工工资待遇优厚，上下都十分满意。

今晚的舞蹈大赛，竟然别出心裁，将舞台延伸到观众席上，演员与观众互动，零距离接触，说是零距离就是很接近。今天仝坤在二层的一个办公室全面指挥，他不关心舞蹈比赛怎么样，专门抓安全保卫。下午六点钟，他就把吴汉章、杨波、刘羽飞，以及警鞭队十八名队员全部集中。今天不轮岗不请假，吴汉章提前给警鞭队员训话。明天的吴汉章，又要到春江花月夜海鲜城当总经理了，杨波接任歌舞厅警鞭队长。吴汉章今天晚上要站好最后一班岗。

仝坤已向海口警方请求汇报，今晚警察最好不要出现，否则打草惊蛇。潘建翔今晚的任务是随时掌握“龙虎豹”的动向，又要在舞台上跳两个舞蹈，一个是《鸿雁南翔》，一个是探戈，还要进包厢观察，上蹿下跳向仝坤汇报。丁兰教授坐在评委席上中间的位置。今天的评委众多，竟然有十一个人，包括省市文艺宣传的领导和专家，大专院校的领导和学者，这个比赛纯粹是自办自演，因此所有的人都很轻松，口头重视心里有底，邀请看一场歌舞表演何乐而不为？因此评委人数不做严格的限制。庞道中也就成了应邀参加的评委之一，尽管他听不懂自己老婆夏瑾弹钢琴，对牛弹琴牛也会多产奶的，科学界已有证明。因此庞道中在音乐和美女的熏陶下，身上或多或少也会增加一些艺术细胞。

结婚与不结婚就是不一样。中午开完会从歌舞厅出来后，

潘建翔没有与众人在一起吃午饭，马上又回到海南大学。丁兰一个人在家吃面条。今天上午，丁兰与郭小梅、高小芬排练舞蹈，丁兰的愿望是拿到冠军，所以回家迟了。潘建翔陪丁兰匆匆吃了午饭，一个人开着车又去了鲜花港。他来鲜花港有两个目的，一是想确认一下那个在东湖公园算卦的老头儿，究竟是不是曾满田爷爷；二是今天晚上，“林海雪原”歌舞晚会需要九十九把鲜花，还需要九十九个大大小小的盆景。这些鲜花盆景，下午六点以前必须运到歌舞厅，以待晚会之用。

吴汉章下午去了桂林洋，还是杨波的大摩托车，二人到桂林洋找阿周、阿青，有要事相商。按照仝坤的设计，要求明天傍晚，在春江花月夜海鲜城隆重开业时，在南渡江边预先安排一只小船，停靠在江岸边，上演白居易的《琵琶行》，而且有一个计划要实施，让阿周、阿青听吴汉章的命令，在适当的时候，斧凿船舱让船舱进水。这件事需要事先准备好，小船随时可以进水沉下去。潘建翔看懂了那首诗的含义，在“龙虎豹”上船之后把船开到江心，酒酣耳热之际船舱进水，“龙虎豹”即使带着枪支，也会失去抵抗能力。

因此，仝坤让吴汉章提前布置准备。潘建翔和吴汉章，是仝坤的左右臂膀，从潘建翔进入林海雪原歌舞厅起，仝坤就委以重任，“林海雪原”演出的节目，都是由潘建翔负责编排的。吴汉章负责安全保卫，是歌舞厅重要的一环，经常有些不三不四找碴的人干扰歌舞厅。吴汉章是忠肝义胆之人，天不怕地不怕的性格，那些人对吴汉章也是敬畏三分。

晚上八点整，歌舞晚会正式开始。今天舞蹈大赛的总导演是潘建翔。这是一场别开生面的晚会，前所未有。晚会的名字也是潘建翔定下来的，叫“繁花倾城”歌舞晚会。百花争艳、万紫千红、花儿香、女人花，潘建翔与花结缘，干什么都离不开花了，花仙子的雅号名不虚传。今晚节目的编排，也是花的三部曲，以花为主题。第一场，霓裳羽衣。第二场，劲歌霸舞。第三场，花海情浓。观众席的第一排中间，正儿八经地端坐着十一位评委，丁兰教授又坐在十一位评委的中间，如花似玉，非常显眼。一楼剧场九个方阵，每个方阵一百人，座无虚席。剧场四周的雅座里，洞烛幽光，若明若暗，帷幔高挂，双双对对，私密敞开，窥屏等待。这时，随着一声声此起彼落的哨音响起，整个剧场顿时变得一片漆黑，万籁俱寂。屋顶的远方，远方的屋顶，传来微弱的声音，声音逐渐变大，随着黑暗中一道闪电划破夜空，瞬间沉雷滚滚，由远而近。

霎时间，整个场面雷鸣电闪，天空中浓云翻卷，似万马奔腾。此刻，天空像是裂开了一个缺口，狂风暴雨顷刻而至，黄河之水天上来。剧场里雨雾迷漫，上千名观众，仿佛置身于太空之中，抬头看到剧场内的屋顶上，被一块巨大的银屏遮盖。天蓝蓝，海蓝蓝，浩瀚宇宙、日月星辰、风云雷电、阳光雨露，在屏幕上变幻。雨过天晴，风和日丽，舞台上下阳光灿烂。九十九位美女，似天女下凡一般，从舞台上边，从四面八方，突然涌出来，填满了这个梦幻般的空间。美女如云，人人手捧鲜花，花团锦簇，汇成了一片花的海洋。

一名男子，一身红色服装，出现在舞台上，万花丛中一点红。这是节目主持人。

“各位女士，各位先生，大家，晚上好！”红衣主持人把观众从沉湎中唤醒，剧场里顿时响起一片片热烈的掌声。

这场“繁花倾城”晚会宣传，在一个星期前就开始了。为晚会所设计的彩画广告在歌舞厅内外墙壁上张贴着。歌星影星，皆从外地请来，男女有十几位。晚会票早已被抢购一空，每张票的价格三百到五百元不等。歌厅的包厢大大小小有一百多个，早已预订售罄。歌厅二楼的2888VIP包厢，是专门留给庞道中的，庞道中财大气粗，一晚上一万八千元的包厢费。庞道中西装革履，坐在评委席上最西边的位置，文质彬彬的样子。节目演出计划两个半小时，霓裳羽衣和花海情浓，前场后场各演半个小时，劲歌霸舞的舞蹈比赛留在中场，计划占用一个半小时。

第一场，霓裳羽衣，把千年盛唐的宫廷歌舞移植到今天，会引起对那个时代的向往。我们今天的人，时代进步了，科技发达了，坐在家里，从电视的屏幕上可以观赏万里之外的自然风光。一年一度的春节联欢晚会，CCTV向全世界播出，亿万人同时观看。人类已经登上了月球。但是，唐代霓裳羽衣的盛况，我们在今天，仍然只能凭着想象去感受。那应该是一个什么样的情景呢？潘建翔想不出来。

潘建翔今天的安排，突出了一个重点，那就是他准备了九百九十顶帽子，共有三百三十种样式，每种样式只有三顶，

九十九位美女，每人出场十次，每次出场要换一顶不同的帽子，每次从准备出场，从舞台上走出来，到延伸的舞台，延伸走到剧场的末端，再返回到舞台上，用时不超过三分钟。九十九位美女都编着号码，这是个时装的盛会，美女们都是模特的身材。今天的晚会，把帽子的花样演绎到了极致，国内的国外的，古代的现代的，旧戏剧舞台上演的，英国跑马场上贵妇们戴的，官场的民间的，一品宰相的，七品芝麻官的，皇上的乞丐的，这场帽子的盛会，让全场所有的观众，眼花缭乱应接不暇叹为观止。潘建翔的设计，抓住观众眼球的还有一样，叫作美女剥洋葱。霓裳羽衣三十分钟，最后十分钟，开始剥洋葱，美女个个从后台出来走到前台，从前台走到延伸舞台，等于到了观众的面前，衣服是出来一次比一次穿得少。从拖地长裙到盖脚旗袍，从宽大到紧身，从全覆盖到三点式，从羽翼丰满到赤身露体，直把许多观众看得张口结舌、生津垂涎、喉结蠕动。想不到美女的身体有如此巨大的吸引力，九十九位美女的皮肉磁场令人惊叹。那么多白白嫩嫩、光光滑滑、娇娇美美的冰肌玉体，把全场观众带入一个被催眠的气场中。年事稍长者不敢看又想看。小孩子小学生们就像看恐怖片不吭声，心里想着这么多和妈妈洗澡时一模一样的大姐姐扭扭摆摆的是在干什么？

歌舞厅二层的小办公室里。仝坤、苏嫚、吴汉章、杨波、黄琼英、王桃这些人，都在办公室坐的坐站的站。这时，裴和平急急忙忙闯了进来，紧张地说：“王桃姐，王桃姐，我看见了马前。”王桃听说大吃一惊：“他在哪里？”王桃站了起来。裴和平说：

“坐在评委那个方阵，在庞道中身后第二排。”王桃又问道：“和平，你看真了？”裴和平说：“没错，肯定是他。”王桃说：“你戴个墨镜，再去看看。”吴汉章把墨镜递给裴和平，说：“我在杭州捉马前，至今不知他长啥样。”杨波说：“你们别暴露了，和平指给我，我去跟踪他。”王桃自言自语说：“马前出狱了？”在场的人十分惊讶。

裴和平和杨波下楼。这时，舞台上主持人出场，一身红色西装，领带也是红色的，声调铿锵：“各位观众，霓裳羽衣，给我们带来了一场欢乐的盛宴。第二场，劲歌霸舞，更会让我们热血沸腾。今晚的舞蹈比赛，分为十五个小组，每组两人，肚皮舞五个组，探戈舞五个组，鸿雁舞五个组。现在，肚皮舞第一组，001 号，002 号，开始表演，请大家欣赏。”

按照事先的安排，评委也编了号，从 001 到 011，丁兰是 001 号，庞道中是 011，打分的方法是在节目全部演完以后，十一个评委集中合议，这样子，可以避免中断节目演出，不影响演出效果。三种舞蹈，各取前三名。参加比赛的共有三十名男女演员，肚皮舞女演员十名，探戈舞演员十名，鸿雁舞演员十名，探戈和鸿雁，都是五男五女配对组合。三个舞蹈，各安排半个小时，共一个半小时。潘建翔与郭小梅跳探戈，还要与符雅妹跳鸿雁。高小芬的肚皮舞独领风骚，无人可及。所有的九十九位美女中，高小芬的编号是 001，一号美女是最引人注目的。庞道中坐在第一排的评委席上，他最关心的也是高小芬的肚皮舞。比赛都是两个人一组，每组表演限时在五分钟以内。

裴和平和杨波二人，乘着肚皮舞表演之际，走到前面几排座位的边上。这下裴和平确认了，坐在二排边上，庞道中身后边的就是马前。杨波是“林海雪原”的警鞭长服饰，行动自由，他留下来继续跟踪，裴和平急忙返回二楼办公室。裴和平刚一进门，王桃就问：“和平，是不是马前？”裴和平说：“没错，看清了，就是马前。”

事情复杂化了。马前与庞道中是什么关系？真是冤家路窄啊！仝坤说：“先别急，一会儿舞蹈比赛结束，庞道中会到2888包厢的。现在，袁彪、鲍云霄、申雷还没有露面，三人坐在哪一排，剧场里这么多人，一时难以找到，估计他们看完晚会，都会到包厢里来的，到时候我们见机行事。”苏嫚说：“我的建议还是按原计划行动。”王桃说：“是的，不能操之过急，现在有了新的情况，还要与张根队长通报一下，不要打草惊蛇。”

杨波穿着警鞭队员的服装，高筒皮靴，高筒帽子，手里提着一根警棍在剧场来回巡逻，眼睛却时不时扫视着庞道中和马前坐的位置。高小芬肚皮舞表演刚一结束，杨波看见庞道中扭回头，向马前说了几句话，马前随即离开座位，到歌舞厅外面去了。杨波见马前出了剧场，到了剧院一进大门的前厅，拿出大哥大打电话。马前打完电话，又进入剧场里面，从侧面的步行楼梯径直上了二楼。杨波在后面紧跟着，看见马前走到2888VIP包厢门口，门口有两位穿着粉色旗袍的美女，马前说了几句话，一位美女把门推开，马前进了包厢里面。杨波知道，这个包厢现在只有马前一个人。杨波判断，一会儿肯定有人

要来的，马前刚才打电话，估计那是在通知人来包厢聚会的。马前在包厢里没有出来，杨波看不见马前一个人在包厢里面干什么。

过了十几分钟，有三人从楼梯口上来了。顺着楼道向里走，眼盯着一个个包厢门上的编号，找到了2888包厢，其中一位说了一句什么话，那位美女又把这三人引进去了。杨波离这个包厢不远不近，在楼道里来回走动，听不到那个包厢里面有什么动静，估计进了包厢的四个人，一时半会儿不会离开了，他迅速转弯到楼道那边去，进了二楼的小办公室。一看办公室里，仝坤、苏嫚、王桃、黄琼英、吴汉章、刘羽飞、裴和平，一个个表情严肃。屋子里满是抽烟的味道。杨波急急地说："仝总，除庞道中一个人外，马前和另外三个男的，都进了2888包厢。"仝坤说："庞道中什么时候进了包厢，我去打个招呼，陈铁总经理、李纪行主任、庞道中，以前都是朋友，但与庞道中没有深交。朋友归朋友，事实归事实。他与我没有恩怨，对我并不防备。事到如今，我必须这样去做了。这里面的是是非非，等将来再评说去吧。"显然，仝坤的内心深处也是矛盾重重，他知道自己的难处，只是别人不知道，他也不会与任何人去说。

说来也奇怪，谁没个肚皮，高小芬的肚皮舞究竟好在哪里，能让庞道中走火入魔，连庞道中自己也说不清楚。庞道中每次到"林海雪原"看表演，主要是为了看高小芬的肚皮舞。

由此可见，这肚皮可以摄人魂魄。高小芬的表演，让庞道中想入非非，他想象着自己的老婆夏瑾的裸体，论身段也不比

高小芬差多少，只是夏瑾的肚皮不会颤抖而已，会颤抖的肚皮与不会颤抖的肚皮是不一样的，静止的肚皮一旦颤抖起来，就增加了无穷的魅力。看看这五组十位美女的肚皮舞，在别的观众眼里都差不多，在庞道中眼里就不一样了。庞道中最欣赏高小芬的一个动作是用臀画圆，他老庞当过两年农业机械厂工人，用臀画圆，相当于曲轴转动，在整个身体上部下部都不动的情况下，只让中间部分的臀部转动，那个难度是相当大的。那高小芬的臀部，不大不小，不宽不窄，不肥不瘦，白里透红，粉嫩浑圆，配上十个八个小铃铛，先是顺时针方向转动，继而逆时针方向转动，尤其是背对观众的时候，再炫耀着转动的臀部，招呼着目瞪口呆的观众，那是具有相当大的吸引力和震撼力的。当然庞道中不知道什么是角速度什么是线速度，高小芬的臀部转动越来越快，庞道中的眼球却一动也不动，这种身临其境的感受，始终让庞道中骨酥肉麻欲罢不能。由此可见，男人欣赏女人，是千差万别的，有时候只注重于某一点点细节，并非关注全面和整体。所以庞道中做出推论，女人们也应该绝对地放宽心，自己长得高低胖瘦丑俊都不要紧，你身上的某一处一定能打动某一人，从而使天下绝无剩女和多余的人，除非你自命清高或者自卑自贱失去了信心。所以庞道中对肚皮舞有独到的研究，他当评委评判肚皮舞绝对是专家的水平，他认为肚皮舞最核心的技术就是转动臀部。对于什么探戈伦巴拉丁舞之类，他认为那些玩意儿和摔跤差不多，庞道中对那些西方的外国舞蹈不感兴趣。

潘建翔参加舞蹈大赛，也是仝坤的特意安排，因为他在所有男舞蹈演员里是最好的。潘建翔跳探戈的舞伴是郭小梅，两人都是山西老乡，平时一起训练，配合默契。丁兰坐在评委的首席位置，由于潘建翔是丁兰的老公，潘建翔一会儿与郭小梅跳舞，丁兰会不会有点吃醋，潘建翔还不知道，潘建翔总还得在乎一点绝对不敢放肆，否则会什么什么的，尽管这只是演戏，演戏也有由假弄成真的。探戈舞与肚皮舞不同，肚皮舞单枪匹马，西米西米自己跳。探戈则需要两人互相配合，谁也离不开谁。

两人一组的肚皮舞刚结束，红衣男主持人走上舞台，拿着麦克风，正要宣布肚皮舞结束探戈舞开始。这时，听得观众席上有人喊：肚皮舞，肚皮舞。一大片观众立即响应，异口同声喊叫起来：肚皮舞，好好好。一楼剧场里，鼓掌声，叫喊声，响成一片。在剧场二楼的小办公室里，仝坤一伙都听见了喊叫声，仝坤说："汉章、杨波，你俩看一下怎回事。"吴汉章今天刚剃了光头，戴上那个长筒高帽子，不是那么合适了，他左手扶帽子，右手拿警棍，和杨波匆忙离开办公室，到楼下剧场一看，原来是观众还想看肚皮舞。吴汉章心里想：这还不容易吗？他从舞台一侧上了舞台幕后，见潘建翔正在征求肚皮舞演员的意见，吴汉章手执警棍当令箭说："潘总，仝总指示，十位演员一起上台，表演一次，明天晚上仝总请客，'春江花月夜'吃海鲜。"潘建翔一听，立即高调宣布："应观众要求，各位肚皮舞一起表演，明天晚上去吃海鲜，同意不同意？"十位大美女肚皮一颤，腰间铃铛丁铃铃响，肚皮舞们齐声喊道："潘总请客，坚决同意。"一说完都

哈哈大笑起来。红衣男主持舞台前等待指令，潘建翔说："高小芬，你叫主持人宣布，肚皮舞集体表演，马上开始。"高小芬从幕后走向前台，这时候，剧场里的叫喊声小了许多。高小芬说："潘总命令，肚皮舞集体表演，马上开始。"高小芬说完，转身返回幕后。当主持人向观众宣布，肚皮舞表演马上开始，剧场才又重新安静下来。

吴汉章在舞台幕后一出现，头上戴的高帽子歪歪斜斜，潘建翔想起吴汉章喜欢戴黄军帽，他眉头一皱计上心来。今晚要给吴鞭长一个发挥的机会。潘建翔正在幕后胡思乱想，听到剧场呼声又起，鼓掌的打口哨的，剧场响声乱成一片。潘建翔从幕后窥视前台，只见十位美女披挂上阵，十面肚皮白浪翻滚，一个个裙撩带摆春光乍现，胯下的一串串小铃铛有节奏地丁铃当啷作响。半遮半掩赤身露体。横行摆荡提臀扬胯；蛇形手缠绕勾魂，兰花指柔巧夺魄；人鱼背滚动波浪，骆驼胸抖颤双峰；腹凸腰凹深沟高垒，臀旋股转突显风流。台下观众的掌声一浪高过一浪，一个两个肚皮掀不起高潮，这么多的肚皮汇合把整个剧场闹翻了天！

吴汉章和杨波觉得剧场气氛热烈是很正常的，说明了今晚的演出是成功的，二人急急忙忙上了楼，进了二楼办公室，办公室的人也知道是观众欢呼的声音，都高兴得放下心来。吴汉章说："报告仝总，肚皮舞美女明天晚上，要求'春江花月夜'吃海鲜，我替你答应了。"仝坤非常高兴，说："可以啊，你是总经理，一切由你做主，今晚的演出很成功。"

突然，符雅妹风风火火闯了进来，报告说："仝总，不好了，潘建翔跳探戈舞，把腰扭伤了。"大家都吃了一惊。王桃忙问："严不严重？"符雅妹说："看样子很严重，他是第一组探戈，说不能跳《鸿雁南翔》了，建议让吴鞭长和我跳。"吴汉章正在抽烟，马上叫了起来："啊呀呀，这不是赶鸭子上架吗？我哪能上台跳舞，这是舞蹈大赛，我怕让观众赶下台去。"仝坤问符雅妹："雅妹，你的意见呢？"符雅妹说："别人都是一男一女二人跳《鸿雁南翔》，我怎么能一个人跳，我看吴总可以，以前排练时，他和我一起跳过的。"吴汉章连连摆手："不行不行，我那是闹着玩儿。"这时刘羽飞说话了："吴老前辈，您有练武功的基础，在桃园饭店那次，您跳得不错，我看能行，否则今晚上雅妹就得放弃，她今晚还想夺冠呢，您怎样也得陪着跳一次啊，五分钟，也累不着您老，明天'春江花月夜'开业我给您当助理，行不行？"仝坤鼓励说："我见过吴总跳《鸿雁南翔》，我看今晚是再露一手，让我们大家一饱眼福？"吴汉章怕表扬不怕批评，吃软不吃硬。他说："我今天剃了光头，怎么跳《鸿雁南翔》？"王桃说："戴上那个黄军帽可以呀。"看来是众望所归，艺不亏人，吴汉章今晚是推不掉了。吴汉章嘟噜着说："这个潘建翔，舞蹈学院大学生，跳个舞还能扭伤腰，冠军也丢了！"黄琼英说："我们万铁公司赞助，冠军的奖金是一万元。潘总丢了钱还伤了腰，赶快送医院检查一下。吴总会跳，就陪雅妹跳一次吧，把冠军夺回来。"吴汉章手一扬说："行行行，跳不好，你们别笑话，这个潘建翔，哼，潘仁美、潘金莲、潘巧云、裴如海，大坏蛋！"裴和平在一边

笑着说:“与裴如海有什么关系,一会儿你和雅妹跳,戈萍还要伴唱呢。”吴汉章忙说:“戈萍唱歌好听,我最喜欢小戈唱《鸿雁南翔》了。”

二楼办公室。仝坤和几位男士都下了一楼剧场,等待看吴汉章和符雅妹跳《鸿雁南翔》。王桃、黄琼英、苏嫚仍在办公室聊天。舞台上有一对男女演员正在跳探戈。在杨波指引下,在剧场的过道上,潘建翔找到了仝坤几人,大家都关心潘建翔的腰。仝坤问道:“建翔,你的腰没事吧?”潘建翔说:“不要紧,休息几天就好了。”仝坤说:“《鸿雁南翔》什么时候开始跳?”潘建翔说:“现在是探戈最后一组,实力最强的还是郭小梅,只是我把她影响了,拿不了冠军。”仝坤笑笑说:“我们评一个鼓励奖给她!”

探戈是阿根廷的国粹,雅俗共赏。探戈狂野奔放,走走停停,躲躲闪闪,搂搂抱抱,卿卿我我,偷偷摸摸,贼眉贼眼,鬼头鬼脑,挑拨离间,暗送秋波。对于这种横躺竖卧,抬腿屈膝的浪漫劲舞,丁兰说是掏枪,潘建翔理解是偷情,庞道中认为是摔跤。掏枪也罢,偷情也罢,摔跤也罢,只是因文化的差异而理解不同。

此刻,《鸿雁南翔》开始了,舞台上的灯光黑暗下来。巨大的背景银幕上,现出一线黎明的曙光,草原的黎明静悄悄,无边无际的莽莽草原,零零星星点缀着几个蒙古包,一条小河潺潺流过,风吹草低见牛羊,一群大雁鸣叫着,摆成人字飞向远方。银幕下边,一只黑色大雁,舞动两个翅膀,从草丛中扑腾着飞了

起来，缓缓地从幕后飞舞到前台。仝坤他们这几个人，站在剧场最后一排远远看，觉得舞台效果非常逼真。仝坤说："这只大雁是谁呀？"潘建翔说："这是符雅妹。"仝坤问："羽飞，你能看得出来吗？"刘羽飞说："仔细看，是雅妹。"潘建翔说："雅妹跳《鸿雁南翔》，胳膊长、腿长、腰长、脖子长，非常好。"仝坤又问："吴汉章哪去了？"潘建翔说："应该是雅妹先出来一只大雁，另一只也跟着一起出来，不知他哪儿去了？"舞台上只有一只孤雁独舞。仝坤说："建翔，你去看一下，吴汉章这家伙是不是不敢上台，逃跑了？"潘建翔说："好的，我去看看。"潘建翔说完，迅速从剧场侧面上了舞台。正在此时，只见舞台的一角出现了一只光头大雁，从舞台的后面翩翩飞起来，大雁浑身上下全是黑色的，只有头是光亮光亮的，这是个什么造型？这只大雁头上怎么没毛？

台下的观众，人人心里打着问号。光头大雁的两只胳膊，像两条皮鞭子一样柔软，光头上的两只小眼睛贼亮贼亮的。观众们说，这大概是只雏雁，那光头表示，这只小小雏雁是刚生下来的，是前面那只母雁的孩子，要不为什么是光头呢？黑发大雁与光头小雁，母雁与小公雁相伴相随，翩然起舞，配合默契。这时候，戈萍的歌声，殷秀梅式的女中音响了起来：

鸿雁向南翔

人字摆成行

啼声凄凄别故乡

夜来霜秋风凉

鸿雁飞南方
千里到衡阳
回雁峰巅回首望
长江长黄河黄
鸿雁欲何往
春水已淌漾
千里迢迢回家乡
雁门外草原上
鸿雁传书香
马背有佳酿
一碗美酒入豪肠
夜苍茫琴声扬
床前明月思故乡
梦里佳人在何方
天涯海角觅知音
一只鸿雁向南翔

这首歌词，是李纪行主任在“林海雪原”开业时为潘建翔创作的，歌词优美，曲调悠扬，情深谊长。“林海雪原”的演员们，跳舞的不跳舞的都会唱。舞台上歌声汇成了一个大合唱，响彻整个剧场。

仝坤他们几个人又回到二楼办公室，议论吴汉章这只光头雁。王桃、苏嫚、黄琼英三人没有下楼看，一听说吴汉章光着头跳《鸿雁南翔》，就都笑了起来，王桃说：“不是说好了，要戴上黄

军帽吗？那帽子哪去了？”仝坤说：“舞台上，开始只雅妹一个人跳，过了一阵子，他光着头出现了，不知道为什么。”刘羽飞说：“光头雁好可爱，听观众议论，说那是只小雏雁，才刚生下来的。”苏嫚说：“雁刚生下来，身上也没有毛，偏偏头上没毛，也不对啊。”黄琼英也笑道：“那总不能让吴总裸体跳《鸿雁南翔》吧。”大家正在议论着，潘建翔推门进来了。仝坤问道：“建翔，吴总跳舞怎么是光头，是你们预先设计的吗？”潘建翔哈哈大笑，说：“哪里哪里，我上了舞台，吴总正在骂人，说哪个王八蛋，把他的帽子偷走了，已经找了一阵子了，雅妹舞台上一个人跳，不能再冷场了，才赶紧光着头出场了。”

潘建翔说：“我仔细打听，吴总上场前心里紧张，没戴帽子去了一趟厕所，在这个当儿，后勤人员收拾舞蹈服装道具时，没有在意他这顶帽子是个道具，对吴总有多么重要，就收拾起来了。吴总要上场了才发现帽子不见了。谁偷他的帽子呢？要一顶破帽子干啥。你想当时，即使有人知道，那个节骨眼上，谁也不敢承认了。吴汉章越骂人，越没人敢去找帽子，哈哈哈，所以成了光头雁。”众人听说又都哈哈笑起来，王桃三位女士早已笑得弯下了腰。

二楼办公室里欢声笑语。仝坤说：“建翔，你一会儿下楼告诉丁兰教授，给郭小梅的探戈评个特别奖，奖项名称让丁教授考虑。肚皮舞的冠军，是不是高小芬啊？”潘建翔说：“现在还不知道，第三场花海情浓马上开始，一边演出一边评奖，三种舞蹈各取前三名，加上郭小梅一个特别奖，共取十名。我和小梅

几个动作没做好，影响了成绩，探戈舞小梅的实力最强，我想这个特别奖叫琼花奖怎么样？”仝坤一听很高兴：“琼花奖，嗯，不错，今后还要开展各种比赛，这个奖，可以作为我们“林海雪原”的一个专项奖。”潘建翔说：“我去找丁兰商量一下，一会儿颁奖时，仝总、王总、苏总，分别给肚皮舞、探戈舞、鸿雁舞三个第一名发奖，其他的奖项，由评委颁发。黄总是赞助单位，本来应该颁奖的，我的意思是，黄总今天暂时不要露面，以免引起庞道中的怀疑。”黄琼英点头说：“潘总说得对。”

这时，杨波戴着高帽子，吴汉章手里拿着个黄帽子，推门进来了。他俩一进门，办公室里的人都哈哈大笑起来。潘建翔问：“吴总，你把帽子藏哪了？”吴汉章还在生气，说：“不知哪个坏蛋，故意要笑我，把帽子藏在一大堆帽子里，那个放服装道具的房间，九百多顶帽子，我的帽子混在里面，差点没找着，坏蛋！”众人一听，又是一番开心的笑，吴汉章自己也笑了起来。刘羽飞笑着说：“吴总的表演非常有特色，观众们说了，这是一只光头小雁，刚刚出窝，羽毛还没长出来呢。”仝坤说：“我听一位观众对他小孩说，那长头发大雁是光头雁的妈妈。”

仝坤一说，刘羽飞更笑不打一处来，他看着吴汉章，摇摇手说：“不敢当，不敢当。”这时候有人敲门，一高帽保安进来说：“评委让吴总领奖去，光头鸿雁那一组是第一名，夺冠军了。”众人一听说，都欢呼起来了。王桃说：“我给吴大哥和雅妹颁奖，哈哈，明天，吴大哥要请客哟。”吴汉章嘴里不说，心里十分自豪，仝坤早递上一支中华香烟，吴汉章掏出汽油打火机，先给仝

坤点烟，然后自己点了，用劲吸了一口，说："比赛比赛，哼，差点没把我吓死，还得了个冠军。坏蛋！"潘建翔说："吴总，一万元奖金，能买多少顶帽子啊，丢了不要紧。"吴汉章说："小潘，奖金分你一半，给你找个小姐，把腰按摩按摩好。"大家说笑一番后，办公室只留下黄琼英，一伙人都下楼颁奖或领奖去了。

一楼剧场。"繁花倾城"歌舞晚会的第三场花海情浓，台上台下变成一片花的海洋。舞台上九十九个盆景，花团锦簇，赤橙黄绿。从内地请来的男女歌星，一首首老歌新曲，使观众沉浸在美妙的歌声中如痴如醉。花中有歌，歌中唱花。《牡丹之歌》《映山红》《茉莉花》《山丹丹开花红艳艳》《绒花》《在那桃花盛开的地方》《路边的野花不要采》《苦菜花》。九十九位天仙下凡似的美女，一个个手捧鲜花从舞台上走下来，走到剧场中间，与广大观众互动，让美丽充满整个空间。潘建翔这个花仙子名副其实，导演了一场以花为名的文艺晚会，演出非常成功，剧场掌声雷动。

舞台上，红衣男主持人闪亮出场了："各位观众，今天的舞蹈大赛，评比结果已经揭晓。三项舞蹈的冠军，每人获得奖金一万元，亚军五千元，季军三千元。现在开始颁奖。"主持人说话时，潘建翔、仝坤、苏嫚、王桃、吴汉章，都从侧面上了舞台。后面紧跟着庞道中也到舞台上面来了，仝坤一见庞道中，二人便握手，仝坤说："庞总好，辛苦了，怎么样，今晚节目还可以吧？"庞道中满面笑容："仝总，节目真好，肚皮舞最好，我坚持把高小芬评为冠军，如果你同意的话，我亲自给高小芬颁奖，认

识一下。我包了二楼的一个包厢，一会儿我请她，到包厢唱歌，可以吗？”仝坤说：“庞总的指示，可以可以，我安排一下就是。”

主持人宣布获奖人名单，安排发奖的顺序是，先发第三名季军的，再发第二名亚军的，然后是第一名冠军的，最后是琼花特别奖。《鸿雁南翔》舞和探戈舞男女搭配，都是男女双人奖，肚皮舞是女单人奖。获奖的演员，在观众的掌声中，依次上台领奖。

获奖演员上台领奖。冠军亚军季军男男女女漂漂亮亮，金杯银杯铜杯大小一样材质不同，一万五千三千喜笑颜开鞠躬握手，鲜花奖杯金钱满载而归名利双收。高小芬获得肚皮舞冠军，是庞道中亲手颁奖的，博得一面之交别有用心。庞道中发完奖就直接到二楼2888VIP包厢去了。仝坤暗设机关吩咐高小芬如此这般。符雅妹和吴汉章夺得《鸿雁南翔》舞冠军，由王桃为二人颁奖，吴汉章戴着黄帽墨镜上台，观众议论纷纷不知内幕，只以为是何处请来的舞蹈奇才，光头鸿雁确实是别出心裁创意独特演技一流。苏嫚给郭小梅颁发琼花特别奖，和冠军一样的奖励对待。剧场观众起立欢呼，全体演员台上鼓掌谢幕。喇叭里响起李谷一的歌声《绒花》：

世上有朵美丽的花
那是青春吐芳华
铮铮硬骨绽花开
沥沥鲜血染红它
啊啊

绒花绒花

啊啊

一路芬芳满山崖

世上有朵英雄的花

那是青春放光华

花载亲人上高山

顶天立地迎彩霞

啊啊

绒花绒花

啊啊

一路芬芳满山崖

“繁花倾城”歌舞晚会，在一片欢呼声中圆满落幕！

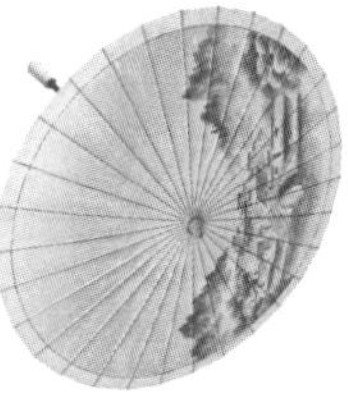

叁拾陆章　酒窝

林海雪原歌舞厅的设计，是中空围合式建筑，整个剧场里金碧辉煌。站在一楼的剧场大厅，可仰观二到四层。层层玻璃栏杆里面，一队队美女穿着旗袍，在妈咪的引导下穿梭于走廊之间。

一楼剧场，晚会一散，灯光变暗，空空旷旷。多数观众已经走了，留下来的余兴未尽都进了包厢。一楼两侧的一个个卡座，幕帘低垂，烛光幽忽，卡座里面双双对对，蝴蝶鸳鸯隐隐约约。舞台之下便是舞池，不大不小的百八十平方米，供卡座客人跳舞。舞曲一首一首地播放，客人一遍一遍地跳动。灯光忽闪，星星点点；天旋地转，浮光掠影；一双一对，搂搂抱抱；慢三快四，摩摩擦擦；丰臀秀腿，可触可摸；赤臂粉胸，宝气香风；眉目传情，招蜂引蝶；心旌摇荡，纸醉金迷。不愿跳舞的躲在卡座里面，相依相偎垂帘听歌。歌舞厅的服务生端着果盘酒盏，帘内帘外出出进进。卡座的消费颇适合情侣，老男少女不拘一格，尽管时光短暂，胜似恩爱夫妻。唯独这种场所，虽然互不相识，却能团结一致，虽然虚情假意，却也难舍难分。萨克斯的金曲

一遍遍吹响《回家》的路，悠远绵长，委婉动听，如泣如诉，如怨如慕。此时此刻，却无一人在思念家乡，把那妻子儿女抛九霄云外，在虚幻缥缈之中，寻找那份不属于自己挤兑出来的爱恨情仇。

海南歌厅笑话多。不到北京不知道自己官小，不到深圳不知道自己钱少，不到海南不知道自己身体不好。这是社会上流传的顺口溜。下歌厅已成为一种时尚，这下歌厅是有讲究的。物以类聚人以群分，比如说，父子不能同下歌厅；再比如，领导与下属不能同下歌厅；还有，年长者与年轻人不能同下歌厅；互有敌意的不能同下歌厅。为什么？都曰不便，自己去体会不用说明。细想起来，歌厅舞榭古已有之，不足为奇，文人墨客达官显贵膏粱纨绔多会于此，历史变迁形式不同。自古以来，有它消极的一面，也有它积极的一面，功过是非任人去评说。凡来歌舞厅的人，鱼龙混杂寻花问柳，关键在于控制自己。

二楼2888VIP包厢，约有五百平方米。正面是一个巨大的白色电影屏幕，屏幕两侧地毯上，摆放着音响设备。包厢两侧是一个个沙发，可容坐三五十人，沙发前摆放茶桌茶具。包厢中间是舞池，铺有一块红色大地毯。男女两个卫生间。包厢的灯光，忽明忽暗，五颜六色，屋顶高坠大大的水晶吊灯，墙上挂着维纳斯壁画，整个包厢豪华气派。

今天“龙虎豹”三位看节目时都不在一起坐，但彼此都坐在互相能够看到的位置。庞道中坐在最前面当评委，只有马前坐在他的后面当保镖，他不知虎豹二人坐在哪里，也不见申雷，

大概申雷就没有座位。这五个人中,庞道中和袁彪年纪最大,奔四十岁的人了。鲍云霄年届三十。申雷和马前都才二十出头。穿着粉色旗袍的美女,早已把庞道中引进包厢,包厢里的四个人,马上都站了起来。庞道中说:“今天的晚会不错,一会儿我有几个朋友过来,这儿袁彪陪我,你们几个就都在外面,注意安全。”鲍云霄、申雷、马前三人都离开包厢。楼道里这时人来人往。申雷在门口,鲍云霄在楼梯口,马前下了一楼。

迎宾出去了,包厢里只有三人了。庞道中和袁彪坐在黑色牛皮大沙发上,面前是一个足有两米长的玻璃茶几,女服务生半蹲在茶几边倒水沏茶。忽然包厢门开了,一个妈咪闯进来,手拿大哥大,笑容满面,说:“二位老总好,欢迎大驾光临,找几个美女,唱唱歌,跳跳舞,我这里的美女,全国各地的一个个都很漂亮。”袁彪说:“先带几个看看。”妈咪说:“好的好的,二位稍等。”妈咪转身出去,几分钟后包厢门大开,妈咪领头,一群小姐鱼贯而入,一个个裙裾飘飘,迅速站成一排,数一数,十二位。庞道中和袁彪坐在沙发上,手端茶杯镇定自若,色眯眯的眼睛从头到尾仔细看着。这些美女,粉臂嫩腿,似露非露,杨柳依依,垂拱而立。庞道中笑道:“不错不错,你们先报一下名字,都是哪里人?”妈咪逗笑说:“老总啊,就挑人好了,又不是查户口。”

庞道中是歌舞厅的常客,对选美有自己独到的见解。海口的歌舞厅几十个,几乎光顾不漏。所以他经验丰富,夏瑾对庞道中下歌厅,管不住也不管,睁眼闭眼。夏瑾今年不想在海南

过年,前几天回了四川老家。夏瑾不在身边,庞道中更是莺歌燕舞,夜不归宿。只要他看得上的小姐,几乎没有放过的。他财大气粗舍得花钱。他看美女的眼光,一看身材,二看相貌,还要了解是什么地方的人。他最喜欢的是北方的女孩子,他说,北方的女孩漂亮,身材好、皮肤白,而且有情有义的。所以他事先要了解清楚。

这些美女一个个自报家门,嘿嘿,竟然都是南方的。让袁彪看来,这些姑娘如花似玉年轻貌美,哪个也不差。可是,庞道中有规矩,手一挥说不行,来自地方不合适一个也不要。袁彪本来看上了广西的一位,但也不吭声,这选美嘛,老大有优先权。姑娘们一个个毫无怨言,司空见惯,就像菜市场挑萝卜,挑来挑去最后一个也剩不下,减价也可以卖出去,妈咪有办法,闲不住的。每个行业有每个行业的特殊性,不知道为何小姐的领导叫妈咪,小姐来歌厅自称上班。上班无客时叫空台,有客人点了叫坐台,被客人带走叫出台,睡一晚上叫过夜,出去了马上回来叫出钟。这些术语都是新生事物,庞道中当然了解得十分清楚。

眨眼间妈咪打头,又一队娘子军迤逦而来。庞道中点头一数,又是十二位。第一批小姐来时,庞道中坐在沙发上举头望月,看不清楚小姐面容。这次,他嘴里叼着烟站起身来,走到一排小姐的跟前,从第一个开始,眼对眼一个个地看,看一个,点点头,嗯一声,既像是肯定,又像是否定,既像是检阅,又像是电影里面的汉奸,从老百姓中找八路军。他对着小姐眉眼上下打

量,看完一个,握握小姐的手,摸摸小姐的腰,捏捏小姐腰间的塑料牌子。塑料牌子是小姐的编号,歌舞厅的规矩,每位小姐都有个固定的号码,妈咪只叫牌号不呼其名,想想这是很科学的,既保密又容易记得住。袁彪此刻坐沙发上呆若木鸡,欣赏着眼前美丽的风景,希望大哥快点挑选好一个,就可以轮到他选了。

对于男人而言,下歌厅可以上瘾,庞道中深有体会。过去的皇帝三宫六院嫔妃成群,男人们自然就有做皇帝的感觉,有钱没钱表面上看不出来。对于没有多少钱的人,也可以去风光一番,选了几遍没有看上一个,其实是自己囊中羞涩。庞道中不存在这个问题。他只要看中了一位,出手极其大方。这时,面前的一位小姐对他笑,看牌号,是888。哟,想起来了,上次他找过的一位,西安的美女小燕子,就是她了,没错,与庞道中曾有一炮之缘。庞道中大笑起来:“就要这位了,老情人了,哈哈哈哈!”

庞道中选美完毕,小燕子又飞来身边,二人勾手落座,彬彬有礼的样子。妈咪劝袁彪说:“这位大哥,您也选一位吧,都是漂亮妹子,服务很好的。”袁彪说:“可以要,要那个广西妹子。”妈咪一听忙说:“我去看一下,她好像坐台了。”袁彪说:“只要那一位,别的不要。”妈咪无奈。这些美女低眉而来昂首而去,不知道她们是怎么想的。

包厢门开了,仝坤带着两位美女进来了。两位美女身材高挑,牛仔裤T恤衫学生打扮。庞道中定睛一看,哈哈,高小芬真

的来了，再看另一位美女，正是琼花奖获得者郭小梅。庞道中大喊大叫起来："啊呀呀仝老总，今天的比赛非常成功，大开眼界了，两位大美女，舞跳得太好了，不愧是舞蹈学院大学生，大学生好啊。"仝坤说："庞老总，我可把高小芬请来了，你是她的崇拜者。这位是郭小梅，今晚跳探戈获得琼花奖。"庞道中说："仝老总，今天我给这两位冠军也发一个鼓励奖，每人加一万元。仝总同意吗？"仝坤哈哈一笑说："同意，同意啊，庞总的奖励，也是对'林海雪原'的大力支持啊，哪有不同意的道理嘛。"高小芬和郭小梅二位，站在那里抿嘴微笑。仝坤问道："这位先生是？"庞道中说："这是我二弟，自己人。"

说话间妈咪进门，后面跟着那位广西妹子，显得匆匆忙忙。妈咪对着袁彪，进门就大声叫："这位大哥，小妹已经坐台了，说是家里突然来了电话，让她马上回去，那位客人才放人，难死我了，您可别亏待了小妹呀。"袁彪说："辛苦了，辛苦了，一定，一定！"妈咪突然看到仝坤，就不再讲话了，伸了下舌头急忙离开包厢。

这时的包厢里，已经有三男五女。面临的问题是，汤多米少怎么办？高小芬是庞道中的心中偶像，小燕子是庞道中的半个情人，庞道中显然是要马上决定取舍。庞道中当然有办法，只见他拉住小燕子的手，到了包厢那一边，叽叽喳喳说了几句话，两人马上过来了，庞道中说："小燕子，我们有事相商，你可以下班了，对不起啊，后会有期。"小燕子说："没关系的，您好好玩儿，再见。"小燕子扭身飞走了。这下好了，庞道中与高小

芬是一对,仝坤与郭小梅是一对,袁彪与广西妹是一对。服务生知道是大老板来了,殷勤周到,茶水果盘,风味小吃,茶几上摆放好了。这三对男女各就各位,拉开距离互不干扰,灯光调暗朦朦胧胧。绿裙小妹问:“老总唱什么歌,老歌还是流行歌曲?”庞道中也不客气,他一本正经地说:“点一首《西游记》的歌《敢问路在何方》。”庞道中从深入歌厅以来,白天黑夜回到家里,开始练嗓子唱歌,不再听夏瑾弹钢琴了。夏瑾呢,知道其中的原因,也懒得去说,省得夫妻之间不愉快。他让夏瑾给他钢琴伴奏,夏瑾也是敷衍了事应付而已。庞道中练习最多的就是这一首。绿裙小妹把麦克风递给庞道中。

庞道中接过话筒,从沙发上站了起来,向前走了十几步,站在离屏幕十几米的位置,以不挡住别人的视线为宜。他干咳了几声,回头看一眼沙发上的人,右手举起麦克风说:“我给各位献上一首《西游记》《敢问路在何方》,希望大家喜欢。”嘿,他这么一说,还真是有模有样,俨然歌星在舞台上的口气,看来平时在家里,唱歌前的道白也是排练过的。

音乐响起来了,绿裙小妹调整音量,庞道中说:“把声音再低一点。”音响声音大,会影响歌手嗓音发挥的。屏幕上出现了唐僧师徒四人的形象,唐僧骑马,孙悟空跟着音乐跑前跳后。庞道中用足气力一张口,声音轰响如雷贯耳:

你挑着担我牵着马

迎来日出送走晚霞

踏平坎坷成大道

斗罢艰险又出发，又出发

啦……

一番番春秋冬夏

一场场酸甜苦辣

敢问路在何方，路在脚下

唱歌的经验，第一句开始唱的时候若是调子起高了，唱的过程中是降不下来的。这段歌词要连唱两遍，唱到最后一遍的时候，一连串的啦啦啦，舌头咕噜打着弯儿，庞道中开始换不上气来了，唱词跟不上节奏，为了追上高调不降下来，声音能与蒋大为媲美，他简直声嘶力竭，低头仰首顿足，拼命呐喊呼嗥，全力以赴歇斯底里，弯腰屈背半蹲地下，身体扭曲变形，整个人全身使劲儿缩成一团。这哪里是唱歌啊，分明是狮吼功。绿裙小妹和沙发上坐着的人，一个个瞠目结舌，看着面前这个疯癫狂人，根本顾不上欣赏美妙音乐了，都担心庞道中万一昏过去怎么办。仝坤坐在沙发上，只觉得震耳欲聋地动山摇，如此唱歌听歌都受折磨，他是从未领教过的啊！

一曲歌罢，耳根清净。轻音乐不停。高小芬首先鼓掌了："庞总唱得好，唱得好啊，蒋大为，蒋大为。"庞道中谦虚地说："不敢不敢，调定高了！"仝坤说："庞总能文能武，有艺术细胞，贵夫人夏瑾，听说钢琴弹得不错，今晚为何没来啊？"庞道中说："她回四川了，春节后回来。"仝坤说："我刚开了一个店，春江花月夜海鲜城，就在南渡江边，明天晚上正式开业，还想请你夫妻俩去捧场。"庞道中说："仝老总气魄大，多种经营，佩服佩服，

我明天一定去祝贺。哟，高小芬，大学生，明天如果方便的话，也要去捧场哦。”高小芬说：“明晚我请个假，一定要去的。”仝坤说：“欢迎欢迎。”

仝坤说：“在座的各位，你们都要去啊，我单独安排一桌，就在船上，美酒佳人，对酒当歌，一醉方休。春江花月夜，太美了！”

这种场合，每人自然都要吼一吼。唱歌的人都有个共同点，能够听出别人唱得好不好，如果自己唱，尽管南腔北调，甚至没有节拍跑调难听，往往没有自知之明，以为自己唱得也不错。仝坤点唱一首张明敏的《我的中国心》，长江长城，黄山黄河，情深义重。袁彪唱粤语歌曲，电视剧《霍元甲》主题曲，《万里长城永不倒》，发音完全听不懂。高小芬一首《何日君再来》，人生能有几回醉，不欢又何待，今宵离别后，何日君再来。邓丽君的歌，把庞道中完全吸引住了。郭小梅唱的是山西民歌《交城山》，交城的山交城的水，不浇交城浇文水，郭兰英的声音，思乡的情怀。仝坤与郭小梅，手拉手翩翩起舞。广西妹子也是歌手的水平，唱一首邓丽君的《美酒加咖啡》，明知爱情像流水，喝了一杯又一杯。三对男女勾肩搭背，窥襟偷香想入非非。庞道中与高小芬同歌共舞，心满意足，笑在眉梢，喜在心头。包厢里灯光幽暗明明灭灭，即使有点犯傻越轨，也看不见彼此脸红心跳，反倒觉得是朦胧的美。

一曲终了，三对舞伴闹钟停摆回沙发上落座，抽烟喝茶。此时庞道中靠近袁彪，耳边悄悄问：“老二，为什么单单看上这

个广西妹子？”袁彪悄悄回答道：“她脸上有两个酒窝。”庞道中一听，禁不住哈哈大笑起来。

庞道中仔细观看，广西妹子脸上的酒窝，寻常看不见，只有说话或微笑时，才能显露出来，确实很甜。他佩服袁彪一眼看出来。新歌旧曲，一遍遍地唱个不停，麦克风你传我递，唱着跳着，起立坐下，不知多少个回合。袁彪与广西酒窝妹，开始玩儿骰子喝啤酒了，每人手把一个黑色木质小筒，口杯大小，把玻璃茶几砸得哐当作响，你输我赢点大点小，一会儿就把两瓶啤酒喝光了。庞道中说，玩扑克比较文明。袁彪提议，要玩就玩独占花魁老虎吃羊。

仝坤不理解，庞道中说：“独占花魁，实际上就是争上游，五十四张牌，若四人玩儿，去掉大小王，留五十二张，每人十三张牌。若六人玩儿，加上大小王，每人九张牌。规则是大点压小点，大小王最大，可以压住任何牌。四种牌有大小，梅花第一，黑桃第二，红桃第三，方块第四，同样点数时也可以压，按照次序，梅花最大。比如，梅花五压黑桃五，黑桃五压红桃五，红桃五压方块五，当然梅花五也可直接压方块五，大点恒大压小点，方块六可以压梅花五，很简单的。出牌速度最快的为赢，则为花魁，最后一个没出完牌的为输，为仆人。所谓老虎吃羊，就是输了罚酒，或者在仆人脖子上亲一口，由花魁和仆人自由决定。”仝坤一听，没有玩儿过，他笑言：“庞老总，这玩儿法新颖，这是谁的创意啊？”庞道中说：“在脖子上亲吻，亲吻时间，不能超过三分钟，我们虎兄弟几个，到了歌厅就玩这个，当初在云

南……”庞道中突然不讲了，他自觉得言多语失。仝坤心里想，这“龙虎豹”名不虚传，玩扑克也要吃肉，什么在人脖子上亲一口，还要三分钟，明明是耍流氓。仝坤说：“嗯，老虎吃羊有意思，庞老总，万一高小芬争了上游是花魁，你是仆人，怎么办？”庞道中笑着说：“我喝酒，或者，她亲我一口啊。”仝坤又问道：“若是倒过来呢？”庞道中说：“她是仆人，她喝酒，或者我亲她一口。”嘿，想得很美，规定也不错，男士就不怕输赢，输了，喝酒，被女士吻脖子。赢了更好，让女士喝酒，或者去吻女士的脖子，这才是真正的老虎吃羊呢。

这种场合，玩儿而已，未必当真。于是乎，绿裙小妹拿出一副崭新的扑克，六个人围坐一起，一男一女分隔开来。按照顺时针一圈，仝坤、郭小梅、庞道中、高小芬、袁彪、酒窝妹、仝坤，沙发椅子摆定。绿裙小妹洗牌，六人顺时针取牌，每人九张，各执一手。按照规定，有最小一张的先出牌，那就是方块一。高小芬先出方块一，袁彪方块五，酒窝妹方块六，依次下来，方块、红桃、黑桃、梅花，红红黑黑，点大点小，一三五七九出来，二四六八十跟上，JQK，大小王，你压我，她压你，他压她，我压他，明修栈道，暗度陈仓，铁面无私，居心叵测。

仝坤有意，自身难保。袁彪无情，牌力不佳。高小芬满把梅花，大王在手，先手之利，几圈过来，两手清空，得胜夺魁。这时候，庞道中心有所图，避退三舍，让先让后，手余三张，甘拜下风，落底为仆。高小芬夺得花魁，庞道中成了奴仆，任凭高小芬发落。高小芬说：“庞老总，喝啤酒一瓶。”这小瓶青岛啤，庞道

中喝个十瓶八瓶没问题，庞道中只能喝酒了，他多么希望高小芬不让他喝酒，能够在他的粗脖子亲吻三分钟，或者大大地亲上一口也好。庞道中，他的如意算盘打错了，高小芬不亲他，只让他喝酒。他想下一轮牌，他得争取主动，他若为花魁，高小芬为仆人，这样才能如愿以偿啊。

绿裙小妹洗牌，第二轮开始。酒窝妹手气好，九张牌，大小王，满把黑，势在夺魁。酒窝妹的下家仝坤，先手出牌，方块一，郭小梅黑桃五，庞道中梅花五，高小芬方块六，袁彪红桃六，酒窝妹梅花六。一轮六张牌，一个压一个。几圈过来，风平浪静。出牌过半，风雷渐起。一个个争先恐后，你抢我夺，赤膊上阵，原形毕露。酒窝妹上家袁彪，出梅花老K顶起来，想逃掉手里的方块二，酒窝妹毫不留情，出小王泰山压顶，无人能敌。袁彪几轮出牌，都被酒窝妹碾压，损兵折将，无力还击，浪费子弹，唏嘘不已，手中小牌一个也出不去。庞道中出牌，巡目四顾，专打下家，大牌顶起来，不让高小芬出小牌，企图卡住高小芬，达到老虎吃羊的目的。仝坤和郭小梅，仝坤出小，小梅跟上，和平共处，心照不宣。这一轮，一个个机关用尽，酒窝妹强势夺魁。袁彪手里的方块二，结果没能落地，留在手里，终于成了下游仆人，任由酒窝妹发落。酒窝妹效仿高小芬，仍然让袁彪喝啤酒，不亲也不吻。庞道中说："老二，你给大家表演一下老虎叼酒瓶，让仝老总见识见识。"仝坤问："什么老虎叼酒瓶？"庞道中说："动嘴不动手，把一瓶啤酒喝光，不准洒出来。"仝坤一听，稀罕，没有见过的事，一圈人拭目以待。袁彪说："小意思。小妹，拿

瓶大瓶子的啤酒来。”

绿裙小妹从酒柜里取了一瓶大瓶子青岛啤酒，放在茶几上。只见袁彪双膝跪地，把双手放在背后，伸长脖子，先用牙齿启开瓶盖，然后用牙齿用嘴唇用舌头，全力叼住含住瓶口，先使酒瓶倾斜，啤酒便缓缓流入口里，然后再倾斜，再倾斜，然后把瓶子叼起来，然后慢慢仰头，牙齿较劲，腮帮子用力，脖颈粗壮，喉结嚅动，忽悠悠，悬瓶空中，瓶底扬起，仰面朝天，啤酒缓缓流入口里，直到喝光，喝尽，不洒出一滴酒来，然后，平视，低头，缓慢地，嘴松口，将酒瓶又放回桌子上。这个过程用了一两分钟，干净利落，一圈人如欣赏杂技表演，却看得提心吊胆。表演结束，大家都松了一口气，回过神来。看着袁彪虎头虎脑的，莫非此人真是一只老虎？于是乎，都啪啪啪鼓起掌来。

歌舞厅二楼。远离贵宾包厢的那头，楼道转过弯，小办公室里，王桃、黄琼英、苏嫚、吴汉章、杨波、刘羽飞、符雅妹、裴和平、戈萍，一帮人都聚在一起了。晚会结束后，丁兰有点头痛不舒服，潘建翔开车，把丁兰送回海大的家，又开车返回来。仝坤与潘建翔已经约好，今晚全部散场后，还要开个碰头会。

夜间十二点整。苏嫚办公室坐不住了，她知道仝坤在贵宾包厢陪庞道中已经有一个多小时了。苏嫚对潘建翔说：“潘总，仝总走了一个半小时了，陪客也有个时间限制呀，我俩要不去看看？”潘建翔说：“苏总，我去不方便，你和雅妹去好，庞道中不会起疑心。”苏嫚说：“那好，你们都在这，我俩去去就回来。”杨波说：“那个门口有个保镖，我和潘总陪你俩一起去，我们不

要进包厢,就佯装在楼道保安来回巡逻。”潘建翔说:“这样是好,我穿上保安服,把吴总那个高帽子给我,避免他们产生怀疑。”吴汉章得意扬扬,坐在椅子上抽烟,他说:“你们小年轻多跑跑腿儿,我休息休息,小潘你扭了腰,不是假装的吧?”潘建翔笑着说:“吴总,您不老啊,观众说这只光头小雁,叫人符雅妹还叫妈妈呢!”

潘建翔和杨波在楼道里来回走动,保安巡逻的样子。苏嫚和符雅妹两姐妹,一会儿也出来了,转过弯,走到贵宾包厢门口。此时,站在门口的保镖申雷刚才去厕所了,正好还没回来,二楼的楼道里,零零星星几个人,在其他包厢门口出来进去。苏嫚听得包厢里面没有唱歌的声音,觉得奇怪,心想这几个人在干什么,于是吱一声推门进去了,定眼一看,一个男士横躺在沙发上,一个披发女孩正趴在男士身上亲嘴呢。包厢里的人,一看突然进来两位女士,也不敲门,袁彪大怒,正欲发作,庞道中眼尖,认得是苏嫚和符雅妹,马上站了起来,躺在沙发上的男女也迅速分开,坐起来了。苏嫚一看,互相亲吻的是仝坤和郭小梅,双方都傻眼了。仝坤一见是苏嫚,早已惊得魂飞魄散,说不上话来。仝坤慌不择言:“我们老虎吃羊,打扑克。”苏嫚先和庞道中打招呼:“庞总好,感谢您的支持,今天的节目怎么样啊?”庞道中知道仝坤这下闯祸了。郭小梅打扑克当了花魁,仝坤手捉一把小二小三方块红桃,当了仆人,大家都想看热闹,逼着让郭小梅亲仝坤的脖子,郭小梅就当拍电影逢场作戏,高小芬也从中起哄,正在亲吻着,由于门口没有保镖,被苏嫚闯进

来看到了。

庞道中忙不迭说:“苏总大驾光临,欢迎欢迎,我们打扑克玩儿玩儿,今天节目真好,我刚才表态了,给高小芬和郭小梅,再每人发一万元奖励。”苏嫚说:“您太客气了!”符雅妹急中生智,说:“仝总,有几个评委还等着您哪,您把大家扔下不管了,我替您玩,您赶快去看看吧。”仝坤一听,知道符雅妹的意思了,仝坤说:“庞总,雅妹代替我,你们继续玩,我把评委搁那儿了。明天海鲜城开业,你要去捧场啊。”庞道中说:“一定去,一定去。”

符雅妹留在包厢里,与庞道中等人继续玩儿。包厢里,绿裙小妹、酒窝妹、高小芬、郭小梅、符雅妹这五朵金花,香气弥漫,只有庞道中和袁彪两位男士,男人坐在花丛之中,心花怒放神魂颠倒,玩儿得兴高采烈,忘乎所以了。

楼道里,潘建翔和杨波正在慢悠悠地走动,看见庞道中的保镖又站在包厢门口了。这时候,仝坤和苏嫚出来了,径直向楼梯口走了下去。潘建翔和杨波远远地跟随,见仝坤、苏嫚下了一楼,在一楼大厅没有人注意到的地方停下来,潘建翔和杨波两人在几十米的地方瞄着盯着,看见苏嫚说了几句什么话,扬手就给了仝坤一记耳光,仝坤捂着脸后退,嘟囔着没有还手,像是老师教训小学生。杨波正欲上前劝阻,被潘建翔拉住了。潘建翔抬腿故意正步走,皮靴子把地板踏得啪啪响,二人向着仝坤、苏嫚走了过去,装着什么也没看见。仝坤忙着把捂脸的手放了下来,镇定自若。潘建翔报告说:“仝总,你安排我们一

会儿开会，大伙儿还都在办公室等着呢。刚才我把丁兰教授送回海大，丁兰说有点头痛，她就不参加了。”苏嫚脸色苍白，她说：“潘总，你们去开会，我先走一步，我妈妈刚来海南。”潘建翔说：“时间不早了，你回家吧，我们和仝总开会，你妈家里还等着你呢。”苏嫚说声好的，便扭身走了。

仝坤右手摸了摸左脸，嘿嘿干笑了两声，说：“哼，怀孕了！”

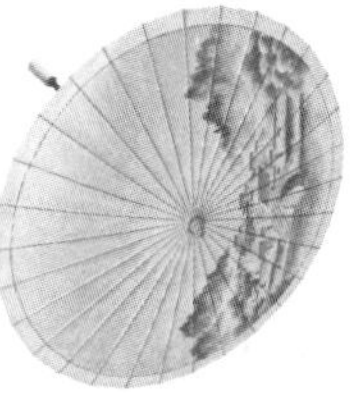

叁拾柒章　绸缪

在海口市中心，东湖路的东边有个南洋街。百年的老街建筑，红砖青瓦，碧癣苍苔；街衢狭窄，歪门邪道；巷子弯弯，庭院深深。庞道中昨夜没有回家，住在南洋街的一幢三层小楼上。

小楼昨夜又东风。

东方破晓，晨雾迷蒙。一位长发女郎从小楼上急急下来，推开街门一拐弯，匆匆不见了踪影。这条街的房子没有规划，不分朝向，随意搭建，高低错落，拥挤不堪，不明白为何房子盖成这样子。这幢小楼更为特别，有前庭后院，层层小楼左右两侧，还开着个小窗户，像个炮楼，与隔壁的小楼仅隔着一两米宽的距离，窗户对着窗户，楼上的人端着碗吃饭，可以互相对话聊天，甚至在夜间透过窗帘缝隙，可以看到对方房间里的隐私。

这个住处，是庞道中精心选定的，一有动静容易逃跑。“龙虎豹”个个精明干练，不仅身藏枪支，而且武功高超。庞道中住三楼，袁彪住二楼，鲍云霄住一楼。三楼的楼顶通向家家户户的屋顶，四通八达，对于“龙虎豹”这些人，只要人上了屋顶，就可逃之夭夭了。

庞道中起床，睡眼惺忪。一夜风流过往，那位情人竟然忘记打扫战场，两个避孕套扔在地板上，庞道中怅然若失的样子，他忙把套子捡起来，嘴里嘀咕一声浪费，回手扔进垃圾桶里。早餐，牛奶面包自己解决。庞道中穿拖鞋，啪嗒啪嗒下一楼，到后花园一看，鲍云霄一个人正在练习飞镖。鲍云霄刚三十岁，少年投师学艺，最厉害是轻功，飞镖和飞石也是百发百中。后花园一面砖墙上，贴着一个红布镖靶，离人有十几米远，红布镖靶上栽有三支镖。庞道中说："三弟，吃早餐了没？"鲍云霄说："大哥，我一会儿上街口，吃碗后安汤粉就行了。"

庞道中说："抱罗粉好吃，你尝尝。"鲍云霄说："嗯，大哥，今天干吗去？不是说今天晚上，要去春江花月夜吗？"庞道中说："老三，你给马前打个电话，让他把车开到东湖边。我是想，老三啊，你要多个心眼儿，申雷这小子来路不明，我喜欢他一手好枪法，还不太放心。"鲍云霄说："是云南的朋友介绍的，只觉得此人神秘莫测，我们小心就是。马前那小子没什么问题吧？"庞道中说："马前刚出监狱，情况我清楚，不害事的。"庞道中走到墙跟前，把那三支镖从靶上拔出来，他说："老三，你先吃粉去，一会儿你回来，老二醒来了，我们再商量今天的事。"

马前与庞道中相识，说来也是一种巧合。马前出狱后没几天，就到了和平路白云歌舞厅当了一个外场经理。马前从进监狱到出来，在东山看守所被关了半年。马前在杭州的饭店，生意平平，他的家人和未婚妻东挪西借，把一百万凑齐归公，从轻发落就没事了，在此案中他只是个穿针引线的马前卒而已。马

前出狱后没有回杭州，他想在海南创业，认为海南改革开放，又是最大的经济特区，将来必有发展前途。而且他去年上岛没多久，就获得了百万巨资，这个引诱太大了。虽然出了问题，那是运气不好，他坚信以后一定还有很多机会。他在歌舞厅上班，真正的目的是为了广交朋友，有了朋友就有了信息，有了信息就有了机会，可以寻找生意伙伴了，就是人们常说的傍大款。去年初来乍到，大款找到了，马失前蹄路线走错了栽了跟头。这一次的他，有了人生的经验，想着再找一个大款，以攀龙附凤飞黄腾达。在白云歌舞厅，他留意那些出手大阔的老板。不知不觉中，庞道中进入了他的视野。庞道中下歌厅很有规律，每周的星期二，庞道中必到白云歌舞厅。多数下歌厅的男人念旧，找小姐要找原来找过的旧相识，除非小姐被人先挑选去了才又另换一个。但是庞道中是个花心的人，新桃旧符每次必换，这一点马前注意到了。马前认为，这是由于没有找到称心如意的人。庞道中下歌厅，一般来说独来独往行动诡秘，而且每次到歌厅，不去外场，只选一个小包厢坐着。

有一个妈咪叫刘姐的，每次给庞道中找小姐，他喜欢北方的女孩儿，刘姐心领神会，但还是挑来换去，没有一个小姐能够打动庞道中的。一次机会来了，歌舞厅来了一位东北美女。听刘姐说，这是个大学生，趁暑假来到海南，说只逗留一个多月就要返回东北老家。马前听说后心花怒放，他必要先过目看一眼，如果小姐确实漂亮，他才能推荐给庞道中。那天晚上，刘姐说小姐来了。歌厅外场莺歌燕舞。马前坐在一个豪华包厢里，等

待妈咪刘姐和东北小姐。不大一会儿,刘姐推开包厢的门,后面跟着一个黑发女郎,低眉而来,娇羞满面,模特的身材,亭亭玉立站在那儿。刘姐介绍说,这是马经理,又介绍小姐说,这是曹小姐,东北人,大学生。马前被曹小姐的美貌打动了,这白云歌舞厅的小姐何止几百,没有一个能够比得了。马前大喜过望如获至宝,吩咐刘姐不要让曹小姐坐台了,一会儿听候通知。刘姐带着曹小姐出了包厢,他把这个包厢预订下来。马前出了歌舞厅,在大门口专门等候庞道中的到来。

马前的辛苦没有白费,庞道中中了美人计。从那之后,一个月以来,庞道中几乎每天都到白云歌舞厅找曹小姐,两人关系发展到什么地步,马前只能猜测了。一个多月后,曹小姐回了东北,马前给庞道中当了司机。

上午,海口宾馆。

在海口宾馆的一个套间,屋子里有两位男士。一位坐在沙发上,另一位半躺在床上。床上的男士有五十多岁,高准朗目,一边养神一边抽烟。坐在沙发上的年轻人,二十多岁,把茶几上烟灰缸,放在床头柜上。五十多岁的男士问:“小罗,秦处几点到?”年轻人说:“柏厅长,秦处和田雨一块儿来。”“听说田雨是个神枪手?”这位男士是省公安厅的副厅长,年轻人小罗是他的秘书。小罗说:“云南省公安厅为了抓捕‘龙虎豹’,派出田雨卧底。庞道中有个射击场,招聘会打枪的人,田雨化名申雷,经鲍云霄介绍给庞道中,申雷的真实身份‘龙虎豹’并不知道。”柏厅长眯着眼抽烟,烟灰弹到烟缸里。

上午九点半钟。当当当，有人敲门。小罗急忙去开门。秦荣处长和一位年轻人进来了。柏厅长从床上迅速坐起来。秦处长报告说："柏厅长，这就是神枪手申雷，是云南省公安厅派来的。"柏厅长忙着走上前握手："欢迎欢迎，你不是叫田雨吗？"申雷说："我们厅领导给我起了个化名，说把田出人头地变成申，田在雨下就是雷，田雨改为申雷，变成埋在敌人身边的定时炸弹。"几个人一听说，都哈哈大笑起来。柏厅长说："田雨是个雷，地雷炸弹，田变申孙悟空，上天入地大闹天宫，不错不错。小田，请你过来就是商量今天晚上逮捕'龙虎豹'的事，你们领导的意思，还是不让你暴露身份，可能要委屈你一下，苦肉计你懂吧？"田雨说："我服从命令。"柏厅长说："好好好。秦处长，我们商量一下今天晚上的行动方案吧。"秦荣处长说："我已经通知海口市公安局，把张根队长也请过来，一起研究研究行动方案。"柏厅长说："好好好，张根什么时候到？"秦荣说："十点半准时到。"

十点半钟，又有人敲门。门开了，来了四男一女，却是张根、仝坤、吴汉章、阿周、王桃。柏厅长都不认识，张根一一做介绍。仝坤和吴汉章二人看着田雨，似曾相识，心存疑惑，心想：这个人面熟，在哪儿见过，这时秦荣处长说话了："今天这里没有外人，这位同志大家不认识，这就是'龙虎豹'的保镖申雷，是云南省公安厅派来的，今天晚上逮捕'龙虎豹'，里应外合，一网打尽不留后患。"秦荣又介绍说："这是海南省公安厅柏厅长，这是秘书小罗。"吴汉章嘴快，他问申雷："昨天晚上，是你在包

厢门口站岗放哨的啊？”申雷笑着说：“‘龙虎豹’很狡猾，身上都带着枪，对我也是心存戒备，在歌舞厅逮捕龙虎豹，不是理想之地，闹不好狗急跳墙，会伤及无辜的。”柏厅长说：“大家请坐下，我们上午开个碰头会。‘龙虎豹’过去在云南边境地区，贩毒走私贩卖枪支，这两年销声匿迹，跑到海南来，海南也不是避风港。这帮人称兄道弟，反侦查能力强，身怀绝技，又带着枪支，给社会造成的危害很大，上级公安机关指示，要尽快将之抓捕。”

秦处长说：“我们一直在调查这几个人的行踪，听说‘龙虎豹’昨天晚上在林海雪原歌舞厅露面，公安机关担心给群众造成伤害，没有动手。今天晚上，仝总的春江花月夜海鲜城开业，有大家的配合，我们的追捕就多了一分成功的保障。现在想听听大家的意见。”

仝坤见柏厅长也抽烟，从包里掏出一包中华，给柏厅长、张根、吴汉章、阿周几个抽烟人每人敬了一支。房间里烟雾弥漫。柏厅长手一扬说：“小罗，我们在大客厅开会。”人们都在客厅里坐下。仝坤说：“我先汇报一下。昨天晚上‘林海雪原’舞蹈大赛，也是为这次抓捕行动安排的。已经和庞道中有个约定，今天晚上，在春江花月夜船上，上演一出琵琶行，有两名海大的女生，一个叫高小芬，一个叫郭小梅，是昨天晚上的舞蹈比赛冠军，还有一位女孩子叫韩月，是我们这位吴汉章经理的女朋友，她弹得一手好琵琶，今天晚上也邀请到船上。这位海南的小伙子阿周，世代是渔民，渔船是他家的，已经把船底凿了两个洞，到时

候接到通知，保证五分钟内把船沉下去。近期我们配合工作，我们都是按照张根队长的指示去做的，如果还存在什么问题，请柏厅长、秦处长、张队长指示，我们抓紧准备，只有今天下午的时间了。”秦处长问：“仝总，今天晚上他们都去吗？保证他们都会上船吗？”仝坤说：“庞道中看上了高小芬，肚皮舞把他迷住了，他答应给高小芬和郭小梅每个人一万元奖金，今天晚上要兑现。他是个有钱人，又爱面子，今晚春江花月夜海鲜城开业，他一定会去参加的，我估计‘龙虎豹’这几个人也不是傻瓜，他们也会采取防范措施。”申雷插话说：“一般来说，庞道中和袁彪在一起，不离左右，鲍云霄担任保卫，估计三人不一定同在船上，鲍云霄有武功，又年轻，不容易对付，他一旦不在船上，很容易逃走。”吴汉章把头上的黄帽子拿下来，露出光头，说：“不必担心，让我和刘羽飞对付他，他跑不了。”柏厅长问：“刘羽飞是谁？你也会武功吗？”

秦处长说：“这位吴总，也有武功。那位刘羽飞，西安人，待过少林寺，他娶了个海南文昌的女孩，叫符雅妹，二人开了一个美容美发店，就在海府路，叫百花仙子，我们都是一起的朋友。去年有一个案子，在三亚曾经合作过。刘羽飞武功确实了得，十个八个人近不了身，如果吴总和刘羽飞二人在场，鲍云霄跑不了。”

王桃说：“听雅妹说，昨天晚上玩扑克，庞道中也要奖励符雅妹一万元呢，说是高小芬、郭小梅、符雅妹，三位冠军一律平等。”吴汉章开玩笑：“我也是冠军，也奖励我一万元啊。”仝坤

哈哈一笑，说："男的不奖励。"柏厅长笑笑说："看来这个庞道中，还是个有情义的人，怎么就走上歪门邪道去了。你们知道吧，庞道中原名庞首一，是到了海南才改的名字。据调查，在海南也是靠诈骗起的家。可惜呀！"张根队长问王桃："王总，李主任什么时候回来？"王桃说："还没确定，他老婆孩子都在美国，要多待些日子。"张根又问："你的饭店还开着吗？"王桃大眼一睁："开啊，一年比一年好，怎么不开呢？"张根笑着说："中午饭，吃北京烤鸭。"王桃说："来时仝总已经安排好了，中午饭在桃园饭店。"张根笑着说："柏厅长，还是你面子大，中午桃园饭店吃烤鸭，正宗的全聚德。"柏厅长笑着说："你这是兵马未动粮草先行啊，你们山西人喜欢吃面食，我们海南人喜欢吃米饭。今天中午开完会一起去。就是申雷，你就没这个口福了，这个案子结了，我单独为你庆功。我们先研究一下今天晚上具体的行动方案。王总，两点钟吃中午饭。我们晚饭不吃了。"申雷说："柏厅长，开完会，我自己单独行动，你们就别管我了，请首长放心。"柏厅长说："好，你要多加小心哪！"

正午时分。南渡江岸边。

在春江花月夜海鲜城上游有个小港湾。江岸边，一排排椰子树硕果累累。田野有两头水牛，优哉游哉。几十个戴着斗笠的男男女女，点缀在广阔的青田绿水中，缓缓移动。远远望去，旷野好像一幅美丽的活动水彩画。一辆 212 北京吉普车颠簸着开了过来，从车上下来四个人。

"老二，昨天晚上，小燕子把我折腾得够呛，一夜两响炮，睡

了一觉，还做了个噩梦，梦见我一个人坐船钓鱼，钓到一条美人鱼，正在高兴，那条美人鱼变成一条大鲨鱼，张开血盆大口来咬我，我吓坏了，大叫一声醒来，天才蒙蒙亮。小燕子几乎没睡觉，早早走了。你说，这是不是不祥之兆哇，不知为什么，近日我总是心惊肉跳的。”

庞道中从吉普车上下来，边走边和袁彪说话。袁彪说：“那天，在六月雪花打高尔夫，有个算卦的，名字怪怪的，叫申由甲，都说算卦算得准，明天我们再去一次，让球童把他找来算算，看看运气怎样。我觉得平安无事。”鲍云霄说：“二哥，我们千万不要大意，我总觉得申雷这小子不可靠，那个算命的也姓申，我们一去打球，他就出现了，真让人纳闷，他真的是个阴阳先生吗？申审神，申伸绳，什么意思？”马前没跟着三人一起，站在吉普车前东张西望，手里拿着个喝水杯一口一口喝水。

江岸边，“龙虎豹”三人坐在草地上晒太阳。江面宽阔流水不惊，几艘小渔船游荡在江面上，看不见有什么收获。小船悠悠驶向大海，船显得越来越小，恰似蔚蓝色的水面上漂浮着一只小木屐。船上的渔民渐渐变成了一个个豆蔻大小的黑点点。庞道中心事重重神色凝重，他问鲍云霄：“老三，在云南你是怎么认识申雷的？”

鲍云霄说：“在云南时，有一次几个朋友一起吃饭，我认识了申雷，申雷说他在海南当过兵，因为我们要来海南，我就十分感兴趣。我问他现在干什么，他说是没有具体工作，东西南北全国各地到处乱跑。我问他喜欢干什么，他说他喜欢打枪，

他在部队是个狙击手，打枪百发百中。于是我们就一起来了海口。申雷说，他曾在三亚那边一个军用机场当过兵，那个机场在深山老林里，附近有个村庄，住的全都是黎族人。申雷说，天下最漂亮的姑娘就是黎族姑娘，黎族姑娘的两只大眼睛，碧蓝清澈美丽动人。黎族人的婚俗，可先同居后结婚，在密林深处有一个寮房可以生孩子，所谓海南八大怪，抱着孩子谈恋爱。有一些当兵的，因为与黎族姑娘同居生了孩子，被部队开除了。申雷说他就是被开除了的。他的那位黎族姑娘叫云雀，直到现在二人还联系着。云雀昨天来了海口，云雀有个哥哥叫云达，在海口市政府工作，申雷说今天中午要请云达、云雀兄妹俩吃饭，不误晚上参加'春江花月夜'的晚宴。这些话都是申雷说的，不知是真是假，我一直放心不下，不敢相信。"三个人抽烟。袁彪说："今晚参加晚宴时，我和大哥在一起，你不要入席，担任警戒，马前就在车里，申雷靠不住，我们也不靠他，他不是公安，起不了好作用，也没有坏作用。大哥不必太担心，我觉得平安无事。"庞道中说："在船上吃饭，我们都是些旱鸭子，万一公安真的来了，不是逮个正着？"鲍云霄说："船上有三大美女可以做人质，万一有什么事，我们就拼命，而且我和申雷、马前都不上船，我觉得不会有事，就怕这几个美女不在船上。"袁彪说："昨晚玩扑克，有三个美女都是舞蹈冠军，大哥答应今天晚上每人发一万元奖励呢，她们肯定会上船的。"庞道中一笑说："男人许多事都坏在美女身上，色字头上一把刀，可是男人离不了，奈何。"鲍云霄说："大哥，钱字后面，也有两把刀，赌近盗，

奸近杀，金钱和美女，杀人不见血，躲是躲不过去的，躲得了一时，躲不过一世！”

空中，乱云飞渡，好像天要下雨。太阳一路西斜，总是被云层遮掩。老天欲风欲雨，难以猜测。

潘建翔开着车，从海大南门出来，向东缓慢行驶，春江花月夜海鲜城那边，吴汉章正等着他呢。今晚的鸿门宴，吴汉章离不开潘建翔导演。

昨天晚上，潘建翔假装扭伤腰是别有用心的。他和郭小梅跳探戈又与符雅妹跳《鸿雁南翔》，让丁兰作为评委如何处置？总不能一个人拿两个冠军吧。所以，他干脆一个也不要了。这样丁兰不吃醋，吴汉章有惊喜，符雅妹如愿以偿，郭小梅也获得了特别奖，大家都满意。只有丁兰心知肚明。长夜漫漫，丁兰抄了三十首七绝诗，每首诗都有花字。丁兰让潘建翔填空，填写作者姓名，潘建翔填了二十八首，有两首诗填不出来。诗是这样写的：

东篱陶家花菊迟，
清风侠骨不趋时。
秋打黄叶芳菲尽，
便是人间第一枝。
常叹秋风菊花迟，
聚气凝香未得时。
黄昏冷雨向寂寞，
不与群芳去争枝。

两人颠鸾倒凤，丁兰故意逗他说，怎么一上床腰就不痛了？潘建翔说，肉垫子有弹性，腰又扭回去了。丁兰一边拍打潘建翔，一边说你骗得了别人，还骗得了我？潘建翔说，你自己写的诗，还考我让我填空，我最会填空的了。潘建翔话里有话，丁兰心领神会，床笫之欢极尽恩爱。风平浪静后，丁兰问潘建翔，你知道我是哪里人吗？潘建翔说，你是北京人吧，生在长在北京，怎么问起这个问题了？丁兰却说，我是海南文昌人。潘建翔一听吃一惊，从肚皮上跌落下来。他满腹狐疑问丁兰，你怎么成海南人了？丁兰说，这就是我要从北京舞蹈学院来海南大学的原因，这也是我母亲的意思。潘建翔说，你曾经说过父母都在北京，今年春节期间回北京，还要让我见岳父岳母呢，这是怎么回事？丁兰说，我父亲是海南人，他是个老革命。现在，只有我们母女俩了。潘建翔从早上开始到现在，一直在琢磨这个问题。丁兰的身世成了他又一个新的谜团。

潘建翔一路想心事，从海大到春江花月夜海鲜城，只有三公里的路程，转了几个弯就到了。停车场有十几辆汽车，几十个摩托车，大都是前来庆贺的朋友。远远看见吴汉章，戴着个黄军帽，点头哈腰送往迎来忙成一团。吴汉章一见潘建翔，高兴得不得了，他逗潘建翔说："小潘，娶个老师当老婆，感觉就是不一样了吧？看你呆眉呆眼的，是没睡醒还是又考试了？"潘建翔想着丁兰的身世之谜。他逗吴汉章说："你那棵嫩草还没来呀，今天晚上演的《琵琶行》，韩月可是唱主角的啊。"吴汉章大笑起来，说："樱桃好吃口难开。小潘，你传给我点经验，如何

才能短平快，你那么多本事，能把丁兰征服了，我连一个小丫头都搞不定，是什么原因？”潘建翔笑笑说：“抽支中华烟，我再告诉你吧。”吴汉章忙给潘建翔点了，潘建翔笑着说：“想听吗？”吴汉章忙说：“想听想听，你说说。”潘建翔说：“搞女人，经验有四条。”吴汉章忙问：“哪四条？”潘建翔一本正经地说：“脸皮顽，功夫缠，敢开口，快下手。”吴汉章一听就笑，嘴里呼地一口烟喷出来了：“潘建翔啊坏家伙，谁总结出来的，这搞女人还有这么多技术，难怪我老吴连窝边草都吃不上，原来是技术不到位啊。”潘建翔遥望远方，表现着深思熟虑的样子，说：“那你就要多加请教了，你以为，搞女朋友是你练武功啊，这里面学问大着呢，方法不对头，费力不讨好，到头来，竹篮子打水一场空。”潘建翔说罢，也忍不住哈哈笑起来。二人正在说着话，听见远处轰隆隆的摩托车声音传来，一辆黑色大摩托车顷刻而至。车上下来一男一女，一个戴着黑色头盔，一个戴着红色头盔，女的手里还抱着一把琵琶，来者正是杨波和韩月。

“吴总好！潘总好！”杨波和韩月异口同声地向两位老总打招呼。嫩草真的来了。吴汉章和杨波争着吃，杨波不露声色，吴汉章蒙在鼓里，还以为杨波是他的下属小兵小卒，不敢如此大胆，动他口边的嫩草那岂不是找死吗？可是，他忘记了一个成语，叫色胆包天。唯有色胆，才敢包天。从古至今，为了一个美人打得头破血流，为了美人丢了江山的也大有人在，冲冠一怒为红颜，可见女人之魅力是没有上限的。吴汉章看见韩月，犹如置身谷底仰视悬崖峭壁长着的灵芝，看得见够不着，干着

急没办法。吴汉章是春江花月夜海鲜城的老总,今天晚上这一场大戏,仝坤是总指挥,潘建翔是参谋长,他是冲锋陷阵的执行者。吴汉章对韩月说:“韩月啊,你这身牛仔服不行啊,弹琵琶的,仝总说要穿旗袍,旗袍是唐装,赶快去换一套,林海雪原歌舞厅什么样的衣服都有,最好换一身红色的,喜庆!”韩月说:“我已经带来了,在摩托后备厢里,是白底印花的,素洁些,我不喜欢大红大紫的衣服。”潘建翔说:“对对对,《琵琶行》里的琵琶女,也是素颜淡妆。”杨波解释说:“是仝总请教了丁兰教授,丁兰教授说应该是素淡的衣装。”吴汉章说:“先到我的办公室休息一下,时间还早。”潘建翔说:“吴总,今晚派给你十位美女,就是昨天晚上跳肚皮舞的,已经说好了,她们五点钟就到,你安排一下,就在你办公室换衣服,还要简单地化一下妆,饭店不是歌舞厅,就凑合一下吧。一会儿,裴和平和戈萍,还有几位男女歌手,马上也过来,歌舞一齐来,给你助阵,今天总共开多少桌?”吴汉章高兴地说:“人数不少,仅仝总邀请的嘉宾就有一百多人,今天已经预订了桌子的,有三十三桌,还有过来吃饭的,估不准会来多少,我们这个海鲜城,大小桌子总共有一百二十张,可容纳一千人同时用餐,厨师、服务、保安,加起来有八十多人,规模比海龙王还要大一些。当这个经理,把我累死了。小潘,你可得多帮帮大哥我呀。”潘建翔说:“吴老总,从今以后,你每天请我吃海鲜,没有问题。”吴汉章看了一眼韩月,说:“你们都来帮帮忙,每天请你们吃海鲜。走走走,到我办公室,先喝杯茶!”

仝坤回到家，已是下午三点多了。他与庞道中同住在一个别墅小区。最近夏瑾回了四川，庞道中白天很少回家，夜晚也不归宿。这次“林海雪原”舞蹈比赛，邀请了庞道中当评委。庞道中与陈大虾的恩怨，本来与仝坤没有太大的关系，可是由于李纪行和王桃是万铁公司的股东，对这件事就不能袖手旁观了。庞道中劣迹斑斑，曾经是黑道中人物，妄自尊大无法无天，维护社会稳定也是一个公民的义务，从这个角度上来讲，他这样做就名正言顺了。尽管大道理是如此，可是仝坤的内心世界里，总有那么一点兔死狐悲之情。仝坤把宝马车停在别墅院里，推门进屋上了三楼，看见苏嫚正在卫生间，对着镜子描眉画鬓哩。仝坤最爱老婆，看到苏嫚就眉开眼笑，说：“夫人，今天柏厅长开会开了两个多小时，刚在桃园饭店吃完饭。我们稍休息一会儿，五点钟到海鲜城，好不好？”苏嫚关心地说：“你睡一会儿，昨晚回那么晚，早上起得早，今儿晚上又那么多事，没精力怎么行？”仝坤说：“你也睡一会儿吧，今天晚上要熬夜的。”苏嫚说：“我不想睡了，我看一下那张古琴，前些天去海大，让丁兰找了个音乐老师，把琴调好了，今天晚上让韩月弹。海大老师说，这张琴是不是焦尾琴，但是一张好琴。你当年追人家林玉琴，差点把她一家毁了，看来做好人好事，也得讲究分寸呢，做过了头，适得其反。”仝坤若有所思，说：“庞道中现在有了钱，应该改邪归正，也许还有救，不应该继续为非作歹，浪子回头金不换，得饶人处且饶人，他与我无冤无仇，今天晚上，要真的把他抓了，我心里还是有点惋惜，毕竟也是朋友一场。”苏嫚说：“是

非曲直，界限有时不很清楚，我们即使不参与，公安部门也不会放过他，善有善报恶有恶报，这是阻挡不了的。不过我觉得，他的老婆夏瑾，美丽漂亮文静，他还不一心一意过日子，到处找小姐，也该教育教育。不过即使抓了人，如果罪不当诛，重新做人的好。我们等夏瑾回来，多关照一下就是了，也不至于结仇。”仝坤说：“夫人说得是。”

仝坤一边说话一边把苏嫚抱了起来，从卫生间出来放在床上，苏嫚也不挣扎，任凭仝坤胡作非为。苏嫚说：“大白天的，羞人，你把窗帘拉上，让人看见了不好。”仝坤说：“谁也看不见，只有我能看见。”

昨晚，仝坤逢场作戏，包厢里被郭小梅强吻，碰巧让苏嫚看见了，挨了苏嫚一记耳光。苏嫚自己回了家。仝坤给大伙开会时大讲夫妻之道，说当老公就要委曲求全，潘建翔和杨波装聋作哑，仝坤心里也就坦然了。半夜三更回家，仝坤一个劲儿地向苏嫚赔不是，说这纯粹是逢场作戏，就像拍电影一样不必当真，我的心里只有你，只有你苏嫚一个人。夫妻吵架不过夜，二人和好如初。仝坤也理解苏嫚的心思，一个歌舞厅的老板，如果朝三暮四朝秦暮楚，那不真的乱了套了吗？还开什么歌舞厅，歌厅开不成先把自己家庭开塌了，那岂不是得不偿失吗？

窗外，淅沥小雨。云雨一阵，天又放晴。只有爱，无时不在。现在听到的是仝坤香甜的鼾睡声。

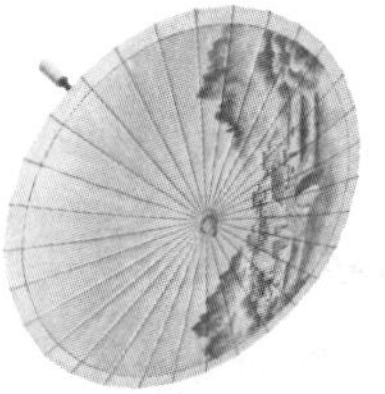

叁拾捌章　斧舷

冬月初七夜，半个上弦月在暗黑的云层里窥探。天幕上胆小的星星躲藏得看不见几颗。空中乱云飞渡，丝丝缕缕飘来飘去。傍晚的沥沥细雨，把海面上的天空清洗得干干净净。春江花月夜海鲜城，灯火通明。阵阵海风吹过，夹杂着浓浓的鱼腥味，扑鼻而来。一百多个餐桌，桌桌满员，人声鼎沸。瓜果菜肴、生猛海鲜，摆满了一个个桌面。海鲜城的四周，没有砖墙，没有篱笆，却被一个个挂着小红布条的竹木花篮、一面面高高低低的玻璃镜子和一条条垂坠着的长且宽的红布字幅围合遮拦，印着黄色、黑色文字的条幅波折卷皱风动不已，远远地看不清楚条幅上文字的模样，大概都是生意兴隆通四海、财源茂盛达三江，说不完道不尽的美意和祝贺。大厅内的北侧是一个舞台，高出餐厅地面一米高，舞台上布置着地毯、灯光、音响，美女演员们的粉臂嫩腿白花花地在台前幕后忽隐忽现。舞台顶部的一条横幅上面，斗大的金色字体特别显眼：“春江花月夜海鲜城开业庆典”。餐厅屋顶高阔宏伟，是用一张巨大的白灰色帆布连绵笼罩着，像是一个顶棚连在一起四面没有围合的大蒙古

包。这实际上就是一个规模巨大的大排档。东侧就是南渡江了，见有十几只小渔船，点点闪烁着幽暗的灯光，静静停泊在靠近江岸的江水中。

宽大的厨房挡在舞台后面。厨房的后面有十几个包厢。海鲜城的布局是前面餐厅中间厨房后面包厢，用厨房把前厅后廊隔离确保私密。厨房里，活鱼鲜虾乌龟王八，一个个眼睁睁的鲜活生命被一个个眼睁睁的“冷面杀手”，从一个个灌满了水的玻璃大缸里捞出来，垂死挣扎几下子，一个个被一个个和一个个把一个个刀劈斧砍生吞活剥蒸煮煎炸，瞬间便呜呼哀哉，变成了餐桌上形色各异的美味佳肴。手握生杀大权的厨师们虽然头上顶着高高的白帽，身上穿着长长的白褂看似祭奠，长久的职业习惯却导致一个个心里没有半点祈祷怜悯之情。百八十名穿红戴绿的男女服务人员，一个个从舞台的两侧进进出出，穿越在厨房与餐厅之间，在桌桌桌桌个个个个的食客中间，紧张地奔波忙碌着。

八点钟。厨房里的一角，有一个不太显眼的房间，是吴汉章的总经理办公室。仝坤、吴汉章、潘建翔、刘羽飞、杨波、符雅妹、高小芬、郭小梅、韩月，这些男男女女都聚集在这个房间里。公安厅柏副厅长、秦荣处长、张根队长，还有两位便衣警察，也从厨房后绕过进入这个房间，所有人都站起来了。

“噢，都在此，各位好！”柏副厅长一进门，与大家打招呼。仝坤毕恭毕敬说：“厅长好，秦处，张队，辛苦了，我安排了一个大包厢，您五位，先在包厢里用餐，八点一刻，庆典晚会开始。”

张根队长说："还不见'龙虎豹'，是不是走漏了风声？"仝坤说："不会的，这次行动，只有在座的人知道。"正说着话，门外进来一人，说："报告厅长，'龙虎豹'、申雷、马前全到，看样子有防备，都化了装，庞道中戴着墨镜，袁彪留着络腮胡子，鲍云霄戴着一个草帽，车停在大路边，而且掉回头，马前留在车里，申雷在离车左右放哨，随时可以逃离。估计身上都有武器。"来者是个便衣警察。话音刚落，一个美女服务员跑了进来说："仝总，有一个姓庞的老板找您。"仝坤说："他在哪儿？"美女说："在江岸边，说在船上等您。"仝坤说："知道了，告诉他，我马上到。"美女应声说："好的。"美女出去了。柏厅长说："看来鱼上钩了，仝总，行动吧。"仝坤说："好，各位，按照计划，开始行动。"

八点一刻，庆典开始。舞台上，四位红衣人，头扎白巾，推出一面大鼓，随着四人一声呼喊，八个鼓槌同时敲响，咚咚咚咚，隆隆隆隆，咚隆咚隆，咚咚隆隆。此时此刻，伴随着鼓声，杀声四起，惊天动地。霎时间，舞台灯光变暗，鼓声戛然而止。万籁俱寂，全场黑暗。百桌千人，止箸停杯，一个个食客，停下了吞咽咀嚼，一双双大眼球，找不到山珍海味。十秒钟后，灯光骤亮，鼓瑟顿起，全场欢呼。主持人还是昨天晚上在"林海雪原"的那位红衣人，只见他手握话筒，健步出现在台上。

"各位女士，各位先生，各位朋友，晚上好！今晚，是春江花月夜海鲜城开业庆典晚会，感谢大家的光临。现在，庆祝晚会正式开始。第一个节目，请男高音歌唱家潘建翔先生献上一首《祝酒歌》，大家欢迎。"庆祝晚会的总导演仍然是潘建翔。潘建

翔的男高音堪比李光羲。歌声响起来：

美酒飘香啊歌声飞
朋友啊请你干一杯
请你干一杯
胜利的十月永难忘
杯中洒满幸福泪
来来来来来来来来
来来来来来来来来来来
十月里响春雷
八亿神州举金杯
舒心的酒啊浓又美
千杯万盏也不醉
……

一曲歌罢，掌声雷动。接着是韩月登台。韩月穿一件素花白色旗袍，抱一把琵琶出来，婀娜多姿楚楚动人。舞台上，琵琶演奏《春江曲》。舞台下，春江再现琵琶行。韩月谢幕，掌声喝彩声，此起彼伏。

接下来，百八十名模特手捧鲜花，十几位肚皮舞演员披挂上阵，丁铃丁铃，当啷当啷，从舞台上，到舞台下，美艳奔放，人肉横行，春光乍泄，琼枝颤动，把整个餐厅顿时闹翻了天，庆典晚会也达到了高潮。可惜的是那一桌桌鱼鳖虾蟹，竟没有多少人去动筷子，冷热供于桌上，成了一盘盘摆设。无数食客的眼睛，盯着肚皮大腿丰臀那些移动的美色上。

靠江岸边的一条船上，船主是阿周。船身尺寸，四五米宽，十几米长，乌篷搭顶，遮风避雨。船舱中间，摆一茶桌，一支蜡烛，灯头火红。鱼翅鲍鱼、燕窝海参、白酒红酒，摆好一桌。仝坤、郭小梅、庞道中、高小芬，袁彪，列次而坐。仝坤说："庞总，今晚的节目只演半个小时，一会儿就演完了，那儿包厢里，有几位省市领导，我得去招呼一下。小高、小郭，你俩陪二位老板，一醉方休啊。"庞道中说："还有两位美女，怎么，不来了吗？"仝坤说："雅妹招待客人，韩月和潘总一会儿就来，潘总上演白居易，琵琶行还没开始哪。"庞道中晓得潘建翔，嘿嘿笑，连说："好啊好啊！"仝坤欲下船，一阵风吹过来，蜡烛灯灭了。仝坤喊："阿周，快把灯点亮，要不柴油发电，不能黑灯瞎火的啊。"阿周说："我先把那个马灯亮了，再发电灯。"仝坤心想，这个潘建翔，故意让阿周点蜡烛，庞道中看不见亮，就不会在船上了，岂不把计划落空？潘建翔说，唐代白居易，一千多年前，那个时代没有电，就是点蜡烛，日暮汉宫传蜡烛，轻烟散入五侯家。不料庞道中却说："仝老总你忙去，没有灯不要紧，我就喜欢这种气氛，下歌厅不用灯，吃饭喂不到别人嘴里，你放心吧。"仝坤一听大喜："哈哈哈，庞老总，今晚春江花月夜，一会儿韩月来，弹几曲琵琶助兴，九点钟还放烟花，你们慢慢玩儿，我先走一步，抱歉，抱歉。"郭小梅说："好啊，梨花满天。"高小芬接了一句："今夜无眠啊。"袁彪说："仝总啊，让琵琶快些过来，好早点开船，庞总今晚心情好，想开船到海里玩。"仝坤说："好好好，马上就来。"仝坤下船上岸，眨眼没了踪影。

一个美女被两个男人追求,心里是什么感受?而且,一个明追,一个暗求。明追者,螳螂捕蝉;暗求者,黄雀在后。玩情仇于掌股之间,弄恨缕于千里之外。琵琶女韩月,身穿白色旗袍,怀抱四弦琵琶,跟着潘建翔走到江边来。再看潘建翔,模仿唐代官服,青衫白帽,大概白居易的《琵琶行》那首诗里有一句:江州司马青衫湿,所以白帽青衫者,便是白居易了。可笑的是,潘建翔、韩月身后,还跟着吴汉章、杨波。有个不恰当的比喻,韩月若是蝉,吴汉章就是螳螂,黄雀就是杨波了。明螳螂暗黄雀,黄雀隐身高枝,鸟瞰螳螂舞臂,瞅准时机俯冲直下飞机炸弹,螳螂便一命呜呼了。螳臂当车——吴汉章他老人家好可怜哟!三男一女四个人,站在岸上找那条船,十几艘渔船唯有一艘黑灯瞎火的。吴汉章急问说:“是哪条船呀?”潘建翔手一指说:“是那条黑了灯的。”吴汉章说:“怎么没灯?”潘建翔答:“古时没电哪有灯?”吴汉章说:“我们也上船去。”潘建翔说:“你又不是白居易,上船干吗?”

今天晚上,逮捕“龙虎豹”,都很担心船上这几位女孩子的安全,大家一致同意让潘建翔上船。潘建翔熟悉水性足智多谋,能够胜任白居易这个角色。尽管如此,吴汉章还是不放心:“建翔啊,韩月年龄最小,你要保护好她,有危险你告诉我。”吴汉章性情中人,像是临终送别似的,天黑看不见,听声音还像掉出几滴泪。潘建翔哈哈一笑说:“吴总,这几个女子个个花木兰,你放心好啦。”潘建翔说完,拉着韩月的胳膊向前走了,听见那条黑灯的船上有人喊:“韩月,韩月,我们在这儿哪。”听出来这

是郭小梅的声音。

江岸上留下两个黑影,站在那里一动不动。

潘建翔和韩月上船。移船相近邀相见,添酒回灯重开宴。庞道中喜不自禁,心想:这仝总真够朋友,今天晚上,春江花月夜海鲜城开业,贵客盈门,把他当成最重要人物了。他包里装了三万元,是昨天晚上许下的承诺,奖励高小芬、郭小梅和符雅妹的,符雅妹没有来,正好奖励韩月了。

"如果有人问,当年张若虚写的是哪个地方,我告诉你,就是这个海甸岛的南渡江。"潘建翔言罢,拿起酒杯,一饮而尽。潘建翔带头喝酒,醉翁之意不在酒。袁彪举杯,也喝了一口,说:"潘总,这张若虚是海南人吧?"庞道中豪情满怀,端着酒杯,说:"没文化,张若虚,大诗人嘛。"袁彪赶快拍马屁:"大哥有学问。"郭小梅说:"春江潮水连海平,一定是有江有海的地方。"高小芬说:"条条江河连大海,祖国大好河山,处处春江花月夜。"潘建翔说:"江流宛转绕芳甸,月照花林皆似霰。芳甸,就是海甸岛,走遍天下,这个地方,恰如其分,天涯海角,碣石潇湘,不知江月待何人,但见长江送流水。今夜,美酒佳人,喝酒,喝,喝酒!"船舱之中,一支蜡烛,一点光亮,微风拂动,忽忽悠悠。江岸那边,缓歌曼舞,管弦之声,不绝于耳。夏瑾回了四川老家,庞道中久违琴音。庞道中听夏瑾弹钢琴,并非他懂得音乐,主要是抒发感慨,浪漫情怀。庞道中搂着高小芬说:"我最喜欢夏瑾弹钢琴,弹洪湖水浪打浪,一浪打到海岛上。哈哈哈哈,来来来,干杯干杯。"郭小梅作吃醋的样子:"一浪接一浪,二度梅花开,

庞老总,我知道您最喜欢的是高小芬的小蛮腰、大肥臀!”

阿周坐在驾驶室里,观看着岸上的动静。今天下午,潘建翔就告诉他,爆竹一响,水入船舱。阿周说,记住了。潘建翔说,别紧张。阿周说,五分钟,船下沉。潘建翔说,把船开到江心,你最后一个跳船。阿周说,知道了。此时此刻,船舱中间,三男三女,开始喝酒吹牛,胡说八道了。阿周心里特别紧张。快九点钟了,阿周从驾驶室出来,问了一句:“潘总,我们开船吧?”潘建翔说:“可以,可以出发了。”韩月说:“我先弹一曲,大家听是什么曲子,回答不对的,罚酒一杯。大家异口同声说:“好。”

孤灯下,船舱里。暗夜中,月朦胧。清风徐来,水波不兴。天各一方,美酒佳人。骓不逝兮,虞若奈何。风声鹤唳,草木皆兵。

韩月一曲刚罢,岸上爆竹齐鸣。烟花一个接着一个,照亮了整个夜空。阿周船到江心,船上四个洞眼全部进水,水入船舱,渔船开始下沉。潘建翔、郭小梅、高小芬、韩月,早已做好准备,而庞道中和袁彪,还沉浸在琵琶声中。庞道中说:“韩月弹的是不是《十面埋伏》啊?”

此时此刻,听得一声巨响,只见夜空中,梨花满天,如同白昼。江面上,几十艘摩托艇,哗哗同时亮灯,从四面八方向阿周的渔船包围过来。船上阿周大叫了一声:“不好了,船舱进水了!”说时迟,那时快,潘建翔、郭小梅、高小芬、韩月,这几个人早有准备,纷纷跳入水中。

看着船舱迅速水满,渔船歪歪斜斜开始下沉,阿周也顺势

跳入水中，船上只剩庞道中和袁彪了，二人不习水性不敢跳水。此时的江面上，三十几艘摩托艇和汽艇的灯光闪亮，一条条光柱上下左右晃动，照耀在江面上，交织成了一个光柱网，所有的光柱一齐射向渔船，嘟嘟嘟包围过来。庞道中和袁彪，茫然不知所措，这时才开始意识到，原来这一切的一切，都是冲着他俩来的啊！庞道中和袁彪，本能的反应是掏枪，两人掏出手枪挣扎，但是为时已晚，渔船迅速下沉，把人枪都扔到江里去了。

江边岸上，早已停放着一辆奔驰和一辆七座丰田面包车。仝坤、苏嫚、刘羽飞、吴汉章、杨波，五人站在一起，眼睁睁地看着江面上这一幕闹剧上演。杨波手里提着一个大黑皮包，包里装着准备替换的衣服。这时候，只见有五艘摩托艇向岸边疾驶过来，岸上五人看得真切，每只摩托艇后面载着一个人，摩托艇嘟嘟停靠在岸边，潘建翔、阿周、韩月、高小芬、郭小梅，都泅水上了岸。仝坤、苏嫚、刘羽飞、吴汉章、杨波都忙着跑过去，仝坤说："快快快快，换换衣服。"靠近春江花月夜海鲜城，有一个预先准备好的房间，大家顾不上说什么话，三位女士哆哆嗦嗦地跑进房间换衣服去了。

吴汉章看到韩月就放心了，他说："潘总、阿周，谢谢啊。你俩就在外面换得了。"潘建翔说："行行行，一会儿我们都去浪子洗个桑拿去。"吴汉章问阿周："阿周，江水冷不冷？"阿周笑着说："水不冷，就是有点儿紧张。"阿周从杨波的包里取了一套衣服，走到一边换去了。潘建翔不挪地儿，长裤T恤裤衩背心，上

下湿衣服一脱干净，杨波拿着一块大白浴巾，帮潘建翔擦干身上的水，潘建翔换好了一身衣服，边擦头发边问道："仝总，另外三个，抓住了没有？"仝坤说："张根队长周密部署，一个也跑不了。"潘建翔说："我们去'浪子'桑拿，洗个桑拿浴，是田苗苗那儿，好好放松一下。"仝坤对苏嫚说："小苏，你和几位女士开车到明泰大酒店，黄琼英、王桃、丁兰，她三人已在那里等着呢，你们今晚就住酒店休息，吃吃宵夜，高兴高兴。我陪建翔、阿周去洗桑拿，犒劳犒劳。雅妹已到了田苗苗'浪子'店里了。"苏嫚说："你们洗完桑拿也到酒店，今晚都住酒店，我们不回家了。"仝坤说："好的，我们先走一步，你和几个美女一起，换好衣服就去吧。"苏嫚点头说："好吧，你们也早点儿回来。"仝坤、潘建翔他们六人，上了丰田面包车，仝坤驾车，向市中心区驶去。

一会儿，韩月、高小芬和郭小梅换了衣服，从房间出来了。苏嫚说："男士们桑拿去了，我们几个去明泰大酒店，黄总、王总、丁兰她们刚从王桃家出来，去酒店等我们。我们回酒店洗个热水澡，然后吃宵夜去，为你们几位庆功。"三位美女一听，都拍手叫好。四人上了奔驰车，苏嫚驾车，向市区飞奔而去。

抓捕行动约用了半个小时。江面上，又恢复了往日的平静。

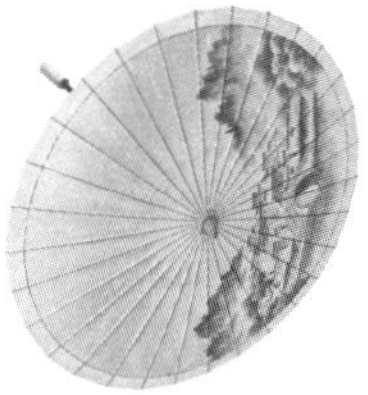

叁拾玖章　桑拿

深夜。海府路。南北街道两旁仍然灯光明亮，人来人往。省府对面，路的西侧便是浪子回头洗浴中心了。门头顶上“浪子回头”四个大字，霓虹闪烁，红红绿绿，分外耀眼。一楼美容美发，二楼三楼桑拿按摩。仝坤刚把车停在泊位，符雅妹和田苗苗早已等候多时，两位美人过来了。

田苗苗和符雅妹是同行，待客服务彬彬有礼，二人不约而同地向仝总、潘总、吴总问好，一个个问候握手，明眸含笑暗香盈袖。田苗苗不认识杨波，符雅妹介绍说：“这是杨鞭长。”田苗苗没听懂：“什么鞭长？”心里打问号。刘羽飞是雅妹老公，田苗苗道：“欢迎刘总大驾光临，啥时回西安呀？不爱江山爱美人。”符雅妹笑而不语。说话间已进门，正面墙上手书着毛主席诗词：人生易老天难老，岁岁重阳，今又重阳……太熟悉了。一楼大厅宽敞。左边，木板高墙，两扇木门，门高及顶，这厢里面，便是美容美发；右边，踏步楼梯，紫红扶手，直达二楼；正面，一尊铜像，手执大刀，威风凛凛。铜像一边木椅子上端坐一人，神态严肃。田苗苗低眉道：“冯总，仝总到了。”此人正是刘羽飞

的老板冯明德。符雅妹事先不知道,所以没告诉刘羽飞,冯老板是刚从三亚过来的。冯总一听,忙迎过来:"仝总好,各位好,欢迎欢迎,我刚才从三亚赶回来,今天双十二,活捉'龙虎豹',马到成功啊。"仝坤握着冯总的手:"冯总好,久仰大名,幸会幸会!"冯总说:"林海雪原歌舞厅开业时,仝总的文艺节目至今难忘,歌舞晚会特别成功,所以,这个浪子回头不设歌舞厅了,二楼三楼全部是桑拿按摩。二楼是男宾部,三楼是女宾部。"

田苗苗说:"原来三楼是歌舞厅,档次不高。"仝坤说:"原来冯总多种经营,我以为只是连锁酒店。"冯总一笑说:"仝总也是歌舞厅加饭店。"仝坤说:"冯总雄才大略,佩服佩服。"潘建翔看到门两侧有一副楹联,问道:"冯总,您这副楹联,是谁写的?"众人都抬眼看去,两块木牌上绿色字体:

白头黑头光头秃头頭頭是道,

剪发剃发染发烫发髮髮生财。

冯总笑笑说:"发、髮,二种字体,怎么样?"潘建翔说:"很好。"刘羽飞说:"这是冯总的作品。冯总西安交大毕业。"潘建翔说:"我加一横批,可否?"冯总说:"请讲。"潘建翔说:"千钧一发。"冯总一听,大呼过瘾。仝坤说:"锦上添花。"符雅妹说:"怪不得丁兰那么喜欢你。"吴汉章插话了,说:"什么千钧一发,怒发冲冠。"众人笑了。

冯总掏出中华烟,一人发了一支,杨波说:"谢冯总,我不会吸烟。"吴汉章说:"男人吸烟,抽一支。"杨波不语,接过一支,吴汉章掏汽油打火机给杨波点烟。杨波不露声色。近日,吴汉

章对杨波，表现得颇具敌意，杨波有点担心，是否被吴汉章发现。韩月是蝉，吴汉章是螳螂，杨波是黄雀，黄雀与蝉勾结了，螳螂却还不知道，对于这个张牙舞爪的螳螂，杨波现在的策略是只能逆来顺受，他不敢惹恼吴汉章。仝坤说："别强人所难，吸烟不好。"潘建翔打圆场说："控制少抽，不上瘾不要紧。"冯总说："吸烟不好，应酬离不了。我们先上二楼，到我办公室喝杯茶，再去洗桑拿泡温泉。"仝坤说："好好好，参观一下，冯总高雅之士，必有过人之处。"

苗苗、雅妹在前，冯总和仝总随后，一伙人上楼，嘻嘻哈哈。二楼回廊，十分宽敞，茶几、椅子周围一圈，墙壁屋顶，宫灯明亮。靠近门口，置一吧台，俊男靓女，垂手而立。

冯总介绍说："二楼，都是男宾部。"见门头顶端横一木牌，上刻绿色字样：男宾部。女服务生手置于腹，施施然，鞠一躬。那位俊男笑脸相迎，毕恭毕敬，前去开门。左右合扃，两手推门，大门敞开，众皆向前，面前一片光明的世界，豁然间开朗，天高地远，世外桃源。展眼望去，这哪里是什么桑拿洗浴保健按摩，简直是一派青山绿水的大自然风光，万千气象。这也是一个中空的钢结构建筑，方圆有一万平方米。远处是一座高峰，一轮明月悬在峰顶，蔚蓝色的天空上，白云飘飘，暮色苍茫，群星璀璨。瀑布温泉，从悬崖上倾泻而下，流入山下的小河里，小河弯弯绕绕，曲曲折折，河道绿树掩映，巨石嶙峋。从三楼到二楼凌空架起一座天桥，三楼女宾从天桥上翩翩下来，可以在小河里沐浴嬉戏，男女之间，被巨石绿荫隔离，互相视而不见。桑拿浴

室,是一个个的小木屋,有几十幢,点缀在垂柳下、小河边。耳闻目睹,风声雨声,心旷神怡,鸟语花香,千回百转,一步一景。仝坤愕然,颇感惭愧,他心中暗想:真是山外有山,原来冯总实力远胜于他,不仅三亚和西安有两处五星级酒店,这个桑拿洗浴造设也是非同一般,真是深藏不露啊! 仝坤问道:"冯老总,你的办公室呢?"冯总一笑说:"仝总跟我来。"众人走到一座假山后,山门洞开,鱼贯而入。

与其说这是个房间,不如说是个洞穴,其形状完全是一个掏空的球。洞穴陈设,除了电器设备,一律复古,石桌石凳,木雕木床,铜壶银盏,茶具瓷器,蒲团竹席,草履蓑衣。两坛封存的老酒,置于石桌角隅,墙上一幅轴画,占据半壁江山。石砌地板,大块小块,碎石填缝,色彩斑斓,打平磨光,浑然天成。众皆惊诧,恍若隔世。仝坤便问道:"冯老总,这就是你办公室?"冯总点点头,他说:"各位请坐,苗苗沏茶。"众人围定一个根雕,分别一一落座。苗苗和雅妹忙着烧水沏茶。冯总又说:"此屋有三宝,各位老总猜猜看?"

仝坤心想,与这个冯总初次见面,说话滴水不漏,他有什么宝贝竟敢藏于此。这个田苗苗风流俊俏,看来与冯总的关系也非同一般。除了冯总和田苗苗,这些来的人都开始左顾右盼起来,观察究竟有什么宝贝藏在这个球屋里。

最醒目的是那幅长画了,围墙半圈,有十米长,再仔细看,这是一幅《清明上河图》,吴汉章率先叫嚷起来:"这幅画,宋朝的,《清明上河图》,是个宝。"潘建翔说:"吴总,这幅画,有十米

长，该是明朝的。”吴汉章一怔，反驳道：“《清明上河图》，清朝明朝的上河图？没文化。”潘建翔不语。仝坤说：“汉章，明朝有一位叫仇英的，也画过一幅《清明上河图》，不过，画的是苏州城而不是汴梁城。”吴汉章自知说漏嘴，连忙道：“对对对，两张图我知道，两张图两码事。”潘建翔只是笑。冯总说：“我这幅画，仝总认为价值几何？”仝坤笑而不语。符雅妹大声说：“啊呀呀，这么一幅画，得画多久。”仝坤说：“我讲一个历史故事。”仝坤吸一口烟，接着说：“说的是有一位画家，模仿了一幅宋代的《清明上河图》。与原版一模一样，真伪莫辨。有一位收藏家，对古今名画很有研究，他仔细观察这幅摹品，从中发现了问题。原来这幅画里，有一处赌坊，四个赌徒投骰子，一共有六个骰子，已经投出了五个，投出的每个骰子，得到的点数都是六，第六个骰子还正在桌子上旋转着呢。那四个赌徒围着桌子，正一个个两眼盯着骰子，期望能再投出一个六点来，六六大顺了，大赢一把，所以几人口里，都叫喊着六六六，那时宋代汴京人说六，相当于现在人说的陆，口形是撮口吹气的样子，把嘴噘成了一个圆圈。这个画的模仿者，忽略了这一点，把嘴巴画得都张开了。张择端的画中，是抓住了这四个赌徒都喊着六六六的一瞬间，他看画上的人，这四个赌徒全是活的。就凭这一点，收藏家断定，这幅画必是赝品。”吴汉章说：“仝总，你是收藏家，你说一说，这幅画，是真还是假？”冯总说：“宋本《清明上河图》的故事很多，千百年来辗转于多人之手。不过我这一幅画，是明代仇英的，大家可以认真品鉴。”众人走到画跟前，开始认真观察

起来。仝坤说:“真的假的正品赝品,其实都有收藏价值,我的一位老师告诉我说,张择端的《清明上河图》,只有三个人才能辨别真伪。”

冯总问道:“没有听说过,哪三个人?”仝坤笑道:“张择端、宋徽宗、李师师,这三人。”仝坤又说:“张择端的《清明上河图》,成画于一一〇一年,距今整整八百九十年。这幅巨画画了几年时间?从构思到完成,或许三年或许五年,不得而知。但是有个问题,当时边关告急,烽火狼烟家国不宁,与画里繁荣昌盛的景象不对景儿。所以说,张择端这幅鸿篇巨献的作画目的是什么?须知他是宫廷画院的,是吃皇粮的人。后来学者考证,这幅巨画也许是以画的形式出现,实际上是一篇谏书,只是人们不识货而已。”田苗苗问:“仝总,李师师一个民间女子,她怎么能识得画的真假?”仝坤笑道:“宋徽宗经常微服私访,也常去画院,他自己的书画也造诣深厚,李师师是她的红颜知己,画这幅画用时那么长,而且这幅画是藏在北宋御府长达二十六年之久,靖康之后才流入外人之手。以宋徽宗的聪明,岂能看不出来这幅画的用意,说不定还是他的一个精心策划,谜局让后人评说。只是当时他已控制不了局面,而且他断定这幅画必然留传后世,他和李师师都藏在这幅画的里面,乔装打扮后人一下看不出来。所以说,只有张择端、宋徽宗和李师师三人,才能一眼辨别真伪,这画里必有三人的印记,只需看这三处,便可以识得真假了。”

吴汉章一边听故事,一边眼盯着那两坛老酒,他说:“这两

坛老酒，是一宝。”仝坤笑着说：“你好喝酒，让冯老总请你喝上一杯，尝一尝是不是。”冯总笑了，说：“没有问题，这两坛老酒明年开封，到时候请各位来品尝。”符雅妹说：“还有一宝我知道。”潘建翔说：“是什么宝？”符雅妹说：“就这根根雕，海南黄花梨。”

仝坤说：“三个宝找到了，我们桑拿去吧，谢谢冯总。”冯总忙说：“哪里哪里，苗苗安排好，待一会儿也陪仝总。”仝坤说：“不必麻烦冯总了，你刚回来，先休息休息。”冯总说：“好的好的，各位先请便。”

田苗苗领着众人出门，到了一个贵宾间，换衣服去了，她和符雅妹离开了男宾部。一会儿，男士们都出来了。在一个偌大的空间，布景青山绿水，氤氲如春。一个个赤裸裸泡进温泉池子里。

温泉水池是椭圆形，这个池子有五十平方米大小，水面隐隐冒着热气。两层台阶入水，人坐在第一个台阶上，胸部以上全裸露出来了。五个人隔开距离，围成一圈。潘建翔今晚从南渡江水里泡出来，虽说已经暖和了身子，现在泡在温泉里，只觉得浑身上下舒舒服服，他闭目养起神来。吴汉章却是一边泡温泉一边搓上半身。潘建翔问仝坤：“仝总，那几个都抓住了吧？”仝坤说：“现在还不知道。”

五个人边泡边聊。此时，冯总穿着一身白色浴袍，由一位男服务生引到温泉池边。冯总说：“水温还可以吧？”仝坤说：“不错不错，温度正好。”冯总说：“打了八百米深就打出温泉了，

海口这个地方,处处有温泉。”仝坤说:“你三亚湾酒店,也有温泉吧?”冯总说:“三亚四星级以上的酒店都有温泉。”冯总进入池子里,吴汉章问:“冯总,你的那两坛酒放了几年了?”冯总说:“这两坛老酒是田苗苗的。田苗苗从西安运过来,准备结婚时用。”吴汉章又问:“是西凤酒吗?”冯总说:“苗苗说,叫梨花酒,这个品牌的酒,有一千年的历史,宋辽期间辽国的贡酒。苗苗祖籍是河南开封。这坛酒的故事苗苗讲过几次。”仝坤说:“看来你这画与酒,都有故事讲。冯总喜欢收藏?”冯总哈哈一笑:“仝总谦虚了,听苗苗说,仝总才是真正的收藏家呢,我是班门弄斧。”仝坤明白了,冯总个人有些收藏,是生意场上人,一是试试他的眼力,二是看是否有意向,可把藏品卖出去。冯总接着问道:“仝总喜欢哪类收藏?”仝坤说:“我喜欢兵器,依我看,你喜欢容器。”冯总问道:“什么容器?”仝坤笑道:“china。”冯总默而不语。

仝坤道:“听说冯总送了王桃一个玻璃瓶子,王桃天天喂蝴蝶。”冯总笑而不语。此时仝坤明白了,事实上,这三件宝贝说是酒画木,那纯粹是为了掩人耳目。球屋里真正的宝贝只有一件,就是那把瓷壶,只有行家才能识得。冯总欲盖弥彰,仝坤心知肚明。冯总那把瓷壶放在茶桌上,花花绿绿的,人们都以为是个普通工艺品。茶桌是个大根雕,海南黄花梨,可是谁也没有注意到那把小小瓷壶。仝坤仔细观察了,如果没有看错的话,这应该是件钧瓷。

有吴汉章在场,杨波少言寡语的。杨波断定,尽管他和韩

月的隐情一直瞒着吴汉章,吴汉章还是感觉到了。现在他与韩月的关系,还没有到可以公开的时候。黄雀、螳螂、蝉,这种三角恋关系太复杂了。吴汉章性格似火,一个偶然的机会遇见了韩月,迷上了韩月。可是,千不该万不该,他让杨波的大摩托时不时地接接送送,使韩月爱上了杨波,杨波又不能声张,倒不是杨波害怕吴汉章,而是杨波觉得韩月是吴汉章先在影院认识的,你抢人家女朋友不道德。把吴汉章调离林海雪原歌舞厅,到春江花月夜海鲜城当总经理,也是仝坤听了苏嫚的枕头风,苏嫚听了戈萍的话,戈萍听了裴和平的话,裴和平听了杨波诉苦衷,才一个传一个,大家都知道了。仝坤怕老乡之间闹矛盾,正好借机把吴汉章调离,让杨波接替吴汉章的鞭长工作,吴汉章也被重用了。有一次,仝坤与吴汉章开玩笑说,汉章,"林海雪原"美女如云,你为什么偏偏喜欢韩月?吴汉章说,来了海南岛,前半年养鱼养虾认鱼认虾,现在是认识了鱼虾不认识人了,人鱼混杂了乌龟王八蛋。仝坤说,汉章啊,人和鱼不是一类,韩月是人不是鱼,你香头火一头着,干吗生那个闲气呢?

吴汉章仰卧在温泉池里,只把半个脸露了出来,享受着泡温泉的快感。杨波说:"我们老家就有梨花酒,雁门关外内蒙古一带,现在还都喝这个酒。"嘿嘿,吴汉章听见了杨波说话,眼也不睁开嘟囔说:"给老哥带两瓶,尝尝这梨花酒。"刘羽飞说:"吴大哥,你要美酒呢,还是要美女?"潘建翔一笑说:"吴老总,肯定要美酒。"吴汉章高兴了,说:"哈,知我者,小潘也。"潘建翔说:"吴老总,是大侠风范,既要美酒又要美女,那岂不成了酒

色之徒吗？”杨波说：“我给吴老总托运几箱来，吴老是酒仙，一定能品出好酒。”三位年轻人，不住给吴汉章灌迷魂汤。吴汉章岂能听不出来，这是针对美女韩月说的。心想：我这头老牛，嫩草是吃不成了。吴汉章无限感慨地说：“谢谢杨老弟，对酒当歌，人生几何啊。”

冯总说：“各位老总，我陪仝总气蒸一会儿，你们再泡泡，好好放松一下。”潘建翔说：“没有问题。”冯总带着仝总，两人离开温泉池，沿着石砌小路进入一个小木屋。木屋里，蒸汽迷漫。二人坐在木凳上，瞬时大汗淋漓了。冯总探问道：“仝总实力雄厚，想不想开发房地产？”仝坤说：“隔行如隔山，现在还没有这个打算。”冯总说：“我们联合起来，成立股份公司。我在海口市政府有关系，可以买到土地。”仝坤说：“做房地产，投资大，效益大，风险也大。”冯总说：“这件事，仝总如果有意为之，我先做前期工作，尽量把控好。”仝坤说：“把风险降到最低。”

仝坤一行几人洗罢桑拿，回到球屋喝了一顿茶，心满意足。离开浪子桑拿屋，正是深夜浅暮时。

图书在版编目（CIP）数据

情圆：上下 / 李道常非著. --太原：三晋出版社，2019.3
（天南海北）
ISBN 978-7-5457-1887-4

Ⅰ. ①情… Ⅱ. ①李… Ⅲ. ①长篇小说—中国—当代
Ⅳ. ①I247.5

中国版本图书馆 CIP 数据核字（2019）第 056336 号

情圆（上下）

著　　者：李道常非
责任编辑：朱　屹
责任印制：李佳音
装帧设计：段宇杰

出 版 者：山西出版传媒集团·三晋出版社（原山西古籍出版社）
地　　址：太原市建设南路 21 号
邮　　编：030012
电　　话：0351-4922268（发行中心）
　　　　　0351-4956036（总编室）
　　　　　0351-4922203（印制部）
网　　址：http://www.sjcbs.cn

经 销 者：新华书店
承 印 者：山西人民印刷有限责任公司

开　　本：890mm×1240mm　1/32
印　　张：22.75
字　　数：500 千字
印　　数：1—2000 套
版　　次：2019 年 5 月　第 1 版
印　　次：2019 年 5 月　第 1 次印刷
书　　号：ISBN 978-7-5457-1887-4
定　　价：153.00 元（全二册）